茅盾文学奖
获奖作品全集
典藏版
The Mao Dun Literature Prize

李自成

第二卷 商洛壮歌

姚雪垠 著

人民文学出版社

目 录

从北京到商洛

（第1—3章）   1

张献忠谷城起义

（第4章）   99

夫妻会师

（第5—6章）   125

北京的忧郁

（第7章）   163

商洛壮歌

（第8—22章）   185

李自成 第二卷 商洛壮歌

从北京到商洛

第 一 章

由于清兵的主力移向山东,洪承畴、孙传庭和别的援军陆续到达畿辅,北京城的局势缓和多了。尽管并未解严,但为着皇帝、贵族、达官、富人以及宫廷的需要,一年一度的灯市又开始了。

西从东安门外起,东到现在灯市口大街的东口止,约摸二里长,几条街全是灯市。每年从正月初八日开始,到十七日结束,共有十天。白天是市场,晚上看灯。在灯市场上,会集着各地商人,有南北两京的、各省的,以及外国的各种货物。从年代和范围上说,有三代以来的各种古董,有时兴的锦缎、绫罗、刺绣、布匹、手工艺品、家常用具,还有西洋的自鸣钟和稀奇玩意儿。商肆按行业分类,各占一段街道。一吃过早饭,大小街道都涌着人流,到巳时后就拥挤不堪。人们有买东西的,有看热闹的,有看稀奇开眼界的,也有专为着看人的。人们有时被踩掉了靴、鞋,有时被扒走了银钱,有时被挤散了同伴或孩子,叫叫嚷嚷,呼呼唤唤,像锅滚似的。俗话说,灯市是"九市开场",就是指附近的许多街道和胡同在灯市期间都随着热闹起来。

晚上,店铺关门,通夜赏灯,放烟火。沿着以灯市口大街为中心的东西长街,两边尽是彩楼,南北相向,朱门绣户,画栋雕梁。楼上有帘幕的多是勋家、贵戚、大官宦和缙绅眷属。每座彩楼的租价,一夜就得几百串①钱。从灯的质料说,有烧珠料的、夹画堆墨丝

---

① 串——一千铜钱叫做一串。当时银价大约是一千二百钱一两。在以后几年中银价不住飞涨,变化很大。

的、五色纱的、明角的、纸的、麦秸的和通草的。从形式说,有百花、鸟、兽、虫、鱼、走马灯……巧夺天工。至于烟火,也是花样繁多,令人惊叹不止。各种乐队,各种杂耍,通宵演奏。另外,这儿那儿,有队队童子彩衣击鼓,从晚到晓,叫做太平鼓。通宵男女拥挤,人山人海。

今年的花灯和烟火虽不如往年热闹,但也相差不远,只是乡下的灯进城来的较少罢了。

正月十四日是灯市进入高潮的第二天。这天上午,有一个相貌不俗的中年人,生着疏疏朗朗的三绺胡须,穿一件半旧的圆领羊皮袍,戴着方巾,眉宇间含着几分郁悒神气,骑着一匹驴子,从西城来到东城,在东长安街向王府井的转角处下了驴子,开了脚钱,慢慢地往灯市走去。一边走一边颇有感慨地低声吟道:

近畿才消战火红,
太平灯市闹春风。
感时诗就心如捣,
踽踽游人笑语中。

这个人就是医生尚炯对李自成所说的举人牛金星,他来到北京已经几个月了。

越走人越挤,生意越热闹,使牛金星不知道看什么好。有时他想站在一个店铺前仔细看看,但正在看着,又被人潮推向前去。他走到一个较大的珠宝店前,由于好奇,进去随便观赏。这个店里的广东老板正在请一位太监看一颗很大的珍珠,几尺之外,光耀人目。牛金星知道这就是古书上所说的"径寸之珠"。他不敢走近,也不敢问,只听那个太监说:

"三千两不能再少?"

商人极其恭敬地回答说:"实在不能再少,公公。田皇亲府上的总管老爷已经来看过,叫小的把这颗珠子给他留下。只是公公喜爱,我才敢卖给公公。要是在往年,像这样的宝物至少可以卖四五千两银子。今年生意差一点,又是公公想要,作价三千两卖给公公,赔几百两银子算小的的一点孝敬,以后仰仗公公关照的时候多着哩。"商人随即走近半步,嘻嘻地笑着小声说:"以后里边采办珠宝,只要公公垂爱,照顾小的一下,什么都有啦。"

太监又把珠子端详一阵,说:"好吧,我留下吧。其实我也不打算用它。我看这颗珠子还不错,送给我们宗主爷①嵌在帽子上,倒是很好。"

牛金星第一次看见用三千两银子买颗珠子,骇得张嘴瞪眼,不由地摇摇脑袋。看见太监向他扫一眼,他赶快一转身退出了珠宝商店。当回到人潮中继续向前拥挤时候,他禁不住喃喃地说:

"一颗珠子的价钱在乡下要救活多少人家!"

刚吐出这句闲话,正担心有东厂的人听见,果然有人从背后照他的肩膀上拍了一下。他骇了一跳,回头一看,颇觉意外,又惊又喜。"啊啊,是你!"他立刻抓住拍他的这只手,正要往下说话,那个人赶快使个眼色,说:

"这里人太挤,咱们出去找个地方畅叙吧。"

他们回头向南挤去,看见金鱼胡同里的人稍稀,就从抚宁侯朱国弼的府第前穿过去,转了几个弯子,来到了东长安街。牛金星急于想知道这位朋友的来龙去脉,看见身边没有人,边走边问:

"你如今……"

尚炯不等他把话说完,抢着说:"启翁,你没有料到吧?我是年底到京的。好容易找到足下!"随即向左右一看,放低声音说:"我现在改名常光甫,以字行。籍贯是内乡。"

牛金星点点头,问:"下榻何处?"

"住在前门外仁寿堂药铺里。弟一到京就向河南同乡打听老

---

① 宗主爷——明朝太监们对司礼监掌印太监的尊称。

兄消息,昨天才打听出尊寓在西城皮库胡同。今早去尊寓趋谒,不想大驾已经出来,不胜怅惘之至。询问贵价①,知大驾来看灯市。我回到仁寿堂交代几句话,便赶快来灯市相寻。原以为此处九衢纵横,人山人海,无缘遇到,只好晚上再登门叩谒,没想会看见老兄在珠宝店中。数载阔别,常怀云树之思②;今日邂逅相逢,快何如之!"尚炯说到这里哈哈地大笑起来。自从离开商洛山中以后,他在同有身份的人们说话时故意文绉绉的。

金星紧紧地握着他的手说:"多年不见,你还是那么热情豪放。"

尚炯在朋友的脸上端详着说:"阁下也是风采犹昔,只是鬓上已有二毛③了。"

"唉,光阴荏苒,不觉老之将至!足下近几年寄迹何处?何以知愚弟来京?"

"去年冬月,弟因事有谷城之行,路过老河口,遇一宝丰香客,始知兄有官司纠缠,来到北京。目下贵事可已办妥?"

"没有。目前奸贪横行,公道沦丧,谁肯仗义执言?愚弟深悔此行!"

"究竟所为何事?"

"一言难尽。"

"仁寿堂离此不远,请到敝寓畅谈。"

"好,甚愿一倾积愫。"

尚炯下榻的仁寿堂是一个有名的老药铺,兼营参、茸、银、燕等贵重药品的批发生意。尚炯路过西安找当铺办理汇款的时候,那

---

① 价——仆人。
② 云树之思——从前知识分子口头上和书信中常用的话,指朋友阔别后相思之情。典出杜甫怀念李白的诗句:"渭北春天树,江东日暮云。"渭北指杜甫所在地,江东指李白所在地。
③ 二毛——黑发杂有白发,古人称做二毛。

个同李自成部队有秘密联系的当铺伙计拜托管账先生给尚炯写了一封书信,介绍他到京后在仁寿堂落脚。他扮做贩卖贵重药材的行商,从西安来的时候带来许多真正的藏红花、四川银耳、犀角和麝香,打算回去时带一些高丽参和燕窝之类。仁寿堂原来只把他当做一位有钱的客官,殷勤招待。后来一位邻家妇女上吊,大家认为已经死了,经尚炯扎了一针,灌下去一剂猛药,过了两个时辰,竟然活转。又有两次外科难症,别人认为不可救药,经他着手回春。从此仁寿堂的人们才知道他是一位了不得的医生,对他更加尊敬。

当尚炯同牛金星来到仁寿堂药铺时,梁掌柜赶快起立相迎,拱拱手笑着说:

"常先生,刚才派两个伙计去灯市上找您,倒是大驾自己回来啦。"

"何事如此火急?"

"刚才王给事中王老爷亲自驾临,请台驾去替兵部杨老爷治病。杨老爷长了一个搭背,群医束手,十分危险。务恳台驾费神一去,妙手回春。"

尚炯正在犹豫,牛金星忙问:"是哪位杨老爷?"

梁掌柜说:"听说是兵部职方司主事杨老爷,两月前奉派赴卢总督军前赞画。新近不知为何事贬往外省做个小官,正要出京,竟然害了这病。也是这位杨老爷性情耿直,一时看不开,窝了闷气,所以病势日渐沉重。还听说,他的公馆里连他的后事都准备了。"

牛金星和尚炯同时心中一动,交换了一个眼色。虽然他们同杨廷麟并不认识,但是他们对于杨廷麟是怎样一个人却都清楚,特别是弹劾杨嗣昌这件事和那封奏疏,在京师哄传一时,他们都能背得出"南仲在内,李纲无功;潜善秉成,宗泽殒命"的名句。

"赶快去,常兄,义不容辞!"牛金星怂恿说。

"可是你我好容易见了面,还没有谈几句话哩。"

"听说杨主事住在舍饭寺,离敝寓不远。我眼下先回去,在敝寓恭候如何?"

梁掌柜慌忙说:"常先生务必费神一去,一则听说这位杨老爷在朝中颇有风骨,众所仰慕,二则是王给事中亲自来请,十分诚恳。至于这位先生,在下尚未请教,请留在敝号便饭,等候台驾回来。这样如何?"

尚炯介绍说:"这位是河南举人牛启东牛先生,愚弟少年时同窗好友,多年不见,不期在灯市上邂逅相逢,正如俗话说的'久旱逢甘雨,他乡遇故知'。尚未一叙阔别之情,梁掌柜,你倒出一个应急题目叫我去做!"他哈哈一笑,转望着金星问:"启翁,你留在这里等我好么?"

梁掌柜一听说是他的同窗好友,又是举人,不等金星回答,重新向金星施礼,留得越发殷勤。金星同梁掌柜不熟,不愿相扰。他想趁这时往正阳门内一位朋友处谈一件事,再到西长安街一位同乡家里取点东西,坚决不肯留下,告辞先走,约好中午在他的寓处等候尚炯。尚炯到后边打开皮箱,取出两样药品和刀子、镊子、钳子,骑上仁寿堂替他雇好的脚驴往舍饭寺去。

牛金星在同乡和朋友处没有多停留,匆匆地赶回下处,等候尚炯。午时过去很久,还不见尚炯来到。虽然他明白尚炯去给杨廷麟治病是件大事,比他们的谈心要紧得多,而且他也明白尚炯在杨公馆必然要耽搁很久,被留下吃午饭也说不定,但是因为他急于想知道尚炯近几年的生活情形,心中如饥似渴,巴不得这位不寻常的老朋友赶快来到。特别是由于他近几年抑郁无聊,对世事不满,受人欺负,来京城碰了钉子,看透了朝廷的腐败和"亡国"征象,这就使他很想在同尚炯的谈话中多知道一些关于"流贼"方面的情形。至于这些"流贼"日后会同他发生什么关系,他倒不曾想过。

平时一回到屋里,他就手不释卷地读书。近几天,他正在读《贞观政要》和《诸葛武侯集》。现在趁着等人时候,他又摊开来《贞观政要》。但是读了几页,他的思想就从书本上离开了。他把书掩起来,在屋里走来走去。想着尚炯真是奇人,奇遇,更兼奇行,他的脸上不觉露出来赞赏的微笑。

他还不能想象尚炯在农民起义部队中如何生活,有些什么活动,所以只能用一个"奇"字评论他的朋友。他自幼喜读司马迁的《游侠列传》,他自己的身上也有些游侠精神,但是他觉得尚炯比《游侠列传》中的人物更进一步,竟是跟着"流贼"造反。特别使金星感到奇怪的是:尚炯来到北京做什么?难道是因为李自成被打垮了,他逃出命来,决计从此洗手,改名换姓,要做个药材商人过一辈子?……

一大串问题在金星的心上盘绕。想着想着,他又觉得尚炯是一个危险人物,同这样的人不可来往太多,最好今天见面之后,以后不要多来往。他有点害怕,万一朝廷的打事件番子查出来常光甫就是投"贼"多年的尚炯,牵连了他,会惹出滔天大祸。这样一想,他的渴望朋友速来的心情忽然冷了大半。他甚至后悔,不该约尚炯来他这里。

约摸在未初时候,尚炯匆匆来了。牛金星看见他满面喜色,忙问:

"如何?幸遇你这位高手,想来可以痊愈吧?"

"看情形好像不碍事啦。幸而我带有两种药,一种是内服的,一种是外用的,对这种毒疮很有奇效。不过,明天再去一趟,才敢说有没有十分把握。"

"这种病,恐怕心境好坏很关重要。"

"正是此话。医生只能治病,不能治心。但愿杨赞画能把心境放宽一点,药物才能够完全奏效。"

牛金星又问了问杨廷麟的病情和尚炯如何动刀,以后打算如何治法,知道尚炯这几年在"流贼"中医术大进,大为惊异。特别是当听到尚炯说他用了一种秘传丹药,叫病人温酒服下,过了一刻工夫,割治时病人毫不疼痛,金星拍案叫道:

"妙!妙!不想我兄有如此神技,虽古之名医有所不逮,堪入《方技列传》①而毫无愧色!"

"过奖,过奖。其实三国时候华佗为关公刮骨疗毒,即知使用蒙汗药,名曰'麻沸汤',不过著《三国演义》者为要将关公写成神人,不肯写出华佗曾用麻药罢了。"

"对!对!弟读书数十年,不求甚解。你这一句话提醒了我,不觉茅塞顿开!"

牛金星纵声大笑,惊得卧在房檐下晒太阳的几只鸡子猛地跳起,咯咯嗒嗒地叫唤着,扑扑噜噜地飞往院里。尚炯也跟着大笑起来,同时,牛金星青年时代的影子浮现在他的眼前,心里说:"虽然他的鬓发斑白了,笑声可没有改变,倜傥豪迈的风度依旧!"

"子明兄……你看,叫惯了,一失口又叫出你从前的台甫!"金星揭开门帘向外望一眼,接着说:"我这里不方便,没有什么款待你,略备几杯淡酒,不成敬意。吾辈总角之交,想兄不会以简慢见怪。"

"启翁,你这话太见外了。我方才被杨公馆坚留,已经吃得酒足饭饱。俗话说,'他乡遇故知'是人生一大乐事。今日能够见到老兄,畅快谈心,比吃龙肝凤胆还要快意。这里谈话可清静么?"

"院里倒还清静,有些话可以小点声谈。"金星望着外边叫:"王德,快拿酒来!"

仆人王德用托盘端上来几样热菜和一壶白干。喝过一杯酒以后,牛金星不好先问医生的诡秘行踪,随便问道:

---

① 《方技列传》——我国有些正史中有《方技列传》,其中有最著名医生的传记。

"光甫,你到杨公馆治疗,觉得杨伯祥究竟是何如人物?"

尚炯说:"杨先生病势沉重,精神委顿,呻吟病榻,不能多谈。他的学问、风骨,弟来京后颇有所闻,人人称道。只是我同他略谈数语,也看出他正像一般读书人一样,看事半明半暗;有时一叶障目,不见泰山。"

金星不禁一惊,忙问:"此话怎讲?"

医生笑一笑,说:"他知道我是从西安来的,不免问到陕西局面,跟着就大骂流贼祸国,说道倘若不是流贼闹了十多年,国家何至于陷到今日地步,听任虏骑深入,蹂躏畿辅、山东。启翁,你说,这不是一隅之见么?"

"怎么是一隅之见?"

"你难道也不明白?"

"愿闻高论。"

"启翁,百姓倘能安居乐业,断然不会造反。许多人只是因为吃纣王俸禄,不肯说纣王无道,将百姓造反看成罪不容诛,而谁逼百姓造反倒不问了。"

"你对杨赞画怎么说?"

"我对他说:自天启末年以来,各地百姓造反,势如狂澜,致使目今朝廷焦头烂额,国步十分艰难。但推究原因,罪在官而不在民。"

"他怎么说?"

"他一阵疼痛呻吟,也就不再谈了。"

牛金星又问:"后来谈到卢总督殉国的事么?"

"后来,他疼痛稍轻,又同我闲谈起来,自然谈到了卢总督的殉国上去。我也没多说别的,只说卢总督处此时势,实在不得不死,但论其平生,也算死得其所。"

金星笑一笑,说:"卢九台曾任剿贼总理,为朝廷立过汗马功劳,所以皇上原来也是很看重他的。不料朝廷有意对东虏主和,这就使卢公只能一死殉国。你在杨伯祥面前谈论卢公之死,似乎对他的平生含有贬意。杨伯祥可说什么?"

"他不明白我的意思,就问:何谓'论其平生,也算死得其所'?我对他说:卢公前几年带兵剿'贼',实亦无大功效。战场上奏报不实,虚饰战功,久成风气,虽卢公亦非例外。至于杀良冒功,扰害百姓,所有官军皆然,卢公对他的麾下将士也只能睁只眼,合只眼。倘若卢公继续作剿'贼'总理,日子久了,'流贼'难灭,未必有好的结局,徒令小百姓多遭兵殃,背后恨骂而已。所以抵御虏骑入犯,为国捐躯,正是他死得其所。我不怕冒昧,说出这番话来,杨赞画似有不愉之色,就不再谈下去了。"

金星笑着摇摇头,说:"老兄年逾不惑,说话反而比年轻时还要直爽。在杨公面前,你何必如此评论卢九台,惹他心中不快?"

尚炯不在乎地笑着说:"常言道,'无欲志则刚'。弟在人前一不求官,二不求名,三不求利,何必违背自己良心,说些假话?"

金星说:"此是辇毂之下,纵然不说违背良心的话,也要小心会因一时言语不慎,惹出祸来。"

医生说:"我想,杨翰林虽然不喜我的直爽之言,也断不会有害我之心。最可怕的是东厂和锦衣卫的打事件番子,这样人大概不会在他的病榻前边窃听。我何惧哉?"

老朋友二人举杯相望,同时笑了起来。

他们都明白刚才所谈的都是些题外的话,需要赶快转入正题。医生喝下去半杯酒,望着金星问道:

"启翁,你的官司到底如何?究竟为了何事?"

"谈起来话长,先吃酒吧。"又敬了一杯酒,金星用筷子往一盘肥肉片上点着说:"请,请。这是缸瓦市砂锅居的白肉,近几年在京城里也算有名。肉虽然很肥,可是吃到嘴里不腻。请尝尝。"

"好,好。"尚炯见金星故意不谈官司,愈想快点知道,遂停住筷子说:"启翁,自从我听说你来北京打官司,心中就常常奇怪:像你这样襟怀开朗的人,怎么会与人官司纠缠?你既不会倚势欺人,难道还有谁欺负到你举人头上?"

金星笑一笑,端起酒杯来自饮一杯,又替朋友把杯子斟满,说:

"你别慌问我的事,弟倒要先问问兄的近况。这几年,风闻你一直跟着十八子,可甚得意?"他的声音很低,停住筷子,不转眼珠地望着对方脸孔,等待回答。

尚炯笑着点点头:"一不怕官府缉拿,二不怕仇家陷害。以天地为心,以四海为家。虽不能读万卷书,却行了万里路。"

"何谓'以天地为心'?"

"所作所为,上合天理,下顺舆情,就是以天地为心。"

"你可是指的打富济贫?"

"对。杀贪官,除豪强,拯危济困,救死扶伤,难道不都是以天地为心?当今朝廷无道,百姓陷于水深火热之中,十八子奉天倡义,救民水火,矢志打倒明朝,重建清平世界。至于……"

金星目瞪口呆,伸着舌头,心头怦怦乱跳,摆摆手不让尚炯再往下说。他走到门口,轻轻推开风门,向院中左右张望,看见确实无人,然后走回,重新坐下,心中波涛激荡,沉默片刻,猛然举起酒杯说:

"说得好,再干一杯!"

几杯热酒下肚,牛金星听尚炯又谈了几句话,句句慷慨磊落,为他平生闻所未闻,想不曾想,胸中感到又是激动又是畅快,并且很羡慕尚炯的奇特遭遇和英雄生涯。他按捺着胸中的复杂感情,用着关心的口吻打听:

"常兄,听说你们在潼关附近全军覆没,究竟如何?"

"吃亏不小是真,但并未全军覆没。目前十八子正在集合人马,加紧操练,时机一到就会重整旗鼓,石破天惊。"

"这里曾传闻他已经阵亡,近来又传闻他或在崤函山中,或在商洛山中。到底现在何处?"

"启翁,咱们是自己人,我用不着对你隐瞒。十八子的部队有一部分由他的夫人率领,在崤函山中,他本人却是在商洛山中。"

"你们如今还有多少人马?"

"这话看怎么说。要说现有人马,我不怕对你亮底,崤函山中的不算,单说闯王身边的还不到一千。"

"嘿!只剩下千把人了?"

尚炯坦然地点头微笑,说:"可是义军与官兵不同。官兵一千人只是一千人,动不动还要逃跑一些。我们的人,今日你看只有一千,明日一招呼,说不定就变成十万、八万。弟在义军数年,深知此中奥妙。目前商洛山中兵燹之余,加上天灾,粮食困难。十八子一则不愿加重百姓负担,二则要埋头休息整顿,不惹朝廷注意,故暂不急于集合多的人马。现有人马,也是分驻在几个地方。这是我们常用的化整为零,分散就食之策。"

"此话甚有道理。目前百姓生活于水深火热之中,朝不保夕,只要有人振臂一呼,谁不揭竿而起?"

仆人端进来一个暖锅,放在方桌中间。金星把酒壶放在酒铛上热一热,连敬了两杯酒。他看着尚炯虽然身在"贼伙",却扬眉吐气,不禁暗自感慨,给自己斟了满满一杯酒一饮而尽。

"启翁,请谈谈老兄的近况,使愚弟略知一二。"尚炯说,他从老朋友的眼睛里觉察出有一股愤懑和郁悒情绪。

牛金星摇摇头说:"我实在不愿多谈。处此无道之世,夫复何言?惟有搔首问天而已!"

"难道还有人欺负你举人老爷?"

"不但受人欺负,连我的功名也革了!"

尚炯大吃一惊,问:"竟有此事?"

"不惟革去功名,且被投入囹圄,几死于墨吏、豪绅、衙蠹、狱卒之手!"

医生见他气得脸色发紫,脖颈上一条血管直跳,便不再急着催他往下说,陪着他慢慢地饮了几杯热酒。

"我自己也有毛病,"金星叹口气说,"一生就吃亏在'使酒负气'这四个字上。足下不知,弟同宝丰王举人原是很要好的朋友,后来又成了儿女亲家。他的第二个姑娘嫁到寒舍……"

尚炯忙问:"可是同尧仙结婚?"

"正是佺儿。"

"既是爱好作亲,又是门当户对,岂不甚佳?"

"哼,亲戚变成了仇人!"

"此话怎讲?"

"近几年,王举人闲居在家,勾结官府,又与祥符①进士王士俊联了宗,成为一方恶霸,鱼肉桑梓。弟对王举人深为不满,当面责备过他两次,遂成水火,不相往来。王士俊同弟也是熟人。此人颇有闺门之丑,秽声四闻。前年弟因事住在汴梁,有一天王士俊请吃饭。也怨弟多喝了几杯酒,在酒宴上当着满座宾客骂他扒灰,使王士俊不能下台,十分恼恨。这就种下了一个祸根。来,对饮一杯!"

饮了一杯酒,尚神仙笑了笑,说:"这就是你过于'使酒负气'了。我们在年轻时都有此毛病,不想兄至今仍未改变。"

"岂止未改,更有甚焉。去年春天,弟在乡下走亲戚,恰遇县吏催粮,如狼似虎。弟一时看不下去,乘着一股酒劲,叫人们把他们捆起来各打几十鞭子。此事不惟触怒县令,且为一班奸贪胥吏所切齿。幸有朋友出面奔走,乡间百姓共为申诉,知县未即深究。不久,舍媳暴病死去,王举人就控弟虐待致死。王进士又怂恿知县张

---

① 祥符——宋、明、清三朝的祥符县就是开封县。

人龙百般罗织,捏造罪款,上禀巡方御史。按院根据片面之词,上疏弹劾,将弟革去举人,下入狱中。弟负屈含冤,百口莫辩。"

"后来如何出狱的?"

"幸亏一位好友周拔贡在地方上颇有声望,约着几位公正士绅代弟说情。张知县亦自知做得太过,舆论颇为不服,向周拔贡卖个人情,叫周拔贡出具保状,将弟保了出来。但只是'因病保释',随传随到,官司并不算了。"牛金星喝了半杯酒,苦笑一下,接着说:"弟为此事来京找兰阳①梁御史帮忙……"

"是梁云构梁御史么?"

"正是梁云构,弟同他是乡试②同年。"

"他可帮忙?"

"哼,俗话说得好:'官官相卫。'弟未到京,他已接王进士一封书子,岂肯帮我这个已革举人的忙?"

尚炯把右手攥成拳头,照左掌上狠狠一捶,叹口气说:"没想到兄台满腹经纶,抱负不凡,遭遇竟然如此不佳!今后如何打算?"

"回去。已择定日内就动身回去!"

"日内就走?"

"走。决计离京!"

"官司未了,回去岂不吃亏?"

"不回去有何办法?一则弟不能使周拔贡为弟受累,二则长安米珠薪桂,居大不易。回去,我看他们也不能把我怎样!"

"请千万不要急着动身。俗话说:'光棍不吃眼前亏。'以兄台正在壮年,处此乱世,倘遇机缘,不难一展所学,建功立业,使万人刮目相看。如何可以再受这班小人欺凌?难道还想重对刀笔吏乎?"

―――――――

① 兰阳——后来改称兰封县。解放后与考城合并,改称兰考县。
② 乡试——每三年各省举行一次考试,称做乡试,考中者为举人。

"弟有家室之累,如何能不回去?且弟是靠保出狱,万一衙门问周拔贡要人怎么好?决计回去,到宝丰后看情形再作道理。"

"你能否稍留几天?"

"弟已定十七动身,实实不能再留。"

尚炯感到惘然,说:"咱弟兄多年不见,还没有深谈哩!"

他的话刚落地,有两位客人进来。他们都是河南同乡,一位是不入流①的小京官,一位是上一科会试落第的举人,在西城兵马司王老爷家中坐馆②,等候下次会试。他们因金星几天内就要离京,特来话别。尚炯怕在同乡中露出马脚,同来客随便应酬几句,推说另有约会,匆匆告辞而去。牛金星也不敢挽留,把他送出大门。临别时候,尚炯低声说:

"明天早饭后我要到杨公馆看病,随后来尊寓与兄细谈,务请稍候。"

牛金星很担心别人知道他同尚炯来往,但又愿意同这位热肠的、遭际不凡的老朋友多见一面,赶快说:

"我这里来往人多,明日弟到尊寓奉访吧。"

"敝寓也不清静。兄可知道,有没有清静的吃酒地方?"

"有。西长安街有一家梁苑春,是开封鼓楼街梁苑春的分号。那里有单房间,谈话方便。"

"好。我作东道,明日望早光临,以便深谈!"

"一定不误!"

在尚炯同金星谈话时候,金星曾说了一句话:"长安米珠薪桂,居大不易。"真是言者无心,听者有意,使医生的心里一动。他想到素来不事生产、也非素丰之家的牛金星,既出了丧事,又遭到官司

---

① 不入流——明代官阶最低的是从九品,从九品之下叫做不入流。
② 坐馆——在家塾或私塾中当教书先生。

纠缠,手头一定很是拮据。回到下处以后,医生立刻取出来三十两纹银,写了一封短简,请梁掌柜派伙计送往牛金星处。这天下午和晚上,他不断地想着他同金星的会面,感到欣幸,又感到遗憾。遗憾的是,牛金星不肯在京多留,几天内就要走了。他又想时机未至,像牛启东这样有些田产又有身份的人物定不肯轻易下水。

同尚炯晤面之后,在牛金星的心上也久久地翻腾着不小的波浪。两位同乡走后,他独坐在火盆边胡思乱想。他想着自己这样一个满腹经纶的人,却遭逢末世,不得扬眉吐气,反受贪官豪强欺凌,身入囹圄,过年节也不能一家团圆,困在京城,倒不如尚炯做了名教叛徒,草莽英雄,活得舒畅。正在他越想越感慨万端的当儿,仁寿堂的伙计把银子送到。金星看了医生的信上写得十分诚恳,也不怎么推辞,把银子收下。为着筹措回去的路费,他前天忍痛卖去了他所心爱的宋版《史记》。但是因为在北京住得太久,拖了些债,回家的路费仍不宽裕。尚炯的银子正像是雪里送炭,来得恰是时候。他是一个看惯了世态炎凉的人,到北京这几个月更觉得人情比纸还薄。尚炯的慷慨相助,使他不但十分感激,也使他觉得还是江湖上的朋友讲究义气。理智上他觉得自己同尚炯不是一道人,感情上却喜欢像尚炯这样的人,并喜欢所有的草莽英雄。

第二天上午,尚炯先来到梁苑春,叫堂倌找一个雅静房间,坐下等候。过不多久,金星来了。一见面,他首先提到那三十两银子,刚要说感谢的话,就被医生拦住,说:

"自古朋友有通财之义。区区微数,何足挂齿!兄肯笑纳,足见对弟尚不见外。说一个感谢的字,就显得俗气了。不知这一点银子是否够用?"

"够用,够用。蒙兄慷慨相助,弟却之不恭,受之有愧;为着免俗,弟只好暂不说感激的话,以俟相报于异日。"

堂倌走来,报出来十几样菜。他们商量着点了四样热菜和一

个拼盘吃酒,别的菜以后再要,并要他快点把拼盘端来。堂倌走后,金星问:

"杨赞画的病情如何?"

医生笑着说:"已有起色。今日弟始敢大胆说句话:用不着再为他的性命担忧了。"

金星也大为高兴,说:"果然是妙手回春!幸而遇到你这样高手,使忠臣得以不死,为朝廷保存一点正气!"

"不过,朝廷如此无道,别说留得一个杨伯祥,即令有十个杨伯祥,有何作为?何况他也只是在反对与满鞑子议和这一点上较有骨头,在其他军国大事上未必是一个心地清楚的人。目前国势一天比一天……"

金星赶快站起来,走到门口,先向院里听听,随即又揭开帘子一边向院里望望,见小院中空无一人,这才放下心来,小声说:

"到处是东厂的打事件番子,说话务必留神。"

"我看这个地方还清静,不大有人进来。"

"不管如何,小心为妙。"金星重新坐下,低声问:"昨天不曾来得及叩问:你来到北京有何要务?"

"弟是奉十八子之命,前来看一看朝廷动静。"

"已经看清楚了?"

"尚不清楚。我是初次来京,人地生疏,又不敢公然访亲问故,只好慢慢探听。启东,你来此较久,且与中州同乡来往较多,朝廷情况,必定十分清楚。"

金星笑笑:"朝廷的事,谁都看得清楚,一言以蔽之曰:民穷财尽,势如累卵。"

"请兄略谈一二。"

跑堂的先用托盘送来了一个拼盘和一壶酒,随后陆续地送上来两样热菜。牛金星一边吃酒,一边谈着朝中朝外的种种情形。

由于他平素对朝廷不满,又感于尚炯的推心置腹,就把他平日不轻对人谈的话都谈了出来。最后他摇摇头,拈着胡子说:

"总之,目前的国运,好像一个害痨病的人一样,已经病入膏肓,成了绝症,纵有扁鹊再世,亦无回春之望。今上十一年来旰食宵衣,孜孜求治而天下日乱,以严刑峻法督责臣工而臣工徇私害公,泄泄沓沓如故。盖积渐之势已成,非一二人之力可以挽回。况又猜忌多端,措置失当乎?"

"据你看,是不是气数尽了?"

牛金星用右手中指蘸酒,在桌上写了"大明必亡"四个字,随即望望医生,悄声说:"但不知鹿死谁手耳。"

尚炯笑着说:"自然是捷足者先得之。"

金星叹口气说:"徒见天下扰攘,可惜尚未见像汉高祖和本朝洪武爷这样的人物出世。"

"也不能这么说。当洪武爷未成功时,人们谁知他是个创业皇帝?"

金星正端起杯子,听了这句话,心中有点吃惊,望着医生,不觉放下杯子,眼睛流露出不肯相信的神气;停了片刻,微微一笑,小声问:

"你这话可有所指?"

尚炯笑着点点头,也用右手中指在酒杯里蘸了一下,在桌上写了一个"闯"字。

金星问:"何以见得?"

"洪武爷虽是少有的创业之主,但是太残暴多疑。这一位,有其长而无其短。"

"请详言之,"金星说,不相信地拈着胡子微笑。他没有料到尚炯竟然如此推崇李自成,这倒要听个新鲜。

尚炯是那样地敬爱李自成,并且自认为对自成的了解很深,所以一谈起自成就不禁眉飞色舞。金星起初抱着个"姑妄听之"的态度,但是刚听了关于自成的几桩事情,就不能不频频点头,有时不自觉地用指头在桌面上轻轻一敲,脱口而出地小声说:"好!好!"正在这时,堂倌送来一盘葱爆羊肉和一碗用海参、鱿鱼和鸡丝做的三鲜汤,使尚炯的话不得不停了下来。牛金星很熟悉开封馆子的规矩是喜欢向客人敬汤,除客人自己要的汤之外,堂倌还要多送上几次汤,作为敬意,而这些汤都做得鲜美可口,很有特色。可是这个汤来得很不是时候,打扰他同尚炯的秘密谈心。他望着跑堂的说:

"今天你们不用敬汤,也不要多来伺候。需要什么汤的时候,我会叫你。"

堂倌笑眯眯地答应了一个"是"字,站在旁边仍不肯走,恭敬地问:

"有活鲤鱼,来一个吧?"

"别急。我们要慢慢吃酒。你等会儿来吧。"

堂倌又笑着答应了一个"是"字,才一弯腰,提着托盘走了。

尚炯拿起羹匙来作一个让客的姿势,同金星尝了一口,说:"味道不错,在别处的馆子里怕不会有这样好汤。"金星喝了一羹匙,说:

"咱们快回到本题吧。请快继续说下去。"

尚炯接着谈起来。他越谈越有劲,而金星也越听越暗暗地感到惊异。当尚炯谈到崇祯八年起义军十三家七十二营的荥阳大会时,金星不自觉地连饮了满满的两杯白干。

"崇祯九年,"尚炯又说,"十八子打回故乡。这米脂县古称银州,前对文屏山,后对凤凰岭,无定河斜绕城西。只有东、南、北三个城门,没有西门。十八子的人马占据了文屏山和凤凰岭,老营扎在无定河边的郭王庙,也就是相传郭子仪遇见仙姬的地方。一座弹丸孤城被围得水泄不通。城里住着十八子的几个仇人,有他当牧童时鞭打过他的主人,有向他放阎王债,又把他投进牢狱的人,有折磨过他的狱吏和书办。他的左右人都巴不得一下子攻破城池,替他报仇。城里兵力很单薄,要攻开城确实很容易。可是,你猜十八子怎么办?"

"难道他不攻城么?"

"不攻!"

"他要知县把他的仇人送出城来?"

"不,不。"

"那么他怎么办?要城中送出几千或几万两银子以助军饷?"

"哼,你简直想不到!"医生兴奋地喝干一杯酒,接着说:"他说,成大事不记小仇。还说,攻破城池,不管怎么都得死人,对不起桑梓的父老兄弟。他在城外驻了三天,秋毫无犯,赈济饥寒。还从四乡请了些年高有德的人前来赴宴。临走时候,他立马城外,唤知县到城头说话。他把两千两银子放在城下,嘱咐知县拿一千两修缮文庙,赒济贫寒士子读书,另一千两赈济城中贫民。他还说:'你倘若贪污一两银子,我下次回来,定要剥你的皮!'当众吩咐完毕,率领人马离去。你说,如此人物,古今能有几个?比之本朝太祖爷何如?"

牛金星情不自禁地用拳头在桌上猛一捶,大声说:"来,干一杯!"同尚炯对饮了一杯之后,他连说:"想不到!真想不到!"随即目光炯炯地盯着医生的眼睛,问:

"还有么?"

"有,有。可惜一时说不完。启翁,咱们且不管知县肯不肯听他的话修文庙,赒济贫寒士子读书,赈济城中饥民。从此以后,十八子的好名望在延安府深入人心,不仅穷苦百姓爱戴他,连众多的清寒士子也都异口同声地称赞他。十八子做事,就会从大处着眼,出一班常人的意表。"

尚炯又说了一阵,用一句话结束了他的介绍:"敝东十八子做的只是想着如何救百姓,收人心。"金星连连点头说:

"我也听到人们说他有勇有谋,不贪色,不爱财,与部下同甘苦,他自己的老八队也不很烧杀奸淫,却没想到他是这样的一个不凡人物。看起来他倒是胸怀大志,非赤眉、铜马①可比。像他这样的人……"

牛金星的话才说出半句,那个堂倌又匆匆进来,打断了他的话。堂倌提着一条约摸十二三两重的活鲤鱼的脊翅,请客人亲眼过目,满脸堆笑地问:

"请问,鱼怎么吃法?一吃还是两吃?"

"启翁,你是客人。你说,怎么吃?"尚炯望着金星问。

"两吃吧。糖溜一半,焦炸一半。糖溜的一半,吃剩的鱼骨头来一个鱼骨焙面。"金星对堂倌吩咐毕,转向医生笑着说:"这是咱们河南馆子的拿手菜,在别省馆子里是吃不到的。"

跑堂的按照河南馆子的老规矩,把活鱼往地上一甩,然后把半死的鲤鱼拎了起来。但是他还不走,望望桌上的三鲜汤,问:

"这碗汤不合二位的口味,我拿去换一碗吧?"

尚炯一看,汤果然早已冷了,笑着说:"不是不合口味,是我们忘记喝了。端去热一热,上鱼的时候一起端来。"

跑堂的答应一声,左手端汤,右手提鱼,笑眯眯地退了出去。

牛金星又一次站起来把门帘子揭开一个缝儿向外看一眼,重新坐下,接着低声说:

"像十八子这样的人,倘若得到几位有学问的人辅佐,那就如虎生翼,说不定会成大气候。自古成大事、建大业者,宁有种乎?虽有天命,亦在人事而已。"

---

① 赤眉、铜马——王莽的新朝末年,两支重要的农民起义军。

这句话恰恰打在尚炯的心窝里,他赶快说:"目前缺少的就是宋濂、刘伯温这样的人物。他时常同弟谈到这一点,真是寤寐求之,恨不能得。我同他也谈到过你,他十分渴慕,说,'咱如今池浅不能养大鱼,何敢妄想?倘获一晤,一聆教益,也就是三生有幸。'弟临来时候,他再三嘱咐:'老尚,你要是在北京能够看见牛举人,务请代我致仰慕之意。'启翁,你看他是如何思贤如渴!"

"啊啊,没想到你们还谈及下走①!哈哈哈哈……"

尚炯不知道牛金星的这一笑是什么意思,但是他现在决计要试一试,劝说牛金星参加起义,至少拉他到商洛山中同闯王一晤。这种希望,他在今天同金星倾心谈话之前是不敢多想的。

"启翁,我有一句很为冒昧的话,不知道敢说不敢说。"

"但说何妨?"

"张献忠那里有几位举人秀才,给他帮助很大,令人实在羡慕。如蒙足下不弃,肯屈尊到我们那里,十八子定然以师礼相待。足下可有意乎?"

金星一笑,说:"实在惭愧,有负厚爱,务乞见谅。"

"你是瞧不起么?"

"非也。你知道,弟十年来株守故园,教子读书,苟全性命,不求闻达。不惟才识短浅,不堪任使,且又疏懒成性,无心世事。"

"是不是你觉得我的话不够至诚?"

"亦非也。兄的话自然是出于至诚,无奈阔别数载,兄今日对愚弟有所不知耳。"

"弟别的不知,但知兄平素满腹经济,热肠激烈。目今百姓辗转于水深火热之中,兄安能无动于衷?"

"当然不能无动于衷。然弟一介书生,纵热肠激烈,也只能效

---

① 下走——即奴仆,古代士大夫对朋友的自谦之词。

屈子问天,贾生痛哭①而已,更有何用!"

"诸葛孔明千古人杰,如不遇刘备,不出茅庐,也不过老死隆中,既不能建功立业,亦不能流芳万世。只要际会风云,谁说书生无用?"

"弟非佐命之才②,岂能与古人相提并论?"

"请兄恕弟直言。我兄敝屣功名,高风可钦。然今日天下离乱,万姓望救心切。兄有济世之才而不用,洁身隐居,岂非自私?甘与草木同朽,宁不可惜?"

牛金星微笑不语,慢慢地拈着胡须。

"况且,"尚炯又说,"目今公道沦丧,奸贪横行,读书人想与世无争,安贫乐道,已不可得。兄年来备受欺凌,奔告无门,岂不十分显然?"

"宝丰虽不可居,伏牛山中尚有祖宗坟墓与先人薄田百亩。弟已决计俟官司完毕即迁回伏牛山中,隐姓埋名,长与农夫樵叟为伍,了此一生。"

尚炯知道牛金星并不是一个甘心与草木同朽的人,这话也不是出于真心,只不过时机不到,还不肯走上梁山。他决定暂不勉强劝他,笑着说:

"天下大乱,伏牛山也不是世外桃源。"

医生劝金星在北京多留几天,以便请教。金星归心很急,但又感于故人热情,颇为踌躇,只好说让他回去考虑考虑。直到结束这顿午餐,医生没有再劝金星入伙,只同他谈一些别的闲话。

这天晚上,金星回到下处,想着今天同尚炯的谈话,心中很不

---

① 屈子、贾生——屈原和贾谊。因前者做过《天问》,故有"屈子问天"的话。后者是西汉文帝时人,常感慨时事,叹息流涕。在他给文帝上的《治安策》中,用了不少"可为痛哭流涕者也"这样的句子。
② 佐命之才——辅佐开国皇帝打江山的人才。"命"是天命,封建皇帝都认为自己的得天下是受有天命。

平静，连书也看不下去。仆人王德进来，看见他的神色和平日不同，却不敢多问，只提醒说：

"老爷，咱们后天动身走，当铺里的几件衣服明天该取出来啦。"

金星望望他，说："急什么？后天再说吧。"

"不走了？"王德吃惊地望了主人片刻，又说："可是住在这里没有要紧事，家里都在盼着老爷回去哩。"

他没有再做声，挥手使仆人出去。"走乎不走？"他在犹豫。坐在椅里沉思一阵，仍然不能决定。尚炯劝他去商洛山中入伙的话虽被他婉词拒绝，但是他的内心深处却又一次起了很大波动，好像有谁在不曾平静的池水中又投下了一块石头。他想，难道真有一天我会像诸葛孔明一样走出隆中么？他忽然抬起头来，用慷慨的声调慢慢地背诵着诸葛亮的《草庐对》①。

他像那个时代的一般读书人一样，一遇到心情兴奋或郁悒时总爱朗诵熟记的古文或诗、词，算是借他人杯酒浇自己胸中块垒。朗读的调子很好听，就像是歌唱一样，所以也是借着唱歌来抒发感情。但是这时牛金星的心中是兴奋呢还是郁悒？是不是在朦胧的意识中把自己比做等待三顾的孔明呢？连他自己也说不清楚。朗诵毕《草庐对》之后，他的心仍不能平静下来。过了很久，蜡烛熄了，木炭却着得更旺，火光照得他脸色通红。他心中慷慨，加上几分酒意，拿起铁筷子铿地敲一下火盆，震得火星飞迸，随即朗诵出曹孟德的著名诗句。

　　老骥伏枥，
　　志在千里；
　　烈士暮年，

---

① 《草庐对》——陈寿在《三国志·诸葛亮传》中记叙了刘备到隆中三顾草庐，向诸葛亮请教大计。诸葛亮的一段答话很有名，后人把这段答话题做《草庐对》或《隆中对》。

壮心不已！

朗诵毕,他从火边站起来,绕室彷徨,直到深夜。后来刚躺到床上,他忽然想起来一个朋友,心中遗憾地说:

"要是宋献策没有离开北京就好了!"

第二天,尚炯给杨廷麟看病以后,又来约牛金星去梁苑春吃酒谈心。他只劝金星往商洛山中同闯王一晤,也被金星拒绝了。从梁苑春出来时,大街小巷,家家都在敬神,大门口挂着花灯,放着鞭炮,有的人家还放着烟火。尚炯和牛金星决定先到正阳门外商业繁盛的地方看看,然后往东城去看灯市。于是他们从西长安街转至江米巷,进武功坊到了正阳门内棋盘街。

在正阳门那里,只见月光下成群结队的妇女,有很多穿着白衣白裙,像潮水似的从城门洞涌进涌出,几乎连道路都阻塞住了。有不少年轻男人,故意在妇女群中乱挤,以便偷偷摸摸地占点儿便宜。有时,有些妇女因为身上什么地方被陌生男人的手摸一下或拧一下,或脚尖被人故意踏一下,发出来小声怒骂,但也有不少妇女吃了哑巴亏,一阵心跳,脸红,慌忙地躲进女伴堆中。那些盼望早日生子的妇女们,用力挤到大开着的城门边,把门上的圆木钉子摸一摸;往往还来不及摸第二个钉子,就被挤走了。有的妇女比较幸运,可以抢着摸几个钉子。摸过钉子之后,她们怀着幸福的心情,怀着甜蜜的希望,随着人潮离开了城门洞。

尚炯和牛金星在热闹的棋盘街看了一阵,又走到离大明门不远的地方站住,凭着围绕棋盘街的白石栏杆偷眼向大明门里张望。大明门朱门洞开,禁卫森严。门外挂着一排很大的朱红纱灯,垂着穗子。门内是东西千步廊,挂了无数纱灯,望不到尽头。金星悄悄地对医生说:

"千步廊北头是金水桥,过了金水桥就是承天门,再往里是端门、午门。听说承天门两旁有解学士①写的对联:'日月光天德,山河壮帝居'。那午门内就是九重宸居!"

尚炯没敢做声,但心中闪过了一句话:"也只剩下一个空架子了。"

金星怕惹出是非,用肘弯碰碰他的朋友,向正阳门洞走去。他们随着摸钉的妇女们挤出正阳门,挤过正阳桥,才到了前门大街。牛金星笑着说:

"北京风俗,说是元宵节走过正阳桥可以除百病,腰不疼,所以这些妇道人家都要挤着过桥。咱们今晚一过,也可以一年无病了。"

尚炯说:"幸而有很多懒人和忙人不来过正阳桥,不然,北京城的医生只好抄着手喝西北风了。"

二人哈哈大笑,继续往南走去。正阳门大街十分热闹,有玩狮子的、玩旱船的、踩高跷的、放烟火的、耍龙灯的、猜灯谜的。看了几个地方,牛金星拉着尚炯的袖子挤进一处猜灯谜的人堆中,随便一望,立刻指着一个灯谜向尚炯咕哝说:

"这一个谜面是'挑灯闲看牡丹亭',用的是钱塘妓女冯小青的诗句,谜底我已经猜到了,很巧,也很雅。"于是他指着谜纸向主人大声问:"这个谜底是不是王勃《滕王阁序》上的一句:'光照临川之笔'?"

"是,是。您先生猜中啦!"主人笑着说,赶快撕下谜纸,取了一把湘妃竹骨的白纸折叠扇交给金星。

周围的人们用欣喜和羡慕的眼光望着金星和扇子,有几个人称赞他猜得好,也称赞灯谜出得好。金星拉着医生走出人堆,笑着说:

---

① 解学士——解缙,明初人,官翰林学士,为历史上有名的才子,民间流传许多解学士的故事。

"这把扇子虽然眼下没有用,可是这是一个吉利。走吧,我们进崇文门逛灯市去。"

尚炯愉快地说:"但愿你今年百事顺利。"

他们在崇文门内吃了汤圆,歇歇脚,继续往灯市走去。愈近灯市,人愈拥挤。等到了东单往北,米市大街上人山人海,简直无法前进。他们用力挤了一阵,看看不容易挤到灯市口,便从金鱼胡同穿过来,在八面槽和东安门大街看了看,从皇城南夹道转到东长安街。尽管所谓"九衢灯市"只看了少部分,而且最热闹的部分没有看,但尚炯已经为那些竞奇斗胜的彩灯惊叹不止。在东长安街上走着时候,他听见走在前边的两位外省口音的人正在谈话。一位老者向一位戴方巾的中年人问:

"听说因为万岁爷圣情寡欢,宫中今年的灯节不如往年之盛,未知确否?"

"我也听说如此。"戴方巾的叹口气,感慨地说:"在往年,每逢灯节,宫眷①与太监都穿灯景补子②蟒衣,并于乾清宫丹陛上安放牌坊灯,于寿皇殿安放方、圆鳌山灯。崇祯元年,宫中的灯节特别讲究,牌坊高至七层,鳌山高至十三层。目今国步维艰,当然不能像往年那样了。"

老者也感慨说:"国家愈来愈穷,自然是今非昔比。听说在崇祯初年,宫中有珍珠灯,高四五尺,全用珍珠穿成,每一颗珍珠有一分多重;华盖和飘带皆用众宝缀成,带下复缀以小珠流苏。一尺多高的珍珠灯,据说一共有四十九盏。宫中各殿都有极贵重之彩灯数盏。殿陛甬道,回旋数里,全有白玉石栏,石栏外边每隔数尺远有雕刻精致的龙头伸出,颔下凿有小孔,专为悬插彩灯之用。无殿

---

① 宫眷——妃嫔和宫女统称宫眷。
② 补子——缀在蟒衣前后心的方形丝织品,上边按照品级绣着不同的图案。灯景补子只在灯节时用。

陛石栏处,立有莲桩,每桩悬挂琉璃灯一盏。紫禁城中各处所悬各色花灯,共有数万盏。遇宫女成群嬉耍,碰落几盏,顷刻间就有太监拿新的换上。如此太平豪华景象,转眼间已成陈迹!"

尚炯用肘弯碰了金星一下,放慢脚步,小声说:"不要说宫中的珍珠灯,就以前天我在灯市上看见铺子里卖的那些灯,有一百两一架的,有数十两一盏的。一灯之费,可活数口之家。真不愧繁华帝都!"

金星冷笑一下,说:"玩灯的人们只知安富尊荣,何尝知道天下小百姓嗷嗷待哺,易子而食!"

尚炯把牛金星送到西长安街,快到府右街口时仍然依依不忍分手,又站在行人稀少的地方同金星谈了一阵。他苦劝金星暂留京师,将来同他一起动身;如金星怕家中悬念,可派仆人王德先回,川资不须金星费心。金星感于老友的深情厚意,只得同意。两人并商定二月下旬离京,由太原南下,以求安全。今天下午,金星曾同医生谈过宋献策是一位了不起的人才,不久前从北京赶往太原去经纪一位朋友的丧事,他们路过太原时也许能同他遇见。医生正想替闯王物色天下人才,对此更加高兴。

金星回到寓所,已经三更过了;虽然腿脚很困,却没有一星睡意。想着中原的局面不久就要大变,李自成的种种不凡,以及尚炯再三劝他同自成一晤,他的心情比昨夜更加不能平静。像一般孔门的读书人一样,他相信《易经》的卜卦,自己会文王课,也会邵康节①的梅花数。每逢遇到重大问题时,他往往自己起个卦,以决疑难或预卜吉凶。现在夜静无事,他洗洗手,坐在桌边,用三个铜钱占了一课,得"飞龙在天,利见大人"之卦,心中一喜。又想了一阵,仿佛预感到自己扬眉吐气的日子快要来到,随即兴致勃勃地摊开

---

① 邵康节——北宋人,邵雍字尧夫,门人谥为康节先生。在哲学上是一个主观唯心主义者,编造了一种叫做梅花数的占卦方法。

猜灯谜得到的白纸折叠扇,挥笔写道:

大火流金①,
天地为炉;
汝于是时,
伊、周大儒②。

北风其凉,
雨雪载途;
汝于是时,
夷、齐饿夫③。

噫!
"用之则行,
舍之则藏,
惟我与尔有是夫!"④

写毕,他念了一遍,认为方孝孺的这首《扇子铭》很能够说出他自己的思想和品格,并且想道,他今后怕要成为伊、周,要像孟子所说的"兼济天下"了。他从抽屉里取出八宝印泥,在题款下边盖了一颗小印,又在铭文前边盖一颗闲章,刻着"淡泊以明志"⑤五个篆字。等到墨干了,他把扇子合起来,放进箱里,然后熄灯就寝。但是过了很久,直到听见鸡叫,他还在胡思乱想,不能入睡。

二月下旬,他们从北京动身了。因为娘子关和倒马关两条入

---

① 大火流金——意思是太阳毒热,把金属晒得熔化。
② 伊、周大儒——伊尹和周公。
③ 夷、齐饿夫——不食周粟,饿死在首阳山的伯夷和叔齐。
④ 用之……是夫——孔丘的话。
⑤ 淡泊以明志——诸葛亮有两句有名的话:"淡泊以明志,宁静以致远。"

晋的道路都有游兵和土匪骚扰,他们干脆出居庸关,走阳和、大同入晋。路程虽远,倒是比较平稳。一路上虽然风餐露宿,不免辛苦,但幸而天气晴朗,遇马骑马,遇驴骑驴,遇骆驼骑骆驼,倒很方便。金星因为这条路是自古以来的军事要道和边防重地,所以沿路把里程远近,关山形势,一一记了下来。每到一个重要地方,他总是用鞭子指着苍茫的山川,雄伟的长城,古老的城堡,告诉他的朋友:某朝某代,某年某月,在这里发生过什么战争,经过的情形怎样。尤其是关于对蒙古也先的战争,土木之变①,他谈得特别详细,好像亲自参加了战争一样,并时时流露出不胜愤慨的情绪。这些谈话使尚炯在心中十分惊佩,简直不明白一个长期住在内地的人竟然对边塞情形如此留心,这般熟悉。

"真是了不起的人才!"他在心中说。"我要想尽办法劝他同闯王一晤!"

不过半月,他们到了太原。把行李往客店一放,打去身上和脚上尘土,洗过脸,就一起去找宋献策。在太原府城隍庙前住着一位医生名叫袁潜斋,是河南开封人,十多年前以拔贡分发山西候缺,后来见天下大乱,无意在官场浮沉,遂以行医糊口,在晋省颇为有名。这位袁医生也精于六壬、遁甲,并善看相,深得柳庄②三昧,但是并不以这些数术小道卖钱,更不轻易替人看相。他住在太原,暗中结交了不少江湖豪杰,同早期陕西农民义军领袖王嘉胤也有过关系。宋献策同他是极要好的朋友,这次来太原就是为经纪他的丧事。牛金星和尚炯一路问到府城隍庙,找到了一座黑漆小门楼,果然看见门框上还钉着一块朱漆木牌,上写着"大梁袁寓",两扇门关得很严。敲敲门,没人答应。询问邻居,回答说正月间从北京来

---

① 土木之变——公元1449年秋天,明英宗亲征蒙古,在土木堡兵溃被俘,历史上称做土木之变。
② 柳庄——袁琪字廷玉,号柳庄,明初鄞县人,以相法著名,受成祖所重。后代所说的柳庄相法就是他父子传下来的。

了一位宋先生,照料了袁先生的丧事,已于三月初送袁先生的灵柩和家眷回河南去了。金星和尚炯不胜怅惘,叹息而回。

他们在太原休息三天,看看名胜古迹,游了晋祠,继续赶路。等他们到了平阳,金星的仆人王德已经从家乡回来在那里等候两天了。他向主人报告说,自从金星往北京去后,王举人有点心虚,害怕把事情闹大,经周拔贡和朋友们从中调停,答应和解。

"奶奶巴不得官司快了,"仆人说,"把大相公叫回宝丰,忍气吞声,同他和了。"

"怎个和法?"

"少不得治席请客,由大相公出面,在王举人面前低低头,赔个不是。另外卖了一处庄子,拿出八十两银子打扫衙门①。"

金星把桌子一拍,骂道:"混账!没想到小畜生这样骨头软,没有出息!"

"这全是奶奶的主张,怨不得大相公。按照大相公的意思也是宁折不弯,同王举人一拼到底。"

金星气得说不出话来,但事情既然是出于娘子的主张,他不能再骂儿子牛佺。过了半天,他又问:

"另外呢?关于那个死的?"

"叫咱家重新请了一百个和尚、道士,做了七天道场,替死的人念经超度。"

"唉,唉!"

金星沉重地叹两声,低下头去。他本以为事情就这么结束了,但是当他重新抬起头时,看见王德的嘴唇嚅动了几下,似乎还有什么话想说又不敢出口,就问:

"还有什么事没有说出来?"

---

① 打扫衙门——官司结束时,输的一方或被告拿出钱来送给衙门中的官吏和衙役,并治席请客,叫做打扫衙门。

"奶奶不叫我告诉你老人家,怕你生气。"

"快说出来。"

仆人吞吞吐吐地说:"王举人一心要讹去咱家的那只宣德炉①和那把扇子,非要去不依。奶奶想着既然他存心讹咱,如今人家有钱有势,刀把儿攥在手里,咱要留也留不住,留下反而是个祸根,不如给他,从此心净。奶奶气得流着泪,心一狠,牙一咬,说:'把这两样东西都送给他! 咱以后永远离开宝丰,少受欺负!'"

金星气得脸色发紫,两手打颤,抓起来桌上的茶杯往地上摔得粉碎。他想叫骂,但是他叫不出来,呼哧呼哧喘气,在屋里来回走着,脚踏得铺砖地通通响。尚炯听见他摔茶杯子,从院里走进来,看见他如此气恼,连忙问:

"启翁,莫生气。为了何事?"

牛金星恨恨地说:"我就知道,他早就存心讹我的这两样东西!"

尚炯摸不着头脑,又问:"到底为着何事?"

"我现在气得说不出来,随后谈吧。唉,光甫,我,受尽欺负,简直要把肚皮气炸!"

"天色还早,咱们到汾河岸上走走如何?"

金星没有回答,又来回走了几步,把牙根咬得生疼,然后站在仆人面前,怒气冲冲地问:

"家里还有别的事情么?"

仆人说,他来的时候,全家已经搬回卢氏了,宝丰只留下一个老伙计看房子,照管庄子。金星点着头小声说:

"搬得对,搬得对。"

"奶奶说'小乱住城,大乱住乡',早就该搬回伏牛山里。"

金星不再问家里事情,转向尚炯说:"走,光甫,咱们到外边走

---

① 宣德炉——明朝宣德年间(1426—1435)宫中制造的铜香炉,十分名贵。

走,散散心去。"

他们走出平阳西门,信步来到汾河岸上。渡口有不少逃荒的难民,扶老携幼,瘦得皮包骨头。岸上的庄稼长得很不好。麦苗已经打苞,可是又黄,又低,秆儿又细,并且很稀。豌豆还没结荚,可是官路两旁有不少豌豆苗儿已经给灾民吃光了。在渡口旁边的河岸上坐下以后,尚炯见牛金星的脸色仍很难看,劝解说:

"官司了了,家也搬了,事情已经过去,不必放在心上。我听说有个宣德炉给王举人讹去了,虽说欺人太甚,但究竟是身外之物,为这点事气坏身体实在不值。将来有报仇的日子。"尚炯笑一笑,小声补充一句:"有朝一日,不须你牛启东动动小指头,叫你的仇人跪在你的脚下求饶。到那时,你愿意怎样报仇就怎样报仇。这样的日子,我看不远。"

金星不觉小声问:"不远?"

"等麦后我们来到河南,我包管你能报仇。眼下让他们横行去,'多行不义必自毙,子姑待之'①,大丈夫报仇十年不迟,何况只用等几个月?气坏了身体可不值!"

"光甫,你不知道,这口气实在难忍。起初先严作宝丰教谕,为着伏牛山中过于闭塞,决定在宝丰落户。可是寒舍在宝丰住了几十年,到底是漂来户,强龙不压地头蛇。王举人倚势欺人,言之令人发指。如今弟才明白,原来他处心积虑想讹走舍下所藏的两件东西!其实,弟平日对古董并不看重,只是这两件东西是先父遗物,弟虽不肖,何能将先父遗物拱手送人!王举人趁弟不在家,贱内怕事,讹诈而去,叫弟如何甘心?此仇不报,弟将无面目见先严于地下!"

"一件是宣德炉,还有一把什么扇子?"

———————

① 多行……待之——这是引用春秋时郑庄公的话,见《左传》隐公元年。

"扇子是万历初年先严在北京候选①时在古董铺中买的,为马勋②所制,上有文待诏③的书画,先严甚是宝爱,目前文待诏的书画不难见到,马勋的扇子就很少了。更痛心的是,扇子上有几行跋语是先严手泽!"

"请放心,不要多久,这两件东西定会完璧归赵。此事放在弟身上好啦。"

"此仇不报,弟死不瞑目!"

"既然官司已了,府上已安然迁回故乡,兄心情如此郁悒,何不同弟入陕一游?"

牛金星没有回答。这时他的心中仍在矛盾,又想到商洛山中同闯王一晤,又担心万一将来大事不成,身败名辱。另外,既不是李自成"三顾茅庐",又不是由自成正式礼聘,而仅仅是由尚炯相邀,他便由北京到商洛山中,终觉心上有个疙瘩。但是他又想着自己已经快四十五岁了,难道就这样白白地郁闷以终?他望着奔流的河水,忽然不胜感慨地叹口气说:"逝者如斯夫,不舍昼夜!"④同时他想着不惟半生抱负落空,反而丢掉了举人,断送了前程,身入囹圄,贻祖宗父母之羞,又不禁发出恨声。

尚炯问:"老兄为何不语?"

"我还是想先回到舍下看看,再作决定。"金星慢吞吞地说,自己也觉得这句话并没有多大道理。

"贵价刚回,府上情形,兄已尽知。如怕令嫂夫人悬念,可差贵价明日回府,就说足下安抵平阳,顺便往西安访友,不日返家。这

---

① 候选——明代举人、贡生在京候吏部选授官职,叫做候选。
② 马勋——明朝永乐年间,折叠扇才开始流行。在宣德和弘治年间(1426—1505)出现了几位以制扇出名的民间工艺美术家,马勋是其中之一。
③ 文待诏——文徵明(1461—1559),明朝常州人,大书画家兼诗人,曾做翰林院待诏的官。
④ 逝者……昼夜——这是孔丘的话,把光阴比做逝水,昼夜不停地奔流而去。

样,府上也就放心了。"

牛金星苦笑不语,心中盘算:"怎么好？去不去？嗯？"

"既然老兄对去商洛山中仍有犹豫,弟不敢勉强。西安为自古建都之地,老兄何妨趁此时机,前往一游,岂不比闷居深山为佳？"

看一看关中名胜,长安古都,也是牛金星的多年宿愿。但是他明白尚炯劝他去西安的真正用心不在看名胜古迹,而是希望拉他同十八子一晤,所以他突然笑着说:

"光甫,我们少年时同窗数载,你跟我一样都是读孔孟之书,受师长之教,真没料到,你今日变成了这样人物！"

"你说我变在何处？"

"自从咱俩在北京见面,你的心时时刻刻都在为十八子经营的买卖着想,你完全忠心耿耿帮他做生意,同他那个商号的人们变成了一家人,已经是水乳交融。光甫,你入他们的伙只有几年工夫,变化如此,令我为之欣羡,更为之吃惊。"

医生笑着说:"启东,你说欣羡是假,吃惊倒是真的。"汾河岸上的春风吹动着他的三绺长须,有一绺散乱地飘飞肩上。医生将一捋长须,然后接着说:"其实,这也没有什么可以吃惊的。你我虽系少年同窗好友,同读孔孟之书,同受师长之教,可是从根子上说,你我毕竟大不相同！"

金星:"嗯？……"

医生说:"府上在卢氏与宝丰两地都有田产,虽非富有,也有三百多亩土地,两三处宅子。令尊大人为卢氏名拔贡,受地方大吏①保荐,由吏部选授宝丰教谕,也算是朝廷命官。弟家三代在乡下行医,既非富裕,也无功名。这就是足下与我在根子上大不相同之处。"

牛金星轻轻点头,没有做声,等医生再往下说。

---

① 地方大吏——指省一级的地方长官。

"自幼读书,老兄受师长父母之教,一心想从科举仕途上飞黄腾达。只是后来会试不第,老兄才淡于功名富贵,留心经世致用之学。弟在少年时候,虽不如足下那样富有才华,但在乡里儿童中也有颖悟之称。只是,我从没有想到读书做官,功名富贵。先王父①与先严都盼望我继承家风,长大后做一个好的医生。我自己也很用功读书,指望在塾中读书时打个好根基,日后读古人医书不难。咱们那里的乡下内科大夫往往只会背熟《汤头歌》,连《本草纲目》也只能看懂一半。至于所谓城里名医,真正能看懂《黄帝素问》、《灵枢经》、《金匮要略》与《伤寒论》等书的,十不有一。弟矢志读书,就是为此。在许多醉心举业的同学眼中,我是素无大志,卑卑无足道也。启东,我幼年学做八股文的笑话你忘了没有?"

牛金星一想起尚炯的幼年趣事,忽然忍不住扑哧笑出声来,但他故意说他已经记不清了。尚炯回忆幼年生活,越发兴致勃勃,趣味风生地接着说:

"我十二岁那年,先生出了一句'四书'题是'三十而立',叫咱们学做破题②。你跟大同学们都是用心用意做的。先生对你做的破题特别夸奖,说你日后必有大成。先生看了我做的破题,气得吹胡子瞪眼睛,把醒木一敲,厉声问我:'尚炯!你写的这两句是什么意思?说!'启东,你还记得我是怎么写的?"

金星笑着点头:"记得,记得。你写的是'两过十五之年,虽有板凳、椅子而不敢坐焉'。"说毕,纵声大笑,笑声压倒了头顶飞过的一阵雁声。

医生接着说:"我原是故意闹别扭,也知道自己要挨打,可是一板正经地对先生说:'我这个破题做得很恰切,没有做错。'我随即

---

① 先王父——死了的祖父。
② 破题——八股文的开头二句,点明题目意思,叫做破题。声调有一定格式,常用"焉"字落尾。学童学做八股文,要从学做破题入手。

解释说:'两过十五之年'就是三十岁,有板凳、椅子不坐,那就只好'而立'了。先生又将醒木一拍,大喝一声:'跪下!'我是一个秉性倔强的孩子,硬不肯跪。无奈先生叫大学长①将我按倒在板凳上,扒开我的裤子,由先生狠打一顿板子,打得我屁股红肿。打过之后,先生问我:'尚炯,你以后还敢不用心学做八股么?'我哭着说:'先生,常言道读书人如不能为良相,当为良医。这话你也对我们说过。我不像牛金星他们有大志气,也不是做宰相的坯子,只想长大了做个良医,替人治病。做八股对我没有用,请你以后莫逼我做破题吧!'后来先生看出我确不是那种'学而优则仕'的上等材料,不再鼓励我在举业上争取上进,把我学做八股的一课免了。"

牛金星感慨地说:"少年时想从举业上飞黄腾达的同学们都饱尝了世路坎坷,落得灰心丧气,更莫望能为良相,你倒果然成为良医了。"

尚炯说:"且不说我是不是成了良医,再接着谈我走的道路如何与别人不同。我十八岁跟着先严在乡下行医,一年四季同穷百姓打交道。咱那儿行医,照例没人给钱。每年麦收和秋收之后,到各村去向病家收点粮食。多的给三升五升,少的给一升半升,实在日子艰难的就一粒粮食不给。百姓苦,我家也苦。百姓如何活在水深火热之中,我比你做举人老爷的清楚得多,和穷百姓有同感。七八年前,我就是为着替穷百姓打抱不平,一怒打死了富豪家的狗腿子,与富豪为仇,只得逃到山西,做一个有家难归的走方郎中。后来遇到了高闯王率大军自秦入晋,路过平阳一带,我一狠心投入义军,成为十八子帐下医生。义军中优待识字的人,尤其优待会点儿医道的人。在家乡为着糊口,也为着百姓的病很杂,我原是内科、妇科、儿科的病都治。只是我家世代在外科上比较拿手,有些祖传的外科手艺和秘方,只传长子。我这手外科本领,在义军中颇

---

① 大学长——私塾中老师指派年纪较长和他信得过的学生帮他管理学生,俗称大学长。

有用处,大家对我就更加青眼相看。我呢,平生既不想做官,也不想发财,就有点喜欢侠义,所以投入义军以后,同大家一混熟,如鱼得水。所好的是先严、先慈都在弟去山西以前病故,拙荆也在弟去山西后不久病故了,故乡中别无牵挂。"

牛金星说:"你遇到像十八子这样英雄,待为知己,肝胆相照,也算是三生有幸!"

医生说:"其实自古为良相的并不是都从举业出身,一靠自己确实有经济之才,二靠风云际遇耳。启翁,同我去西安一游如何?"

"到西安一游?"

"到西安以后,我陪你玩几天,看一看名胜古迹,那大雁塔是必然要看的。然后,足下暂留西安,弟回商洛山中一趟。十八子听说足下到了西安,一定欣喜欲狂,立刻派人迎接足下驾临山中。你们见过之后,弟亲自送兄回卢氏,决不留你久住。"

"好吧,就同你作西安之游吧。"金星说,心上的疙瘩解开了。停一停,他又加了一句:"至于商洛之行,到西安后看吧。"

第 二 章

年年春天,李自成都是在马鞍上和战争中度过,从没有像今年春天这么安静和闲暇。每天早晨,他天不明就起床,迅速地梳洗毕,在院里打一套拳,活活筋骨,再舞一回剑,然后东边的天上才现出来一抹淡青色的亮光,树枝上的乌鸦和山鹊开始啼叫。他带着几个亲兵走出村子,看中军和老营的将士早操,一直到太阳升到东山头上很高时,他才同将士们一起回村。早饭以后,如果没有特别要事,他总是坐在书房里,用白麻纸写一张仿,然后看一个时辰的书。有时他整个上午不出去,在屋里读书和思考问题。

这天上午,他因为心中有事,没有办完功课就骑马出村。头一件使他不愉快的事情是,昨天夜里,有四个人去一个叫做张家湾的三家村强奸民女,刚进屋里,恰好巡逻队从村边经过,那四个人赶快退出,从一条小路逃走了。今早他得到报告后非常生气,派人去告诉总哨刘宗敏,要他务必赶快把这四个人查出来,斩首示众。为着不使犯法的人们畏罪逃跑,这件事对全营都不声张,在大将中除告诉刘宗敏外,也只有田见秀知道。他叫田见秀在早晨亲自去抚慰那家受欺侮的老百姓,保证破案,依照军法处理,决不宽恕,也嘱咐老百姓暂不要对外人言讲。

李自成总在思索:他已经宣布过几条军律,凡奸淫妇女者定斩不赦,为什么这样的事情还会发生?昨晚上发生的这件事,是老八队的将士们干的呢,还是新入伙的人们干的?近来有几百个本地的老百姓和杆子入伙,纪律不好,偷鸡宰羊的事情常常发生。几次他都要按军律严办,可是田见秀总是说:"不要操之过急,对这些才上笼头的野马要有一点耐性才行。"难道这又是他们干的么?但他也想,老八队的人们也会干出这样事来。过去几年,老八队的纪律虽说比官军和别的义军好一些,但奸淫、掳掠、杀人、放火的事情还是不少。近来他虽然下决心整顿军纪,不许再有奸淫掳掠的事,可是人们还不习惯严守军纪,也不信他的军律都能够不打折扣。军中的大敌是破坏军纪的各种歪风邪气,整顿军纪就是同歪风邪气作战,你稍一松懈,敌人就有机可乘。要将形形色色的人们建成一支纪律森严、秋毫无犯的仁义之师,时刻要用心用力,好像逆水行舟,不进则退。愈想他愈觉得这一次非杀一儆百不可,即令是新入伙的某一个杆子头领犯了军纪,他也决不姑息。如果杀了一个杆子头领会引起一部分人哗变,那就宁肯多杀几个人也要把义军的纪律树立起来。不然,如何能救民水火?如何能叫做起义?

第二件使他不愉快的是一件挥霍公款的事。有一个叫做王吉元的,原是张献忠手下的人。去年冬天自成去谷城那一次,献忠送给他一百名弟兄,王吉元就是带队来的小头目。自成因他作战勇敢,武艺不错,就对他另眼看待,派他在高一功的中军营做一名小校。高一功总负责筹措粮饷,所以他就带一部分弟兄活动在蓝田境内,随时从西安方面偷购粮食和布匹运回,有时也向一些山寨富户打粮。王吉元因为常同当地的杆子来往,结交朋友,有一次就在赌博中输去了公款五百多两银子。他非常害怕,急得又想自尽,又想逃跑。正在这时,高一功听到风声,把他逮捕。

高一功是一个非常正直、律己很严、眼睛里容不得一点儿灰星的人,怎么能容忍手下人拿公款随便输掉?何况目前军中十分困难,一个钱都不能随便乱用?更何况闯王已经下了决心,要在全军中雷厉风行地整顿军纪?他把王吉元抓到之后,本想立即斩首,但又想不如将王吉元送回老营,由闯王把他正法,以便在商洛山中号令全军。于是,他把王吉元五花大绑,派几个弟兄押送前来。那些平日同王吉元感情较好的小头目和弟兄们,知道王吉元送到闯王处定死无疑,在他出发前弄一些酒肴给他送行。高一功对这事也不阻止。王吉元深悔自己荒唐,落得这个下场,同朋友们洒泪相别,哽咽说:

"我做了错事,犯了军纪,死而无怨。你们在闯王的旗下好生干,千万莫学俺的样。咱弟兄们二十年以后再见吧!"

自成昨天就接到了高一功的禀报,知道了王吉元所犯的严重罪行,并知道犯人在今天上午就可解到。这件事虽然不像奸淫和抢劫那么地使他痛恨,但是按情理也决难宽容。昨晚他问过了刘宗敏和李过等的意见,大家异口同声地主张将犯人斩首示众。可是睡了一夜,他自己的想法变了。杀与不杀,在他的心上矛盾起来。早饭后不久,他骑马出村去看将士垦荒,还没有拿定主意,走不多远,恰遇着几个弟兄把王吉元迎面押来。

王吉元一见闯王就跪在路边,低着头不说话,等着斩首。因为明白自己很对不起闯王,他也无意向闯王恳求饶命;只是临死前想起来家中有一位老母亲没人照顾,不免心中有点酸疼。

自成把他打量一眼,跳下乌龙驹,狠狠地踢他一脚,问道:"我听说你输掉银子以后,又想逃跑,又想自尽,可是真的?"

"都是真的。"

"妈的,没有出息的东西!"自成骂了一句,回头对亲兵们说:"先抽他一百鞭子!"

自成的亲兵们一向受他的熏陶,不赌博,不酗酒,纪律严明,今见王吉元在军中十分困难时候输掉了五百多两银子,个个气愤,一听闯王吩咐,立刻把王吉元的上衣剥下,按倒在地,用鞭子抽得皮破肉绽。他们想着,按照往例,打过之后,跟着当然是斩首示众,所以随手把王吉元从地上拉起来,喝道:

"跪好！脖子伸直！"

王吉元侧着头向身旁的亲兵们说："请弟兄们帮个忙,把活做干净点儿。"

一个平日担任斩人的亲兵拔出鬼头大刀,回答说："兄弟你放心,决不会叫你多受罪。"他随即转向闯王问："现在就斩吧。"

自成挥一下手,说："把他的绳子解开。"

所有的士兵们都莫名其妙,不知道闯王是什么意思。王吉元也莫名其妙,瞪着吃惊的、惶惑的大眼睛,并不叩头谢恩。他原是被五花大绑的,刚才因为要在他的脊背上抽皮鞭,必须扒掉上衣,所以把脖子里和两臂上的绳套解开。只剩下手腕上的绳子未解。这时亲兵们把他的手解开了,却用疑问的眼睛望闯王：难道就这样饶了这混蛋小子不成？自成对押解犯人的几个弟兄说：

"把他搀到寨里去,给他点儿东西吃,等他的伤好了以后再来见我。"

王吉元仍然瞠目结舌,心神迷乱,不知道是怎么回事儿。那个替他解绳子的亲兵突然明白了闯王的意思,照他的屁股上踢了一脚,喝道：

"还不快磕头谢恩！"

王吉元这才明白自己已经得到赦免,伏身叩头,几乎把脑门磕出血来,却不知说什么话好。李自成叹了口气,恨恨地责骂说：

"该死的畜生！弟兄们没有粮食吃,老百姓也在等着咱们的赈济才能活下去,你竟敢把买粮食的银子输掉！你有几颗脑袋？你看我不能够剥你的皮？……去！伤好后快来见我！"

闯王骂毕,纵身上马,扬鞭而去,没有再回头看一眼。走没多远,老营总管从背后飞马追来,向自成问道：

"闯王,王吉元不杀了么？"

他回答说："王吉元虽说该死,可是也怨我自己疏忽,没有把这样的事儿订在军律里。将士们酗酒、赌博,挪用公款,在敬轩那里原是可以马虎的。王吉元才来三四个月,不晓得咱们这里和张帅那里不同。你去替我传令全军,以后严禁赌博,违令者重责二百鞭子。倘有盗用公款一两以上者打一百鞭子,十两以上者斩首!"

"是!"

自成怀着不愉快的情绪来到野外,看将士们开荒种地。跑了几个地方,看着看着,他心上的不愉快情绪就无形中消失了。在一个山脚下他遇见田见秀正在督率将士们播种杂粮。为着解决驻在商洛山中的粮食困难,除向附近山寨中的大户借粮和派人扮做商贩往汉中一带购粮外,按照李自成的屯垦计划,全营都在雷厉风行地开荒。田见秀总负其责,称做督垦。田见秀对开荒种地是个行家,也非常有兴趣,常常打着光脊梁,同弟兄们一起用镢头挖地,刨石,挑土垒堰。如今他正在犁地。这是新买到的一头牛犊,才上套,需要耐心调教。孩儿兵王四在前边牵着牛绳。见秀用左手掌着犁把,右手拿着鞭子,不断地用平静的声调对牛犊重复说:

"沟里走!沟里走!"

牛犊像一个顽皮和不懂事的孩子,有时听话,有时不听话,急躁而任性地向旁边跑,离开犁沟。遇到这种情形多的时候,王四就发起急来,转过身来用牛绳子狠狠地打它几下。田见秀和蔼地说:

"小四儿,别打,别打。它才学犁地,性子急,不知道顺犁沟走。你越打它越急。"

闯王在地边笑了,心里说:"玉峰这人,对牲口也这么慈善!"他跳下马,叫见秀同他坐在田边草地上,对身边的亲兵说:

"你们谁会掌犁,去犁几趟吧。"

田见秀说:"不用。牛犊力气小,也该让它歇一阵。"

王四听说叫牛犊歇歇,就从地里走出来,跑到一群孩儿兵中间,帮他们用镢头挖山坡。牛犊静静地立在田里,啃着蹄子边的几棵小草。一只红下颏的小燕子,落在它的脊背上,翘着长尾巴,快活地闪了几下翅膀,呢喃几声,随后和同伴们贴着草地飞去。

自成问:"天旱,种包谷能出么?"

见秀说:"先种下去再讲。天不下雨,挑水浇吧,能出多少是多少。节令到啦,不能耽误。"

"这里要到山坡下边去挑水,太远。"

"浇水是困难,可是咱们不能坐等天公下雨。咱们北方天旱,庄稼人对浇水反不注意,一味靠天吃饭。南方就不是这样。几年前咱们在和州、滁州一带,那儿水多,可是庄稼人还常常用水车浇水。南方不是没有大旱,可是成灾的时候较少,就因为老百姓有浇水习惯。"

"玉峰,你对庄稼活真是留心!我平日只知道你很看重做庄稼,常说'农桑为立国之本',却没有想到你在金戈铁马中还常常揣摩做庄稼的道理。这次大家举你做督垦,可真是举对啦。"

"倘若有朝一日,天下太平,我能够解甲归田,自耕自食,得遂平生之愿,那就好了。"

"又想到解甲归田!好,等打下江山,咱们一道儿种地去吧。"

李闯王哈哈地大笑起来,随后向一个士兵要过来一把镢头,同大家一起在荒坡上点种包谷。等挖得浑身出汗,他把外边的几件衣服脱掉,只穿一件湿漉漉的、补着许多补丁的单裤子,继续挖地。尽管他在这里暂时用的李鸿基这个名字,也不让部下在老百姓面前叫他闯王,但是老百姓近来都很明白他是何人。他们一点儿也不怕他,站在附近望着他嘻嘻笑着,小声地赞叹不止。

快近中午时候,闯王派一名亲兵回老营告诉总管,他不回去吃午饭,要到李过那里看看,下午还要到总哨刘爷那里;倘有什么要事,可到李过或宗敏那里找他。

李过负责全营的练兵工作,称做督练。这个名称到五年后改为督肄,属于兵政府。闯王在侄儿那里谈了些有关操练的事,同将士们蹲在一起吃过午饭,亲自到校场看将士们练习射箭和操演阵法。将士们在操演阵法时虽然部伍整齐,纪律严肃,但变化较少。他不由地想起来他缺乏一位深明阵法的军师,心中有一点空虚之感。

另外有一队步兵在操练长枪,自成也走近去看了一阵。最近几年,他为着行动迅速,几乎完全变成了骑兵。骑兵作战一般喜欢使用刀剑,用长武器的较少。如今马匹一时不易补充,不得不训练一些步兵。根据闯王意见,每个步兵要练熟两种武器,一种是枪,一种是单刀或剑。俗话说枪为诸兵之王,这是因为枪是长武器,而枪法又变化多端。士兵会用长武器,一跃而前,敌人在二丈以内,即令用较短的木杆枪,也可将其杀伤。枪法变化多端,对于各种武器如棍、剑、叉、铲、鞭、锏、戟、双刀、单刀、大刀①、牌镋,都有破法。但长枪也有弱点。如遇劫营、巷战、争夺城门、攀登城寨,长武器就不如短武器。在这些场合,刀、剑、鞭、棒最为得手。这一队步兵在长枪与短刀两种兵器的操练上,以操练枪法为主。他们有些是本地农民新入伙的,有些是本地的小杆子入伙的,大多数没有练过武艺。根据自成多年的临阵经验,弟兄们如果手执长枪,纵然练得不熟,也很有用;如果手执短武器,用得不熟,和徒手相搏差不多。

在自成的大将里边,只有刘芳亮枪法最精。枪法在明代分为十七八家,但崇祯年间在全国最著名和影响最大的不过六七家。一切武艺的传播都靠师傅亲授,不靠文字,所以就是这六七家最著名的枪法,能够得其真传的人也很少。在社会上流传的往往是些皮毛,或是些不管实用的花枪。刘芳亮的枪法得自家传,本来就根基很深,后来随着李自成驰驱各省,每遇到各派高手就虚心请教。

---

① 大刀——指有长柄的刀。至于双刀和单刀所用的刀,可以统称短刀。

他起小跟随父兄练的是当时流行于关中的沙家枪法,后来融会了杨家枪法、石家枪法、马家枪法、少林枪法、汉口枪法等,广集众长,自成一派。去年冬天进军川北、川西时,遇到峨眉山的老和尚普恩,又请教了真正的峨眉枪法,从此技艺更进,达于神化。

可是刘芳亮现在随同高夫人在崤函山中,只好在闯王身边的将士中挑选教师。挑来挑去,最后决定让自成的叔伯兄弟李鸿恩担任枪法总教练。他是一个二十三岁的青年将领,在叔伯兄弟中排行十二,所以人们都称他李十二,或十二帅,李过叫他十二爷,而自成仍呼他的乳名恩子。潼关南原大战之前他就负了重伤,当人马路过杜家寨时,他和别的重伤人员被留下来,隐藏在山洞中,一个月前才完全治愈。他作战十分勇敢,又是自成的小弟弟,所以自成很爱他。可是他有时依仗是自成的弟弟,李过的叔叔,做出些违反军纪的事,使自成对他不敢重用。虽然经过多次教训,他还是不能像别的将领一样处处严守军纪。这次自成派他做步兵总教练,率领二百多名新弟兄驻扎在一个村庄里,本来有点不放心,害怕会闹出什么事故。但又想着,李过是督练,做事十分认真,而每天操练又都在一起,就放心了。

李十二把这二百多人分作两队:第一队是用一丈八尺到二丈四尺的竹竿做枪身,俗称竹竿镖;第二队用不足一丈的木杆子做枪身,根大盈把,尖径半寸,身硬如铁。李十二挑选身体轻捷、善于纵跳的弟兄们参加第一队,用沙家枪法教他们;挑选身大力强的参加第二队,教他们石家枪法,但是他凭着自己的心意,在石家枪法中多少杂有少林枪法。他把二百多弟兄这样分开,是根据兵器的性质和人们身体条件决定的。竹竿镖身长而软,重要在善用双足,必须身随其足,臂随其身,腕随其臂。进退迅速,是竹竿镖临敌制胜的关键。第二队用的木杆枪,枪身较短,而又粗硬,重在十斤出头,没有很好的腕力不能使用,使用时臂以助腕,身以助臂,足以助身。

少林寺本来擅长棍法,后来从棍法中变出一派枪法,主要特点是连戳带打,但也刚柔相济,颇为实用。李十二为着教练这一队弟兄,很费了一番心思,才把少林枪法的一部分特点用在石家枪法之中。

自成站在校场里看了一阵,对于鸿恩的教练工作大为满意。不过十几天工夫,鸿恩已经把这两队新弟兄初步引上了路。自成从队伍中叫出两个弟兄,命他们做出苍龙摆尾势和灵猫捕鼠势让他瞧瞧。他点头称赞几句,又指点出他们身法、步法的毛病。随后他自己耍了一套杨家枪法,又向大家讲解使枪的基本道理,并说枪是长武器,必须学会如何作短武器用,方得其妙。不然,万一一刺不中,或没有中在吃紧处,被对手短兵一入,收退不及,便为长所误。要会短用,就得着重练身法、步法。他说这是戚家军①练习枪法的一个妙诀,要大家务必注意。讲过之后,他望着叔伯兄弟问道:

"恩子,三个月管上战场么?"

"二哥,只用练上两个月,保管使用!"

李自成觉得鸿恩的眼神很不自然,似乎害怕同他的眼光正面相对。这感觉使他突然想起:自从他来到校场以后,鸿恩就似乎在假借卖力教练,回避着他。"难道是他么?"自成想到强奸民女的案子,心中疑问,但马上他就回答自己说:"不会吧,他不敢!"他想,鸿恩在他的面前态度不自然并不奇怪,因为他是兄长,一向对弟弟有些过严。于是他望着鸿恩的眼睛笑着说:

"两个月管使用?我要的是精兵呀。"

"谁说不是要练成精兵?当然是精兵。若是操练两月不使他们成为精兵,二哥,你砍我的脑袋!"

自成哈哈大笑,说:"好,我记着你吹的大话!"

他还想在校场里停留一阵,可是刘宗敏派一个亲兵飞马而来,

---

① 戚家军——戚继光统率的军队。

请他同李过速去议事。闯王的心中一动,明白是为着那件事访查出一些眉目。在这刹那间,他又觉察到鸿恩的眼神有些畏惧不安,但是他又一次想着自己的疑心没有根据。在要离开时,他对鸿恩鼓励说:

"恩子,好生练吧。别看这两百多弟兄少,日后他们就是咱们成立步兵的根基。用心操练个模样出来!"

李过因为正在指挥操演阵法,离不开身,也不知道宗敏要商议什么事,对闯王说:"二爹,你去吧,用不着我也去啦。"自成想着他不去也可以,并不勉强,自己上马去了。

李自成离开校场大约走了十里山路,来到了一个湾子里。离村子二里多远,没有看见房舍,只看见山那边一片树梢,传过来热热闹闹的打铁声音。根据新的计划,把原有的铁匠营大大扩充,另外成立了弓箭棚、盔甲棚、火炮棚,统称兵器营。交给刘宗敏兼管督造。闯王眼下来到的正是弓箭棚、铁匠棚与火炮棚所在的村庄,四面都有岗哨,戒备严密。

弓箭棚就在靠近村边的一座草棚子里,有十来个人在那里工作。自成知道田见秀一时到不了,所以不急于见宗敏,下马后先走进弓箭棚瞧一瞧。几天不来,这里又做出来许多新弓,有柘木的、檍木的、桑木的,按照大、中、小三种挂成三排。他取下来一张大弓拉一拉,感到满意。地上堆了许多牛角,成色不齐。有纹理很顺、十分润泽的,一看就知道是稚牛的角;有纹理不顺、缺乏润泽的,是老牛的角;还有一种纹理虽顺,却无光泽,那是瘦牛或病牛的角。自成知道目前困在山中,牛角来源困难,摇摇头,嘱咐不好的牛角尽量不用。他正要离开,那位从蓝田县请来的弓箭师傅赶快从身边一口破木箱中取出来一对牛角,每只有二尺多长,纹理极顺,青多于白,润泽如玉,笑嘻嘻地捧给他看,说:

"闯王,你看这一对牛角怎样?"

自成接在手里说："好,好,很是难得!哪儿来的?"

"这是从近来买到的几百对牛角中挑出的。遇着识家,这一对牛角的价钱就能够买一头黄牛。我打算拿这对牛角替你做一张弓,木料也选定了。"

"什么木料?"

老师傅把靠在墙上的一根木料递给闯王,说："就是这根料子,请你敲两下听听声音。"

闯王接住木料,一看是柘木的;用牛角敲了两下,声音很灵。他笑着说：

"好料子,离根远,也干透了。"

"闯王,还有难得的东西呢!"老师傅高兴得胡子翘着,又从破箱子里取出来一个绵纸包,打开来是一小盘筋条,捧给闯王说："你瞧,这才是一点宝物!"

闯王虽然平日事事留心,特别对制造兵器的知识很丰富,可说是经多见广,却一时认不出这是什么筋条,问道：

"是什么兽筋?"

"不是兽,是天上飞的。"

"鹳筋么?"

"对,就是鹳筋!"

"哪儿来的?"

"不瞒闯王,这一点鹳筋我藏了上十年,多少人想要它做弓弦我都不给。宁肯饿饭,我也不卖给人。我来到这里以后,亲眼看见你闯王行事仁义,又对俺们手艺人极其有恩。我再也没法子报答你闯王,只有替你老做一张好弓表表心意。前几天有人回蓝田,我给俺老伴儿带个口信,找出这点鹳筋,托顺便人捎来啦。"

闯王连声说好,爽朗地大笑起来。在古代,有许多人,特别是弓箭老匠人,都认为做弓弦牛筋不如野兽筋,野兽奔跳迅疾,用兽筋作弓弦射出的箭也特别迅疾。到了明末,就有人用鹳鸟腿上的筋做弓弦,认为鹳是鸟,飞的比走的更疾。李自成不相信这种说法,但是老弓箭师傅的这番情谊却使他深受感动。他拍拍老师傅的肩膀问:

"老曹,你到咱这儿快有一个月,过得惯么?"

"大帅,看你说的!别说过得惯,我心里可畅快死啦。只要闯王你不嫌我年纪大,我还想入伙哩。你看,我这块料,入伙行么?我才四十八岁,还不到五十哩。"

"行,行。只要你愿意入伙,赶快派人去把你的老伴儿接来好啦。"

"接老伴儿干吗?嗨,又不是年轻人。目下跟着大帅打江山,等打下了江山接她不迟!"

"老曹,你……"

"闯王,你还不明白?上次我对你谈过咱的苦根子。俺家三辈儿当弓箭匠,到我这一代已经干了大半辈子。论手艺,有手艺;论勤快,够勤快;论人,咱说一不二,自来不欺老哄少。可是人好,手艺好,勤快,顶屁用!咱自小儿受穷罪,受欺负,直到如今,半截子入土啦,越来越没路。儿子前年给抓去当兵,不知已经肥了谁家的地。三门头守一个小孙子,孤苗儿,去年害了病,没钱吃药,小辫子翘啦。媳妇儿没指望,处在这兵荒马乱的年头儿,咱也不放心,穷人家守的什么节,走啦。俺老夫妻俩时常对着哭,往前看,四十八里不点灯,望不尽黑洞洞的。去年到今年又是灾荒年,过了破五就断顿儿,又没有活做,正打算出外讨饭。心里想,这次出去,反正是死在外乡,回不来啦,等着喂狗吧。没想到咱这里招弓匠,咱就来啦。一来就享福啦。"说到这里,他用袖头揩一下湿润的眼角,深深地叹口气,然后接着说:"如今,不要说我喂不了狗,也不受谁欺负啦。从前,大小有点势力的人跺跺脚叫咱趴下,咱就趴下去;想用脚踩在咱头上,咱就赶快把头低下去。咱一辈子都是逆来顺受,在人家的脚板底下过日子。如今什么样?不管是头目和弟兄,都把咱当个人看待,不称曹师傅不说话。就拿你老跟督造刘爷说,也没有把咱曹老大当外人看待。人不能不要心口窝里四两肉。想想从前,看看现在,头打烂也要入伙!闯王,你老要我我也入,不要我我也入,反正我老曹死心塌地跟着闯王闯江山,死也不离开老八队!"

闯王高兴地说:"你愿意留下,不再回去,好极啦。咱们这里很需要像你这样的弓匠师傅。眼下吃点苦,日后打下江山是咱们大家的,有福同享。你给老伴儿捎钱没有?"

"捎啦,捎啦,"曹老大快活地说。"前几天有顺便人,已经把钱捎去啦。老婆子不知烧了哪炷香,这个荒春不担心饿死啦。"

闯王跟他开玩笑说:"大概这炷香烧在神前啦。"自成想走,但又拿起来那一对珍贵的牛角,啧啧称赞,问道:"老曹,你打算给我做几个力①的弓?"

"我想替你做成二十个力的弓,你看怎样?"

"你是要我平时练习用还是临阵作战用?"

"自然是临阵作战用。平时练习,八九个力的弓就行了。"

"我作战的时候喜欢用强弓。老曹,你尽量替我多做几个力吧。"

"做二十五个力,行吧?"

自成笑着摇摇头。

"再加两个力行吧?"

自成仍是笑而不言,微微摇头。

曹老大向左右的人们望望,又望着闯王说:"好,替你做三十个

---

① 力——我国上古和中古测量弓的强度以"石"(dàn)为单位,到了明代或稍早一点,大概由于制弓技术的进步,改为以"力"为单位。一个力是九斤十四两(或云九斤四两)。相传十个力等于一石。

力吧,这可是特号强弓!"

自成放下牛角,在弓箭师傅的肩上拍一下,回答说:"老曹,还差一点,你替我做成三十五个力的吧,免得亏了你的好材料。"

曹老大张大嘴啊了一声,惊叹说:"这样强弓,不妨碍马上左右开弓,你老真是神力!"

闯王回答说:"自幼喜欢拉强弓,已经习惯啦。比这再多几个力的弓也可以在马上拉满,不至于弓欺手①。"

他离开弓箭棚,走不多远就到了热闹喧天的铁匠棚。铁匠棚现在有五十多个铁匠,大部分是从士兵中挑出来的,一部分是从各地招雇的铁匠老师。这五十多个人分在四个草棚里,每一个草棚有一个小头目,称做棚头。全铁匠棚由一个哨总统带,称做铁匠总管。自成先走进第一座铁匠棚里,同大家打了招呼,看了一阵,向棚头询问了两三天来的工作情况,随后走到一个炉子旁边。掌钳子的师傅是从杜家寨来的包仁。当包仁从炉子内把烧得通红发软的铁料夹出来放在砧子上时,闯王从地上掇起来一把大铁锤。包仁笑着说:

"闯王,你又要抡大锤么?"

"我要跟你学手艺哩。"自成说,"怎么,你还是不收我做徒弟?"

"好说,好说。"包仁左手掌钳,右手拿着小铁锤在烧红的铁料上连敲几下,说:"打!用力打!"

包仁用小锤子指点着,闯王和一个翘鼻子青年士兵一替一下抡大锤。打了一阵,一个枪头的模样打成了。包仁把这个半成品送进炉里,笑着说:

"闯王,你是天上的星宿下凡,谁也不敢收你当徒弟。别看我有了一把年纪,我也怕折寿!"

自成同包仁说笑了一阵,直到把枪头使了钢,完全打成,才离

---

① 弓欺手——这是射箭技艺上的一句成语。手强弓弱叫做手欺弓,弓强手弱叫做弓欺手。

开包仁。他正在大步向外走,一抬头看见柱子上贴了一张红纸,上边写着一首诗。虽然字写得歪歪扭扭,还有一个别字,但诗倒很有意思:

　　天遣我辈杀不平,
　　世间曾有几人平!
　　宝刀打就请君用,
　　杀尽不平享太平。

他把诗看了两遍,连着点了几下头,望着大家问:"这是谁写的?"

棚头停住铁锤说:"禀闯王,写是我写的,诗是大家编的。"

"大家编的?"

"是的。起初我想了一句,想不起来了。接着,张三凑一句,李四凑一句,凑了七八句。大家又一琢磨,琢磨成了四句。"

"诗写得不坏,有意思!"

自成走到第二个棚子门口,看见刘宗敏光着上身,脊梁上淌着汗,正在抡大锤。他的旁边站着一个士兵,又害怕,又羞惭,不知如何是好。自成知道宗敏又发了脾气,可能这个工作不卖力气的弟兄会挨一顿臭骂或甚至一顿鞭子。他正要进去同宗敏说话,宗敏已经看见了他,把大锤交还旁边站着的那个士兵,抓起衣服向他走来。

"你把王吉元杀了没有?"走出棚子以后,宗敏站住问。

"我打了他一百鞭子,饶他一条性命。"

"这太轻了。为什么不斩首示众?"

自成挥退左右,放低声音说:"王吉元原是敬轩的人,为着五百多两银子杀了他,日后见敬轩怎么说呢? 咱们同敬轩之间本来就犯了生涩,不必为这件事儿使敬轩骂咱们打狗不看主人面子。"

"可是以后别人也犯了这样的罪呢?"

"我已经传令全军,下不为例,今后凡赌博者受重责,凡盗用公款银子十两以上者斩不赦。"

"看着敬轩的情面,只好饶他的狗命吧。补之怎么没有来?"

"咱们谈谈吧。他正在指挥操练,用不着叫他也来了。"

"可是事情就出在他那里,顶好是交他处理。"

"你查出是什么人干的事?"

"鸿恩。"

自成的心上一寒,登时气得脸色发青,说:"该死!谁同他一起去的?"

"他带着自己的三个亲兵。"

"真是该死,会是他做出这事!"

"怎么办,饶了他这一回吧?"宗敏问,不转睛地望着闯王。

闯王明白宗敏是拿话试他的口气,他没有马上回答,在心中愤愤地说:"偏偏是我自己的兄弟破坏了我的军纪!"宗敏见自成有点犹豫,随即说:

"闯王,怎么办?你自己处理好不好?"

"不,捷轩。你办吧,执法如山,不要推辞。正因为他是我的兄弟,更不要徇私情轻饶了他!"

尽管闯王的口气很坚决,竭力不在宗敏面前流露出他的矛盾感情,但是他的沉重的脸色和十分干涩的声调,怎么能瞒得住宗敏呢?事实上,宗敏的心中也很难过。自从他参加自成的老八队以来,他亲眼看见自成的本族子弟跟随起义的有几十个人,大部分都在战场上阵亡了,剩下的只有几个人,其中有的人在从汉中府一带向潼关的长途进军中被官军打散,尚未归队。如今留在自成身边的只有李过和李十二,还有自成的亲兵头目李强,是他的族侄。单凭这一点说,他刘宗敏也有些不忍心真的把鸿恩问斩。何况,鸿恩在自成的堂兄弟中是个顶小的,有时人们也叫他李老幺,自成一向对这位小弟弟表面很严,骨子里很亲。两年前路过泾阳时,李十二也曾怂恿士兵淫掠,当时自成也很震怒,说要杀他。他听说不妙,跑去跪在高夫人面前,像一个大孩子似的揉着眼睛,二嫂长二嫂短地缠磨着高夫人替他讲情。自成终于只是痛骂他一顿,打他几耳光,踢几脚,并没杀他。一个"李"字分不开,兄弟毕竟是兄弟!这一次是不是又像那次一样,说杀不杀呢?所以听了闯王的话以后,刘宗敏一时拿不定主意,低着头不做声了。

闯王见宗敏不做声,自己也不做声。他低着头,用靴尖踩着一棵小草,狠踩,狠踩,但这完全是下意识动作,毫无目的。几年来死去的本族兄弟和子侄们的影子都浮现在他的眼前,使他的心中酸痛。恰在这时,他的一个亲兵从老营飞马来到,向他禀报说老神仙已经从北京回来,请闯王快回老营。自成立刻对宗敏说:

"快跟我到老营去,听听北京的情形!"他向来的亲兵问:"别的大将们都知道尚先生回来了么?"

"双喜已经派人去分别传知啦。"

"捷轩,咱们走吧?"闯王又看着宗敏问。

"走吧。"宗敏向一个亲兵挥一下手,"鞴马去!"

宗敏和他的十几个亲兵的战马很快地鞴好牵来。为着闯王的事业,他很想劝闯王从自己的亲人开刀,树立军纪,可是这话怎么好说呢?略微踌躇一下,他走近闯王身边,凑近他的耳朵小声说:

"自成,那件事还是你做主吧。要是打算严办,我就派人去把鸿恩同他的三个亲兵抓起来,免得他们会畏罪逃跑。"

闯王此刻一方面确实恨鸿恩,一方面还有点不忍心真的把他问斩,但这种私情却无法出口。他忽然把一线希望寄托在以宽厚著称的田见秀身上,回答说:

"抓起来吧。今晚我请玉峰哥和你一同审问。"

当闯王和刘宗敏回到老营时候,医生已经吃过饭,还喝了点酒,带着风尘色的脸孔变得通红。闯王一进大门,还没有看见他的影子,先听见他的大笑和这么一句话:

"看起来,有咱们的天下!有咱们的天下!"

闯王一进屋里,看见袁宗第、李过和田见秀已经都来了,正在同医生谈话。他向医生拱手道劳,拉着手问了几句关于旅途上的情形,就一摆手让亲兵们和闲杂人员们都走开了。紧接着他关心地问:

"子明,快谈谈,朝廷的情形怎样?"

尚炯拈着胡须说:"朝廷上的事情么?谈起来多啦,一下子可说不完。"

"拣重要的先谈。"

"好,谈重要的,不重要的以后细谈。"

尚炯把朝廷上民穷财尽、政治腐败和上下离心的种种实情,一五一十地谈了出来。李自成听了以后,满怀兴奋地望着刘宗敏和田见秀说:

"你们看,怎么样?大明的气数真的要完了,咱们还不加劲儿干?"

田见秀说:"确实,朝廷已经弄得焦头烂额啦。好比四处起火,八下冒烟,顾了这一头顾不了那一头。日后收拾这个局面的说不定就是我们。捷轩,你说是么?"

刘宗敏把大腿一拍,说:"有干头,有咱弟兄们的天下!自成,咱们早点树起大旗怎么样?"

自成笑一笑,摇了摇头。袁宗第拍了一下膝盖说:

"对!我看也不如早点树起大旗。闯王,别等敬轩啦。他靠不住!请你快派人去崤山里叫大嫂子同明远把人马撤回来,一会师就动手!"

闯王向田见秀望望,见他笑而不言,随即说道:"咱们目前顶要紧的事情是练兵,准备马匹、兵器和粮食。"他又向田见秀的脸上扫一眼,近来因为粮食缺乏,田见秀和许多将士们的脸上都有菜色,并且浮肿。"粮食顶要紧,顶要紧。要是眼下就不管三七二十一大干起来,咱们的垦荒固然吹了,老百姓也闹得没法收成。这儿的灾情已经够重,要是再不休兵安民,让百姓喘口气,多少收点庄稼,捷轩,别说老百姓要饿死,咱们也要饿死。总得首先叫老百姓有吃的,不饿死,咱们也才能够不缺粮食。"

尚炯说:"闯王,你说的很对。俗话说:'民以食为天。'目下离麦季只有一个多月。让老百姓收季麦子,喘口气儿,确实要紧。虽说到处天旱,麦苗很坏,可是收一点总比不收好。"

刘宗敏点头说:"也好,等收了麦,不管敬轩动手不动,咱们从这里先动手,杀到河南。"他望着尚炯,用十分赞佩的口吻说:"老尚,你真是一个神仙!你到北京人地生疏,住的日子也不算长,会把朝廷的事儿打听得这么清楚,说起来入木三分。原先自成说只有你去北京顶合适,我可没想到你办事这样出色!"

尚炯笑着说:"这不是我办事出色,是有一位出色的朋友帮了大忙。要不是遇到这位朋友,光凭我这块料,即令在北京住上一年,也别想对朝廷的事知道得这样清楚!"

自成赶紧问:"是一位什么样的朋友?"

"闯王,我对你谈过一位牛举人,你可记得?"

"记得,记得。你在北京找到他了?"

"不但找到他,我还把他请来了。"

"啊?!请来了?在哪里?在哪里?"

"现在西安。"

"在西安?为什么不请到这里?"

刘宗敏也抱怨说:"你真是!为什么不带他一道来?"

医生含笑说:"我怕你们两位不愿意同他见面。"

刘宗敏大瞪眼盯着医生,不明白他的话是什么意思,说道:"不愿意同他见面?老尚,亏你还是闯王的心腹人!自成平日跟你无话不谈,你也自认为深知他的心思,会说出这样的话!你到底为什么不把他带来?怕路上不平稳?"

尚炯笑而不答。宗敏把他的神情又打量一下,看出来他的笑里边含有文章,又想着这个老医生也不是那号着三不着两的人,从来不在重大的事情上开玩笑,说出不冒烟的话,如今怎么会平白无故地在闯王和他的面前冒凉腔?他想要尚炯快说出来笑里边藏的文章,就对自成说:

"子明是胡扯的。什么牛举人,马举人,别信他。要是真把那位牛举人从北京请到西安,他就会把他带来见咱们。别信他!"

尚炯哈哈地大笑起来,心里说:"瞧,他们在打仗上有经验,在跟举人、进士打交道上还是第一遭,对这些人的脉理乍然还摸不清呢。"不过,就在他大笑当儿,李自成已经猜出来一点谱儿,同田见秀交换了一个眼色。

李过向尚炯笑着问:"到底是怎么回事儿?越说你是神仙,你越是神神鬼鬼的。快说吧,到底这位牛举人来了没有?"

尚炯说:"确确实实地来到西安。我特意回来向你们禀报,听候你们吩咐。"

刘宗敏大为高兴,爽快地说:"赶快派人去请他来,还有什么别的话?其实,你应该带他一道来,用不着向闯王禀报。你这是六指儿搔痒,额外多一道子。"

尚炯又笑起来,说:"我自己带他来?牛举人一直三心二意地不愿同我到西安,看起来是他对啦。"

田见秀笑着说:"子明,你放心。咱们的闯王平日思贤如渴,虽不能亲自去西安相迎,可是也决不会有失礼节。"

闯王接着说:"玉峰说得对。咱们一定要专诚相迎,隆重接待。捷轩,在这样的事情上咱们都是外行,得听尚大哥的,你太性急啦。"

刘宗敏恍然记起,赶快说:"对,对。我忘记三请诸葛的故事啦。"

大家都大笑起来。尚炯心上的小疙瘩顿时解开,一边笑一边在心里说:"这样,牛启东就不会拿捏着不肯来了!"在这同一片刻,袁宗第在快活的笑声中不由地想着:"一个举人就拿这么大架子?几年来十三家义军攻城破寨,不知杀过多少举人、进士,还有比这班人更大的官儿。今日咱们用着了读书人,一个举人就这样拿捏身份!"不过这种不舒服的想法只在心上一闪就过去了。

闯王请尚炯谈谈他是怎样把牛举人从北京请到西安的。等医生把经过一五一十地说了一遍,自成跳起来走到医生面前,拍着他的肩膀说:

"尚大哥,你这件事办得太好啦!太好啦!这比你探听朝廷的消息还重要,实在难得!既然牛先生已经到了西安,我们务必请他来一趟。可惜我不能亲自去西安接他,怎么办呢?"他寻思着,一时想不起一个适当的人代表他前去西安。

刘宗敏的眼睛一转,说:"我看,这样吧,还是请尚大哥往西安辛苦一趟,咱们派一位大将在半路相迎,等客人来到时,咱们几位重要头领都随闯王下山,迎出数里之外,不好么?"

田见秀点头说:"照,照!这个办法很好,就请补之到中途相迎。只是子明刚到家,还没休息,又得几天奔波了。子明,你的身体吃得消么?"

闯王望着医生微笑,却不做声。医生把大腿一拍,站起来说:

"咱们一年三百六十天骑马打仗,东奔西跑,去西安接个朋友,这算得什么辛苦!好,我明天就去西安。"他笑一笑,接着说:"这一次,我是名正言顺,奉着你闯王的命去迎接他,说话就有了分量啦。"

闯王问:"要不要派双喜儿随你同去,格外显得我的诚意?"

另外派个人随他同去,以示隆重,这正是尚炯所希望的。但是他担心双喜没有去过大地方,怕万一会出纰漏。他想了片刻,另外也没有合适的人,摇摇头说:

"算啦,还是我一个人去吧。我一个老头子不至于惹人注意,多一个年轻人反而不好。"

刘宗敏说:"二虎已经回来,叫二虎同去好了。"

二虎是刘体纯的小名。他的哥哥刘体仁小名叫做大虎,早已经牺牲了。虽然自从他在农民军中有了点名声以后也取了"德洁"二字作为表字,但自成夫妇和几位年长的大将都喜欢仍叫他二虎。他是在他们的眼皮下长大的小兄弟,叫他的小名不仅是叫惯了,也含着亲密的感情。为着他特别机警,二十天前派他去谷城和房县同张献忠和罗汝才联系,察看动静,昨天才回。大家都很同意派他同医生前去西安。

刘宗敏听说献忠那里有个徐以显,便问牛金星比徐如何。医生用鼻孔哼了一声,说:

"启东是王佐之才,徐以显正是俗话所说的狗头军师,如何能跟他相比!"

刘宗敏笑着说:"好家伙!你把这位牛举人捧到天上了!"

"我不是故意替他吹嘘。他确实是宋濂一流人物,可惜蹉跎半生,未得一展所学。刘爷,你只要同他见面一谈,就知道他是一个怎样的人。"

闯王说:"咱们太需要这样的人。怎样打仗,怎样练兵,咱们还有些经验,可是光凭这也成不了大气候。自古成大事的都不是光靠打仗。如何经邦安民,那里边有许多学问,咱们还有些外行。"

刘宗敏说:"干脆,咱们把这位牛举人留下,请他做军师吧。"

田见秀也说:"对的,想办法把他留下。咱们以先生之礼相待。"

宗敏望着尚炯说:"老神仙,你看怎样?咱们打开窗户说亮话,只要他是个人才,咱们决不会亏待他。有朝一日咱们的闯王坐了天下,他就是当朝宰相。怎么,能把他留下做军师么?"

大家的眼光集中在医生的脸上,等待他回答。李过看见他拈着胡须,笑而不言,忍不住说:

"尚神仙,留住牛举人这出戏,全靠你唱了。"

尚炯说:"这出戏我只能唱前段,后半段就得靠闯王跟诸位将军唱。"

闯王满怀高兴,但没做声。过了片刻,他慢慢地说:"就怕水浅养不住大鱼。咱如今刚打了败仗,人家牛举人未必会留在这里。"他笑了笑,又请医生谈清兵在畿辅的种种情形。

关于卢象升在蒿水桥阵亡的消息,他们早已听说,但不像尚炯所谈的那样仔细。尽管他们同卢象升打过几年仗,在战场上是死敌,但是都对他坚主对清兵作战,反对议和,得到那样遭遇,还有点同情。闯王摇头说:"卢象升虽是被朝廷弄到兵败阵亡,也算死到一个正经题目上。"刘宗敏用拳头向桌上一捶,骂了声:"崇祯这一伙儿,他妈的!"随即问道:

"那个杨廷麟贬出京了么?"

尚炯回答说:"我离开北京时他还没有出京。背上长了个疽,几乎死了。"

他接着把如何救活了杨廷麟并坚决没要杨宅的酬谢,对大家说了。大家都称赞他这事办得好。

当大家同尚炯坐在一起谈话时候,李鸿恩和随同他去做坏事的三个亲兵被逮捕到了,拘禁在老营的偏院中。当尚炯去厕所时,

鸿恩在屋中叫道:"尚先生救我!"医生抬头一看,吃了一惊,走去问道:

"十二,为的什么事呀?"

鸿恩并不隐瞒,把实情对医生说了。医生摇摇头,叹口气说:"唉,年轻人,真是荒唐!好吧,我替你讲情试试,请闯王和刘爷看我的老面子饶你不死。以后,可不能再坏军纪。"

医生和闯王等人谈到定更以后,又吃点酒,才回他自己的住处休息。临走时,他向闯王替鸿恩讲情,但闯王并不做声。他转向刘宗敏说:

"捷轩,十二虽然犯法当斩,但请姑念他年轻无知,留下他的性命。他跟随闯王六七年,从十四五岁的毛孩子长成大人,挂过多次彩,在战场上出生入死,忠心耿耿保闯王。他作战勇猛,武艺也好,这几年立过不少功。俗话说,千军易得,一将难求。这次留下他一颗脑袋,以后他就不敢啦。"

宗敏把眼睛一瞪,说:"老尚,我何尝不知道他是个有出息的小伙子?不用说他是自成的叔伯兄弟,他也是在我的眼皮下长大的,同我自己的兄弟一样。可是军法如山,该斩不斩,以后叫哪个遵守军纪?他是闯王的兄弟,就应该以身作则,不要犯法才是;既然犯了法,就得与别人一律同罪!"

"捷轩,你说的道理很是,不过,不过,法是死的,用是活的。十二几次受重伤,都是我亲手救活了他的命。这次请你看个面子,还让我救他一命行不行?"

"你快回去休息吧。能不能饶他一死,等我同闯王、玉峰审问了他再说。"

医生不好再讲什么话,十分放心不下,向自成、宗敏和见秀望望,含着泪苦笑一下,转身走了。宗敏立刻向自成问:

"现在就审问吧?"

"审问!"自成说。"玉峰,你同捷轩一同去审问,一切由你们二位做主。"

在审问时候,李鸿恩照实承招,只求不杀他,让他在下次打仗时战死沙场。他的三个亲兵中有一个叫做陈魁,一口承招李十二去强奸民女的事是他怂恿的,他愿意受千刀万剐,只求饶十二不死。审过以后,刘宗敏和田见秀到院里商议。田见秀主张只将陈魁杀掉,留下鸿恩的一条性命,重责一顿,让他戴罪立功。刘宗敏从感情上也不愿杀他,但认为他既是闯王的兄弟,倘若不杀,将士们必有许多闲话,以后如何叫别人遵守军纪?再说,那些新入伙的兄弟既有本地农民,也有平日惯于扰害平民的杆子,如果放过了鸿恩,对这些人就没法厉行军纪了。所以他主张狠狠心斩了鸿恩。他们商量一阵,便同去见闯王,请他自己决定。宗敏说:

"闯王,这件事,如今全营上下无人不知。或重责一顿皮鞭,或斩首示众,全由你决定,不过要快。夜长梦多,耽搁一天,闲话就起来了。"

"王子犯法与庶民同罪,是我的兄弟更不可轻饶。杀吧,杀吧!"自成低声回答说,心中酸痛,声音有些打颤,同时在心中骂道:"为什么这事情偏出在恩子身上?该死!"

田见秀在一旁说:"你多想一想,打他几百皮鞭也是一个办法,可不杀就不杀。老尚说的很是:千兵易得,一将难求。"

这一夜,李自成为这事十分难过,不能成眠。有时在他的眼前出现的是拖着鼻涕、在灰堆中同群儿嬉戏的小恩子,忽而一变,出现在眼前的是衣服破烂、面黄肌瘦的一个少年,又顽皮又害羞地缠磨着高桂英,恳求说:"二嫂,你替我求求二哥,带我出去吧,我要随二哥一起打江山!"这后一个印象是崇祯五六年间的事情,那一次自成率人马回一趟米脂故乡,把鸿恩和村中一大群青少年子弟们带了出来。从那时起,鸿恩在自成的培养下成长起来,变成了一员青年猛将。他在童年时代就跟着村中大人们练习枪法,后来又得到刘芳亮的用心指教,武艺大进,立了许多功,流过许多血,死过几回!……

许许多多往日的印象,在这不安的一夜中都活灵活现地浮现眼前。一段二十年前的往事,也忽然记起来了。那时五婶,即鸿恩的母亲,刚刚守寡,带着吃奶的鸿恩给艾举人家中帮工,而自成给艾家放羊。一个秋天的黄昏,自成把羊群赶回羊圈,发现一只羊走失了,不敢吃饭,回头跑往山中寻找。他在荒凉的山谷中找了很久,毫无踪影。他急得哭着,跑着,叫着,直到天色黑得看不见路,仍然不敢回去,只好藏在一个山洞中,等待天明以后再找。虽然他明知山中有很多狼,但他宁肯躲在山洞中受冷,受饿,给狼吃掉,也不愿回去再受主人的辱骂和鞭打。因不愿惹父母生气,他也不肯回自己家去。

当吃晚饭的时候,五婶没有看见自成,还以为他大概有什么事回自己家里去了。等到了二更天气,不见他回羊圈睡觉,感觉诧异,仔细一问,听人说他好像往山中找羊未回,不禁大惊,丢下鸿恩就往自成的家里跑。过了一顿饭工夫,一大群人打着灯笼火把奔往荒山中寻找自成。自成坐在山洞里,噘着嘴,含着泪,紧握一把防身护体的短刀,看着散乱在山头上和山谷中的灯笼火把,听着不断的大声呼唤,只不做声。后来灯笼火把和喊声愈来愈近,他听见母亲和五婶用半嘶哑的哭声呼唤着他的乳名:"黄来儿!黄来儿!……"到这时,自成再也忍耐不住,走出山洞,答应一声:"哎!"五婶走在母亲前边,先扑到他面前,把他揽到怀里,边责备边哭了起来……

从那时起大约过了十三四年,李自成成了一位有名的起义军首领,在高迎祥手下号称闯将,回到故乡,鸿恩也长成了一个少年。当他率领人马离开家乡时,两鬓斑白的五婶颤巍巍地拉着他的袖

子,仍然唤着他的乳名,含着眼泪,哽咽着叮咛说:

"黄来儿,你五婶二十八岁守寡,吃尽了苦,总算把小恩子抚养成人了。如今让他跟你去,……只要他跟着你,五婶就放心了。"

…………

李自成从床上忽地坐起,匆匆穿好衣服。天色已经黎明了。他没像往日一样到院中打拳、击剑,也没骑马去村外看将士早操,而是背着手走往村边的小树林中,踏着落叶和严霜走来走去。几个亲兵知道他心情不好,只站在树林外边警卫。

李过在夜间见到了田见秀,知道闯王下狠心斩鸿恩的成分很大,急得坐卧不安,通宵未眠。鸿恩也托人给他带信,要他讲情。他刚才骑马来到闯王住的寨内,先去看了鸿恩,随即来这里寻找闯王。当他轻脚轻手走近自成时,自成已经明白了他的来意,用责备的口气问:

"你早晨不到校场去,来见我有什么事?"

李过胆怯地说:"二爷,我十二爷的事……"

"你是来替他讲情的么?"自成截住说,严厉地望着侄儿。

"我,我……我不敢替他求情。不过自从起义以来,咱们李家已经死了几十口人……"

"补之!"自成挥一下手,不让李过说下去。"你不懂!倘若是别人犯了同样的罪,我还可以不斩。我的兄弟和子侄们不管谁犯了这样罪,非斩不可。这道理你不明白?"

李过默默地点了一下头,鼻孔发酸,眼睛潮湿。

"你看见你十二爷了么?"

"刚才看见了。"

"他对你说了什么话?"

"他要我替他讲情,还说,要是你决定杀他,他也决不怨恨你,只求你在他死之前同他见一面。"

闯王的心中刺痛,低下头去,沉默片刻,然后说:"你去对他说,我用不着见他了。家里的事情让他放心。这件事我要瞒着五婶,永不让她老人家知道。她生前养老,死后送终,我自有妥善安排,请你十二爹放心好啦。"

他说完以后,转身走了。李过看出来他非常难过,并且再讲情也没用处,只好往小树林外走去。但李过才走十几步远,被自成叫住了。

"最近有没有人回家乡去?"自成问。

"下个月有人回去。"

"有人回家乡时,你记着用你十二爹名义给五奶带点钱去。不要忘了!"

李过嗯了一声,眼泪几乎夺眶而出,赶快大踏步走出林外。

尚炯扮做走方郎中,刘体纯扮做他的伙计,天色黎明就吃过早饭,这时赶来向闯王辞行。自成步行送他们走了两三里路,嘱咐尚炯无论如何要把牛举人请来一晤。尚炯又求他留下鸿恩性命。他不愿使医生路上难过,点点头,含糊地嗯了一声。拱手相别以后,他站在高处,一直望着他们的背影渐渐远去,消失在荒山脚下。

他走回老营时,已经收早操了。看见双喜俯在桌上哭泣,小张鼐坐在一边揩泪,他没有问,只装作没看见。他明白这两个孩子起小同恩子一起,感情极好,都把恩子当亲叔父一样看待,如今眼巴巴地看着他要被斩,自然会要伤心。他把中军吴汝义叫来,吩咐他把李鸿恩和陈魁推出斩首,把另外的两个亲兵各重责两百皮鞭,贯耳游营。吴汝义正在难过,扑通跪下,说:

"闯王!尚神仙临走时一再嘱咐我:一定要救活鸿恩。全营上下,都知道鸿恩是一员将材,几年来经常出死入生,立过许多战功。再说,这是初犯,又未奸成,而且是受陈魁教唆。将他斩首,未免过重。他是你的兄弟,要想想他的老娘年轻守寡,只此独子,交付给你……闯王,我恳求你看在他老母的情分上,留下他的性命,叫他立功赎罪!"

闯王脸色严峻地说:"子宜,治军如治国,宁可大义灭亲,不可因私废法。快杀,休要再说!"说毕,他将脚一跺,不再看吴汝义,走进睡觉的房间,在床边坐了下去。亲兵头目李强进来请他吃早饭,眼睛哭得红茫茫的。他挥手使他退出,心中说:"恩子!你怎么不听我的话啊!"他的眼前不断地浮现着五婶和鸿恩幼年时代的影子,耳边仿佛缭绕着五婶的带着哭声的呼喊:"黄来儿!黄来儿!回来吧!你在哪儿?……"忽然他喉口壅塞,热泪泉涌,伏在桌子上无声地哭了起来……

第 三 章

　　看见尚炯和刘体纯奉闯王之命专诚来迎,并且知道了将有一位大将在中途相迎,而闯王本人也将在老营的山下迎候,牛金星的心中又解开一个疙瘩,决定潜往商洛山中一行。他想,虽然自己不肯受自成之聘,决计回家去再等候一个时候,但目前天下大乱,多这一层关系,只要不被官府知道,未尝不好。

　　隔了一天,刘体纯先动身离开西安。又过一天,尚炯仍扮做走方郎中,牛金星扮做算卦先生,起个五更,悄悄地骑驴出发。日头树顶高的时候,他们在灞桥打尖,当天晚上赶到了蓝田附近。为着避免官兵盘查,他们在一个离蓝田五里的村庄投宿。

　　第二天清早,他们穿过县城,在蓝田东门外打尖,换了脚驴,向蓝关进发。山势愈来愈高,终南山的主峰在右首耸立云外,积雪尚未融化。牛金星正在观看山景,默诵着韩愈的名句:"云横秦岭家何在?雪拥蓝关马不前。"念完这一联,他忽然想道:韩愈虽然因谏迎佛骨事被贬往潮州,但毕竟还是朝廷命官,后来又被皇帝召回,与他自己的遭遇完全不同。而且韩昌黎继道统,著文章①,"文起八代之衰,道继天下之溺",生前名满天下,死后名垂千古,与他自己半生默默无闻,将与草木同朽,也完全不同。想到这里,他的心中笼罩着空虚与伤感情绪,很难排解。在北京过除夕的时候,他在百

---

① 继道统,著文章——韩愈自称继承了孔、孟的"道统",又是"古文运动"的主要人物,所以获得了唐、宋以来的儒家的普遍推崇。"文起八代之衰,道继天下之溺"二语是苏轼称颂他的话。

感交集中曾写了七律一首,此刻竟不自觉地轻轻喟叹一声,念出来其中一联:

　　一事无成惊逝水,
　　半生有梦化飞烟!

他正在烦恼,突然有一个青年农民带着一个少年,牵着两头毛驴儿,背着猎弓,腰里别着砍柴的利斧,从路边笑着迎上来,向尚炯拱手说:

"先生,我们在这里等候好久啦。我侄儿给狼咬坏了一只胳膊,请你务必费心去瞧看瞧看。"

尚炯问:"不远吧?我们急着往商州去,远了可不成。"

"不远,不远。你看,那个山坳里就是,不到四里。"

尚炯露出想拒绝又不好拒绝的神气,望着金星问:"怎么办?咱们只好去一趟?"

金星心里想,这个庄稼人怎么会知道医生要打这里经过呢?其中一定有些蹊跷!他又望望他们的脸上神情,心中有些明白,回答说:

"救人事大,怎好不去?好,我陪你一道去吧。"

他们开了脚钱,换上农民们牵来的毛驴儿,转上一条小路,望着一个雾沉沉的山村走去。刚离开大路不远,尚炯一看前后没有别人,向青年农民笑着问:

"王天喜,这里的路径你可很熟?"

"我就是这儿长大的孩子,天天在这些山谷里砍柴,打猎,怎么会不熟?闭着眼睛也不会走错一步!"

"他是刘捷轩将军的亲兵,"尚炯对客人说。"这一位小将名叫罗虎,是孩儿兵的一个头目。别看他年纪小,打仗时简直是一员猛将!"

金星忙同天喜和罗虎打招呼,不住地打量他们,感到有趣。天喜和罗虎天真地嘻嘻笑着,在客人面前都有点拘束和腼腆。他们不知道这位贵客是干什么的,但是他们明白他一定是一位十分了不起的人物,不然不会这么样隆重相迎。由于他们现在奉命保护贵客绕过蓝关城外,这件事使他们感到无限的光荣和兴奋。罗虎说:

"尚先生,双喜哥就在前边等着。你看,就在那几棵松树下边。"

尚炯和金星顺着罗虎所指的方向一看,果然看见有几个打猎的农民站在不远的松树下边,正在向这边张望。等他们过了一道山沟,那一群猎人就向他们迎着走来。尚炯对金星说:

"瞧,那位走在前边的就是我同你谈过的小将双喜。"

"啊,果然英俊,不愧是闯王义子!我还不曾问你,他的台甫怎称?"

"一年前大家还都把他当孩子看待,近来虽然他已经成了出色的青年将校,可是天天打仗,也顾不得多讲究,所以尚无表德①,大家仍然直呼其名。兄如有暇,请赠他一个表德。"

"好,好,一定替他想一个。"

牛金星打快毛驴,相离还有十来丈远,赶快跳下驴背,趋前同双喜相见,拱手说:

"劳驾远迎,实不敢当。不胜惶愧之至!"

双喜不习惯同生人应酬,更不习惯说客套话,有点腼腆地说:"先生远来,太辛苦啦。俺父帅同几位将军都在前边村里恭候,转过这个山脚就到。"

"啊?闯王来了?"金星大为吃惊地问,没想到闯王会迎接这么远,竟然来到了官府驻有重兵的蓝关附近。

尚炯也觉意外,心中大喜,笑着说:"我不是对老兄说过,闯王

---

① 表德——即表字。

极其思贤如渴么?"

"嘿!如此盛情,真叫弟受之有愧,无以为报!"

牛金星怀着说不出的感激心情,同尚炯重新骑上驴子,在双喜等一群人的保护下继续前进。尚炯见他确实被自成的远迎诚意所感动,向他笑着说:

"启东,闯王如此礼贤下士,比之刘邦如何?"

"天渊之别。"

"既然如此,兄还是不肯留下来共建不朽大业么?"

金星笑着说:"你又来了!弟不愿作严光①高蹈,于世事无所补益,倘蒙不弃,愿为唐之李泌②,以山人之身佐李公定天下,事成之后仍当归隐伏牛山中。"

"李泌后来不还是受了官职,并受邺侯之封?"

"那是后来迫于时势,非其初志。"

尚炯看他的口气似很认真,不好往下再说了。牛金星过去读新旧《唐书》和《资治通鉴》,对李泌的为人十分仰慕,所以他的话也确实代表了他最近几天的想法。虽然他更崇拜诸葛亮,很羡慕刘备与诸葛亮的君臣知遇,但是当他亲眼看见李自成的热诚相待并不下于刘备时,他又想自成毕竟是草莽英雄,与身为豫州牧的刘皇叔不同,所以说出来愿为李泌的话。

不过半个时辰,他们一行人顺利地绕过了蓝关。他们所走的尽是荒僻的蚰蜒小路,只有当地的猎户才能找到。有时他们同那条由西安通向武关的大道距离很近,隔着一道不深的山谷,透过树木和丛莽可以清楚地看见大路上的一切情形。当距离大路最近

---

① 严光——字子陵,东汉余姚人,少与刘秀同学。刘秀做了皇帝后,他改姓名,不肯做官。刘秀把他找到,他还是辞官不做,隐居终生。

② 李泌——唐代京兆人,字长源,杰出的政治家、战略家,也是诗人和散文家。唐肃宗即位灵武,他不受官职,自称山人,帮助肃宗处理军国大事,权在宰相之上。平定"安史之乱",他起了很大作用。到代宗时他不得已受了官职。到德宗时他不但受了官职,还受了邺侯的封爵。

时,牛金星看见一队骑马的官兵大约有五十个人,号衣整齐,旗帜鲜明,由一名千总打扮的小将率领,朝向蓝关方面走去,似乎是在巡逻。这一队巡逻的骑兵忽然望见他们,停顿一下,拨转马头向商州方面走去,看样子是要迂回到前面,截断他们的去路。牛金星暗暗吃惊,向双喜和尚炯望望。看见他们和弟兄们都是满不在乎的神气,他心中好生奇怪和不安,忍不住用鞭子指一指那队官兵,小声说:

"那不是官兵么?似乎已经看见咱们了。"

双喜笑着说:"那是张鼐带的人马,扮做官兵在路上巡逻,以防万一。"

牛金星突然放心,不觉惊奇地叫着说:"啊呀,你们布置得如此周密!"

双喜又说:"那些在路上走的老百姓也有些是咱们自己的人扮的。如今蓝田城里和关上的官兵虽多,他们要是今天敢出来,准会叫他们吃点亏缩回头去。咱们的事情他们全不知道,可是他们只要有一点动静,咱们就马上知道。牛先生,你放心好啦。"

牛金星赞叹说:"好,好。此官兵之所以常败也!"

又走了五六里路,转过一个山脚,他们看见一里外的松林中有很多战马,人都在林外的草地上坐着休息。一员青年将领骑着马奔了过来,直到相离很近,金星才认出他就是刘体纯,已经丝毫不像个商人了。刘体纯告诉客人说,闯王和几位大将就在前边恭候。牛金星虽然平日自诩为"王佐之才",这时却不由地有点心慌。又走不远,看见地上的人们都忽然站了起来,他的情绪越发紧张。几年来他就熟知李自成和刘宗敏的威名,如今就要同他们相见,怎能不有点紧张呢?李自成穿着蓝色山丝绸旧箭衣,戴着旧毡帽,走在前边,背后紧随着几员大将和少数亲兵,其余的将士们留在原地。牛金星和尚炯慌忙下了驴子,向前迎去。

"那位走在前边的就是闯王。"尚炯介绍说。

相距十来丈远,闯王和几位大将就满脸堆笑,连连拱手。牛金星的心狂跳起来,一面还礼一面跟跄前趋。双方走到一起之后,自成非常热情地抓住金星的手,说:

"蒙先生不弃,远道光临。可惜弟等不便远迎,务乞鉴谅!"

金星连忙说:"哪里!哪里!诸位将军如此远迎,隆情厚意,使弟五内感愧!"

李自成把刘宗敏、田见秀和李过向客人介绍,互道仰慕,说了几句寒暄的话。自成又说:

"野地不是谈话的地方,我们还是上马走吧。"

李双喜向松林边一招手,立刻有人牵过来一匹战马。闯王为着牛金星是个文人,给他预备的是一匹北口骟马。他让骟马走在他的乌龙驹前边,几位大将的战马紧紧跟随。他们的前后都是雄赳赳的青年将校和亲兵。牛金星很爱骑马,但是像这样的威风却是平生第一次。雄伟的高山和奇峰,澎湃的松涛和马蹄声,样样激动着他的心。他在心中说:

"大丈夫岂可老死蓬蒿!"

为着谨慎起见,他们一直马不停蹄地往前赶路,只在打尖的时候略事休息。到了三更时候,这一支人马已走了两百多里,来到了闯王的老营。留守的袁宗第都在寨外迎接。用过夜饭,闯王把客人送到西屋安歇。那是他春天才布置的书房兼客房,比较干净。几位大将各自回营,他自己回到上房。

牛金星十分困乏,一觉睡到第二天日上三竿。醒来以后,听到院里静悄悄的,偶尔有人说话也都是轻声细语。他又闭着眼朦胧一阵,才伸个懒腰,重新睁开眼睛,但是仍没有马上起来。他想,大概闯王昨天很辛苦,尚未起床,所以小院中不准有声音打扰。

他在床上回想着昨天一天的经历,在他的半生中实在是一个极不平凡的日子。李自成给他的印象极深。尽管他还没有机会同自成深谈,但是仅凭他的表面观察,凭他们在路上的随便谈话,他已经对自成深为敬佩,觉得尚炯的称颂并无一句过分。其次,他从刘宗敏的身上看见了一种慓悍豪迈的英雄气概,从李过的身上看见了一种刚毅、谦逊和深沉的风度,从田见秀的身上看见的是浑厚、纯朴和善良。青年将领中给他印象较深的是刘体纯、双喜和张鼐。总的说来,他认为他们都是了不起的人才,正是所谓"风云人物",集合在闯王左右。

另外给他印象极深的是闯王的部队。他所看见的虽然只是去迎接他的少数部队,但是他看出来他们纪律严明,精神饱满,上下融洽得像家人一样。他看见过的官兵很多,哪有像这样的部队呢?没有!

牛金星把一天来的印象重新回想一遍,觉得时间大概不早了,便穿好衣服下床。听见屋里有响动,一个态度腼腆的青年亲兵跷着脚走了进来,恭敬地笑着问:

"先生,怎么不再睡了?闯王吩咐过,不让院里有声音惊动你,好让你多睡一阵,解解乏。"

"我已经睡好啦。昨天闯王也很累,他一时还不会起床吧?"

亲兵笑着说:"他?他天不明就骑着马出寨去啦。"

"有什么要紧事?"

"没有。每天早晨他都是天不明就起床,出寨去看操练。"亲兵向门外的太阳影子望一眼,又说:"如今该收操回来啦。"

牛金星听说闯王照样天不明就出寨观操,又是惊异,又是敬佩,同时对自己的饱睡迟起略感不好意思。他漱了口,洗了脸,站在书桌边翻一翻自成所写的大字和他所读的书。这些书整齐地摆成一堆,有《四书集注》、《孙子十家注》,还有一部《通鉴纲目》。另外有一部残破的《三国演义》放在窗台上。金星拿起来一本《孙子十家注》，看见里边有不少圈点，还有夹批和眉批。这些批注都很别致，全是从他亲身经历而得的悟解，有的较长，有的却只有几个字，甚至只有两个字："要紧！"牛金星随便翻到一页，看见眉批道："十年来义军驰驱半中国，使官军防不胜防，追又不可追，就是这个道理。"旁边又批道："骑兵十分重要。倘日后每一精兵有三匹马，则更可风来电往。"后边又批道："崇祯八年春长驱东进，所向无阻，即是'冲其虚'。"金星再看所批的孙子原句，原来是这样两句："进而不可御者，冲其虚也。退而不可追者，速而不可及也。"金星为自成的批注暗暗叫好。他正在随便翻阅，闯王回来了。

早饭后，李自成很想同牛金星谈一谈重大问题，听听他的高见，但想到金星昨天过于辛苦，大概还不曾休息好，便忍一忍不提了。他陪着客人到寨外走走，让客人看一看周围的山景和将士们的垦荒情形。牛金星看见农民军同百姓在一起种地，关系融洽，深为感动，不由地想起来《三国志》等史书上所写的诸葛亮在渭南屯垦的情形。许多年来他所看见的官兵只会奸掳烧杀，破坏生产，从来没有过这种景象。当闯王走去向几个头目吩咐什么事情的时候，金星趁机会同一个农民说了几句话，知道这一带农民多亏闯王赈济粮食，少饿死许多人，也很少出外逃荒，如今农民们所种的秋庄稼，也都是闯王发的种子。等李自成转回来时，金星同他继续顺着小路散步。那个农民对他说到闯王赈济粮食和种籽时的感激神情，特别是那几乎滚出来的满眶眼泪，久久地没有从他的眼前消逝。他偷偷地打量着闯王的同小兵一样的粗布服装，带着谦逊微笑的英明面孔，在心中问道：

"目今四海分崩，万姓涂炭，能拨乱反正，拯斯民于水火者非斯人乎？"

他们继续一边散步，一边闲谈。牛金星总想着闯王会向他询问朝廷大事或请教今后大计,但自成却不急着谈这些问题。自成同他谈的大都是关于本地农民的疾苦,而且谈起来就像谈家常一样,十分清楚。当走过一个完全成了废墟的小村庄时,自成对他说明这个村庄原来有多少户人家,姓什么的,某年某月他和高迎祥的队伍从这里经过,有人放火烧了几间房子,随后某人的官兵打这里过,把全村烧光了。他提起官兵的残害百姓很生气,但也不掩饰有些农民军的破坏行为。他感慨地说:

"在十三家弟兄中,虽说咱们高闯王的队伍比较守纪律些,可是说实在的,在前几年也有许多人不知道爱护百姓。直到如今,咱们的队伍也还常有扰害百姓的。奸淫,放火,随便杀人的事情并非没有,只是比前几年又好了一些。"

牛金星心中很称赞自成的坦率,真诚。但他不相信现在闯王的部队还会有扰害百姓的事。他说:

"我看贵军如今与百姓同耕,赈济饥困,实在是仁义之师。将军的话太过谦了。"

闯王笑一笑,说:"牛先生乍到这里,实际情形还不清楚。住久了,五脏六腑里的毛病你就看清啦。"

看见牛金星有点不明白他的意思,自成弯下腰去,从刚犁好的地里把两块碗大的料姜石捡起来扔到路旁,然后说:

"如今咱们的队伍都打散了,你看见的只是很小的一部分。这些人,大都是老八队剩下来的一点打不散的老底子,多年跟着我,比较听话,也比较规矩些。也有些弟兄不是老八队的老底子,纪律就差些。有不少人劝我睁只眼,合只眼,说是水清不养鱼。他们虽说不敢公然扰害老百姓,可是背地里也常常做些坏事。就说老八队的老底子吧,也是十个指头不一般齐。像咱们这样的部队,要做到秋毫无犯真不易。须要下狠心治军,有时还得狠心杀人。"自成一面说一面想着鸿恩的事,心中酸楚。他装做看将士开荒,赶快避开了客人的眼睛。

转过了一个土丘,他们看见了田见秀正在打着赤膊同将士们一起开荒。同田见秀谈了一阵,自成带着客人往回走。因为牛金星在路上很称赞田见秀,自成笑着问:

"崇祯初年,你可听说点灯子这个名字?"

"是的,还记得这个名字。那时在延安府一带起事的,王嘉胤最有名,其次是王二、点灯子、高迎祥、八大王张献忠一班人。"

"点灯子原是个教书先生,本名陈长庚。白天在破庙里教学生读书,晚上坐在小油灯下边抄书,批书。他打抱不平,得罪了本地劣绅。这个劣绅说他夜间编写兵书,准备造反,不惟不准他教书,还要衙门里派人来抓他。逼得陈长庚走投无路,当真造起反来。他因为自己是从点灯抄书上惹的祸,所以起事后就替自己起这个绰号叫点灯子。这个人打仗很勇敢,也有学问,可惜死得太早。"

"啊,原来点灯子的绰号有这么一段故事!"

"玉峰就是他的学生。论亲戚,他还是玉峰的拐弯姑父。点灯子起事后很懂得惜老怜贫,与士卒同甘苦,这一套都给玉峰学来啦。"说到这里,自成笑了起来。从他的眼神里可以看出,他很得意他有这么一员大将,一个好帮手。停一停,他又说:"玉峰不大处罚弟兄们,连疾言厉色也少有,可是在咱们老八队里,上上下下没有一个人不尊敬他。什么事交给他办,他总是以身作则,比弟兄们还要吃苦。"

牛金星好奇地问:"田将军是怎么起义的?"

"说起来话长,简短捷说吧。玉峰是绥德人,家里原有几亩地,父兄都是老实农民,一年到头苦扒苦做,小日子还对付过得下去。后来村里的恶霸讹去了他家的地,还叫他们打输了官司,把父亲活活气死。玉峰原是个走树下怕树叶儿打头的人,到了这时,万般无奈,只好去找他的老师点灯子,入了伙。点灯子一死,他就到了我这里。"

"这也是逼上梁山。"

"可以说差不多的人都是逼上梁山的。人们要是能够活下去,谁肯跟着别人造反?既落个贼名,又得提着头过日子,肚里没有一缸苦水的人就下不了这个狠心。"

自成又随便谈了几个将领被逼起义的小故事,使牛金星很感兴趣,不知不觉就回到老营。在书房坐下以后,亲兵头目李强走到自成身边,小声对他说王吉元前来求见。自成问:

"他的伤已经好了么?"

"伤还没有全好,不过他说他心里难过,非见你一面不可。"

自成走出二门,看见王吉元面容憔悴,眼窝深陷,眼眶里含着泪花,站在前院等他。一看见他这个情形,闯王的心中一动,不等他开口,就用温和的口气说:

"王吉元,我本来想等你伤好以后,给你拿点路费,叫你回谷城张帅那里去,可是后来又想着路上官军盘查很严,你一个人走路很不安全,还是让你留下。你既然伤还没有完全好,好生养伤吧。没有零钱用,我叫李强下午给你拿一点。"

王吉元扑通跪下去,抽咽说:"我哪儿也不去,死也要死在你的大旗下边!我以后倘若再做出对不起闯王的事,叫我天诛地灭!"

"不要赌咒。我知道你出身很苦,是个有良心的孩子,平素也很正派,经过这次教训,以后就不会再上别人圈套,做出荒唐的事儿了。起来,快回去休息吧。"

"闯王,你既然还要我,我的伤不要紧,你让我还回蓝田高将爷那里去吧。"

自成想了片刻,忽然说:"不用回蓝田。王长顺他们一群人贩运粮食少一个管账的。你识字,去替他们经管银钱账项去。他们如今有十来队粮食贩子,还做贩卖骡马生意,经常有几千银子活动,在账目上你可要小心在意。"

"闯王！闯王！你千万莫叫我经手银钱。我这一辈子再也不经手银钱了！"王吉元流着眼泪说。

闯王笑一笑,说:"你在银钱上犯过大错,只要肯悔改,我偏要用你经管银钱的事。我相信你会管好账,不会再有差错。"

不让王吉元再说话,李自成转身就走,匆匆回到客房,招待客人。不大一会儿,医生尚炯和几位大将陆续来到。随即在上房摆上筵席,为金星洗尘。

牛金星在宴席上多喝了几杯酒,加上昨天的疲困还没有休息过来,酒席散后就睡了一觉,直到日头快要落山时才醒。他跳下床,洗了脸,听说闯王去开荒快回来了,便坐在客房中喝茶等候。想着闯王确实对他十分尊敬,并且丝毫没有把他当外人看待,他的心中反有点过意不去。如果闯王说出来诚恳相留的话,怎么好推脱呢？到底跟着闯王大干一番呢,还是再等待一个时期？……

他正在拿不定主意,尚炯进来了。医生是遵从自成的邀请来陪金星吃晚饭的,一进来就笑着说:

"启翁,这一觉很解乏吧？你真是海量,大家敬你那么多酒,竟没有把你灌醉！"

金星也笑了起来,说:"众位盛情难却,我只得舍命陪君子。虽不醉,亦不远矣。岁月不饶人,到底不能同年轻时的酒量相比。"

尚炯意味深长地说:"说起岁月不饶人,可真是。像足下这样,也可谓'壮志虚悬两鬓苍'。"

金星点点头,轻轻地叹息一声。

尚炯的亲兵王成拿来了磨好的墨汁和裁好的一副素纸对联,放在桌上。金星问:

"这是做什么的？"

尚炯说:"请老兄大笔一挥。"

"给谁写的?"

"今天我对闯王谈到老兄不仅学问极好,书法也甚佳。闯王说可惜没有纸,不能请你写一副对联为茅舍增光。我说我去想办法,果然把纸找到了。趁此刻天没黑,请大笔一挥吧。你看,这纸如何?"

"子明,你这是故意叫我献丑!"金星说毕,拿起纸来,不觉诧异和喜出意外,赶快问:"这纸是从哪里找来的?"

"怎么,很满意吧?"

"此纸出在高丽,为绵茧所造,色白如绫,坚韧如帛,用以书写,墨光可爱,实为纸中珍品。兄自何处得此?"

"离此十几里远有一宋家寨,寨主姓宋,十分富有,祖上是做官的。我想他家可能藏有好纸,就派人骑马去问,果然拿回来了。"

"你真是神通广大!哈哈哈哈……"

牛金星非常高兴,马上在桌上摊好纸,蘸饱笔,略一思索,写成一副对联:

　　大泽龙方蛰
　　中原鹿正肥

尚炯看见金星不仅字写得好,而且在对联中把闯王比做潜龙,暂时蛰居大泽,希望闯王"逐鹿中原",内容非常恰切,不禁连声叫好。同时他看出来,请金星帮助闯王打天下的事有八分可以成了。

不久,李自成从野外回来,看见金星写的对联,十分高兴。等他品味了一下对联的内容,却有点不好意思,谦逊地说:

"先生,这下一句'中原鹿正肥'很恰切目前情形,上一句'大泽龙方蛰'却不敢当。当今起义的人很多,弟无德无能,怎敢以潜龙自居!"

牛金星大声说:"天下者天下人之天下,非一人一姓之天下,惟有德者居之。将军爱民如子,思贤若渴,远非他人可比,万不要妄自菲薄。"

尚炯说:"启翁说的很是。不过闯王这里只有冲锋陷阵的武将,还缺少萧何、张良。"

牛金星明白尚炯故意拿这话挑他,不说什么,哈哈地大笑起来。医生和闯王交换了一个眼色,跟着大笑。

晚饭端上以后,他们一边吃一边畅谈。饭后继续畅谈。在自成说来,这是他生平最愉快的一次谈话。他深深敬佩牛金星对于当今国家大事,历代的兴亡治乱,都有丰富知识,恨相见之太晚。谈到二更时候,忽然有人来找医生,说是李过那里有一个弟兄在巡逻时从崖上跌下去,伤很重,请他快去救治。医生走后,闯王把凳子往前拉拉,听牛金星继续往下谈。他因为晚上又陪着客人喝了几杯酒,感到喉咙有些干渴,倒了一杯茶呷了一口,放在膝上,用手扶着,听得入神,忘记喝了,忽然手一动,竟将一杯冷茶泼到裤子上,湿了一大片。但闯王没做声,若无其事地将空茶杯放回桌上。

金星说:"将军经此一番挫折,人马大减,诚然是将军之大不利。然倘能抓紧时机将此少数将士严加训练,使每个人皆知为何而战,为谁而战,则不败之基础从此奠定。将来时机一至,十万百万之众不难号召。有此一批训练有素之将士,放在十万百万人中,犹人身之有骨骼,树木之有根干。没有这一批人,纵有百万之师,不过是乌合之众耳。"

闯王快活地点头说:"先生说得是!说得是!正说在我的心上!我也有这个想法,经先生这一指教,我的心上更亮啦!"

牛金星继续说:"从天启末年以来,十余年间豪杰并起,不可胜数。若张献忠、罗汝才、老回回、革里眼与左金王等,是其中佼佼者。然而以弟看来,这班人虽能成为一时风云人物,却未必能成就大事。"

"何以见得？"自成问,其实他对这班起义首领也有清楚认识。

"他们之所以不能成大事者,首先在胸无大志,其次在军纪不整,不能深得民心。"

自成说："先生说的是。他们虽然起义了十一二年,却都没有与朱家朝廷势不两立的心,所以一遇境况不顺,便都踌躇观望,打算投降,或向朝廷虚受招抚,惟求苟安一时。张敬轩在这班人中还算是一个比较出色的人物,可是直到如今还只想着诛杀贪官污吏,倒把朱家朝廷这一个祸国殃民的总根子放过了。正因他看得不高,所以在一年前也向朝廷投降了。虽说他不是真降,那也是不应该的。他近几年的声望高,玩的这一手对大局影响很坏。近来,他有些明白了,后悔了。虽然我跟敬轩之间平日有些芥蒂,但是我想着应该以大局为重,在目前这个节骨眼上需要去劝劝他,推他一把。还好,他决定勒马回头。我们起义,就是古人所说的汤、武革命,必须宗旨很正。你想,要是起义之后,随波逐流,大的方向不明,路子走歪,如何能成就大事？"

金星说："将军所论,足见宏图卓识,迥非他人可及。目今天下扰攘,群雄纷起,能够救民水火,终成大业者,惟将军一人耳。"

自成谦逊地说："我自知德才不足,原不敢怀抱奢望。高闯王在日,也只是想竭忠尽力保高闯王覆灭明朝,重建清平世界。高闯王死后,我虽然被众人推为闯王,实因德威不足以率众,智谋不足以应敌,才落得接连受挫,不得已来到商洛山中潜伏一时,再图重振旗鼓。说好的是我自己不泄气,余下的将士们虽少,却不离心,都肯跟着我奋发图强。如今就靠这点儿本钱了。依先生卓见,我军今后的路子应该如何走？"

牛金星早已胸有成竹,概括地说："今后道路,不过两句话：高举堂堂正正之旗,专做吊民伐罪之事。"

"请足下讲说清楚。"

金星说:"将来大举之后,必须驰檄远近,向百姓明白宣布:闯王是奉天倡义,矢志覆灭明朝,重整乾坤。这就是高举堂堂正正之旗。凡能解民倒悬的事多做,凡欺压残害小民的王、侯、官绅,严厉惩处。这就是吊民伐罪。倘若如此,何患大业不成?"

闯王不觉将膝头一拍,连说:"好,好。请再讲下去,讲下去。"又将凳子向前移一下。

在我国历史上,每逢天下大乱,将要改朝换代时候,总有许多封建士大夫和不曾做官的读书人,同当时的旧政权有矛盾,感到绝望,怀着新的政治憧憬和个人野心,或迟或早,通过不同的途径和方式投入起义阵营。两汉以后,由于儒家思想已经变成了统治思想,这类人物大多数都饱受了儒家教育,多读了儒家编纂的经、史之书,与一般俗儒和腐儒不同的是他们较明白民间疾苦,较留心经世致用之学,其中一部分或多或少地接受了法家影响,一部分揣摩过兵家著作,留心治军打仗的事,其下者接受了纵横家的影响,也接受了阴阳五行学说,会一些风角、六壬等迷信玩意儿。有的人以儒家思想为主,兼受了其他多方的轻重不同影响。这一类人物,投入起义阵营之后,往往能够在一定时期内,在某些方面对革命斗争起一定的积极作用,而在另一些方面也会起消极作用。不管这类人物的身份和作用如何不同,有一点却是共同的:他们都没有背叛自己的地主阶级,努力用传统的封建政治思想影响起义领袖和革命道路,希望按照他们的思想创建新的帝国,希望他们自己能够成为新朝的开国功臣,富贵荣达,名垂青史。牛金星就是这一类人物中较为突出的一个。他现在深佩李闯王确是创业英雄,也深感于闯王对他的隆重接待与虚怀问计,所以他就将明朝将近三百年的重大积弊以及今日病入膏肓的情况分析得十分透辟,然后接着说:

"十余年来天下黎民苦于兵革,苦于杀戮,苦于妻子离散;众人所梦寐以求者是房屋不遭焚烧,妇女不遭奸淫,丁壮不遭杀戮,父母妻子相守,从事耕作于田间。谁能解民倒悬,则天下民心咸归之。孟子说:'仁者无敌',就是这个道理。"见闯王用心在听,脸带微笑,频频点头,牛金星接着说:"孟子还说:'如有不嗜杀人者,则天下之民皆引领而望之矣。诚如是也,民归之,犹水之就下,沛然谁能御之!'"

牛金星知道李自成幼年时读过私塾,近来又在温读《论语》、《孟子》,所以在言谈中特意引用孟子的话,为他的议论增加力量。见自成频频点头,他接着说道:

"目前天下之民极贫,极苦,正如《孟子》上所说的,'如水益深,如火益热。''民之憔悴于虐政,未有甚于此时者也。'孟子又说:'饥者易为食,渴者易为饮。'今后大军每到一处,开仓放赈,蠲免征赋,农民无耕牛者给以耕牛,小商小贩无资谋生者贷以资本,杀贪官,除土豪,尊重儒士,网罗人才。诚如是,则百姓望将军'如大旱之望云霓',岂有不'箪食壶浆,以迎王师'!"

闯王说:"倘若到了小百姓'箪食壶浆'相迎的时候,咱们的局面就打开了。先生说的很好,令我受益不浅。要是百姓们盼望咱们义军'如大旱之望云霓',咱们就成为'及时雨'了。"

"对,这是真正的'及时雨'。近数十年来,坊间流行一部小说,名叫《水浒》,相传是元末国初人施耐庵编的,几年前我看见了李卓吾先生的评本。宋江不过是小吏为盗,并无大志,也不懂吊民伐罪的大道理。只因他在江湖上惯行小恩小惠,竟然被人们称为山东及时雨。其实,他如何能配!究竟何谓之'及时雨'?《孟子》上说:'王知夫苗乎!七八月之间旱,则苗槁矣。天油然作云,沛然作雨,则苗勃然兴之矣。其如是,孰能御之!'这'孰能御之'也就是百姓归心,无敌于天下的意思。"

自成笑着说:"起小读《孟子》,只会读口歌①。如今听先生这样

---

① 读口歌——从前蒙学读书,先生不讲解,只叫死背诵,俗称读口歌。

讲《孟子》才算讲出来新意思,讲出了精髓。不过有两件事先生因从来不在义军,也不清楚。拿尊重儒士来说,咱们义军,向来对清贫正派的读书人都是尊重的,爱护的。玉峰的老师点灯子就是个教蒙学的穷读书人,后来起义。拿子明说,虽说没有功名,可是他读了许多书,比有些秀才们的学问好得多。他在咱义军中很受尊敬,这你是亲眼看见的。无奈大多数读书人或者本身就是地方恶霸,欺压小民,或者同恶霸拧成一股劲儿与义军为敌。像这样读书人,也算做圣人门徒?实际是披着人皮的豺狼,非杀不行。至于说不要杀人,孟子也说得太偏了。既要反叛朝廷,攻城破寨,剿兵救民,就得杀人。造反就是互相杀戮,白刀子进去红刀子出来的事儿。咱们倘若不懂杀人的道理,不敢杀人,就只好等着官兵来杀了。孟子不造反,所以他不懂得杀人的需要。其实他也明白,武王伐纣,杀人很多,战场上流的血像河水一样,连棒槌都漂起来啦。不这样血战一场,能够把纣王打败么?不把纣王打败,他自己也完了。孟子好辩,有时为着辩论,说些半边理,顾前不顾后。要紧的是,咱义军决不要杀害无辜良民,应该杀人时也要杀。"

牛金星赶快说:"将军所言,实为千古不磨之论。不但孟夫子偏在一边,即并世起义英雄能懂得这个道理的亦鲜有其人。我刚才劝将军不要杀人,真意思也只是不滥杀耳。自古以来,不用征诛,即不能吊民伐罪。我刚才的话尚没说完,请毕其辞。虽然百姓苦于战争,渴望太平,然而不有征伐,即无从创造太平。成汤之时,'东面而征而西夷怨,南面而征而北狄怨'。人皆曰:'徯我后,后其来苏!'①愿将军效法成汤,率仁义之师以定天下,然后与民休息,劝农桑,兴学校,通商惠工,移风易俗,建万世太平之业。"

自成站起来,深深作了一揖,说:"倘若有了这一天,我决不忘

---

① 徯我后,后其来苏——"徯"是等待,"后"是王。这两句话译成现代语就是:"等待着我王。王啊,快来打救我们吧!"这几句都是孟轲引用的《尚书》逸文,今本《尚书》中没有。

先生教诲之功!"

已经打三更了。吃过消夜的酒饭,他们继续谈心,越谈越起劲,完全不觉疲倦。李自成从人事方面看清楚明朝处处呈现出亡国之象,但天意若何,他不敢说,现在趁机会向金星提出来这个问题。金星说:

"两年来种种天象示警,不必细举,愚弟单谈日变。盖日者,君也。单看两年多来的日变非常,明朝的国运可知。前年辛丑朔①,日蚀。虽说日蚀不为灾②,惟正月朔为三朝之会③,非一般日蚀可比。自春秋迄今,两千余年来正月朔日蚀共二十八次,应验者约二十次。正月辛丑朔日蚀共有三次,全皆应验。西汉惠帝七年正月辛丑朔,日蚀,应在惠帝失政,诸吕乱朝。哀帝元寿元年正月辛丑朔,日蚀,应在哀帝夭折,王莽篡国。至崇祯十年正月朔日又是辛丑,且又日蚀,是为一千八百年间第三次正月辛丑朔日蚀了。小民于大年初一毁坏一件器物尚且畏惧,认为不祥之兆,况日蚀之祸应在一国之主!"

李自成轻轻点头,感到无限鼓舞。停一停,牛金星接着说道:

"天变非常,崇祯自己何尝不怕?去年六月间今上在中极殿亲自策试④廷臣七十余人,策题就写着'年来天灾频仍,今夏旱益甚,金星昼见五旬,四月山西大雪'等话。金星又名太白,为西方金之精⑤,白帝之子,主兵象,昼见则有刀兵之危。何况是昼见五旬之久!"

---

① 辛丑朔——大年初一是辛丑日。
② 日蚀不为灾——这是近古的观念。在上古和中古,日蚀被认为是严重的灾变。
③ 三朝之会——"朝",音 zhāo。正月初一早晨,古人称为三朝或三朝之会。因为正月为一岁之朝,初一为一月之朝,早晨为一日之朝,故称三朝。
④ 策试——封建时代向臣下或举子们考试关于政治、经济、军事等方面的重大问题,叫做策试。被试者用文章或口头回答,叫做对策。
⑤ 为西方金之精——按照古代的五行说,西方属金,其色白,所以金星又称太白,被认为是"白帝之子"。白帝是五天帝之一,为西方之神。

"这太白昼见的凶兆,自然是已经应验了。"李自成说,为避客人的名讳,不提金星二字。

"岂但太白昼见?"牛金星又接着说,"去年春天,白虹①与赤气贯日。去年二月朔,日色无光,众星昼见。今年正月朔,北京城天色阴惨,连日风霾。还有,去年十月初五,我在北京亲见日中有大黑子,又有黑气与日摩荡,俨然如同两日。夫白虹为兵象,赤气为血,日者君也。白虹与赤气贯日,则人君有刀兵之危。日中有黑子,两日并出,皆亡国之兆。"

李自成说:"既然天象如此,我们闹腾着就更有劲了。商洛山中地瘠民寡,请问,下一步兵往何处为好?"

牛金星拈着胡须想了一下,说:"以陕西形势而论,关中最好,汉中次之。但目前夺取西安不易,无法据守关中,纵令袭破西安,亦必受四面围攻。汉中偏在一隅。倘若据守汉中,则蜀兵攻其南,秦兵攻其北,楚兵溯汉水而上,也是坐待挨打之势。盖古今形势大不相同,对地利须要活看。楚、汉相争时,汉高祖先据汉中,还定三秦②,将汉中与关中连成一片,故能东出成皋,与项羽争夺天下。今日情势,根本不同,这着棋是不能走的。东汉末年,张鲁利用关中与中原战乱不息,刘璋暗弱,故能据守汉中三十年,然也是局促无所作为,终降曹操。纵览目今天下大势,俟我军元气恢复之后,应以东出宛、洛,驰骋中原为上策。"

闯王击掌称好,说:"没料到先生和我的想法不谋而合!"

这天夜间,闯王同牛金星一直谈到鸡叫以后才各自就寝。但他们都睡不着。自成的睡不着是因为过于兴奋,恨与牛金星相见太晚。当两三天前改变原议,由他亲自率领诸将远去蓝关附近迎

---

① 白虹——古人所说的白虹就是一道白色云气。他们认为"白虹贯日"是兵凶征兆。
② 还定三秦——秦亡后,项羽将关中分为三个地方,分封秦的三个降将,所以后来关中也称三秦。刘邦被项羽封为汉王,从关中移驻汉中;后来打回关中,消灭了三个降将,所以是"还定三秦"。

接时,袁宗第和李过都认为他未免有些谦恭过火,劝他留在山寨。他当时责备他们说:"难道怕失我闯王身份?你们以为单靠盘马弯弓、拿刀弄杖就能够打下江山么?刘邦倘若没有用张良、陈平、萧何这班人尽心辅佐,也不容易建立西汉基业。咱们目今正是惨败之余,人家牛先生肯屈驾前来,不用咱们三顾茅庐,难道我还不中途相迎,以表诚意!"如今看来,这位牛先生实在值得他隆重远迎。但是他又怕牛金星不肯留下。至于金星的睡不着不仅是因为太兴奋,也因为考虑着是否留下的问题。在后半夜,闯王虽未直说,却已经几次流露出要留他的意思了。

在来到商洛山中之前,牛金星总担心李自成不能把他当"国士"看待,受不到尊敬,另外也怀疑自成会真像尚炯所称颂的那样。来到商洛山中以后,这一些顾虑都一扫而光了。原来他打算同闯王暂时做布衣之交,等待将来再看。经过这一夜畅谈,特别是自成已经流露出挽留之意以后,他知道他要么就入伙,要么就断然拒绝,不容许他想下水又怕湿脚。想着自己不甘心老死蓬蒿,想着半生落拓,受人欺负,几乎死于贪官、土豪与狱吏之手,又想着自己的远大抱负,李自成的对他重视,以及明朝的种种亡国之象,他觉得还是下狠心入伙的好。忽然想起来在北京时他占的"飞龙在天,利见大人"之卦,给他平添了许多勇气。他想,别说是"飞龙在天",即令是"见龙在田"①,也是飞黄腾达之象。他对《易经》是背得烂熟的。这时好像自言自语一般,不知不觉地背出来孔夫子对这一卦的解释:

"同声相应,同气相求;水流湿,火就燥;云从龙,风从虎;圣人作而万物睹。……"

背过以后,他想道,我今天同李自成遇合一起,共建大业,可不

---

① 见龙在田——"见龙在田"和"飞龙在天",都是《易经》里的乾卦。王弼注:"出潜离隐,故曰见龙;处于地上,故曰在田。"按"见"字即"现"字。

是同声相应,同气相求么?可不是古人所说的"风云际会"么?想到这里,他在被窝里握紧拳头,对自己说:

"好,入伙吧!大丈夫当通权达变,建立不世之功,名垂青史!"

但是,一想到入伙,一些实际问题就来了。祖宗坟墓,田园庐舍,他不能不有留恋。最大的问题是,他的家人是否愿意跟着他造反?今后这个家如何安置?把家人都带来,打仗的时候怎么办?……

直到天色麻麻亮、乌鸦叫唤的时候他才入睡。到了半晌子,一乍醒来,听见院子里的人们正在忙着,分明在准备盛大酒宴。他又想着入伙后的家庭问题,对自己说:

"欲做大事,何能瞻前顾后,如市井庸人!"

这天中午,闯王特意为牛金星安排了一次隆重酒宴,上房里和院子里摆了十几桌,大小将领前来坐席的有一百多人。高一功在一百多里外打粮,接到闯王通知,也特意连夜赶回,参加盛宴。酒过三巡,李自成提着酒壶站起来,一百多个大小将领都跟着站起来。他为客人满斟一杯酒,然后说:

"牛先生光临荒山已经三天,有一句话我一直不敢出口。朝廷无道,民不聊生。我们起义,为的是替天行道,救苦救贫。可是十年来百姓愈来愈苦,我们的心愿没有达到。为着救民水火,使万民早享太平,万恳牛先生留在这里,或做我们的军师,或做我们的先生,都好。今后祸福与共,我们决不会辜负先生。请先生受弟一拜!"自成深深地躬身一拜。

牛金星赶快还礼,连称不敢。这时,屋里,院里,大小将领,肃然无声,都用充满热情和激动的眼睛望着客人,等候着他的回答。牛金星看见闯王和大小将领对他如此诚恳和看重,十分感动,原来的种种犹豫想法都给驱散到爪哇国了。他用颤动的声音回答说:

"金星才疏学浅,谬蒙将军厚爱,实在惶愧无地。俟金星回到舍下,稍作料理,定当携眷前来,长留麾下,效犬马之劳,辅将军创建大业。"

听了他的话,自成又赶快躬身下拜,说了些感激的话。大小将领都非常高兴,纷纷向金星敬酒。刘宗敏唤人取来两只大杯,斟满,一杯捧给金星,一杯端在自己手里,大声说:

"牛先生是举人造反,十分稀少。当我们正在倒霉时候,肯来共事,一同受苦,更是难得,令人实在敬佩。就这一点,我们也会永不忘记。来,敬你一大杯!"

闯王等金星饮过这杯酒以后,又替他斟满一杯,自己也端起杯子来说:

"现在就一言为定。牛先生从河南搬取宝眷回来之后,望屈就军师之位,以后诸事都要仰仗费心。"

牛金星说:"行军作战,非弟所长。弟愿佐闯王延揽天下英才,建立开国规模。至于军师一席,弟有一好友当之无愧,敢为冒昧推荐。"

自成赶快问:"什么样人?"

"此人姓宋字献策,以字行,河南永城人氏。饱读兵书,深通韬略,三教九流,无不熟悉,且善奇门遁甲,星象谶纬。多年来隐于卜筮,游踪半天下,对各地山川形势,用兵要害,了若指掌。倘能得他前来,常在将军左右,运筹帷幄,必能展其长才,使将军早成大业。"

闯王大喜,说:"子明回来以后也对弟谈过宋先生为人,弟心中十分仰慕。可是宋先生游踪无定,如何礼聘前来?"

"他如在开封不多停留,便去南京、苏、杭一游,然后返回开封。俟弟携眷回来,修书一封,派人寻找,定可找到。宋兄见弟在此,想不会拒绝邀请。"

"如此,自成就更为感激不尽了!"

闯王又深深作了一揖,率全体将校重新敬酒。

有几个唱洛阳曲子的江湖卖艺人被老营总管派人从附近的镇上叫了来,等候在大门外,这时进到院里,围着一张方桌坐下,为大家弹唱助兴。高一功指定的头一个节目是《三请诸葛》,听得宾主都同声叫好。随后,牛金星点的是《龙虎风云会》,闯王点的是《反徐州》,刘宗敏点的是《火烧战船》,田见秀点的是《田家乐》。李过和高一功也都拣自己爱听的点了一折。金星点一折《龙虎风云会》并不是偶然的。他心中暗想:如今唱这一出歌颂宋太祖君臣相遇、共建大业的戏,不是恰好不过么?

这些卖艺的有几个是卢氏人。当牛金星拿着红纸折子点唱的时候,领班的老头子毕恭毕敬地站立在堂屋门外,拿眼睛偷偷瞟着。突然,他的心中一惊:"这位坐首席的老爷好生面熟……可不是牛举人么?"下去以后,他悄悄向伺候酒席的一位弟兄打听,果然是卢氏牛举人。可是牛金星并不认识他,做梦也不会想到会因为这位卖艺人回到卢氏县城里说了几句闲话,给他带来了一场大祸。

牛金星在商洛山中住了半个多月,四月下旬动身回伏牛山去。他下定决心说服妻子,把家眷偷偷地带到商洛山中。闯王送了他二百两银子作"程仪",同几位大将骑马送了他十几里,再三嘱咐他务必在五月上旬转回,因为已经同他谈过,张献忠要在五月上旬起义,这里也要在那时树起大旗。为着保护他路上安全起见,闯王还派遣刘体纯和李双喜率领一百名挑选的精锐骑兵秘密护送他回到伏牛山中,人马潜驻在卢氏县和洛南县交界的大山里等候接他。

回到村子以后,牛金星对人们只说他是从西安看朋友回来的,并没有一个人怀疑。等到邻人陆续散去,更深人静,他把妻、妾和儿子牛佺叫到面前,关起房门,悄悄地把他在商洛山中的事情告诉他们,并说明这次回家来是要接他们去闯王那里。牛佺是一个不满现状的青年人,又因受王举人欺负,苦于无路报仇,听了父亲的话非常高兴。小老婆如玉害怕打仗,害怕以后在枪刀林中奔波,不得安宁,但是她是丫头收房,贫苦家庭出身,肚子里装着不少苦水,也希望改朝换帝。她拿不定主意,又因为上有主妇,不敢随便说话,所以皱着眉头,咬紧嘴唇,心头怦怦跳着,死不做声。牛奶奶起初看见丈夫从西安带回来二百两雪花纹银,心中十分欢喜,如今听他这一说,吓得魂不附体,浑身打颤,脸色灰白,大张着口说不出话来。她两腿发软,扶着桌子角和椅靠背走到门后,用耳朵贴着门缝向院里听听,转回来扑通坐在床沿上,小声说:

"我的天爷!没料到你做出这样的事!这可是要满门犯抄,诛灭九族的大罪!"

牛金星劝她说:"明朝的气数已尽,怕什么?跟着闯王打下江山,你就是一品夫人,享不完的荣华富贵,不比当一个被革斥的举人娘子强得多么?"

"你是发疯了,要带着全家人跳火坑,上刀山!乱世年头,小心谨慎还怕有闪失,保不住身家性命,你竟然想带着全家去从贼!万一给官兵捉住,剐三千六百六十刀,凌迟处死,死后也不能入老坟。我的天,你疯了!"喘了几口气,牛奶奶又说:"做梦也没想到,原来你带回的银子是贼钱!给官兵抄出来,可不是现成的赃证?亏你自幼读圣贤书,讲忠孝节义,活到四十多岁忽然叫鬼迷了心,想造反!"

牛金星看见大娘子这般情形,急得连甩双手。他望望儿子,希望儿子劝劝母亲,可是牛佺胸有成竹地低着头,只不做声。金星顿顿脚,对娘子说:

"你真是糊涂!自古无不亡之国,懂么?如今遇到快要改朝换帝的时候,有本事的人就应该辅佐新主定天下。你难道连这一点道理也不懂?"

"我不懂!我不懂!我娘家是书香门第,父亲是拔贡,大哥是秀才,二哥是监生,我不能做贼人之妻!我活是清白人,死是清白鬼。你除非先拿刀杀了我,我不会答应你失身投贼!"说毕,她用手捂着脸,倒在床上小声哭起来。

金星无可奈何地长嘘一口气,在床前走了几转,然后开了房门,走到书房,颓然坐进椅子里,低着头发闷。"怎么好呢?怎么好呢?"他在心中自问,但是他的心没有回答。过了很久,他听见娘子仍在上房哭泣,心中有些不忍,也觉得娘子的意见不无几分道理,一片雄心突然软了下来,闷闷地仍回上房,倒头便睡。但到了五更,冷静一想,还是觉得非随着李自成起义不可。他越想越下定决心,不能重新入睡,便披衣下床。牛奶奶从枕上抬起头来问:

"你想明白了么?"

金星顿脚回答:"嗨,妇人之见!"

连着几天,差不多每夜他都想法向娘子劝说,赔了不少苦脸和笑脸,但都是枉费唇舌。为着这件事,牛奶奶白天愁眉不展,食量大减,晚上常做凶梦,梦醒了,不是唉声叹气,就是哭泣。倒是牛佺的态度很积极,他一面帮父亲劝说母亲,一面做一些远行的准备工作。为着准备实用,他每晚不再读艾南英的制义文①,不再读科场墨卷和试帖诗,而从父亲的藏书中取出来《陆宣公奏议》②、《张太岳集》③和一些经世致用的书堆在案头。爱妾的态度也使金星很满意。她想,既然人们都说明朝的气数完了,真龙天子已经出世,说

---

① 艾南英的制义文——艾南英是晚明的散文作家,他的制义文(八股文)在当时影响很大,几乎为从事科举的人们所必读。
② 《陆宣公奏议》——唐朝政治家陆贽的奏议,内容是议论有关国家的军事、政治和财政等重大问题,文体也很美。
③ 《张太岳集》——张居正的文集。他是万历初年的首辅,杰出的政治家。

不定这真龙天子就是李闯王。既然在家中常受大婆的气,也没有出头之日,倒不如随金星去投闯王。她认为死生都是前世注定的,不该死的人天天在刀枪林中也不会掉根汗毛,该死的人坐在家中也躲不过去。她在大娘子面前装一副愁闷面孔,在金星的面前却笑着说:

"我是你的人,你带我到哪我到哪。只要叫我跟着你一道,吃苦,担风险,我都不怕。"

为着牛奶奶的思想一时破不开,牛金星心急如焚,却迟迟不能动身。刘体纯和李双喜在卢氏县边境左等右等,等不到他的消息,可是大举起事的日期愈来愈近,十分焦急。闯王在商洛山中更其挂念。他已经派人飞速去崤山中通知高夫人和刘芳亮星夜赶来会师,对分散在附近各地的部队也都送去鸡毛信,限在端阳节以前集合。他知道官军方面已经觉察出他要大举起事,新任陕西、三边总督郑崇俭亲到武关布置军事,蓝田和潼关也集结了许多官军,如果他不赶快把人马集中,去到南阳一带,就有被优势官军分别包围的危险。而且稍迟一步,潼关的官军一动,高夫人要回来会师就困难了。他派人告诉刘体纯,务要立刻请牛先生带着家眷前来,不可耽误。刘体纯派了一个人去催金星,传达了闯王的话。牛金星见刘体纯派人秘密来催,心中更急,坐立不安,恨不得扔下家眷自走,但又下不了这个狠心。

表面上不敢对亲、族、朋友和乡邻们露出和平常有什么不同,也不敢公然争吵,但是一到没外人在屋中时候,尤其是在夜间,老夫老妻就展开激烈斗争。这里有苦劝,有抽咽,有互相抱怨甚至互相诅骂。日子就这样一天一天地拖着。牛金星和大娘子都在生活反常中消瘦了。拖延到五月中旬,大概是月亮快圆的时候吧,像石破天惊一般,张献忠在谷城起事的消息传到了伏牛山中,人心大大浮动起来,牛奶奶的想法才有些变了。她回娘家一趟,想探一探秀才哥哥的口气,却不敢把金星的打算明言。哥哥谈起国事来直是摇头叹气,也说大明的气数快要完了,并且告她说新近有人扶乩,吕纯阳降坛,写了七律一首,很是费解,不过也露出来要改朝换帝的意思。听了秀才哥哥的话,她又想了想,才下了决心,回家来同意随丈夫去投闯王。但是她虽然同意了,却舍不得房屋、田地、家具、什物,不肯马上动身,想暗中分散给亲戚照料。牛金星非常恼火,夜间对她威胁说:

"我再等你一天,你要是还不肯同我走,我就只好不管你了。"

"唉!难道咱们的家就永远不要了?"她噙着眼泪问,总想着叶落归根,还有回来的时候。

"这些身外之物,算得什么?真是女人见识!"

她觉得丈夫的话有道理。既然去投闯王造反,这个家就是"一舍之物"了。如若造反成功,享不尽的荣华富贵;造反不成,也别想再回家乡。可是尽管她这么想着,仍然舍不得这些房屋、田地、各种家具和衣物,其中还有一套漆得照见人影的细木家具,是她二十年前的嫁妆,她常常以这套嫁妆在亲戚中感到骄傲。看着这些家具,她心中疼痛,坐在床沿上哭了起来。

牛金星不耐烦地叹口气,走到爱妾的房间里,一时感情冲动,提起笔写出来十二韵五古一首。写毕,他低声吟哦:

> 自从天启来,
> 四海如鼎糜;
> 千里鞠茂草,
> 白骨满路隈。
> 抚剑惊四顾,
> 肝胆为之摧。
> 既有匡济志,
> 胡为守蓬莱?

丈夫贵决断，
　　……

突然，一阵猛烈的打门声使牛金星大吃一惊。他跳了起来，抓着一口剑跑到院里，只见宅子周围，火把把树梢照得通红。满村狗叫、人喊、马嘶、孩子啼哭。乌鸦从树梢惊起，成群地啼叫着飞过头顶。全家人都来到院里，不知发生了什么事。有人在用石头砸大门，有人在叫嚷着翻墙头。牛佺和几个仆人拿着武器准备抵抗。牛金星心中明白寡不敌众，也逃不脱，把儿子往黑影中推了一下，对仆人们说：

"放下兵器，快去把大门打开！这是来抓我的，天塌自有我长汉顶着！"

仆人们听说是官府派人来抓他的，谁也不肯去开门。他把剑一扔，昂然地往大门走去。牛奶奶突然追上他，抓住他的袖子，恐怖地颤声说："我的天呀！你别去！你别去！"他甩脱她的手，继续朝大门走，同时在心中后悔说：

"唉，完了！要是早走一天就好了！"

李自成 第二卷 商洛壮歌

张献忠谷城起义

第 四 章

春天,谷城城外的江水静静地流着。一春来没有战争,这一带的旱象也轻,庄稼比往年好些。香客还是不断地从石花街来来往往,只是比冬闲期间少了一些。小商小贩,趁着暂时出现的太平局面大做生意,使谷城和老河口顿形热闹。但是关于张献忠不久就要起事的谣言在城市和乡村中到处传着。人们都看出来,这样的平静局面决不会拖延多久。众人的看法是有根据的:第一,朝廷迟迟不打算给张献忠正式职衔;曾传说要给他一个副将衔却没有发给关防,更不曾发过粮饷。这不是硬逼着张献忠重新下水么?第二,张献忠日夜赶造军器,天天练兵,收积粮食,最近从河南来的灾民中招收一万多人。这不是明显地准备起事?第三,张献忠才驻扎谷城时节,确实不妄取民间一草一木,后来偶尔整治几个为富不仁的土豪,但并不明张旗鼓。近来公然向富户征索粮食和财物,打伤人和杀人的事情时常出现。这难道不是要离开谷城么?还有第四,张献忠的士兵们也不讳言他们将要起事。他们说,他们的大帅原是一心一意归顺朝廷,可是朝廷不信任,总想消灭他,而地方上的官绅们又经常要贿赂,把大帅的积蓄要光了,大帅只好向将领们要,弄得将领们都想起事。

政府方面只有"剿贼"总理熊文灿不认为献忠会"叛变",也害怕听到献忠要"叛变"的话。为着安抚张献忠的心,他还把说献忠坏话的人重责几个。可是总兵官左良玉心中很亮,宁肯违反总理的心意,暗中把自己的军队集结起来,准备一有风吹草动,他就向谷城进攻。

在政府官吏中对张献忠的动静最清楚的还有谷城知县阮之钿。在四月底到五月初的几天里,他看见张献忠的起事已像箭在弦上,而近在襄阳的熊总理硬是如瞽如聋,不相信献忠要反,他为此忧虑得寝食不安,一面暗中派人上奏朝廷,一面考虑着劝说献忠。他是一个老秀才,原没有做官资格,因为偶然机会,受到保举,朝廷任他做谷城知县,所以时时刻刻忘不下皇恩浩荡,决心以一死报答皇恩和社友①推荐。虽然他明白劝说不成有杀身之祸,还是要硬着头皮去捋捋虎须,掰掰龙鳞。端阳节的上午,听说张献忠已经在调动人马,并将辎重往均州、房县一带急运,他就以拜节为名,穿了七品公服,坐上轿子,去见献忠。拜过节后,话题转到外边的谣言上,他站起来,紧张得手指打颤,呼吸急促,说:

"张将军,关于外间谣传,真假且不去管。学生为爱护将军,愿进一句忠言,务望将军采纳。"

献忠知道他要说什么话,故意打个哈欠,说:"好我的父母官,有话直说哔,何必如此客气?快坐下。我老张洗耳恭听!"

阮之钿重新坐下,欠着身子,竭力装出一副笑容,说:"将军是个爽快人。学生说话也很直爽,请将军不要见怪。"他停一停,打量一下献忠的神色,一横心,把准备好的话倒了出来:"将军前十年做的事很不好,是一个背叛朝廷的人。幸而如今回过头来,成了王臣,应该矢忠朝廷,带兵立功,求得个名垂竹帛,流芳百世。将军岂不见刘将军国能乎?天子手诏封官,厚赏金帛,皆因他反正后赤诚报效,才有如此好果。务请将军三思,万不可再有别图,重陷不义,辜负朝廷厚望。若疑朝廷不相信将军,之钿愿以全家百口担保。何嫌何疑?何必又怀别念?请将军三思!"

① 社友——明末知识分子结社的风气很盛,同社人称为社友,书信中称做社兄。阮之钿是复社中人,他的被保举也得自复社的力量。

平日张献忠对阮之钿十分厌恶,只因时机不到,不肯给他过分难堪。今天正好是个机会,再不用给他敷衍面子。他挤着一只眼睛,以极其轻蔑的神气望着知县,嘲笑说:

"噢,我说怎么搞的,清早起来,左眼不跳右眼跳,心想一定会有什么重大的事儿要发生,原来是老父母大人疑心我张献忠要反!"随即他向后一仰,靠在椅子上放声大笑,长胡子散乱在宽阔的胸前。

阮之钿突然脊背发凉,脸色灰白,慌忙站起,躬着身子说:"学生不敢。学生不敢。之钿是为将军着想,深望将军能为朝廷忠臣,国家干城,故不避冒昧,披沥进言。之钿此心,可对天日,望将军三思!"

"咱老张谢谢你的好意!我这个人是个大老粗,一向喜欢痛快,不喜欢说话转弯抹角,如今咱就跟你说老实话吧。话可有点粗,请老父母不要见怪。"

"好说。好说。"

"刚才你说什么?你说我张献忠前十年没有做过好事,这一年投降朝廷才算是走上正道?是不是这么说的?"

"是,是。学生之意……"

"你甭说啦,我的七品父母官!我对你说实话吧,前十年我张献忠走的路子很对,很对,倒是这一年走到茄棵里啦。你们朝廷无道,奸贪横行,一个个披的人皮,做的鬼事,弄得民不聊生,走投无路。咱老子率领百姓起义,杀贪官,诛强暴,替天行道,为民除害,这路子能算不对?要跟着你们一道朘削百姓,才是正路?胡扯!"

"请将军息怒。"阮之钿两腿发软,浑身打颤说。

张献忠把桌子一拍,跳了起来,指着知县的鼻子说:"你这个'老猛滋',你这个芝麻子儿大的七品知县,也竟敢教训老子!"

"学生不敢。学生实实不敢。"阮之钿的声音有点哆嗦,脸上冒汗,不敢抬头。

献忠又说:"这一年来,上自朝廷,下至你们这些地方官儿,对我老张操的什么黑心,难道我不知道?既然朝廷相信咱张献忠,为什么不给关防?不发粮饷?没有粮饷,难道要我的将士们喝西北风活下去?哈哈,你以为咱老张稀罕朝廷的一颗关防?咱老子才不稀罕!什么时候老子高兴,用黄金刻颗大印,想要多大刻多大,比朝廷的关防阔气得多,你们朝廷的关防,算个屁,不值仨钱!"

"将军之言差矣。学生所说的是三纲五常……"

张献忠截断他说:"你得了吧!你们讲的是三纲五常,做的是男盗女娼。什么他妈的'君为臣纲',倒是钱为官纲。连你自己也不是不想贪污,只是有我八大王坐镇谷城,你不敢!"

"请将军息怒。之钿虽然不才,大小是朝廷命官,请将军不要以恶言相加。"

"怎么?你是朝廷命官,老子就不敢骂你?我杀过多少朝廷命官,难道就不能骂你几句?龟儿子,把自己看得怪高!你对着善良小百姓可以摆你的县太爷的臭架子,在我张献忠面前,趁早收起。你听听我的骂,有大好处,可以使你的头脑清爽清爽。可惜你妈的听的太晚啦,伙计!哼哼,别说你是朝廷的七品小命官,连你们的朝廷老子——崇祯那个王八蛋,咱老张也要破口大骂他祖宗八代哩!你呀,算什么东西!"

到这时候,阮之钿想着读书人的"气节"二字,也只好豁上了。他开始胆大起来,抬起头望着献忠说:

"将军,士可杀而不可辱。学生今日来见将军,原是一番好意,不想触犯虎威,受此辱骂。学生读圣贤书,略知成仁取义之理,早置生死于度外。将军如肯为朝廷效力,学生愿以全家百口相保,朝廷决不会有不利于将军之事。请将军三思!"

献忠用鼻孔哼了一声,说:"像你这样芝麻子大的官儿,凭你这顶乌纱帽,能够担保朝廷不收拾我张献忠?你保个屁!你是吹糖人儿的出身,口气怪大。蚂蚁戴眼镜,自觉着脸面不小。你以为你是一县父母官,朝廷会看重你的担保?哈哈,你真是不认识自己,快去尿泡尿照照你的影子!"

"请勿以恶言相加。"

"再说,你在咱老子面前耍的什么花招?拍拍你的心口,你真想以全家百口保朝廷不收拾俺张献忠么?"

"之钿所言,敢指天日。"

"呸,胡说!哪是你全家百口?你的家住在桐城,只带了两个仆人来上任,连你的姨太太也没有带来,谈什么全家百口!我今日实话对你说:老子反不反是两个字,用不着谁担保。你想向崇祯奏老子一本,你就奏吧。你想向熊总理告我一状,你就告吧。老子不在乎!从今天起,你这个老杂种不能够离开谷城一步。你要想私自逃走,老子就宰了你这个'老猛滋'。妈妈的,滚!"献忠把脚一跺,向亲兵大叫:"来人呀,送客!"

张献忠派亲兵把阮之钿"护送"回县衙门,随即把他严密地监视起来,不准他同外边通消息。他从来没有受过这么大的侮辱,回去后又怕又气,躺在床上长吁短叹,不吃东西。他知道自己决无生理,又希望死后留名,就挣扎着跳下床来,向北拜了四拜,然后在墙壁上题了四句歪诗:

> 读尽圣贤书籍,
> 成此浩然心性。
> 勉哉杀身成仁,
> 无负孝廉方正[①]。
> 　谷邑小臣阮之钿拜阙恭辞

---

① 孝廉方正——两汉时候,朝廷取用人才,行的是地方荐举制度。孝廉方正是当时荐举的科目。阮之钿是荐举出身,所以他在绝命诗中说"无负孝廉方正"。

他只怕张献忠退出谷城后,谷城的官绅士民没有注意到他的尽节绝命诗,所以把字体写得很粗大,并写在显眼地方。由于心慌手颤,笔画不免有点潦草,章法也不能讲究。到了深夜,他还是想逃出去,但知道前后院都有张献忠派人把守,就打消了这个念头。

端阳节的第二天,即公元一六三九年六月六日,在明末农民战争史上是一个相当重要的日子。天刚破晓,就有人遵照张献忠的命令在大街小巷敲锣,通知百姓在两天内迁出城去,免受官军残害。其实老百姓在昨晚就已经得到消息,家家户户一夜未眠,准备逃难。许多老太婆看见大乱来到眼前,把心爱的老母鸡连夜宰杀,炖炖让全家吃了。从早晨开了城门起,老百姓就扶老携幼,挑挑背背,推推拉拉,络绎出城。有的人把家口和东西运到船上,顺水路逃走。有的人去乡下叫来驴子、轿子,向山中逃避。张献忠下了严令:对于老百姓逃难用的船只、车辆、牲口和轿子,一概不准扣留,也不准取老百姓一针一线。

张献忠天不明就出城去布置军事,防备官军进攻。回来以后,他吩咐人去请监军道张大经,并派人打开官库,运走库中银钱,又打开监狱,放了囚犯。不大一会儿,张大经坐着轿子来了。献忠迎出二门,躬身施礼。张大经慌忙拉住他,喘着气说:

"敬轩将军!学生虽然在此监军,但一向待将军不薄。今日将军起义,学生不敢相阻。区区微命,愿杀愿放,悉听尊裁。"

献忠哈哈大笑,连声说:"哪里话,哪里话!日后还要多多借重哩!"走到厅上,献忠请张大经坐下,自己也在主位坐下,笑着问道:"张大人,朝廷无道,天下离心,如蒙不弃,愿意同咱张献忠共图大事,日后决不会对不起你。倘若你还是想做明朝的官儿,俺张献忠也不勉强,马上送你离境。张大人,愿意共图大事么?"

张大经前几天就已经风闻献忠将要起事,只是他知道自己已经被献忠暗中监视,没法逃出谷城。关于是尽节还是投降,他心中盘算了无数回,总是拿不定主意。如今他明白献忠说愿意送他出境的话并非真心,如其死在刀下,妻子同归于尽,不如活下去,与献忠共图大事,也许还有出头之日。倘若张献忠兵败,他不幸被官军捉获,只要他一口咬死他是被张献忠挟持而去,并未投贼,还可以说他自己几次图谋自尽,都因贼中看守甚严,欲死不能,这样,也许未必被朝廷判为死罪。目前上策只有走着瞧,保住不死要紧。经献忠逼着一问,他就站起来说:

"敬轩将军!大明气运已尽,妇孺皆知。学生虽不敢自称俊杰,亦非不识时务之辈。只要将军不弃,学生情愿追随左右,共图大事,倘有二心,天地不容!只有今后学生奉将军为主,请万不要再以大人相称。"

"好哇!这才是自家人说的话!至于称呼么……"献忠捋着大胡子想了一下,忽然跳起来说:"有了!俺姓张,你也姓张,五百年前是一家,咱们就联了宗吧。从今以后,你就是我的大哥啦。哈哈哈哈!……"

张大经说:"今日承蒙垂青,得与将军联宗,不胜荣幸。大经碌碌半生,马齿徒长,怎好僭居兄位?"

"你不用谦虚啦。既然你比俺大几岁,你当然就是哥哥。在今日以前,你是朝廷四品命官,要不是俺张献忠手下有几万人马,想同你联宗还高攀不上呢!"

"好说!贤弟过谦。"

"可惜王瞎子这宝贝如今不在谷城,要不然,咱老子一定也拉他起义。"

"可见他命中注定只能做山人,不能际会风云,随将军干一番大的事业。"

献忠十分高兴,大呼:"快拿酒来,与大哥喝几杯!请王举人和潘先生都快来吃酒!"

王秉真和潘独鳌随即来了。王秉真看见张大经已经投降,心中不免暗暗吃惊,不知所措地向张大经躬身一揖,在八仙桌边坐下。潘独鳌是内幕中人,同徐以显共同参与这一策划,所以也向张大经一揖,却笑着说:

"恭贺道台大人,果然弃暗投明,一同起义。今日做旧朝叛臣,来日即是新朝之开国元勋。"

张大经慌张还礼,说:"学生不才,愿随诸公之后……"

献忠截断说:"大家都是一家人,休再说客气话。今日的事儿忙,赶快吃酒要紧。"

正饮酒间,献忠想起来一件事,向侍立左右的亲兵问:"林铭球这龟儿子还没有收拾么?"

张大经的心中一惊:"老张要杀人了!"但因为近来他同林铭球明争暗斗,所以也心中暗喜,望着献忠说:

"这位林大人也真是,到谷城没多久,腰包里装得满满的。我做监军道的佯装不知,并没有向朝廷讦奏他,他反而常给我小鞋穿。"

献忠又向左右问:"去收拾他的人还没回来么?"

他的话刚出口,就有两个偏将提着一颗血淋淋的人头进来。他们一个叫马廷宝,一个叫徐起祚,都只有二十多岁,原是总兵陈宏范派他们带了三百人马驻扎谷城监视张献忠的,如今也随着献忠起义。马廷宝大声禀道:

"禀大帅,林铭球的狗头提到,请大帅验看!"

张大经猛吃一惊,望见血淋淋的、十分厮熟的人头,心头一阵乱跳,顿起了兔死狐悲之感,但随即又暗自庆幸平日处世较有经验,没有得罪献忠,刚才也没有拒绝献忠的……

潘独鳌忽然望一眼张大经说:"这就是贪官的下场!"

献忠用嘲讽的眼神望望林铭球的头,轻轻地骂了声"龟儿子",向张大经得意地一笑,随即向马廷宝吩咐说:

"叫弟兄们提去挂在他龟儿子的察院门口吧,旁边写几个字:'贪官的下场'。"他最后又乜斜着眼睛非常轻蔑地瞟一下林铭球的头,对马廷宝和徐起祚笑着说:"来吧,你们两位快来坐下吃酒。可惜,咱们再也不能敬巡按大人一杯啦。"

这两个偏将是在官军里混出来的,一向在长官前连大气儿也不敢出。虽然他们常同献忠坐在一起吃酒,倒不拘束,但怎么敢同道台大人坐在一个桌上吃酒呢?献忠见他们推辞,随即跳起来,一把拉着一个,往椅子上用力一按,说:

"咱们今天还都是挂的红胡子,戴的雉鸡翎,不管大哥二哥麻子哥,都是弟兄。等咱们打下江山,立了朝纲,再讲究礼节不迟。你们别拘束,开怀畅饮吧。道台大人从今天起已经不再是道台大人,是咱张献忠的大哥啦。"替两个偏将倒了酒,他坐下问:"你们去杀林铭球这龟儿子,他可说什么话了?"

徐起祚回答说:"他看见我们,知道要杀他,吓得浑身筛糠,哀求饶命。他说,只要你张大帅留下他的性命,他愿意立刻动本,向皇上保你镇守荆、襄。"

献忠骂道:"放他娘的屁!他以为老子还会上当哩!可惜他的姨太太在两个月前去襄阳啦。要是那个小婊子在这里,你们倒不妨留下来,做你俩谁的老婆。"献忠快活地哈哈大笑,向全桌大声叫道:"来,大伙儿痛饮一杯,要喝干!"

等大家举杯同饮之后,张献忠笑着问王秉真:"好举人老爷,你怎么好像是魂不守舍?看见林铭球的头有点不舒服?造反就得杀人,看惯就好啦。跟着咱老张造反是很痛快的。来,王兄,我敬你一杯!"

王秉真勉强赔笑,赶快举杯,却因为心中慌乱,将杯中酒洒了

一半。张献忠看在眼里,佯装不觉,只在心里嘲骂一句:

"这个胆小鬼,没有出息!"

张献忠原是海量,频频向同桌人敬酒。当他向张大经举起杯子时,快活地说:

"这一年半,我张献忠在谷城又当婆子,又当媳妇。从今日起,去他娘的,再也不做别人的媳妇啦。"他哈哈大笑,同张大经干了杯,又用拳头捶着桌子,大声说:"他娘的,咱老子一年多来天天像做戏一样,今儿可自由啦!再也不让朝廷给咱套笼头啦!快,把老子的玛瑙杯子取来!"

张献忠有一只很大的桃花色玛瑙酒杯,把儿上刻着龙头。这是他几年前攻破凤阳皇陵时所得的心爱的宝物之一,平日生怕损坏,只有当他最高兴的时候才拿出来用。如今他用大玛瑙杯子连喝了两满杯,情绪更加兴奋,对同坐的几位爱将和僚友说:

"熊文灿这个老混蛋一年多来把咱老子当成刘香,当成郑芝龙,从咱老子身上发了大财。老子没工夫找他算账,崇祯会跟他算账。从今天起,他的八斤半就在脖颈上不稳啦。来,咱们再痛饮三杯,杯杯见底儿,底儿不干的受罚!"

大家异口同声地表示同意。尽管有人酒量不佳,但为着给献忠助兴,也愿意慷慨奉陪。干杯以后,献忠更加兴奋,接着说:

"老子今日叫住在襄阳的文武官儿们和乡绅们猛吃一惊,十几天以后,住在北京城的崇祯和他的大臣们也会吃不下饭,睡不好觉。这一年多,老子在谷城这个小池子里闷得心慌,从今后要把大海搅翻!"他自己饮了半杯酒,脸色变得很严肃,说:"想起来在谷城搞的这件事,老子一辈子后悔不完。什么话!我西营八大王南征北战,硬是在战场上拼了十来年,一时计虑不周,听了薛瞎子的话,坏了我一世威名。从今往后,倘若有谁敢劝说老子再玩这一手,老子砍他的头,活剥他的皮!"

潘独鳌来到谷城较早，知道薛瞎子去北京活动原是张献忠希望打通首辅薛国观的门路派他去的，近来自己后悔起来，却将错误全推到别人身上，心中觉得好笑。但是他深知献忠有一个护短的毛病，只好频频点头，随即劝解说：

"不过，大帅也不必将这事放在心上。大丈夫能屈能伸，能方能圆，倘若不是对朝廷虚与委蛇，如何能息马谷城，养精蓄锐？"

张大经也说："自古成大事者有经有权，不计一时荣辱。敬轩将军在谷城这一段，只是一时行权，外示屈节，内而整军经武，以图大举。今日重新起事，天下豪杰定当刮目相看，闻风兴起。将来大业告成，书之史册，亦无愧于古人。"

献忠叹口气说："关于谷城这一章，从今后不再提啦。都怨薛瞎子这个龟儿子为着他自己想洗手，趁老子在南阳受了重伤，在老子面前日夜撺掇。他去北京后不知弄的什么鬼，到如今不见回来。等他回来，老子至少得打他五百鞭子，把驴尿塞进他的嘴里，看他以后还敢胡撺掇！"

大家哈哈地大笑起来，把张献忠的怒气笑散了。献忠提起酒壶替张大经满斟一杯，满脸堆笑说：

"宗兄，你原是朝廷命官，也是俺张献忠的上司，今日你肯扔掉乌纱帽，抛撇祖宗坟墓和一家人，屈驾相从我一道造反，共建大业，这是你瞧得起咱老张。咱老张一百个感激。咱是一个粗人，读书不多，请你在军国大事上莫吝指教。"

张大经赶快说："不敢，不敢。敬轩将军如此谦逊，反而叫学生不好意思。今日学生既然追随将军起义，定当竭智尽忠，为将军效犬马之劳。纵然刀镬在前，决不后退一步。从今天起，学生与朝廷已一刀两断，一切惟将军之命是从。"

献忠虽然心中并不相信张大经的话，却故意大声称赞说："好哇！这才是识时务，够朋友！"随即向张大经敬了一杯，回头对亲兵们说：

"快拿稀饭、馒头。早饭后还有紧要事儿哩！"

早饭后，他叫马廷宝和徐起祚去准备拆毁城墙，随即又叫马元利去向阮之钿索取县印，并将他"收拾"了。吩咐毕，他带着潘独鳌、张大经和王秉真到一个清静地方，围着一张方桌坐下，对张和王说：

"老潘替我写了一通飞檄草稿，老徐看过了，改了几句，现在请你们两位看看，改定后就可以马上发抄了。"他转向潘独鳌："老潘，把你的稿子拿出来请他们赶快看看。抄手都准备停当了么？"

潘独鳌回答说："十几个抄手都送在石花街庙中等着，稿子一改定就飞骑送去。我自己也去石花街，亲自监督抄写。"

张大经问："为何不在城中誊抄？"

张献忠说："城中兵荒马乱，所以我叫老潘派兵押送抄手们去石花街庙中等候，安心抄写。"

潘独鳌已将稿子从怀中取出，问道："张监军，你先看？"

张大经接住稿子，看着看着，不禁出了一身热汗。多年的世故阅历，使他心中决定不对潘独鳌的稿子作一字修改。看完以后，脸上极不自然地挂着微笑，将稿子转给王秉真。张献忠一直拈着长胡子，半闭着一只眼睛，留心观察张大经的惊骇神情，分明看透了他的五脏六腑，觉得有趣，同潘独鳌交换了一个嘲笑眼色，又望着王秉真的脸上挤挤眼，笑着问：

"王举人，你也出了一头汗，要扇子么？"

王秉真继续看稿子，慌忙回答："不要，不要。啊啊，厉害！真厉害！"

献忠问："什么厉害？"

王秉真看完稿子，右手轻轻颤抖着，将稿子送还潘独鳌，左手

抹一下脸上的热汗,抬起头来,望望献忠又望望潘独鳌,瞠目结舌,半天说不出话来。献忠越发觉得有趣,问道:

"你们两位看怎么样? 还可以么?"

张大经一则感情上猛然间扭不过来,二则害怕将来他万一落到官军手中会罪上加罪,下定决心不说出一字褒贬,经张献忠这么一问,他慌张地点点头。王秉真回答说:

"啊呀,这个,这个……我看这个檄文实在厉害,厉害。"

献忠逼问一句:"光厉害还不算,骂得痛快么?"

"这个,这个……"

献忠将长胡子一抛,身子向椅靠背上猛一仰,哈哈大笑,声震屋梁。笑过之后,他重新坐直身子,向他们嘲笑说:

"老潘写这么好的文章,你们二位竟然不能赏识! 咱老张以往也出过檄文,发过布告,可是都只骂贪官污吏、乡宦土豪。这次我叫老潘替我写的檄文,说明我为什么反出谷城。我不只骂一骂混蛋官绅,还狠狠地骂了当今的无道朝廷,对崇祯也扫了几笔,很不恭维。这篇文章好就好在一竿子捅到底,骂到了皇帝头上。怎么,不是骂得很痛快么?"

王秉真喃喃地说:"这檄文一发出,以后就,就就,再也没有回旋余地啦。"

"怎么? 你以为我以后还打算再唱'屯谷城'这出戏么? 咱老子再也不唱这出窝囊戏了! 既然是真正起义嘛,留什么回旋余地! 难道我老张还不……"他本来要说"还不如李自成么?"但是他忽然觉到说失了口,不应该对部下说出来李自成高明,随即打个顿,改口说:"明白非推倒明朝的江山才能够救民水火? 妈的,过去这一年半,咱老张身在谷城,眼观天下,并没有白吃闲饭。咱练了兵,也长了见识。这道檄文就是要昭告各地军民:我张献忠从今后率领西营将士一反到底,反到北京为止。从今以后,朝廷一定会专力对我张献忠用兵,在告示上明白写着:别人都可赦,惟有张献忠不赦。"献忠笑一笑,说:"崇祯不赦咱,咱老子也不赦他哩。今后究竟是谁的天下,咱跟他走着瞧。"

张大经说:"敬轩将军英明,潘先生的文笔亦佳。"

献忠又哈哈地笑了几声,说:"老兄,你的苦衷我明白,不勉强你提笔改动啦。你自幼读圣贤的书,受孔孟之教,灌了满脑袋瓜子愚忠愚孝的大道理,靠这一套大道理进学,中举,中进士,然后做官,食君之禄,步步高升,做了襄阳监军道。你一向都为着自己的功名富贵感激朝廷的深仁厚泽,皇恩浩荡,这是很自然的。如今你不得已跟着咱老张起义,本来有点儿勉强;看见檄文上痛骂朝廷,直指皇帝有罪,你就在心中转不过弯儿啦,就惶恐万分、汗流浃背啦。哈哈,宗兄,我说的是实话吧?"

张大经赶快说:"敬轩将军所言学生苦衷,洞照肺腑。"

献忠转望着王秉真说:"性一,你虽然还没有食君之禄,可是脑袋瓜子里装的东西也一样。算啦,我也不请你修改啦,老潘,这飞檄的末尾几句你再念一遍,让我们再琢磨琢磨。"

潘独鳌重新读出了飞檄的末尾几句:

朝廷凡百举措,莫非倒行逆施;苛暴昏乱,无与比伦。而缙绅贪如饕餮,以百姓为鱼肉;官兵凶逾虎狼,视良民为仇敌。献忠目触身接,痛恨切齿。爰于谷城重举义旗,顺天救民。大兵到处,只诛有罪。凡是开门迎降,秋毫无犯;倘敢婴城拒守,屠戮无遗。特此飞檄远近,咸使知闻!

张献忠拧紧长胡子听完以后,突然一松手,满意地笑着,拍了拍潘的肩膀,转向张大经和王秉真问:

"这一段文章没有直指崇祯皇帝骂,你们说怎么样?还要修改么?"

张大经赶快说:"不错,不错。"

王秉真跟着说:"好,好,痛快淋漓!"

张献忠将眼珠转动一阵,说:"老潘,有几个字儿你得改一改。'朝廷'这两个字从今往后咱们不要再用啦。啥他娘的朝廷,净是一群民贼!何况,咱既要对它革命,它就不配是咱的朝廷。要改,要改。"

大家都觉得献忠的话有道理,可是一时不明白对大明中央政府不称朝廷,另外有什么恰当称呼。潘独鳌向张大经问:

"用'伪朝'二字如何?"

张大经沉吟说:"恐怕不妥吧。我们敬轩将军尚未建号改元,怎么能称大明为伪朝呢?"

王秉真也不赞成,摇摇脑袋。

张献忠看见他们三个有学问的读书人都作了难,心中竟然转不了弯儿,有点可笑,便忍耐不住说:

"他娘的,这还不好办?他们的朝廷不是全国百姓的朝廷,只是朱家一姓和狐群狗党们的朝廷,从今往后,咱们只称它朱朝得啦。嗨,亏你们三位都是满腹经纶的人!"

大家的心中蓦然一亮,连声说好,互相看看,哈哈地大笑起来。他们都在心中佩服张献忠确实聪明过人,因而受到献忠的奚落也很高兴。献忠又说道:

"伙计们,这檄文上的'官兵'二字也改改吧,连前边的统统改成'贼兵'。从今往后,咱们大西兵现称义兵,以后要称天兵①,要把朱朝的官兵称做贼兵,把朱朝的文武官员们称做贼官。"

大家同时点头说:"是,是。很是。"

献忠说:"老潘,你赶快骑马往石花街去吧。要赏给抄手们一点银子,不要亏待他们。"他等潘独鳌匆匆出去,站起来又说:"老

---

① 天兵——古人称王师为天兵。从崇祯十六年起,张献忠在正式文告中就称自己的军队为天兵。

王,你出去等着,我一会儿要请你帮忙。谷城士民都知道你王举人写一笔好字儿,常为乡绅大户写匾额,写屏对,写石碑。那些都是替官绅富人歌功颂德,不是真话。今日我请你写点东西,全写真情实话。"

王秉真问:"要我写什么?"

张献忠笑着说:"别急呀。待一会儿我会把活儿交代清楚哩。"他转望着张大经:"宗兄大人,你快回衙门去准备动身。你的随从兵丁都不会打仗,我已经派去了二十名弟兄给你,由一名小校率领,随时保护宗兄大驾。这些弟兄在缓急时很顶用,以后就算是你身边的亲兵啦。走,咱们都走吧。今天我可要忙坏了。"

献忠要往城上察看,匆匆而去。张大经和王秉真互相望望,各怀着七上八下的心情向外走去。

阮之钿听说张献忠已经起事的消息,知道自己死期已至,赶快服毒自尽。但药性尚未发作,马元利已经来到,向他索印。他摇摇头,不说话,也不交出。马元利把嘴一扭,旁边两个兵一人砍一刀,登时结果了他的性命。他的仆人赶快把县印交了出来。

张献忠忽然想起来应该审问阮之钿如何暗中向朝廷上本奏他要起义,所以没在城上停留就骑马赶来。看见阮之钿已死,他多少有点遗憾,心里说:"收拾得太快了。"他看看墙上题的绝命诗,忍不住笑起来,对马元利说:

"妈的,咱老子说他是吹糖人儿出身的,果然不差!他连举也没中,竟说他'读尽圣贤书',临死还要吹!"

大家都笑了起来。

"大帅,这座衙门留下么?"马元利问。

"衙门从来没做过一件好事,净会苦害老百姓,给我放把火烧他娘的吧。"

马元利一挥手,立刻有几个弟兄欢天喜地点火去了。

张献忠亲眼看着大堂起了火,才从县衙门退了出来。在衙门外遇见张文秀抱着令箭,带着一队骑兵巡逻,他问:

"文秀,有人趁火打劫么?"

"禀父帅,连百姓的针头线脑也没有人敢拿。"

"好娃儿,你要小心点。有谁抢了老百姓一根屌毛,你不严办,老子可要砍你的脑袋瓜子。人过留名,雁过留声,懂么?"

"孩儿懂得,请父帅放心。"

"懂就好。这一年零五个月,谷城老百姓待咱们不赖,咱们也不能对不起人家。不管谁骚扰百姓,你娃儿手里有令箭,就地正法,先斩后奏!"

"孩儿遵命。"

张文秀走后,他回到自己的辕门外,下了马,站在大街上,派人把举人王秉真叫来,说:

"性一,老兄的字写得呱呱叫,在谷城大大有名,快把咱张献忠为什么要反的话写在这照壁上,让谷城父老兄弟们瞧瞧吧。别写中间,写一边,空出来的地方还要写别的哩。"

王秉真的心中十分踌躇,出了一身汗。近几天他知道献忠要起事,想逃走,却没机会,并且怕即令自己能逃走,好大一处宅子也搬不走,会被献忠一把火烧得精光。刚才张献忠叫他看潘独鳌写的檄文稿子,将他吓得浑身冒出热汗,庆幸自己没有动笔改一个字。现在叫他执笔在照壁上替献忠写告白,他很怕日后更不能脱离献忠,重回朝廷方面。但他又不敢不写,只得硬着头皮接受任务,吃吃地问道:

"请示大帅,怎么写呢?"

"怎么写?咱老张为什么要反你还不明白么?用不着我再说,你替咱老张编一编。我要想说得话你全知道。我急着要到城上看看。你们就写吧,我待会儿来看。"说毕,他带着一群亲兵往城上去了。

这个大照壁是几天前用石灰搪好的,一片雪白。当时众人都不知道他为什么快要反出谷城了还叫泥瓦匠搪照壁,现在才恍然明白。王秉真在屋中想了一阵,拟了一个稿子,拿去请张大经看了看,共同推敲,改了改,然后回到照壁下边,用大笔在照壁的右端写起来。过了一阵,献忠从城上回来了,站在街心,拈着长须,把已经写出的看了一遍。因为按照习惯没有断句,献忠虽然字都认识,可是念起来不免吃力。他说:

"嗨,伙计,怎么不点句呢?这是叫老百姓看的,可不是光叫几个举人、秀才看的。点点句,点点句。重要句子旁边打几个圈圈儿。"

王秉真只得遵照献忠的吩咐点了句,加了一些圈圈。献忠高兴了,拍拍他的肩膀说:

"举人,请大声念念,让大家听听!"

"尚未写完哩。"举人说。

"念出来让大家弟兄们先听听,再写。"

王秉真拈着胡须,摇晃着脑袋,朗朗念道:

为略陈衷曲,通告父老周知事:献忠出自草野,粗明大义,十载征战,不遑宁处,盖为吊民伐罪,诛除贪横,冀朱朝有悔祸之心,而苛政有所更张也。去岁春正,屯兵兹邦,悯父老苦于兵革,不惜委曲求全,归命朱朝,纵不能卖刀买牛,与父老共耕于汉水之上,亦期保境安民,使地方得免官兵之荼毒。不意耿耿此心,上不见信于朝廷,下不见谅于官绅。粮饷不发,关防不颁,坐视献忠十万之众,将成饿乡之鬼。而总理熊文灿及大小官吏,在野巨绅,以郑芝龙待献忠,日日索贿,永无餍足。献忠私囊告罄,不得不括及将弁。彼辈之欲壑难填,而将弁之积蓄有尽。忍气吞声,终有止境。……

"下边呢?"献忠问。

"还有十几句,马上就写在照壁上。"王秉真回答,打量着献忠神气,心想他一定会十分满意。

献忠向左右望望,笑着问:"你们都听了,怎么样,嗯?"

许多声音:"好极！好极！"

献忠哈哈地笑了起来,说:"道理说得很对,就有一点儿不好。"

王秉真赶快问:"大帅,哪点不好?"

献忠说:"你们这班举人、秀才,一掂起笔杆儿就只会文绉绉的,写出些叫老百姓听起来半懂不懂的话。要是你们少文一点儿,写出来的跟咱老张说的话差不多,那就更好啦。啊,性一老哥,下边还有一大串么?"

"还有十几句。"

"我看,甭写那么多啦。你给我直截了当地写吧:'官逼我反,不得不反。国家之官坏国家之事,可恨,可恨！献忠虽欲不反,岂可得乎?'就这么写出来算啦。"

张大经因为路过,不声不响地站在张献忠的背后观看,不觉小声叫着:"好,好！敬轩将军收的这一句十分有力!"

献忠笑着说:"别见笑。俺这个只读过两年书的大老粗,跟你们举人、秀才在一起泡得久啦,也'之乎也者'起来啦。"说毕,纵声大笑,调皮地用手指扭着长须。

王秉真虽然觉得从"官逼我反,不得不反"到"可恨,可恨",都有点欠雅,而且音调也不够畅达,但他同张大经一样,很欣赏结尾一句收得很有力,比他准备的十几句话好得多。他不能不佩服献忠有过人的聪明。把这几句写毕,他转回头来问:

"大帅,下边还写什么?"

"总管手里有个账单子,你照着写吧,可不要漏掉一笔账。"

总管早已站在旁边,这时赶快把一个清单交给王举人,举人一

看,上边开着熊文灿和许多官绅的名字,每个名字下边写着某月某日受了什么贿赂,数目若干。于是他在文章的后边添了一句:

> 今将受贿人姓名开列于左,并记明受贿月日及数目若干,俾众咸知。

当王秉真才写了三个人的受贿账目时,献忠忽然把账单子夺过去,看了看,要过笔来,把张大经的名字勾了去,回头对总管笑了笑,说:

"妈的,你龟儿子也够粗心啦。他如今是咱们自家人,这几笔账勾销了吧,用不着写出来向众人张扬。"

张大经满脸通红,不好再看下去,勉强笑一笑,由四名亲兵护卫着,向他姨太太住的公馆去了,心中暗暗地感激献忠。

献忠把笔和账单子又交给举人,请他接着往下写,自己回老营去了。五丈长的粉壁差不多写满了,才把清单抄完。早有许多老百姓围了上来,探着头看。有识字的人小声念出来,不识字的人用心静听。念完账单以后,人们发出来啧啧的惊叹和小声辱骂。张献忠从辕门里走出来,看看账单很清楚,也没遗漏,对王秉真点头笑笑,又对老百姓说:

"你们瞧瞧,上自总理大人,下至地方绅士,都说咱张献忠是贼,可是他们连贼也不如。他们是贼身上的虱子。这一年多,我身上的血可给他们吸了不少。难道他们比贼高贵些?"

老百姓笑起来,提着那些官绅们的名儿骂。突然有人在张献忠的背后问:

"敬轩将军,这些账是你写给大家看,还是打算日后讨还呢?"

献忠回头一看,抓着方岳宗的手大声说:"啊呀,老方,你也在这里看!"他快活地大笑一阵,接着说:"当然不要了。不过,俗话说:亲虽亲,财帛分。写出来让谷城百姓都瞧瞧,免得日后这班官绅老爷们假撇清,昧着良心说他们没有受贿。"说到这里,他忽然转向王秉真,叫着说:"举人!举人!我想起来啦,请你在后边注上一笔:只有襄阳道王瑞柟没有受我张献忠的贿,只他一个!"

方岳宗点点头说:"对,对,应该加上一句。像这样不受贿的官儿,如今是凤毛麟角了。"

王秉真写了一句:"襄阳道王瑞柟,不受献忠贿者止此人耳。"献忠看了,点点头,又对王秉真挤挤眼睛,表示很满意,说:

"可见咱张献忠决不冤枉一个居官清白的人!虽说王瑞柟几次同左良玉定计要杀咱老子,可是人家不受贿,这一点就叫人尊敬。"他拍一下方岳宗的肩头,问:"怎么,方兄,还不赶快搬出谷城么?"

"已经派人下乡去叫佃户们赶快拉牛车来运东西,大概晚半天才能赶来。舍下人口多,东西多,怕今晚不能出城了。"

"你要早点走,有什么困难就来找咱。"献忠又拉住王秉真,凑近他的耳朵小声说:"伙计,这照壁上都是你亲笔写的字,想赖也赖不掉。怎么,还不肯死心塌地跟俺老张下水么?"

"哪里,哪里。我一定跟随大帅。"王秉真又出了一身汗。

献忠对着举人挤着眼睛笑一笑,匆匆地离开众人,骑上马出城布置去了。

虽然左良玉在五月初六日的下午就知道张献忠已经起事,但是不敢贸然向谷城进攻。他一面飞禀总理,一面继续集结队伍,等待机会。到第二天,他慢慢向谷城移动,并派出少数部队向城郊试探。

初七日下午,城里的居民绝大部分都逃走了,没有逃的只是极少数无力迁移的人,或者是舍不得房屋和东西的老年人,还有的是受了主人之命留下来看家的老仆人。街上看不见行人,显得空虚而凄凉。农民军仍在拆城,为着怕官军的奸细混进城来,各城门都锁了。张献忠得到报告,知道左良玉和罗岱的人马已经向谷城移动,但是他并不急着离开,仍在西城上督率着将士拆城。

方岳宗因昨天佃户来的牛车不够,今天上午又叫来两辆,所以全家老小几十口直耽误到今天下午申刻时候才动身出城。谁知一到西城门,城门落锁,不能出去。他同守城门的弟兄们说了许多好话,遭到守城门的弟兄们坚决拒绝。一个陕西口音的头目瞪着眼睛说:

"不行!没有大帅的令箭,谁也不能出进!"

"我叫方岳宗,同大帅很熟……"

"你同大帅熟有什么用?这是军令!"小头目挥着手说:"站远!站远!走开,车辆后退!没有令箭就是不开门,你是天王老子也不行!"

献忠偶一回头,看见西大街上扎着五六辆牛车,十几乘小轿,几匹牲口,车上拉着东西,轿子里都坐着女人和孩子,另外有许多人跟在车后。他向城墙下边问:

"是谁家还没出城?"

方岳宗听见是献忠的声音,赶快从城门下退到大街上,抬头一看,喜出望外,大声说:

"敬轩将军救我!敬轩将军救我!"

"嗨!你还没有出城么?"

"没有呀!你看,家里人多,一直耽搁到现在!"

献忠吩咐守门的弟兄们快把城门打开,让方府老小出城,并对方岳宗说:

"再耽误片刻,我一离开这儿,你就逃不出去啦!"

方岳宗一家人出城以后,张献忠又派人在城里敲锣叫喊,催居民即速出城,免遭官军屠戮。他不放心,亲自骑着马在几条背街上巡视一趟。走到一家门外,听见里边有女人和小孩子的哭声,他停住马,派一个亲兵进去看看。过了片刻,亲兵出来报告说这一家没有男人,只有一个寡妇带着三个小孩子,还有一个年老的婆母,等着亲戚从乡下来接,没有等到,所以全家抱着哭泣。献忠没有做声,跳下战马,弯腰走进破板门,一直往茅屋里走。婆媳俩知道他是张献忠,赶快止住哭,慌得不知所措。献忠说:

"不要怕,不要怕。你们城外可有亲戚?"

老婆婆抽咽着回答说:"大帅,我女婿住在西乡,离城十八里,昨儿就托人带口信儿,原说今儿来接俺们,可是没来。你看我们这一家,老的老,小的小,没有一个男人,出不去城,只有等死!"说毕,又哭了起来。

献忠在三个小孩子的身上打量一眼,又打量一下一些破破烂烂的衣服都已包好,放在床上。他踌躇片刻,对一个亲兵头目说:

"木生,派两个弟兄牵三匹牲口送她们到亲戚家去。送去后不必转回城,在去石花街的路上等我。"

老妇和媳妇始而吃惊,随即跪下磕头,连说:"感谢大帅恩典,救俺一家老小的命!"献忠挥一下手,没有做声,走出板门,骑上马往别处去了。

当天黄昏,张献忠率领着殿后部队离开谷城,向石花街进发。二更以后,他到了设在石花街附近的老营。石花街是卧佛川和古洋河汇合的地方,也是一个军事冲要,所以张献忠打算在这里停留两三天,等待从襄阳来的追兵。从石花街往西去是通向武当山、均州、郧阳、白河、兴安和汉中的要道,往西南通往房县、兴山、归州和巴东。献忠的老营驻扎石花街西南,靠近往房县的山路旁边。他刚进老营寨中,张可旺就向他禀报:王秉真在黄昏后逃走了。献忠一怔,瞪大眼睛问:

"真是逃了?"

张可旺说:"来到这里后,他趁着兵荒马乱,离开老营,带着一个仆人开小差了。"

徐以显用平淡的口吻说:"性一这人,舍不得祖宗家业,又念念不忘他是举人,原无心追随大帅起义。我早就料到他迟早会逃,不过没有想到他逃得这样快。"

可旺又说:"孩儿听说王举人逃了之后,本想派几支弟兄追赶,务要把他捉回。可是军师说他既然跟咱不是一条心,就让他滚开拉倒,不主张派人追赶。父帅,要不要派人将他捉回?"

张献忠心中很不高兴,捋着大胡子思索片刻,忽然脸上露出来轻蔑的笑容,把大胡子一抛,说:

"就听军师的话,不用追他狗日的啦。咱们起义,不是拉人赴席。愿意干的跟老子来。贪生怕死,留恋家业,或是跟朱家朝廷割不断恩情的,滚他娘的去。大年初一逮兔子,有它过年,无它也过年!"

左良玉害怕中了埋伏,过了两天才进入谷城,大肆抢劫,杀死了一些没有逃走的居民报功,放火烧毁了许多房屋。

塘马带着关于张献忠起事的紧急文书,文书上插着羽毛,在五月初六的晚上从襄阳出发,沿途更换,日夜不停,越过新野,越过南阳,越过许昌、开封和大名,直向北京奔去。半个中国都被张献忠谷城起义的消息震动了。

李自成 第二卷 商洛壮歌

夫妻会师

第 五 章

五月初旬的晚上,熊耳山上的气候温和宜人。纤纤新月,温柔而多情地窥探着一座被松林掩蔽的山村。一片茅庵草舍和一座四合头砖瓦小院静静地藏在山窝里,一半有月光照射,一半却给黑沉沉的山峰的阴影笼罩。这一片房屋的前边耸立着一棵几百年的、高大的白果树。前边有一片平台,紧接悬崖;崖下是深涧。崖边全被杂树、野草和茂密的、芬芳的野玫瑰遮蔽起来,所以倘若不是涧里淙淙地响着流水,你站在平台上很难看清楚几丈外竟是壁立数十丈的悬崖和涧谷。尤其是在晚上,月色朦胧得像淡淡的轻烟,而轻烟又和着月色,在林间不停地悄悄流动,使你更难看清。

这一片房屋只是这个山村的最靠里边的一小部分,向着山坳出口的方面,这一团,那一团,还有几十户人家,点缀在青山腰中,另外在比较平坦的地方还有许多白色的帐篷散布在绿树与白云中间。不过,这一切,在晚上都是没法看清楚的。

小平台是这一片农家公用的打麦场,上边堆着几堆新麦秸,有的已经打过,有的还没有打。从麦秸堆上散发出一股清新的、使人感到愉快的气味,说它是芳香,却不同于任何花香。这是新割下的、干了的庄稼所特有的香味。在麦秸堆附近,一棵小榆树上拴着一头小黄牛。它已经用刚打过的新鲜麦秸喂饱,卧在地上,安闲地倒沫,偶尔用尾巴赶一下讨厌的牛虻。近来山里边发现牛瘟,主人特意为它带一挂用生麻做成的、用苏木水染得鲜红的长胡子,把鼻子和嘴唇全遮起来。不时,随着它的头轻轻一动,挂在脖子下边的大铜铃就发出丁冬响声。也许是因为这个铜铃太古老了,发出的声音和村中许多牛铃声不同,它有一般大铜铃的清韵,却似乎另外带点苍凉。四合头宅子的左边有几棵高大的松树,下边拴着十几匹战马。这里完全被壁立的山峰的阴影遮住,只能听见马匹在吃草,偶然踏动蹄子,缰绳上的铁环碰着木槽。

慧梅坐在打麦用的石磙上,手里拿着心爱的笛子。她大概在这里已经坐了很久,偶然用手指掠一掠垂下来的鬓发,感到柔软的头发已经给露水打湿。原来在白果树下坐着的两个马夫和两个农民在小声说闲话,如今不知他们是因为瞌睡,还是话已说尽,语声停了,只偶尔听见啪的一声,分明是有人用巴掌轻轻打死一个落在脸上的蚊子或草虫。随即她听见白果树上有稀疏的滴答声,像是雨点落在树叶上,不由地望望天空,却是繁星满天,纤月仍在,只有一片薄云从月上飘过,好像在云中徘徊。她恍然明白,原来是露水在高处树叶上积得多了,经微风一摇,滚落到下层树叶上,发出响声。她向着西南方的一颗明星望去,在心中问道:

"是不是闯王他们就在那星星下边?"

近几天来,她的心绪很不安宁。高夫人早就准备着率人马奔往商洛山中同闯王会师,却因为要等候闯王的军令,没有动身。听说闯王快在商洛山中树起大旗了,可是为什么还不来命令叫高夫人赶去会师呢?她希望马上会师,也怀着神秘而激动的心情,巴不得马上能看见张鼐。在潼关突围之后,她有许多天担心他阵亡或负了重伤。后来知道他平安无恙,她的心才快活起来。如今她愈是渴盼同张鼐见面,愈觉得在豫西一带的大山中度日如年。半个时辰前,她因为心中烦闷,就拿着笛子从高夫人的身边蹓了出来。但是她坐在石磙上却沉入缥缈的幻想中,并没有吹笛子。其实这支笛子早已成了她的爱物,每逢闲暇时候,不管吹不吹,她都要带在身边,不忍离开。

想着想着,她认为不要多久就要同闯王会师的,一缕愁云从心上散开了。于是她从石磙上站起来,走近悬崖,饱闻一阵花香,然后绕过麦秸堆,在一棵石榴树下立了片刻,摘了一朵刚开的石榴花,插在鬓边,含着微笑,不声不响地走进院里。

　　高夫人带着女儿兰芝和女兵们住在堂屋,厢房和对厅住着男亲兵们和马夫们。三月中旬,因为贺人龙已经从潼关调往别处,而河南巡抚李仙风的部队也调往豫东同起事的白莲教和其他小股义军作战,无暇照顾豫西,高夫人就把人马拉进熊耳山来驻扎休息,进行操练,只派刘芳亮或偏将们时常出外打粮和收罗骡马。到这里驻下以后,因为不打仗,又同丈夫不在一起,她不仅常常思念丈夫,也常常引起乡思。谷雨那天,她特意按照延安府一带的民间风俗,叫人用朱砂在黄纸上写一道"压蝎符"贴在墙上,符上的咒语是:"谷雨日,谷雨时,奉请谷雨大将军。茶三盏,酒四巡,送蝎千里化为尘。"四角又写上"叭"、"吐"、"喊"、"嗨"四字。其实,她从来不信这道符咒能镇压蝎子,这不过是她思念故乡,尤其是思念闯王的心情借机流露罢了。可不是么?几年前她同自成率大军打回米脂,回到双泉堡李继迁寨,还看见自成少年时住的窑洞的墙壁上贴着一道"压蝎符",因为年深月久,黄纸已经变成了古铜色。她当时看了这道符,还不由地望着自成笑了一笑。

　　如今高夫人的身边增加了五个姑娘,其中两个是富豪大户的丫头,义军破了寨子后,高夫人见她们生得身材有力,聪明伶俐,把她们收下。一个顶小的只有十五岁,是一家小户人家的童养媳,极受虐待,曾经投过井,被邻居救活。高夫人知道她的可怜身世,也把她收下了。高夫人按着慧字排行重新给她们起了名儿,大一点的叫慧琼,次的叫慧珠,小的叫慧芬。另外两个都是本村猎户的女儿,跟父兄略微学过一点武艺,父母都亡故了,哥哥逃荒出外,没有亲人依靠,恳求高夫人收作女兵。高夫人替她们一个起名慧云,一个起名慧竹。两三个月来,她们都已经成了骑马的内行,并且跟着慧英和慧梅学会了简单的武艺。只要驻下来,她们总是天不明就起床,刻苦练习。

慧梅进了堂屋,看见姊妹们都坐在当间的灯下做针线活,有的是替自己做鞋子,有的是替男亲兵们缝补衣服和鞋袜。兰芝已经做完功课,一个人坐在里间床上,满有兴致地玩抓子儿①。她有五颗从河滩里挑拣的小石子儿,有雪白发光的,也有红鸡冠石的,行军时装在口袋里,闲的时候就拿出来玩。高夫人坐在里间靠窗的桌边,把拆开的野玫瑰的粉红花瓣放在桌上,数了又数。她数得很专心,有时嘴角和眼角禁不住露出微笑,有时细长的眉毛上忽然挂出一丝疑问,沉吟地望望灯上结的彩,又望着桌上的那些花瓣出神。慧梅站在她的身边望了一阵,用指甲替她把灯花弹落,灯光登时亮得多了。

用花瓣卜了一阵卦,高夫人偶然抬头,看见了墙上的"压蝎符",不觉轻轻地喷一声,在心里说:"日子真快,来到这里已经一个月零二十天了!"将近两个月来,她天天盼望着闯王派人来叫她去商洛山中,但过去自成派人来总是嘱咐她不要急着去,说一则那里粮草很困难,二则她留在崤函山中也可以牵制官军。如今豫西和潼关的大股官军都调走了,她还牵制什么呢?况且使她挂心的是,她早就知道自成与张献忠约定在端阳起事,明天就是端阳啦,竟不见闯王派人来通知她率人马回商洛山去,难道有什么意外变化?她还得到探子报告,官军在豫陕边境增加了不少人马,难道他们知道自成的打算么?万一日子耽搁下去,官军把各个关口堵死,她去商洛山中会师岂不增加了困难?高夫人左思右想,心中烦闷。她正要重新用花瓣卜卦消磨时间,慧梅向她笑着问:

"夫人,你刚才卜的卦怎样?"

---

① 抓子儿——一种女孩子们喜爱玩的游戏,可以几个姑娘一起玩,也可单独玩。

高夫人转过脸来,望着她笑一笑,正要说话,张材忽然走了进来。这个二十出头的小伙子近来长得更魁梧了,脸孔被太阳晒得黑黝黝的,人们都说他是高夫人身边的周仓。他在里间门槛外边站住,因为置身在一群姑娘中间,稍微有点不自然,大声报告说:

"启禀夫人!……"

高夫人不等他说下去,就略带不耐烦的口气说:"又是总管要你来请示明天过节的事!既然没糯米,就不吃粽子吧。让全营弟兄多喝点雄黄酒,每人赏一串零用钱。各家眷属我这里另有份子,不要总管操心。"

张材笑着说:"夫人,我不是问过节的事。"

"那么是什么事?"

"刘将爷派人来瞧你睡了没有,说是他马上就来见你。"

"请他来吧。有什么要紧的事?"

"听说是闯王那里来了一个人,叫咱们赶快去商洛山中会合,就要树大旗啦。"

"啊呀!真的?"高夫人说,不自觉地从椅子上跳起来。

"当然是真的。"

"快去请刘爷来,立刻来!"高夫人由于过于激动,两行热泪刷刷地滚落下来,而慧英和慧梅也同样热泪奔流。

张材一出去,高夫人把椅子一推,快步走到当间,等候刘芳亮。她揩去眼泪,向门外望望,回头对七个姑娘说:

"我就猜到闯王会派人叫咱们快去商洛山中。今晚又是灯上结彩,又是蟢子来,用花瓣卜卦又连得两个好卦。我就知道会有好消息!"

兰芝已经跳下床,从里间跑出来,拉着母亲连声问:

"妈!妈!咱们什么时候起身呀?"

"马上就起身,快把你的书啦笔啦都收拾好。"高夫人在女儿的头顶上慈爱地拍了一下,转向大家说:"姑娘们,咱们早就在盼望着到商洛山中,大举起事,可盼到这一天啦!唉,慧英、慧梅,你们哭什么?哭什么?"

兰芝噙着眼泪笑着说:"你自己也哭啦!"

高夫人又揩去眼泪,哽咽说:"这日子来得多不容易!"

姑娘们说:"真的,可盼到时候啦!"赶快揩去眼泪。

高夫人接着说:"自从高闯王死后,咱们李闯王接住了'闯'字大旗,两三年来过的什么日子?全是惊涛骇浪!原来高闯王率领的那么多人马,不到一年半的时间,一队一队都投降了,只有咱们老八队为革命——闯王常说,咱们起义就是书上说的革命,——百折不挠,血战到底。咱们老八队虽然死人最多,一批一批赤胆忠心的将士们在战场上倒下去,流尽了鲜血。咱们的随营眷属,老的少的,上百上千地死去。不记得多少年轻妇女,本来不会武艺,有的从家乡逃出来随军不久,当官军逼近,情况万分危急时,她们为着义不受辱,也拿着刀剑同敌人厮杀;还有那些害病的、怀孕的、挂了彩的,不能同敌人拼命,不得已时宁肯投崖,投水,赴火……用各种办法不使自己落入敌人之手,遭受侮辱。我身边的女兵,一批一批地死去,经过潼关南原这一战,只剩下慧英和慧梅……"她本来是边流泪边往下说,这时忍不住哽咽起来,停了一阵,才继续说道:"还有咱们的孩儿兵,打起仗来就像是一群小老虎。谁说半桩娃儿们不顶用?咱们李闯王手下的孩儿兵,官兵提起来都害怕。这样好孩儿,小英雄,近两三年在战场上死了几百。姑娘们,咱们的老八队就是这样一支人马:不管多么困难,多么艰险,死伤多么惨重,永远不泄气。朝廷多么想消灭咱们,可是咱们活得顶天立地,既不能消灭,也不受招降。看,马上就要重树大旗了!你们不明白,重树起大旗来就是胜利!"

兰芝说:"妈,我很少看见你说这么多的话!"

高夫人带着兴奋的笑容,揩去余泪,叹口气说:"世上事都没有一帆风顺的,何况是革几百年朱家朝廷的命!"

不但是慧英和慧梅的心中有说不出的激动和高兴,那五个新来的姑娘也是同样的心理。高夫人一个一个把她们看了一遍,同时在心中暗暗地说:"这半年总算没有辜负自成,牵制了潼关的官军,人马还扩充了两倍!"当她最后把眼光移到慧梅的脸上时,看见这个可爱的女孩子高兴得噙着眼泪,她随便说了句:

"慧梅,我知道你早就想去商洛山了。"

慧梅的脸颊刷地红了,赶快低下头去。高夫人没有注意,对大家说:

"姑娘们,趁这时你们赶快把东西收拾一下吧。"

刘芳亮带着闯王的送信人来了。高夫人问了来人,才知道是因为官军在豫陕交界处增加了很多人马,他被官军盘住,拘禁在兰草川,后来又死里逃生,所以在路途上多耽搁了六七天。她又问了商洛山中的情形,知道刘体纯和李双喜在卢氏县边境地方等着接牛金星,还没回去,另外队伍里从四月中旬以后就发生了瘟疫,病倒了不少人,连总哨刘爷也病倒了。这后一个消息使高夫人有点担忧,问道:

"尚神仙没有办法?"

"嫂子,你知道他在外科上是神医,在内科上不很内行。"

高夫人转向刘芳亮:"明远,你看咱们什么时候动身走?"

刘芳亮回答说:"闯王叫咱们星夜赶回,不可有误。我看咱们现在立刻准备,五更就走。"

他们把应该走哪条路和如何走法商量定,随即高夫人对刘芳亮说:

"好,你快准备吧。要弟兄们多辛苦一点,尽可能在五天之内赶到闯王那里,免得给官军隔断了路。五天能到么?"

"咱们都是轻骑,一定能够。"

"你顺便告诉总管,粮食尽可能用骡子驮走,凡是不好带走的东西都分给老百姓。多备些干粮,路途上少埋锅造饭,耽误时间。"

把刘芳亮打发走以后,高夫人走出大门,站在打麦场上,望望周围的群山、树林,又望望左近的茅屋。如今她一方面归心似箭,一方面却不免对这豫西一带的老百姓和山川起一缕惜别之情。

这是一年中夜晚最短的月份,高夫人同姑娘们把东西整理好,和衣躺下去曚昽一阵,天已经快明了。首先是公鸡在笼中啼叫,跟着是乌鸦、云雀和子规在林间叫唤,又跟着画眉、百灵、麻雀都叫了起来。高夫人一乍醒来,把姑娘们唤起。大家匆匆地梳洗毕,外边已经人喊马嘶,开始排队。张材走来,请高夫人动身。高夫人同站在村边送行的老百姓告别,跳上玉花骢,率领着老营出发。走了两里路同刘芳亮率领的大队人马会合之后,高夫人又回头来望望这个驻扎了将近两个月的小村庄。但是她只能看见两三个较高的青绿山峰漂浮在乳白色的晓雾上边,像茫茫无边的大海中浮动着几点岛屿。从雾海中传过来牛叫声、羊叫声、公鸡叫声,杂着人语声。等到转过一个山湾,这一切声音都微弱下去,被一片松涛和马蹄声淹没。

红日升高了。晓雾散开了。三天前曾下过一阵小雨,周围重重叠叠的大山显得特别苍翠可爱,有些地方因受红日照射,于苍翠上闪着紫光,同那些尚未完全褪色的朝霞相辉映。高夫人回头望望,几个姑娘在阳光中一个个脸颊上红喷喷的,挂着微笑。慧梅的浅红战马浑身的毛特别润泽,闪闪发光。那一朵石榴花仍插在她的鬓上,但另外多了几片艾叶和一朵杜鹃花,一定是她刚才从一个悬崖下边经过时顺手从悬崖上采了来的。像这样血红血红的杜鹃花,在山里到处可见。几个姑娘也都采到了艾叶插在鬓边。慧英走在几个姑娘的后边,骑的是一匹黄骠马,辔头和鞍鞯全是紫色。这个姑娘的性格比较沉静,衣饰不喜欢大红大绿,只喜欢紫的、蓝的、青的等素淡颜色。这和她的十八岁的少女年华有点不大协调。有时在高夫人的强迫之下才穿比较耀眼的花衣服。在紧急时她总是寸步不离地跟着高夫人,在平常行军时她常常走在后边,以便照料别人。现在高夫人回头望望她,忽然想到最早的几个女孩子只剩下她和慧梅了,不禁心中一酸,暗暗说道:

"她跟着我打过多少险恶的仗!"

大约走了二十里路,人马进入一道川谷,地势比较平坦。直到现在,高夫人才能够把她的全体队伍看得清楚。走在前面的是一色白旗,走在后面的老营是一色红旗。旗帜鲜明,军容整齐。几十匹高大的骡子驮着粮食和军帐等辎重走在最后。伤员们早就好了。如今除孩儿兵以外,能够战斗的精兵不是二百人,而是八百人了。尽管高夫人见过些大的场面,两三年来她和李自成统率的嫡系部队和友军多的时候达到十几万,最少的时候也有一万多,这八百人马有什么稀罕?但是,这是从潼关南原全军失散后重新发展成的一支劲旅,并且是她亲手帮助刘芳亮艰难缔造的力量,和往日的大军不同。她把全队人马从头到尾望一望,两道英气勃勃的、像用剪子剪的那么整齐的长眉毛向上扬起,黑亮黑亮的大眼睛闪动着泪花和一丝兴奋的微笑。

这道川谷,宽的地方有两三里宽,窄的地方不到一里宽。队伍到一个比较宽阔的地方停下来,在河边饮马,人也拿出干粮打尖。但只逗留片刻,继续赶路。半年以来,高夫人一则思念丈夫,二则百事缠心,只感到山把天地挤得非常窄,很少留意豫西山区的风景也有醉人的地方,如今在去商州境同闯王会师的路上,突然她觉得沿路山川处处雄伟,又处处妩媚,都似乎在向她招手微笑。人马走到一段叫做石门峡的谷中,两边都是悬崖,见青天不见太阳。涧水傍着右边悬崖奔腾,冲激着大小石头,飞溅着水花和雨星,发出震耳欲聋的巨声。农民军傍着左边悬崖走,马铁掌蹴踏着花岗石。队伍的前边和后边,鼓声阵阵,催赶着行军。鼓声、马蹄声、澎澎湃湃的涧水声,混合在一起,使人简直分不清楚。

走了一阵,涧谷渐宽,左边仍然是百丈悬崖,右边的地势却缓了起来。一片明媚的阳光照着苍绿的峭壁。峭壁上生着有趣的小草,有的开着金黄的小花,有的却是深红和浅红的杜鹃。在一处悬崖上,一块巨石俯瞰奔流,似乎随时就会从半空中扑下来。从这块大石上边垂下来几条葛藤,绿叶间挂着一串串紫花。岩石的上边长着一株低矮的马尾松,枝干虬曲。一只秃头的坐山雕抓了一只什么鸟儿,在空中打个盘旋,落在松树的虬枝上,正在吃着,忽然被下边的人马惊住,瞪着凶猛的圆眼睛向下窥望。它十分大胆,尽管同人马相离不远,却不飞走。高夫人在马上看见了它,还看见那只被吃的鸟儿,有几片淡灰色的羽毛飘飘落下。她小声问:

"慧英,看见了么?"

"看见了,"慧英回答,如今她同慧梅走在高夫人的前边。

"你看,它真可恶,专残害别的鸟儿!能够射中么?"

"也许行。让我试试。"

战马在高低不平的岩石小路上继续走着。慧英迅速地取了弓箭,但因为山路过窄,不易转身,她必须左手开弓,才较顺手。她刚刚把弓换过手来,尚未举起,就被坐山雕的十分锐利的眼睛看清了,只见它大翅一展,提着猎获物腾空而起。高夫人不由地说:"好,快射!"她的话刚出口,只听弓弦一响,坐山雕在空中打个翻身,爪里提着猎获物落了下来,它自己勉强又飞几尺远,猛地栽在悬崖上,十几片羽毛飘落谷中。高夫人前后的男女亲兵爆发出一阵欢呼。慧梅拍着手,遗憾地说:

"可惜它没有落到咱们的马前!"

高夫人回头对那五个姑娘说:"武艺须要苦练日久才能练好。慧英十二岁就跟着我,已经六年啦,练出这一手可不容易。"

人马转上一座山坡。山势不陡,小路在山腰间盘旋而上。走着走着,好像路已到了尽头,但转过一个山包,忽然一阵花香扑来,沁人心脾。慧梅快活地叫:

"唉呀!满山都是鲜花,真是仙境!"

兰芝也叫:"妈!妈!你看那!你看那!"她用鞭子指着问:"那是什么花?"

在这座平日少有人走的半山坡上,到处是野生的蔷薇、月季、刺玫和一些不知道名儿的草花。在略微背阴的地方有很多兰花,正在开放,花色有淡黄的、紫色的。高夫人记起来,两三年前的一个春末夏初,比如今稍早一点,人马从淅川县的上寺和下寺附近经过,在一个地方看见满山满谷尽是兰花。人马走过几里,停下休息,仿佛仍闻见一股幽香随着软软的东风追来。

迅速地转过无名的花山,人马走进一片苍茫的林海里。越走越深,旗帜在绿色的林海中消失了。林又密,山路又曲折,高夫人常常听见前后人语,却只能看见紧跟在身边的几个亲兵。有时枝丫低垂,大家赶快把上身伏在鞍上;有时从树枝上垂下几丝茑萝,牵着征衣;有时遇见美丽的啄木鸟贴在路边不远的老树上,用惊奇的眼神向匆匆而过的人马凝视;有时听见黄鹂或画眉的歌声,但不知在什么地方。高夫人同亲兵们走到一个山包上,向上望,林木翁郁的山峰高不见顶;向下望,虽然阳光满谷,却因为地势高,雾蒙蒙的,看不十分清楚。对面半山腰有两三家人家。大概不曾发现这一支农民军从森林穿过,几个人在村边照常劳动。从柴篱边传过来鹧鸪的断续叫声。高夫人正在望着,忽然脚下边飘过一缕白云,把她的视线遮住。人家和农夫消失了,只有鹧鸪声还在继续。同时从森林的深处,从高空里传过来安静的钟声。她恍然一笑,说:

"啊,这是过端阳节敲钟的。"许多年的端阳节她都在马上度过,本来引不起她多少兴趣,可是今天端阳节的钟声却使她暗暗兴奋,因为她明白,也许在今天,也许在明天,总之就在这几天内,张献忠就要起义,而自成也要在商洛山中树起大旗。

在森林中又转过两个山头,来到了一座大庙前边。庙院中有一道泉水,在磐石间开凿成一个水池,深不见底,相传麻姑在这里洗过手巾,所以叫麻姑泉。有小鱼三五成群地在水中游泳,有时浮上水面,有时沉入水底。泉水从暗沟穿过前院,穿过山门,从一个青石雕刻的龙嘴里奔流出来,从七八尺高处落到石地上,淙淙地向森林中流去。已经过了正午,人马就在庙外休息。人吃干粮,马喂麸料。道士们烧了几锅开水,盛在木桶和水缸里,摆在山门外。刘芳亮下了命令,将士们无事不准各处乱跑,就在庙外原地休息,因而道士们都感到十分惊奇,从来没想到"流贼"的规矩竟会如此好。几次过官军,庙里都遭到破坏。去年有一股官军从这里过,不但把马匹拴在山门里,临走时人还故意往麻姑泉里撒尿、屙屎,使道士们有几天没法吃水。

高夫人带着兰芝和女兵们到庙里看了看,在元始天尊的塑像前烧了香,回来又在麻姑池旁边观看游鱼。刘芳亮带着一个道士匆匆走来,低声说:

"他是从闯王那里才来的,恰好在这儿碰到咱们。闯王催咱们快去哩。"

高夫人一听说是从闯王处来的人,又惊又喜。她把这位风尘仆仆、满面堆笑、十分面熟、但又一时叫不出名字的道士浑身打量一眼,正待说话,道士抢先说道:

"夫人,你忘了?我一向跟着刘将爷,姓王,因为小时出过家,人们都叫我王老道。"

"去年冬月,是不是刘爷派你去商洛山中?"

"就是,就是。后来闯王派我假装道士朝华山、朝终南、去西安府,刺探官军动静,所以一直没有回来。一转眼就是半年多啦。"

高夫人笑着点点头,表示她想了起来。又问道:"有闯王的书子么?"

"有,有,在这里。"道士打开发髻,取出来一个小蜡丸,递给高夫人。

高夫人赶快掰开蜡丸,取出纸团,打开一看,交给刘芳亮,脸上的笑容登时没有了。芳亮看见纸上是闯王亲笔写的几句话:

> 日内大举,将士多病。速来会师,共御官军。十万火急,不可有误。营中近况,统由老道面禀。

高夫人小声问:"王老道,近来瘟疫传得很凶么?"

"禀夫人,近十来天瘟疫更凶啦。弟兄们纷纷病倒,大将们也差不多都躺倒啦。"

"大将们都是谁病了?"

"起初是总哨刘爷染上病,随后不久,一只虎李将爷、高舅爷、田将爷,许许多多,都陆续病倒啦。如今大将中只有袁将爷一个人没病倒。"

"闯王的身体可好?"

"闯王的身体还好,不过操心太大,也太劳累,看情形也不如平日啦。"

"双喜儿和小鼐子都还在他身边么?"

"在。他们倒是活蹦乱跳的,无病无灾。"

"官军有什么动静?"

"他娘的,新任陕西、三边总督郑崇俭趁着这个时机调兵遣将,要把咱们闯王的人马围困在商洛山中,一举消灭。如今在商洛山四面都有官军调动,武关和商州城都到了很多官军。闯王心中很急,派我火速来见夫人和刘爷,请你们快去商洛山中,万勿耽搁。"

"你怎么找到这里来了?"

"这一带我条子熟。我是穿过龙驹寨①走偏僻小径往熊耳山去,没料到在这儿碰见你们,巧极啦。"

高夫人又问道:"龙驹寨好穿过么?"

"我一个人扮做出家人好混过去。寨里祖师庙还有一个道士是我的师兄弟。可是咱们的大队人马从那里过,怕不容易。虽说那里只有乡勇和巡检司的兵丁守寨,可是寨墙坚固,地势险要,易守难攻,另外还听说马上有几百官兵从商州开到,说不定这时已经到啦。"

"有没有小路可以绕过去?"

王老道皱着眉头想了一阵,脸上挂出笑容,回答说:"有,有,可是得多走两天的路程。"

"你知道怎么走法?"

"知道。"

"好,你休息去吧。"

刘芳亮小声嘱咐说:"王老道,关于许多人染上瘟疫和官军要围困闯王的话,你不要在将士们面前露出一个字。"

听了王老道的禀报以后,高夫人的心上感到沉重,昨夜以来的兴奋和快活心情一扫而光。她决没有料到瘟疫在商洛山中传染得如此凶猛,将士们纷纷病倒。这样下去,如何对敌?万一闯王也染上瘟疫怎么好?染上了瘟疫的将士们有没有办法治好?……这一串问题一齐出现在她的心上。还有一个使她焦急的问题是她必须尽快地到商洛山中,助闯王一臂之力。可是怎么走呢?从这里走龙驹寨是捷径,可是得打仗,损折人马。绕道过去,得多走两天路程,多走两天,那就是说,最快还得六天或七天才能同闯王会师,能来得及么?万一在这六七天中官兵先到了商洛山中,或闯王不幸

---

① 龙驹寨——现在是丹凤县,属陕西。

病倒,怎么好呢?

"嫂子,怎么决定?"刘芳亮见高夫人迟迟不说话,忍不住问。

"你看怎么好?"

"依我说,咱们不如照原计划直奔龙驹寨,愈快愈好。倘若咱们赶在官军前边到了龙驹寨,赚开寨门,就可以早到商洛山中。倘若不成,再设法绕道不迟。"

"仍然直奔龙驹寨?"

刘芳亮点点头:"愈快愈好,要出敌不意才行。"

"既然这样,咱们不要在这里耽搁,赶快走吧。"

"好,走吧。"

人马迅速地整好队,又向前进发了。

从熊耳山到龙驹寨附近,本来轻骑兵也需要走四天或者五天,路上还不能耽搁,但他们只用三天的时间赶到了。龙驹寨里已经到了五百官军,加上乡勇和巡检司的一些兵丁,大约有七八百人。他们虽然也猜想着高夫人和刘芳亮的人马要同闯王的人马会合,但没有料到这支农民军不走辘辘关或兰草川而直奔龙驹寨,更没有料到会来得如此神速。农民军十年来在同官军斗智斗勇上积累了丰富经验,往往神出鬼没,使官军防不胜防。高桂英跟着李自成南杀北战,出死入生,更不简单。在向龙驹寨行军的路上,她探听到虽然龙驹寨增加了几百官军,但都是新兵,没有见过阵仗;加上近几天不断有小股官兵从河南来,通过龙驹寨向商州增援,这就为闯寨取得成功增加了可能。还在崤函地区活动时候,高夫人同刘芳亮就准备下二百多套官军号衣,许多官军旗帜,以供随时需用。这些东西,如今果然用上了。

义军在二更时候来到龙驹寨,先派了几十个人穿着官军号衣,打着官军旗帜,赚开了寨门,一拥而入。驻在寨里的官军措手不及,一部分惊慌逃窜,一部分死守住几座比较坚固的住宅和一半寨墙。高夫人下令不许恋战,急速穿寨而过,殿后的部队放火烧毁了一些房屋。事后许多年,当地老百姓把这个事件当做了奇迹和有趣的故事来谈,并且添枝加叶,编成了唱本儿流传下来。

赚过龙驹寨以后,人马继续前行。在中午时候,离开从西安去武关和去河南的大道已经很远,人马才在一座森林里停下,把马喂饱,将士们也躺在松针上和草地上好生休息。许多人一躺下去或者一靠着树身坐下去就睡熟了。有人把干粮吃了一口,来不及完全咽下去,张着嘴,打起鼾来。

黄昏时候,人们才被叫醒,继续赶路。因为大家知道再有一夜行军就可以同闯王会师,路上再也不会有官军阻拦,加上几天的疲劳得到半天的休息,真是人有精神马撒欢,不断地说说笑笑。只有高夫人和刘芳亮明白商洛山中的艰难日子,并不因为快要同闯王会师而心情轻松。特别是高夫人非常沉默,愈走近商洛山中愈心中害怕。她怕当她同闯王见面时,他已经被无情的传染病打倒了。另外,到底围攻商洛山的官军如何布置,已经到了什么地方,她一点也不清楚。因为日夜急行军,走的多是荒无人烟的山僻小路,消息不灵,反而像坐在鼓里。她完全没有料到,当离闯王的老营只有三十多里远,前面一个险要山口竟然被敌军占据了。

这时候大约才交四更,前队刚走近这个山口,忽然发现山口的小街上扎有敌军,被一阵炮火和乱箭射回。幸而上弦月已经落去,夜色很浓,只有少数弟兄受点轻伤。

高夫人得到禀报,立刻带着亲兵们奔到前边,要弄清到底是怎么回事。这时刘芳亮已经把骑兵在山口外边摆开阵势,立马阵前,亲自问对方是谁的人马。敌人守住山口,用树枝把山口堵住,树枝后边是栅子门,也有很多人防守。尽管没有月光,小街上也没有火把,看不见对方的人影,但有经验的刘芳亮单凭敌阵上的说话声也

猜到了敌人仅把守山口的至少在三百人以上,后边还有多少人马就不好判断。他连着大声问了几遍,敌阵上才有人大声回答说:

"爷爷是郑总督大人派来的官军,剿贼的。你们是谁的人马?"

刘芳亮回答说:"我们也是官军,是才从河南调来的。让我们到街里休息好不好?"

"放屁!你想玩弄诡计,休想!"

"你们的主将是哪位?请他出来答话。"

"有话明天说。如今天黑夜紧,老子们的炮火弓箭不认得人,你们休要走近!"

刘芳亮同高夫人策马向前走几步,想继续问清楚,但敌营中突然响了一阵战鼓和呐喊声,同时放了几炮。他们赶快勒马退回,走出火炮的射程之外,他们很吃惊,想着准是新任总督郑崇俭的军队来把闯王的出路堵死了。有些将校建议向敌人猛攻,但高夫人和刘芳亮都不同意。他们不仅怕损伤过多人马,而且心中还是有几分怀疑。刘芳亮问高夫人:

"嫂子,亮亮牌子吧?"

"不要急着亮牌子。天快明啦,等到天明就清楚了。"

刘芳亮向背后说:"擂鼓,虚张声势!"

农民军的阵地上鼓声突起,喊杀震天,但并不认真进攻。过了一阵,双方的鼓声和喊杀都停止了,只偶尔互相骂几句,互相说一些欺骗对方的话,等待着天明。

高夫人同刘芳亮商量一下,随即把全体将校召集到一起。直到这时,她才把商洛山中瘟疫流行和官军在半个月来想趁机进攻商洛山的情形对大家说明。大家听了后,并没有一个人想到自己如今奔往瘟疫流行的地方会有危险,而是巴不得杀进山口,解救闯王和被困的全体将士。高夫人感情激动,望着大家说:

"如今事情还弄不清楚。这挡在前面的也许是官军,也许不是。倘若是官军,咱们就得决死一战了。"

许多人抢着说话,要求同挡在面前的官军拼死一战。刘芳亮把一部分将校和精锐士兵组织成一队,由他亲自率领,等五更判明情况后,带头向官军冲杀,有进无退。虽然那时还没有敢死队这种名称,但这一队人实际上就是敢死队。这些将校都抱着必死的心情,等候向敌人进攻,纷纷地向自己的亲人诀别,把要嘱咐的话都赶快嘱托了。亲人们也纷纷把最锋利的刀剑换给他们用,并拿出酒来和他们共饮几杯,拿出干粮让他们吃饱。大家正在忙碌着,从远处传过来第一声鸡啼……

第 六 章

和崤函山中的情形相反,商洛山中的局势对农民军非常不利。从四月下旬起,瘟疫在队伍里和地方上飞快地传染开了,大小将领和老弟兄们一批一批地染上瘟疫。当时在李自成的部队里不仅缺乏好的内科医生,也极端缺乏药物。尚炯平日对内科虽不擅长,但如果他自己不病倒,他还是可以想出办法的,不幸他自己也在五月初病倒了。

严重的传染病破坏了李自成的许多计划。他每天得到许多报告,眼巴巴地看着官军在集结,在调动,在向他进行包围,但是他既没有力量先伸出拳头打人,也不能离开商洛山中。染病的几位大将以及众多的将校和弟兄,不管是把他们放在马上或担架上,都会在中途死去,而把这样的大批病人留下来也是不可能的。起义以来,李自成还没有遇到过这样的日子。是不是按照去冬同张献忠约定的日期,不顾有多大困难都信守诺言,在端阳节过后一两天树起大旗,响应献忠的谷城起义呢?李自成对这件事大费踌躇。有时深夜里他还在屋里彷徨愁闷,不能入睡。

老百姓和士兵们都在用单方乱治病,有的似乎有效,有的全是胡闹。现在开始明白,在瘟疫中杂有疟疾,本地人叫做老痎。每天有不少大人和小孩子跑出村子很远,躺在山坡上、野地里、乱葬坟园里,让五月的毒热的太阳晒着,叫做躲老痎鬼。还有的孩子们由大人用墨笔或锅烟子在脸上画一副大眼镜,画出胡子,据说这样一画,老痎鬼就找不到原人,回不到身上了。还有的人在路上偷偷摸摸地跟着别人的背后走,在别人不提防的时候,趴地上磕个头,解下腰带扔地上,转身逃走。据说老痎鬼是一只牛(所以患疟疾又称做"放牛"),这是把自己的老痎牛卖给别人,那一根扔掉的腰带象征牛缰绳。闯王每天出去遇见这样事情,又难过,又好笑。但是人们告他说,这些古老相传的办法往往有效。

使闯王感到讨厌的是,近来马三婆大大地活跃了。马三婆是一位寡妇,约摸四十岁,以下神为业,住在离闯王老营不远的一个小村里。这个女人,油青脸,倒跟脚,眉毛拔得又细又弯,头发上经常涂着柏油,梳得光溜溜的,但两鬓的头发却故意松松地散落下来,永远像刚刚午睡初醒,懒得把云鬟重挽。她一年三百六十天,大概有一半多日子在两个太阳穴上贴着头疼膏药,所不同的只是有时把膏药剪成小小的四方形,有时把膏药剪成圆形,有时贴的是红膏药,而有时贴的是黑膏药。尽管她的小眼角已经有了许多鱼尾纹,可是她对人的一颦一笑,一个眼色,都给人一种不舒服的风骚感觉。刘宗敏第一次看见她的时候就对闯王说:"他妈的,这婆娘是个浪货!"闯王说:"我看她不止是个浪货,咱们倒是要留心点儿。"他们对将士们下过严令:都不准到这个女人家去。从春天开始,她就知道以李鸿基名儿出现的大头目就是闯王,所以她每次遇见闯王时总是装得又恭敬,又亲热,站住向他福一福,搭腔说一句两句话。使她遗憾的是,闯王这个人对谁都肯接近,就是不肯接近她。至于刘宗敏和李过,更叫她看见害怕。近来,她的茅屋前边常常像赶会一样,都是来讨神药和替家中病人问吉凶的。李自成每次打这个三家村中走过,看见她的屋里蜡烛辉煌,香烟缭绕,听见她在下神时高声唱出些不伦不类的话,总要把眉毛皱皱。使他心中更不愉快的是,近几天来,连他手下的弟兄们,尤其是那些新弟兄们,也常有人来向马三婆求药了。在目前情况下,他只好睁只眼,合只眼;倘若给他碰见,他也只委婉地劝告一下,并不责备。

离端阳节只有三天了。这天上午,李自成和袁宗第正在探望尚炯的病,张鼐把张献忠派来的一个人带到尚炯的住处。献忠要他用口头告诉李闯王说原定的日期不变,一准于五月初六日在谷城重举义旗,还说因左良玉在襄阳附近调集的人马很多,所以献忠打算起义后就往西去,到房、竹山中同曹操会合。最后,这个来人望着自成笑一笑,说:

"闯王,我家大帅说,他知道如今你这里的人马不多,粮草也缺,请你自己斟酌,倘若在端阳节以后不能立刻树起大旗,也不要勉强。"

尚炯和袁宗第听了这句话都连连点头,交换了一个眼色,等候着自成说话。但闯王嘴角含笑,却不做声,也未点头。来人又说:

"我从谷城动身时,我们那里都不知道这里瘟疫病这么凶。张帅也只是有点风闻,不大放心,所以派我来,一则禀报闯王起义的日期不变,二则看看这里的情形。既然这里将士们病倒的很多……"

袁宗第插言说:"不瞒你说,俺们这里十成人染瘟疫的有四成,大将们的情形最坏,差不多都病倒了。"

来人接着说:"既然如此,闯王,你就缓些日子树大旗也好。"

靠在床上的尚炯赶快向自成使眼色。见自成仍不做声,他就对来人叹口气说:

"如今这瘟疫才传染开,看起来马上还不能停止。为着要遵守成约,同张帅同时大举,彼此呼应,我们闯王近日来万分焦急。真是太不巧啦!"

袁宗第很希望自成能够趁此时机,接着医生的话说出来马上在商洛山中树起大旗的困难,连说:"太不巧!太不巧!"但闯王却并不说在商洛山暂缓树旗的话,只对来人笑着问:

"你什么时候回张帅那里?"

"军情火急,我在此不能多留,打算今晚就走,从这里奔往房县,寻找张帅。"

自成说:"你连夜动身,奔往房县也好。一则军情紧急,二则我这里瘟疫流行,我不留你住下。你临动身时,替我带几句话回禀张帅。李强,把客人带回老营款待,好生休息。"

李强把人带走以后,袁宗第立刻望着自成问:

"李哥,你打算怎样给敬轩回话?"

"你说呢?"

"倘若敬轩不派这个人来一趟,我也很作难,想不出妥当办法。既然他派人来说他知道咱们的人马少,粮草缺,要咱们不必勉强与他同时起事,咱们的话不是很好说了么?咱们何必急着树旗?"

医生也说道:"汉举的话很是。目前咱们这里瘟疫病十分猖獗,将士纷纷病倒,实在无力如期大举。这是出于不得已,敬轩定会谅情。"

自成沉吟一下,问:"你们两位都有这个意见?"

袁宗第回答说:"不仅我们俩有这个意见,近几天许多人都有这个意见。只是怕你决心不顾一切要信守诺言,如期举事,所以都不敢对你说劝阻的话。今天既然敬轩派人前来,说了那样话,他又亲眼看见咱们这里瘟疫流行的情形,我才敢劝你暂缓树起大旗。李哥,咱们只是暂缓一时,顶多不过两个月的时光,等瘟疫一过去,将士们能够打仗,王八蛋不催着你立即把大旗树起来,闹得郑崇俭六神无主!"

李自成从椅子上站起来,在尚炯的病榻前走来走去,低头不语。他明白袁宗第和尚炯的担忧心情,明白许多人都在担心树起大旗后会把陕西和豫西的大部分官军引到商洛山中来。如今高桂英和刘芳亮还没回来,自己手下的将士只有两千多人,其中将近一千人染上瘟疫,将来要对付的不是几千官军,至少是两万官军。这不是一件轻松事儿。昨天晚上,他去看李过的病,适逢李过刚退了烧,神志清醒,也劝他暂缓树起来"闯"字大旗。据李过看来,尽管近来官军在商洛山外边调动频繁,但只要"闯"字大旗不树起来,官军大概不会认真进攻。这是因为,朝廷将全力对付重新起义的张献忠和罗汝才,把商洛山中的这包脓疮留在以后割治。只要拖过一个短时间,瘟疫一过去,就不怕官军来围攻了。自成认为李过对于官军的估计是有道理的,但是他并没采纳侄儿的意见。他临离开侄儿的床边时,浓眉深锁,低声说:

"你好生养病吧,不用多操心。要不要马上树起大旗,让我再想一想,权衡轻重,我不会拿全军的生死当儿戏。"

现在他在尚炯和袁宗第的面前来回踱了一阵,忽然停住,望着他们,眼角含笑,说:

"你们觉得敬轩说的是真心话么?"

医生说:"我看他这话不是假的。"

"不,老尚,你还不认识你的干亲家!"自成坐下去,又笑着说:"敬轩这个人,有时极其直爽,肝胆照人,有时诡诈多端,叫人捉摸不定。据我看,他说的不是真心话。他害怕我变卦,所以派人来看看我的动静,探探我的口气。"

袁宗第说:"倘若他说的是假话,咱们不妨表面上当做实话,就说咱们确实困难很大,遵照他的嘱咐暂缓树起大旗。"

李自成摇摇头:"不,决不能在敬轩面前失信。纵然有天大风浪,咱们也要冒着风浪向前,不应该稍有犹豫。在这种节骨眼上,咱们畏缩不前,使朝廷全力进攻张敬轩,岂不是卖了朋友?以后敬轩会怎样看咱们?各家义军会怎样看咱们?以后咱们说出话来有谁肯信?谁肯跟咱同仇敌忾,共抗官军?"

"可是,咱们只是暂缓一步,并非站在高山看虎斗。原先同敬轩约定的话是死的,用兵打仗是活的,须要随机应变,不可专走直路。"

"汉举,虽然用兵同下棋一样,只有随机应变才不会走成死棋,可是惟独在这件事上必须咬定牙关,甘冒风浪,才是正理。与其让朝廷全力进攻敬轩,打败了敬轩之后回头来打咱们,何如咱们和敬轩同时大举,使朝廷兵力分散,不能专顾一头?"

"可是闯王,我的李哥,如今嫂子同明远尚未回来,咱们的将士本来不多,又有许多染病不起,马上树起大旗,能够不吃官军的亏么?"

"我已经说过,咱们要冒很大风险。可是自古革命大业,除非禅让,哪有不冒大险,历万难,才得成功?平日处世,还应该见义勇为,何况对待这样事情?决不应见难而退,使友军独当敌人。对敬轩信守前约,同时大举,共抗官军,这就是一个'义'字。咱们如若临时变卦,就是拆朋友台,就是不忠不义。虽说把咱弟兄们的骨头磨成灰也不会变节投降,可是汉举,咱们要在这个'义'字上不使人说半句闲话,捣一下指头。越是风浪大,越是处境艰难,咱们越要挺起胸脯,站得顶天立地,给别人一个榜样!你说,对不对?"

袁宗第虽没做声,但不得不点头。李自成很激动,突然站起来,接着说:

"子明,汉举,我的主意已定,请你们不用再说劝阻的话。据我看,这儿的地势险要,官军定不敢贸然深入。桂英和明远带领的人马不久一定会赶来。咱们暂时凭险死守,拖住官军的一条腿,就是帮了敬轩的大忙。日后看情形如何,再行突围不迟。就这么办,端阳节第二天就树起来'闯'字大旗!"

袁宗第和尚炯见他说的话大义凛然,口气坚决,便不再劝阻了。自成又说了几句别的话,骑马奔回老营。

端阳节过后一天,李自成不等高夫人和刘芳亮回来,为着遵守同献忠的约言,在商洛山中把大旗树了起来。尽管袁宗第在事前曾劝过闯王暂缓树旗,但是当这天早晨,三声炮响过后,"闯"字大旗在老营大门外新立的三丈多高、带斗的杆上升起来时,他同许多将士一样的心情激动。老兵王长顺抱着病来到旗杆下边,仰头望了一阵,忽然眼圈一红,走到袁宗第的面前说:

"唉,袁将爷,我到底盼到这一天,又看见这面大旗树起来啦!"

袁宗第拍拍老兵的肩膀说:"老王,快把病治好,咱们要用心保闯王大旗。"

"保大旗,那还用说?上刀山,跳火海,咱不含糊!"

过了一忽儿,袁宗第把王长顺的话告诉了自成。自成点点头,意味深长地说:

"汉举,虽然咱弟兄们面前的困难很大,可是只要把这面从高闯王传下来的起义大旗打出来,硬是树起在商洛山中,就像咱们打了大胜仗。只要这面大旗在空中飘着,官军就不敢全力进攻敬轩。还有,从陕西到中原,到湖广,不知有多少老百姓和多少义军在望着咱们的这面大旗!"

"我知道,朝廷很害怕这面大旗。在他龟孙们的眼睛里,它比几万精兵还可怕得多。"

自成又说:"对,你说得完全对。再说,咱们和敬轩、曹操等携手并肩,同时大举,看似一着险棋,实在倒不十分险。倘若咱们坐视朝廷把朋友们各个击破,躲在商洛山中不敢动作,看似平安,反而是下下策,危险极大。今日朝廷对敬轩们得了手,明天就来收拾咱们。自古以来,只要揭竿起义,就同朝廷势不两立,越胆怯,越退避,越容易被官兵步步进攻,站不住脚,终至完事。不要忘记,咱们已经同朝廷打了十年,焚烧过朱家的祖坟!"

尽管春天以来官府已经弄清楚李闯王在商洛山中垦荒和操练人马,但因为新总督才到任,官军一时集中不多,所以只好佯装不知。他们直到四月下旬和五月初才调集了两万多官军,一部分开往豫、陕交界地区,一部分从东、南两边包围过来。郑崇俭对军事是个外行,犹豫不决,且深知官军战斗力不很可靠,而商洛山中地势险峻,易守难攻,所以不敢向农民军大举进攻。因为传说罗汝才的情况不稳,他为着保护汉中门户,把比较有经验的总兵官贺人龙调到白河县和郧西一带,只好另外调人马对付闯王。原来在武关集中有几千官军,调往湖广边去防备曹操。李自成在商洛山中树起大旗的第三天,离开武关的官军又赶快回来,并且增加很多。对于这个消息,有些人感到担忧,李自成却反而高兴,因为他要吸住一部分官军的目的已经达到了。当然,在军事上他丝毫不敢大意,督率将领在通往武关的所有险要山口都立了堡寨,层层设防,布置得十分严密。

李自成树起大旗以后,附近农民纷纷地要求入伙,每天都有几百青年来求他收留。他为着给养极度困难,马匹也少,坚决暂不把人数扩充太多。为着拒绝许多跑来要求入伙的青年,他同手下的将校们说了很多委婉的话,看见了很多青年的失望脸色和含着泪花的眼神。尽管这样,在两天之内,他的人数突然增加了一半,不过这新增的一千多人都是步兵。这时候如果他离开商洛地区前往河南,简直不用经过激烈的战斗就可以达到目的。但是他没有走,因为第一,将士中患病的人实在太多,既不能留下,也没法带着走;第二,他要等牛金星来到;第三,他要等待高夫人同刘芳亮带着人马回来。总之,他打算暂时在这里替献忠牵制住大部分陕西官军和一部分河南官军,等将来再从这里突围往南阳一带。趁着官军尚不能对他合围,他赶快派人马四处打粮,收集草料、火器、火药和各种草药。他还指示手下人,不惜用重金招请,尽可能把能够找到的乡镇医生多多弄来。

一日黄昏,他带着张鼐和几个亲兵从外边回来,心上十分沉重,因为又有很多老百姓和他的老弟兄在瘟疫中死了。每日每天,村村都有死亡,而今天死得更多。刘宗敏的病情似乎开始回头,而李过和田见秀的病却十分沉重。他刚回到老营驻扎的寨外,看见有三十多个人骑着马在暮色中飞奔而来。他勒马等候,心里疑问:"是桂英和芳亮回来了么?是双喜和二虎回来了么?"一阵喜悦,把心头的愁云驱散。

飞奔而来的人们分明也望见了他,相离二十几丈远就跳下马,为首的几个人向他跑来。自成看清了,完全出他的意料之外。他也赶快下马,向前急步迎去,大声说:

"啊呀,是你!你不是在汉中一带么?什么时候回来的?"

黑虎星也不答话,跪下施礼。自成赶快把他搀起,说:"在军中用不着行此大礼。你什么时候回来的?"

"我接到补之大哥的书子,拼命赶回。昨天晚上才到。连夜我同大家商量好,上午又忙了半天,才飞马赶来见你。闯王,叔,你侄儿要跟你一道打江山,请你收留!"

"好极!你带来多少人?"

"那些恋念乡土的没出息货,侄儿一概不要,只挑了三百多人。可是多是步兵,马只有几十匹。叔,你要么?"

"要,当然要。可是老侄,咱这儿跟杆子不同,这你很清楚。请你对弟兄们说明,既然要跟我一起打天下,日后自然是有福同享。目前日子苦,大家得熬着点儿。咱的部队纪律严明,不许奸淫妇女,不许骚扰百姓,做事要听从将令。"

"闯王叔,你不用嘱咐啦。日后倘若我手下的弟兄不遵守你的将令,我活剥他的皮;倘若你侄犯了你的将令,你砍我这个,这个,"黑虎星拍拍自己的脑袋,"砍我这个吃饭的家伙。"

"你的人马都来了么?"

"在后边,要走到明天早晨啦。"

"好,随我到老营休息。"

他拉着黑虎星刚进老营坐下,中军吴汝义来向他禀报说郝摇旗回来了。自成跳了起来,问:

"你说什么?摇旗回来了?"

"是,带了五百骑兵从河南回来,他自己马上就来见你。"

"他怎么这样巧,恰在这时回来了?"

"还不晓得怎么来得这样巧。"

闯王在心里说:"我就知道,树起大旗以后,我李自成不是孤立无援的!"

忽然听见一阵马蹄声来到老营的大门外,李自成赶快出迎。一见面,郝摇旗要向他下跪,但被他一把拉住。他说:

"摇旗!我做梦也没有想到是你!我听说你在河南混得不错,怎么回来了?"

郝摇旗说:"这次回来,我今生一世不会再离开你啦。"

李自成听了这话望望郝摇旗背后的几员偏将和少数亲兵,笑着说:"回来好,回来好。我常常盼着你们回来。你果然回来啦。如今咱这儿又是饥荒,又是瘟疫,又是官军要来围攻。咱弟兄们一起苦撑吧。摇旗,这日子比去年冬天还不好过,能撑得住么?"

"嘿,看你说的!"郝摇旗声音洪亮地大笑起来,接着说:"好像我郝摇旗是为着找福享才回到你闯王的大旗下来!李哥,我去年冬天一时对不起你,你可别再提这一章,揭我的秃痂子。"

"我不是这个意思。我是……"

郝摇旗不等自成说下去,抢着说:"我是回来给你送人马的!闯王,我给你带回来五百多名骑兵,还有三千多步兵留在河南,等着你去。"

闯王忙问:"你的骑兵在哪里?"

"我怕突然开到老营,没有地方住,就把他们留在辛家店,先来向你禀报。"

"在辛家店？是马兰峪东北的那个辛家店？"闯王不等摇旗回答，赶快回头对中军吴汝义说："子宜，快去告诉总管，叫他立刻派人往辛家店送去四只猪，四只羊，几坛子好酒。要连夜送去，不得有误！"

吴汝义转身要走时，在郝摇旗的背上狠捶一拳，亲切地骂道："混小子，忽然走了，忽然来了，做事情没有谱儿！"

摇旗说："你懂个屁！永远跟着李哥打江山，死保闯王大旗，就是我的老谱儿！"

李自成笑着说："摇旗，我就猜到你迟早会回来，没想到你回来得正是时候。虽然只带回五百多骑兵，可也是雪中送炭。老弟，你怎么事前不派人来说一声呢？"

"我头一天决定，第二天就动身，派人来哪有我这骑兵快？"

"你知道我要在这时树起大旗么？"

"我来到商州境内才知道。"

"那么你怎么不早不晚，恰在这时赶回来了？"

"我早就想回来，可是怕回来粮草困难。前几天我的探子从谷城回去，说风传张敬轩要在端阳节左右起事。我想只要敬轩动手，你还能不赶快动手？所以，俺白天得到探子禀报，晚上就商议率领骑兵回来，连夜准备，第二天天不明就起身了。"

自成笑着拍拍郝摇旗的肩膀，说："你还是老脾气，遇着什么事说干就干，一刻不肯拖延。有人以为你在河南混得很得意，把愚兄忘在脑后了哩。我说你不是那号人。果然不错，你郝摇旗到底够朋友！"

"谁说我会把你忘了？什么话！我郝摇旗不是吃屎喝尿长大的，能够忘掉你李闯王？"

闯王哈哈地大笑起来。

"路上没有碰到官军？"

"得力我的向导好，有官军的地方都给绕过来了。"

自成同郝摇旗的偏将们一一招呼。尽管他们一向见他都很恭敬，但他却很随便，很家常。他把他们当兄弟看待，对几个年纪特别轻的还拍拍他们的肩膀，顺便问一下他们的家人有没有消息。他甚至对郝摇旗的亲兵们也记得每个人的大名或小名，同他们亲切地打招呼。大概就是因为李自成对部下的姓名有惊人的记忆力，并且常有些亲切感人的行为，所以他死之后，虽然郝摇旗同自成的余部有一段时间分裂了，甚至势同水火，但郝摇旗左右的人们还是对自成非常怀念。

在自成的面前有一个陌生的青年将领，一直在恭恭敬敬地望着他，面带微笑。自成望着他，却想不起来他是哪个。这个青年将领说：

"闯王，你不会认识我。我叫李好义，南阳人，特意来欢迎闯王去河南。"

"你是南阳人？啊，熟地方，我从那里走过两次。"

郝摇旗忙接着说："这一年来，南阳各县到处饥民起事，股头很多，少的几百人，多的几千人，万把人。可是群龙无首，成不了大的气候。咱们这位老弟，他的官名是好义，台甫是子善，就是受各股饥民首领之托，前来迎接你闯王去统率大家，共图大事。他们从前久闻大名，可是对你的为人行事，不大清楚。自从俺郝摇旗去到河南，我跟弟兄们的嘴上带着肉告示，大大地替你扬了美名。如今，南阳一带的老百姓在神前烧香磕头盼着你去！"

李好义接着说："摇旗哥说的一字不假。闯王，你就去吧！你一到，我包你不用十天工夫就会有十万人马。"

"好，好，我一定赶快去。请吧，到老营细谈。"

到了老营，闯王吩咐赶快宰羊杀鸡，为郝摇旗等人接风。在酒宴上,他还同李好义联了宗,以哥弟相称。五月夜短,转眼间三更过后,大家告辞,并劝闯王休息,但自成坚决要送大家到辛家店,好同那五百多辛苦前来的弟兄们见见面,表示他的慰劳。郝摇旗推辞不过,只好同意。闯王问左右:猪、羊是否已经送去。亲兵回禀说,早已宰杀好,用骡子驮去了。他放了心,出老营和大家一同上马。

从老营到辛家店有三十多里路。人马走到马兰峪,从东北方传来一阵炮声和呐喊。尽管因为距离远,隔着两架山,声音隐约,大家也明白是发生了变故,便催马飞奔前去。郝摇旗一见要打仗,兴致勃发,在马上大声说:

"李哥,你把这一仗交给我吧。我一定把来的官兵杀得片甲不留!交给我行不行?"

战鼓在响,喊杀声不断。离辛家店三里路一个地势最险的地方原驻有自成的一支人马,这时也派出一部分人马增援辛家店,而辛家店派往闯王老营报告消息的一名骑兵也到了这里。自成问了问情况,心中有些怀疑,又问:

"会不会是咱们自家人呢?"

"我们看见前边火把下有不少穿官军号衣的。要是自家人,到了这个地方何必假充官军?"

闯王的心中仍在怀疑,赶快奔往辛家店。郝摇旗的将士们和李自成自己的前来增援的将士们正准备趁着黎明出击,看见他来,大家都欢呼起来。特别是那些新参加的河南弟兄,第一次看见他们久闻大名、无限敬仰的李闯王,都大声地叫着:

"闯王!闯王!"

非常奇怪,他们这里正在热情欢呼,忽然从敌人阵地上也爆发出一阵欢呼:"闯王!闯王!"跟着,鼓、角齐鸣,三弦、琵琶、笙、笛、各种乐器都奏起乐来,热闹非常,特别是商洛山和豫西一带人们所喜爱的唢呐声在山野中最显得欢快、嘹亮。李自成和大家全都明白了。

栅门打开了。门外的树枝移开了。闯王带着郝摇旗等众将士骑马走出。在晓色中他们看见高夫人和刘芳亮带着一群偏将和男女亲兵骑马从阵中走出,鼓乐在后边跟着他们,而"闯"字大旗也打出来了。大队骑兵在后边跟着走来。热情的欢呼不断,直到刘芳亮向后边挥了两次手,欢呼才停。双方走到一起,都赶快跳下马来。高夫人觉得喉咙里憋有许多话,却一时不知说什么好。自成看见她的眼睛湿润,也不知说什么好,只说了一句:

"我就猜到会是你们回来啦。"

高夫人忽然看见郝摇旗,笑着问:"摇旗,我听说你在南阳一带混得很好,怎么也回来了?"

"嫂子,你别哪一壶不开提哪一壶。我离开闯王的那天夜里,一出老营就在心中起誓说:倘若我郝摇旗混垮了,什么话也不提;倘若混得不错,我不回来赤心耿耿保闯王,天诛地灭。嫂子,你真是不明白我郝摇旗是怎么个人!"

"我是同你说玩话的,别介意。其实,在外边混好啦应该回来,混的不顺心更该回来。俗话说,三人一条心,黄土变成金。咱们同朝廷作对,不一心能成事么?"

"嫂子说得对。以后你用棍子打也别想把我从闯王的大旗下边打走!"

高夫人走进人堆中,拉着郝摇旗的女人和孩子们出来,向郝摇旗的面前一推,笑着说:

"你瞧瞧,身上少一根汗毛没有?你随便杀吧,我不再管你们的事啦。"

郝摇旗有点儿不好意思,抱起五岁的男孩子,嘻嘻地笑着。他的女人想到去年在潼关南原突围时那一段惨痛事,又看着今日一家人团圆,不由地眼圈儿红了。

高夫人发现兰芝躲在她的背后,一只手紧抓着她的衣襟,她把她拉到面前,向自成的身边一推,说:

"你看她,平日总在想你,到了你面前却像是老鼠见了猫一样。"她又把张鼐拉到身边,仔细地打量一下,说:"唉,小鼐子,这半年你又长高了半个头顶!你双喜哥还在卢氏县没有回来?"

"还没回来。"张鼐回答,他在高夫人的面前完全变成了一个孩子。

当大家谈起来夜间的一场误会时,刘芳亮说:"说不定是官军的号衣惹出事来了。"于是他说明为路上骗过官军和乡勇,故意叫几十个弟兄穿着官军号衣走在前边,一时疏忽,到了自家地界也忘记脱了,直到五更才想了起来,叫他们赶快脱下。大家听他这一说,都不禁哄笑起来。高夫人说:

"一进商州境,大家一高兴,把什么都忘了,还说号衣哩!"

当高夫人转向别人说话时,张鼐就去同高夫人的亲兵张材等招呼,又同慧英和慧梅招呼。他向慧英笑着问:

"慧英姐,有一件事情你忘了吧?"

"什么事情?"

"去年过端阳节的时候咱们在甘肃,你答应我倘若今年过端阳不打仗,你就做一个香袋给我。你给我做的香袋在哪里?"

"啊呀,你的记性真好!好吧,你等两三天,我补做一个给你就是。"

慧英刚说完这句话,慧梅从怀里掏出一个香袋给她。她立刻把香袋递给张鼐,说:

"拿去吧。这个香袋又好看,又喷香,你一定很喜欢。不过这是慧梅送你的,你别承我的情。"

慧英说话无心,但慧梅的脸孔刷地红了,赶快背转头去。

张鼐看见慧梅不好意思,他自己也有些不好意思。他把香袋看看,闻闻,笑嘻嘻地收下。看见慧梅的箭袋里有一只笛子,他问:

"慧梅,潼关突围的时候你没把笛子丢掉么?"

慧梅觉得自己受到了轻视,对他把嘴唇撇了一下,没有做声。

高夫人回来的几天之后,闯王也病了。去河南的计划暂时没法实现,只好请李好义趁着官军尚未严密包围的时候赶快回去,等候闯王和将士们病好以后再突破包围,去到河南。但不久闯王得到探报:李好义在返回河南的路上阵亡了。

自从闯王病倒,高夫人的担子格外加重。一天上午,她正在同张鼐商议孩儿兵的问题,忽然听见十几匹马奔到老营的外边停住,随即看见李双喜走进大门。张鼐奔着迎去,同时快活地叫道:"双喜哥!"双喜一只手拉着张鼐的手,一只手提着马鞭子,走到上房门外,笑嘻嘻地叫道:

"妈!"

高夫人一眼就看出双喜也长高了,脸颊比从前瘦了些,但是她没有工夫流露出母爱,急忙问:

"牛先生来了么?"

双喜的笑容没有了,走进上房,摇摇头,说:"妈,牛先生出事啦,真糟糕!"

"啊呀!怎么会出事了?"

"我们等不着他,第一次派人去催过,第二次又派一个当地人去牛家湾打听消息,才知道他父子俩在十三日夜间给抓进城里了。我们随后又派人到卢氏城里打听,听说他父子俩受了酷刑,戴着脚镣手铐,押在狱里。县官说他父子俩私投闯王,要问死罪。……"

"嘿嘿,要问死罪!"

尽管高夫人同牛金星没有见过面,但是他是一个如何有"满腹经纶"的人,同闯王的事业有多大关系,她完全明白。在刹那之间,她的心中同时想到了破城劫狱、劫法场、用银子赎命等办法,而同时也在考虑这件事是否要暂时瞒住自成和捷轩。双喜见她不再说话,就说:

"我赶快回来禀俺爸爸知道,设法搭救。爸爸呢?"

闯王的病已经判明是隔日疟,另外夹杂有别的病症。不过这别的到底是什么症候,在当时的医学条件下还弄不清楚,只能笼统地说成"时疫"。高夫人怕惊动自成,赶快对义子使个眼色,摆摆手,带着他走到前院。她先把闯王的病情对他说明,然后放低声音问:

"二虎呢?"

"俺二虎叔带着人马留在两省交界地方的大山里,继续派人探听牛先生的情况。他打算设法劫狱救出牛先生,不过人少了不行,他等候老营赶快派兵去。"

高夫人的脑海里打个回旋,担心劫狱未必能成功,反而断送了牛金星父子性命。沉默片刻,她又问:

"牛先生来咱这里,神不知,鬼不晓,怎么会走了风呢?"

"听说上次来的那几个唱洛阳曲子的,里边有一个是卢氏人,认识牛先生。这个人回到卢氏县城,喝醉了酒,在茶馆里夸说咱们如何仁义,给衙门的捕快听到,抓了进去,一动刑,供出了牛先生。"

"唉,没想到岔子会出在这些人身上!"高夫人摇摇头,咂了一下嘴唇。"叫厨房里给你安排饭,你休息休息吧。我去找大家想个主意,万不能断送牛先生父子性命!"她站起来,心情沉重地走了出去。

这时袁宗第住在老营的寨子里,协助高夫人主持一切。她到了宗第那里,派人把刘芳亮和几个平日遇事有主意的将领叫来,一同商量营救办法。大家都认为在目前情况下全军去河南不可能,分兵则力单,破城劫狱是下策,上策是出钱行贿,纵然未必能替牛金星买个干净,只要能暂时保住性命,以后就有救出的办法。并且一致主张把这事瞒住闯王和总哨刘爷。尚炯的病势本来不像别人的那样猛,吃了几剂药,已经轻了。高夫人和袁宗第又去找他商量。他也同意大家的主意,并说他听说卢氏知县名叫白楹,山东人,外装名士派头,喜欢饮酒赋诗,实际却是一个很爱钱的贪官。又经过仔细研究,高夫人决定派双喜带五百两银子和一封尚炯的亲笔书信连夜出发,回到刘体纯那里,叫刘体纯在当地找一个可靠的人把银子和书信送到卢氏城里,转交给尚炯的一位堂兄弟、小儿科大夫尚灿,这个人在衙门里人缘很熟。她特别嘱咐双喜,要他同刘体纯务必在七天以内回到老营来,因为官兵已经在武关、蓝关、商州和龙驹寨等地增加很多兵,估计这里的战事快要起来,回来得迟了就有给敌人隔断的危险。

  二更时候,李双喜带着十几个亲兵出发了。

  就在他出发的第三天,陕西、三边总督郑崇俭到了武关。他知道农民军中瘟疫流行,李自成和重要将领多数卧病不起,决定分四路向商洛山中大举进攻。商洛山中最艰苦的日子开始了。

李自成 第二卷 商洛壮歌

北京的忧郁

第 七 章

　　崇祯十二年的春天,崇祯的心情是特别阴郁的。西苑中依然像往年一样冰雪融化,柳绿桃红,春水和天光争蓝,燕子和黄莺齐来,可是崇祯却没有心情来玩。由于他不来,皇后和妃嫔们自然都不来了。农民战争正在酝酿着新的高潮,紫禁城中又一年失去了春天。

　　三月上旬,清兵毫无阻拦地退出长城。每次清兵入塞,所到之处,城乡残破,人口锐减,生产不易恢复。这次入犯,时间在半年以上,攻破了畿辅和山东七十多个州、县,大肆烧杀,劫掠,掳走了五十多万丁壮人口,并且攻破山东省会济南,掳走了分封在济南的鲁王及其全家。崇祯很明白,畿辅和山东一带是国家的根本重地,经过这次战争,没有十年以上的太平日子不能够恢复元气。可是,议和不成,满洲决不会叫你休养生息。这次满洲兵入塞距上次入塞仅隔两年。谁晓得他们什么时候还会再来?边军不管用,武将怕死,他们什么时候想来就来!

　　但是比较起来,最使他日夜忧心的还是张献忠和李自成的问题。他不知道谷城的局面能够拖延多久,深怕一旦谷城有变,湖广和河南震动,中原大局又难得收拾了。对于李自成的依然活着,他非常恨孙传庭的不中用,认为他是"虚饰战功,纵虎贻患"。倘若再过不久李自成的羽毛丰满,如何是好?

　　自从三月中旬奉先别殿①悬挂了母亲遗容,崇祯每当心中有说

---

① 奉先别殿——奉先殿的配殿。奉先殿即明朝皇帝的家庙;在紫禁城外的叫做太庙,即今劳动人民文化宫所在地;在紫禁城内的叫做奉先殿。崇祯的生母姓刘,生前地位很低,是太子宫中的一个淑女,所以她的神主只能供在奉先别殿。

不出的空虚、绝望和愤懑,无处排遣,便对着母亲遗容,默默流泪。其实,他对于母亲是什么样子,一点儿也不记得。他的母亲姓刘,十六岁被选进宫来,做了太子朱常洛的淑女。淑女在太子的成群侍妾中地位很低,所以她没有引起太子的注意。在宫中郁郁地过了两三年,忽然有一天被太子看上了,叫太监用牙牌把她召到兴龙宫住了一晚,后来生下一个儿子,就是现在的崇祯皇帝。从那次接近太子之后,她几乎被太子忘记了。生下儿子,她的不幸的地位仍然没有多大改变,只好在冷宫中长斋念佛,消磨岁月。等到崇祯五岁时候,大概她不小心对太子流露出不满情绪,惹动太子大怒,命她自尽。当时太子朱常洛很不得父亲万历皇帝的宠爱,常常有被废掉的危险,所以他严禁东宫的人们将这件事传扬出去。其实,就是在东宫也只有极少数的人知道刘淑女是怎样死的。

农民革命战争的打击使他的精神中不断增加悲观和痛苦,而这种没法对朝臣们倾吐的心情和一种孤独之感,一齐转化为对母亲的孝思,或者换句话说,通过对母亲的孝思排遣他的不能告人的悲观和孤独的心情。崇祯八年春天,农民军焚烧凤阳皇陵以后,他在宫中大哭几次,内心的痛苦更深,就叫一位擅长画像的翰林院待诏每日到他外祖母家去沐手焚香,为他的亡母画像。费了两年多的时间,多次易稿,直到去年冬天清兵逼近北京的时候才描绘成功。

在描绘太后遗容的过程中很少有确实依据。因为她自从选入宫中以后就没有再同娘家人见过面,如今隔了二十多年,连崇祯的外祖母(如今被封为瀛国太夫人)也记不清她的模样。宫中有一个傅懿妃,和崇祯的母亲同为太子朱常洛的淑女。她说她住的宫同崇祯母亲住的宫相邻,相见的次数较多,还仿佛记得一些。她在几千个宫女中指点这个人的鼻子有点像,那个人的眼睛有点像,又另外一个人的下巴有点像……司礼监把被挑出来的众多宫女陆续送到瀛国府,再由瀛国太夫人参加意见,指示画师,揣摩着画,画画改改。

奉迎太后遗容入宫要举行重大典礼,所以一直等到清兵退走以后,才由礼部拟具仪注,由钦天监择定吉日,用皇太后的銮驾和仪仗把黄绫装裱的画像从正阳门送进宫来。礼部尚书率领文武百官都在大明门外跪接。崇祯率领太子和两个较大的皇子在午门外跪接。皇后周氏率领公主和妃嫔们在皇极门外跪接。由于崇祯的母亲在生前并未封后,所以不能把她的画像送进奉先殿正殿,而只能悬在配殿。行过祭礼,崇祯把一些曾在父亲宫中生活过的老宫女叫来看,问她们像不像太后真容。她们当着他的面异口同声地回奏说十分相像,但在背后,有的说有点儿像,有的说完全不像。后来崇祯因想着他母亲在死前两年中长斋念佛,又命画师另画一幅遗容,具天人之姿,戴毗卢帽,穿红锦袈裟,坐莲花宝座。通过别人的画笔,将他的母亲更加美化和神圣化了。

当时的众多文武朝臣,对于崇祯性格的几个方面如刚愎、猜疑等都很熟悉。不管朝臣对他的性格中几种表现都有意见,甚至在他死后作为他导致亡国的重要因素,但是共同肯定的一点是认为他秉性刚毅,所以南明朝廷曾给他上一个谥叫做毅宗。反动封建士大夫眼中的所谓刚毅,就是指他在农民革命战争的冲击下始终顽强地拼死挣扎,决不后退,直到国亡家破,自尽煤山。在当时朝臣们很少知道他在农民革命战争的打击下精神上多么悲观和软弱。在崇祯十五年以前,这悲观和软弱的一面只在深宫中秘密流露,特别是在奉先偏殿悬挂的母亲画像前流泪较为经常。一到上朝时候,他就变成一个十分专断、威严、不可触犯的君主,使许多朝臣在上朝时两腿打颤。

三月下旬的一天,他从奉先偏殿回到乾清宫,眼睛仍然红润,心情略觉安静,坐在御案前省阅文书。先看了洪承畴请求陛辞的奏疏,又看了孙传庭请求召对的奏疏,他随即传谕明天上午在平台同时召见他们。刚才在奉先偏殿中他显得十分软弱,现在忽然满脸都是杀气。

洪承畴已经改任蓟、辽总督,专负责对满军事。崇祯和满朝文武都认为他是一位资历深、威望高、可以担负辽东重任的统帅人才,对他寄予很大期望。洪承畴明知道困难重重,但是他深感皇帝知遇之恩,决心到关外整顿军务,替皇上稍解东顾之忧。

等洪承畴和孙传庭行过常朝礼,崇祯向洪承畴问了几句话,无非是关于起程时间和一切准备如何等等,至于今后用兵方略,在不久前两次召对时已经谈过,用不着今天再问。他又向洪承畴勉励几句,期望他早奏捷音。叫洪承畴起来后,崇祯收敛了脸上的温和神色,冷冷地小声叫:

"孙传庭!"

"微臣在!"孙传庭跪在地上不敢仰视,恭候皇上问话。

有片刻工夫,崇祯望着他并不问话。这种异乎寻常的沉默使他的心中忐忑不安。去年冬天,他同洪承畴率师勤王,来到北京近郊。那时卢象升已经战死,朝廷升他为总督,挂兵部右侍郎兼右佥都御史衔,代象升总督诸路援军,并赐尚方剑。可是他同杨嗣昌的关系没有搞好,又得罪了高起潜,被皇帝降旨切责。崇祯叫洪承畴进京陛见,并使大臣郊劳①,却不许他进京陛见。清兵退出以后,崇祯采纳了杨嗣昌的建议,任洪承畴为蓟、辽总督,把陕西勤王军全部交洪承畴率领去防备满洲。孙传庭非常反对把陕西勤王军全部留下,上疏力争,说这一部分陕西兵决不可留,倘若留下,陕西的"贼寇"就会重新滋蔓,结果无益于蓟、辽边防,只是替陕西的"贼

---

① 郊劳——古代大将或统帅凯旋回朝或勤王来京,皇帝亲自或派大臣出郊慰劳,叫做郊劳,为很大的恩宠。

寇"清除了官军。他还说:"且秦兵之妻孥蓄积皆在秦,久留于边,非哗则逃,将不为吾用而为贼用,是又驱兵从贼也。"孙传庭的反对留陕西勤王兵防守蓟、辽,原来也有一部分私心。他认为洪承畴既然改任为蓟、辽总督,陕西、三边总督的遗缺,朝廷一定会叫他升补。他要求把陕西勤王兵放回陕西,固然是为今后的"剿贼"军事着想,也是为他自己着想。没有这些军队,他将来回陕西,手中就没有猴子牵了。崇祯目前急于要稳定关外局势,决意将这一部分人马交给洪承畴,所以对于孙传庭的意见置之不理。

孙传庭是个非常骄傲自负的人,一向对杨嗣昌代皇帝筹划的用兵方略很瞧不起。由于他没有能够像洪承畴那样受到郊劳和召见,对杨嗣昌更加不满,决心同杨嗣昌斗一下,所以在清兵退走之前他就上疏说:"年来疆事决裂,多由计画差谬。待战事告竣,恳皇上一赐陛见,面陈大计。"经过力争陕兵回陕的斗争失败,他渴望陛见的心情更加迫切。如今果然蒙召对了,但皇上叫他的口气是那么严厉,是不是会允许他把许多有关国家大计的话痛快奏陈呢?他俯首屏息,诚惶诚恐,一面静候皇上问话,一面向象牙朝笏上偷眼瞧看那上边用工整的小楷写着他要面奏的方略要点。

向孙传庭打量了片刻之后,崇祯怒容满面,用威严的声音说:"孙传庭,朕前者命你巡抚陕西,协助洪承畴剿办流贼,三年来虽然不无微劳,但巨贼李自成及刘宗敏等并未拿获,遗患无穷。去冬潼关南原之战,汝连疏告捷,均言闯逆全军覆灭,尸积如山。欺饰战绩,殊属可恨!朕今问汝:闯逆现在何处?"

皇上的震怒和责问,孙传庭完全没有料到,简直像冷不防当头顶挨一闷棍。尽管他的性格十分倔强,也不由地轰然出了一身冷汗,脸色灰白,四肢微微战栗。他鼓着勇气回答说:

"微臣前奏闯贼全军覆灭,确系实情,不敢有丝毫欺饰,有总督臣洪承畴可证。"

"强辩!"崇祯把御案一拍,又问:"你不惟没有将闯贼拿获,连其重要党羽如刘宗敏、田见秀、高一功、李过等均一并漏网。汝奏疏中所谓'逆贼全军覆灭,非俘即亡',不是欺饰是什么?"

孙传庭竭力保持镇定,回答说:"微臣在君父之前,何敢强辩。去冬十月,臣与督臣亲赴潼关,麾兵围剿,设三伏以待贼。经一日一夜奋战,确实将逆贼全军击溃,死伤遍野,遗弃甲仗如山。闯贼及其重要党羽虽未就擒,但想来多半死于乱军之中。后因臣星夜率师勤王,不暇找获巨贼死尸,献首阙下,上慰君父之忧,下释京师臣民之疑,实为一大恨事。"

"你知不知道逆贼渠魁均已漏网?"

"臣率兵到了山西以后,闻有零星余贼逃入商洛山中。为着斩草除根,免遗后患,臣当即一面奏闻陛下,一面派副将贺人龙带兵折回潼关,向商洛山中认真搜剿。至于说渠贼均已漏网,臣实不知。"

"哼哼,你还在做梦!"崇祯从御案上拿起来几份奏疏和塘报,扔给孙传庭,愤愤地说:"你看看,这就是你潼关大捷的结果!"

听说李自成等确已"漏网",又看见皇上扔下几份文书,孙传庭又一阵心惊胆战。他手指战栗地捡起文书,捧在手中,匆匆地浏览一下"引黄",心中完全明白。他把一叠文书恭敬地递给立在一旁的太监,然后向皇上叩头说:

"臣自勤王以来,虽然日夜奔波于畿辅与山东各地,无暇多探听余贼情况,但有的塘报,臣亦见到。以愚臣看来,倘若逆闯确实漏网,可忧者不在崤函山中,而在商洛山中。那一股进扰潼关与焚烧灵宝城关的残寇只是假借闯贼旗号,决非闯贼本人。倘若官军舍商洛而不顾,厚集兵力于崤函山中,恐怕上当不浅。"

"你怎么知道在崤函山中的不是闯贼本人?"

"闯贼倘若未死,定必潜伏起来,待机而动,决不会于残败之余,养息尚且不暇,而胆敢打出逆贼大旗,故意惹动官军追剿。"

"可是别的残余为什么要打出逆贼旗号,惹动官军追剿?"

"臣近来远离剿贼军中,不敢妄加推断。但臣与逆贼周旋三年,深知逆贼狡计甚多,常常以虚为实,以实为虚。揆情度理,在崤函山中打着闯贼旗号者决非闯贼本人。"

"胡说!这股逆贼神出鬼没,连挫官军。看其用兵诡诈情形,必为闯贼本人无疑。且有人亲眼看见闯贼蓝衣毡帽,骑乌驳马立于大旗之下,更有何疑?"

"虽然如此,愚臣仍不敢信其为真。"

"地方奏报,证据确凿,汝说不可凭信,岂非当面欺哄君父,希图逃避罪责?"

"臣束发受书,即以身许国。崇祯九年,蒙陛下付微臣以剿贼重任,臣无时不思竭尽犬马之力,以报圣上知遇之恩,何敢面欺君父?"

"汝身负剿贼重任,竟使全数渠贼漏网,尚不认罪,一味狡辩,实在可恶。汝既知报朕知遇之恩,何不将逆贼拿获,而遗君父西顾之忧?"

"倘非连奉诏书,星夜勤王,臣定然四处搜索,不使一贼漏网。"

"胡说!替我拿下!"

登时有两个锦衣力士①把孙传庭从地上拖起,褫去衣冠,推了出去。洪承畴赶快跪下,连连叩头说:

"陛下!孙传庭虽然有罪,恳陛下念他数年剿贼,不无微劳。虽奏报有欺饰之处,但闯逆在潼关全股瓦解,亦系的情②,并无虚夸,恳陛下……"

---

① 锦衣力士——锦衣卫的一种下级武官,皇帝上朝和出宫时随驾侍卫。替皇帝打旗的也是他们。

② 的情——确实情况。

崇祯不等他把话说完,冷笑一下,说:"卿不用替他求情。卿身任总督,亲临潼关督战,竟使元凶漏网,论法也不能辞其责。但朕念你功大过小,不予深究,反将东边重任交卿去办。望卿今后实心任事,不要像孙传庭一样,辜负朕之厚望。"

洪承畴又叩头说:"微臣受命剿贼,未能铲除逆氛,克竟全功,致闯贼目前死灰复燃,实在罪该万死。皇上不惟免予重谴,又使臣督师蓟、辽,拱卫神京。如此天恩高厚,使微臣常为之感激涕零。微臣敢不粉身碎骨,以报陛下!然目前正当国家用人之际,孙传庭素娴韬略,亦习战阵,于疆吏中尚属有用之材。伏乞圣上息雷霆之怒,施雨露之恩,暂缓严罚,使其戴罪图功,不惟孙传庭将畏威怀德,力赎前愆,即三军将士亦必闻而感奋。"说毕,叩头不止,几乎叩出血来。

崇祯虽然很气孙传庭没有将李自成等擒斩,但也知道他是个有用之材。听了洪承畴的话,他沉默片刻,说道:

"好吧,姑准卿奏,饶了他这一次。起去吧。"等洪承畴谢恩起去,崇祯向旁瞟一眼,吩咐说:"叫孙传庭回来!"

过了片刻,孙传庭又穿好衣冠,被太监带了进来,重新在离开御案大约一丈远的方砖地上跪下,身子俯得很低。崇祯望着他说:

"孙传庭,朕姑念你平日尚肯实心任事,饶你这次作战不力之罪,仍着你总督河北、山东军务,以观后效。"

孙传庭叩头谢恩,仍然伏地不起。

"下去吧。"崇祯轻声说。

孙传庭又叩了头,爬起来低着头退了出去。尽管他的身体十分结实,年纪只有四十七岁,但当他步下丹墀时,却像老人一样,脚步不稳,几乎跌了一跤。

洪承畴又回答了皇帝几句问话,叩头退出。他是一个深通世故的老官僚,心中清楚,今日皇上之所以对孙传庭如此严责,一部分是孙传庭自己招的,一部分也是故意借他陛辞的时候,来个杀鸡吓猴,让他看点颜色。因此他本来还想对皇上提出一点小小的恳求,也不敢说出口来。他刚出皇极门,一个太监从里边追出,口传圣旨说皇上明日正午在平台赐宴,并谕文武百官于明日下午在朝阳门外为他饯行。他跪地听旨,叩头谢恩,山呼万岁。但是在他感激皇恩浩荡之余,心中反觉惴惴不安,仿佛预感到什么不幸在等待着他。他深知皇上恩威莫测,倘若他此去防备满洲无功,只能为皇上尽节,死在辽东,别想再回朝廷。而权衡一切,此去成功的希望实在微乎其微。

孙传庭回到公馆,觉得耳朵里嗡嗡响着,家人同他说话他也听不清楚。他不吃午饭,不许别人打搅他,独坐书房发闷。看看昨夜在朝笏上写的那些小字,叹了口气。

由于精神上受的打击太大,孙传庭回到保定驻节地,耳朵竟然聋了,请求辞官回籍。崇祯不信,命保定巡抚杨一俊就近察看真伪,据实奏闻。杨一俊回奏说孙传庭的耳聋是真。崇祯大怒,说他们朋比为奸,派锦衣旗校将他们一起逮捕进京,下到狱中。满朝人都知道孙传庭因耳聋下狱冤枉,却无人敢替他上疏申救。

到了四月中旬以后,朝廷得到确实消息,知道李自成从潼关南原突围后就潜伏在商洛丛山中,在豫西活动的只是高桂英和刘芳亮一支人马。虽然事实证明了孙传庭的推测是对的,但崇祯并不释放他,因为一则崇祯是个刚愎成性、从不承认错误的人,二则他很恨孙传庭不曾将李自成和所有重要的农民军领袖捕获或阵斩。自从知道了李自成在商洛山中的活动情况以后,他对国事更加忧愁,常常夜不成寐,脾气也变得更加暴躁。

五月下旬,又是崇祯的一个不眠之夜。

已经二更过后了,乾清宫院中静悄悄的,只有崇祯皇帝和值夜班的太监、宫女们还没有睡。整个紫禁城也是静悄悄的,只是每隔一会儿从东西长街①传过来打更的铜铃声②,节奏均匀,声音柔和,一到日精门和月华门附近就格外放轻,分明是特别小心,生怕惊了"圣驾"。崇祯在乾清宫正殿的西暖阁省阅文书,时常对灯光凝神愁思,很少注意到乾清宫院外的断续铃声。一个宫女轻脚轻手地走到他的身旁,跪下说道:

"启奏皇爷,夜深啦,请圣驾安歇吧。"

崇祯好像没听见,继续省阅文书。过了一阵,跪在地上的宫女又说了一遍。他仍然没有抬头,一边拿着朱笔在一封奏疏上批旨,一边小声说:"知道了。"他在奏疏上的批语也是这同样的三个字,好像他不是在回答宫女,而是在无意中念出来他的批语。宫女不敢再打扰他,从地上站起来,悄悄地退了出去。又过了一阵,甜食房的太监送来了一碗燕窝汤,由宫女捧到他的面前。他打个哈欠,揉揉眼睛,把燕窝汤吃下去,随即离开御案,走出了乾清宫大殿。但是他没有马上去睡,在丹墀上漫步片刻,然后抬头仰视天象。天上一片蔚蓝,下弦月移近正南,星光灿烂,并无纤云。他读过灵台③藏的秘抄本《观象玩占》和《流星撮要》等书,还看过刻本《天官星历》,所以能认出不少星星。他先找到紫微垣十五星,随后找到代表帝座的紫微星。大概是由于心理作用,他觉得紫微星有些发暗,而天一星的芒角很大,闪闪动摇。据那些关于占星术的书上说,这是天下兵乱的征象。看过星星,他的心头更加沉重,深深地叹一口气。几个宫女和太监垂手恭立近处,互相交换眼色,却没人敢去劝他就寝。

---

① 东西长街——在紫禁城中有几条南北长巷,紧挨乾清宫东边的长巷叫东一长街,再东边的叫东二长街;紧挨乾清宫西边的长巷叫西一长街,再西边的叫西二长街。
② 铜铃声——明代皇城和紫禁城内打更摇铜铃,到清代改为敲梆子。
③ 灵台——紫禁城中的一个迷信机构,有几十个太监,日夜轮流观看星象和云气变异,据实呈报司礼监掌印太监,上奏皇帝。

他缓步走下丹陛,在院中吸了几口新鲜空气,一直走到乾清门。正在这时恰好一个刻漏房的太监抱着时辰牌走了进来。尽管从万历末年以来,宫中打更和报时都依靠从西洋传进来的自鸣钟,但是文华殿后边的刻漏房依然照旧工作。每交一个时辰,值班太监抱着一尺多长、四寸多宽的青地金字时辰牌送进乾清门,换下一个时辰牌带回文华殿,凡路上遇到的行人都得侧立让路,坐着的都得起立。崇祯正要转身往回走,忽然看见抱时辰牌的太监来到,便停住脚步问道:

"什么时辰了?"

抱时辰牌的太监躬身回奏:"已经交子时了,皇爷。"

崇祯因为再有两个多时辰就得上早朝,早朝后还得带着皇后和田、袁二妃去南宫烧香,便决意赶快就寝。他走到乾清宫大殿背后披檐下的养德斋,在宫女们的服侍下脱了衣服,上了御榻。可是过了一阵,他忽然想到还有许多重要的文书没有看,便重新披衣下床,吩咐一个宫女去把没有看过的一叠文书都拿到养德斋来。当重新开始省阅文书时,他叫服侍他的宫女和太监都去休息。值班的宫女们都退到对面的思政轩中坐地休息,不敢远离;太监们只留下两个人,其余都回到乾清门左右的值房去了。留下的这两个太监在养德斋的外间地上铺了两条厚褥子,上放貂囊,和衣睡在里边。

正看文书,他不由地又想到陕西方面。上月下旬,他连接陕西疆吏奏报,说是从去年冬天以来,李自成就在商洛山中收集残部,招兵买马,打造武器,积草屯粮,准备大举;并且赈济饥民,笼络民心,从事屯垦,似有长期据守商洛山中模样。他非常恨陕西地方文武大员的糊涂无用,竟敢长期不明"贼情",养虎遗患。他已经把新任陕西、三边总督郑崇俭和巡抚丁启睿严旨切责,命他们迅速调兵进剿。目前他们进剿的情形如何?能不能趁李自成羽毛未丰,一举将他扑灭?……

　　崇祯想一阵,批阅一阵文书,眼睛渐渐地朦胧起来。他在梦中看见郑崇俭来的奏捷文书,心中十分高兴;又看见熊文灿的一封奏疏,是关于张献忠的,但奇怪,他总是看不明白。他把这封奏疏扔到案上,生气地说:

　　"糊涂,张献忠是不是真心受抚?"

　　窗上已经现出微弱的青色曙光。从紫禁城外传过来隐约的断续鸡啼。御案上的宣德小香炉已经熄灭。一座制作精巧的西洋自鸣钟放在紧靠御榻的雕花嵌螺红木茶几上,正在滴答滴答地走着,突然,一个镀金小人儿用小锤在一个小吊钟上连续地敲了几下。几乎就在钟响的同时,从玄武门①上传过来缓缓的更点声:先是报更的鼓声四下,跟着是报点的铜云板敲了三下,声音清远而略带苍凉。

　　一个太监乍然惊醒,赶快从貂囊中爬出来,蹑脚蹑手地去把珠帘揭开一点儿,向里边悄悄窥探,看见皇上俯在御案上轻轻打鼾,手中的象管朱笔落在一封文书上。他小心地把朱笔拾起来放在珊瑚笔架上,小声细气地叫道:

　　"皇爷,请到御榻上休息!"

　　崇祯睁开眼睛。铜云板的余音若有若无,似乎在窗纱上轻轻震颤。他望望西洋自鸣钟,看见快到他平日起床拜天的时候,便吩咐传都人侍候梳洗。太监又躬身奏道:

　　"皇爷,你又是通宵未眠,还是请圣驾到御榻上稍躺片刻吧!万岁为国事这样焦劳,常常废寝忘餐,圣体如何能支持得了?请到御榻上休息会儿吧!"

　　"不要啰唆,快传都人们侍候梳洗!"

---

① 玄武门——紫禁城的北门在明代叫做玄武门,义取玄武星是北方星宿。清代因避康熙帝讳(名玄烨),改称神武门。

一声传呼,那些专门服侍皇上梳洗穿戴,以及侍候早朝的宫女和太监都进来了。有一个专门在早晨替皇上梳头的宫女,在乾清宫中俗称管家婆①的,捧着一个剔红堆漆圆盒,里边放着铜镜、篦子和象牙梳子等物,第一个躬身走进了养德斋来。

梳洗罢,穿戴整齐,崇祯按照每日惯例到乾清宫大殿的前边拜天,然后,传免了皇后、妃嫔、太子和皇女们的请安,匆匆地吃了尚膳监送来的素点,便乘辇前去上朝,正式开始了他这一天的忙碌而烦恼的皇帝生活。

每次上朝,总是听到一些不顺心的和难以解决的问题,使他退朝后更加烦闷。今天上朝时候,户部臣详细面奏各处官军欠饷的情形很严重,每日催饷的文书不断飞来,急于星火,可是国库如洗,没法应付。另有几个科、道官②请求对清兵焚掠残破的畿辅和山东各州、县赶快赈济,抚辑流亡,使劫余百姓得以早安生业。但军饷尚且没有着落,赈济款从何谈起!不到巳时,崇祯就怀着十分沉重的心情退朝。

为着今天要去南宫③烧香,他三天来就素食斋戒。现在下朝回来,一面传旨皇后和田、袁二妃来乾清宫,一面又一次浑身沐浴。后妃们一来到,他就带着她们乘辇出了东华门。除司礼监掌印太监王德化和一大群太监和宫女簇拥外,没有任何仪仗,尽可能不让外边的臣工知道。

恰在这时,文书房太监把几封十万火急的文书送到养心殿内司礼监掌印太监和秉笔太监的值房中来。掌印太监王德化不在,由几个秉笔太监看了一下,一个个大惊失色。王承恩在这几位轮

---

① 管家婆——明代每一后妃宫中宫女众多,其中有一个宫女掌管诸事,好像众宫女的头儿,俗称管家婆。
② 科、道官——六科给事中和十三道御史的统称。都是言官。明代把全国领土划为十三行省。十三道即十三省,沿袭唐朝旧称。
③ 南宫——在北京城南池子一带有一片宫殿建筑,称做南宫、南内,也叫南城。这一大片宫殿,到清代全毁了。

值的秉笔太监中名次最前,就由他拿着这几封火急文书追出东华门。

近几年,崇祯身上的变化实在很大。在他即位后最初几年,国家虽有内乱和外患,但大局尚未糜烂,他希望做一代"中兴英主"的信心很强,锐气很盛。那时他对于日蚀、星变、怪风、霪雨等等自然界不正常现象虽然也心中戒惧,却不像近几年来这样害怕。八九年前,有一个朝臣因旱涝成灾,上疏言事,批评朝政,措词过于激切。他很恼火,在上朝时训斥说:"尧有九年之涝,汤有七年之旱,并不闻尧与汤有何失德!"但是近几年,任何不正常的自然现象他都认为是五行灾异,也就是上天给他的警告和国家的不祥之兆,胆战心惊,彷徨不寐。在即位之初,他并不很迷信佛、道两教,倒是受了当时礼部尚书徐光启①的影响,和天主教有些接近。近两三年来,他对于佛、道、鬼、神越来越迷信了。

还有二月初五,清兵正在山东时候,北京城发生了一次地震。虽然地震是常见的自然现象,明朝在北京地区已经发生过多次地震,毫不足奇。永乐年间是明朝国力鼎盛时期,短短的十八年中,南京震了六次,北京震了两次,而南京的五次地震都在永乐帝迁都之前。无奈从西汉以来,以董仲舒为代表的儒家就将地震同人事联系起来,而这种迷信思想深入人心,也深入崇祯的心。崇祯认为北京是大明帝国的首都,就在皇帝的脚下,从他登极至今就发生了两次较大地震②,可不预兆他的江山不稳么?司礼监掌印太监经常据实转奏灵台太监观察到的星象和云气变异,十之八九都是不吉

---

① 徐光启——上海徐汇人,生于明嘉靖四十二年,死于崇祯六年(1562—1633)。他是我国最早的天主教徒,最早接受西洋科学的学者,精通数学、历法、测量、水利、农业、火器(早期枪炮)制造等方面的学问,是我国古代杰出的科学家。崇祯五年曾做到礼部尚书兼东阁大学士,内阁辅臣。
② 两次较大地震——上一次地震发生于崇祯元年二月十日。

利的。这样就更增加了他的忧愁。尽管他口头上说他是"中兴英主",心中却渐渐明白"中兴"无望,甚至常有可能亡国的预感。尤其是洪承畴和孙传庭费尽力气竟不能将李自成扑灭在潼关附近,国运在他的心中更加清楚。

他愈是觉得人事努力很难指望,愈是想靠神灵保佑国运。今年春天,他瞒着朝臣,命僧道录司①暗中挑选了几十位佛、道两教的名德法师在南宫建醮。他还传旨召江西龙虎山张真人来京建醮,但因路途遥远,尚未赶到。从三月中旬以来,他时常忙里偷闲,带着周后和田、袁二妃,去南宫烧香祈祷。但是这样的事情如何能瞒住群臣?不免有一些言官上疏劝谏,请他不要迷信僧、道,做这种无益的事。他心中很痛苦,有时想着自己既是一位英明君主,自然不应该迷信僧、道、鬼、神,使得后世议论。可是他又想着国事日非,无术挽救,除非上天见怜,有什么法儿使国家转危为安,否极泰来?有一次他对自己说:

"唉,建醮,建醮!这些言官怎知道朕的苦心!朕非昏庸之主,只是势不得已,向上天为民请命耳!"

后来又有一位言官上了一道奏本,措词比较率直,说南宫靠近太庙,每日钟、鼓、铙、钹之声聒耳,使祖宗为之不安。祖宗不安,何能祈福禳灾?崇祯没有生气,提起朱笔批道:"朕之苦心,但愿佛、天、祖宗知,不愿人知。"过了一夜,当这个奏本要发出宫时,他重新看看御批,自觉批语不雅,不似帝王的话,便涂了去,改批"留中"二字,不再发出。

过了四月以后,他因为事忙,一直再没有去南宫烧香。前几天他接到山西巡抚和布政使的联名奏疏,说山西某地天雨血②,某地

---

① 僧道录司——管理全国和尚、道士的衙门。
② 天雨血——地上的红色尘土被大风刮起,送到几百里或上千里以外,随雨降下,古人不明白其中道理,误认为是"天雨血",很不吉利。

发生地震,倒塌了许多房屋,压死了不少人、畜。他非常震惊,心中说道:"前年元旦日蚀,今年京师和山西地震,又雨血,灾异如此,实在可怕。"又想道,西汉哀帝时发生日蚀和地震,大臣们对策上言,说这是不寻常的灾异,果然不久西汉就亡了。何况如今不仅日蚀、地震,天又雨血!想到这里,又想想当前大局,不觉出了一身冷汗。他根据皇历选择了一个宜于斋戒祈禳的日子和时刻,亲至南城烧香。择定了吉日良辰,他吩咐司礼监替他准备青词①表文,并事先传谕在南城的僧、道们知道。

现在崇祯偕同周后、田妃、袁妃,分乘小辇,穿过文华殿西夹道,出了东华门,顺着护城河东边的青石御道向南走去。三个月来,北京城多风多沙,今日难得的天气晴朗,阳光明媚。虽然今天已交五月下旬,但北京城的前半晌并不炎热,微微的南风清爽宜人。河岸上,一长排绿柳映水,柔丝摇曳。两只黄鹂在柳枝间穿来穿去,发出婉转柔和的叫声。护城河转弯处有一座用太湖石叠成的假山,四面槐柳簇拥,绿荫森森。几枝盛开的石榴花横在太湖石上,分外鲜红。从这里往西去,有一条松柏夹着的石板路,通往太庙的后角门;往南,不远处有一道红色高围墙,上覆黄色琉璃瓦,从红墙中露出巍峨的宫殿和高大的古松,并传出钟、磬和梵呗之声。护城河中水色湛清,微波上闪耀着金色的太阳,水底荡漾着三四片白色云影。崇祯已经有许多天没有出过紫禁城,这时不由地心情一爽,眼睛里露出来一丝笑意。好像种种苦恼,都暂时从他的心上离开了。

三乘辇继续向南行去,过了片刻,来到了南宫的正门外边。

南宫的大部分都是英宗时代的建筑物。一百七十年来不断修缮、油漆、增建,十分美丽。南宫大门外有许多高大的白皮松,遮天蔽日。三乘黄色小辇在白皮松中间的汉白玉甬道上停住,早有一

---

① 青词——道教向玉皇焚化的表文写在青色纸上,叫做青词。

群高僧、道士和执事太监在道旁跪接。崇祯带着皇后和两位妃子缓步走上雕龙玉阶,进了宫门,在一片松树下盘桓一阵,然后走进南风门。这里有许多花木,并排有三座宝殿:中间的是龙德殿,左边的是崇仁殿,右边的是广智殿。他们在龙德殿休息一下,受了僧、道们的朝拜,吃了一杯茶,然后由执事僧、道和太监们在前引导,向内走去。正在这时,王承恩身穿没有补子的青素宫纱贴里①,头戴用马尾编结的烟墩帽②,上缀宝石、明珠,右手拿着一把专为遮太阳用的蓝绢洒金大撒扇③,左手袖着十万火急的机密文书,匆匆地从紫禁城中赶来。他必须先向印公④王德化禀明,才敢启奏皇上。可是王德化正引着皇上和娘娘们往里边走,他不好贸然赶去说话。他的心中很急,鬓边冒出豆子大的汗珠,只好在龙德殿旁徘徊,偷眼望着皇帝神色安闲地穿过飞虹牌楼,缓步踏上飞虹桥。

　　崇祯难得今天有一点闲情逸致,站在弓形的飞虹桥上,欣赏白玉栏杆和栏板上的精致雕刻,还指着那些刻得栩栩如生的水族动物叫皇后欣赏。一会儿,他率领后妃们走下桥,穿过戴鳌牌楼,向左右的天光、云影二亭望一眼,登上一座堆垒得十分玲珑的秀丽假山。山上有一个圆殿叫做乾运殿,东边是凌云亭,西边是御风亭。他在山上稍作盘桓,想着这山上的圆殿和亭子都是英宗复辟后添建的,那时虽有也先之患,经过土木之变,但国家的根子依然强固,全不似如今这样风雨飘摇。想到这里,不由地满怀怆然,无心再看景致,连乾运殿也懒得进去。

　　他同后妃们绕过乾运殿,下了秀丽山,来到佳丽门。全体僧道官和名德法师都在甬道的两旁跪接。崇祯和后妃们从他们中间穿

---

① 贴里——太监所穿的一种有褶的长衣,夏季用纱。今天因皇帝斋戒祈祷,所以太监们只穿青素衣服。青素衣服没有补子。
② 烟墩帽——下有宽的直檐,顶略尖。
③ 撒扇——即折叠扇。太监所用的大撒扇,柄有一尺多长,只用来遮太阳,不能扇风取凉。
④ 印公——太监们对掌印太监的尊称。

过,走进佳丽门,踏上白玉雕龙台阶,进到永明殿中坐下。众僧躬身低头,双手合十,从永明殿的左边,众道士从右边,分向建醮的地方走去,连一点脚步声也不敢发出。过了片刻,从永明殿后边传过来钟声、鼓声、磬声、木鱼声、云板声、铜笛声等等,还有和尚道士的唪经声,组成了肃穆庄严的音乐合奏。王德化走到崇祯面前,躬身奏道:

"皇爷,开醮了。"

崇祯没做声,立刻从龙椅上站起来,怀着虔敬的心情向外走去。周后、两位妃子、宫女们和太监们,肃静地跟在他的背后。永明殿的背后是一个小院,一色汉白玉铺地,有十几株合抱的苍松和翠柏,虬枝横空。其中有一株古松上缠绕着凌霄,在苍翠的松叶间点缀着鲜艳的红花。院子中间搭着一座高大的白绸经棚,旗幡飘飘;莲花宝座上供着檀香木雕刻的释迦如来佛像。棚外悬一黄缎横幅,上题:"敕建消灾、弭寇、护国、佑民、普渡众生法会"。后妃们暂留在经棚外边。崇祯帝先进经棚,在释迦前上了香,焚了黄表,拜了四拜,跪在黄缎拜垫上默默祈祷,求佛祖大发慈悲,帮助他消灭各地"流贼",降罚满洲,并且不要再降水、旱、蝗、疫诸灾,保佑他的国运昌隆。当默祷结束时他觉得还不够,又特别祝祷几句,求佛祖感化张献忠等洗心革面,实心投诚,并且使官军将漏网的李自成早日擒获,除掉朝廷后患。他求神心诚,禳灾情切,虽没出声,却禁不住喉咙哽塞,热泪满眶。祝祷毕,他站起来退到一旁,看着皇后和妃子们依次进来礼佛。

在崇祯跪佛前虔诚祝祷当儿,王德化留在经棚外边,恭立侍候。一个太监来到他的身边,凑近他的耳朵小声说:"宗主爷,王秉笔有事面禀。"他转过头去,看见王承恩神色不安地立在永明殿后,心中不禁一惊。他使个眼色不让王承恩来到经棚前边,自己赶快跐着脚尖儿走了过去,悄声问:"什么紧急大事?"王承恩行了礼,从袖中掏出文书递给他,小声说:"请宗主爷的示,这些十万火急的文书是否现在就奏明皇上?"王德化把几封文书匆匆一看,大惊失色。想了一下,他把文书交给王承恩,悄声吩咐说:"拿回宫去,此刻万不能让万岁知道。纵然天塌下来,也要等皇爷烧过香回到宫中,咱们再向他启奏。"

王承恩不敢说什么,悄悄走了。

从建有佛教法会的院落往北,绕过假山,穿过有雕栏的白玉小桥,又是一座圆殿,描金盘龙匾额上题着"环碧"二字。周围绿水环绕,花木繁茂,苍松数株,翠竹千竿。这是南宫最后和最幽静的地方,再往北几丈远便是覆盖着黄瓦的红色宫墙。道坛设在环碧殿中,叫做"敕建三清普临、降妖、伏魔、消灾、弭乱醮坛"。崇祯走进环碧殿,叩拜了玉皇大帝,焚了青词,照例默祷一阵,然后退出。皇后和两个妃子依次烧香出来。他们到永明殿中休息,吃了点心,起驾回紫禁城去。

当崇祯走进东华门时,恰有一个部僚正在会极门接本[①]。忽然听见太监传呼:"圣驾回宫!"他慌忙躲入文华门内西值房,隔着窗隙窥探。崇祯一扫眼瞧见了他。转入文华殿西夹道以后,崇祯派一个小太监回来,用温和的口气嘱咐他出去后不要乱说。这时崇祯的心境十分平静,脾气变得十分好,脸上挂着若有若无的笑意。

回到乾清宫,他刚刚换过衣服,端着茶碗喝了一口香茶,王承恩走到面前,躬身将几份文书放在御案上,胆怯地说:

"启奏皇爷,张献忠又反了。"

崇祯的手猛一颤抖,茶碗落在御案上,溅湿了文书。他正要询问详情,不料王承恩低头避开他的眼睛,又小声说:

"据陕西、三边总督郑崇俭飞奏,陕西的局面也变了。"

[①] 会极门接本——会极门即左顺门。文书房太监将批过红的奏本在此发出。内阁和各部、院等衙门派官员在此接收,叫做接本。

"怎么,张献忠入陕西了?"崇祯跳起来问。"官军何不堵截?"

"不是,皇爷。是李自成在商洛山一带起事了。"

崇祯两眼发直,颓然坐进椅子里,过了好久才喃喃吐出半句话:

"我早就担心……"

又过了一阵,他才稍微镇静,叫王承恩将几封火急奏本读给他听。当他听到熊文灿奏报说已命左良玉、罗岱等率楚、豫官军"追剿"张献忠,正候捷报,他摇摇头,用鼻孔冷笑一声,对王承恩说:

"给熊文灿这个该死的老东西下一道严旨切责,叫他戴罪视事,以观后效。倘若不能将献贼剿除,加重论罪!"

"遵旨!"

"郑崇俭的本上怎么说?快念!"

郑崇俭除奏报李自成重新树起大旗之外,也奏报农民军中疾疫流行,李自成和刘宗敏等重要"渠魁"都卧病不起。他还奏称他已经"亲赴武关,督军进剿,不难将逆贼一网打尽"。崇祯听毕,仿佛看见了新的希望,点点头,又对王承恩说:

"替朕拟旨,着郑崇俭迅速进剿,不得迟误!"

李自成　第二卷　商洛壮歌

商洛壮歌

第 八 章

崇祯十二年中元节。

早晨,商洛山地区天色阴暗,浓云密布,山山岭岭都被乌云遮住。高夫人带着老营总管任继荣和一群男女亲兵骑马出寨,来到一个交叉路口,替先闯王高迎祥和起义以来无数的阵亡将士焚化阡纸①。南边,隔着两座小山,顺风传来了一阵阵沸腾人声。高夫人心中明白:这是麻涧②方面的义军和老百姓正在连夜加高寨墙,挖掘陷阱,布置鹿角和各种障碍,已经忙了通宵。她正在侧耳细听,忽然从附近的山村中传来锵锵的锣声和苍哑的叫喊声,而麻涧方面也隐约地有锣声传来。这是遵照闯王的命令,各处山寨和村落今早都得鸣锣晓谕:官军进犯,决难得逞,众百姓务须各安生业,照旧耕耘,莫信谣言,严防奸细。高夫人眼望着磐石上燃烧的一大堆阡纸,耳听着远远近近的人声和锣声,心中说:

"大战又快开始啦!"

在高夫人从崤函山区来到商洛山中同李自成会师之前,闯王得知张献忠在谷城起义的确实消息,他为着实践曾经对献忠说出的诺言,不顾自己的处境十分不利,毅然树起大旗,牵制官军不能全力对付献忠。崇祯十分着慌,严旨切责陕西、三边总督郑崇俭和陕西巡抚丁启睿"未能将余贼剿除净尽,酿成大患";命他们迅速向

---

① 阡纸——也就是纸钱。封建社会的迷信习俗,在死者坟墓前焚化纸钱。如无坟墓,可在路口焚化。
② 麻涧——在商州城西五十里处。

商洛山中进兵,"务将李自成一股一举扑灭,不得稍有贻误!"郑崇俭和丁启睿不敢拖延,调集了陕西各镇官兵,将商洛山四面包围。他们知道李自成手下的将士多数染病,自成本人也病倒了,认为是官军"扫荡"商洛山的大好时机,遂于六月上旬急急忙忙指挥三路人马进犯,而把主力放在武关一路。高夫人在病榻前接受闯王吩咐,亲自到白羊店①,鼓励将士,帮助刘芳亮部署迎敌。多亏义军上下齐心,个个奋勇死战,加上穷苦百姓帮助,使从武关向北进犯的官军主力在桃花铺②和白羊店之间中了埋伏,损失很重,仓皇败退。同时,从商州西犯的一路被挡在马兰峪③的前边,寸步难进,而从蓝田南犯的一路也没法攻下石门谷④。这两路官军都白折了人马,扫兴地退了回去。经过这次教训之后,官军比较小心了,重新调集大军,人数比六月初增加几倍。眼看着一场众寡悬殊的大战迫在眉睫,又加上商洛山中有些山寨不稳,同官军暗中勾结,高夫人如何能心情轻松?她晚上帮助闯王筹划军事,白天为部署迎敌的事骑马到各处奔跑,忙得不可开交。尽管她侥幸不曾染病,近来却显然清瘦多了。

　　一大堆阡纸在磐石上继续燃烧。两个亲兵用树枝慢慢地抖开纸堆,使阡纸着得较快。纸灰随风飞向奔涌的云雾中去。过了一阵,高夫人抬起头来,向左右的将士们说:

　　"自从起义以来,咱们已经死了成千上万的英雄好汉。这笔血仇一天不报,死的人就不能瞑目黄泉,活着的也寝食难安。高闯王死去整整三周年,咱们该好生祭奠祭奠。要是这一回打个大胜仗,杀死几千几百官兵将士,就算是咱们在阵上拿敌人活祭高闯王!"

　　她说话的声音不大,但是饱含着痛苦和激动的感情,深深地感

---

① 白羊店——在武关西北一百三十里处。
② 桃花铺——在武关西北五十里处。
③ 马兰峪——在商州城西三十里处。
④ 石门谷——又名石门寨,在蓝田城西南五十里处。

动了左右将士。任继荣说：

"夫人,你放心。近几天弟兄们都在念叨着高闯王三周年到了,该用官军的人头好生祭一祭。咱们有这样好的士气,必能杀败官军,让高闯王在九泉下高兴高兴。"

高夫人望着他轻轻地点点头,表示她自己也深信义军的士气不错,必能以少胜众。她吩咐一个亲兵把一捆阡纸送到两里外李鸿恩的坟前焚化,便准备同众人上马,前往麻涧。当她的右手刚搭上马鞍时,忽然听见有人骑着马向这里奔来,蹄声很急。她迟疑一下,随即从鞍上抽回右手,转过头来,朝着南边的山路张望,心中疑问:"为什么这马跑得这般急?是从白羊店来的么?"不过片刻,一个小校带着两名弟兄骑着三匹浑身汗湿的战马从奔涌的云雾中出现,来到离她几丈远的地方。那小校一看见她和老营总管就赶快同亲兵们勒住战马,跳了下来。高夫人看见那小校是刘芳亮手下的一名亲信小头目,没等小校开口,抢先问道:

"刘将爷差你来老营有什么急事?是不是武关方面的官军已经开始进犯了?"

小校回答说:"启禀夫人,官军已经摆好了进犯架势,只是还没动手。刘将爷差我来老营向夫人和闯王禀报:据昨晚老百姓暗送的消息和我们的探子禀报,得知确实消息,武关昨天又到了两千官军,桃花铺也到了一千多人,两处官军已经有七千多人,一两天内还会有大队官军开到。消息还说,郑崇俭一两天内就要来桃花铺,亲自督率官军进犯。如今桃花铺寨内已经替他收拾好行辕,等他来住,官军在武关和桃花铺放出风声,吹他们要在七月底以前扫荡商洛山,活捉咱们闯王爷和总哨刘爷等几位大将,也有夫人在内。这班王八蛋打仗不见得,吹牛造谣倒有一手!"

高夫人笑着问:"也要捉我?"

"是的,夫人。六月初那一仗他们吃了亏,到处传说你不但智谋过人,还说你十八般武艺样样出众,所以这次非把你捉到不可。"

高夫人忍不住大笑起来,说道:"哟!真没想到,像我这么一个平常的女流之辈,文不能提笔,武不能杀敌,倒被他们吹嘘成文武双全的巾帼英雄。越说越玄虚,将来还要说我会呼风唤雨哩!"

小校又笑嘻嘻地说:"夫人,郑崇俭出的捉拿赏格上还有你的名字哩。"

"啊,又悬了赏格?"

小校从怀中掏出一卷纸,双手递给高夫人,说:"你看,这是咱们的探子昨日黄昏从桃花铺的寨门外揭下来的一张告示,后边写着许多赏格。"

高夫人接住告示,望了一眼便交给任继荣,要总管念给她听。那告示上说:"本辕不日即亲麾大军进剿,将残贼一鼓荡平。大军到处,秋毫无犯。凡我商洛山中百姓,莫非皇帝赤子。特谕尔等,务须各安生业,勿用惊窜逃避。过去即令供贼驱使,胁从为恶,本辕姑念其既属愚昧无知,亦由势非得已,概不深究,以示我皇上天覆地载之恩。其有豪杰之士,乘机杀贼自效,本辕论功行赏,一视同仁。倘有冥顽不灵,甘心从贼,罔恤国法,大兵到时,胆敢负隅相抗或随贼流窜,一经拿获,立置重典,全家籍没,邻里亲族连坐。"这告示的后边果然悬赏捉拿李自成和他手下的重要将领,而高夫人的名字也开列在内。总管念过以后,哈哈一笑,说:

"夫人,果然有你的名字,还写着三千两银子的赏格哩!"

高夫人也笑起来,望着小校问:"你们刘将爷还有别的事要向闯王禀报么?"

小校回答说:"我家将爷还说,官兵大举进犯只是几天内的事,龙驹寨的官军也增加了两三千人,请闯王和夫人千万不可大意。"

高夫人点头说:"我知道了。你到老营去当面向闯王禀报,也许他还要问一问别的情况。你在老营吃了饭,休息休息再回白羊店。"她又向总管说:"中军不在老营,双喜和张鼐这两个孩子也都不在闯王身边。你拿着郑崇俭的这张告示快回老营吧,不用跟我去麻涧了。闯王的身子还很虚弱。我不在老营时候,他要是想骑马出寨,你千万设法劝阻。"

任继荣答应一声,就同刘芳亮派来的小校腾身上马,奔向老营而去。人和马的影子眨眼间在云雾中消失,只听见渐远渐弱的马蹄声音。

高夫人抬头望望,只看见汹涌奔腾的乌云比刚才似乎更浓、更重,铺天盖地,从面前滚滚而来,又滚滚而去。这天色,增加了高夫人心上的沉重。她走向玉花骢,对亲兵们说:"上马!"转眼之间,十几个男女亲兵都跳上战马,准备出发。张材担心马上会有恶风暴雨,而大家都没携带防雨的东西,别人淋雨不打紧,高夫人近两月来操劳过度,比往日清瘦许多,淋了雨准会害病。他勒紧马缰,望着高夫人,迟疑地问:

"这天……恐怕有猛雨吧?"

慧英也问:"夫人,我赶快回寨中去替你取一件油布斗篷吧?"

高夫人斩钉截铁地说:"不用耽误时间!如今军情很紧,别说下雨,下刀子也挡不住咱们办事。"

她首先勒转马头朝南,正要扬鞭出发,忽然听见从东边传过来几匹马的紧急蹄声,迅速临近。她便勒转马头朝东,向云雾中注目等候。片刻之间,四个骑马的人出现在二十丈以外的云雾中,为首的大个子青年将领是刘体纯。他原是帮袁宗第镇守马兰峪,对付商州官军,做老营的东面屏障,近来宗第病倒了,这一副重担子就挑在他的肩上。高夫人一望见他,知道他现在亲自来老营必定有重要军情禀报,便把镫子轻轻一磕,迎了上去。

两匹高大的战马相离不到两丈远,停止在山路上。乌云傍着

马头奔流,在人的左右和头顶飞卷。高夫人问道:

"二虎,你是从马兰峪来的?"

"是的,嫂子。你要往哪儿去?"

"我要到麻涧去,看看那里的寨墙能不能今日完工。"她勒马迎上几步,等到她的玉花骢同刘体纯的黄骠马两头相交,停到一起,她又小声问:"你来有什么急事?"

刘体纯小声说:"五更前我得到商州消息,知道郑崇俭派一位监军御史昨日从武关来到商州城内,连夜与巡抚丁启睿召集游击以上将官开紧急会议,重新商定进兵方略。会议关防极严,一时探不出他们如何计议。如今商州已有五千官兵,据说还有大批官兵将于今明两日开到。粮草运往武关的很多,担子挑,牲口驮,日夜不绝。官军扬言要在月底以前杀进商洛山,昨日又在城里城外,到处张贴告示,悬出赏格要捉拿闯王和捷轩哥等几位大将。"他笑一笑,又说:"嫂子,你也在榜上有名哩。"

高夫人也笑了笑,说:"这个我已经知道了。"

刘体纯又挥退左右亲兵,探身低声说:"咱们安置在城里的坐探,从抚台行辕中探得机密消息,十分重要,果不出你同闯王所料……"

"你说的是宋家寨同官军勾起手了?"

"听说双方正在暗中商谈。宋文富这王八蛋想要官做,丁启睿这货想要官军假道宋家寨,一旦大战开始时偷袭我们老营。"

"这消息可靠么?"

"这消息是从抚台行辕中一个师爷口中说出来的,一定可靠。还有人说:这几天宋家寨有人进抚台行辕找一位刘赞画[①],十分机密。这位姓刘的是丁启睿的心腹幕僚,亲自去过宋家寨两趟,都是

---

① 赞画——明代在督、抚幕中有赞画一种官名,取"赞襄谋划"之意,文职,具体职责和品级无定制。

夜里去,夜里回。"

高夫人的两道细长的剑眉轻轻耸动,心中琢磨着敌人的阴谋活动,然后慢慢地说:"敌人这一手真是厉害。幸而我们早就算到他们会有这步棋,已经做了防备。在两个月前那次官军进犯时,虽说宋文富兄弟坐山观虎斗,可是咱们已经断定他们是在等时机,观风向,迟早会撕破笑脸,露出满嘴獠牙,同咱们刀兵相见。如今,他们果然要动手了。本来么,道理是明摆着的,大家心中都有数。尽管他们近几年也吃过官兵的亏,也长了些见识,他们毕竟是豪门巨富,同官府血肉相连。眼下官军就要大举进犯,宋家寨不同官军串通一气动手才是怪事。别说是宋家寨,商洛山周围的山寨哪个不是同咱们为敌的?商洛山中的几个大的山寨,要不是咱们杀了很多人,连寨墙也给拆平了,一旦官军进犯,还能不从内里动手么?"

刘体纯说:"嫂子说的是。咱们在商洛山中驻扎了快十个月,打开了许多山寨,狠狠地惩治了那些为富不仁的乡绅土豪、富家大户。这些给咱们惩治了的人家,自然咬牙切齿,恨死咱们。听说那班逃到商州城里的土豪老财都等着跟在官军后边回家来,连逃到西安去的大头子也有几个跟着巡抚来到商州的,打算一旦官军扫荡了商洛山,他们就回乡修坟祭祖,协助官府清乡。你看,这班王八蛋想得多美,好像官军注定会打赢咱们!"

"既然他们把赌注押在这一宝上,那就揭开宝盖子让他们看看。二虎,你还有别的事情要禀报么?"

刘体纯沉吟一下,特别放低声音说:"嫂子,看来射虎口干系重大,可不知王吉元是不是十分可靠。"

"你放心,他很可靠。"

体纯仍不放心,口气和婉地说:"但愿他真可靠。去年冬天,他从张敬轩那里来,一直没有在我手下待过,我跟他见面的次数不多。我只知道他是河南邓州人,在敬轩那里混的日子也不久。春天他犯过咱们的军律,差点儿被闯王斩了。他同咱们老八队素无渊源,相处日浅。人心隔肚皮,虎心隔毛翼。眼下这种局面,非同平日。万一他心怀不满,看见官军势大,经不起威迫利诱,给官军收买过去,岂不坏了大事?"

高夫人含笑回答说:"虽是吉元来咱们这里的日子浅,却是秉性诚实,不是那种心怀二意、朝三暮四的人。春天受了重责之后,他口服心服,毫无怨言,不管派他做什么事,他都是忠心耿耿。如今派他把守射虎口十分相宜,你放心,绝无差错。"

"嫂子,近一两天来闯王哥的身子又好些么?"

"又好了些,只是还不能骑马出寨。你快去老营当面向他禀报吧,他正在等候商州那边的消息哩。虽说汉举病了,可是有你在马兰峪,他很放心。这一回,就看你独当一面立大功啦。"

刘体纯说:"马兰峪地势险要,易守难攻。不管来多少官军,只要射虎口不丢掉,马兰峪万无一失。"

高夫人和刘体纯各带着自己的亲兵分头而去。走不到半里远,她听到刘体纯一群人的马蹄声已进寨门,而同时又有急匆匆的马蹄声从东北奔来,离寨门已很近了。她勒住马侧耳倾听,在心中问道:"这是谁?又来禀报什么紧急军情?"她想着闯王的病还没有完全好,军情这般紧,事情这般忙,近几天他常常通宵不眠,考虑着如何打退官军的进犯,多叫人替他的身体担心!她又抬头望一望老营山寨,山寨和整个山头仍然被浓重的乌云笼罩。

从东北奔来的马蹄声到寨门口了,跟着从云雾中传过来几句熟悉的说话声。高夫人听出来这是王吉元手下的一名心腹亲兵陈玉和同守寨门的弟兄们大声打招呼。由于王吉元不敢随便离开射虎口,这人经常被派到老营来替吉元禀报军情和请示机宜。他曾在老营住过,同老营的上下人等都熟,到老营来就像是回家一样。高夫人因听见陈玉和的声音,重新琢磨着刘体纯刚才对王吉元疑

心的话,暗自问道:

"难道吉元这人会不可靠么?"

她策马向麻涧走去,却心中放不下王吉元把守射虎口的事。尽管高夫人同闯王、刘宗敏和李过都相信这小伙子忠实牢靠,然而刘二虎平日遇事十分机警,闯王常称赞他比别人多长几个心眼儿,如今他担任防守马兰峪(射虎口在它的侧后方)的主将,这就使她不能不在马上将二虎的话重新考虑。想了一阵,她还是坚信王吉元十分可靠。但是她的心中也暗自感慨:要不是将领们纷纷病倒,闯王何至于派王吉元这样经验不足的小校担起来这样重担!

离麻涧愈来愈近了。虽然峰回路转,林木茂密,加上云雾满山满谷,看不见一个人影,但是嘈杂的人声、伐木声、铁器和石头的碰击声,听得很清。又过片刻,高夫人来到了麻涧寨外。由于她平日待人和气,关心弟兄们和穷百姓,所以正在修寨和布置障碍的义军和老百姓一见她来到,纷纷同她打招呼,围着她打听战事消息。人们很关心闯王的身体,问他能不能骑马领兵打仗。高夫人为要安定人心,笑着回答说:"能,能。他昨儿已经瞒着我出老营寨外,在校场试马了哩。"人们听到闯王能够骑马出老营山寨,大为哄动。高夫人察看了增高的寨墙,新添的各种障碍,对大家说了些慰问和鼓励的话,便走进麻涧街里。她多么希望在这样人心惶惶的时候,闯王能骑马出来一趟,鼓舞士气!但是她害怕闯王会劳复,所以近几天总是尽力阻止闯王骑马。现在她在心中祝祷:

"唉,闯王,你赶快复原吧!打仗时候,你纵然不能够像往日那样冲杀在前,只要将士们看见你立马阵后,也会勇气百倍!"

李自成害了两个多月的病,一度十分危险,甚至外边谣传他已经死去。虽然近来他的身体已经日见好转,却仍然虚弱得很。大将中,刘宗敏、田见秀、高一功、李过和袁宗第都在病中。田见秀和高一功都是病刚好又劳复的,病情特别沉重。在目前这样时候,李自成多么想看看宗敏等几位亲密大将!他有时在夜间梦见他们,却没有机会见面。骑着战马奔驰,多少年来成了他生活的重要部分。现在他常常为长久不骑马急得难耐。有几次他说要骑马试试,哪怕是只骑一小会儿也好,不但高夫人和医生不肯同意,连左右的亲兵们也纷纷劝阻。常在黎明时候,他从床上下来,手拄长剑,走出卧房,望着皓月疏星同山头上的淡淡晨光融和,听着远近鸡啼马嘶,心情不免激动。他看看宝剑,一道寒光逼人想舞,却感到手脚仍然无力,只好立一阵退回屋内。

现在,他趁着高夫人和尚神仙不在身边,拖着仍然软弱的双腿走到老营大门外,叫亲兵将乌龙驹牵到面前。他一看心爱的战马就眼睛里焕发着兴奋的光芒,含着亲切的微笑,抚摸着乌龙驹的十分光泽的深灰旋毛。乌龙驹激动地用嘴头触一触他的肩膀,踏着蹄子,喷着鼻子,对他十分亲热。过了一阵,它忽然转过头,凝望山下,扬起尾巴,耸起修剪得整齐的鬃毛,仿佛有所感慨和抱怨,萧萧长嘶。闯王用爱抚的眼光欣赏着乌龙驹的雄骏姿态,等到它停止嘶鸣,在它的背上轻轻拍两下,对站在旁边的亲兵们笑着说:

"瞧瞧,它已经闲得发急啦!"

正在这时,任继荣带着刘芳亮的亲信小校来到了。

李自成回到老营上房,听了从白羊店来的小校禀报军情,然后又询问了那些染病将士们的情形。因为刘体纯已经来到,他便命小校退出休息。刘体纯坐下以后,没有先禀军情,却从怀中取出一个纸包,笑嘻嘻地递给闯王,说:

"李哥,这点东西昨天晚上才弄到,真不容易!"

闯王接住纸包,捏一捏,心中明白,并不打开,问道:"这东西,怎么弄到手的?"

体纯说:"我命咱们在商州城内的坐探,务须买到几两上好的人参。费了不少力气,才买到二两,你久病虚弱,如今快好啦,用人参炖母鸡汤,好生养一养,就会完全好啦。"

闯王将纸包交给任继荣,说:"总管,你赶快将这点参分送给几位害病的将领,让大家放在鸡汤中炖着喝。我已经好啦,一点也不留。"他又笑着对体纯说:"二虎,你能够操心买到这点参,咱们正需要,好,好。将领们久病虚弱,要是再多几两,就更好啦!"

任继荣和刘体纯几乎同时说:"可是……"

闯王用坚决的口气对继荣说:"拿去分了,我一钱也不留!"

刘体纯急忙说:"闯王,你身体赶快复原了好指挥打仗嘛!"

自成说:"打仗,哼,从来都不是只靠我一个人!"

任继荣和刘体纯听他的口气十分严肃,不敢再说别话。闯王接着说:

"二虎,快说说你那里的情况吧。"

当刘体纯开始向闯王禀报商州方面的军情时,任继荣拿着人参出去了。他刚把人参分作几包,派人分送几位正在害病的大将,恰好王吉元的亲兵陈玉和走进老营大门。

陈玉和知道刘体纯正在上房同闯王说话,不敢造次,请别人替他传禀,就把吉元的一封密书交给总管,站在前院里同老营的亲兵们小声说着闲话等候。

闯王从任继荣的手中接到密书,拆开一看,将密书递给体纯,胸有成竹地笑一笑,说:

"咱们的对手果然要走这步棋!"

闯王立刻命亲兵把陈玉和叫来面前,详细问明了宋家寨的动静,然后吩咐说:

"玉和,你回去告诉吉元:丁启睿这王八蛋知道从正面进犯困难万分,很想借宋家寨这条路。你们要将计就计,打鬼就鬼。"

陈玉和说:"还有一件事要启禀闯王。昨儿下午,宋寨主的大管家派人来问:宋府上想派人牵牲口去接马三婆替大少爷下神看病,目前军情吃紧,不知是不是可以放行。"

"吉元怎么说?"

"他说这事他不敢做主,须要请示老营。"

"嗯,很好。你回去告诉吉元,要他马上派人去见宋寨主,就说我李闯王已经下令:只要是宋寨主有重要事派人进出射虎口,一律放行。"

陈玉和吃惊地睁大眼睛,说:"闯王!这样怕会……"

闯王截住说:"怕什么?你告诉吉元说,给宋寨主一个面子。不过,有什么人进出射虎口,叫吉元立刻派人来老营禀报。一到晚上,别说是人,就是一条狗也不许放行。"

"是,闯王!"陈玉和立刻退出。

李自成随手从桌上拿起来郑崇俭的那张告示,撕碎,投到地上,笑了一笑,然后听刘体纯禀报军情。他对于商州周围敌军的兵营位置,每个营寨中的驻军人数,马匹多少,欠饷几个月,将官姓名,以及他们的秉性脾气,都详细询问,与过去所得到的禀报互相验证。刘体纯除禀报了官军的情况外,也把细作们在商州打听到的关于宋家寨的消息和商洛山中有人打算响应官军的消息作为两个重要问题禀报。闯王听完,把刚才从刘芳亮那里来的消息也告诉体纯。虽然他对官军意图了如指掌,但是像平日同亲信将领们在一起商议军事的情形一样,他不肯先说出自己的意见,望着体纯说:

"二虎,你今天亲自来老营很好,我正想跟你商议商议。据你看,郑崇俭和丁启睿怀的是什么鬼胎?"

刘体纯回答说:"闯王,十天以前,你在病床上估计敌人要下的几着棋,如今都应验了。如今很清楚:第一,敌人要把大部分精兵放在南路,沿着武关大道猛攻,使咱们不得不抽调马兰峪和老营的人马驰援白羊店;第二,蓝田的官兵向南进犯,使咱们既要顾南,又要顾北,不敢从石门谷调回人马;第三,丁启睿亲率商州的官军出动,陈兵马兰峪前,使我们只好把剩下来守卫老营的一点兵力也调到马兰峪去;第四,他们在龙驹寨也增了兵,使我们担心白羊店的后路被截断,又得分兵防备;还有第五,他们想逼着咱们几处分兵,几处着眼,给咱们一个冷不防,假道宋家寨进犯咱们的老营。……"

闯王插言说:"他们想的这着棋最狠。"

体纯接着说:"他们想,这一下子就打中咱们的要害,使咱们完蛋。"

闯王连连点头,笑着说:"对,对,这就是他们正在打的如意算盘!兵法上说:'备多则兵分,兵分则力弱。'目前咱们能够上阵的战将和弟兄本来就很少,他们还想逼着咱们把人马几下里铺开,好叫他们有隙可乘。咱们偏不上当,偏不把兵力分散。正因为咱们的人马太少,咱们才更需要把能够使用的兵力都合在一起,狠狠地给他们一点厉害!尽管敌人在人数上比咱们多五六倍,分成几路进犯,我们也要把商洛山守得像铁桶一般,使敌人不能得逞。如今病号这样多,咱们行动很不便,能够往哪儿去?再说,快秋收了。无论如何,我们要在商洛山中坚守到秋收以后。"

体纯说:"咱们的将士多病,能上阵的人手很少,这一层我不担心。商洛山各处地势险固,易守难攻。这是咱们先占地利。咱们的将士,不管新的老的,都是上下一心,一提到杀官军就勇气百倍。穷百姓看见咱们真心实意地打富济贫,剿兵安民,心都向着咱们。这是咱们得人和。古人说的天时、地利、人和,三条咱们就占了两条。至于天时,咱们同官军都是一样。既然咱们占了地利,又占了人和,这商洛山就不会轻易失去。可是李哥,我也有两件事放心不下。"

闯王忙问:"哪两件?"

体纯见闯王的两个亲兵都已经退到院里,便小声说道:"第一件我不放心的是射虎口。就为这一件,我今早才亲自奔回老营见你,避免派别人传话不好。闯王,我知道你叫王吉元守射虎口的用意,可是万一吉元不是十二分可靠,卖了射虎口,咱们可就要吃大亏啦。依我猜想,敌人既然想从宋家寨假道,他们决不会没想到射虎口十分险要,离老营又近,万难攻取。看起来,他们准是想勾引王吉元献出射虎口。只要王吉元的心一动,丁启睿和宋文富都会出大价钱。"

李自成含笑点头,又问:"你第二件不放心的是什么?"

体纯回答说:"第二件不放心的是石门谷。那些杆子①好坏不齐,原来有一两千人,后来散了一些。我担心在目前节骨眼上,万一这些杆子们起了二心,石门谷落入官军之手,咱们就这么多一点兵力,岂不两头着慌,首尾不能相救?"

闯王轻轻点头,沉默不语,心里说:"二虎也担心这个地方!"

一个月前,黑虎星因为看见闯王手下的将士十停病了七停,怕不能应付官军来犯,招来了这些杆子,协守蓝田一路。李自成原想着等瘟疫过后,再将这一支乱糟糟的杆子队伍整顿一下,好的留下,不好的遣散,没想到半月前黑虎星因母亲病重,告假回镇安去了,而比较老成的一两个杆子首领也病了。

刘体纯见闯王在想心思,说道:"李哥,咱们既然使用这些新收编的杆子把守北边大门,黑虎星又不在,咱们得暗中防备一手才是。我想,越是南路和中路军情紧急,咱们越是对北路不能够粗心大意。杆子,跟咱们不连心啊!"

闯王说:"二虎,你想得周到。当时,我答应收编这些杆子,实

---

① 杆子——陕西商洛地区和河南南阳一带,从明、清到民国年间,把土寇称为杆子,拉一伙人造反叫做拉杆子。杆子本意就是一伙,所以一伙人马也叫做一杆子人马。

是万不得已。我同各地草贼土寇打了多年交道,经过的事情还少?在各地的杆子中,有的人原来就不是好百姓,流痞无赖出身,他们拉了杆子就为的贪图快活,奸淫烧杀,苦害善良百姓;有的原来也是好百姓,被迫当杆子或随了杆子,像泡到染缸里一样,染坏了,可是泡得不久的还能够回头向善;还有一种人苦大仇深,为人正派,因为没有别的路走才拉了杆子,只要有人引上正路,就能够得到正果。黑虎星招来的这些杆子也是这样。前几天听说众家杆子弟兄在石门谷一带不守军纪,骚扰百姓,我只得差李友率领一百五十名弟兄前去,明的是帮他们抵御蓝田官军,暗里实想压一压邪气。不过李友这个人,脾气暴,眼里容不得灰星,遇事不会三思而行。我很担心他在那群杆子头领中处事生硬,弄出纰漏。如今我实在抽不出另外的人,只好再等一两天瞧瞧。只要李友听我的话,心眼儿放活一点,暂时莫要同杆子闹崩,等到黑虎星回来就好啦。"

刘体纯想了一下,也觉得目前闯王除李友外确实无人可派,轻轻哼了一声,说:"大战快起了,但愿黑虎星能赶在这两三天以内回来。闯王,射虎口会出纰漏不会?"

闯王笑着说:"你放心。吉元决不会出卖咱们。"

体纯沉吟说:"我刚才问过嫂子,她也说吉元很可靠。既然你们都说他决不会有二心,我守马兰峪就不会有后顾之忧了。"停一停,他又不放心地问:"闯王,倘若宋家寨答应官军假道,情况就大不同了,吉元一个人只带领两百名弟兄在射虎口能守得住么?"

闯王说:"倘若宋家寨答应官军假道,我就派老营人马增援射虎口,决不让官军一兵一骑进来。不过,宋家寨肯不肯答应官军假道,到目前还没定局。前几年,官军从宋家寨经过,奸淫抢劫,很不像话。直到今天,宋家寨的人们提到官军就骂。他们这班土豪大户,天生的跟咱们义军势不两立。如今他们见官军势大,咱们处境危急,自然要同咱们撕破笑脸,同官军暗中勾手,狼狈为恶。他们巴不得官军得势,把咱们斩尽杀绝,至少把咱们赶出商洛山,使这方圆几百里地面仍旧是他们的一统天下!可是他们肯答应官军假道么?我看未必。你说?"

"你看得很是。宋家寨如今是又想吃泥鳅,又怕青泥糊眼。不过,闯王,为防万一,咱们得准备两手。"

"是要准备两手。即令宋家寨不许官军假道,单独出兵,我们也不要大意。"

李自成同刘体纯谈了一阵,又一起去看看李过的病。吃过早饭,体纯走了。

因为战事迫在眉睫,李自成不肯躺下休息,又去巡视了一段寨墙,看看滚木礌石准备得够不够。随即弯腰走进一座箭楼,察看里边准备的弓弩、利箭、火药、铳炮之类的防御兵器。出了箭楼,他抬头望望天色。虽然没有风,乌云却仍然迅速地向东南奔流。有的地方露出来一线青天,忽开忽合;附近,熊耳山的双峰也偶尔从云海中露出来峥嵘雄姿。他心中遗憾地说:"老百姓正需要一场透墒雨,这雨又下不成了!"本来就病后虚弱,又加上昨夜睡眠不多,此刻感到浑身酸困,头脑昏沉,两个太阳穴还有点疼痛。他走回老营,躺在床上休息。李双喜和张鼐都奉命去察看各处险要山口的防御部署,尚未回来。李强很害怕他会劳复,站在床头问道:

"我去请尚神仙来替你看看病吧?"

"别大惊小怪的,让我睡一阵就好啦。有什么军情急事,立即叫醒我。"

闯王睡得并不踏实,在梦中还不停地骑着乌龙驹指挥将士们向官军冲杀,有时也同着几位大将立马山岗上观看敌阵,商议如何进攻。后来他觉得很困倦,正在马上打盹,忽然觉得有一只手放在他的前额上。他一惊,曚眬地听见有人小声说:"还好,没有发烧。"他一乍醒来,睁开眼睛,看见是高夫人立在床前,便说道:

"啊,你已经回来了!"

今天清早,高夫人进麻涧以后,首先去看袁宗第。她一进大门就被袁宗第的妻子白氏和两个亲信小将迎接着,带进上房。袁宗第一看见高夫人,就想挣扎着从床上坐起,示意叫老婆扶他。高夫人赶快说:"莫起来!莫起来!"三步两步走到床前,又说:"你躺着吧,我这个做嫂子的又不是外人!"她随即向背后吩咐:"替我搬一个凳子来!"立时,一把椅子搬来了,摆在离病床不足三尺远的地方。宗第等她坐下以后,问道:

"嫂子,你这么早来麻涧,有什么要紧事儿?"

高夫人笑着说:"我天天都是老鸹叫就起床,没有要紧事就不可以一清早来麻涧?"

宗第在枕头上摇摇头,说:"不,目前军情紧急,你一定是有事来的!"

高夫人又笑着说:"你放心养病,没有什么大不了的事。你李哥要我来看看你跟玉峰的病,也看看麻涧的寨墙能不能今天完工。还有,你李哥打算在今天或是明天,接你和玉峰回老营寨中去住,要我问一问你们的意思。"

"为什么要接我们回老营寨中?"

"老神仙住在老营寨内。你们搬回老营寨中,治病会方便得多。"

袁宗第猜想到闯王要他和田见秀搬回老营寨内的真正用意,沉默一阵,心中不免感到难过,悄声问道:

"嫂子,你不用瞒我。要我同玉峰搬回老营寨中,是不是作万一准备?"

高夫人笑着连连摇头,说并没有这个意思。但是袁宗第是跟随李自成起义多年的亲密伙伴,对于自成的用兵十分熟悉。自成是那种胆大心细的人,遇着情况复杂时候,往往通宵不眠,研究万全之策,不但思虑着如何打胜仗,也思虑着万一打败了怎么办。去年在潼关南原战败之后,他越发谨慎了。袁宗第对眼下局势的严重情形,大体清楚。他猜出来自成要他和田见秀搬回老营寨内,固然也有治病方便的意思,但是更重要的用意是准备万一情况坏到不可收拾时,好带着他们突围。他没有把闯王的这个意思点破,提醒高夫人说:

"嫂子,玉峰原是住在老营寨中的,我的家眷也住在老营寨中。春天,为着这麻涧十分重要,才让玉峰来到麻涧坐镇,我的家眷也搬来了。难道如今这麻涧就不需要人坐镇么?再说,眼下谣言纷纷,人心惶惶,倘若把我同玉峰接回老营,岂不引起人们的胡乱猜疑?"

高夫人回答说:"我跟闯王也想到这一层,所以问一问你的意思。你要是认为现在搬回老营不妥,晚一两天,看情形再说也好。只是你不要担心眼下这局势会坏到哪里,安心治你的病。你李哥对战事有通盘筹划,知彼知己。天塌不了,地陷不了,官军把咱们从商洛山赶走不了。我同你李哥只巴望你同玉峰的病赶快治好!"

宗第苦笑说:"嫂子,请你回去告诉李哥说,我这个病死不了,只是害得不是时候,真窝囊!"

"汉举,害病的事儿并不由你,你怎么这样说呢?"

"真窝囊,真窝囊!"袁宗第又像自言自语地连说两遍,叹口气,用拳头在床边捶了一下。

高夫人说:"汉举,你千万别这样,好生养病。如今你李哥和捷轩都快好了,弟兄们也痊愈了不少人,决不会叫官军捡到便宜。"

"嫂子,你又拿话哄我!李哥和捷轩哥的病虽是快好了,可眼下还不能骑马上战场。弟兄们固然有不少痊愈的,可是身体弱,不能当精兵使用。如今咱们兵少将寡,正是一个人顶十个人使用时候,我偏偏病得不能起床。眼看几路官军就要大举进犯商洛山,别人都去拼命打仗,你说我急不急?唉,嫂子,让我死在沙场上,也比躺在这床上好受!"

听了袁宗第的这几句话,高夫人的心中很激动,不由地眼圈儿有点红了。幸而是阴天,屋里光线暗,没有被别人看见。她赶快勉强笑着说:

"等你病好了,打仗的时候还多着哩。"她转望着站在身旁的白氏问:"他昨儿吃过老神仙改过的单子还好么?"

白氏回答说:"他昨儿上午吃了头料药,烧有些退了,神志又清醒了,稀饭也喝了两小碗。下午让他吃第二料,他忽然不吃了,叫我立刻亲自骑马到老营去见见闯王和嫂子,请求让他回马兰峪。我没有听他的话,劝他把药吃下去。他把眼一瞪,一拳把药碗打翻,把我臭骂了一顿。昨儿晚上,大家苦劝很久,说马兰峪有二虎把守,万无一失,他才肯吃药,一夜没有发烧。刚才他又在问官军消息,还要我派人请嫂子来一趟,说他有话要对嫂子说。他有什么话?还不是想当面求嫂子准他回马兰峪!嫂子,你来得正好,你劝劝他吧。"

宗第对白氏把眼睛一瞪,暴躁地说:"废话!你什么都不懂,就知道烧香许愿拜菩萨!"停一停,他挥手低声说:"你出去吧,让我同嫂子谈几句正经话。"

白氏退出了。连站在上房门里门外想听听时局消息的亲兵和亲将们都放轻脚步退往院里去。袁宗第请高夫人将近几天官军方面的情形如实地告他。高夫人见他的病已有起色,不打算对他隐瞒,把官军已经摆在商洛山周围的人数以及正在从河南和甘肃等地增调的人数都告他知道,也把闯王的破敌计策和兵力部署告诉了他,并询问他的意见。宗第想了一下,说:

"好,好!官军仗恃人多,分几路进犯。我们先合力杀败一路,其余各路自然动摇。只是宋家寨离老营很近,务须严防。射虎口是天险,只要王吉元这个人十分可靠,闯王的计策准行。"

高夫人回答说:"吉元原是苦水里泡大的农家孩子,忠诚可靠,决不会对闯王有二心。"

宗第说:"我也看吉元可靠。只要咱们在射虎口不会走错棋,我就不替老营和马兰峪担心了。"

早饭安排好了。高夫人和她的亲兵们都在袁宗第这里吃早饭。饭后,高夫人去看田见秀。因为田见秀的病势较重,关于大局的严重情况完全不让他知道,稍坐一阵,便动身回老营去了。

李自成从床上坐起来,听高夫人一五一十地谈了麻涧连夜加修寨墙和布置障碍等工作的进行情况,田见秀和袁宗第最近两天的病情和她同宗第的谈话。他听到袁宗第要带病去马兰峪,很受感动,说:

"汉举这个人,真正是赤胆忠心!"停一停,他接着说:"在咱们这里,大小将领和弟兄们赤胆忠心的不在少数,就凭着这一点,咱们毫不惧官军人多。官军将骄兵惰,士无纪律,人多也不顶用。"

他转过身准备下床,却不禁打了一个哈欠。高夫人赶快说:

"你别下床,多躺一阵吧。你连着两晚上都睡得太少!"

闯王一边穿鞋一边说:"现在哪有工夫躺在床上!等咱们杀败官军,我再痛痛快快地睡一整天。"

高夫人又心疼又无可奈何地说:"唉,你呀,自来不知道爱惜身体!"

闯王走到外间,站在门槛里边,望望天色,许多地方的云彩已经稀薄,绽开来更多的蓝天。他失望地摇摇头,骂了一句:"又是没雨!"退回两步,在一把椅子上坐下去,向跟着他走到外间来的高夫人说:

"既然麻涧的寨墙今天能够完工,今晚就命令驻扎在那儿的两百名弟兄开往白羊店。"

高夫人在他的对面坐下,说:"白羊店确实要赶快多增添人马,越多越好。咱们务要头一仗就杀下去官军威风,也给郑崇俭一点教训。"

"子宜还没回来?"闯王问的子宜就是吴汝义。

"还没回来。"

"要是他们能够弄到千把人,白羊店的兵力就够用了。"

高夫人叹口气说:"官军在龙驹寨增兵不少,我们却无兵可增。智亭山很重要,必须有得力将领镇守。你昨晚说打算调摇旗去智亭山,什么时候调?"

闯王沉吟说:"摇旗只善于冲锋陷阵,做守将并不合宜。可是我也想不出另外的人。再等一天,势不得已,只好调他前去。你什么时候往捷轩那里?"

"我马上就去。"

"事情很急,你赶到捷轩那里吃午饭也好。"

高夫人和亲兵们的马匹本来没有解鞍,人和马都在老营的大门外等候。她走进东厢房中看看卧病在床的女儿,吩咐留在家中的一个女亲兵照料兰芝吃药,便提着马鞭子走出老营。约莫未牌时候,她从铁匠营回来,告诉闯王:宗敏对他的作战计划没有别的意见,只是很关心射虎口这个地方,怕官军从宋家寨过来,直攻老营,将刘体纯隔在野人峪使他腹背受敌。闯王听了,点点头说:

"目前的局面是明摆着的,敌人要暗中在射虎口大做文章。捷轩的担心很是,咱俩何尝不也有点担心?"

"只要王吉元十分忠诚……"高夫人的这句话只说了一半,听见有人进来,就不再说了。

第 九 章

商洛山中,曾被李闯王义军破过的和尚未破的地主山寨,都在暗中串联,蠢蠢欲动。特别值得重视的是宋家寨,离闯王的老营不远,地险人众。寨主宋文富正在利用马三婆这条线,加紧勾引王吉元背叛闯王。马三婆有一个侄儿名叫马二拴,素无正业,在赌场中混日子,一个月前暗奉宋文富之命投了义军,拨在王吉元手下。看起来他深得吉元信任,已经提升为小头目。诱降王吉元的事,正在由马三婆和马二拴暗中进行。

立秋那天,宋文富派人牵一匹大叫驴,把住在闯王老营附近的马三婆接进宋家寨,说是替他的痨病儿子看病。等马三婆下过神以后,更深人静,宋文富走进内宅,坐在大奶奶的房间里,屏退丫环、仆妇,同马三婆悄悄谈话。这些话关系重大,十分机密。他本来不想让他的大奶奶参与密谈,但知道她是个多心的人,不敢不请她坐在旁边。

宋文富是一个四十多岁的人,身材魁梧,三十二岁时中过武举,至今还继续每日早晚练功。他自认为是将门之后,原想在中过武举后出去做个武官,步步高升,荣祖耀宗,不废将门家风。无奈父母下世太早,家大业大,全靠他一人照料。又因兵荒马乱,倘若他出外做官,宋家寨就无人能率领乡勇保卫,本寨富户也留住他,奉为一寨之主。从看相、揣骨到批八字,都说他今年交大运,官星现,稳掌印把子。近来眼看各路官军云集,不日就要大举进攻商洛山,他认为这正是自己建立功名的时机来到。尽管他手下的乡勇

染病的也很多,他却天天将没有害病的加紧操练,准备一试。现在他玩着玛瑙扳指,瞟着马三婆鬓角上的头痛膏药,嘴角含笑问:

"马三嫂,你看,能把王吉元拉过来么?"

马三婆皱着柳叶眉想了一阵,说:"我看能行。如今官军大兵压境,贼军多数染病,人人惊慌。王吉元不是李自成老八队的人,几月前又挨过他一顿毒打,他何苦做他的忠臣孝子?连蚂蚁还知道保自己性命,人谁不愿意趋吉避凶?如今他何尝不清楚,投降朝廷既可以保住性命,还可以升官发财,不投降就只有死路一条。我已经叫二拴拿话试探,还不知结果如何。这事不能操之过急。你想,纵然王吉元心中有几分活动,他也不会马上一口答应呀,是不是?他一定要仔细地盘算盘算,还要看看二拴这条线牢不牢靠。"

宋文富说:"这事虽说不可操之过急,但也要在几天以内有点眉目才行。看样子,官军在十天左右就会大举进攻。要是他能在官军进攻之前投降过来,就容易立功赎罪;要是等官军扫荡得手,咱就不稀罕他投降了。"

马三婆说:"寨主,劝说他投降不难,只是有一件:要是王吉元肯投降,谁能担保官府不杀降冒功,给他官做?能担保,这事情就好说话。"

"这一点,三嫂放心。我已经禀明抚台大人,只要他肯投诚,准定格外施恩,给他官做。我拍胸脯担保,决无二话。"

马三婆高兴地说:"只要你宋寨主拍拍胸膛担保,这事就好办啦。我明天叫二拴再拿话挑他一挑。只要他稍微有一点活动意思,就可以继续深谈。要是他不露出活动意思,我就想别的法子。"

"还有什么法子呢?"

"这就得寨主你先破费几百两雪花纹银,买他的冷心换热心。做贼的都是穷光蛋,黑眼珠见不得白银子,一见就心动。难道他嫌白花花的银子扎手么?"

寨主奶奶插嘴说:"可是听说他们这号人里边也有讲义气的。"

马三婆撇嘴一笑:"义气?江湖上的义气也早晚行情不同。目前大军压境,贼兵贼将各人性命难保,义气该值几个钱一斤?"

宋文富也笑一笑说:"只要你能想办法把王吉元买过来,花几百两银子我不心疼。"

"我知道你不心疼!人人说你宋大爷今年官星高照,不久就要走马上任。凭着你府上的根基,加上不日在扫荡闯贼这事上立个大功,朝廷给你的官不会小了。俗话说:'一任清知府,十万雪花银。'寨主,你就花几百两银子,还不是一本万利?"

宋文富哈哈大笑几声,随即说:"马三嫂,你这话说到题外了。自从成化年间先人以办团练起家,在剿办郧阳盗①时候屡立战功,蒙朝廷擢升副总兵,三代世袭锦衣指挥。到了先祖父,又以武功升任郧阳守备之职。我们宋家虽然没有做过大官,总算世受国恩吧。目今流贼猖獗,我能为朝廷稍尽绵薄,早日剿灭这股逆贼,也不枉是将门之后,也算报皇恩于万一。至于出去做官的事,不要信众口瞎说。"

"哟!俗话说:运气来到,拿门板也挡不住。朝廷硬把印把子塞到你手里,你能够坚决不要,得罪朝廷么?"

"这是日后的话,到时候再说吧。马三嫂,你务必嘱咐二拴,李闯王的耳目很多,这事可不是好玩的,千万得小心谨慎。"

"这个,自然。我已经嘱咐过二拴,谈这事不能够开门见山,直来直去,先拐弯抹角儿试探一下,只要他露出一丝儿活动的意思,下一步就有门儿了。二拴这孩子是个机灵人,一肚子鬼,眨眼就是计,即令同王吉元谈不入港,也不至于自己先露馅。大爷放心。"

---

① 郧阳盗——指明宪宗成化元年(公元1465年)刘通在郧阳府境内率农民起义。刘通起义后,称汉王,建元德胜。次年刘通被俘牺牲,其部下石和尚、李胡子等继续领导起义,至成化七年始结束。这次武装起义影响郧阳、荆州、襄阳、南阳各府,也影响到陕西各县。

"马三嫂,我知道你有胆有识,肩上能挑起大事,所以才托你去办。可是李闯王不是好对付的,高桂英也不弱,这事千万得机密,不可大意。事成,你跟二拴都有大功;不成,就会有杀身之祸,也坏了大事。"

"我的好寨主,你把我马三婆当成了什么人?自从俺家马老三去世以后,这十七八年我不得不抛头露面在人场中混,乡下住,城里也住,什么困难没遇过?什么泼皮捣蛋的人没打过交道?我虽说是女流之辈,可也是染房门前槌板石,见过些大棒槌。这事你只管放心。纵然事不成,也不会丢了老本。我放下金钩和长线,稳坐钓鱼台。他王吉元不上钩,算我马三婆枉活了四十岁。倘若他王吉元愿意弃暗投明,这事也只有他知道,对外人风丝不露,说动手就动手,不让他夜长梦多。怕什么?用不着替我担心。"

"好,好。我知道你马三嫂心中窟眼多,二拴也飞精飞能,不会出错。万一王吉元死心做贼,不肯投诚,咱们下一步怎么办?"

"用银子买动他的心。"

"我的意思是万一用银子买不动?"

马三婆一时回答不上来,耸动柳叶眉,转着眼珠,搜索新主意。宋文富不等她想好主意,脸色严峻地说:

"马三嫂,一条鱼不上钩,别的鱼还会上钩。你告诉二拴,要是王吉元不肯降,就勾引他手下的头目和弟兄投降,把他除掉,这是中策。不能够赚开李闯王的老营寨门,可是只要他们能献出射虎口这道门户,对咱们也有很大好处。就这么办!"

"好,就这么办。寨主,你等着好消息!"

同马三婆商量毕,宋文富回到小书房中,当下修密书一封,派人连夜送往商州城抚台行辕。抽屉中还锁着一封田见秀的书子,是黄昏前从李自成的老营中派专人送来的,下书人已经转回射虎口了。几个月来,义军方面都是以田见秀的名义同宋文富书简往还。这封书子的措词不亢不卑,劝他值此商洛山中风云紧急时日,与义军共维旧好,万勿受官府威迫利诱,助纣为恶,贻将来无穷后悔。现在他打开抽屉,将这封书信取出,重看一遍,冷笑一声,在心中恨恨地说:

"哼,田见秀,我知道你已经病得快死啦。李贼,你以为我对你老营的动静不知道?我宋文富不是糊涂蛋,瞎了你的眼睛!这几个月,老子不得已同你们这班流贼虚与委蛇①,其实有狗屁交情!咱们这笔账也该到清算的时候了。"

他把田见秀的书子就灯上烧掉,然后提笔写封回书,措词十分客气,说他平日因官军残害百姓,切齿痛恨。如商洛山发生战争,他坚决与义军赓续旧好,保境安民,誓不"为虎作伥"。书子写好以后,他害怕将来官军破了李自成的老营,这书子会落入官军之手,随即抄了一份,准备呈报巡抚存案,说明他是用计"骗贼"。他将管事的仆人叫来,嘱他天明以后派专人将给田见秀的回书送到闯王老营,并预备两坛好酒和一口大猪作为礼物带去。

大奶奶见他迟迟不回上房睡觉,也没去两位小老婆房里,便亲自提着纱灯笼来书房看他。她见他刚打发管事的仆人出去,面露得意之色,便坐在他的桌边说:

"天下大乱,我并不巴望你出去做官。自从去年冬天李闯王来到商洛山中,好多山寨给他攻破,几百家财主大户给他弄得家破人亡,有的灭门杀光。咱们宋家寨地势险要,防守严密,又无人做内应,他不敢贸然来攻,可是我天天提心吊胆,夜间一听见寨中狗叫就心跳不止。贼人就在射虎口,咱们树大招风,这半年多就像脚踩着刀尖儿过日子。你说,这一回能把贼人从商洛山中赶走么?"

"岂但赶走?还要将他们一鼓荡平!"

---

① 虚与委蛇——假意敷衍。委蛇,音 wēi yí,意即敷衍应付。

"拿得准么？难道他们抵抗不住时不会像往年一样到处流窜？"

"如今李自成和他的贼兵贼将大半都在害病,不能骑马颠簸,如何流窜？这才是天亡逆贼,使他们欲逃不能。"

"唉,要是这样就好了。自从李闯王来到以后,咱家在射虎口以西的十几处庄子,一两千亩土地,十几架山,出产的粮食、棉、麻、生漆、药材,全都收不到手。这班昧良心的佃户庄客们好像有了靠山,全不把东家放在眼里,倒把应该分给东家的东西交给贼子一部分,余下的全霸占了。你说,这不是不讲王法了么？他们就不想想,迟早有水清时候。"

宋文富冷笑说："一旦水清,我要叫这班没有良心的庄稼汉加倍交租！少交一颗粮食子儿,少交一两漆,我立刻赶走他们,叫他们全家喝西北风,父南子北,活活饿死！"

大奶奶想了一下,又说："听说官军很恨商洛山中的老百姓个个通贼,帮贼打仗,所以这次官军扫荡商洛山,将要逢人便杀,逢村便烧,可是真的？要是这样,以后商洛山中就会没有人烟啦。"

"官军是有这个说法,丁抚台也说治乱世用重典,不妨多杀些人。我曾托城中士绅劝说抚台大人,以少杀收抚人心。再者,倘若将青壮男人杀光,以后谁做庄稼？如今各处耕地已经荒了很多,到那时庄稼活没人做,几百里商洛山岂不成了荒芜世界？于国家,于地方,都没好处,反而更成了盗贼渊薮。"

"你说得对,总得留下一些老百姓替富家大户种庄稼才是。"

夫妇二人离开书房往上房走去。上房前檐下挂了十个鹌鹑笼子,里边有斗架的鹌鹑也有鸐子①,是宋文富喜爱的玩意儿。其中有

---

① 鸐子——鸐,音 yóu。被豢养的一种鸟,用它去诱捕同类的鸟。这里是指养在笼子中的母鹌鹑。

一个是今年春天花三十两银子买的,据说它斗遍了商州城郊和洛南全县的所有好鹌鹑,从未败过,所以原主人替它起名叫常胜将军。当他出惊人的高价买它时,不仅是为着要占有这个名噪一时的斗鹌,也为着都说他今年官星现,买来这个名为常胜将军的鸟儿取个吉利。现在他的心中正在高兴,提起灯笼照一照中间的那只笼子。他对着被惊醒的"常胜将军"弹几次指甲。这只爱斗的鹌鹑听见弹指甲声就激动起来,先多着翅膀,随即多开了全身的羽毛,在笼中来回走动,寻觅敌人,同时发出来咕咕叫声。看着"常胜将军"的这个架势,宋文富的心中十分得意,语意双关地对大奶奶笑着说:

"瞧,一出笼准定会建立奇功!"

当马三婆来到宋家寨的这天下午,马二拴见王吉元的身边没有别人,就试着同吉元谈目前的紧急局面,故意夸大官军兵力,说出自己想洗手不干的话,试探吉元。起初吉元只听他说,自己不做声,后来忽然叹道:"像你这样的本地人好办,有窝可藏,有处可去。我就没办法,一离开闯王的义军,有家难奔,遇到官军、乡勇都活不成,只好硬着头皮干下去。"马二拴原来没想到王吉元会这么坦率地说出心里话,喜出望外,立刻进一步试探他。在言谈之间,王吉元口气游移,可以看出来他已有想脱离闯王之意。马二拴立功心急,大胆地劝他向朝廷投诚,保他有官可做。王吉元突然变了脸色,拔剑在手,骂道:

"妈的,你小子原来是个奸细!老子一向把你当人看待,没想到你是鬼披着人皮!"

马二拴吓得面如土色,慌忙跪下,磕头如捣蒜,只求饶命。

王吉元又骂道:"你好大胆子,敢来劝老子投降!你活得不耐烦了?"

"小的说话不知深浅,求爷饶命。"

"你以后还敢说这样混账话么?"

"小的永远不敢了。"

"我不是看你平日老实听话,一剑下去,要你狗命;或将你捆送老营,你也别想再活。"

"我说话冒失,该死,该死。感谢爷不杀之恩,至死不忘。"

"哼,你竟然吃了豹子胆!"

"我该死。"

王吉元看着二拴丧魂落魄的样子,觉得讨厌,也觉得可笑。他踢他一脚,插剑入鞘,说:

"爬起来吧。我饶你这一遭,以后说话小心就是。今天这些话,权当给大风刮跑了,我不记在心上,也不对别人提一个字,免得你性命难保。"

"我马二拴世世生生不敢忘爷的大恩。"

"只要你日后能记着我对你的好处就行啦。"

"我要是日后敢忘爷的大恩,日头落,我也落!"

王吉元又望望二拴,没再说话,好像怀着一腔心事模样,紧皱双眉,独自往树林深处走去。

第二天,马三婆从宋家寨回村了。马二拴在黄昏前诡称母亲有病,要请假回家看看。吉元准了他的假,还给他五钱银子。晚饭后,他见马三婆的屋中没有别人,便像影子一般地闪了进来,随手将门关上。他先把昨天的事情悄悄地讲说一遍,接着说:

"三婶儿,他不肯上钩,我几乎送了命。以后,我再也不敢做这种事啦!"

马三婆下意识地用手指拢一拢松散的鬓发,又按按太阳穴上的头痛膏药。她很沉着,既不惊慌,也不焦急,更不埋怨侄儿做事太冒失。皱着柳叶眉想了一阵,她望着侄儿问:

"他到底是真恼,还是假恼?"

"我不是他肚里蛔虫,谁知道他是真恼假恼?看样子,八成是真恼了。三婶儿,不管他是真恼假恼,反正我以后决不再向他说一句劝他投诚的话。再说出一个字,他准定杀我!"

马三婆撇一下薄嘴唇,微微一笑,说:"亏你还是男子汉大丈夫,才见一点风险就吓破了胆!我原说你是银样镴枪头,果然不差;没上阵,先软了。"

"我没有活得不耐烦,为什么去捋火星爷的红胡子?"

"我不是叫你去捋火星爷的红胡子,是为着这事对你有好处。你听从三婶儿的话,弄成了这件事,为朝廷立下大功,这一辈子也有了出头之日。"

马二拴其实心中愿意做这事,却故意苦笑说:"三婶儿,侄儿到底不是你亲生的,你老人家安心拼我这个烂罐子摔。"

"说你丈母娘那腿,全不要你心口窝里四两肉!要是三婶儿不亲你,就不会把这样的机密大事交你办。日后大功告成,你得了地,大小做个武官儿,骑着高头大马,前呼后拥,耀武扬威,那时节,娃呀,你才知道我今日叫你做这事是向你哩。"

"嘿嘿,你看我这个命,还巴望一官半职!只求谋划顺利,不把老本儿丢进去就是好的。"

"你怎么不能得一官半职?只要这事成功,单凭宋寨主一力保荐,弄个官儿到手不难。你妈年轻轻就守寡,为你苦了一辈子。你媳妇儿嫁你这几年,穿没穿的,戴没戴的,吃这顿,没那顿,一年四季不展眉,天天怕饿死,一朵鲜花给穷日子糟蹋得黄皮刮瘦,不成人形。娃呀,你歪好弄个印把子到手里,一则洗刷了贼名儿,二则也叫她跟着你过几天火色日子,叫你妈享点老来福。"

"享豆腐!"二拴笑着咕哝说。

"你别笑,三婶儿说的都是老实话。自古道,将相无种。你是个飞精飞能的人,二十八九正当年,自幼儿又学过几套武艺,只要听三婶儿的话,好生干,还怕没出头之日？这事一办成,你就一步登天,你们一家人的日子也马上苦尽甜来。古话说得好:一人得道,鸡犬飞升。"

二拴被她说得满心舒展,像熨斗烫的一般,把害怕冒风险的心思驱散到爪哇国了。他挤挤眼睛,笑嘻嘻地说：

"三婶儿,你想得美,说得也美。咱们马家祖坟的风水不好,祖宗八代只会出拉鸡贼、强盗、小偷,还出你这样的神婆子,从来连一个芝麻子儿大的官儿没出过,难道到了我这辈儿会改变门风么？"

"好侄儿,常言道:六十年气运轮流转。谁敢说咱马家不能够改变门风？咱马家祖宗八代没出过排场人,轮到你捞到印把子,这就叫粪堆上生棵灵芝草,老鸹窝里出凤凰。"

"罢,罢。三婶儿,我说不过你。你真是女苏秦,凭这一张嘴就能挂六国相印。我只好甘拜下风,听你指使。下一步怎么走？"

马三婆不急着回答,在心中盘算着,用破蒲扇赶走了腿边的一个蚊子。停了一阵,她的眼睛里流露着狡猾的微笑,说：

"二拴,据我看,王吉元不是真恼。你说对么？"

"你怎么知道他不是真恼？"

"你要知道,人们笑有几种,恼也有几种。他这是皮恼骨不恼,装样子叫你看哩。要是他真恼,就不会给你五钱银子。这分明是骂了你再抚慰你,一擒一纵,又推又拉。你想,对么？"

"不敢说。"

"你说他踢你一脚,可踢得很重么？"

"不重。"

"这就是了。他拔出宝剑也好,骂你也好,踢你也好,据我看,都是做的样子。要是他真生气,还能轻饶你？不说他一脚踢死你,至少也要把你踢倒地上半天起不来。再说,他骂你是奸细,却不追根究底,也不送你去老营请功,轻轻把你放过。他厉颜厉色地骂过之后,又告你说他决不记在心上,也不对别人提一个字。这,这,难道不是故意把后门掩一半,开一半,不完全关严么?"

二拴同意她的分析,却故意说:"三婶儿,你怎么光往好的方面想?"

"不是我光往好的方面想,是因为他的心思瞒不住你三婶儿。"

"你难道袖藏八卦?"

"我虽不袖藏八卦,可是三婶儿在大江大海中漂过十几年,经得多,见得广,看事情入木三分。你想,若是他赤心耿耿保闯王,心中没有丁点儿别的打算,好比眼睛里容不下灰星儿,他听了你的话一定会暴跳如雷,恨不得一剑戳死你,岂肯反过来替你遮掩?还会准你假,又给你五钱银子?如今官兵大军压境,他要为自己谋条生路,所以对你先给杠子,后给麸子,要你老实点替他出力。娃呀,这是什么事?你乍然一说,他岂肯贸然交底?"

二拴笑着点头,说:"三婶儿说的有道理。"

"二拴,依我看,你已经有三分成功了。事不宜迟,你得趁火打铁,抓紧时机,再拿话挑他一挑。"

"我还敢拿话挑他?"

"当然敢。"

"照你看,王吉元这事可以成功么?"

"准成功。他现在之所以不肯掏出心里话,据我看,第一怕没有得力人替他作保,第二怕闯王的耳目多,万一露了风将死无葬身之地。"

二拴想了想,点头说:"嗯,嗯,好三婶儿,你倒是把他的心肝五脏看透啦。"

"二拴呀,明天他要是待你像平日一样,和和气气的,不故意疏远你,这件事就有对半以上成功啦。你记着,暂不要对他再提投诚一个字,故意把绳子松一松,看他下一步。该吞钩的鱼终会自己来吞钩,用不着钓鱼人把钩子往它嘴里塞。要是他还像昨日一样,单独带你一个人出去查哨,那就是有意同你谈私话,即令他自己不提起这事情,事情也有八分成功啦。要是他谈到目前局面时忽然锁起眉头,露出心思重重的模样儿,我的娃呀,这就是说,树上的桃子已经长熟,等着你伸手摘啦。"

"倘若他自己不肯提这事,怎么办?"

"你平日一肚子鬼,并不缺少心眼儿,怎么没办法啦?你平日偷偷摸摸的干坏事怎么那样在行?那样有办法?"

"嘻嘻……"

"你别嘻嘻。你在外边做的事,能瞒住你妈同你媳妇儿,别想瞒住我。我现在不同你谈这个,还是言归正传吧。你见他那样,也只可旁敲侧击,若有意若无意地拿话挑逗,不可直然点破题。"

"三婶儿,你说得真好,以后呢?"

"等一天以后,他自己会忍不住拿话探你的。到那时,我的好侄儿,你可不要再害怕,赶快把钓竿猛一提,这条大鱼就扑棱扑棱地到你手里啦。"

"万一他不拿话试探我,怎么办?"

"只要他不疏远你,就是他心里肯。你一步深一步,拿话挑他,不愁他不对你说出心腹话。"

"好吧,我照着三婶儿的话去办。"

"还有,他看你人微言轻,肩膀窄,挑不起重担,即令他松动口气,也不会爽利地答应反正。你这时就得说出来宋寨主,劝他同寨主私下会面。宋大爷当面说句话,不愁他不凭信。至于以后如何用计袭破闯王老营,为朝廷建立大功,由宋大爷同他当面谈,你甭管。"

"对,宋寨主轻轻咳嗽一声,比我马二拴打个炸雷还响。"

马三婆给侄儿几钱碎银子,说是宋寨主赏的酒钱;一旦事情有了眉目,宋寨主定有重赏。好像门外有轻微的脚步声,她吓了一跳,赶快悄悄隔着门缝向外望望,听听,没有发现有人偷听,稍觉心安。她又嘱咐几句,叫二拴快走。当二拴走出茅屋时,她把他的袖子扯一下,使他退回门槛里边,凑近他的耳朵悄声说:

"啊,我忘记一句重要话。虽说王吉元准会投诚,也要防备他三心二意或中途变卦。你一面要做他的活,一面也要背着他做他手下人的活。倘若他三心二意或中途变卦,就把他收拾了,免得他碍手碍脚,也免得他出卖了你。"

马二拴点点头,影子一闪出了门,朝着树木的黑影中消失了。

中元节这天下午,大约申末酉初时候,马三婆骑着大叫驴来到宋家寨,明的是替宋府的大少爷下神看病,暗的是与宋寨主商量机密大事。

宋文富正坐在书房中,小声吩咐他的兄弟宋文贵带几个心腹家人和刀马精熟的家丁,借口巡查道路,乘马出寨,奔往商州路上,到二十里铺迎接巡抚行辕的赞画刘老爷。文贵问他事情在今夜是否能够定局。他猜想今晚还会同刘赞画讨价还价,但是他胸有成竹,不觉微微一笑。等文贵走后,他匆匆地走回内宅上房。马三婆正在同大奶奶谈论少爷的病,见他进来,赶快起立相迎。宋文富挥退站立在上房门里门外的丫环和仆妇,坐下说:

"我今天差人将马三嫂接来,是因为官军大举进剿即在眼前,抚台大人急于要知道咱们这边如何效力。倘若王吉元投诚的事不能十分确定,我就不好对抚台大人回话。"

马三婆笑着说:"请寨主放心,王吉元的事包在我身上。不但他本人会率领射虎口的二百人马投诚,他还情愿串通李闯王老营中弟兄,临时来一个里应外合,把住在老营寨中的大小贼首一网打尽,交给你宋寨主去献给朝廷请封侯之赏。"

宋文富心中大喜，但竭力保持冷静，拈着胡子说道："马三嫂，这是军情大事，非同小可。你对我说话务必一是一，二是二，千万不能开半句玩笑。"

"嘿，我的好大爷！你是宦门公子，又是举人老爷，现为堂堂宋家寨一寨之主。我是甚等之人，怎敢在你面前开半句玩笑？"

"昨天我派人去问你，你不是说王吉元还在漫天要价，未必肯马上反正么？"

"买卖看行情，早晚价不同。如今大军天天增加，不由他王吉元不赶快替自己寻条活路。今早二拴回家一趟，说王吉元昨夜同他私谈，口气已经变了，答应投降，还说他情愿串通老营的守寨弟兄做内应。只是他想的官大一点，钱多一点。只要抚台大人以商洛山大局为重，为着这一方早日太平，在官和钱两个字儿上莫太小气，答应了他，他就会全心全意倒向咱们这边来。"

"他想要什么官？"

"他说，要得他死心塌地投降朝廷，必须给他做个参将的官，外给他五千两银子。"

"仍然是漫天要价！"

"乱世年头，朝廷赏他做参将还不划算？"

"小贼毛子，在闯贼手下才不过是一名小校，怎么一步就做到朝廷的参将？"

"将相本无种，小贼毛子只要替皇帝老子立大功，为什么不能做将军？寨主呀，他能够献出射虎口，赚开闯贼老营，帮你宋寨主建立大功，他就值得你在抚台前竭力保荐，赏他做个参将，外加五千银子。"

宋文富沉吟说："这个……是他自己要这么大的价钱？"

"寨主，你这话问得奇怪。难道是我马三婆想做参将？可惜我没有生成男人！"

宋文富笑一笑,说:"我不是疑心你马三嫂帮他要价,是想着这样大的价钱,我不好向抚台大人吐口,也不会蒙抚台大人答应。"

"哟,我的寨主!乱世年头,你和抚台大人在给王吉元什么官职上何必钉是钉,铆是铆的!如今这屋里除大奶奶外没有别人,我们不妨说实话。你以为官军众多,就能一战成功么?"

宋文富的心中一动,沉吟不语。

马三婆接着说:"据我看,倘若你宋家寨按兵不动,王吉元不卖射虎口,官军想仗恃人多取胜很难。李闯王的老婆高桂英有勇有智,可不是好惹的。上月官军已经领过她的教,知道她的厉害。再说,更可怕的是,李闯王的病已经快好啦,可以亲自谋划指挥,纵然有十个郑总督、丁巡抚,在智谋上能比得上他?何况,山中的大户都给踏在脚底下不能动弹,那班庄稼汉穷鬼们跟贼一心啊!我敢说,光靠从武关和商州来的两路大军,加上从蓝田来的一支官军,别想取胜。不信?我敢打手击掌。总督和巡抚也心中明白,所以才来求你宋寨主出兵,又求你招抚王吉元投降朝廷。倘若王吉元忠心保闯王,死守射虎口,我的寨主啊,你纵有通天本领也近不得闯贼老营!事情是明摆着的:一则你同王吉元在这一次战争中举足轻重,二则你不叫王吉元这小子称心满意,你纵然流年大利,官星高照,也仍然好事难成。你同王吉元都应该要大价钱,千万不要误了行情!"

宋文富觉得马三婆的话很有道理,心里说:"这母货真厉害!"但是摇摇头,淡然一笑,拈弄着短胡子,装做满不在乎地说:

"三嫂,你不明白我的心思。我只求效忠朝廷,帮官军扫荡流贼,至于'利禄'二字,素不挂怀,说不上我为自己要什么大的价钱。"

马三婆笑着说:"大爷,你虽然淡于利禄,不肯替自己要大价钱,可是行情在看涨啊。只要许了王吉元做参将,外给五千两银子,买他个真心投降,你宋寨主就会稳做大官!即令攥不到总兵印把子,拿到副总兵印是顺手牵羊。大奶奶,你说是么?"

寨主奶奶满心高兴,但她故意叹口气,摇头说:"他如今已经讨了两个小老婆,还闹着要将一个丫头收房。等他做副将大人,不知得讨多少小老婆,还有我的好日子!"

宋文富赶快望着马三婆说:"今晚巡抚行辕有人来,让我同他商量商量看。"

"二拴嘱咐我明日一早回去,他在射虎口等我,将你的回话转告王吉元。事不宜迟,免得夜长梦多。"

宋文富点头说:"今夜决定。"说毕就起身走了。

一更以后,巡抚行辕的赞画刘自豫从商州来到了。他是进士出身,曾做过一任知县,因赃被劾,丢了纱帽。后来花了几千银子,在吏部买了个候补知州,分发陕西候缺。丁启睿因他是归德(今商丘地区)同乡,邀他来行辕帮忙,保荐他赞画军务,以便在"剿贼"大捷后以"出力有功人员"得到优叙①。自从丁启睿派他同宋文富两次接谈以后,他做官的胃口更大了。他认为只要能够买动王吉元投降,从宋家寨直捣李自成老营,建立奇功,莫说知州,实授知府也大有指望。今夜,是他第三次亲来宋家寨。他自认为官运如何,决于此行。

宋文富将贵客迎进二门内的三间书房中,立刻命仆人摆上已经精心准备的酒肴,边吃边谈,连宋文贵也不令作陪。听宋文富谈了王吉元的情形以后,刘赞画放下酒杯,带着老谋深算的神气,将长指甲在桌面上轻轻弹着,想了片刻,暂不谈王吉元要的价钱,慢吞吞地问道:

"目前军情紧急,马三婆经常来到宝寨,难道能够瞒得住闯贼

---

① 优叙——议进官职和评奖功劳叫做"叙"。从优叙功叫优叙。

的耳目么?"

宋文富很有把握地微笑着,说:"请刘老爷放心。一则闯贼和几个大头目都在病中,二则马三婆平日常来敝寨,所以尚不会露出马脚。射虎口由王吉元驻守,只要他不泄露,别人谁会泄露?"

"不,凡事以缜密为佳。虽说闯贼等均在病中,但听说贼妻高氏也并不容易对付。王吉元是不是受了高氏密计,假意投降?"

宋文富的心中稍微一动,想了想,笑着说道:"不会,不会。高氏虽然甚是精明,但近来内外大事都得她操心,到处奔波,每日筋疲力尽,暂时还不会留心到马三婆身上。至于王吉元,他本来是张献忠的人,四月间曾被李自成打了一顿,久已怀恨在心。他的愿意投诚是出自真情,绝不是高氏设的密计。"

"宋寨主,自古兵不厌诈,可不要上当啊。"

"请刘老爷放心。贼中情形,文富十分清楚。"

"倘若老兄敢担保王吉元并非假降,愚弟今夜回城,明日当向抚台禀明,予以自新之路。至于官职,顶多给个千总,外赏两千银子。你想,翻山鹞高杰投诚后才做到游击,他系无名小贼,何能与高杰相比?"

宋文富笑着说:"倘若抚台大人珍惜国家爵禄,执意不肯给王吉元一个参将职衔,此事就难办了。王吉元不投降,文富纵有众多练勇,莫想攻进射虎口这道天险,更莫说袭劫闯贼老营。官军与李自成一旦交战,文富无路效力,只好作壁上观①了。"说毕,又轻声嘿嘿一笑,赶快为客人执壶斟酒。

刘赞画笑一笑,说:"兄台为王吉元讨参将职衔可谓尽心帮忙!"

---

① 壁上观——站在寨墙(壁)上看两军交战,却不参加。典出《史记·项羽本纪》。

宋文富说:"阁下误矣。文富之所以如此替王吉元说话,实际上是为商洛山中大局着急,也为丁抚台的前程担心。"

"如何说丁抚台的前程?"

"请刘老爷不必瞒我,有些机密事在下也略有所闻。上月官军进攻失利,郑制台①与丁抚台掩败为胜,虚报战绩,虽然暂时哄住了朝廷,但皇上英察多疑,耳目众多,断难使他长受蒙蔽。听说十天前制台与抚台两大人又奉到皇上密旨,口气十分严厉,责他们劳师糜饷,畏怯不前,上月虽有小胜,但未获清剿实效,而所奏战功,语多欺饰。皇上责令制台、抚台两大人迅速进兵,务期将商洛山中残余流贼一鼓荡平,不得贻误戎机。请你想想,如这次进剿又无结果,丁抚台的乌纱帽能保得住么?倘若皇上震怒,不惟会丢掉乌纱帽,恐怕还有不测之祸!"

"皇上陛下的这一道密旨,老兄何以得知?"

宋文富笑着说:"世上没有不透风的墙。西安、商州两地缙绅中,文富尚有几位亲戚、世交,衙门中的机密大事岂能瞒住在下?此次进兵胜利,对抚台大人有大大好处,对刘老爷也有大大好处。否则……"他故意不说下去,拿起筷子在一盘焦炸子鸡上晃一晃停住,说:"请!请!我们只顾说话,快凉了。"

刘赞画心中吃惊,暗想着宋文富确实厉害,不怪他几个月来能够周旋于官军与李自成之间,应付裕如。他夹了一块焦炸子鸡在盘子边蘸点椒麻盐,放到嘴里一边嚼着一边思忖,决定向宋文富稍作让步,以便在今夜将事情说定,免得误了督、抚两大人的用兵方略。他吐出一节鸡腿骨,隔桌子将身子向前探探,低声说:

"宋寨主,你我虽系新交,却是一见如故,情同莫逆,肝胆相照,无话不可交谈。皇上近日严旨督责,事属机密,本非你我所当窃

---

① 制台——对总督的一种尊称。

议,所以我未敢向兄台泄露一字。既然老兄已从别处闻知,则泄露机密之责就不在愚弟了。皇上确实责令督、抚两大人克期进兵,将商洛山中残寇一鼓荡平。督、抚两大人深体皇上焦急心情,所以一面使用重兵从武关和商州两路并进,还有一支偏师自蓝田相机南来,一面也想晓谕王吉元趁机反正,以便出闯贼不意,奇袭他的老营。据愚弟看来,督、抚两大人这次用兵,计虑周详,胜利如操左券①。即令王吉元投降之事不成,亦无碍各路大兵齐进,使闯贼无从应付。但如王吉元能够反正,当然更好不过。"

宋文富奸诈地拈须一笑,说:"刘老爷还是将文富当外人看待,并没将心里话和盘托出。"

"不然,不然。弟适才所言,全是实话,望勿对外人泄露一字。"

宋文富又笑着说:"既然督、抚两大人计虑周详,胜利如在掌握,在下就不再多费周折劝说王吉元投降了。刚才为丁抚台担心的话,请恕我冒昧直言,千万不要使抚台知道。"

"这话自然也不能泄露出去。"

有片刻工夫,他们饮酒吃菜,都不谈招降王吉元的问题。刘自豫心中明白,宋文富故意拉硬弓,替王吉元要高价也就是替他自己要高价。但是如不对宋文富再作让步,今夜就会不得结果,而总督和巡抚都在等候着王吉元投降的消息。虽然总督和巡抚也檄令从蓝田进兵的将领设计招降替李自成把守石门谷山寨的杆子头目,但是杆子中并不齐心,而且那地方离李自成的老营过远,不像王吉元投降后可以致闯王死命。由于总督和巡抚给了他权宜处置的指示,所以他想了一阵,忽然说道:

"我看,王吉元的官职和赏银,由兄弟大胆承担吧。只要他实意投降,答应献出射虎口,可以给他做游击将军,外加赏银三千两。倘若能袭破闯贼老营,不管能否活捉闯贼夫妇,都将另行叙功,额

---

① 如操左券——很有把握。古代的券(契约)分左右两半,从中分开,债权人执左边一半。

外重奖。至于老兄有意要个副将职衔,实授商州守备①,弟已与抚台谈过,抚台也问过了制台,已蒙两大人答应,保奏老兄以参将衔实授商州守备。本朝定制,一州守备没有挂副将衔的,挂参将衔已经够高了。我兄以商州人做商州守备,虽在知州之下,然而兵权在手,实为一州之主,连知州遇到大事也得惟老兄的'马首是瞻'。请恕我说一句粗俗的话,这就叫'强龙不压地头蛇'。"说毕,哈哈一笑,举杯回敬主人。

宋文富心中满意,与刘赞画同干一杯,然后说:"王吉元那边,我当尽力劝说,想来可以真心投降。至于文富自己,世受国恩,自当粉身碎骨,报效朝廷,决不贪一官半职。能够实授商州守备,使文富有职有权,容易做事,也只是为保卫桑梓着想,至于挂何等官衔,无足计较。"

客人连连点头,说:"我知道老兄同我一样,淡于名利,只是处此乱世,想替朝廷略效微力而已。"

"是,是。"

客人又说:"抚台还是担心,单有足下率领的乡勇进入射虎口,加上王吉元的降贼二百,未必能攻破李贼老营,致其死命;最好让官军假道宝寨,同乡勇一同夺取闯贼老营,方不致万一贻误戎机,影响全局。"

宋文富顿时摇一摇头,说:"此事前日已拜托刘老爷回禀抚台大人,断然不能奉命。三年前,敝寨曾遭官军洗劫,烧杀奸掳甚于流贼,至今寨中父老言之痛心。今日即令小弟肯让官军假道,父老们也不肯同意,所以这话请不必再提了。"

客人恳切地说:"我此次动身来宝寨时候,抚台大人一再面谕,望兄台能使官军一千人假道宝寨,定然秋毫无犯。抚台愿作担保,

---

① 守备——在明朝,负责镇守一城一堡(堡是北方边防上的重要军事据点)的武官称做守备,类似现代的地方警备司令或城防司令,未有一定品级。清代定为武官正五品。

万无一失。"

宋文富说:"目前将骄兵惰,军纪败坏,故百姓不怕贼而怕兵。他们连朝廷老子的话都不听,岂肯听巡抚的话!万一敝寨重遭兵灾,使文富将有何面目再见寨中父老?"

客人说:"既然足下如此不放心,那么官军不在寨中停留,只穿寨而过如何?"

宋文富轻轻地摇摇头,说:"弟虽是武科出身,读书不多,但也知道'假道于虞以伐虢①'的故事。我纵然想做虞公,无奈全寨父老不肯假道,也是枉然。"他捋着短须哈哈一笑,又连连拱手说:"万恳刘老爷俯谅苦衷,在抚台大人面前代为婉言禀明,不胜铭感。"

客人也只好笑笑,说:"足下将官军假道宝寨的事比做'假道于虞以伐虢',此言差矣。弟今晚连夜回城,请示抚台之后,一二日内当重来宝寨。假道之事,另作商议。"他端起酒杯,接着说:"弟借花献佛,借足下的酒恭贺足下马到成功,前程万里。干此一杯!"共同干杯之后,宋文富正要斟酒,刘赞画又说:"足下报国恩,救桑梓,立大功,在此一役。"

"谬蒙抚台大人与刘老爷青睐,过为期许,使文富感愧莫名。文富碌碌,倘能为朝廷建立下涓埃微功,均出于抚台大人栽培之恩与刘老爷多方提携之力,自当永铭不忘。"

"哪里!哪里!我兄太过谦了!"

酒足饭饱,刘赞画连夜坐轿子回城复命。他上两次来,宋文富都有厚礼相送,这次送礼更重,除送给他三百两银子外,还送了几件名贵字画和古玩。刘赞画一再推辞,却使眼色给一个跟随仆人

---

① 假道于虞以伐虢——春秋时候,晋献公假道虞国去灭虢国。灭了虢国之后,回来时顺便将虞国也灭了。虞国在今山西省平陆县东北,虢国在今河南省陕县东南。虢,音 guó。

收下。宋文富将客人送出寨外,随即兴冲冲地回到书房,将好消息告诉了前来问信的宋文贵,转回内宅。大奶奶还没有睡,愁眉苦脸地对他说起儿子的痨病加重的事,担心凶多吉少,挨不过秋后,抱怨他不很挂心,没说完就滚下眼泪。他望着大奶奶,却没有听清她说的什么,高兴地说:

"好,好。果然盼望到了!"

第 十 章

七月十七日仍然是密云不雨的天气。高夫人一早就带着双喜、张鼐和一群男女亲兵离开老营。因为闯王和刘宗敏等几位亲信大将染病未愈,她身上的担子特别沉重。她的女儿兰芝也病了许多天,如今还不能下床走动。她既要照顾丈夫和女儿的病,还要处理全军各种大事,常骑着玉花骢出去奔跑。幸而双喜和张鼐都不曾染上时疫,每日跟在身边,十分得力。昨天听说商州城新到的官军很多,所以今天闯王要她亲自去商州附近察看敌人动静,同时看一看义军的防守部署。

李自成眼看商洛山中风声紧急,大战说不定在两三天内就会爆发,而自己仍不能骑马出寨,心中十分焦急。高夫人走了以后,他站起来在屋中来回地走了一阵,一扫眼看见挂在床头墙上的花马剑,便取了下来,站在门槛里边,抽出宝剑闲看。那宝剑闪着青白色的寒光,清楚地照见了他的仍带病色的面影。他忽然在心中感慨:多少年来,他总是骑着乌龙驹,挂着花马剑,东西南北驰骋作战,如今却困守在商洛山中,等着挨打!他轻轻地叹了口气,将花马剑插入鞘中,挂回原处,然后背抄手,缓步走出老营,在附近的小树林中散步。他近来不能骑马走下山寨,每到无聊或烦闷时便来到这里散步,或者坐在一个很大的石块上,默默地瞭望山下或瞭望周围群山,想着心事。在这个小树林中,他曾经考虑过许多大事:考虑和决定过斩他的堂弟鸿恩;回想过十年起义的种种往事,其中包括着很多难忘的经验和教训;设想过他将来出了商洛山以后如何行动,甚至还设想过倘若他有朝一日得了天下,如何将普天下敲剥百姓、欺压平民的豪强大户和贪官污吏等民贼严加惩治,使穷苦百姓都能过好日子。有时他的情绪很坏,坐在这里想着许许多多随他起义而死去的亲族、朋友、爱将,不禁心中酸痛。如今他又坐在那块青色的大石头上,心情特别沉重,眉头拧成疙瘩。商洛山中的安危,全军的胜败存亡,种种问题,都缠绕着他的心头。

在目前将士多病和马匹不全的情况下,李自成实在没有力量从商洛山中撤走,像往年一样到处流动。再四思忖,他只能按照既定决策,不离开商洛山,用一切力量抵挡住官军的各路进攻。倘若义军能打个大胜仗,商洛山中又可以稳定一时。只要再有三个月的休养,交到冬令,时疫就可以完全过去,部队又会恢复元气。可是,眼前的风浪并不寻常,万一打败了呢?……

两个秋娘①在树上一递一声地叫唤。几丈外有一匹战马在树林边啃着白草和野苜蓿。一只啄木鸟贴在一棵大树的杈丫上,发出均匀的啄木声,好像有人在远处缓慢地敲着小鼓。李自成几乎没有听见,或者只是偶尔隐约地听到了,却不曾搅乱他的沉思。看见他的心事很重,李强轻脚轻手地从他的身边离开,同两名亲兵站在树林外,不让一个闲杂人走进林子,也不让什么人在附近大声说话。

闯王在大石上坐了很久,把早已准备好的作战方略重新考虑一遍,然后慢慢地走出树林,向李强问道:

"射虎口有人来么?"

"没有人来。"

李自成的脸上没有表情,心中却有点焦急。他急于想知道各路官军将要大举进犯的确切日期,以便自己更适当地使用兵力。

---

① 秋娘——一种较小的蝉,秋天出现,书上称做"寒蜇"。

那个刘赞画前天晚上又悄悄来宋家寨一趟,当夜赶回商州,以及马三婆昨天上午从宋家寨回来,路过射虎口时与马二拴咕哝了几句什么话,这些情况,他都知道了。遗憾的是,关于官军将要进犯的确切日期,竟一直探听不到!李自成怀着很不轻松的心情,向高一功住的宅子走去。

高一功正在发烧,躺在床上十分委顿。李自成在他的床边坐了一阵,临走时对一功的家人和亲兵们再三叮咛:不许把目前的紧急情况向病人透露。他又去看看李过和另外几个患病的将领,转回老营。因为他昨夜同高夫人商量迎敌之策,深夜未眠,今早醒得又早,所以回老营后十分困倦,倒头便睡。当他睡得正酣的时候,被一阵很不寻常的争吵声惊醒了。

争吵的声音是从二门外边传来的。两个人的声音小,隐隐约约地难以听清,另一个人却声音苍老,粗声粗气,怒不可遏。李自成仍很困乏,不能睁开眼睛,但争吵声听得更清了。那个大发脾气的人嘴里不干不净地说:

"你们这群小王八蛋,老子跟随闯王造反的时候,你们还在穿开裆裤子玩尿泥哩,今天敢挡住老子进去见闯王?你们连胎毛还没褪,敢对老子打官腔,真是岂有此理!娃儿们,你们大伯在战场上流的血比你们尿的尿还多,知道么?闪开!尿泡尿照照你们的影子!"

两个声音恳求说:"王大伯,你老莫高声嚷叫,惊醒闯王……"

"老子有紧急事,偏要叫醒闯王。你们还要挡老子的驾,休怪老子的拳头不认人。给闯王知道了,他也会用鞭子教训你们。闪开路!……"

李自成完全清醒了,知道是谁在吵嚷,于是虎地坐起来,跳下床,来不及穿上鞋,一边趿拉着鞋子往门口走一边说:

"快进来吧,长顺。我正想找你来,你来得正好。"

王长顺已经推开那两个年轻人,打算不顾一切往里闯,猛然听见闯王的声音,看见闯王出现在堂屋门口,不禁对自己的鲁莽感到吃惊。但看清闯王并未生气,脸上挂着笑容,就马上放心了。他连二赶三走到堂屋门外,说道:

"闯王,莫怪我老不懂事,故意惊了你的驾。我可是有几句要紧话要向你禀报。"

"赶快进来坐下说话吧,别跟他们一般见识。"自成转望跟在王长顺背后的两个年轻亲兵,脸色忽然变得很严峻,责备说:"我不是嘱咐过多次么?只要是咱们老八队的老人儿,不管是谁,随时来见我都行。何况长顺是跟随我十年的老弟兄,你们敢不让他进来见我?这还了得!李强在哪儿?"

王长顺赶快说:"请闯王息怒,他俩没有一点错。是咱们尚神仙来了一趟,嘱咐李强,任是天王老子地王爷御驾亲临,也不许打扰你睡这一觉。刚才他们告我说:在我来之前,刘明远将爷也来看你,听李强一说,人家回头就走了,不像我这样不知天高地厚,同他们大吵大嚷。他们没有错。要我王长顺是你的亲兵,也一样听从老神仙的话,别说我不许一个人进来打扰你,连一个苍蝇也不许飞进二门。"

闯王又对亲兵们厉声说:"明远到哪里去了?快快替我请来!"

正在这时,李强走进二门。所发生的事情他已经明白,胆怯地回答说:

"明远去看望总哨刘爷,我送他到寨外。他说他看了刘爷就回来,要在老营吃过晚饭走。"

闯王狠狠地瞪亲兵们一眼,说:"以后不许你们再这样!再有这样情形,我决不轻饶你们!"

他把王长顺叫进堂屋,随即命亲兵们去吩咐伙房替长顺弄东西吃。王长顺赶快对李强说:

"我早饭已经吃啦,就是一路马不停蹄地跑,你们快替我把马饮饮,端一碗井拔凉水①给我。"他笑着加了句:"原来我就口干舌渴,刚才跟你们吵嚷几句,越发他娘的喉咙眼儿冒火。"

堂屋门后的大瓦壶里盛有甘草桔梗茶,壶口上坐着一口小黑瓦碗。闯王随手把瓦壶提来给王长顺,说:"喝这个,也是凉的。"王长顺不用小碗,双手抱起大瓦壶,探着上身,仰起脖子猛喝,喉咙里发出咕咚咕咚的连续响声,茶水从两边嘴角流出,扑嗒扑嗒地滴落地上。他把大半壶甘草桔梗茶喝干了才痛快地嘘口长气,放下壶,用手背擦了擦嘴角和胡子上的水珠,笑着说:

"有这么一壶冷茶,给我朝廷老子我也不做!"

闯王拉一把小椅子放在门槛里边,以便凉爽的千里风从大门口吹到身上。他自己先坐下去,叫王长顺坐在他对面的小椅子上。但王长顺没有往小椅上坐。他出身赤贫,十岁前拉棍讨饭,后来扛长工,对于坐椅子和凳子自幼不习惯,到如今四十多岁了,说话和吃饭仍然喜欢蹲在地上或坐门槛。如果遇到吃酒席,他就蹲在椅子上,说是坐在高椅子上吃东西觉着"吊气"。现在他很想身上多吹点凉风,便倒坐在门槛上,正要向闯王禀报一个重要军情,忽然从老营外传过来一阵马蹄声,随即看见中军吴汝义匆匆地走进院来。闯王虽然想知道王长顺有什么重要消息,但是他更急于想知道吴汝义和马世耀昨天出去奔跑的结果如何。他挥一下手,说:

"长顺,你等一等,让我先听听子宜的禀报。你不要动,就坐在门槛上。我同子宜谈的话不怕你听。"他转向走近来的中军问:"子宜,眉目如何?"

在商洛山中,凡是庶民百姓,不论是种田的、当长工的、做手艺

---

① 井拔凉水——北方井深,井水冬天较暖,夏天较凉。夏天刚从井中汲出的水叫做井拔凉水,特别凉。

的、做小买卖的、薄有田产的,各色人等,既怕官军打进来奸掳烧杀,无恶不作,也害怕那些被惩治的富豪大户和他们的恶霸庄头等在官军到来时进行报复。早就有谣言说,官军杀进来以后要血洗商洛山,鸡犬不留。近日来很多人在私下纷纷议论,彼此商量着如何抵抗官军的事,单等着闯王老营的一声召唤。而那些老年人、妇女们、害着病的人,以及有家室之累的人,无不忧愁得眉头紧皱,心上像压着石头。

昨天上午,吴汝义和马世耀奉闯王命离开老营山寨,同本地起义头领牛万才、孙老幺等分头奔走,号召老百姓随闯王抵御官军。从昨天中午开始,从老营的山寨往西,往北,往南,大约二十多里以内,山路上奔着急使,村子里敲着铜锣,荒山僻岭中间到处飞送着粘有鸡毛的指定丁壮集合地点的传单。尽管商洛山中人烟较稀,病的又多,但是不到黄昏就召集到四五千人,分在几个地方集中。其中有一部分是一个月前当官军第一次进犯时随着义军打过仗的,从中挑选了四百人,由孙老幺率领,连夜动身,开赴白羊店。又经过严格挑选,将那些身体比较虚弱的、年纪较大的,还有一些孤子,都劝他们回家了,只留一千二百人,连同那已经开往白羊店的四百人,统称为义勇营,由牛万才和孙老幺做正副头领。吴汝义和马世耀帮助牛万才将一千二百人的队伍整编好,确定了大小头目,忙了一夜。早饭以后,马世耀留在义勇营中,吴汝义奔回老营复命。

听了吴汝义的详细禀报,李自成十分满意。在两年前高迎祥死后不久,他曾担任过十万以上的联军首领。但是如今正在困难时候,突然看见增加一千多人,比当年看见增加上万人还要高兴。他笑着说:

"果然又编成一支人马!"这时恰好老营总管任继荣进来,他盼咐说:"你赶快命人给新弟兄送十天粮食,再送去两头猪,二十只山羊,两担烧酒,让大家快快活活地吃喝一顿。他们在家中吃糠咽菜,不少人吃树皮草根,把肠子都饿细啦。既然要去打仗,今后不说让大家吃得很饱,总得跟老弟兄一样吃个八成饱。"

"是,我现在就去办。"老营总管转身走了。

闯王向吴汝义问:"子宜,如今官军势盛,谣言很多,你看这一批新弟兄的士气管用么?"

吴汝义回答说:"我看管用。老百姓很怕官军来,一听到闯王呼唤大家打官军,群情十分踊跃。要不是瘟疫流行,十停人病了七停,一两万人不难召集。自然啦,害怕打仗的人也不少。那些老年人、妇道人、平时日子过得去的人、家中有妻儿老小拖累重的人,一想到要打仗就发愁。至于一般穷家小户的年轻汉子,平日做牛马,受饥寒,处在这乱世年景,正是他们出头的日子,只要有人领头造反,他们没人怯战。可惜的是,看来官军在这两三天内就会大举进犯,来不及让新弟兄们好生操练。"

闯王说:"近几天谣言很多,光吹嘘官军如何势盛,咱们如何势弱,准备逃跑。你嘱咐牛万才们,好生把弟兄们的士气鼓得足足的,莫听谣言。咱们虽然人数少,可是占了地利,以逸待劳,上下一心,又加上我和捷轩的病已经好了,可以亲自主持军事。既然咱们六月初在最困难的时候就能够杀退官军,这一次绝不会叫官军占了便宜。"

吴汝义说:"乡下的谣言确实很多。昨天不知是什么人造的谣,说你的病又重了,烧得昏昏迷迷,不省人事。我每到一个地方,熟识的老百姓都打听你的病到底怎样了,将士们也不断向我打听。"

"你没有对大家说我的病已经好了?"

"我说了。可是谣言太盛,大家看不见你的面,总不肯信。"

闯王笑着说:"看起来我得骑马到各处走走啦。唉,你们总是不让我骑马出寨!"

吴汝义说:"老神仙昨晚还对夫人和我说,你的身体还很虚弱,病没有完全好,千万不能让你骑马劳累。他说,即令官军同时几路进犯,到处战鼓敲得震天响,也不能让你骑马出寨。他说,大病之后,劳复了不是小事。他还说……"吴汝义没有说出口,苦笑一下。

"他还说什么?"

"他,他说,即令商洛山咱们守不住,也要让你坐在轿子里,大家保护你突围。"

自成用力将脚一跺:"胡扯!哼,你们就知道听子明的话!我自己的身子我知道,莫听他的!你现在就去新弟兄们那里,同牛万才们把各哨小头目招到一起,告诉大家说我的病已经好啦。传下去我李闯王的话:莫说是郑崇俭老狗亲自来,即令是老天爷叫天塌下来,我也能率领咱们老八队的将士们把天顶起来,绝不会有突围的事!"

"是,天塌下来也能顶住!咱们绝不会有突围的事!"

"你就在牛万才那里吃午饭。午后你赶往射虎口一趟,看宋家寨有什么新的动静。"

吴汝义走后,闯王喝了半碗冷茶,向王长顺笑着问:

"老王,你要告诉我什么军情?"

"闯王,咱们的军心有点不稳啦,你可知道么?"

"你怎么知道军心有点儿不稳?"闯王小声问。虽然他对全军的情形相当清楚,猜到了王长顺的话头所指,但心中仍然不免惊疑。

王长顺回头看看身后没有别人,只有李强站着,小声说:"闯王,黑虎星不再回来了,你知道么?"

自成注视着他的眼睛:"你怎么知道他不再回来了?"

"本来近几天人们都这么猜想,我一直不肯信,昨天我去清风垭给黑虎星的人马押运粮草,在他们那里住了一夜,听那里的弟兄们在私下嘀咕,说有人得到确实音信,黑虎星不回来了。闯王,要是果真黑虎星一去不回,他留下的那些将士也会拉走。在目前这个节骨眼儿上,咱们可不能大意!"

闯王没有马上说话,心上打了几个转,然后含着微笑问:"长顺,据你看,黑虎星会不会一去不回?"

"我看……他八成是不回来了。"

"怎见得?"

"俗话说老鸹野雀旺处飞[①]。如今他看见咱们困在此地,有翅难展,他自然要另打主意,不肯回来。"

李自成尽管脸上挂着微笑,心中却在认真地琢磨着王长顺所说的事。黑虎星在五月初带回来的三百人,近来驻扎在老营以南三十五里的清风垭,是通往武关和龙驹寨的一个险要山口。一个半月前,刚打退官军第一次进攻之后,黑虎星因见闯王的义军半在病中,能作战的人员太少,禀明闯王和高夫人,跑回镇安县境,号召众家杆子共约一千五百多人来投闯王,驻扎在石门谷,又名石门镇。这地方属于蓝田县境,距蓝田城只有五十里,距李自成的老营将近一百里,是抵御蓝田官军从北路进攻商洛山的第一道重要门户。这新来的一千五百多人名义上由黑虎星率领,实际上他交给两个同他换帖的杆子首领窦开远和黄三耀招呼。二十天前,他得知母亲害病,重回镇安家乡。李自成深知黑虎星是一个有情有义的硬汉子,说一不二,肝胆照人,商洛山中的处境越艰险他越会回来。但是他并没有派人送回音信,究竟何时归来,不得而知。近来由于黑虎星杳无消息,驻扎在清风垭的三百名弟兄纷纷猜疑,军心浮动,这情形李自成在昨天已稍有所闻,王长顺的报告证实了确有

[①] 老鸹野雀旺处飞——乌鸦和麻雀喜欢宿在小的城镇和人烟旺盛的村落,黄昏飞来,天明飞去。越是人烟旺盛的村落,投宿的乌鸦、麻雀越多。

其事。他近来还听说,驻扎在石门谷的杆子军纪很坏,不听从窦开远的约束,有一部分人打算拉走。李自成不得已于六天前命令驻扎在大峪谷的李友率领一百五十名弟兄前往石门谷,与杆子协同防守。现在听了王长顺的禀报,他既担心南边的清风垭,也担心北边的石门谷,但是他没有流露出不安神色,含着微笑说:

"长顺,你莫要隔门缝看扁人,担心黑虎星不回来,也不要听信清风垭弟兄们的胡言乱语。我昨天晚上得到黑虎星派人捎来的口信儿,说他几天内就会回来。过几天你就会知道黑虎星到底是赤金还是黄铜。"

王长顺快活地说:"既然黑虎星今日已有口信儿捎到,说他快回来,我就放心啦。"他又想了想,接着说:"唉,闯王,我不怕你心烦,还有个情况要向你禀报。"

"说吧,是什么?"

"近日,风声一紧,有不少人沉不住气,在背后瞎嘀咕,说咱们的仗难打,担心翻船。"

"为什么担这号心?"

"他们说,去年冬天咱们奔往潼关南原时,男女老少有一万多人,轻彩号也能打仗;可是如今将士们病了大半,不算杆子,能打仗的不足两千多人。这且不讲,最要命的是你同总哨刘爷都病了,几位大将,只剩下两位没病倒。其余战将,没有害病的三停不到一停。人们说,没有柱子和大梁,光有檩条、椽子、瓦,顶屁用,天好的房子也撑不起来。你瞧,还没有看见敌人影儿,他们就先存个败的意思,心中惊慌。闯王,我跟着你天南海北闯了十来年,大风大浪过了七十二,可不能在这商洛山中翻了船。请你下令:目前大敌当前,有谁敢再说一句丧气话动摇军心的,砍他的脑袋,活剥他的皮。闯王,事不宜迟,你得赶快想办法稳定军心,准备迎敌。商洛山地势险要,只要大家沉着气凭险死守,我不信官军能占到便宜!"

李自成被这位老弟兄的话深深感动,点头说:"你说的很是。我马上想办法稳定军心。长顺,别看咱们目前吃了瘟疫同疟疾的大亏,能够打仗的将士不足两千人,连黑虎星新叫来的杆子弟兄和百姓义勇营加在一起也只有四千多人,可是我包管咱们在商洛山中翻不了船!我虽说病了很久,可是如何迎敌作战的事,早就准备好了。"

"闯王,我不是担心官军来犯,是担心有些弟兄们的心不稳,官军没来犯就暗中惊慌。"

"我会叫他们一个个遇见官军像猛虎一样。咱们老八队如今剩下的这点老根儿都是铁汉子,经得起艰难困苦,大风大浪。像沙里淘金淘出来的这些人,只要我的大旗往前一指,前边有刀山火海他们也敢闯。难道对这些多年来同生死共患难的弟兄你还信不过?"

王长顺同一般老八队的老弟兄有一个共同的特点,不管在什么时候都相信李闯王,他说出一句话就如同在他们的心上立了一通碑。刚才来的时候,王长顺的心上十分沉重,眼前仿佛有一团乌云笼罩,如今心上顿觉轻松,眼前的乌云也散开大半。关于闯王将如何迎敌,那是军机,他自然不敢打听,反正闯王自来说话是铁板上钉钉,不放空炮。他从门槛上站起来,正要退出,闯王忽然站起来,走近他的身边,小声问:

"长顺,你要往石门谷押运粮食么?"

"要去,总管已经吩咐下来,要我明天一早往石门谷押运粮食。我想夜间凉爽,又有月亮,现在去睡一阵,三更以后就起身。"

"夜里上路也好。一连两天,老营里不得石门谷的音信。我听说黑虎星招来的那些杆子们纪律很不好,很担心会闹出事来。你的人缘熟,到那里看看情形,倘有三长两短,速速回来禀报。"

"闯王,既然这样,我二更就押着骡驮子动身。"

"那,你就太辛苦啦。"

"如今是什么时候?还想安逸!"

王长顺走后,李自成的心中更加烦闷。他知道,由于他害病日久,外边一度传说他死了,后来这谣言虽然渐渐平息,却一直传说他卧床不起。目前既然商洛山中人心惊慌,军心也有点不稳,他必须骑着马出寨走走,安定众心。昨天高夫人不在老营时,他要骑马出寨,不料被尚炯知道,慌忙跑来,夺住马缰,把他苦劝下马。现在高夫人和尚炯、中军和老营总管等常在身边的将领都不在寨内,正是他出寨的好机会。吃过午饭,停了一阵,李强怕他疲累,劝他睡阵午觉。没想到他站起来吩咐说:

"赶快备马,多带几个亲兵随我出寨。"

李强大吃一惊,劝阻说:"你的身体还没复原,万一劳复了……"

"别啰嗦,赶快准备出发!"

"老神仙说在几天内千万不能让你骑马出去。"

"我是闯王,他老神仙也得听我的将令!"

李强不敢违拗,为自己没办法劝阻闯王而心中叹息一声。李自成匆匆地穿上一件蓝色镶边单箭衣,戴一顶在乡下常见的莛子篾①编的凉帽,有两根带子系在下巴颏。他从墙上取下花马剑和箭袋挂在腰间。知道自己病后无力,他取一张高夫人常用的软弓背在身上。装束完毕,他又吩咐李强拿一些散碎银子和几串制钱②装在马褡子里。他深知老百姓对于不同制钱的爱憎心情,看见李强取出的制钱不好,命他赶快换成好的。不等人马到齐,他大踏步走出老营,等候出发。片刻过后,除去患病的亲兵外,二十几个精壮的小伙子身带弓、箭、刀、剑,牵着高大的战马,集合在他的面前。

---

① 莛子篾——用高粱穗的柄刮的篾子。莛,音 tíng。
② 制钱——官府所铸的铜钱。因形式、文字、重量和铜的成色都有定制,故称制钱。

他纵身上了乌龙驹,鞭梢一扬,冲在前边,说了一声:"起!"一阵马蹄声响出山寨。

尽管商洛山中人心惶惶,谣言一日数起,但因为正是农忙季节,闯王曾有严令不许百姓把地荒了,所以老营周围十几里以内的村庄,凡是没有病倒的人们差不多都在地里做活。但是由于村落稀疏,男人们大部分染病,小部分参加了义勇营,所以田地里很少见人。今年这一带山区虽然还是干旱,但比较商州往东的旱情轻一些。立秋以后几天,商洛山中普遍下了一场四指雨,旱情稍微减轻,已经半蔫了的秋庄稼又稍微支楞起来。这时天气放晴,太阳已经偏西,岗陵起伏的田野上吹过阵阵清风,高粱和包谷的嫩叶子不住摇动,有时轻轻地刷啦做声。从黑豆、黄豆和绿豆地里,从乱石堆和荒草里,到处有吱吱叫声,互相应和,分不清哪是蚰子,哪是蟋蟀。

从去年冬天到今年春天,李自成差不多每天都骑马出寨,打猎、练兵,或看将士们耕种,而夜间坐在灯下看书,有时也学着仰观星象。自从害病以后,这是他第一次骑马出寨,心中有说不出的高兴和新鲜感觉。尽管他的身体还虚弱,但是他一出寨就在崎岖的山路上策马疾驰,故意让别人看见他的身体已经复原,又可以领兵出战。乌龙驹从主人害病以后,常常因闲散而觉得无聊,脾气格外暴躁,动不动就对走近它的生人乱踢乱跳。虽然马夫经常替它鞴上鞍子,牵出寨外溜达,骑几趟,但总是不能够鼓起来它的兴致。有时当马夫骑到它的身上时,它就跳呀,踢呀,打转呀,用后腿立起来,直到狠狠地挨了几下鞭子,才勉强服从操纵。可是今天不同。今天它被牵到老营大门前,看见闯王走到它的身边,一只手还没有搭在鞍子上,就勾回头,亲热地向闯王的箭衣闻一闻,喷喷鼻子,随即昂起头,奓开长鬣,欢快而兴奋地萧萧长鸣。一出寨,它一会儿平稳地急走,一会儿快步小跑,一会儿四蹄腾空地飞奔,都完全符合主人的心意。

李自成率领亲兵们来到一座小山脚下。这儿地势险要,小路旁有三间草房和一个箭楼,驻扎着一小队义军,是一个盘查奸细和保卫老营背面的重要关卡。隔着一道深沟,约摸一里多远,是一座残破的大庙和两百多间茅庵草舍。这里驻扎着今早开来的义勇营,马世耀和牛万才也驻在这里。从义勇营去老营山寨,也要从这一道关卡通过。

守关卡的小头目和二十几名弟兄一见闯王来到,大出意外,蜂拥奔到闯王马前,顾不得叉手行礼,围着马头,争着问候他的身体,一个个感情激动,眼中滚着热泪。有三个弟兄在沟对岸砍柴。其中有一个人从林莽中探头一看,看见闯王骑在乌龙驹上,大声叫道:"闯王来了!闯王来了!"另外的人们闻声跳出,同时欢呼:"是闯王!是闯王!闯王来啦!"他们扔掉锯子、斧头,跳跃着奔过桥来。

李自成本来是要到破庙前边去看看牛万才的义勇营,如今被守卡子的弟兄们围在离桥头不远的山路上,没有下马,含着亲切的微笑,打量着大家的激动的笑脸,回答着他们的问候。他们大半是老八队的旧人,一部分是在商洛山中参加的新人。李自成对手下将士有着惊人的记忆力,不要说是老弟兄,就是新弟兄只要同他见过一两次面,经他亲自点过花名册或问过姓名,隔了几年,他都能一见面就认出他们的面孔,甚至能叫出名字。现在他一一叫着马头前一群弟兄的名字,询问他们的病是否完全好了,嘱咐他们打一点野味补养补养,当然也勉励他们准备着同官军厮杀。一个弟兄大声说:

"闯王,今天看见你骑马走出老营,就像是连阴了两个月,忽然看见日头从东边出来啦。只要有你闯王在,官军就是比我们多十倍,我心上一点不含糊。"

另一个插话说:"就是他们多二十倍,也不会吓掉咱一根汗毛!"

那分散在几个地方的义勇营弟兄们听说闯王来到,乱纷纷走出树林,争着往闯王驻马的地方跑,也是一边跑一边欢呼:"闯王来啦!闯王来啦!"这些农民,只有一部分曾经看见过闯王,大部分不曾有机会看见。不论他们过去是否看见过闯王,这时都急于尽快地到闯王面前。牛万才很想使弟兄们整好队去迎接闯王,大声呼喊着叫大家不要乱跑,但是在这一刻,谁也不肯听从他的呼喊。他先对马世耀摇摇头表示没有办法,又望着左右的伙伴笑一笑,也朝着闯王跑去,甚至跑得比别人更快。有些人虽然随着别人往前跑,但心中还多少有些怀疑:昨天还听到谣言说闯王病重,怎么会突然骑马来到这里?莫非是别人吧?等他们过了林木葱茏的土丘,看清楚沟南岸,巍峨的悬崖下边,那匹特别高大的深灰色骏马上骑着的大汉时,不由地叫出来:"是闯王!是闯王!"同时眼睛里充满了欢喜和激动的热泪。

李自成看见义勇营的弟兄们都往他这边跑,便赶快跳下马,大踏步迎上去。李强留下四个亲兵照顾战马,率领着二十名亲兵紧跟在他的身后。李自成过桥去走不远便被最先跑到的义勇们包围起来,愈围愈厚,大家拥着他向庙前走去。走不多远,前边的路被堵塞住了。自成笑着停下来,等待前边的人们让开路使他过去。但是前边的人们不但没有让开路,反而拥挤的人更多了。地方狭窄,草木茂盛,山石嶙峋。那些跑来稍迟的,看不清闯王的面孔,有的用力往前挤,有的踮着脚尖拉长脖子望,有的爬到大的石头上。马世耀深知闯王平日爱同穷百姓见面谈话,所以只笑着跟随在人群后边,又因见闯王能骑马,高兴得噙着泪花。牛万才怕人们挤到闯王身上,一面用两手分开众人往前走,一面大声叫:"不要挤!不要挤!"他满头大汗来到闯王面前,行个叉手礼,质朴地说了一句:

"闯王,你病好啦。"

人声稍静了,等候闯王说话,但是还在从周围向闯王的身边拥挤。牛万才急了,把双眼一瞪,骂道:

"挤什么?又不是来吃舍饭的!"他忽然感到这句话说得不恰当,又向大家骂道:"你们这些小杂种,没规没矩!大家心中爱戴闯王,看见了就行啦,还挤个屁哩!后退!后退!不要挨近闯王!"

闯王笑着说:"万才,莫骂大伙弟兄们。我今天出来就是要看看大伙弟兄们。既然大家都想见见我,就让大家挤近一点吧,不碍事的。"

牛万才说:"闯王,你说的是。大家都是穷百姓,害怕官军杀进来,把你当成靠山。今日第一次见你出寨,果然病好了,都想亲近你,看个清楚。只是你的身体虚弱,这地方太窄,把你围得不透风,汗气熏人,又热。请你往前边再走几步,站到前边那个小山包上。"

堵在前边的人们一听说请闯王站到前边的小山包上,立刻闪开一条路。牛万才走在前边,不断把人们往路旁推。李自成跟在他的背后,再后边是李强率领的一群亲兵和马世耀。李自成登上前边十几丈远的一座光秃秃的小山包,这小山包登时被众人围了半圈,水泄不通。人们望着他的带有病容的脸孔,望着他的一双浓眉下深沉、发光的大眼睛,等候着他说话,同时也想从他的眼神里判断出他对待目前局势的态度。自成两个月来第一次看见这么多的老百姓围立在他的面前,看见这么多质朴的笑脸对着他,而且有很多眼睛里涌出热泪,有的泪滚到脸上。他懂得大家的心情。他自己的心中同样激动。向全场望了一遍,他向大家笑着说:

"弟兄们,官军快要来进犯啦,这一回要打个大仗。你们大家原是做庄稼的,种山场的,打猎的和烧炭的,乍然上战场,矢石如雨,炮火纷飞,白刀子进去,红刀子出来,眨眼就有死伤,心中害怕不害怕?"

人们笑着摇头,但不说话。有谁在人群中小声说:"打仗总得死伤人,是孬种就不会来,害怕个屌!"这话引起来一阵笑声,连李闯王和牛万才也笑了。自成看见这说话的是个二十二三岁的青年庄稼汉,他因为在闯王面前不自觉说了粗话引起来一片笑声,满脸通红。闯王用赞赏的眼光望着他,问:

"小伙子,听说官军人马众多,你真的一点都不怯么?"

小伙子的脸越发红了,腼腆地回答说:"人家要来奸掳烧杀,血洗商洛山,咱怯有啥用?咱越怯,人家越凶。人都只有一条命,流血一般红。大家齐心跟他们拼,他们就凶不成啦。打仗嘛,不光靠人多,还要看肯不肯舍命上前。"

自成说:"你说得好,说得好。你姓什么?叫什么名字?"

"我叫白旺。"

自成问站在他身边的牛万才:"他打过仗么?"

牛万才回答说:"六月初他跟着我打过官兵,是个有种的小伙子,所以我现在叫他做个小头目。"

自成点头说:"既然是个好样的,往后好生提拔他。"他又望着大家说:"大伙弟兄们,我李自成已经造反十余年,你们如今也随着我造反了。既然咱们敢造反,就得豁出去,把打仗当做喝凉水,白刃在前连眼皮也不眨。刚才白旺说的很对,打仗不光靠人多,还要看肯不肯舍命上前。这就是俗话常说的:两军相遇勇者胜。"

有人憋不住冲出一句话:"头落地也不过碗大疤瘌!只要有你闯王领头儿,别说打官军,咱连天也敢戳几个窟窿!"

自成点头,哈哈大笑,说:"对,说得对!我从前是闯将,如今是闯王,别的没长处,就是敢闯。时机来到,别说我敢把天戳几个窟窿,我还敢把天闯塌,来一个改天换地!你们说靠我领头儿,可是我也靠你们大家相助。俗话说:独木不成林,一个虼蚤顶不起卧单。倘若没有我的手下将士和你们大家出力,我李自成纵然有天大本领,也是孤掌难鸣。这次咱们抵挡官军进犯,只能胜,不能败。胜了,大家都好;万一败了,商洛山就要遭一场浩劫,遭殃最苦的还是百姓。只要咱们大家齐心协力,就是来更多的官军,我们也一定能杀败他们!"

李闯王的话说得很简短,但是充满着信心,十分有力,句句打在新弟兄们的心坎上。他的面前,人头攒动,群情振奋。他又说了几句慰劳和鼓励的话,下了小山包,向大庙走去。义勇营的弟兄们蜂拥跟随,都回到庙门前边。他看了看弟兄们在大庙中和一些草房中住的地方,向马世耀和牛万才嘱咐几句话,然后回到沟南岸,同亲兵们跳上战马,向送过桥来的牛万才和一群大小头目们挥鞭致意,催马往西南而去。走了一里多路,他在马上回头一望,看见义勇营的弟兄们仍站在庙前高处和桥头望他。

李自成同亲兵们边射猎边向前走。他们射死了十来只野鸡和几只兔子,挂在马鞍后边。

又走了两三里路,穿过一片漆树林,又过了一道平川,到了他们从前常来射猎的荒山坡上,赶起来成群的野鸡、兔子,还从灌木林中惊起一只公獐子。李自成的马比较快,像闪电般地追上去,弓弦一响,那獐子头上中箭,猛跳一下,栽倒下去。几乎同时,亲兵们又从深草中赶出来两只獐子,向左逃跑。自成把缰绳轻轻一提,乌龙驹绕个弧线,截住獐子去路。两只獐子因四面有人,在片刻间抬头望着自成,惊慌发愣,不知如何逃生。自成举弓搭箭,忽然看清楚是一只母獐和一只不足月的小獐,心中一动,不忍发矢。那只茫然失措的母獐又犹豫一下,随即带着小獐蹿过马前,又蹿过小路,向一片灌木林中逃去。一个亲兵正要策马追赶,被闯王挥手止住。他无心在此地久留,带着亲兵们上了小路。忽然望见路旁的灌木

林丛中有人影一闪,闯王勒住马大声喝问:

"那谁?出来!"

从灌木丛中走出来一个四十多岁的汉子,穿着半旧蓝色夏布长袍,跪在马前连连磕头,恳求饶命。自成问:

"你是哪村人?藏在这儿干什么?"

"回闯王的话,小的是前边不远曹家岭的人,因看见闯王来到,一时害怕,躲藏起来。求闯王饶命!"

"好百姓是不怕我的。你是做什么的?叫什么名字?"

"小的名叫曹老大,一向在宋家寨做小买卖。因家中有个六十岁的老娘,染病在床,没人侍候,特意回家来侍候母亲。"

自成猛然想起来曹家岭有一个曹子正,家中薄有田产,不务正业,依仗宋家寨的势力,在乡下欺压良民,做了许多坏事。今年正月间因怕义军杀他,逃到宋家寨去了……莫非就是他么?他把自称曹老大的人又通身上下打量一眼,冷不防大叫一声:

"曹子正!"

"是,闯王。……啊,我不是曹子正,我是曹老大。曹老大。"

自成冷笑一声,说道:"你再不说实话,老子活剥了你的皮!我问你,你从宋家寨回来做什么?"

"小的实实在在因老娘卧病在床,回来侍候。你看,这是我替老娘带的药。"

他的手中确实提了两包药,而闯王也知道他确实有老娘住在曹家岭,还听说他虽然平日欺孤暴寡,霸占田产,包揽词讼,强奸民女,什么坏事都做,却偏偏对寡母有一点孝心,少年时曾有孝子之称。可是,闯王决心杀他,问道:

"有许多百姓告你的状,你知道么?"

曹子正叩头哀告:"求闯王饶我一死。我母亲熬了几十年寡,膝下只有我一个儿子,如今她又正在害病。闯王杀了我也就是杀了她。请闯王高抬贵手,饶我这条狗命。以后我决不敢再做一件对不起邻里的事。倘若我再做一点坏事,甘愿剥皮实草①。"

"不。我今天饶了你,以后就找不到你了。李强,把他斩了!"

曹子正叩头流血,哀求饶命,并且说道:"闯王,我刚才看见你对獐子尚有恻隐之心,不忍杀死母獐。你把我也当做獐子吧,当做畜生吧。你今日杀了我,我娘明日必死。你行行好吧,权当我是一个畜生吧。"

闯王说:"可惜你不是畜生。我不杀獐子,它不会祸害邻里。我不杀你,善恶不明,祸害不除。李强,快斩!"

当李强将曹子正拉到几丈外跪下,正要挥剑斩首时,闯王忽然叫将曹子正带回,神色严厉地审问:

"曹子正,眼下官军就要大举进犯,人心惊慌,你暗中回来做什么?"

曹子正跪在地上,一口咬死他是回家来看他的老娘。闯王又问:

"你是怎么过了射虎口的?"

"回闯王大人,没走射虎口。小的向北绕了二三十里,走一条人们不知道的悬崖小路回来。实际上没有路,有些地方用绳子往下系。"

"你离开宋家寨时,宋文富对你怎么嘱咐的?实说!"

曹子正猛一惊,连连磕头说:"我没有见到宋文富。他什么话也没有对我说。我是回来看老娘的,看老娘的。我对天发誓,决不说半句谎言。……"

闯王因风闻有几个被他破过的山寨十分不稳,所以对曹子正在这时候回来的事越想越疑。他望着曹子正冷笑一声,说:

"不叫你吃点苦,你决不会老实招供!"他转向李强吩咐:"派两

---

① 剥皮实草——明初有一种酷刑是将罪人剥了皮,而用草填实人皮,叫做剥皮实草。

个弟兄将他押到老营,等我回去仔细审问!"

李闯王决定赶快去麻涧看看,就转回老营审问口供。从这里往麻涧去,要比从老营直接去绕道十几里。但是这样绕道,可以多经过一些有人烟的地方,让老百姓看见他确实病好了。

他们经过一个地势比较开阔的地方,有不少人正在锄地。他的出现,使百姓们大大地感到意外。尽管他是闯王,但是由于去冬和今春的几次放赈,也由于他自来衣着十分朴素,对百姓态度和气,所以这一带的百姓见了他都不害怕,有些离得稍远的人们还扔下锄头,特意跑到路边望他。可是不管大家看见他第一次骑马出来有多么高兴,精神鼓舞,都想同闯王招呼说话,却没有多的话说,不是说:"闯王,你的病好啦?"便是说:"闯王,你出来看看?"还有人想不起更适当的话,向闯王结结巴巴地说:"闯王,你下马来歇歇吧。"闯王对众百姓也没有别的话,只是问问旱情,问问庄稼。大家眼前最关心的是打仗的事,对着闯王议论起来。一个老人说:

"只要你闯王爷病好了,能够领兵打仗,官军虽是人多,我看打不进商洛山来。"

闯王笑着点点头。又谈了几句话,然后上马向麻涧奔去。

麻涧原驻有几百义军,如今凡是能够打仗的都调往白羊店去,留下的都是病员、眷属,以及田见秀和袁宗第的少数亲兵。山街上十分萧条,老百姓留在山街上的也多是老人、病人、妇女和儿童,能够下地做活的人们都不在家。这里因为每日过往人多,消息灵通,而许多谣言也常常是从此地传开。自成在街中心下了马,立刻就有害病的弟兄、眷属和老百姓围拢上来。他叫李强把沿途猎获的野味分散给病员和眷属,自己又从马褡子里掏出来一些散碎银子和十几串制钱,交给本街管事人散给穷苦和有病的百姓。当一个老头子拿到一大把制钱后,端量一阵,感慨地说:

"唉,看看闯王爷散给咱们的这些钱,真是实心实意待咱穷百姓,没有半点儿虚假!"

原来,明代由朝廷(宝泉局)所铸的钱,俗称黄钱,也称京钱;由各省所铸的钱,钱小而薄,且往往因铜的质量坏而带有麻子,俗称皮钱。在崇祯年间,黄钱和皮钱在市面的实际的比价相差很远,例如当黄钱七十文值银子一钱时,皮钱一百文才值银子一钱。崇祯末年银价腾涨,铜钱更贱。崇祯因财政困难万分,不得不滥行铸造,"崇祯通宝"的质量愈来愈差。江南如全国闻名的棉布产地嘉兴一带,民间拒绝使用晚期铸造的崇祯钱。近两三年来乡下百姓看见的多是皮钱,现在看见闯王散给众人的钱都是厚墩墩的万历和天启黄钱,别说没有外省皮钱,连近一二年的"崇祯通宝"也很少,所以人们拿到黄钱以后,说不出有多么喜欢。一位老婆婆拄着拐杖,拉着孙子,颤巍巍地走到闯王面前,把他的脸色打量打量。自成久病之后,本来脸色发黄,但因身体虚弱,骑马在崎岖的路上奔跑,不免脸颊发红,汗津津的。老婆婆看不清楚,只以为他已经完全复原,高兴地说:

"闯王,只要你的病已经好啦,我们的心就放下啦!你是穷百姓的救命恩人,老天爷会看顾你哩。"

自成恍然记起,在去冬破张家寨的前一天,他在老营附近集合的乱纷纷的人群中曾经看见这奶孙二人。他为这老年人的依然没饿死和病倒而感到高兴,笑着问:

"从张家寨运回来的粮食,他们分给你了吧?"

"分给啦,分给啦。要不是那一回分到一些粮食,春天你闯王又放赈,莫说我这把老骨头早已保不住,连我们三门头守的这棵孤苗儿也不会活在世上。老天爷怕人烟稠了挤破世界,隔些年就降一次大劫,剔剔苗儿。要人们死得白骨堆山,血流成河,十字路口搁元宝没人去拾,老天爷才肯收劫。你闯王是天上的星宿下凡,福大命大。俺们这一带山里人得了你的福,老天爷另眼看待。虽说瘟神也撒了瘟毒,病倒的人像地里躺的麦个子①一样,可是死的不算多。万历末年有一次传染瘟症,比今年还凶,许多家都死绝啦。如今多亏你闯王爷福星高照……"

老婆婆正在絮絮叨叨地往下说,旁边一个四岁的小孩子在母亲的怀中一乍惊醒,哇一声哭了起来。瘦弱的母亲赶快把半枯皱的奶头塞给孩子,但孩子睁开眼睛看见了生人,哭得更凶。母亲一边轻拍着孩子的臀部,一边柔声地哄着说:

"乖乖别哭,别哭。你看,闯王来啦,打富济贫的闯王来啦,穷人们的恩人来啦。"

但孩子并不懂母亲的话,依然大哭不止。母亲无可奈何,吓唬他说:

"你还哭!瞧,官军来啦,快别做声!"

小孩子恐惧地睁眼望一下,赶快把脸孔深深埋在母亲怀里,不敢再哭。闯王哈哈地大笑起来。周围的人们也都笑了。

李自成去看了看田见秀和袁宗第,劝他们好生养病,不必为战事担心。田见秀今天略微退烧,他像宗第一样,最不放心的是射虎口一路,请闯王万勿疏忽大意。探视过这两位大将以后,李自成率领从人离开了山街,继续朝着龙驹寨和武关的方向走了几里,立马在一座山头上向远处望望,才往回走。太阳快要落山了。田间的农民都回村了。白脖山老鸹哑哑地啼叫着向林中飞去。李自成想快点回老营审问曹了正,但是他更关心今天商州方面的官军动静,所以他不顾疲劳,在离老营大约有五六里远时,没有直接回老营,而是转往野人峪的方向,迎接高夫人。他登上了一道岭脊,回头西望,见老营的山寨巍然耸立在一座小山头上,而西边,日脚下熊耳

---

① 麦个子——刚割的麦子捆成捆子,叫做麦个子。"像地里躺的麦个子",意思是躺下(病倒)的人多。

山的两座奇峰突兀地高入天际。他正在察看这一带的险峻地势，忽然听见一阵马蹄声从东边响着响着近了。他勒转马头向东边瞭望，但因为树林茂密，晚烟苍茫，看不见人马影子。他猜不到这是什么人在策马走来，便决定立马在岭上等候。乌龙驹把尖尖的双耳向响着马蹄声的方向转动两下，静静儿听一听，突然快活地昂头长嘶，四围山谷都响着萧萧回声。紧接着，从一里远的林间小路上也发出一声熟悉的马嘶，分明是回答乌龙驹。闯王左右的人们听着这两匹战马用雄壮的鸣声互相召唤，都不禁相视而笑。

第十一章

高夫人出去了一整天,弄清楚商州方面的官军情况,如今回来了。

商州管辖着商州、商南、洛南、山阳和镇安五县地方。它是陕西省东南地区的行政中心,如今又成了进攻商洛山的官军根据地。武关虽然也极重要,但兵马和粮草的补给都须要经过商州。就军事地理说,从春秋战国以来商州就十分受到重视。已往的战争史迹不用去谈,且看清代初年一位研究军事地理的学者顾祖禹对它的评论:"州扼秦楚之交,据山川之险,道南阳而东方动,入蓝田而关右危;武关巨防,一举足而轻重分焉。"因为商州城是这般重要,所以从去年十二月间开始,李自成就派袁宗第率领一支人马驻扎马兰峪,整修寨、栅,加筑碉楼,抵御官军来攻,并利用这个地方经常派人去到商州城内,打探官军消息以及商州以外的重大新闻。在今年五月以前,商州城内官军人数单薄,袁宗第经常派小股义军出没于商州城郊,有时亲自前去,向土豪大户打粮,弄得商州天天戒严,一夕数惊,小股官军不敢走出西门五里以外,衙役不敢下乡催征钱粮。五月以后,商州官军众多,情况变化,但是无形中以城西数里处的高车山为界:义军的游骑活动于高车山的西边,官军的游骑活动于山的东边。

但是马兰峪这个重要地方,由于官军势大,闯王已经下定决心要暂时放弃了。他的这个不得已的决策,如今对众将秘而不宣,对刘体纯也在瞒着,怕的是过早地泄露出来会影响守军士气并引起种种猜测。这决定还只有高夫人和刘宗敏二人知道。高夫人在马兰峪听刘体纯详细禀报了一天来商州官军的动静以后,就叫体纯带着她在寨里和寨外各处走走,对将士们道着辛苦,鼓励士气。但是想着这用大石修补得又高又厚的寨墙和碉堡都要拆毁,房屋得烧光,寨外的木栅和鹿角也得拆除,免不掉心中难过。她暗自想道:两个月来,正因为这地方地势险要,防守严密,使商州的敌兵不敢从这一条路上进犯,而如今却要在敌兵来到前不战而退,让官兵去占,假若不是将士多病,宋家寨捣鬼,何至如此!

高夫人和刘体纯带着一百名左右的骑兵,沿着丹水峡谷往东,深入商州附近,立马在草木葱茏的高车山上,察看官军动静。如今商州果然是大军云集,气象和往日大不相同。城头旗帜很多。城西门外新扎了三座营盘,每座营盘中有一根旗杆比树梢还高,大旗在空中飘扬。从营寨里隐约地传过来人唤马嘶,并且有阵阵的金鼓之声。凭经验,高夫人判断每座营盘驻扎有千人以上,同刘体纯派探子探明的人数相符。她望了很久,经刘体纯一再催促,才勒马回走。刚离开高车山不到三里远,遇见了官军的小股游骑。隔着一道深谷,互射一阵,各自走开。

奔波了差不多一整天,如今高夫人一行人马正在往回走,离老营不远了。忽然从前面传来一声熟悉的马嘶,随即高夫人的玉花骢也竖耳,振鬣,高声嘶鸣。她心中奇怪:"他怎么会在这儿?"慧梅在马上高兴地说:"夫人,是乌龙驹的叫声!"高夫人没有做声,只是在马上加了一鞭。她不相信是闯王来到岭上,而猜想着也许是别的一匹声音相似的马,也许是马夫骑着乌龙驹来这里遛马。片刻之后,高夫人的一行人马穿过密林,登上岭头,才看见果然是自成带着一群亲兵立马在漆树林中等她,不觉一惊,赶快问:

"出了什么事儿?"

自成含笑回答说:"什么事儿也没出。我很久不骑马,也没出过寨,闷得心慌,今天随便骑马出寨看看。"

"随便骑马出寨看看?劳复了怎么好?"

"骑马出来走走对身体有好处,不会劳复的。商州那边有什么新动静?"

高夫人淡淡一笑,说:"看样儿,官军在两三天以内就要大举进犯啦。"

自成并不细问,也没有特殊表情,只是点点头,随便说一句"回去谈吧",策马而去。高夫人把缰一提,镫子一磕,紧随在他的背后。看见他骑在马上的模样有点疲困,分明是强作精神,她不免暗替他的身体担心。

马队下了岭头,踏上一段青石路,转入峡谷,蹄声特别响,从对面的峭壁上荡出回声,而两岸松涛澎湃,与蹄声相混。走完青石小径,转出峡谷,看见吴汝义带着一个亲兵飞马迎来,闯王和高夫人都觉诧异。等吴汝义来到面前,自成问道:

"有什么事?"

吴汝义没有说话,催马更近一步,把一封书子呈给闯王。闯王看了书子,脸色一寒,浓眉一耸,随即把书子揣进怀中。高夫人小声问:

"什么事?"

"没有什么,回去商议。"

高夫人不好当着众人多问,心中明白一定是发生了意外变故,对义军很不利,但又猜不出到底是什么变故。

"明远在老营么?"闯王向中军问。

"在,总哨刘爷也同他一起来了,等着见你。"

"怎么,捷轩也来了?"

"他不听别人劝阻,发了一顿脾气,要来看你。听说左右人见他发了火,不敢再劝,请刘夫人出来劝他。刘夫人抓住缰绳,不让他走出铁匠营。他用鞭子狠狠地一抽,使得她只好丢手。"

高夫人笑着说:"捷轩这个人,害这么大一场病,火性儿一点没退。"

吴汝义又说:"刚才老神仙来到老营,抱怨刘爷和闯王都不该骑马外出。刘爷大声说:'子明,我的病已经好啦,你莫要把我当成个纸糊的人!他妈的官军快要大举进犯啦,你这个老神仙还要我坐在家里养病!难道人家闻见药味道就会退兵么?如今情况十分吃紧,我刘宗敏可不能听你的话坐在老婆身边,放下打仗的事儿不管!'老神仙对他干甩手,苦笑着,没有别的话说。"

自从李自成同宗敏害病以后,他们就没有见过一面。近来要商量什么重要事情,总是派高夫人、李双喜、老医生或吴汝义来回传话。如有绝顶机密的话,就只让高夫人一人去谈。李自成本来打算明天一早就骑马去看宗敏,不料宗敏先来了。听了中军的话,李自成高兴地笑着说:

"捷轩说的很对嘛。郑崇俭和丁启睿这两个王八蛋巴不得我同几位大将没有一个人能够扔下药罐子骑马理事!你到了射虎口,有新的动静么?"

"有些重要消息,王吉元说今晚向你面禀。"

"那个曹子正你看见了么?"

"我从射虎口回来以后,正要审问他,恰好刘爷和明远来啦。我们三个人一起审问了他。他起初不肯吐实话。后来打得皮肉开花,死去活来,他支撑不住,才将他这次偷偷回来的意思说了出来。他的口供十分要紧,回老营向你禀报。"

闯王将鞭子一扬:"走,咱们快回老营!"

大家策马望老营的山寨奔去。在苍茫的暮色里,一溜烟尘滚滚,马蹄声疾。

匆匆地吃过晚饭,屏退了男女亲兵,连双喜和张鼐也回避到厢房去,堂屋里只剩下李自成、高夫人、刘宗敏和刘芳亮。在一盏豆油灯下,他们把眼前的局势仔细研究。根据高夫人和刘芳亮谈的情况,现在十分明白:官军为防止义军突围往湖广与张献忠会合,把重兵摆在武关,并且有一个总兵官率领两千人进驻桃花铺,粮草也日夜不停地向桃花铺运送。陕西、三边总督郑崇俭已经到了武关,看来官军的主要进攻目标是白羊店,沿着从武关往西安的大道北进。另外,商州和龙驹寨两地都集中了很多官军,蓝田的官军也在向南移动,峣岭①已到了一千多人。显然,官军看准了义军兵力单薄的弱点,几处同时都动,使义军多处挨打,力量分散,不能够互相策应。郑崇俭和丁启睿还有一着狠棋,就是收买王吉元叛变,在战争进行到最吃紧时候,突然从宋家寨出动乡勇和官军,袭破闯王老营。

李自成的怀中还揣着从石门谷来的紧急书信,没有让刘宗敏和刘芳亮知道。在吃晚饭的时候,他已经听了曹子正的口供内容,看了吴汝义记录的一张名单,共有十几个人。这些人有的已经同曹子正暗中勾手,有的是曹子正打算勾引的人。曹子正遵照宋文富的指示,在官军开始进犯以后,几处放火起事,响应官军。自成临时想起来这件事必须急办,将吴汝义叫进来,吩咐他派人将这张名单送给马世耀和牛万才,命他们在今夜天明以前将所有在名单上的人捉到斩首,不许逃脱一个。吴汝义怕自己没有听清楚,问道:

"曹子正想去勾引的人也杀么?"

刘宗敏不等闯王回答,不耐烦地说:"管他是不是已经勾上手了,都不是善良百姓。如今是特别吃紧关头,宁可多杀几个,免留

---

① 峣岭——又称峣山、峣关,在蓝田县城南二十里处。古代由武关进取关中,须经蓝田,而峣岭是蓝田的最后一道门户。

祸患!"

闯王摇头,沉吟说:"你斟酌办,只杀那些想为官军、乡勇做内应的。"等吴汝义走后,他望着刘芳亮说:

"如何保住商洛山不落入官军之手,我这一两天已经想好了主意,也告诉捷轩知道了。目前咱们的战兵很少,只能将主要兵力摆在南路,交你使用,要在白羊店以南对郑崇俭亲自督战来犯的官军迎头痛击。这是打蛇先打头之策。虽然这从南路来犯的官军人数多我几倍,可是从桃花铺到白羊店之间八十里山高林密,到处可以埋伏,可以截断官军后路。明远,你无论如何要在白羊店南边给郑崇俭一点教训。这头一炮极关重要,就等着你放响了。"

刘芳亮说:"我将尽一切力量给郑崇俭一点教训。可惜,我的人马还嫌少了一点。倘若……"

闯王不等他说完,笑着说:"如今就指望你以少胜多啊!孙老幺不是已经带着四百名义勇开往白羊店去了么?"

"我在路上遇见了。"

闯王想了一下,又说:"好吧,还有一千二百名义勇,全数给你,老营一个不留。另外,我已经决定从马兰峪抽调四百人,星夜开往白羊店,交你指挥。你必须在白羊店南边打个大胜仗。你打了胜仗,挫了郑崇俭的锐气之后,立刻将大部分人马撤回。从白羊店往商州去有一条人迹罕到的小路,你知道如何走么?"

"我已经派人去寻找过这条小路,有几个地方没法骑马。"

"没法骑马的地方,想办法牵着马走过去。"

"叫我从白羊店去进攻商州么?"

"不是。商州的官军一旦向西进犯,刘二虎从马兰峪向后撤,将官军引到野人峪的前边。你要率领人马走那条人迹罕至的小路插到商州和马兰峪的中间,直奔马兰峪。等你杀到马兰峪,二虎从野人峪杀出去,将丁启睿这一股官军杀败。等杀败了丁启睿,你走麻涧和智亭山的大路回白羊店,再打郑崇俭。如果能使郑崇俭再吃一个大败仗,我们在商洛山中半年内可以平安无事。半年之后,瘟疫过去,将士们的病都好了,咱们就可以突围出去,大干一番。"

刘芳亮说:"你这个用兵方略,捷轩已经对我讲了。我担心的是,龙驹寨的官军已经增加到两千左右,可是防守这一路的义军能战的只有四百人,且无大将指挥。倘若这一路有失,白羊店的后路被截断,你的全部妙计都吹了。从南到北,我军在商洛山中占据的地方有两百里以上,有些地方,东西只有几十里宽,是一个长条条。一处有失,首尾不能相救。"

闯王说:"我们原来因为商洛山中人烟稀,不得不沿武关去西安的大道多占领一些地方,免得粮食和兵源困难,也使官军不容易四面合围。目前官军调集来的人马多了,咱们占的地势就显得很不利了。我想,官军从中间进攻,不外三路:一是从马兰峪往西来,过野人峪进攻我们老营;二是从宋家寨过射虎口来攻老营;三是从龙驹寨往西攻智亭山,截断白羊店的后路。前两路你都不要担心,老营可以万无一失。龙驹寨那一路,确是要紧。我已经调摇旗从山阳境内星夜赶回。他手下有五百人。调他带三百人驻扎智亭山,防御龙驹寨的官军进犯。三百人自然太少,但智亭山往东去地势险,另有四百人马驻守。合起来共有七百人马,摇旗又是一员战将,只要在官兵开始进犯后三天以内能守住智亭山寨,一盘棋都活了。"

"摇旗……你最好叫他去白羊店,对郑崇俭猛冲猛打,将智亭山交给我守。有这七百人,我敢立下军令状,保白羊店的后路万无一失。"

"不。我这次叫你回老营来,就是为着一则当面告诉你作战机宜,二则当面任命你做南路征剿官军主将,摇旗为副,以便把白羊店和智亭山两地的指挥统一起来。"

刘芳亮沉吟半晌，笑着摇摇头，说："闯王，你的主意很好，只是一件，请不要派我做南路主将。萝卜掏宝盒，我不是合适材料。"

刘宗敏把双眼一瞪，说："怎么，老弟，害怕挑起来这副担子？哼，闯王还没有叫你立军令状，你就想打退堂鼓！"

刘芳亮是一个容易红脸的人，听了这句话，登时脸红得像倒血一样，回答说："刘哥，看你说的，好像我真的怕挑担子，怕立军令状。如今局面艰难，正是我出力拼命时候，怎么会在敌人面前夹起尾巴往后缩？你这话，可把你老弟笑话扁了！"

"那么你为什么要推辞主将不干？"

"我知道自己不是主将材料，怕挑不起这副担子，坏了大事，倒不如只做一员战将为好。"

刘宗敏把又粗又硬的浓胡子一捋，哈哈地笑了两声，说道："你说的算个鸡巴！老弟，别胡扯啦。将士们爱戴你，闯王信任你，你怕什么？你不想干，难道你想叫我带病上阵么？嘿，真是！"

李自成看出来刘芳亮心中有话不愿说出口，赶快笑着插言说："捷轩，你莫把明远想推辞主将的话认得太真。他是个细心谨慎人，又很谦逊，如今把关乎商洛山中安危的重担子交给他，他自然要推辞推辞。军令大似天，你还怕他会不服从军令么？"他转向刘芳亮，说："明远，白羊店的路程远。军情紧急，我不留你。要是你没有别的话，现在就动身走吧。"

芳亮不敢耽误，立刻告辞起身。自成把他送出大门，拉着他的手，屏退左右，低声说道：

"明远，你跟我起义多年，我知道你能够担起重担。如今咱们不能带着大批害病的将士往别处去，更不能让商洛山给敌人扫荡。尽管咱们的人马很少，可是只许胜，不许败。败了，什么都完了。"

虽然李自成的声音很轻，但每句话、每个字都震动着刘芳亮的心。眼前局势的严重他非常清楚，但是自成像这样在大战前对他叮咛,却还是第一次。在老八队中,他是那种自成叫他去死他连头也不回的将领之一,不需要这般叮咛他也愿为闯王洒热血,抛头颅,舍死向前。此刻他的心中十分激动,眼睛直直地望着闯王,一时找不到适当的话,只是连连点头,表示他心中明白。过了片刻,他喃喃地说:

"李哥放心,我按照你的计策去办。"

闯王又说:"刚才在捷轩面前,我看见你好像有什么话不敢说出口,是不是?"

"捷轩的脾气急躁,所以我有句话不敢说出。"

"一句什么话?"

芳亮苦笑说:"闯王,你已经下令把郝摇旗调来同我一起领兵作战,当然是再好不过。不过,我怕他做我的副手心中未必服。倒不如让他做主将,我听他的,免得坏事。"

关于郝摇旗可能心中不服的问题,闯王在事前也有点担心,但倘若派郝摇旗做南路主将,问题更多,所以他反复考虑,只能如此决定。听了芳亮的话,他没有多做解释。回答说:

"你只管放心好啦。我限定摇旗明天一早赶来老营,当面同他谈谈。摇旗的身上有毛病,我清楚,可是我的话他还听从。"

芳亮不好再说什么,准备上马动身,但是手已经搭上鞍子时忽然缩回,转过脸来望着闯王,小声说:

"李哥,目前是咱们从潼关南原大战后遇到的最坏局面。武关一路,我一定遵照你说的话办,只是老营空虚,射虎口这一路叫我很难放心。万一敌人从射虎口进来,老营岂不危险?"

自成说:"你只管全力对付从武关来犯的官军,给郑崇俭老狗迎头一棍,然后回兵马兰峪。老营和射虎口的事,你莫担心,我自有妥帖安排。"

芳亮放心地一笑,上马走了。李自成把几件火速要办的事交

代吴汝义立刻去办,然后回到上房。刘宗敏向他问道:

"明远又说了什么?"

"他别的没说什么,就是担心摇旗未必肯听他指挥。"

"扯尿淡!家有家规,军有军规。只要闯王有令,谁敢不听指挥?好吧,既然他俩平日面和心不和,怕临时闹别扭坏了大事,我替你去督战吧,看谁敢不齐心!"

闯王忍不住笑起来,说:"明远不敢在你面前露出那个话,正是怕你发了茅草火性子,要带病亲自督战。果然给他看准了。"

宗敏把小簸箕似的右手猛一挥,说:"大敌当前,咱们的兵力有限,偏他们两个人尿不到一个壶里。你我都不去,这个仗怎么取胜?"

"你现在不用着急。明天摇旗来见我,倘若他对明远做主将果有不服之意,你我再决定谁去不迟。"

高夫人说:"我对摇旗也不很放心。他不像一功、补之、明远这些人规规矩矩,要他们往东他们决不肯往西。就以去年冬天摇旗离开商洛山那件事说,虽然他今年过了端阳又回来了,可是我心中总觉不好。别人都能够留在你的身边吃苦,熬过那几个月,他为什么不能?这一点就不如一功他们!"

自成说:"世上人形形色色,秉性各自不同。对摇旗这号人,不要多挑小毛病。也不要只觉得咱们几个亲近的人是金不换,别人全是生锈的铁。"

宗敏接着说:"这话也对。纵然是生锈的铁,百炼也成钢。对朋友嘛,不要只说人家一身白毛翼,不说自己是旱孤桩①。"

高夫人听他们两人这么说,就不再说别的了。宗敏站起来要走。自成想把藏在怀中那封紧要书信掏出来同宗敏商量,但又想

---

① 旱孤桩——民间对旱魃的俗称。因为迷信传说的旱魃只有二三尺高,头和身子一统笼,像根桩子,所以称做旱孤桩。又传说它长了一身白毛。

着他的身体还很虚弱,怕他会动肝火,犹豫一下,决定暂且瞒住他,就叫高夫人取出来一件棉衣,交给宗敏披在身上,把宗敏送出寨门。闯王曾经嘱咐过老营中几个管事的将领,为着宗敏的脾气不好,使他在病中少操一些心,少动肝火,遇到重大事件不经他事先同意不许擅自让宗敏知道,所以李友从石门谷送来一封紧急书信的事,刘宗敏毫不知情。临上马时,他对闯王说:

"眼下幸好是石门谷还没有出娄子,使我对北边这一头还勉强放心。听吴汝义说,王吉元今夜要来老营。我本想等等他,可是两个太阳穴痛得很,我只好不等了。我最放心不下的也就是射虎口这一路!"

闯王说:"你快回铁匠营安心睡觉,不要劳复。我等着王吉元,大概他马上会来到了。"

当刘宗敏对李闯王提到石门谷时,石门谷山寨中的情况正在迅速恶化。……

高夫人在黄昏回到老营时,悄悄地问过中军,得知那一封书子是从李友那里送来的,情况严重。看见自成一直瞒着宗敏和芳亮,明白他的用意,她自己也一字不提。等自成送走宗敏回到上房来,她迎着他问:

"李友来的书子说杆子们要鼓噪,这事非同小可。你打算怎么处置?"

自成把脚一跺,骂道:"这群王八蛋,指望他们在北路堵挡官军,没想到贼性不改,扰害百姓,坏我闯王名声,还打算挟众鼓噪!我很不放心,那个挟众鼓噪的坐山虎说不定是受了官军勾引,才在这个节骨眼儿上闹腾起来。"

高夫人劝道:"在这样紧要时候,你千万要忍耐,设法把乱子平息下去。等打过这一仗,黑虎星也来了,再从长计议。这些人都是没笼头的野马,任性胡为惯了,凭着你闯王的名望高,也凭着黑虎星竭力号召,来聚在你的大旗下边,有几个人真懂得咱们剿兵安民的宗旨?如今咱们的人马有限,已经是面前起了火,万不能再让背后也冒烟。万一激出变乱,咱们就没法全力对付官军,这商洛山中怕也不能够立住脚啦。如果是坐山虎真的起了投敌之心,就赶快想办法将他除了,越快越好。"

闯王虽然气愤,但是也认为暂时只能用安抚办法把大事化为小事,度过目前一时。听了夫人劝告,正合乎他的心意。他点点头,叹了口气,转向一个亲兵说:"请中军快来!"

吴汝义刚才遵照闯王的吩咐,派出紧急塘马,传送调兵遣将的紧急军令。办完以后,他亲自在寨中巡察一周,怕的是守寨的弟兄们疏忽大意。寨墙上今晚增加了守寨人,其中有一部分是罗虎的孩儿兵。星月下可以影影绰绰地看见寨墙上有一些大小旗帜在微风中飘动,近寨边树影摇晃。守寨的人影儿倚着寨垛,枪尖和刀剑的雪刃偶尔一闪,但是听不见说话声音,几乎连轻微的咳嗽声也听不到。节奏均匀的木梆声沿着寨墙一边走一边响着,同附近义军驻扎地的木梆声互相应和,使秋夜显得分外寂静,气氛也分外严肃。吴汝义巡视完,回到老营,听说闯王叫他,就赶快往上房走来。

李自成坐在灯下把信写好,打个哈欠,抬起头来,看见吴汝义站在旁边,随即站起来说:

"子宜,你立刻动身,越快越好,赶到李友那里。差不多有一百里远,明天吃早饭时你能赶到么?"

"一路快马加鞭,我想可以赶到。"

"现在人心惶惶,你只带三四个亲兵去,免得路上招摇,使人们胡乱猜疑。都挑选最好的马,务须在早饭以前赶到。"

"是,一定赶到。"

"如今黑虎星没有回来,那一千多杆子弟兄,情形有点不稳,也不守纪律,不断骚扰百姓,近几天,打家劫舍和奸淫妇女的事儿连着出了几宗。昨天夜里李友得到百姓禀报,知道有几个人正在一个村庄里强奸民女,带着弟兄们去赶他们走,不想他们竟然同李友动起手来,当场给李友杀死了两个,又捉到三个,都重责一顿鞭子,割去耳朵。今天上午,杆子中群情汹汹,扬言要找李友报仇。你看,偏偏在这个节骨眼儿出了岔子!"

"闯王,我到了那里怎么办?"

"李友的脾气太暴躁,叫他立刻滚回来,免得激出变故。你留在那里……"

吴汝义一惊:"我……"

"你只要能够在五天以内同杆子们相安无事,就算你立了大功。五天以外天塌下来与你无干。"

"要是他们不听约束,仍旧抢劫奸淫呢?"

"我给窦开远和黄三耀写了一封书子,你带去亲自交给他们。"自成把书子交给汝义,接着说:"我在书子上嘱咐他们想法约束部队,以剿兵安民为宗旨,不可扰害百姓。我还告诉他们目前局势紧急,商州和武关的官军一二日内就将大举进犯,蓝田的官军也有从峣关进犯消息,嘱他们务必齐心齐力,杀败官军。至于昨夜的事,等杀败官军之后,我一定亲自前去,查明实情,秉公处理。"

"听说窦开远是个老好人,黄三耀自己手下没有几个人,威望也不高,近来又染病在床。黑虎星托付他俩率领众家杆子,可是众家杆子并不真正服从他们。万一他二人弹压不了……"

闯王挥手说:"你去吧。万一下边鼓噪,他俩弹压不住,或者知道有人暗降官军,你火速回来禀报,我另想办法。窦开远这个人深明道理,黄三耀也很有血性,只能靠他们安抚众人。那个诨号铲平王的丁国宝,原来不是坏人,起小就吃苦受折磨,几个月前才拉杆子的。看李友的书子上说,他跟着坐山虎一道鼓噪,纵部下抢劫奸淫。你去石门谷,要想办法单独见他,晓之以大义,劝他回头。他手下的人多,只要将他拉过来,坐山虎就无能为力了。你快走吧。稍迟一二日,官军进入石门谷,事情就难以收拾了。"

"闯王,王吉元已经来了,有要紧情况禀报。"

"叫他进来!"

吴汝义走到院里,向王吉元招一下手,匆匆地走出老营,吩咐四个亲兵赶快备马。

王吉元由李强带着,走进上房。闯王没等他开口就急着问道:"宋家寨有什么新动静?"

王吉元回答说:"回闯王,听说今天上午丁巡抚又派了那位姓刘的官员来到宋家寨,密谈很久。中午宋寨主设宴款待。这个官员后半晌才回城去。据说是丁巡抚说的,只要宋文富助官军进攻老营,就保举他实授商州守备之职,挂参将衔。他龟孙贪此前程不赖,又不离开家乡,就满口答应啦。他自己手下的乡勇多病,又不愿官军进寨,打算明天从商州城边两个山寨中各借三百名乡勇。另外,他杂种巴不得我上他的钓钩,今天黄昏以后,重新对我许愿,下了大的赌注。"

高夫人笑着问:"又许的什么愿?"

王吉元说:"我先不说杂种们许什么愿,先说说马二拴的事。今天前半晌,我按照夫人你的计策,把马二拴叫到僻静处,对他说:'二拴,如今风声十分吃紧,一天变几个样,由你家三婶儿来回传话太绕弯儿,多耽误事!再说,如今不是平常时候,我放她随便来往,倘若老营知道,起了疑心,我的脖子上可只有一个脑袋,你三婶儿的脑袋也不多。你去宋家寨找宋寨主,传我的话,从今天起用不着再绕弯儿,你就是我的心腹人,有什么话由你传递,这样就直截了当,不会误事,也不会漏风。守关口的和路上巡逻的全是我心腹弟兄,他们决不会泄露出去。你只管把狗心放在驴肚里,大胆来往。宋家寨有什么动静,你得老实告我说,不许把我蒙在鼓里。你要是隐瞒不报或者所报不实,兄弟,休怪我对不起你。你得罪了我,纵然你自己能逃脱我的手,可是逃了和尚逃不了寺,你的家搬不走,你的老娘和老婆别想逃脱我的手。给,二两银子,拿去花吧。'该死的,高高兴兴往宋家寨去了。黄昏时他回到射虎口,除带回宋文富对我许的愿,还把宋家寨中的新动静告诉了我。"

闯王哈哈大笑,说:"俗话说打鬼就鬼,你们倒是很会用鬼。"

吉元接着说:"马二拴说,只要我肯率领手下人马投诚,引乡勇前来袭破老营,他就给我三千两银子,还保荐我做个游击将军。倘若能捉拿住你们二位,官加三级,赏银加倍。闯王,夫人,你们说,这杂种不是鬼迷了心么?"

闯王点点头,说:"看起来,他这一宝是押在你的身上啦。你已经答应了么?"

"我还没有答应。我说这事太大,让我再同几个亲信商量商量。我还说,我虽然原是八大王那边的人,可是自从去年冬月间来到闯王这里,闯王待我恩重如山,人家亲叔伯兄弟犯了罪就推出斩首,我犯了死罪不但饶了一命,还蒙他推心置腹,重用不疑。如今要我拿三千两银子就出卖闯王,我的良心实在说不过去。马三婆的侄儿说:'你在李闯王这儿不过是个小校,一投诚就成了将军,前程无量,荣身耀祖,还不便宜么?你还想什么呢?难道你瞧不起游击将军也是朝廷的堂堂武官?'我说,'屄!乱世年头,你别拿官位来打动老子的心!这几年跟着八大王南杀北战,老子见过些大世面,也亲手宰过几个朝廷的堂堂命官。说实话,我根本不把这职衔放在小眼角。如今宋寨主自己还不是朝廷命官,答应保举我做游击,哼,巡抚大人给的札子①在哪儿?我可不愿意买后悔药吃,不愿

---

① 札子——明、清时代,委任状叫做札子。

意画饼充饥!'他听了我的话,就说他回寨去向宋寨主回话,保举游击的事决不会落空,只要我答应帮助宋寨主袭破老营,要银子有银子,要官有官,一切好说。闯王,夫人,我看宋寨主明天早晨一准差他再来,定会满口保我黑子红瓤①,不惜加官加银,掏大价钱买我。我特来请示:是不是明天就佯装答应?"

闯王问:"你今晚来老营,有人知道么?"

"我只带一个亲兵,装作到山口巡查,从小路来的老营。"

"如今万万不能给宋家寨知道你是反间之计。倘若事不机密,你就要吃他们的大亏,咱们想将计就计也瞎了。"

"请闯王放心,我看他们并没有疑心。"

"好,既然这样,明天你就答应。你务必弄清楚他们打算什么时候来偷袭老营,共出动多少乡勇,宋文富是不是亲自前来。吉元,要是能引虎出山,把宋文富兄弟诱到老营寨外,就不难把他们活捉过来。宋家寨是插在咱们肋巴上的刀子。捉到他们,就能够破宋家寨,纵然破不了,也不能为害了。"

"闯王,宋文富已经死心塌地同咱们为敌,像吃了迷魂药,一心来破老营立大功,诱他到老营寨外不难。只是我那里只有二百弟兄,力量单薄……"

"你身边人手少,不用担心。到时候,老营的人马全出动,由我亲自指挥,决不会让他漏网。如今要紧的是不要叫宋文富看出你的破绽,不要得罪马三婆,引起她的疑心,还要千万哄住马二拴,玩得他在咱们手中陀螺转。明天你不要再来老营。我派尚神仙明天上午去你那里为弟兄看病,你把话悄悄告诉他好了。"

王吉元不敢在老营多耽搁,仍从小路回去。整个商洛山所处

---

① 保我黑子红瓤——意思是保我一定如意。西瓜不熟,子是白的,好西瓜多是黑子红瓤。卖西瓜的常对买主说:"我保你黑子红瓤。"就是说这个西瓜确是熟的,子是黑的,瓤是红的。

的危险局势他不十分清楚,也不愿多打听,他认为天塌下来有闯王顶着,他自己奉命活捉宋文富,只要把这个活儿做好,也不枉半年来受闯王另眼看待。听了闯王的指示,他要活捉宋文富的信心更强了。

但是,在王吉元走后,李自成很觉放心不下。有很长一阵,他坐在小椅上,同高夫人相对无言。从去年冬天到今年春天,义军同宋家寨维持着井水不犯河水的关系;直到上次官军进犯,宋文富兄弟还抱个站在高山看虎斗的态度。直到五天以前,自成还想同宋家寨敷衍一时,用田见秀的名义给寨主宋文富写了一封书信,说明义军志在剿兵安民,诛除贪官污吏,愿与宋家寨和好相处,各不相犯。宋文富当即回封书子,也假意说些好听的话,申明他决不与官府勾结。现在这个宋文富受了官府商州守备之职,倘若纠合乡勇很多或放一部分官军假道,老营岂不危险?

沉默了很长一阵,高夫人说道:"说来说去,豪绅大户总是同官府同根连枝。宋家寨一向不敢得罪咱们,只好心里怀恨,脸上挂笑。如今宋文富见官军人多势众,又许他官做,怎能不趁机动手?幸亏咱们早就猜到他会有这一手,暗中做些安排。如今老营这点人马,再也不能随便派往别处啦。"

李自成点点头,没有做声。他从怀里把李友的非常潦草而简单的书信掏出来,凑近灯光,一个字一个字地仔细看,想从字里行间多看出一些问题。高夫人望望他的病后虚弱的脸色,生怕他会劳复,低声说:

"已经半夜啦,你还不上床歇息么?"

停了一会儿,闯王转过头来,语气沉重地说:"如今是四下起火,八下冒烟。我很担心,石门谷的乱子会闹大。万一那里闹出大乱子,怎么好呢?"

高桂英的心中也有同感,但是勉强微微一笑,小声说道:"看你,专会往坏处想!汝义这个人心眼儿活,机灵非常,不像李友那样红脸汉,动不动发起火性,只会走直路,不懂得见机行事,该转弯就转弯儿。只走直路,难免不一头碰到南墙上。同杆子们在一起,没有几副面孔和几个心眼儿能行么?有时做婆婆,也有时得做媳妇!再说,本来不是派他去做婆婆,他倒以婆婆自居。前天就有人告我说他到石门谷以后同杆子们处得不好,一则我想不出什么人可以替换他,二则一时事忙,所以没有多在意,也没敢告你知道。我想,只要子宜一去,找到窦开远他们几个管事人,话是开心斧,照理路劈解劈解,又有你的亲笔书子,众怒是会平息的。"

闯王站起来,说:"但愿石门谷在五天以内不出大乱子,让咱们一心一意地杀退官军!"

他走到院里,挥手使李强等都去休息,独自在院里踱了一阵,闷腾腾地回到屋中就寝。他刚刚睡熟,刘体纯就从马兰峪来到老营。马跑得浑身淌汗,一片一片的湿毛贴在皮上。他不仅是奉命来接受作战机宜,也是来向闯王和高夫人面禀紧急军情。高夫人被一个值夜的女兵唤醒,慌忙来到院里,向体纯小声问了几句,感到情况紧急,就去把闯王叫醒了。

第十二章

李自成毕竟是久病初愈,经不起劳累。昨天第一次骑马出寨,在崎岖的山山谷谷中颠簸半日,晚上又熬到三更以后,所以睡在床上,只觉得浑身酸困,尤其两胯和腰部特别困疼。为着不使桂英为他操心,他没有发出来一声呻吟。加上心中有事,他在床上辗转反侧,折腾很久,才开始朦胧入睡。正在梦中同官军厮杀得难分难解,听有人在耳边呼唤,他忽地坐起,一边探手抓到花马剑,一边带着睡意问道:

"什么事?是官军进攻了么?"

"不是,是二虎来啦。"

自成怔了一下,完全醒了,把手中的宝剑往床上一扔,自己也觉得好笑。他正要下床,刘体纯已经进来,躬着身子说:

"闯王,你不用起来。听了你的指示,我马上就赶回马兰峪。"

自成虽觉浑身酸困,但还是跳下床来,问道:"我叫你抽出四百人增援白羊店,已经去了么?"

"已经动身了。"

"夜间官军有什么动静?"

"据探子报称,黄昏时候从潼关又来了六百官军,连原有的算起来,在商州共有三千七百人。抚台行辕的人们扬言说,还有五千官军将在一二日内从河南开到。一更时候,又有五百多官军开出商州西门,去向不详。今日午后城里传说宋文富已经受了商州守备之职,同官府合成一气,答应官军假道。我很担心这五百多官军是潜往宋家寨去的。要是果然如此,不惟老营须要小心,我在马兰峪也会两面受敌。"

体纯把夜间所得到的军情禀报一毕,等候着闯王说话。但自成并没有立刻做声,却站在灯下低头盘算。沉默一阵,他望着体纯含笑问道:

"如今你手下连马夫算上只有五百多人,你打算如何迎敌?"

"倘若官军从商州来攻,我就凭险死守。马兰峪的寨墙很好,布置得也挺周密。只要我刘二虎在,决不使敌人攻占马兰峪。"

"要是宋文富从你的左边过来,抄断你的后路呢?"

"现有王吉元率领二百弟兄防备宋家寨。请闯王再派三百人去帮助他,死守山口。只要宋家寨这条路敌人过不来,我的后路就不会断。"

闯王收起笑容说:"如今咱们老营也空虚。倘若宋家寨让官军假道,不惟马兰峪后路会截断,老营也有危险。我叫你来老营没有别的指示,就是当面告诉你:必须赶快从马兰峪向后撤,死守野人峪。宋家寨从前吃过官军大亏,纵然宋文富官迷转向,不顾利害,决心同咱们作对,我看他未必肯答应官军假道。不管怎样,我现在正用计对付宋文富这个王八蛋。倘若我的计被他识破,你已经撤到野人峪也就不怕他抄断后路。只要你能守住野人峪,同老营容易呼应,一旦宋家寨出动人马,就好对付。"

"马上就撤退?没有看见官军的影子就往后撤?"

"对,撤。一定要在官军进攻之前就撤退,免得临时且战且退,乱了脚步,还受损失。"

"这半年我们把马兰峪的山寨修得很坚固,丢给官军……"

"你们在撤退之前,把寨墙拆毁,不要留给敌人。人手不够,就叫附近老百姓都来拆,把乱石堆在路上。如今火药很金贵,不许放迸①。撤到野人峪以后,官军来攻只许你施放炮火弩箭,或用滚木

---

① 放迸——即用火药轰毁寨墙。

礌石打他们,却不许你出战。等到明远在武关一路取胜,我自然会下令出击,还要亲自督战。到那时你杀得越猛越好,让你一直杀到商州城边。"

刘体纯完全猜出了闯王的作战意图,不禁心中一宽,从眼睛里闪出一丝笑意,说道:"闯王放心,我一定坚守野人峪,万无一失。"为着军情十分紧急,他当即告辞,到老营大门外同亲兵们上马走了。

离天亮还早,公鸡才叫头遍。高夫人劝闯王再去床上睡一阵,但是他摇摇头,皱着眉头在房里徘徊。过了会儿,高夫人又劝他躺下休息。他停住脚步,看见身边没有别人,脸色沉重地望着夫人,悄悄问:

"你看,宋家寨会不会让官军假道?王吉元是不是受了宋文富的骗?"

高夫人回答说:"咱们宁可多向坏处打算,多加提防,不可有一分大意。"

自成点点头,没有再说话。他心中暗想:如今诸处需要兵力,而兵力如此单薄,倘若有一处失利,商洛山中的局面就会不堪收拾。忽然,他想到吴汝义去石门谷的事,非常盼望他此行顺利,把一场风波平息,但是又担心会生出意外变故。他怀着七上八下的心情,躺到床上,等候天明。过了不久,乌鸦开始在树上啼叫,窗色泛青。他一跃而起,跳下床,匆匆漱洗完毕,正要亲自去找老医生谈件事情,忽听见一阵纷乱的马蹄声来到了老营门外……

许多天来,郝摇旗防守在山阳附近。那儿只有一千多官军,并没有力量进犯,而义军也没有力量进攻山阳城,暂时平静无事。摇旗总觉得自己不被重用,心中郁闷,常常喝酒骂人。昨夜忽得闯王派人传令,要他火速带一部分人马开往智亭山,并在队伍出发后亲来老营听令。他知道郑崇俭于几天前到了武关,大批官军已经出了武关向商洛山区进逼,白羊店十分紧张,所以听到闯王传谕,想着一定是闯王派他去抵御郑崇俭,不觉从椅子上一跃而起,猛拍了一下大腿,说:"好啦,闯王到底认识咱郝摇旗是一个有用的人!"至于为什么派他去智亭山而不去白羊店,他开始也觉得有点奇怪,但随即他猜想一定是因为闯王认为智亭山是通往武关和龙驹寨的咽喉,主将驻守这个地方才容易两面兼顾。他立刻点齐三百精兵交给一个偏将,自己便连夜往老营来了。

郝摇旗一到老营的大门外边,一片肃静的气氛登时大变。他平素不拿架子,吊儿郎当,不如意的时候动不动骂人打人,而高兴的时候又不管对什么人都要开玩笑,只有对闯王、高夫人和刘宗敏等极少数几个人比较规矩。这时他看见人就亲热地打招呼,粗喉咙大嗓子地骂两句。双喜、张鼐和一大群男女亲兵正在大门外分作两团练武功,他笑着骂道:"你们这些姑娘、小伙子,平日不用功,清早只会他妈的睡懒觉,如今要打仗了才练武艺,这可不是临上轿时才缠脚么?中屁用!"一句话,逗得满场的姑娘和小伙子哈哈大笑。而他就在笑声中向院里走去,脚步踏得地皮咚咚响。

闯王迎到天井里,拉着他的手说:"摇旗,你来得真快!人马都动身了么?"

"人马已经上路啦。怎么,马上要厮杀么?"

自成点点头,拉着他走进上房,说道:"摇旗,又得你辛苦一趟。"

"辛苦?咱当武将做的就是这号买卖,一到打仗的时候就精神来啦。嫂子,你说是么?"郝摇旗转向笑着迎他的高夫人问。

高夫人一边替他拉小椅子一边说:"锣鼓已经响起来,这出武戏就等着你唱啦。"

坐下以后,自成说:"摇旗,目前这个大战是咱们在商洛山生死存亡之战。听说郑崇俭将到桃花铺,南路的官军就由他亲自督战……"

不等自成说完,摇旗就接着说:"我操他姓郑的八辈儿老祖宗,让他狗日的亲自来试试吧,没有便宜叫他捡!"

自成笑着说:"老弟,你也不要大意。这次郑崇俭调集了一万多人马,其中有从榆林调来的两千边兵。从西安、三原各地调来了三千多训练有素的人马,不可等闲视之。要杀退他们的进犯,须要经过几场恶战,并非轻而易举。"

"屎!榆林来的边兵也是一个鼻子两只眼睛,我知道他们一顿能吃几个馍,刀砍在身上一样流血,并不是铜头铁额,刀箭不入。难道他们手里拿的刀能够杀人,咱们手里拿的刀只管切菜?"

"老弟,你说的很对。他们手里拿的兵器是铁打的,咱们手里拿的兵器也不是木头削的。不过目前咱们困难的是人马太少,还得几下里应付敌人。"

摇旗跳起来说:"李哥,你,你不要担心咱们的人马少嘛!官军虽说人多,一到打起硬仗时,狼上狗不上,有几个真心卖命的?你李闯王手下的人,谁不是一听见杀声起就奋勇向前,丢掉脑袋连眼皮也不眨?我说,李哥,别担心咱们人少。这里地势窄,不像平地,人马少啦厮杀起来反而不至于互相拥挤,互相碍事。以少胜众,就靠一个勇字。"

李自成笑着从小椅上站起来,拍着郝摇旗的肩膀说:"妥啦,有你这员猛将,我对武关这一路就不用担心啦。"

"李哥,南边这一路,我郝摇旗包下啦。倘若抵挡不住,让郑崇俭这个婊子养的攻进来,你把我的这个吃饭家伙砍下来,挑在枪尖上游营示众。"

自成笑着点点头,正想向摇旗说明已经决定命刘明远做南路主将,看见李来亨走进二门来,就把冒出嘴边的话咽了下去。等来

亨走到上房门外,他沉着脸色问道:

"来亨,大清早,你不好生练功,来做什么?"

来亨规规矩矩地立在门槛外边,说着:"我爸爸一夜不放心,不断问官军有什么动静。全家上下都瞒着他,只说官军没有什么新动静,一时还不敢向商洛山中进犯。刚才他发了脾气,把全家上下骂了一顿,叫我立刻来问问二爷、二奶,务要把真实军情问清楚,不许我回去隐瞒一句。"

自成想了一下,决定不再对李过隐瞒。但是军事机密,他不愿使来亨传报,也不愿全部让摇旗知道。他转过头去,望着高夫人说:

"你去当面对补之说清楚吧,也问问他的意见。你顺便找到子明,把王吉元那里的事情告诉他,请他一吃过早饭就辛苦一趟,到吉元那里替弟兄们看看病。"

高夫人没有说别的话,到厨房里嘱咐一下,同来亨一起走了。

"摇旗,"闯王含笑说,"明远从崤函山中回来以后,一直防守武关一路,地理熟悉,也深得将士爱戴。昨天他回到老营来商议军事,请求派你去帮助他。虽然他是正,你是副,可是他对你十分尊敬。如今全军安危,商洛山中的祸福吉凶,都挑在你们两人的肩上。你去到智亭山千万同明远和衷共济,使这一仗旗开得胜。明远十几岁就跟我一道起义,跟你也是老朋友。他对人谦虚和气,一定会同你处得很好。昨天他提出来让你做主将,我同捷轩都认为临敌易帅不大好,没有答应。"

郝摇旗感到心中很不愉快,问道:"捷轩的身体已经复原了?"

"还没有完全复原。"

"能够骑马出来了?"

"昨天是他第一次骑马出来。"

"慢慢骑马活动活动也好,听医生的鬼话光闷在屋里也不是他娘的好办法。闷得久了,不见见太阳吹吹风,人也会发霉的。何况是捷轩那号人,怎么不闷得慌?"

看出来郝摇旗的神色不像刚才高兴,又见他把话头扯到别处,李自成也就不提这一章了,只把作战方略扼要地告诉他,随即就谈起别的问题。等高夫人回来,老营中就开饭了。

平日吃饭,双喜、张鼐、老营的中军、总管和其他头目,都同闯王和高夫人坐在一起,有时男女亲兵们也抱着碗蹲在周围,像一个大的家庭一样。但今天早饭却较清静。高夫人为不妨碍闯王和摇旗谈话,叫别的人都不来上房吃,连一个亲兵也不让在身边照料。自成叫桂英取了二斤烧酒,款待摇旗。老营中的伙食一向不好,今天早晨特意为摇旗杀了一只公鸡。自成替摇旗斟满一杯酒,替自己斟了半杯。他们各自用中指在杯中蘸了一下,向桌面上点了三点①,然后举起杯来。自成说了一声"请!"看着摇旗把满杯酒一饮而尽,自己却只用嘴唇在杯口呷了一下。高夫人赶快替摇旗斟满杯子,跟着用筷子夹了一块鸡大腿送到他面前,笑着说:

"摇旗,你知道咱们老营中平日是什么生活,并不比弟兄们多用一分。自从你李哥大病回头,能够起床,为着他将养身体,只炖过一只乌皮母鸡,以后他就不许再为他杀鸡子。本来么,老营中害病的将士很多,你李哥多年来都在吃穿上跟将士们同甘苦,怎肯在养病中独自特别。每逢老营中打到野味,都分给大家吃,有时我们也分到一点。今日因为你要上阵,我特意吩咐杀一只鸡子款待你。"

郝摇旗说:"嘿,李哥,你真是!身体是本钱。咱们要在马上打江山,没有好本钱能行么?病后要好生保养,别说炖一只鸡子,就是给你炖十只鸡子——嗨,炖十只凤凰也应该!"

---

① 点了三点——这是一种古老的民间礼俗,或用筷子蘸酒点三点,也是一样。倘若是黄酒,一般是在饮之前向地上倾一些。这一礼俗的含义是表示感谢生产五谷的后土之神。

郝摇旗见闯王夫妇对他这么好，又喝下去几杯烧酒，心中舒畅，恢复了初到老营时的精神。他夹起一块鸡翅膀，连骨头喀里喀嚓地嚼碎，咽下肚里，左手端起来满满的酒杯，右手拍拍敞开衣服的、带着几处瘢痕的光胸脯，大声说：

"李哥，你放心。自从咱们高闯王死后，我谁也不佩服，就只佩服你李闯王一个人。我郝摇旗虽是粗人，还知道什么是朋友义气。你待我一尺，我报你一丈。你既然叫我做刘明远的副手，我决不会三心二意，遇事给他小鞋穿。你放心好啦！"说毕，把酒一口喝干，自己掂起壶来斟。

闯王笑着，连连点头，又同高夫人交换眼色。他们的心放下了。

但是郝摇旗走后不久，闯王的心又放不下了。他想，万一在紧急时候，郝摇旗任起性来，同刘芳亮意见不合，怎么好呢？他把自己的担心告诉高夫人，而桂英也有同感。想了一下，他说：

"兰芝还在病中，我本来不打算让你离开老营，可是，可是……"

高夫人说："你别吞吞吐吐啦，快吩咐吧。如今是什么时候，我还能老守在女儿的病床旁边！"

"你去白羊店督战好不好？"

"你的意思是，有我在那里，摇旗不至于不听明远的指挥？"

闯王点点头。

"好吧，"桂英说，"我现在就动身。可是你得听我一句话，你千万要听从。"

"一句什么话？"

"你的身体还没有完全复原，像这样夜里不睡觉，日夜操心劳累，怎么得了？我走之后，你千万睡一觉，千万不要再骑马乱跑。"

"好,我马上就睡觉。我浑身酸困,两边太阳穴也疼痛,马上睡觉。"

高夫人稍事准备,把双喜和张鼐留在闯王身边,把慧英留在老营陪伴兰芝,率领着张材和慧梅等一群男女亲兵上马出发了。

闯王吩咐总管,立刻准备两只山羊、一口肥猪、两坛烧酒,派人送往清风垭,犒劳黑虎星留下的三百弟兄,并通知说,他下午将亲自去慰劳他们。他又告诉双喜和亲兵们,不管是石门谷方面有什么新消息或老神仙从王吉元那儿回来,都立刻叫醒他。然后,他躺下睡了。他做了许多离奇古怪的梦,有一半梦是在打仗。听见耳边有人呼唤,他一乍而醒,睁开眼睛,见双喜立在床前。

"老神仙回来了么?"自成连忙问。

不等双喜说话,尚炯在当间回答道:"闯王,我回来多时啦。看见你睡得很好,我不让他们惊动你的驾,到补之那里坐坐又来。"

闯王一边下床一边问:"什么时候了?"

双喜说:"已经晌午啦。"

"石门谷有消息么?"

"我吴大叔走到大峪谷时派一个人回来禀报,刚才飞马赶到。"

李自成赶快来到当间,问老神仙王吉元那里有什么新的消息。尚炯说:

"今天一清早,马二拴引着二寨主……"

"什么二寨主?"

"就是宋文富的叔伯兄弟宋文贵,人们都称他二寨主。他们对吉元说,夜间得巡抚大人钧谕:只要吉元实心投诚,带领官军同乡勇袭破闯王老营,就立予重赏,实授游击,外赏纹银三千两,其余投诚立功的大小头目,一体分别叙奖。倘若能擒斩闯王夫妇,另行重奖。"

"怎么还有官军?"

"宋文富因怕自己力量不足,乡勇又不曾经过硬仗,已经要求官军派二百人到宋家寨。不过这二百人要听他的指挥,以他为主,与官军假道不同。他怕尾大不掉,不敢要多的官军。他自己的寨中除留下守寨的能够出三百乡勇,再从别的寨里借六百乡勇,共有九百上下。加上二百官军,共约一千一百人之谱。"

"决定什么时候来袭取老营?"

"宋文贵说时候就在一两天内,到时候巡抚将亲自下令。"

自成不再问下去,转向在院中侍候的李强说:"把那个从大峪谷来的弟兄引来见我!"

那个弟兄原是驻扎在大峪谷的。据他说,昨天夜间听说石门谷出了变故,但是消息很乱,到他动身时还没有弄清到底是怎么回事。中军吴汝义到了大峪谷,知道石门谷的情况已乱,并听说官军已经有一千多人马过了蒉山①,向石门谷进逼,就派他飞马来老营禀报。闯王问道:

"吴中军现在哪里?"

"他在大峪谷稍停一停就往石门谷去了。"

闯王挥手使来人退出,留下尚炯吃饭。在吃饭时,他同医生把宋家寨方面的情形研究一下,请尚炯饭后就去铁匠营,把石门谷和宋家寨两地的新情况告诉宗敏。他说:"子明,我本来不想让捷轩多操心,可是事已至此,完全瞒住他也不好。你对他说的时候,只说石门谷的事不会闹大,吴汝义一到就会平息。"医生一放下碗,赶快骑马往铁匠营去了。自成想趁医生离开老营山寨,立刻往清风垭去安抚军心。但是他对石门谷的情况极其放心不下。想了一阵,他把双喜叫到跟前,神色严峻地望着双喜的眼睛,低声说:

"双喜,你今年已经十八岁了,也是个有出息的孩子。我想命你去独自担当一面,不知你能不能行。"

---

① 蒉山——在崤山东南五里。蒉,音 kuì。

"我能行,爸爸!"双喜回答说,声音感动得有点打颤。

"目前我们的处境十分不利,大概你也清楚。"闯王说到这里,稍微停顿一下,似乎还在考虑是否把一件重大的任务交给义子。随即他不再犹豫,接着说:"如今咱们的精兵都在白羊店,老营和野人峪只有很少人。原没有想到驻石门谷的杆子鼓噪。他们是否会给官军勾引去,我不知道。纵然他们不投官军,官军也会趁机来攻。万一官军从这一路攻进来,咱们在商洛山中的大势就不可收拾啦。大峪谷原驻有我们三百五十个人,李友率领一百五十个人去石门谷同杆子驻扎一起,还余下二百人,缺少一个得力的人去率领。你立刻前去,率领这二百人马凭险死守,等候我的命令。倘若万一杆子哗变,投降官军,引着官军从这条路上进犯,你就是死在那里也不许后退一步,失掉关口。当地穷百姓跟咱一心,痛恨官军,他们会帮助守寨。"

双喜回答说:"爸爸放心。只要孩儿不阵亡,大峪谷决丢不了!"

"好,军令无私亲。倘若失了大峪谷,你不要活着见我!"

打发双喜走后,李自成命张鼐暂代中军,留在老营,然后不顾自己的身体多么困乏,立刻带着亲兵们上马出寨,奔往清风垭去。

黑虎星在清风垭留下的三百弟兄,见闯王派人送来犒劳的猪、羊和烧酒,又听老营的来人说黑虎星给闯王带口信说日内即回,异常振奋。李自成亲自来到,大家简直欢喜得像要发狂一般,连带病的也扶杖奔来,拥拥挤挤地把闯王包围起来。闯王进到屋中坐下,大家就拥挤门口,有看不清楚的就拼命往前挤。人们纷纷向闯王问好,也向闯王问李过的好。因为李过同黑虎星是结拜兄弟,是李过引他们来投闯王,走上正路,所以这里的大小头目和弟兄对李过很有感情。听闯王说李过的病快好啦,大家特别高兴,请求闯王将李过派来这里坐镇。闯王来不及一一回答,只好笑着频频点头。几个大头目怕闯王嫌大家不懂规矩,又怕妨碍闯王谈话,连着三次叫大家散开,大家才陆续离去。一群大小头目都向闯王表示,他们宁肯上刀山也要留在闯王的大旗下决不离开。闯王说这清风垭是从智亭山过来的一道重要门户,勉励他们加意防备。人们把他留下吃晚饭,用大盆子猪、羊肉款待他。大家知道他平素不喜饮酒,且是久病初愈,并不勉强,却对他的亲兵们着实劝了几杯。正在欢饮中间,忽然小将张鼐从老营派一名弟兄飞马来到,说有紧急事,请闯王即速回去。闯王心中大惊,但并不问出了什么事,也没有马上起来,而是用满不在乎的口吻说:

"蹲下喝酒吧,急什么!横竖不过是商州的官军已经出动,屁大的小事情,早在我的意料之中,也值得派人来请我回去!"

又待了一会儿,他困乏地打个哈欠,对大家告辞。大家把他送出寨门,恋恋不舍。闯王再三慰勉,才同亲兵们上马而去。约摸走了半里远,他才向来人问道:

"是什么紧急事儿,你知道么?"

"听说驻扎在石门谷的杆子都哗变了,把李友包围在一座庙里,正在攻打。"

闯王厉声问:"这消息确实么?"

"确实。是王长顺从石门谷逃回来报的消息。"

"长顺回来了?"

"他逃出石门谷的时候,左臂上中了一箭,腿上也挨了一刀。幸而马快,冲了出来。流血过多,如今在老营躺着不能动。跟他一道去的三个运粮弟兄,十匹骡子,都没有逃回来。听他说,他还砍死了几个人。"

"吴汝义呢?"

"我没听说吴中军的消息,不知道。"

李自成一直担心的事情果然出现了。他没有再问别的话,只对前边的亲兵说一句:"把马打快!"路上他遇见一群一群开往白羊店去抵御官军的百姓义勇,有的拿着兵器,有的拿着打猎用的弓箭、鸟铳和三股叉,有的扛着锄头,同时腰里别着砍柴用的斧头或砍刀,还有的拿着冲担和白木棍子,形形色色,样样都有。因为山路窄,李自成一行人时时得勒马路边,让他们走过。马世耀带着几个亲兵骑马走在义勇队伍的后边。他显然已经知道了石门谷发生的事情,当他遇到自成时,在马上叫声"闯王! ……"但自成不等他说下去,小声问:

"杆子哗变的事你知道了么?"

"我临离开老营时听总管说了。"

"你听说吴汝义的下落么?"

"没有听到。"

"你带的这些老百姓可知道这个消息?"

"都还不知道。"

"你们不要走漏消息,记清!"

马世耀和几个亲兵同声回答:"是!"

离老营十几里远的时候,又有两个弟兄飞马迎来,其中一个是吴汝义随身带去的亲兵,从石门谷逃回来。张鼐派一名弟兄同他一起来迎接闯王禀报。自成不等吴汝义的亲兵开口,问道:

"吴汝义现在哪儿?"

"禀……禀闯王,他……他被杆子们捆起来了,如今不知死活。我是……"

"李友的情形怎样?"

"他带着手下百把人给围在一座庙里。"

"那座庙能守住么?"

"我不知道。听说庙里没有井,怕守不多久。"

李自成勒马冲到亲兵的前边去,在乌龙驹的臀部猛抽一鞭。乌龙驹腾跃起来,随即向老营的山寨飞奔而去。月色下群山寂静,愈显得这一小队马蹄声响得紧急。

第十三章

自从黄昏时王长顺逃回老营,老营山寨的气氛就变得十分紧张,但对吴汝义的前去石门谷进行安抚还抱着不少希望。大家想着,杆子头领看见闯王的中军持他的亲笔书信抚慰,总可以心中服帖,将大事化为小事,小事化为无事。谁知不过一顿饭时候,吴汝义的亲兵逃回一个,报告闯王的书信被当场撕毁,吴汝义被杆子扣押,四个亲兵当场被杀死了两个,一个被捆绑起来,一个侥幸骑马逃回,身上负伤。老营的将士们到这时完全明白:事情已无可挽救,剩下的只有动武了。

老营中群情激愤,谈论着石门谷的杆子哗变,咬牙切齿,恨不得将他们斩尽杀绝,以示严惩。在极度愤怒中,大家也看见商洛山中的局面更加危险。石门谷出了变故,面向蓝田的大门已经敞开。倘若峣关和黄山的官军闻风前进,招纳叛贼,占领石门谷,乘胜进攻大峪谷,李双喜身边只有二百弟兄,很难久守。目前,对大峪谷必须增援,沿途还有几道险关一向缺少守军,也必须立即添人把守。可是老营并没有多的人员,仅剩下的一点人马和孩儿兵必须留下来防护老营,对付宋家寨的进攻,必要时还得增援野人峪。总之,老营中一些有经验的将士都看得出来:由于石门谷的杆子哗变,大局突然变化得不易收拾,义军能不能再留在商洛山中,两天内就要见分晓。

张鼐奉闯王命暂代吴汝义做中军,如今总管任继荣也不在老营寨内,他是寨中唯一的负责首领。向王长顺问明白发生的事情之后,他把长顺留在老营医治,不许老营人员将石门谷的事告诉寨中百姓,同时派人骑马去清风垭向闯王禀报,还派人到大峪谷见双喜,诡称闯王就要派人马前去增援,以稳定双喜手下的军心,并要双喜将吴汝义到石门谷以后的情况赶紧探明,飞报老营。因为高一功、田见秀和李过都在病中,刘宗敏昨天骑马劳累,今天身子很不舒服,可能劳复,所以张鼐决定暂时把这个重大消息瞒住他们,等待闯王回来再说。不过老神仙正在刘宗敏处,张鼐却派人去请他回来,这是因为在张鼐看来,这位老人不仅是一位能够起死回生的外科医生,也是久经战场、胸有韬略的非凡人物,可以帮闯王想些主意。老营总管因帮助刘体纯的撤退,黄昏前亲自往野人峪去,也被张鼐派飞骑前去请回。为着应付非常变故,也为着闯王回来后会有所派遣,张鼐下令老营中所有能够打仗的人员和孩儿兵立即做好战斗准备,在老营大门外集合待命。

当吴汝义的亲兵逃回老营时,老营中已经做好了战斗准备。张鼐估计闯王已在回来的路上,便派一名小校带着吴汝义的亲兵过麻涧迎接闯王。他趁着尚神仙和总管尚未回来,在寨中巡视一周,然后回到老营,等候闯王。为着对手下人表示镇静,他也模仿闯王样子,坐在灯下写大字。当笔画用力时,他紧闭的嘴唇和颊上的小酒窝都随着笔画在动。他一边写仿,一边想着闯王回来后会用什么办法来解救当前危机。想来想去,他认为闯王可能采取的惟一有效办法是趁着商州和武关的官军尚未大举进犯,连夜派老营的全部人马,包括孩儿兵在内,飞驰石门谷,给杆子一个措手不及,将叛变镇压下去,救出李友和吴汝义,使后路门户不落入官军之手。他又想,闯王一则身体尚未复原,二则需要坐镇老营指挥全局,那么派谁领兵去石门谷呢?想来想去,想着目前老营无人,十之八九会派他领兵前去。平日他只恨没有机会让他独自领一支人马冲锋陷阵,建功立业,为闯王效命疆场。如今这机会突然来到,他的心中是多么的激动和兴奋!他写完一张仿,就按照平日惯例,在大字中填写小字。他太激动了,直觉得热血沸腾,重复地写着"杀"字,仿佛他正在驰马冲阵,舞剑杀敌。他不觉把笔放下,拔出腰中宝剑,在灯下看了又看,想了又想,几乎忍不住跳起来到院中舞它一阵。过了一阵,他的心头稍微冷静一点,继续想道,倘若他能独自率领一支人马去石门谷镇压叛乱,救出李友和吴汝义,杀败官军从崤山的进犯,也不枉闯王和高夫人几年来把他待如子侄,用心教导。

他正在想着去石门谷打仗的事,忽然从大门外传来两个人的争吵声音。他立刻叫亲兵去看看发生了什么事情。亲兵看过后回来禀报:是两个头目在互相说笑话,争论谁的马好,声音不觉大了一点,并非真的争吵,现在已经住口了。张鼐把眼睛一瞪,说:

"把他们带进来!"

两个小头目给带进来了。他们都是老八队的老弟兄,眼看着张鼐长大的,所以站在张鼐面前并不感到害怕,眼睛笑眯眯的,心中不高兴地说:"这孩子,才几天不流鼻涕,就摆起将爷身份啦。"张鼐看见他们脸上带的那种满不在乎的神气,心中更不舒服,问道:

"你们知不知道犯了军律?"

两个头目看见张鼐的脸色严峻,问话的口气很硬,感到不妙,互相望一眼,但仍然带着老行伍的油滑神气,笑嘻嘻地分辩说他们是闲谈谁的马好,并没吵闹。张鼐把桌子一拍,大声说:

"还敢强辩!倘若是闯王和总哨刘爷叫你们站队,你们敢随便大声说话么?倘若是高舅爷和我补之大哥叫你们站队,你们敢如此目无军纪么?你们今晚违反的不是我张鼐的军纪,是违反了闯王的军纪。按军纪本当重责不饶,只是念你们都是老八队的旧人儿,随着闯王多年,且系初犯,打你们每人五军棍,以示薄惩。倘敢再犯,定不轻饶!"他向亲兵们一摆头:"拉到大门外,当众各打五棍！"

两个头目脸色大变,不敢求饶,只好随着张鼐的几名亲兵到大门外当着众人受刑。挨过打以后,他们重被带到张鼐面前,垂手而立,不敢抬头,更不敢嬉皮笑脸。张鼐问道:

"你们还敢违反军纪么?"

他们齐声回答:"回小将爷的话,不敢!"

"好,下去休息!只要你们知过必改,作战立功,我一定禀明闯王,按功奖赏!"

"是!"

两个头目走后,张鼐的亲兵头目对他们的背影看了看,回头来对张鼐小声说:

"这两个宝贝平日喜欢卖老资格,吊儿郎当,连吴中军都不好多管他们。刚才每人打五棍子实在太少了,至少打二十棍子才能压压邪气。"

张鼐把眼一瞪:"你嘀咕什么?不应该你说的话你莫多嘴,给别人听见了成什么体统!"停一停,他又说:"如今一个人顶十个人用,把他们打重了还能骑马打仗么?死心眼儿!"

过了一阵,他想着闯王一时赶不回来,老让大家站队等候会平白地消耗精神,于是又下道命令,要大家都到老营旁边的草地上休息,但是人不许解甲,马不许卸鞍。这道命令下了不久,老医生和总管同时回到老营了。

尚炯和任继荣是在老营山寨附近的路上遇到的。继荣先知道石门谷的消息,悄悄地告诉医生。他们很担心闯王和高夫人都没在家,李过和高一功卧病在床,老营无主将,会出现一片慌乱景象。等他们到了寨门外,只见寨上肃然,寂无灯火,也没有一点纷乱的人语声,但闻打更人的木梆声缓慢而均匀,不异平日。他们不禁诧异,同时也放下了心。叫开寨门进去,他们看见不但秩序如常,反而更为肃静,越发觉得诧异,但是也不约而同地在心中说:"张鼐这孩子,真是少不更事①!在这样要紧关头,还不赶快吩咐弟兄们做好打仗准备!"他们正在心中责备着,已经来到了老营附近,看见足有两百名弟兄都在月光下的草地上休息,有的坐着,有的躺着,静悄悄的。他们还看得很清楚,弟兄们都不解甲,马也没有卸鞍。总管不觉向医生瞟了一眼,而医生的眼角流露出别人看不见的欣慰笑意。

一见医生和总管进来,张鼐就迎着他们,干脆扼要地说:"石门谷的杆子哗变了,李友给围在庙里,吴中军给他们绑起来,死活难说。我已经派人去清风垭禀报闯王,他得到消息会马上赶回。如今大小将领们不是去抵御官军,便是在害病,弟兄们也剩的不多。请你们赶快想一想应该怎样办,等闯王回来时好帮他拿定主意。"

尚炯问:"王长顺的伤势如何?"

"他的伤你老人家不用操心,已经有你的徒弟替他上药啦。"

任继荣在草墩上坐下说:"怕的背后冒烟,果然就背后起火!操他八辈儿,吴汝义是闯王的中军,又带着闯王给他们的亲笔书信,他们竟然连他也绑了起来,还有啥说的,除掉动武没第二个办法!他们无义……"

他的话没有说完,忽然看见一个人提着宝剑,穿得很厚,旁边有一个弟兄扶着,走进二门,就不再说下去了。随即看清了是吴汝义的兄弟,他问:

"汝孝,你怎么起床了?"

吴汝孝走进上房,喘着气说:"我听说石门谷出了事,我哥生死不明,想来问问怎办。老营人马少,各家亲兵还可以集合二三百

---

① 少不更事——年少没阅历,没经验。

人。没有人率领,我情愿带病出征,收拾这班杂种。要是张鼐兄弟去,我情愿听从指挥。"

张鼐马上说:"我当然去,当然去。"

"好,有种!不怪闯王和夫人把你当亲儿子一般看待!"吴汝孝转过头去对扶他来的那个亲兵说:"快回去,叫咱家的亲兵们立刻披挂站队,准备出发,病不要紧的一概出战!"

这个亲兵回答了一声"是!"转身就走。老神仙正要劝吴汝孝回家休息,忽然一群人拥了进来。他们全是害病很久的将领,最近虽然病已好转,但还在休养中,不能劳累。谷英走在前边,一窝蜂似的来到上房。有的挤不进来,就站在门槛外边。老神仙从椅子上跳起来,慌张地挥着手说:

"你们是病得不耐烦了,存心同身体打别扭还是怎的?夜深,秋风已凉,好人还怕感冒,你们带着病拥到这里,明天一个个发起烧来怎么办?难道你们苦水还没有灌够么?"

谷英大声说:"火烧着屁股了,谁还能像没事人儿样在床上挺尸!趁闯王没回来,咱们大家先商量怎么打仗;等他回来时,问起咱们有什么好主意,免得这个一言,那个一语,忙中无计,耽搁时光。"

"对!对!大家赶快商量!"许多声音同时乱嚷。

总管向大家说:"家有千百口,主事在一人。难道咱们老八队如今成了没王蜂么?石门谷这股邪火,闯王当然要马上扑灭,可是到底怎样用兵,派谁前去,他心中定有主见。咱们在一起瞎嚷嚷,能够代替他决定大计么?老哥老弟们,大家赶快回家休息,劳复啦可不是玩的!"

人群中一个瓮声瓮气的声音说:"什么劳复不劳复!逢到这样时候,我宁死在战场上,也不死在床上!"

谷英又大声说:"老任,你别给我们吃定心丸,叫我们回家去。

如今兵没兵,将没将,我们这群人不来保闯王谁保闯王?闯王纵有妙计,他一只手怎能把一千多杆子娃儿们镇压下去?再者,只要大家想出好主意,闯王没有不采纳的。每次军事会议,他都是听着大家说话,只要有好意见他就采纳。"

人群中那个瓮声瓮气的声音又说:"我的意见是赶快把各家的亲兵都集合在一起,三更造饭,四更出发。大家说行不行?"

一片声音回答:"行!行!……"

张鼐兴奋得脸孔涨红,说道:"总管,尚老伯,大家的主意是马上集合各家亲兵,你们看怎么样?要是谷大叔能够领队前去,我愿意做他的副手;要是谷大叔的身体不行,我自己领兵前去。"

谷英嚷道:"小鼐子,我身体怎么不行?我要是不能去,难道我是来这里放空炮么?咱俩一同去,没二话。带领人马打仗,你谷大叔到底比你多吃几年饭。"

人群激动起来,一片声地催促快决定。忽然一个体格魁伟的青年和一个腰挂绿鲨鱼鞘宝剑、浓眉大眼、英气勃勃的少年挤过人堆,进入上房。那位青年是高一功的亲兵头目,向总管和老医生急急地说:

"我家将爷还不知道杆子哗变。他很不放心石门谷。刚才他醒来,问我石门谷有没有什么消息。我不敢对他说出实情,只说那里平静无事。我说,我说……"

医生截住说:"你瞒住他很好。快回去吧,不用往下多说了。"

"我没有说完。我跑得太急了,让我喘口气。……我说,我们全家亲兵除下害病的还有十五个人,大家商量决定:留下五个人在家,其余十个人已经悄悄披挂,马上就牵着马匹来到老营。有两个在养病的弟兄也要跟我出战,我不许他们动。"

人群中纷纷叫好,还说:"不愧是高舅爷的亲兵!"称赞声还没绝口,那位英气勃勃的少年趋前一步,童音琅琅地说:

"总管、尚爷爷、小萧爹,我爸爸已经知道杆子哗变的消息,命我把家中的十八个没害病的亲兵带来老营。不管我闯王二爷派谁领兵去石门谷,我都听从指挥,与贼决一死战。我爸爸还说,我若违反军纪,该斩则斩,该打则打,请千万不要轻饶。"

张鼐伸手抓住少年肩膀,大声叫道:"好啊,小来亨,真有出息!"

谷英接着说:"不愧是将门之子!"

人群不住称赞李来亨,形成一片啧啧和嗡嗡之声。老神仙被大家的赤诚忠心感动得满眶热泪,鼻孔发酸,忘掉了他应该劝众病号回家休息,猛然把脚一跺,大腿一拍,大声说:

"事到如今,只有赶快镇压叛乱才能够保住商洛山。等闯王回来,我同你们一道上阵!"

他的话音刚落地,有人在二门外叫着"闯王回来了!"同时一阵纷乱的马蹄声来到了老营门外。大家嗡一声转过头去,让开中间一条路,等候着闯王进来。

当李自成在路上乍听到石门谷事件以后,心中怒火高烧,恨不得把老营中所有能够出战的将士,包括孩儿兵和各家亲兵,立刻集合起来,由他亲自率领,连夜出发,马踏石门谷,痛惩无义贼。他还想过,趁官军尚未进攻,立刻改变作战方略,从白羊店暗暗抽回一半人马,先扑灭石门谷的叛乱,再回头对付官军。但是一路上他反复考虑,愈考虑愈觉得使用兵力去平乱是个下策。那样办,第一,在时间上会迟误;第二,会使石门谷的杆子更容易被官军勾去;第三,白羊店一旦空虚,会给郑崇俭可乘之机;还有第四,在目前宋家寨与官军勾结好要袭取老营的情况下,老营的人马一个也不能调开。想着想着,他完全放弃了刚才的打算,另外想别的主意。直到他进了寨门,新主意尚未想出,只是他的心情已经冷静下来。

回到老营的大门外,自成看见草地上有一支人马整装待命,一部分将领家中的亲兵也已集合,而且仍在陆续赶来。他没有看见孩儿兵的队伍,但是在苍茫的月色中看见全身披挂的小罗虎急急地向老营的大门走来。他刚跳下马,罗虎已经来到面前,神气英武,口齿流利地说:

"启禀闯王,童子军①早已奉命准备停当,随时可以出战。"

"奉谁的命?"

"奉代理中军张鼐哥哥的命。"

"你现在来做什么?"

"听说各位将领都带病前来请战,我也来老营请战。"

李自成没有说话,大踏步走进老营。一进二门,看见上房门里外果然挤满了带病的将校,群情激动地等候着他的归来。他的情绪突然沸腾起来了。用兵力去扑灭叛乱的念头又一次在脑海中盘旋。他进了上房,转身对着大家,一手按着剑柄,没有马上说话,愤怒和杀气腾腾的目光在大家的脸上慢慢地扫了一转。人们以为他就要下令出征,屏息注目,气氛十分紧张。可是他迟迟不做声,又用眼睛把大家扫了一遍。当他的眼光同吴汝孝的焦急的眼光遇到一起时,他赶快回避开了。谷英见他不说话,趋前半步,大声说:

"闯王,事不宜迟,请赶快下令吧!"

吴汝孝跟着说:"请快下令,我也要带病前去!"

许多声音同时请求:"请赶快下令!"

自成明白,在这千钧一发的危险时刻,一步棋走错就会全盘输掉,所以他尽管非常愤怒和激动,却不肯马上下令。他向大家挥挥手,竭力用平静的声音说:

"都不要急。我马上就要下令。你们都到厢房去,等候命令。"

---

① 童子军——"童子军"一词是官称,"孩儿兵"一词是昵称,也是俗称。第一卷已经提过孩儿兵的旗上是"童子军"三字。

人们大部分都拥向西边厢房,只有谷英和少数几个将领退出上房后不肯离开,站在天井中等候。吴汝孝连上房也不肯离开,等闯王又向他挥挥手,他才出去。如今上房中除闯王自己外,只剩下总管、医生和张鼐。闯王向他们看了看,然后单向总管和医生问道:

"你们看应该如何决定?"

任继荣回答说:"事到如今,别无善策,少不得同他们动动刀兵。只是,咱们老营的兵数太少,必须立刻从白羊店调回几百精兵才行。"

闯王转向医生,用眼光催促他发表意见。

老神仙慢慢地说:"倘若能不用武,当然是最好不过。只是我一时想不出不用武能够平定叛乱的上策。"他稍微低头沉吟一下,又抬起头来说:"闯王,是不是可以这样办:你一边调兵,我一边先去石门谷走一趟?"

闯王的眉毛一耸,眼睛里闪出疑问的神色,但未做声。医生望望他,觉得自己的主意可能被采纳,接着说:

"吴汝义毕竟年轻,也许怪他没有把你闯王的意思说圆,自己先动火,把事情弄崩了。我去一趟,用好言抚慰,说不定会使大事化为小事。"

"……"

见闯王慢慢地转着眼珠盘算,仍不做声,医生又说:"半月前我去石门谷看病,在那里住了几天,同几家杆子的大小头目都见过面,也治好了不少人。不说他们得过我的济,只凭我是你闯王的好朋友,又有这一把花白胡子,在全军中还受尊敬,说出话来也许能打动他们。"

闯王摇摇头说:"不,没有多大把握。我不能既丢掉李友和吴汝义,又把你老神仙赔了进去!"

李自成说过这句话,背起手来,脸色铁青,紧闭嘴唇,低着头,慢慢地走来走去。尚炯和自成的亲信将领们都知道,从前每次逢到较难解决的大事,他如果不同意别人的意见,总是这样焦灼地低着头走来走去,走过一阵之后准定会拿出新鲜主意,立刻就霹雳火闪地行动起来,决不迟延。如今看见闯王的这种神情,站在屋内屋外的人们都肃静地望着他,等候着宣布决定。除了闯王的轻微而缓慢的脚步声音外,什么声音也听不见。那些在西厢房中等候的人们知道这种情形,也登时哑默静悄了。当闯王转身时,不知怎的,他腰中挂的花马剑哗啦一声蹿出来三寸多长,随即吧嗒一声落进鞘中。李自成自己没注意,继续在边走边考虑问题。可是这件极其偶然的小事竟使别的人都吃了一惊,认为这是他要亲自出征和手斩叛逆的先兆。尤其是谷英等几个站在上房门外的将领,他们不经常随侍闯王身边,只听到军中传说闯王的花马剑"通灵",夜间拔出来,往往有一道异光上射斗、牛之间,凡是懂得望气①的人们都能看见,而往往在闯王要亲自出战或有刺客来近之前,这把花马剑会连着发出啸声,还会跳出鞘外。如今这个偶然小事件使他们不能不暗暗地兴奋鼓舞。

尚炯的建议虽然被闯王拒绝了,但是这个建议却给了李自成一个启示:打算自己单身前往,不动一枪一刀而平息叛乱。这事自然要冒风险,倘没有太大把握,不但去了白搭,反而他自己有性命危险,甚至会被叛贼出卖给官军,换取高官重赏。总之,此一去,成则可以救出吴汝义、李友以及一百多个弟兄,可以使商洛山中全盘棋危而复安,不成则不堪设想。在很长一阵,他在心中反复盘算,估计此去究竟有多大风险和多大把握。有时他想丢掉这个新主意,但是这个新主意很有吸引力,实在丢不掉。在他幼年读私塾时

---

① 望气——我国很古的一种迷信,在《史记》中已有记载。这种迷信是观望云气以定吉凶征兆。

候,他常听先生同别人谈到米脂县郭王庙①的来历时,讲起郭子仪单骑见回纥②的故事,深深地印在他的脑海里,使他多年来对这位有名的古人十分钦敬。崇祯八年正月间向凤阳进兵时,路过颍州,在一个大乡宦③的府第中盘了一宿,弟兄们拿家具和字画烤火,被自成看见,随手拾起一件,打开一看,是个手卷,上边画着许多人物和战马,似是番王和番将打扮的一群人向一个老将下跪,而这位老将去掉铜盔,露出白发。画上题着"免胄图"三个较大的字,用较小的字又题着"仿龙眠山人④笔意"。画家没有落款,只有两方图章。他不识篆书,所以不知道画家是谁,只见纸色古老,装潢十分讲究,想着必是出自名手。在灯下看了很久,他恍然明白这画的正是郭子仪单骑见回纥的故事。他把手卷交给一名亲兵放在马褡子里。后来这个亲兵同战马一起阵亡,画也失去,但是画中郭子仪的英雄气概却常常浮现在他的眼前。现在当他盘算着是否可以不动刀兵平息石门谷的叛乱时,不由地又想起来郭子仪的故事,得到不少鼓励。他仔细想了几股大杆子的内部情形,良莠不齐,更不是坐山虎一个人说了算数。不但窦开远和黄三耀为人比较正派,平日对部下约束较严,同坐山虎是两条路上的人,而且那个自号铲平王的丁国宝虽然只同他见过一面,也给他留下了比较好的印象,不应该死心塌地跟着坐山虎叛变。他也不相信,坐山虎手下的几百人都跟坐山虎一样不可救药,其中必有不少愿意回头的人,只是在坐山虎的挟持下没有办法。此时李自成还不知道坐山虎已经同蓝田的官

---

① 郭王庙——在米脂县北城外,旁有大石,上刻"大富贵,亦寿考"六字。民间传说,郭子仪做天德军节度使时,一日单骑出巡,在此地遇见仙女。
② 单骑见回纥——唐代宗永泰元年(公元765年)吐蕃与回纥(hé)等部族受唐朝叛将仆固怀恩勾引,大举入犯,长安大震。郭子仪统兵防御,知众寡不敌,难以力胜,遂亲自单骑至阵前面晤回纥可汗之弟,劝说他与唐修好,攻击吐蕃,大获成功。吐蕃闻之夜遁。
③ 乡宦——官僚解职后回到故乡,称做乡宦。
④ 龙眠山人——李公麟,字伯时,晚年居龙眠山庄,自称龙眠山人。他是北宋有名的画家,并擅长金石文字,也是诗人。

军搭上了手,但是他猜想到这个坏蛋既然挟众鼓噪叛变,必然会投降官军。反复思忖,他认为必须抢在官军进攻石门寨和坐山虎攻破大庙之前赶到,用霹雳手段将叛乱镇压下去,除掉坐山虎及其亲信党羽,使石门寨危而复安。想着那些杆子的内部情形,也想了自己平素同众家杆子的关系,以及自己的威望等等,他下定决心了。他停住脚步,转身对尚炯和总管说:

"这么办吧……"

他的话刚开头儿,双喜的一名亲兵匆匆地走进老营,直到上房的门槛外边站住。这个亲兵名叫王铁牛,才只十六岁,聪明伶俐,不久前从孩儿兵营中提出来跟随双喜。他睁着一双水漉漉的大眼望着闯王,急急地说:

"禀闯王,双喜小将爷差我来禀报军情:现今杆子们仍在围攻李友将爷,庙中无水,情势十分危险。吴中军给叛贼关在一间小屋里,尚未被害。杆子们扬言说:要等龟孙们攻破庙院,擒住李友将爷,拿他和吴中军的头祭奠给李友将爷杀死的杆子头目。"

闯王问道:"这些消息确实么?"

"回闯王,这些消息是吴中军的一个亲兵向双喜小将爷禀报的,十分确实。"

"这个亲兵在哪里?他怎么逃出虎口的?"

"听他说,他暗中挣断绳索,一脚将看他的贼兵踢翻,夺得一把宝剑,又夺了一匹战马,逃出山寨。双喜小将爷见他身带重伤,将他留在大峪谷,派我回来。"

"难道窦开远和黄三耀也在围攻李友么?"

"听吴中军的亲兵说,他们两人不肯叛变,可是黄三耀卧病在床,窦开远一个巴掌拍不响,手中兵力弱,压不住众家杆子。挟制众人哗变的是坐山虎刘雄,给李友将爷杀死的是他的把兄弟,也是他的二驾[①]。"

[①] 二驾——杆子的副首领。

听了王铁牛的禀报,李自成更加决心立刻去石门谷,免得大庙被攻破了局面将变得不可收拾。他吩咐铁牛出去休息,但马匹不要卸鞍。随即,他望着谷英说:

"子杰,叫大家都来吧。"

所有的将校立刻拥挤在上房门口。罗虎和李来亨也站在人堆后边。大家想着闯王决定要讨伐杆子,所以都竭力向前挤,把一部分人挤到门槛里边。李自成用冷静的声调对大家说:

"我已经有了平定叛乱的好办法。你们都安心回去休息吧。"

吴汝孝说:"闯王,派什么人前去平定?"

"我自己去。"

"部队呢?"

"自然有部队。"

"部队在哪里?从南边抽调么?"

"部队在石门寨的大庙里,也在众家杆子里。"

"闯王!你带的人马少了不行,还是叫我们带着各家的亲兵都去吧。"

众将校纷纷嚷嚷,请求同去。罗虎着了急,加上李来亨推了他一把,他就从人群背后踮起脚尖高声请求:

"闯王,孩儿兵早已准备停当,愿意前去!"

对众将校和罗虎的慷慨请战,自成十分感动,但是他胸有成竹,对大家挥手说:

"都不要再说了,我做主帅的自有安排。都走吧,安心休息!"

众将校后退几步,站在天井里不肯走开。自成明白,倘若大家不离开老营,他就别想单独往石门谷。想了一下,他走到门口,重新把手一挥,说:

"都快回去,在家稍等片刻,听我的命令行事。"

众将校不敢违令,开始纷纷退出,各回自己的窝铺去等候命令。罗虎和来亨互相使个眼色,手拉手躲到天井角落的黑影中,不肯走开。谷英原来是站在众将的最前边,退出时反落在最后。尤其是他心中疑惑,故意把脚步放慢。当他的一只脚刚跨出二门门槛,忽听闯王叫他一声:"子杰,你回来!"他答应一声"是!"立即转身走回到上房门口。闯王又望着黑影中问:

"那是谁还没有走?"

"是我!"罗虎和来亨同时回答。见闯王并不赶他们走,他们大着胆也回到上房门口。

老神仙走前一步说:"闯王,派什么兵将去平定叛乱,事不宜迟,就请你火速下令。不过你的身体受不住劳累,决不可亲自前去。"

闯王果断地回答说:"不用兵将,我单独去见见那些哗变的杆子头目和弟兄,叫他们不要跟着坐山虎胡闹,斩邪留正,救出李友,守住石门寨,打退官军进犯。"

"你……?"

不仅老神仙骇得张口结舌,说不出话来,所有站在他周围的人们都骇了一跳,目瞪口呆。闯王接着说:

"如今官军势强,数路围攻,加上……"他本来要说出宋家寨已经同官军勾成一气,但不愿使罗虎和来亨这两个孩子过早知道,说到这里顿了一下,接着说道:"郑崇俭亲自到桃花铺督战,咱们万不能等闲视之。老营的这一点看家本钱决不动用,白羊店的兵将更是一个也不能抽调。石门谷的事,兴师动众去剿杀是下下策,何况咱们目前也没有人马可派。即令我手头有人马,我也不能那样做。要是派人马前去剿杀,恐怕他们远远望着旗帜飘动,不但会先把子宜杀害,也要拼命攻破庙院,使李友和一百多弟兄们一个不留。我想来想去,只有我单独前去处置,才是上策。"

任继荣慌急地说:"闯王!你千万不能去!他们扣留了吴中军,撕了你的亲笔书信,十分无情无义。你独自去,万一有个好歹……"

闯王说:"我对他们许多人无冤无仇,就是坐山虎手下的弟兄们也定非一鼻孔出气,铁了心都干坏事。只有我亲自前去,才能够相机处理,以正压邪。"

尚炯恳求说:"闯王,你千万不要急,三思而行。现在不如派我先去看看,等我回来后你再去不迟。"

"不,子明!那样,不是把你扣留,就会耽搁时间,不等我们平定叛乱,崤岭的官军就会杀了进来。"闯王转向院中叫道:"李强,准备动身!"

谷英大声说:"闯王,你决不可冒险前去,还是派我同张鼐率领老营的人马去平定叛乱为是!"

张鼐跟着说:"派我们去吧!派我们去吧!"

闯王喝道:"胡说!别说目前万万不能对他们用武,即令我同意你们用武,你们带领两三百人去能平定叛乱么?"

张鼐回答说:"我们能!万一不能平定他们,死我一百个张鼐也不足惜,只要你不落到龟孙们手里就行!"

闯王又神色严厉地问:"你们去同杆子厮杀,崤岭的官军乘机杀来怎么办?这局面你们可曾通盘想过?"

谷英扑通跪下说:"闯王,不管怎样,我宁死也不让你亲自去!"

张鼐、罗虎和李来亨都一起在他的面前跪下,恳求他不要单独前去。闯王连连顿脚,摇头苦笑,不理他们,吩咐总管快给他取四百两银子带上使用。任继荣见谷英和张鼐等劝不住,自己也赶快跪下说:

"闯王,如今想同他们和解已经迟了。你单独去凶多吉少,请千万三思!"

闯王大怒,一脚把来亨踢翻,大喝一声"滚开"!接着说:"谷英、张鼐、总管、罗虎起来听令!"

跪下的人们都只好起来,垂手肃立。李自成把他们看了看,先对谷英说:

"子杰,我知道你的身体很虚弱,还不如我。可是我手边没有旁人,只好要你随同出发。你快回去,挑选五名亲兵带在身边,其余的留给老营。"

谷英听完命令,满心振奋,说声"遵令!"转身离开。尽管他是大病初愈,尚在将养,却浑身提起劲来,迈开大步走出老营。闯王随即望着罗虎说:

"不到万不得已,我不肯使用你们孩儿兵。如今王吉元带了二百弟兄扎在射虎口,力量单薄。你马上带领一百五十名孩儿兵悄悄出发,到射虎口和野人峪之间的深山密林中埋伏起来。在射虎口东南二里处有一个山洞,洞口有一个小庙,还有泉水,你们就潜藏在那个洞中。白天做饭不许冒烟,晚上不许露出火光。万一有打柴的或打猎的老百姓瞧见你们,你们就把他留在洞里,免得走漏消息。两三天以内就会用上你们,到时候王吉元会传达我的命令。"自成停了一下,又嘱咐说:"这地方不能骑马作战,你们把战马都留在寨里,每人除弓箭和短兵器之外,再带一杆长枪。另外,你们要带去十几把斧头,多带一些麻绳,到时候很有用处。余下的孩儿兵由小四儿统带,归张鼐指挥。趁现在半夜子时,火速出发,不要迟误!"

罗虎赶快走了。虽然他明白闯王交代他的事十分重要,但是因为他不能跟随闯王出征,又对闯王去石门谷很不放心,所以临离开闯王时禁不住热泪满眶。闯王又接着对张鼐吩咐:

"现在的局面你很清楚,用不着我多说。你要小心守寨,不可疏忽。速速传令:各家亲兵凡能作战的,三个抽两个,限天明到老营报到,听中军指挥。你已经不是小孩子,所以我把这一副担子交给你,凡事不要大意。还有,你立刻派亲信妥当人去告诉王吉元:一旦宋家寨的人出动,诸事依计而行,不得有误。"

三年来,每逢闯王亲临战阵,同官军白刃相交,矢石如雨,张鼐总是同双喜紧跟在闯王身边,生死不离,而现在闯王冒着极大的风险前往石门谷,却把他留在老营。听了闯王的吩咐,他的一双大眼睛滴溜溜地望着闯王,不肯离开。他竭力要镇静自己,要再一次提出来他要与闯王同去的恳求,但是他不能镇静,而且喉咙壅塞得说不出话。当闯王又用眼色催他离开时,他鼓足力气,急急慌慌地吐出几个字:

"闯王,你让我……"

闯王把眼睛一瞪:"什么?!"

"请你让我跟着你。让我带五十名骑兵跟着你……"

闯王厉声喝道:"胡说!走,快出去办你自己的事!"

张鼐不敢再说话,噙着两眶热泪走了。李自成立刻叫总管把银子取来,并预备三十个人的两天干粮和三十匹战马的两天麸料,又嘱咐说:

"张鼐年幼,凡事你多操心。我给总哨刘爷留下一封书子,等天明后你亲自送去,请他来老营坐镇,指挥一切。宋家寨的事他已知道,将来一旦……"说到这里,闯王凑近总管的耳朵咕哝几句,然后接着说:"老营要紧,请刘爷多多在意,依照我的计策行事。你还告诉他:我留下张鼐这一支人马做看家本钱,千万不能调离老营。"

老神仙见闯王亲自去石门谷已经是无法劝阻,他等闯王把几道命令下过后,说道:

"自成,既然你坚决要亲自去石门谷,我跟你一道去吧。至少,你身体有什么不好,我能够随时照料。我同你也算是生死之交,请你答应我这个请求。"

自成望着他犹豫片刻,摇头说:"不,你不用去。白羊店那里更需要你,你去明远那里吧。"

"不,自成。那里好歹已经有两个医生,我不去也可以。去冬你去谷城是我陪你去的。今日你去石门谷,要比去谷城会张敬轩危险十倍。你用脚踢我我也要随你同去。如果杆子们对你下毒手,我活着也没意思,就同你死在一道!"

"你说的什么话?……我不要你去!"

"闯王,自成!我这么一把长胡子,你难道还要我跪下去恳求么?好,我给你跪下!"

李自成赶快搀住老医生,说道:"好吧,好吧,我答应了。快去备马,咱们马上就动身。"

医生出去,而自成也进到里间,取出一张白麻纸,坐在灯下给刘宗敏匆匆写信。

自从李自成打清风垭回到老营,到他坐下写信,慧英一直站在东厢房的门槛里边,靠着门框,注视着事情的发展,既没有走出来,也没有说一句话。倘若是慧梅,大概会跑进上房,同张鼐和来亨等一同跪下,谏阻闯王只带少数亲兵去石门谷。然而她不这样,当她看见张鼐、罗虎、来亨甚至连谷英和总管都在闯王的面前跪下时,她激动得两颊痉挛,胸脯紧缩得不能透气,跑去跪在闯王面前的念头猛地在心上打个回旋。但是她立时打消了这个念头,仍立在门槛里边没动。她尽管常在两军阵上跃马弯弓,挥剑刺杀,但总是认为自家是姑娘,遇事不愿多开口,更不愿在众人面前多言多语。尤其在遇到重大事情时,她能够竭力使自己镇静,这一点很像高夫人。这时,她既赞同闯王不用兴师动众办法平定叛乱,又担心闯王只带少数亲兵去会有风险,在心里祝告说:

"老天爷,你睁睁眼,千万保佑闯王马到成功吧!"

当闯王在灯下写信时,慧英转身离开门口,从自己床下放的马

褡子里摸出来一包银子,到院子里递给李强,小声说:

"你把这二百两银子带在身上,说不定会有用处。"

"这是谁的银子?"李强问,感到奇怪。

"这是几年来夫人陆续赏我同慧梅的,俺俩都没有家,没处用,积攒成这个整数。如今老营很缺钱,把这拿去给闯王用吧。"

李强迟疑说:"已经请总管取四百两,大概够用了。"

"不,快接住。钱到用时只恨少,拿四百两银子中什么用?你带上,到石门谷时对闯王说一声。"

李强接住银子,说:"慧英,你真是……"他不知道下边说什么好,而慧英不待他说完就轻脚轻手地往上房去了。

她进了上房,找到一件薄棉衣拿在手中,静静地站在闯王背后。闯王把书子匆匆写好,看了一遍,改了错字,抹去几句,只留下主要的一段话:

> 杆子哗变,后路门户洞开,致全军处境,万分危急。愚兄决计轻装简从,亲去抚定,挽此危局。全局吉凶,在此一行。请吾弟坐镇老营,全盘主持。抚绥有成,兄即归来,望勿为念。临行草草,不能尽宣。又,如南边战局吃紧,可速命补之侄带病去清风垭坐镇。

等闯王把书子叠好,装好,从椅子上站起来,慧英把薄棉衣披到他的身上,说:

"已经过了中元节,五更山风很凉,你把这件棉衣穿上,白天热的时候脱下来塞进马褡子里。"

闯王心中有事,连望她一眼也没有,急急把棉衣穿上。她把扔在桌上的马鞭子拿起来递给他,又说:

"闯王,我有句话不知敢说不敢说。"

自成这才注意到她,望着她轻轻地"嗯"了一声。

慧英避开了闯王的眼睛,低下头去,一字一板地说:"要是夫人在老营,她一准会叫张鼐兄弟带领五十名骑兵跟你一道去,以防不虞。"

自成仿佛不曾听见她说的什么,大踏步向外走去。在院里,他把信交给总管,吩咐李强将总管取来的银子放进马褡子里,随即出了老营。他自己的亲兵只带二十名,加上医生、谷英二人和他们的亲兵,一共只有三十骑。王铁牛被叫来,在前带路。闯王上了乌龙驹,刚刚勒转马头,小来亨突然出现,举手拉住马缰,大声叫道:

"二爷!二爷!别慌走,别慌走。我爸爸马上就到,他有话要同你说!"

闯王把眼睛一瞪,喝道:"畜生!你爸爸重病在身,你跑回去叫他来做什么?不懂事的畜生!"

李来亨还没有来得及说话,闯王的鞭子已经打在他的手上。他一松手,闯王跟着向乌龙驹抽了一鞭,乌龙驹跳起来,向着寨门奔去。来不及等待父亲由亲兵搀来,李来亨追在闯王的一起人马背后跑着,但等他追到寨门,这一小队人马已经消失在半山腰间的茫茫晓雾中了,只听见马蹄声渐渐远去。过了一阵,马蹄声若有若无,最后只剩下山那边惊慌的犬吠声断续传来。

第 十 四 章

向石门谷去的马蹄声渐渐消逝,从另一个方向来的马蹄声由隐而显,响着响着临近了,吸引着寨上人们的注意。顷刻之间,马蹄声已到山腰。一片林海,晓雾茫茫,但闻蹄声,不见人影——这是谁这么早前来老营?寨上人正要呼问口号,突然,有人从马上打一个响亮的喷嚏,随即又咳嗽一声,把附近成群的山鸟惊起。守寨的弟兄们互相望望,不用说话,都明白是总哨来到。

昨天睡了一天,刘宗敏的精神恢复了。对于目前局势,他没有一刻忘怀。特别使他关心的是南路。细想着刘芳亮背着他对闯王所说的话,又想着郝摇旗平日同芳亮等将领相处得不很融洽,越想越觉得放心不下。智亭山这地方十分重要,万一出了事岂不很糟?可是他也想不起来有什么适当人可以派去代替郝摇旗。夜间,他在床上睡不着,决定天不明就去老营见闯王,让他亲自到智亭山察看情况,留在那里坐镇。

鸡叫二遍,刘宗敏带着亲兵们上马出发,奔来老营,没想到晚来一步,李自成离开老营已经将近半个时辰了。他进寨的时候,老营总管任继荣牵着马正要出寨,两个人遇在寨门里边的一棵大树下。总管趋前说:

"刘爷,我正要到你那里……"

"有什么要紧事儿?"

总管又趋前一步,傍着他的马头,放低声音说:"闯王去石门谷啦。他给你留下一封书子,叫我在天明后亲自送给你,请你来老营坐镇。"

宗敏一惊:"石门谷出了什么事?为什么他去得这样急?"

"杆子哗变,将李友围在庙中。吴中军拿着闯王的亲笔书信前去抚慰,狗日的将书信撕毁,将吴中军扣留,要等待攻破大庙时同李友一齐杀害。吴中军身边的四个亲兵已经杀了两个,另外两个带伤逃回。"

宗敏不听则已,一听禀报,登时心中火冒三丈,双眼圆睁,胡须根根岁开,连头发也几乎直竖起来。然而他忍耐着没有破口大骂,咬着牙沉默片刻,向总管问道:

"闯王带多少人马去了?"

"他只带二十个亲兵前去。另外谷子杰和老神仙也跟他同去,一共不过三十个人。"

宗敏十分放心不下,正要再问,忽然坐下的雪狮子不安静地走动一步。他扣紧缰绳,狠狠地抽它一鞭。雪狮子猛然跳起,后腿"人立",打了两转,才把前腿落地,愤怒地喷着鼻子。又挨了一鞭,它才安静。

"这件事都是什么人知道?"宗敏又向任继荣问。

"寨内将士多已知道,只是老百姓尚不清楚,高舅爷因病势较重,尚被瞒着。"

"总管,你替我传令,不许任何人将此事传出老营寨外。军民人等,不许随便出寨;有敢出寨乱说的,查出斩首!……闯王还留下什么话来?"

继荣使眼色叫亲兵们退后几步,小声说:"闯王说,宋家寨的事你都知道。一旦宋家寨兵勇出动,就由王吉元将狗日的诱至老营寨外,不让他们一个逃脱。他说,老营要紧,请刘爷多多在意。他还特意嘱咐:张鼐的这支人马是老营的看家本钱,千万不可调离老营。"

闯王想活捉宋文富兄弟的计策,刘宗敏是知道的。现在他一心悬挂在闯王身上,生怕闯王到石门谷有性命危险,所以他对宋家的事不很在意。听完总管的话,他把缰绳稍微一松,雪狮子急躁地向前一蹿,奔向老营而去。老营大门外的广场上有不少弟兄在练功,还有些带病的将校来打听消息。大家看见总哨来到,感到振奋,想着他一定会一面派人追回闯王,一面点齐老营人马,亲自率领去剿平叛乱。当他跳下马时,一大群带病的将校都围拢过来,准备同他说话。他用大手一挥,使众人闪开道路,大踏步走进老营。有人在二门外刚洗过脸,木脸盆尚未拿开,水也没有来得及倒掉。刘宗敏大概嫌它挡路,一脚把它踢了丈把远。到了上房,他转身过来,急不可耐地等着总管追进来,随即瞪着眼睛问道:

"书子呢?快给我!"

任继荣慌忙从怀中取出闯王的书信,双手呈上。宗敏虽然幼年读书很少,但他是一个十分聪明的人,近几年在李自成的义军中地位重要,逼得他事事留心,遇到有关系的文件,不仅要别人读给他听,他自己也拿在手中反复看,反复推敲,因而锻炼得粗通文墨。他把自成的书信仔细地看了一遍。虽然"抚绥"的"绥"字是个拦路虎,但意思他是明白的。他重把"抚绥有成,兄即归来,望勿为念"这三句话看了两遍,产生了一个不好的预感,在心中暗暗地说:"倘若王八蛋们不听从你的话,你难道就不回来了么?"他轰的急出了一身汗,一边把书信往怀里揣,一边厉声问道:

"闯王走有多远了?能追得上么?"

"现在闯王至少走出二十里以外,追不上了。"

"你为什么不劝他多带人马?"

"大家苦劝,他不听从。"

"你为什么不早点禀报我?"

"我,我……"

刘宗敏不管老营总管的地位有多么高,而且是闯王的亲信爱将,是跟随闯王在潼关南原突围的十八个英雄之一,一耳光扇过去,打得总管嘴角出血,跟跄几步。他跟着把脚一顿,大声喝道:

"跪下!"

总管扑通跪下,一句话不敢辩白,也不敢动手揩嘴角的鲜血。宗敏又踢他一脚,恨恨地骂道:

"如今众将染病,吴汝义又走了,老营事差不多都交给了你。遇到这样大事,你看着闯王去冒风险,既不想法劝阻,也不及时向我禀报,要你这个王八蛋的老营总管吃白饭的?闯王若有好歹,老子要活剥你的皮!小骟子在哪儿?"

总管回答说:"张鼐去集合各家亲兵,就在老营寨内。"

宗敏向院中吩咐:"快把小骟子替我找来!"

立刻有几个弟兄走出老营,去找张鼐。尽管去叫张鼐的人走得很快,刘宗敏却仍嫌他们走得慢,向站在二门内的人们吩咐:

"叫他们跑快一点,别一脚踩死一个蚂蚁!"

张鼐已经召集齐老营寨内和附近的各家亲兵,编制成队,指派了大小头领。听说刘宗敏来到老营,他赶快向老营走来,同去找他的两个弟兄在路上碰见。知道老营总管已经挨了打,总哨雷霆火爆地派人找他,他吓得心头怦怦乱跳,三步并作两步往老营赶。进了上房,他在总管一旁垂手立定,屏息待命。刘宗敏的一双怒目好似燃烧的火炬,瞪着他,厉声问道:

"你这小杂种,为什么不率领人马和闯王同去?"

张鼐慌慌张张回答一句。刘宗敏没听清楚,一耳光把张鼐打个趔趄,喝令跪下。他望望垂头跪在面前的小张鼐,从桌上抓起马鞭子扬了扬,然后想着这不是责打的时候,又喝道:

"起来!"

等张鼐从地上站起来,刘宗敏望着他说:"你这个小杂种,竟敢离开闯王,我权记下你一颗脑袋。你去挑选三百匹好马,率领三百个精壮弟兄,身披铁甲,火速出发,一路上马不停蹄,拼命赶路,到石门谷保护闯王。进了石门谷,不许你离开闯王一步。倘若杆子有害闯王之意,你小杂种先动手,保闯王杀出石门谷。能救出李友和吴汝义他们,当然更好;万一救不出他们,只要你保住闯王平安,我不罪你。倘若闯王有一点差池,你休想活着见我!你听清了么?"

"听清了。倘若闯王有一点差池,我决不活着见你!"

张鼐转身要走,刘宗敏把他叫住,又说:"你路过大峪谷时,替我传令给双喜:你从前边走,他就率领五十名弟兄带着云梯从后跟,不许耽搁。倘若杆子们放闯王进石门谷以后把寨门关闭,你们叫不开门,就立刻爬云梯往里灌。凡畏缩不前的,立刻斩首。你们一旦呐喊进攻,李友的人马必会里应外合,破寨不难。攻不进去,老子要把你们全体斩首,一个不留!听清了么?"

"听清了!"张鼐大声回答。

"去吧,小鼐子,一刻也不能耽误!"

张鼐猛然转身,跑步奔出院子。随即大门外响起来呜呜角声,并且有人高声传呼:

"老营将士听真!凡是没有害病的速速披挂,各穿铁甲,自带干粮,牵战马来老营听点!"

宗敏叫老营总管起来,问道:"夜间宋家寨有什么新的动静?"

总管回答说:"没有听到什么动静。射虎口也没人来。"

"你派个妥当人去王吉元那里一趟,秘传我的口谕,要他务必弄清楚宋家寨准备在何时动手,人马多少。"

"是,我马上派妥当人去。"总管并不立刻出去,踌躇一下,喃喃地提醒说:"刘爷,闯王临走时特意嘱咐,张鼐这一支人马是老营的……"

"我知道。少说废话!"

任继荣不敢再说,赶快出去。老营的司务小校来到上房门外,问刘宗敏是否开饭。宗敏抬头一望,见太阳已上屋脊了,吩咐立刻拿饭。但是他的心中却在盘算:张鼐这一走,老营越发空虚,倘若有大股官军从宋家寨来,如何是好?早饭已经端上来,他好像没有注意,提着马鞭子走出老营。司务小校望着他不敢言声。他的亲兵们也不敢提醒他饭已端到,跟着他往外走去。

张鼐走后,老营的看家人马只剩下不足一百人,全在守寨;加上新集合的各家亲兵不足二百人,王四率领的孩儿兵不足五十人,这是老营山寨中的全部兵力。由各家亲兵编成战斗部队开始于潼关南原大战的时候,是高桂英在情况紧急时想出的一个办法,也是农民军的一个创举。在那次大战中,亲兵们很起作用,牺牲也大。如今集合起来的亲兵不如上次多,这不仅因为染病的多,也因为驻扎不在一处,一时不易统统召集,而且整个义军实力也比潼关大战时又减少多了。就这不足二百人的亲兵队伍,还有大半不是原来的久经战场的亲兵。

刘宗敏先去看看集合起来的队伍,见大家精神饱满,盔甲整齐,马匹精壮,稍微感到满意。他想这一支人马没有一个名号很不方便,就替它起名叫老营亲军。从老营亲军集合的院子出来,他转往孩儿兵驻扎的院落。孩儿兵正在吃早饭,人人穿着绵甲,披挂齐全,马匹都上好鞍子,准备随时奉令出发或投入战斗。看见刘宗敏来到大门外,守卫在大门口的两个孩子高声传呼:"总哨驾到!"院中的孩子们立刻放下碗筷,虎地站起,在屋里的孩子们也立刻跑出,分在甬路的两边肃立。宗敏缓步进来,看见孩子不多,也没有看见罗虎,便向王四问道:

"你们孩儿兵怎么这样少?"

王四回答："回总哨,孩儿兵除害病的以外,昨夜罗虎带走了一百五十名,尚余四十八名。"

"小虎子带孩儿兵往什么地方去了?"

"系奉闯王之命,半夜出发,不知开往什么地方。"

刘宗敏有点诧异,问:"怎么连你也不知道?"

"回总哨,闯王有令,不许泄露机密,所以罗虎哥不曾告我说开往何处,我也不敢打听。"

刘宗敏对于王四的回答感到满意,又把王四看了一眼,心里说:"这孩子,长大了一定不凡。"他走出孩儿兵的院子,正要往李过处商议大事,老营总管从后边追来。他停住脚步,等总管走近,问道:

"什么事?"

继荣走到他的面前小声回答:"智亭山一带可能出了变故,请总哨速回老营。"

宗敏吃了一惊:"什么变故?"

"清风垭派人飞马来报:约在四更以后,智亭山一带突然火光冲天,隐隐有喊杀之声,详情尚不知道。"

"来的人在哪儿?"

"现在老营。"

刘宗敏赶快回到老营,亲自询问从清风垭来的弟兄,所答与总管复述的话没有差别。他想,郝摇旗那里出了事已无可疑,目前必须向最坏处设想,那就是智亭山失守,白羊店后路截断,占领智亭山的官军分兵进犯清风垭,或与桃花铺的官军合力夹攻白羊店。白羊店的安危且不去管,料想在一两天内还可死守,使他最担心的是清风垭。那儿只有黑虎星留下的三百弟兄,既没有同官军打过硬仗,近来又听说军心不稳。倘若官军大股来犯,虽然还有辛店和麻涧两个险要去处,却无将士把守;官军乘虚直入,岂不动摇老营的根本重地？这样一想，他决定派老营亲军全数驰援清风垭。可是，万一有大股官军从宋家寨过来，如何应付？他沉默片刻，挥退左右，只把老营总管留下，悄悄问道：

"夜间小罗虎率领一百五十名孩儿兵到什么地方去了？"

总管小声禀明，使宗敏对宋家寨这一头略觉放心。他立刻下令老营亲军驰援清风垭，又派人传令铁匠营的各色工匠，不管是打铁的、做弓箭的、做盔甲的，除去害病的和几个老师傅之外，一齐来老营听候调遣。刚下过这两道命令，他正要呼唤开饭，刘体纯派一个小校飞马来到，报告说商州的官军已经在五鼓出动，如今离马兰峪不远，从野人峪的山头上可以望见火光。宗敏问：

"官军出动了多少人？"

"回总哨爷，据探子回来禀报，官军出动的有两千多人，另有从商州以东来的乡勇一千多人，共有四千上下。他们每到一处，任意烧杀，奸淫，抢劫，火光从高车山的西边一直红到离马兰峪不远地方。"

"我军从马兰峪撤完了么？"

"昨天黄昏前已撤退完毕，只留下少数疑兵。"

"回去对你们将爷说，没有我的命令，不许出野人峪山寨一步。官军只要不攻寨，寨墙上只留少数弟兄，其余的一律休息，躺在树下睡大觉。有敢出寨同官军作战的，斩！"

刘宗敏吩咐开饭，随即同亲兵们和老营总管蹲在一起，连二赶三地吃早饭。因惦念闯王吉凶难料，食物难以下咽，肚中不知饥饱，所以吃不多便扔下碗筷，独自先起。他刚站起来，一抬头看见李来亨急步走进二门，连忙问道：

"小来亨，什么事？"

李来亨到他的面前站住，恭敬地说："刘爷，我爸爸请你去一趟，有话商量。"

"智亭山的事,你爸爸知道么?"

"他已经听说了。现在他等着刘爷去商议军情。"

"商州的官军也出笼啦,前锋已近马兰峪,你爸爸知道么?"

"他还不知。"

"回去对你爸爸说,我马上就去见他。还有,小来亨,回去对你爸爸说了之后,你就去叫王四快来见我,并告他说孩儿兵要准备出发。"

李来亨刚出老营,王吉元派一个心腹小头目骑马来到。老营总管派去的那个人同他遇在半路上,随着回来。总管把他带进上房,向刘宗敏禀报军情。据他说,由商州来的二百官军和调集的各寨乡勇,后半夜陆续地到了宋家寨。今日四更以后,宋家寨的二寨主宋文贵亲自来到射虎口,代表宋文富对王吉元的"弃暗投明"说一番嘉奖和勉励的话,并送来二百两犒赏银子。但是宋家寨打算在何时动手,却十分诡秘,不肯事前泄露。王吉元起初问宋文贵,他只说到时候"上峰"会有指示。他害怕走漏风声,没有多停留,趁天色不明就返回寨内。直到送他出射虎口时,王吉元还旁敲侧击,想向他探出来一点口风,无奈他对军机守口如瓶,只回答:"丁抚台尚无明示,不敢瞎猜。"

听了这个小头目的禀报,刘宗敏起初不免纳闷,但随即心里明白,不觉骂道:"妈的,打什么如意算盘!"他猜想,一定是丁启睿和宋文富等南路官军大举进攻清风垭,东路官军进攻野人峪,义军正两面应付不暇的时候,才命宋家寨的人马突然出动,进袭老营。敌人这一手十分毒辣。显然他们认为这样可以十拿九稳地袭破老营,万一袭不破老营也可以在高山放火,占领几个山头,使野人峪和清风垭的义军军心摇动,难以固守。刘宗敏没有将自己的猜想说出口来,挥手使总管和小头目一齐退出。他正在寻思对策,清风垭第二次派人飞马来报,说探得智亭山确已失守,郝摇旗率残部仍

在同官军混战;有一小股官军从智亭山向北来,似有窥探清风垭模样。刘宗敏气愤地问:

"他妈的,龙驹寨以西的几个险要处都有咱们的人防守,官军怎么能飞到智亭山?难道是他妈的从天上掉下来的?"

"回总哨爷,详情不知。据智亭山附近逃出的百姓传说,官军大约是从一条少人知道的隐僻小路偷袭智亭山,使我军措手不及。"

"官军有多少人马?"

"官军起初有约一千多人,后来不断增加,天明后已经有两千多人。后来望见一群一群乡勇也从龙驹寨出动,往智亭山一带蜂拥而来,十分众多,确数没法约摸。"

刘宗敏骂道:"哼,狗日的抬起老窝子出动啦!"

他没有在口中骂郝摇旗,但在肚子里恨恨地骂了一句:"该杀!"随即他吩咐清风垭的来人,立刻回去,传下他的命令:倘有官军尖队来到近处,立刻剿杀,不使一个活着逃回;倘若大队来到,只许凭险固守,不许出战。他又说:

"你回去对大小头领和弟兄们说,我总哨刘爷说啦,你们是英雄还是狗熊,这一仗要见分晓。可不要把黑虎星的面子丢了。我正在调集人马。等人马调齐,我要亲自到清风垭,夺回智亭山,把杂种们赶回龙驹寨老巢里去!"

清风垭的来人一走,刘宗敏就吩咐一个亲兵去叫老营总管。他现在充分地看清楚局势有多么凶险,而拯救危局的主意也拿定了。

不过片刻工夫,老营总管三步并作两步地来到上房。刘宗敏命总管去将老营寨内所有能够拿起武器守寨的男人——包括患病初愈的、轻微残废的、年老的、管杂务的,以及能够抽调的马夫和火头军,赶快召集一起,编成一队,听候调遣。

任继荣刚刚退出,王四来到老营,李来亨紧跟在他的背后。这时,智亭山出了变故和商州官军开始大举进犯的消息已经传开。王四以为总哨要派他率领孩儿兵去清风垭或野人峪,特别感到振奋,进老营时精神焕发,行走带风,脸色矜持,同小来亨一前一后,俨然是两位英武的少年战将。在上房的门槛外边站定,他依照童子军近半年学习的军中规矩,大声说:

"启禀总哨刘爷,童子军副头领王四前来听令!"

刘宗敏慢慢地在王四的脸上和身上打量一眼。平日他就喜欢王四的勇敢和伶俐,说他同罗虎在一起活像是双喜和张鼐。现在这孩子身穿宝蓝绵甲,腰挂宝剑和朱漆箭囊,背挂角弓,另外在腰带上插着一把匕首,雄赳赳,气昂昂,使宗敏越发喜爱。他含着微笑说:

"小四儿,官军已经向咱们进犯,你带的这几十个孩儿兵使用上啦。"

"回总哨,我们孩儿兵一切准备停当,只等你一声令下,立刻出战。"

"好,好。只要你们娃儿们有种就行。你现在率领孩儿兵开到麻涧,要携带一天干粮,准备夜间前去清风垭。到了麻涧之后,人解甲,马卸鞍,好生休息,不许乱动,只派几个孩儿把守寨门。"

"黄昏后就动身往清风垭么?"

"不要急,黄昏后你们孩儿兵立刻准备停当,等候我的将令行事。我的将令不到,不许离开麻涧。"

王四听说确实要他率领孩儿兵在夜间去清风垭同老营亲军和黑虎星的人马一起,想着是一定要夜袭敌营,夺回智亭山。说了一声"是!"回头同李来亨交换了一个兴奋的眼色,转身便走。来亨所猜想的和他相同,紧跟着他的背后走出老营。刚才来亨的父亲因目前情势紧急,打仗需人,已吩咐来亨不用在家侍候父母的病,立刻重回童子军,听从王四指挥,所以他一出老营就奔回家披挂去了。

刘宗敏忙过了这一阵,正急着去找李过,忽见慧英匆匆地走出东厢房,来到上房门口。他知道她被高夫人留在老营陪伴兰芝,现在看见她的神气和平时不同,还以为兰芝病情有了变化,不觉眉头一皱,问道:

"兰芝怎样了?"

慧英很激动地说:"兰芝没怎样。刘爷,你派我做什么?"

一听说她不是为着兰芝的病来见他,宗敏放了心,不在意地回答说:

"高夫人在白羊店,我没有什么事叫你做。你还是给兰芝做伴吧。"

"不,总哨爷。兰芝很懂事,她刚才对我说,今天战事很紧,用不着我留在她的身边做伴。"

"你想做什么?"

"总哨爷,目前情势紧急,老营空虚。各家眷属住在老营寨中的较多,除去害病的还有百人以上。大家虽系女流之辈,但多年随军起义,都能骑马,多少会些武艺的不在少数。至不济也能搬砖抬石,手执木棍,守护寨墙。请总哨下令,我去传知各家年轻眷属,火速来老营集齐,听候调遣。"

刘宗敏一边跨出门槛向外走一边说:"算了吧。打仗是男子汉的事,婆娘们不是打仗的材料。"

慧英的脸颊绯红,拦住他的路反问一句:"总哨爷,难道花木兰、樊梨花、穆桂英都是男人?"

刘宗敏受了抢白,但没生气,望着慧英笑一笑,说:

"那是戏上编的,谁见过?像你和慧梅这些姑娘们,都是自幼经高夫人调理出来的,在咱们义军中也不多哇。你现在把一大群婆娘弄到一起,没看见敌人时喊喊喳喳乱说话,看见敌人时一哄而散,各逃性命。哼,靠婆娘们打仗,顶屁用!"

"刘爷,请你莫把话说老了。咱们各家眷属都是从枪刀林里闯出来的,马鞍把大腿磨出茧子,纵然没经过好生调理,武艺不如男人,可是每到敌人杀到面前时,很多人不肯白白地等着受辱,等着死,也知道拿刀剑往敌人身上砍。如今闯王去石门谷,吉凶莫测;高夫人在白羊店,腹背受敌;老营是根本重地,十分空虚,不得不召集有病的将士守寨。把年轻有力的妇女编成一队,即令不能冲锋陷阵,守寨总可以助一臂之力。刘爷,请你莫怪我同你犟嘴,这不是平常时候!"

这是刘宗敏第一次看见慧英毫不畏怯地同他犟嘴,说出的一派话干净利落,句句在理,使得他答不上来。他心中很赞成这姑娘的一片忠心和慷慨陈词,但又不相信婆娘们能够有多大用处,不耐烦地挥挥手,说:

"好啦,好啦。只要兰芝能离开你,你去召集她们成立个婆娘队吧,我派你做婆娘队的头领。"

慧英得到允准,十分高兴,用委婉的口气说:"刘爷,你别急,听我再说两句话。第一,这个队应该叫做娘子军,不叫婆娘队。第二,头领是高夫人,不是我;只是因夫人不在老营,蒙你总哨指派,我暂且代夫人招呼招呼。"

"好,好,你说咋好就咋好。没想到你这个大姑娘有这么多的板眼!"

刘宗敏带点无可奈何的神气笑一笑,出老营找李过去了。

李过很担心黑虎星留在清风垭的人马同才开去的老营亲军不相统属,难望齐心,而所谓老营亲军又尽是各将领的亲戚、族人、小同乡,最难指挥。如今清风垭非常重要,不但是老营南边屏障,也是一道进出大门。必须确保清风垭,才能够出兵夺回智亭山和解救白羊店。因黑虎星的头目们同他较熟,他坚决要亲自去坐镇清风垭。宗敏见他的病势才回头不久,身体十分虚弱,不能骑马,不同意他马上前去。宗敏认为,李过纵然可以坐笕子前去,但路上的颠簸和指挥的操心他也受不了。无奈李过坚持要去,而闯王在信上也留有话,目前情况确实吃紧,宗敏便不再劝阻,只好将闯王留的书信给他看看,让他前去。当望着李过只有四名亲兵随护,坐上笕子,离开山寨时候,刘宗敏的心中很不好过。他想,如果石门谷不出事,自成在老营主持,他自己就可以前去清风垭,何用李补之带病出征!

任继荣已经把勉强可以作战的伤、病和杂务人员集合起来,编成一队,带到老营前边,共有一百二十余人。刘宗敏剔下去一批身体较弱的,留下的大约有一百人,吩咐他们分作三班,轮班协助守寨,不上寨的就好生休息,不许离队。总管禀道:

"总哨,寨中百姓知道情况吃紧,都要上寨。我说,官军一时还打不过来,用不着他们上寨;等需要大家上寨时,自然会鸣锣传知。"

"对,现在还用不着百姓上寨。"

继荣又小声说:"还有,刚才有一个百姓来对我说,马三婆准备中午往宋家寨去。"

"啊?"

"她说宋家寨昨天就派人捎话,要她去下神治病。我看,她准是知道闯王去石门谷,老营十分空虚,打算去密报宋文富,拿治病做个托词。这个半掩门儿①烂婆娘自从咱们来到这里就做宋家寨的坐探,今天不能让她逃掉。总哨,我派人去把她收拾了,行么?"

―――――――――
① 半掩门儿——暗娼。

刘宗敏略一考虑,果断地说:"不行。让她往宋家寨下神去,不许动她一根汗毛。"

"可是总哨,目前咱们不应该粗心大意。这破鞋一到宋家寨,会把咱们老营的底细全说出去。"

"让我再粗心大意这一次吧,不怕她说出咱们的底细。还有,趁这时官军距离还远,叫老百姓随便出寨砍柴,不要禁止出入。"

"刘爷,让寨门随便出入,寨中底细不是更会泄露出去么?"

刘宗敏把眼睛一瞪:"难道怕官军来劫寨么?小心多余!"

总管提醒刘宗敏:"今天清早,刘爷你才进寨的时候,我已经传下你的严令:军民人等,不许随便出寨……"

"休啰唆!那时我严禁出寨,现在我取消那个禁令。你重新替我传令:从现在起,到酉时以前,寨中男女百姓可以随便出寨办事,只不许携带包袱,不许逃迁。倘有私自逃迁的,东西充公,全家斩首!"

总管咂咂嘴唇,退到一旁,口中不敢争执,心中却极不赞成。他心中说:"要是闯王在老营坐镇,岂能如此粗心大意!"他还想对宗敏说什么话,恰好慧英来到面前了。

慧英已经将年轻的妇女们传齐,凡是体弱的、平日胆小的、丈夫和儿女患病较重的,一概不要,只挑出七十个人。这些妇女虽全是大小头目的妻子,但慧英竟能使她们个个听话,踊跃应召。她们看惯了排队点兵,所以一经慧英传知,立刻各牵战马,携带兵器,在慧英指定的地方集合排队,肃然不乱。她对大家嘱咐几句话,就来找刘宗敏禀报。

刘宗敏并没想到慧英会这般快把眷属们传齐并编成队伍,也不曾把这事放在心上。他正想上马往野人峪,慧英来到面前,向他禀报说娘子军已经编成,请他点验。他看见左右的亲兵们一个个的眼梢和嘴角藏着笑意,使他简直不知道去看好还是不看好。慧英见他只顾摇动马鞭,不说什么,大有不屑一看的模样,就郑重其事地又请一遍。刘宗敏只好跟着她走到一个碾场前边,拿眼一瞧,出他意外的部伍整肃,精神抖擞,并没有一个人忸怩作态。他心里说:"行。管用。"慧英因平日校场点兵,闯王或总哨往往对将士们说一些训诫的话,现在见他神色和蔼,就壮着胆子说:"请总哨爷说几句话。"宗敏突然喊声口令:"上马!"妇女们飞身上马,控辔注目,等待第二声口令。他点点头,望着慧英笑一笑,表示赞许,随即对大家说:

"我没有别的话说,只要你们遇到敌人时不替咱们李闯王和高夫人丢脸就行。俗话说,家有家规,军有军规。平日慧英向你们或叫婶子,或叫嫂子,对你们都很尊敬。今日成立了娘子军,高夫人不在老营,我命她代高夫人做头领,你们都得听她的,不管谁犯了军规,休怪她不讲私情。咱们李闯王的军规你们是晓得的!"

他望望慧英,又望望大家,想不起别的话说。倘若这是一队男子汉,他会有许多话讲,也不妨带出几句粗鲁的话,用不着话未出口还得挑选词儿。如今面对着一队女人,而且不是兄弟媳妇便是侄媳妇,其中还有少数姑娘,更使他说话拘束。停了一阵,他忽然命令:

"下马!"

妇女们迅速下马,各在自己的马头左边立定,依然行列整齐。只有一个人下马时稍微慌张,碰着箭囊,一支箭跳出半截。她自觉不好,又害怕受责骂,脸蛋儿突然通红。倘若她是个男的,刘宗敏一定会走近去拳打脚踢。现在一看她是李弥昌的老婆,是个侄辈媳妇,只对她望一眼,连一句责骂的话也不好出口。他嘱咐慧英带大家到寨外校场操练,等候调遣,便离开娘子军,回到老营门外,把任继荣叫到面前说:

"大峪谷和石门谷两个地方有什么消息,你立刻派人禀报我。

铁匠营的人们一到,你就叫他们骑马到麻涧休息,准备今晚去清风垭。如今老营没有中军,你就是总管兼中军,我离开老营时,这全寨的人马由你指挥。"

吩咐毕,他带着亲兵们跳上战马,奔往野人峪去。

官军害怕中埋伏,还没有进入马兰峪。站在野人峪的高山头上,可以清楚地望见马兰峪以东有许多地方都在冒烟;有两处地势较高,浓烟冲天。有一个村落在岭脊上,可以望见浓烟中火舌乱卷。成群的百姓扶老携幼,牵牛赶羊,逃过马兰峪来。有的逃近野人峪才停下来,呼儿唤女,哭哭啼啼。据老百姓对义军哭诉:官军早就扬言商州以西遍地是"贼",连妇女小孩都通"贼",所以他们今日进攻,见男人就杀,割下首级报功;见女人就奸淫,不从的就被杀害。大姑娘、小媳妇只要落在官军手中,受了辱还要抢走。官军和乡勇见财物就抢。官军拣轻的和稍微值钱的东西抢,乡勇来到就不管粗的细的一扫光,犁、耙、绳索、锄头、镰刀……无物不抢。每一队乡勇后边都跟一群专拿东西的人,乡勇在前边抢,他们在后边把东西往城郊和东乡运。

刘宗敏派人把几个逃难的百姓叫进野人峪,亲自问明情况,气得短胡须不住支岑。刘体纯请求让他率领二百弟兄出马兰峪给敌人一点教训,被宗敏狠狠地骂了几句,并且再次严令:除非官军和乡勇来攻野人峪,没有他的命令绝不许同敌人接仗。他吩咐体纯派人多烧开水,送到附近的树林中,凡是逃来的难民都暂时在树林中休息,不许放进野人峪。

在野人峪吃过午饭,刘宗敏带着亲兵们到了射虎口。这里距宋家寨有五六里远,距老营有十二三里。山口很窄,两边是峭壁,守军驻扎在山口一旁的半山小寨中。刘宗敏叫王吉元带着他巡视了防守情形。趁着亲兵们离开稍远,他小声问道:

"宋家寨什么时候动作？"

"还是不知道。"

"闯王去石门谷的事你们这里知道么？"

"知道了。也知道智亭山失守的事。"

"是谁告诉你们的？"

"这里老百姓的消息很灵，不知怎么这些消息突然在前半晌哄传起来，还说老营十分空虚，只有害病的人和妇女守寨。孩儿兵和临时成立的老营亲军都开往清风垭，连李将爷也带病前去了。"

"宋家寨知道这些情形么？"

"我想宋家寨不会不知道。刚才马三婆来到这里，口称要去宋家寨替寨主少爷下神看病。我本想把她扣押，可是又怕会打草惊蛇，只好放她过去。我想她准是去给宋文富报信儿的。"

"好，好，正需要她这一报。"

王吉元吃惊地望望宗敏，不明白这话是什么意思。宗敏接着说：

"吉元，你仍然照闯王的计策行事。倘能在今夜将宋文富诱出洞来，诱到老营寨外，就是你立了大功。宋文富有出洞消息，立刻去老营向我禀报。"

"总哨爷，如今宋文富有官军和别寨乡勇相助，不是少数人可以对付得了。我担心老营空虚，刘二虎的人马又不敢从野人峪抽回……"

"我没有苇叶不敢包粽子，你少操这号心！记住：一定要在今夜把宋家寨这股脓挤出来，免得它妨碍咱全力去对付官军。你报闯王，立大功，就在今夜！"

王吉元又担心地说："咱们的兵力少，多捉活的不方便。我看，如果宋文富兄弟亲自出来，不如一刀一个，杀掉干脆，免得给王八蛋们逃脱。"

"不,要捉活的。闯王叫咋办咱们就咋办。你放心,只要诱他们到老营寨外,纵然他们插翅膀也别想飞走。"

刘宗敏暂时不把罗虎的行踪告诉吉元。他叫吉元带着他出了山口,走了约摸三四里路,站在高处观望宋家寨的守备情形。除他自己带来的十来个亲兵外,王吉元又挑选了三十名精骑跟随,以防不测。宋家寨上的守寨人远远地认出来骑白马的大汉是刘宗敏,登时在寨墙上拥挤了很多人,并且越来越多,隔墙垛指指点点。宗敏正看着,忽然叫声"不好",身子一晃,栽下马来,口吐鲜血,不省人事。

大家慌了手脚,又要抢救宗敏,又要提防宋家寨趁这时派出官军和乡勇来攻。亏得王吉元是一个遇事尚能沉着的人,他一边叫人用指甲狠掐宗敏的人中,同时连声呼唤,一边指挥人马向东列队,控弦注矢,准备迎敌。宗敏的人中被掐得疼痛,呻吟出声,微微把眼睛睁了一下。吉元因此地不敢久留,立刻吩咐三个大汉,轮流背负刘宗敏,他自己率领骑兵在后保护,回到射虎口的小寨里边。人们把宗敏背进吉元住的草屋中,轻轻放在床上,只见他昏昏沉沉,闭着眼睛,呼吸时而短促,时而变得很细。王吉元凑近他的耳边唤道:"总哨!总哨!"他不答应,却神神鬼鬼地说几句含糊不清的话。大家原以为他是病后虚弱,骑马中暑,现在就纷纷小声议论,说他可能是中了邪。这儿没医生,众人救他心切,偏生忙中无计。有人出个主意,说总哨刘爷可能是撞着山神野鬼,既然马三婆正在宋家寨内,距此甚近,不妨派人速去请来。宗敏的亲兵头目深知他的脾气,首先反对,说:

"屄!我们将爷平日看见谁下神弄鬼就要骂,他怎么会叫马三婆替他治病?再说,从前遇到过许多算命的江湖异人,都说我家将爷上应星宿,不是凡人。山神野鬼见了他也得让路,怎么敢给他罪受?你们莫找没趣!"

有人又说:"虽说咱们总哨刘爷上应星宿,身带虎威,平日诸邪退避,可是要知他如今是久病之后,身子虚弱,一时正不压邪,受山神野鬼捉弄也是有的。这事不可全信,不可不信。趁他昏迷不醒,请马三婆来驱驱邪,只有好处,没有坏处。"

王吉元拿不定主意。他不仅害怕刘宗敏会怪罪他请神婆看病,而且不愿让马三婆亲眼看见刘宗敏病重,将消息传给敌人。他正在作难,刘宗敏把眼睛睁开一半,小声问道:

"你们在说什么?"

王吉元赶快把大家商量请马三婆的事向他回明。他闭起眼睛沉默一阵,然后睁开眼睛,有气无力地说:"好,请吧。"王吉元立刻派一个会办事的人骑匹马,牵匹马,去宋家寨请马三婆。

宋文富兄弟和官军的带兵千总刚才在寨墙上看见似乎是刘宗敏模样的人栽下马去,被众人急救回射虎口,正在一道商议,打算派人去王吉元那里打听实情,忽得下人禀报,说王吉元派人来说刘宗敏突然中邪,病势沉重,特来请马三婆前去治病。宋文富等心中十分高兴,认为是上天相助,今夜袭取李自成的老营定可唾手而得。他们平日都知道刘宗敏性情粗犷,在战场上慓悍异常,却不像李自成那样细心谨慎,多谋善断。原来在午饭后,马三婆骑着驴子来到宋家寨,对宋文富等报告刘宗敏如何不禁止老营寨中百姓出入,不怕泄露老营底细,不信官军会来劫寨。宋文富拍着大腿哈哈大笑,对左右说:"今夜就要叫刘宗敏吃他粗心大意的亏!"但是尽管知道刘宗敏大病之后,身体尚未复原,宋家寨的人们震于他的威名,仍不免有点顾虑。如今见刘宗敏突然患了紧病,口吐鲜血,不省人事,这点顾虑一扫而光了。

宋文富一边派人护送马三婆前往射虎口,探明刘宗敏害病实情,一边派人飞马奔往商州城,将提前在今夜三更进袭李自成老营的事禀报巡抚,请巡抚务必于明天一早指挥大军进攻野人峪。据他估计,到天明以前,宋家寨的乡勇和官军就可以占领李自成的老营和麻涧一带,并把刘宗敏、高一功、田见秀和袁宗第等大小"贼将"全部擒获,夺得大战首功。使他感到美中不足的是,李自成、高桂英和李过都不在老营,不能全由他一网打尽。

刘宗敏要水漱了口中鲜血,但又陷入昏迷状态,有时喘着粗气,有时说几句模糊不清的胡话。大约过了两顿饭时,马三婆来到了。这时刘宗敏又清醒过来,急着要回老营。王吉元见他不能骑马,赶快命人用门板绑成担架,护送他离开射虎口。马三婆带着应用"法物",骑马跟在后边。刘宗敏被抬出射虎口山寨不远,又大叫一声,昏迷过去。王吉元望着担架在骑兵的保护下匆匆向西去,心如刀割。马三婆故意深锁柳叶眉,摇头叹气,却在肚子里念动咒语,要宗敏病势加重。马二拴心中十分高兴,别有深意地对吉元微微一笑,告辞回宋家寨去。

任继荣看见刘宗敏病势不轻,急得像热锅上的蚂蚁一样。他把病人安置在老营的上房正间,吩咐马三婆赶快下神驱邪。自从上午到现在,闯王那里还没有回来一个人,吉凶不明,而刘芳亮身负重伤,白羊店陷于重围,已经得到报告。如今总哨刘爷突然病倒,怎么好呢?他立刻决定,从寨中派出一批弟兄,将通往宋家寨和野人峪的大小路径一概卡住,只许人进来,不许人出去,以免走漏消息。倘有出去的,不管何人,必须验明老营的令箭才准放行。他认为,如今保老营比什么都要紧,不管石门谷的事情如何,必须请闯王速速回来。随即,他派了一个机灵可靠弟兄,飞马出发了。

第 十 五 章

　　在奔往石门谷的路上，李自成忽然想起来今天正是高迎祥在黑水峪不幸因病被俘的三周年。高迎祥被解到北京后是哪一天死的，李自成不清楚，所以过去两年他总是把迎祥被俘的日子作为忌日，于军马倥偬中同高夫人望北祭奠。原来他们打算在三周年时隆重地祭一祭，近来因大战日迫，就只好把这个打算放下，甚而他竟然忘记今天就是七月二十日了。现在忽然想起，心中一阵痛楚。尤其是想着三年来很多将士、亲戚、朋友们死的死，散的散，到如今他的处境仍然十分艰危，深觉得辜负当年高闯王对他的期望，也辜负了一批一批跟他起义、受伤和阵亡的人。想到这里，他越发决心打好这一仗，同时对坐山虎等人的叛变更加愤恨。

　　马不停蹄地向前赶路，只有一次稍停片刻，让人和马饮点泉水，吃点干粮。李强担心闯王病后在路上喝生水会受不了。在临动身时特别找了一个装满冷开水的军持①挂在腰间，这时取下来递给自成。将近中午时候，这一小队人马赶到了大峪谷。

　　目前这个小小的山寨中一片准备厮杀的景象，对着石门谷那面的寨墙上旗帜整齐，架着火铳，摆满了滚木礌石；将士们有的凭着寨垛瞭望，有的坐在树荫下休息。有几百逃反的老百姓露宿在大树下和屋檐下，全是老人、妇女和孩子，携带着破烂衣物，狼狈不堪。有些不懂事的孩子正在啼哭，有些老人和妇女在唉声叹气。看见李双喜迎接一起人马进寨，大家都用吃惊的眼光望着，不敢再

---

① 军持——古代旅行时带在身上的陶瓷水瓶，形略扁，有双耳可以穿绳。

做声。随即大家知道是闯王来到,在心中出现了希望,仿佛有了靠山,纷纷起立相迎。李自成没有工夫同老百姓多说话,直向面对石门谷的寨墙走去。

大峪谷正同石门谷一样,都是保卫蓝田和西安的门户,所以对武关方面的地势险恶,对蓝田方面的地势却不是那么险恶。幸亏半年来义军为保卫商洛山区,把这两个山寨重新修筑,使面向蓝田的寨墙特别高厚,寨门外另设了一道栅门,栅门外的山路挖断,上架木板,随时可以拆去。李自成察看了地势和防御设施,感到满意,然后用一只脚踏着两个寨垛之间的缺口,向石门谷方面凝视许久。隔着重重山头,有二三股浓烟上升,冲入云霄。他暗暗吃惊,用鞭子指着浓烟问道:

"这是怎么回事儿?是杆子把石门谷寨中的大庙点着了么?"

双喜回答说:"杆子从昨天起就在石门谷附近村庄里奸淫掳掠,焚烧房子。刚才他们又烧了几个小村庄,不是烧的大庙。"

闯王恨恨地骂了句:"他妈的!"向双喜驻扎的宅子走去。路过一群难民前边时,一个老头子赶快踉跄地走到他的面前,高叉手[①]哀求说:

"闯王,你救救我们吧!这几年我们受够了杆子和官兵的苦害,自从你闯王老爷的人马来到商洛山中……"

闯王不等他说完就回答说:"我明白,你不用说啦。我正在想办法,不许这些王八蛋苦害你们。"

他没有更多的话安慰难民,也没有工夫多说话。可是难民们纷纷跪下,拦着他的去路。许多女人们因为家中死了人,烧了房子,对着他放声痛哭。那些离得稍远的难民也都跑来,向他诉说从昨天以来杆子们奸掳烧杀的情形。李自成向大家说道:"都不用说啦,我替你们伸冤就是!"说毕,从另外一条路上走了。到了双喜住

---

① 高叉手——古人的叉手礼就是抱拳拱手。抱拳拱手高与额齐叫高叉手。

处,他坐下向双喜问道:

"怎么逃反的都是些老弱妇女,年轻的男人们都没看见?"

双喜说:"年轻的男人们纠合二三百人守住离石门谷几里远的一座山口,名叫红石崖,使杆子不能过山这边。我怕他们顶不住,已经派了五十名弟兄前去。"

自成点点头,又问道:"石门谷有什么新消息?"

"刚才探子回来禀报:坐山虎还在包围着大庙,攻不进去,已经有二十几个人被李友射死。庙里的人们射法很准,又有两支火铳,使杆子们进攻不能得手。还有,杆子们人心不齐,狼上狗不上,有的在围攻大庙,有的趁机到左近村庄里奸淫抢劫,还有的明的也在围攻李友,暗中同庙里的弟兄打招呼,箭向天上射。"

"我就断定不会一千五百多人都跟着坐山虎哗变,果然如此。"

"没有都变。听说窦开远和黄三耀就不肯哗变,只是他们自己力量小,三耀又在病中,受坐山虎兵力挟制,没有办法。还有些人是受了坐山虎的胁迫叛变,并不愿替他卖命。"

"既然窦开远没有变,出了这样事,他为何不派人向我禀报?"

"听说坐山虎一叛变就把寨门夺去。窦开远派过两个人出来送消息,都在出寨时被捉了。窦开远一度被软禁,今天上午才释放。"

自成觉得事情更有把握了,在心中说:"幸而我及时赶来,尚不迟误!"随即又向双喜问:

"吴子宜的下落呢?"

"还在被坐山虎扣押着。他身边的亲兵除掉逃出来的两个,其余的都死了。"

"庙里的人们死伤如何?"

"不清楚,只知道庙中断水已经两天了。"

"崤岭的官军有动静么?"

"不清楚。"

闯王从椅子上忽地站起,吩咐说:"快吃午饭!吃过饭我就去石门谷收拾这个烂摊子,免得官军一到就来不及了。"

双喜大惊:"爸爸!……"

李自成没有理他,转向谷英说:"子杰,我怕双喜初次单独作战,阅历不足,所以叫你带着病来到这里,同双喜一起守大峪谷。倘若敌人来犯,你们见机行事,或坚壁不出,或是你守寨,双喜出战。"他又对双喜吩咐说:"你子杰叔比你大几岁,也比你阅历多。遇事多听他的话,不要自作主张。"

谷英和双喜又劝他不要去石门谷,说既然双方已经死伤了许多人,仇恨更深,不多带人马去不惟收拾不了已经叛乱的局面,反而有很大风险。但李自成主意坚决,怒气冲冲地说:

"废话!你们休再拦我!目前这事,千钧一发。稍一迟误,必至牵动全局,没法收拾。既然知道是坐山虎挟众鼓噪,并非所有杆子都死心塌地与我李闯王为敌,我更应该赶快前去。一旦峣岭官军弄清实情,向石门谷大举进攻,还能够来得及么?说不定坐山虎已经同官军勾了手,等候官军前来。不要耽误,快拿饭来!"

亲兵们取饭去了。

谷英和双喜仍不死心,都望着医生,希望他再劝一劝闯王。但是尚炯明白,凡是闯王已经决定要行的事是很难劝阻的,并且觉得闯王的这个决定也许是惟一拯救危急的办法,除此别无善策。他深深地锁着眉头,慢慢地抬着花白长须,沉吟片刻,随后望着闯王,面带微笑说:

"闯王,商洛山中安危,确实将决定于呼吸之间。坐山虎既敢挟众鼓噪,就敢投降官军。纵然现在尚未投降,可是一旦峣岭官军得知实情,大举进犯,到那时,坐山虎十之十投降官军。咱们吃过饭就去石门谷,好,要抢在官军前头!只是我有两个愚见请你听从,以备不虞。"

"什么高见?"

"古人说'有文事者必有武备',何况今日是前去平乱,并非文事。以你闯王的声威,此去定能成功,但是也不可不防万一。我看,既有子杰在此,双喜可以随你我前去,至少再挑选五十名精兵带在身边。"

闯王想了一下,回答说:"双喜去可以,也让他长点阅历。但人马带的多啦会引起他们疑惧,最多只能带二三十个人。"

"好,这一点我不勉强。除你自己带有二十名亲兵,加上我同双喜各带在身边的亲兵,另外再带二十名,合起来差不多有五六十人,缓急之际也可以厮杀一阵。"

"不,除我带来的二十个人外你同双喜的亲兵各带五名,决不要多带一个人。有二三十个亲兵足够,多带人我反而不安全。"

医生的微笑变成苦笑,无可奈何地摇摇头,接着说:"还有一个愚见,就是马上派个人飞马去石门谷,告诉众家杆子说你要亲自来见他们,天大的事儿听候你秉公处分;还说明你随身只带了二十名亲兵,要大家不必多疑,安静等候,莫再胡闹。"

闯王高兴地说:"对,子明,应该先派个人去传谕大家。双喜,你马上派一个会传话的人,不要耽搁!"

匆匆地吃过午饭,李自成就带着尚炯、双喜和三十名亲兵出发。在上马之前,老医生假装去茅厕,拉着谷英的手,凑近他的耳朵低声叮咛几句。谷英连连点头,回答说:"我明白,决不有误。"上马以后,尚炯看见闯王鬓角淌汗,两颊发红,他的心更加沉重。他不仅担心到石门谷对闯王会有凶险,也担心闯王的身体会支持不住。只有他最清楚,自成在久病之后身体有多么虚弱,如今是用多大的毅力在不眠不休,忍受鞍马劳顿!

到了红石崖的时候,由双喜派往石门谷传谕的小校尚未转回,不知众家杆子听到闯王的传谕后有什么动静。老医生极不放心。为着等候小校回来,他要求闯王在红石崖稍作休息,又陪着闯王同防守山口的百姓谈了一阵,询问两天来杆子在附近村庄的骚扰情形。但李自成似乎不理解他的用心,一心只想着趁官军进攻前赶快去平定叛乱,救出吴汝义、李友和一百多名将士,保住石门寨不落入官军之手。在红石崖没有多停留,闯王又上马动身了。

乌龙驹精神焕发地走在最前。又走了不到二里,忽然有一队奔跑的马蹄声迎面而来。转瞬之间,从曲折的山路上出现了一小队人马,不过二三十人,奔在最前边的是李双喜派去的小校,第二个是窦开远,跟在背后的是窦的手下人。窦是一个不到二十五岁的青年,陕西三原人,曾读过几年书,没有考上秀才,因受村中大户欺压,愤而拉杆子,半年前辗转来到了秦岭山脉,同黑虎星成了结拜兄弟。他生得面貌和善,拉杆子从不妄杀一人,人们替他起个外号叫窦阿婆。一个半月前他听从黑虎星的号召,投了闯王,随众杆子驻扎石门谷。黑虎星曾带他去拜见闯王,在老营住了两天。现在他离闯王还有十来丈远就翻身下马,急步趋前,拦住乌龙驹双膝跪下,大声说:

"闯王!坐山虎挟众哗变,我没有法子弹压,对不起你,请你把我斩了。你没有多带人马,石门谷你千万不要去!千万不要去!"

闯王勒住马缰说道:"起来!石门谷是我手下将士抛头颅,洒鲜血,从官军手中夺下的险要去处,为什么不让我去,难道你们要让官军进去么?"

"是这样,闯王,坐山虎已经叛变,什么事都做得出来。黑虎星没回来。我是三原人,强龙不压地头蛇,手下亲信又不多,怕万一保不了你的驾。刚才是坐山虎想叫我劝你不进石门谷,才放我出来。你既然没有带多的人马来,千万不要前去。"

闯王说:"我抚心自问,没有亏待大家的地方,愿意随我起义的是大多数,不信大家都甘心坐视坐山虎背叛了我。你起来,让我过去!"

窦阿婆跳起来,牵住乌龙驹的缰绳说:"闯王!你千万去不得!坐山虎已经扬言说不让你进寨,正在纠合人马出寨挡驾。我窦开远粉身碎骨不足惜,可是我求你退回大峪谷,不要前去!"

自成扬鞭大喝道:"丢手!我要看一看坐山虎能不能挡住我走进寨里!"

"闯王!闯王!请你听我说,听我说!……"

"说什么?"

开远略微放低声音说:"我刚才听说,坐山虎已经同官军勾手,要献出石门寨投降。你千万不要进寨!"

这事虽不出闯王所料,但是果然成为事实,仍不免使他的心中一惊,赶快问道:

"确实么?"

"坐山虎的两个亲信头目在私下交谈,不提防给我手下的一个弟兄听到,所以这件事十分确实。"

"那个自号铲平王的丁国宝,同他一起向官军投降了么?"

"不。坐山虎暗中投降的事还在瞒着大家,铲平王同我们一样坐在鼓里。看样子,坐山虎想等官军攻寨时,再以兵力挟持我们大家投降,不从的就杀掉。"

"铲平王为何跟他一起哗变?"

"铲平王手下的小头目也有率领弟兄出寨扰害百姓的,给李友抓到了,他不同铲平王打个招呼,全数痛打一顿鞭子。铲平王去要人,虽然李友放了他的人,却当面雷暴火跳地责骂他不能够约束部下。当时丁国宝看在闯王的面子上,没有还嘴,可是窝了一肚子气。坐山虎知道了,马上就百般挑唆,煽风点火,硬是把丁国宝说变了心,跟着他鼓噪起来。"

"官军现在何处?"

"听说已经过了岘岭。"

李自成觉得自己进石门寨平定叛乱更加有了把握,冷笑一声,说:"我来得正是时候!"但窦开远抓住了他的马缰,仍劝他不要进寨。他将鞭子一扬,大声说:

"随我进寨!我看他坐山虎能不能献寨投敌!"

鞭子打在乌龙驹的臀部,它猛一纵跳,挣开了窦阿婆牵着缰绳的手,擦着路边向前跑去,越过了窦阿婆带来的亲信骑兵。医生、双喜和亲兵们紧紧地跟在背后。窦阿婆飞身上马,拔出剑来向他的骑兵一挥,高声叫道:

"弟兄们,都随我来!倘有谁敢犯闯王的驾,对闯王动动指头,咱们跟他狗日的拼上!咱们谁不舍命保闯王,不是人生父母养的,天诛地灭!"

李自成和他身后的少数忠心将士刚转过一个山头,就看见有五六百杆子已经拥出寨门,刀、枪、剑、戟一片明,乱哄哄地叫嚷着。医生和双喜大惊,都迅速拔出剑来。刹那之间,所有的刀和剑都拔了出来。老神仙想着自己同杆子们毫无嫌怨,并且曾来石门谷替许多人治过病,便用力把镫子一磕,奔到闯王前边,可是闯王用命令的口气说:

"子明,退后!"

乌龙驹仍然走在最前。望见一里外那么多人和那么多刀光剑影,并听见乱哄哄的嚷叫,它以为马上就进入战场,感到无限兴奋,忍不住振鬣长嘶,又响亮地喷着鼻子。

鼓噪哗变的杆子留下一部分人包围大庙,一部分登上寨墙,一部分由坐山虎率领着拥出寨外,威胁李自成,不许他进寨。这出寨来的五六百人拥挤在山路上和路的两旁,密密麻麻,挡住了李自成前进的路。他们有的人敞开胸,有的人光着上身,有的人用红布包着头。刀和剑的柄上带着尺把长的红绿绸子,明晃晃的枪尖下围着红缨。路上有一条大汉扛着一面红绸大旗,上边用黑丝线绣一只踞坐山头的猛虎。大旗下站着一条二十五岁上下的黑脸大汉,两道浓黑的扫帚眉,一双凶暴的牛蛋眼,方口厚唇,张口露出一对虎牙。他穿着一件紫色箭衣,腰间束一条黄绸战带,右手拿一把鬼头大刀,战带上插一把出鞘的攮子。他用黄绸包头,右鬓边插一个猩红大绒球。这些打扮在杆子中并不特殊,特殊的是他的左鬓边垂下来一大绺白色纸条,像戏台上扮演鬼魂的装束一样。

这些对抗闯王的人们,当闯王刚转出山包时,一片吵吵嚷嚷。但当他们看清楚闯王一马当先,渐渐来近,背后并没有多的人马,感到疑惑和惊骇,吵嚷声变成了窃窃私语。等闯王走到半里以内,连窃窃私语也停止了。人们都摸不准会发生什么事情,紧紧地握着兵器,注视着态度沉着和神色冷峻的闯王,屏息无声,只有临近的马蹄声和人群中发出的短促呼吸声。

大约离哗变的人群不到二十丈远,李自成跳下乌龙驹,跟随在后边的人们都随着下马。他把马缰递给一名亲兵,向窦开远问:

"站在那面大旗下边的可是坐山虎?"

"正是坐山虎这个混小子。"

"他的左鬓角为什么戴一绺白纸条子?"

"前天夜间李友杀了他的二驾,是他的把兄弟,他立誓报仇。不料昨天攻大庙又死伤了二十多名同伙,所以他更加愤恨,戴了一绺白纸条子,意思是他倘若不能报仇,决不再活下去,权当他已经亡故。"

李自成冷笑一声,骂道:"什么东西!"随即大踏步向坐山虎面前走去。老神仙紧靠在他的左边,双喜紧靠在右边,一步不离地跟着前进。离坐山虎十步远时,双喜、李强和窦开远不约而同抢在闯王前边,仗剑卫护闯王。闯王命令说:"退后!没有我的命令不许动手!"双喜等只得退到两旁,让闯王走在中间稍前。闯王走到离坐山虎四五步远的地方停下,用严厉的目光把坐山虎打量一下,问道:

"你要干什么?"

坐山虎的心头怦怦乱跳,瞪着眼睛说:"我要替我的把兄弟和手下弟兄们报仇,要李友和他的手下人偿命。"

闯王逼近一步说:"要李友们偿命不难。我这次亲自来就是要秉公处置,平息众怒。假使李友该斩,我李自成向来大公无私,决不姑息,定然将李友斩首示众。走,随我进寨!"

"我正在围攻李友,决不让你进寨。"

李自成厉声问道:"我们俩谁是闯王?"

"你是闯王。"

"既然你知道我是闯王,就应该听我的令,这山寨是我打下的,我想进就进。只有我命你滚开,没有人能禁我进去。"

坐山虎横着刀说:"我就是不让你进去。"

自成又问:"你已经投降了官军么?"

坐山虎回答说:"我没有投降官军,可是我不让你进寨。"

李自成大声说:"闪开路!既然你仍是我麾下战将,就不许你挟众鼓噪,阻止我走进山寨!闪开!"

窦开远和双喜都以为闯王已经怒不可遏,一定会刷一声拔出花马剑把坐山虎劈为两半。但是闯王怒目注视着坐山虎的眼睛,挺着胸,背着手,大步前进。坐山虎对着这么一个威严、倔强、正气凛然的人物,感到茫然失措。在看见闯王之前,他想着他不许闯王进寨可能有两个结果:一个是闯王见他人多势众,只好灰溜溜地走掉;另一个是闯王动起手来,展开一场厮杀,他依恃人多把闯王杀败。但现在这两种预料的情形都没出现,他慌急中想不出对付办法。闯王缓缓前进,他横着刀缓缓后退,而他的背后,人拥着人,都不得不一步一步后退。最后边的人群开始乱起来,纷纷嚷叫,有的人叫着不要往后退,而有的人叫着:"不要伤害闯王!不许动武!"坐山虎心中更慌,把鬼头刀举到闯王的鼻子前边,向他的党羽大叫:

"弟兄们,挡住闯王进寨,不许后退!"

许多明晃晃的刀、剑和红缨枪突然从李自成的面前举起,密密地对着他的脸孔。医生、双喜、窦阿婆和李强等众亲兵都在刹那间举起兵器,抢上前卫护自成。兵器格着兵器,发出铿锵之声,眼看要开始互相屠杀。闯王挥手对保护他的人们大声说:"后退!不许动手!"又向对方大喝道:"后退!不许动手!"双方互相接触的兵器登时分开了。在鼓噪哗变的人群背后又有许多声音叫喊:"不许伤害闯王!不许碰着闯王!"在坐山虎背后的远处传过来愤怒的叫声:"快替闯王让开路,不许挡驾!"李自成继续前进,逼着坐山虎和他的亲信党羽步步后退。走了几步,突然又有许多红缨枪尖举到他的胸前。他冷笑一声,用手向左右一荡,荡开了几杆红缨枪尖,其余的都缩了回去,同时让开了中间的路。他的沉着和威严的气势使人震慑,没有人敢认真用兵器碰他一下。坐山虎心中慌乱,和他的亲信党羽以及他的大旗也不得不退到路旁。李自成所到之处,人们纷纷向两旁闪开,路两旁形成了人和各种兵器的墙壁。人们在极度紧张的气氛中怀着惊异和敬佩的心情肃静无声,注视他从面前走过。他的后边紧跟着双喜和李强,然后是一群牵着战马的亲兵。尚炯因对落在后边的坐山虎不放心,对窦阿婆使个眼色,和窦的三十个心腹弟兄走在闯王的亲兵后边。有很多人同尚炯见过面,有的曾请他看过病,这时看见他走到面前,争着用点头、招手或微笑向他招呼。他也向他们含笑点头,好像在冰冻的日子里开始有一丝春风出现。闯王和窦阿婆的这一小队人马刚一过去,后边的杆子像潮水般跟了过来,把坐山虎卷在里边,拥着他前进。他大骂左右和后边的人,但是再也不能随心所欲地威胁和指挥众人。

寨里的大庙前有几座古碑,几棵合抱粗的古树。一座古碑从石龟上倒下来,折为两段,横在地上。李自成进了寨门以后,直到大庙前边停住,跳上石龟,横眉怒目,冷然无语,面对着拥来的杆子。那几百包围大庙的和登上寨墙的,以及在屋中休息的刀客,也都跑了过来,把他面前的空地站满,挤得水泄不通。坐山虎和他的党羽还在一心想替自己的伙伴报仇。那些虽非他的党羽但平日对李友的管束心怀不满的人,还有那些从昨天以来混水摸鱼、扰害了百姓怕受惩罚的人,都想依仗人多势众来威胁闯王,使他屈从大家的意见,放任他们胡作非为。如今大家趁着他尚未开口,先闹哄哄地吵嚷起来。有的人带着酒意,放肆地攘臂谩骂,有的人凶恶地乱挥着手中兵器。窦开远大声喝叫众人肃静下来听闯王说话,却没有多少人肯听他的命令,喧嚷如故。这种鼓噪情形,如果不立刻压服下去,很可能闹出变故,不可收拾。双喜和李强同二十几名亲兵迅速地在闯王前站成一排,窦开远也使他的亲信人紧围在闯王的两边和背后。黄三耀的手下人和平日靠近窦开远的人们看见局面在变化,也都从人群背后向前挤,大声骂那些过于放肆的人。于是群众更混乱了,眼看就要互相砍杀起来。

李自成镇定而威严地向全场慢慢地看了一遍。奇怪,仅仅这么一看,嚷叫和谩骂的声音落下去了,骚动的人群静下去了。当然,这是紧张中的平静,可能很快就会发出新的飓风和海啸。所有的眼光都集中在李闯王的脸上,等待他开口说话。闯王竭力抑制着愤怒,说道:

"自从我李自成起义以来,这还是第一次我的部下鼓噪。眼下官军就要分几路向商洛山中大举进犯,你们不但不赶快想办法抵挡官军,偏在这节骨眼儿上鼓噪起来,围攻自家兄弟。你们难道想叫官军来占领石门寨么?你们既然随我李闯王起义,就该走打富济贫、剿兵安民的正路。只要你们跟随我顺着正路走,都是我的好弟兄,别的话都好说。你们要听信坏人挑唆,叛变了我,投降官军,我决不答应。只是一时受了挑唆,糊涂了心,跟着别人鼓噪起哄,从现在起不再鼓噪,听从我的将令,齐心剿杀官军,纵然做了围攻自家兄弟的错事我可以既往不咎。倘若有人受了别人挟持,打算投降官军,一只脚踏在岔路上,只要立刻将那只脚收回来,继续跟我走正路,也一概既往不咎。我李闯王自来说一不二,句句话出自真心。"他随手从腰间拔出一支雕翎箭,接着说:"倘若我李自成出言反复,犹如此箭!"只见他双手一撅,箭杆折为两段,投到众人面前。

全场情绪紧张,肃静无声,注视闯王。但有的人回避了他的眼光,低下头去。窦开远用右手高举宝剑,左手拍拍胸脯,声音洪亮地说:

"弟兄们,你们随闯王起义的那股正气给狗吃了?你们问过自己的良心没有?大敌当前,咱们抵挡不住官军进犯就会一起完蛋,可你们先在自家窝里咬起来,活像是一群疯狗!"

李自成对窦阿婆点点头,又用眼睛向全场扫了一圈。人头在浮动着,有的互相交换眼色,有的互相窃窃私语,但没有一个人再大声嚷叫。自成用手揩一下额上的汗,接着说:

"凡是随我起义的,不管新人旧人,我一视同仁,不分远近。今天我带病前来,就是要弄清是非,秉公处置。你们是谁挟众鼓噪,为什么鼓噪,照实说出。有苦有冤,我来伸雪。说吧!"

众人的眼光都转向坐山虎。坐山虎气势凶猛地推开旁人,向前挤进两步,粗鲁地骂李友欺压他,又杀了他的二驾和手下弟兄,要闯王替他出气。在他的怂恿之下,跟着有两三个杆子头儿诉说他们来这里是要随闯王造反,不是要受李友的窝囊气。李自成又问别人还有什么状要告,连问几遍,却不见有人做声。他向众人说道:

"上有皇天,下有后土,我李自成倘若对这个案子不一秉至公,天地不容!我现在把话讲明:第一,两三天来你们有些人扰害百姓,奸淫烧杀,我本该将你们个个斩首,可是我决定痛责自己失于教导,对你们既往不咎,只要你们从现在起不再违反我的军律就行。倘再有犯军律的,即令他是天王老子地王爷,定斩不饶!第二,从现在起,你们该守寨的守寨,该把卡的把卡,该哨探的哨探,该休息的休息,无事不准乱动,更不准寻衅报怨。倘有谁敢再寻衅报怨,随便动武,不管是大头领、小头领,也不管是主犯、从犯,一律斩首!第三,我把李友派驻在这个地方,他没有把我交给他的事情办好。我现在就把他叫出来,先当着众人的面责打他四十军棍。然后你们举出几个公正人,马上替我查明谁是谁非,不许有一分徇私。我知道你们有些人想杀死李友报仇,好吧,倘若查明后说他该杀,我李自成对他决不会有半分姑息,不到明天早上我就把他的人头挂在此处!"

人群一直屏息静听,到这时忽然大大地激动起来,有的不自觉轻轻点头,有的互相碰一下,推一下,交换眼色,而到处是喊喊喳喳的说话声。李闯王提高声音说:

"你们快替我举出几个公正人来!"

人群中突然寂静片刻,随即纷纷嚷叫,一共说出了十来个名字,其中有窦开远和一些比较公正的人,也有少数是同坐山虎走得近的。李自成叫他们来到前边。出大家意料之外,他深深作了一揖,然后说道:

"是非曲直,不查不明。你们是大家公推的,务必凭着公心办事。只有你们查得公正,我才能执法公正,使该斩的人死而无恨,也能使众人心服。今晚,你们就把查的结果禀报,不得耽误。"他转过头去,望着庙门的上边喝叫:"李友!快把庙门打开,给我滚出来!"

自从闯王来到寨外以后,李友就站在鼓楼上,注视着寨外动静,同时命守在房坡上的弟兄们同围攻的杆子弟兄攀谈,将闯王的起义宗旨和大公无私的为人讲给大家听,包围在庙外的杆子有些不是坐山虎的人,知道闯王来到,自然都不肯再放一箭,即令是坐山虎的人,也开始对攻打大庙事三心二意。寨外动静,全在李友眼中。他已经准备好,倘若坐山虎竟敢对闯王动手,他就率一百名精兵呐喊冲出,抢占寨门,一定可以使坐山虎的人们惊慌大乱。由于寨外地势狭窄,人又拥挤,他的一百士兵可以迅速射倒大批的人,而坐山虎也不难给他射死。后来看见闯王平安进入寨内,到了山门外边,他感到放心了,立刻从鼓楼下来,把三十个最好的射手调集在山门的屋脊上和山门两边的墙里边,露出半截身子,同他一起控弦注矢,留心着人群动静。另外,他把二十个精强的牌刀手埋伏在山门里边。假使坐山虎和他的党羽们敢对闯王有不利举动,李友和这三十名射手只在刹那间就会把坐山虎和他的左右心腹党羽射死,而那二十名牌刀手将同时打开庙门冲出,和双喜等一起保护闯王。现在听到闯王命令,李友在屋脊上高声答应了一声:"是!"过了片刻,庙门大开,先走出来大约二十名弟兄,分一半站在庙门的台阶下,一半站在台阶上,向会场怒目注视,提防哗变的人们乘机冲入大庙或杀害李友。庙门里也站着一群人,准备随时跳出厮杀。李友毫不畏怯地挺胸走出,分开众人,来到闯王面前,躬身叉手,肃立待命。闯王严厉地看他一眼,问道:

"李友,你知罪么?"

李友不替自己辩解,抬起头来说:"回闯王,我平日不知多方开导,使大家严守军律,遇到事头上又不善处置,激出变故,这就是我的罪。请闯王把我严办,即令砍我的头,我决无半句怨言。"

闯王喝令左右:"替我绑起来!用军棍狠打!"

李强怔了一下,立刻同一个亲兵把李友五花大绑。但是等李友趴倒地上后,有人按脚,有人按头,他却迟延着不去找棍子,也不吩咐亲兵动手打,等待着窦开远和别的人替李友讲情。闯王大喝:

"快替我着实打!打四十军棍!"

李强还在迟疑,仍希望有人讲情。李友趴在地下催促说:"兄弟,快打吧,别让闯王生气。"李强没办法,只好从站在附近的一个刀客手中借来一杆红缨枪,交给一个亲兵,颤声说:"快打!"这个亲兵用枪杆代军棍,噙着热泪,打了起来。

闯王看着亲兵们打李友,脸上异常严峻。在入寨前,密密如林的刀、剑和枪尖举到他的鼻子前时他没有失去镇静,如今从众人看来他仍然是镇静的,没有人知道当红缨枪杆第一下砰一声打在李友的两条大腿上时,他的垂着的双拳猛然握紧,随后颊上的肌肉轻轻痉挛,若有若无的泪花在愤怒的眼中闪动。他又大喝道:

"狠打!不准留情!"

李友没有求饶,咬着牙不肯呼叫。枪杆打得他皮开肉绽,鲜血染得枪杆红。所有老八队的将士们都心中不平,但不敢替李友求情。尤其李友的手下人更是难过万分,泪向腹中流,对坐山虎一伙人痛恨得咬牙切齿。杆子方面,除去坐山虎的少数死党,多数人虽然曾一度在坐山虎的挟制下跟着鼓噪,这时既敬佩闯王的大公无私,也替李友感到委屈,而对于坐山虎一伙人很不同情。窦开远虽然明白闯王的军令森严,但实在忍耐不住,向闯王大声请求:"请不要再打!不要再打!"许多人跟着呼求。闯王脸色激动,但没有下令住打。李友挨打毕,自成下令将他押在庙中,等候发落,然后转向大众说：

"不管什么人,只要愿意站在我'闯'字大旗下边,有功必赏,有过必罚。家有家规,营有营规。军无纪律,便是乌合之众。从今以后,各位谁愿意随我打江山的都得遵守军纪,不能再像从前拉杆子那种样子。谁不愿遵守军纪,请不要留在我的大旗下边。斑鸠嫌树斑鸠起,任诸位远走高飞,我决不相留。朋友们好合好散,更不必结成仇人。"他稍微停顿一下,望着坐山虎,神色威严地斥责说:"坐山虎,快把你鬓角上的白纸条条取下来!人不像人,鬼不像鬼,什么玩意儿!你是在我闯王军中,要对谁决一死战?……立刻取掉!"

全场一千多人的眼光都望着坐山虎,尤其是望着他挂在左鬓角的那一绺白纸条。他自己还在迟疑,旁边的一个亲信头目立刻伸手替他取下,扔到地上。李自成接着说道:

"你们都归黑虎星指挥,在石门谷镇上只能树黑虎星的大旗,不能树别人大旗。家有千百口,主事在一人。每个人都树起自己的大旗,岂不是乱蜂为王?你们在这里是我李闯王的义军,不是杆子,不许乱七八糟。坐山虎,把你的大旗卷起来!"

虽然李自成并没有使用多大的声音,但站在坐山虎左右前后的党羽却觉得他的话就像有雷霆万钧之力,使他们心惊胆寒,面面相觑。从群众里边发出来一阵叫声:"卷起来!卷起来!"还有人叫道:"把你的坐虎旗拿回家做尿布去!"坐山虎看见打旗的大个子在望着他等待命令,他对打旗的踢了一脚,喷着唾沫星子骂道:

"快替老子卷起来!我操你奶奶的,愣怔什么?卷!"

李自成看着坐虎旗卷起以后,又向坐山虎说:"我的中军吴汝义现在哪里?你立刻放他出来!"

坐山虎叫他的两个手下人去放吴汝义,全场都在紧张地等待着闯王还要说什么话,不知这出戏将怎样再演下去。闯王没有说一句话,只是用眼色催老神仙快到庙里去替李友治伤,继续神色威严地站在大石龟上等候吴汝义。过了片刻,吴汝义来了,而且宝剑也还给了他。人群嗡一声动荡起来,替他闪开了一条路。等他走到面前,闯王用一只手向全场一挥,重申命令:

"现在该守寨的守寨,该把卡的把卡,该巡逻的巡逻,该休息的休息,准备迎敌。还有,坐山虎,你快把运送粮食的人和牲口都放出来!把吴中军和亲兵的马匹送还!"

人群一哄而散开。坐山虎带着自己的手下人也离开了。他的心中很不服气,边走边喃喃骂道:

"操他八辈儿,老子今天栽了跟头!老子等着瞧,我的人不能白死。如果他李闯王不替我报仇,放走李友,我决不答应。我怕个屁,砍掉头不过碗大疤瘌!"

李自成望着众人散去,暗暗松了一口气。窦开远等许多人都庆幸李自成毕竟赶在官军进犯前来到此地,挽回了几乎不可收拾的局面。闯王吩咐窦开远赶快派人打探官军动静并约同几位公举的公正头目查明李友杀人的真情是非。随即,他带着双喜等走进大庙。虽然围攻的杆子已经散去,庙中周围仍然在严密戒备。大门内外仍站着二十名牌刀手,而大门的屋脊上仍有人控弦瞭望。除掉趁机会打水的士兵外,没有人敢随便走动。闯王到各处看了看,问了问伤亡情形。当他知道庙中只死了五个人,伤了七个人,他于痛心中略觉宽慰。在庙中巡视一遍,他来到李友身边,看见他的棒伤已经由尚炯敷了药,包扎起来。他心中酸痛,叹口气说:"你还没有学会办事,偏偏在目前这当口激出乱子!"李友看见闯王心中难过,不敢申辩,又惭愧他自己没有能耐,惹闯王带病前来,突然眼圈儿红了起来。闯王赶快转身,向庙外走去。

吴汝义和李双喜紧跟在他的身后,不知道他将如何处理这案子。吴汝义忍不住愤愤地说:

"闯王,难道就这样拉倒不成?"

自成回头问:"什么拉倒了?"

汝义说:"坐山虎挟众鼓噪哗变,围攻我们的人,又撕毁你的亲笔书子,杀了我们的弟兄,倘不申明军律,将为首肇事的斩首,以后如何可以服众?如何……"

自成不等他说完,说道:"晓得了。坐山虎鼓噪哗变的事,等到查明实情,我自然会秉公处理。"

"闯王!这件事明摆着是坐山虎鼓噪哗变,何必等待再查?不如趁这时他张皇失措,并无准备,被他要挟的人们已经离心,你给我五十名弟兄,突然出其不意,将他和他的几个死党一齐擒住,当场宣明罪状,斩首示众,其余胁从不究,有敢反抗者杀不赦。我管保能做得干干净净,除此一条祸根。"

李自成继续向前走,出了山门,既不表示同意,也不表示不同意。汝义又说:

"我们还有十匹骡子和几个押运粮食的弟兄扣留在坐山虎那里,你刚才叫他放回,我看他未必就放。"

自成说:"到时候自然会放回来的。"

"闯王,你看坐山虎会安分了么?"

闯王用鼻孔冷笑一声,说:"你不晓得,他已成了叛贼,暗同官军勾手。这包脓今晚非挤不可!"他在一棵大树下停住脚步,回头对双喜吩咐:"你回庙里去挑三十个精壮弟兄拿着我的令箭在寨里巡查,禁止人们聚众生事;两道寨门,叫窦阿婆赶快把坐山虎的人换成可靠的弟兄把守,不许人随便出入。倘有违反军纪的,轻则申斥,重则抓来见我。"

吩咐之后,李自成走到面对崾山的北寨墙上,察看地势和防守情形。这儿摆放着成堆的滚木礌石,守寨的弟兄也最多。两天来这儿几乎没有人守寨,自从他刚才在大庙前压下了坐山虎的嚣张气焰,如今每个寨垛里边都摊到两个弟兄。见闯王来巡察,一个个肃立无声,秩序井然。闯王对大家说了几句勉励的话,就吩咐一半人留下守寨,一半人回窝铺休息,不见敌人来到寨边用不着都上寨墙。这时窦开远派手下亲信大头目来向他禀报,说离石门谷十里外已经到了一支官军,人数不详。闯王命他再探,并叫李强取二百两银子交给他,要他立刻买猪羊白酒,犒赏守寨将士,让大家今夜饱餐一顿,痛快杀敌。他吩咐犒赏时声音较大,左近的守寨弟兄全都听见,高兴非常,于是一传十,十传百,没有多久,全寨的弟兄都知道了。

李自成下寨以后,叫李强到庙中去问李友,庙中还存有多少现款。李强回答说:

"不用到庙里问,我们来时带了六百两,还有四百两没有动用,大概够了。"

"怎么是六百两?"

"慧英知道老营缺银子用,我们临动身时,她把她同慧梅几年来积攒的体己银子二百两交给我,以备急需。"

闯王点点头,从眼角流露出一丝微笑,问道:"这四百两银子在什么地方?"

"都在马褡子里。"

"快去取来,分开给两个人带在身上。"李强一走,自成一边向前慢慢走,一边向吴汝义问:"听说有一个铲平王丁国宝,你可认识?"

"见过。他跟着坐山虎鼓噪哗变,围攻大庙,也是十分可恶。"

"是坐山虎的死党么?"

"不是死党,不过如今他们拧成一股绳儿。要不是他黑了心,坐山虎势孤力单,也不敢这么嚣张。"

闯王又走了几步,沉吟地说:"正统年间福建省有个邓茂七起义①,自称铲平王。丁国宝这小子替自己起个诨号也叫铲平王,原听说他在起手拉杆子时也有心打富济贫,铲尽人间不平。"

"反正这个混小子如今跟着坐山虎叛变,围攻李友,纵兵殃民,无恶不作,从根到梢都坏了。"

闯王没再做声,缓步往山街上走去,想着心思。这时他还不晓得,就在他从老营动身时候,官军开始几路进犯,南边局势发生了意外变化。他只是想着官军在今天或明天可能动作,因此他必须至迟在明天天明以前离开这里,赶回老营坐镇,应付官军;尤其想着崤关的官军已来到离石门谷十里之外,说不定明天拂晓就会来犯,除掉寨内的祸根刻不容缓,还必须将活儿做得干净利索,决不能打虎不成反被虎伤。他边走边想着万全之计……

---

① 邓茂七起义——邓茂七,江西人,佃农出身,明英宗正统十三年(公元1448年)秋天在福建延平一带起义,攻陷二十余县,自号铲平王。次年二月兵败牺牲。

第十六章

黄三耀的绰号叫黄三鹞子,曾同窦开远一道由黑虎星带到老营,见过闯王。现在李自成由吴汝义领路去探看他的病,坐在床边说了几句宽慰的话。谈到坐山虎挟众鼓噪,黄三耀又气又愧,声音打颤地说:

"闯王!我同黑虎星哥哥是把兄弟,也算是你的侄儿。不管论公论私,即使把小侄的骨头磨成灰,小侄也要保你打天下。只是小侄如今大病在身,起不得床,手下的弟兄们也多给瘟疫打倒,有心无力。要不然,小侄同开远哥哥合起手来,我操他娘,早已同龟孙们白刀子进去,红刀子出来,见个死活。唉,他妈的,我这个病!……"

黄三耀说不下去,又是喘气,又是痛心地抽咽。闯王安慰他说:

"我既然来到这里,天大的乌云也会散去。贤侄好生养病,不要难过,也不要把这事放在心上。"

黄三耀挥手使闲人从屋里出去,小声说:"闯王,不杀几颗人头,这乌云不会散去!"

闯王立刻俯下头去,小声问:"你看,应该杀些什么人?"

黄三耀咬牙切齿地说:"坐山虎非杀不可。他的一群亲信挟众鼓噪哗变,断没有饶恕之理。倘若不杀了这群杂种,一则祸根还在,二则以后别人会跟着他们学,事情更加难办。趁你在此,杀了他们,我看没有人敢随便动弹。"

闯王没有做声,在想着如何除叛。吴汝义小声说:

"可是坐山虎自己手下有五百多人,铲平王手下有三百多,其余的杆子跟他一鼻孔出气的也不少。"

黄三耀又对闯王说:"这活儿要做得干净,做得他们措手不及。有你在此,一正压百邪,事情好办。头一步先稳住他,使他不防,然后在酒宴上掷杯为号,收拾他们几个为头的。蛇无头不行。杀了几个为头的,下边谁敢动?万一鼓噪也好收拾。我同窦阿婆手下的弟兄,有你在此,都肯卖命。别的杆子,跟着坐山虎趁火打劫,混水摸鱼,却跟他同床异梦,心中也怕他挟制。你只要说出不怪罪他们,许他们立功赎罪,谁个那么傻,放着河水不洗脚,故意往烂泥坑里跳?"

闯王问:"能不能把铲平王同坐山虎拆开来?"

"不行,闯王。他俩近些日子勾得很紧,只要坐山虎说往东,铲平王决不往西。要杀,一齐杀,不要杀了一只虎,留下一只狼,纵它伤人。"

"他原来并不很坏,是吧?"

"原来比坐山虎好得多,近来却跟坐山虎的样儿学,像鬼迷了心一样。窦阿婆曾劝过他,他不但不听,反受坐山虎挑唆,几乎要干掉阿婆。这人很难回头,万不可留。"

"他同坐山虎是拜身①还是同乡?"

"一非拜身,二非同乡,只是近几天来十分亲近,互为利用,如鱼得水。"

李自成从床边站起来说:"你休息吧。咱们如今要迎敌官军,必要先除内患,可是也不宜造次行事。让我想一想,再做决定。"

"你今天明天暂不要打草惊蛇,先稳住他们的心。过两三天以后给他们个冷不防,突然下手。"

---

① 拜身——米脂县方言称结拜兄弟做拜身。

李自成不肯说出坐山虎瞒着众人投降官军的事，也不肯说出他自己必须在今夜返回老营，微微笑一下，走出屋子。

如今事情确实难办，既要除掉内患，还要留下这一千多人马抵御官军，而时间仓猝，不许他稍微耽搁。他一边在寨中巡视，一边考虑万全之策。走了几个地方，看见寨中秩序粗定，心中稍觉安慰。他正在走着，双喜带着几个弟兄匆匆迎面而来，使他的心中猛打一个问询："又出了什么岔子？"双喜很快地到了他的面前，兴奋地小声禀道：

"爸爸，咱们的人马已经来到，现在红石崖等候命令。要不要他们即刻进寨？"

闯王十分诧异，问道："从哪里来的人马？"

"是小鼐子率领三百骑兵来石门谷护卫爸爸。路过大峪谷时，我子杰叔怕他年幼莽撞，亲自同他前来，又添了五十名骑兵，带有攻寨云梯。走到红石崖，因知道爸爸进寨后平安无恙，他们不敢造次进寨，引起杆子疑惧，所以停在红石崖，派人来请示行止。"

"张鼐？他……我临走时不许他离开老营，是谁命他来的？"

"我不知道。"

自成猜想准是李过正在病中，对目前局势不完全清楚，不知道老营不能不留下人马，不等着同刘宗敏商量就派张鼐率老营的看家人马追赶前来。他把脚顿了一下，问道：

"从红石崖来的人呢？"

"我怕会走漏消息，引他们到庙中等候，不许出来。爸爸，要不要把人马开进寨来？"

闯王还没有来得及回答，忽见窦开远从背后出现，快步向前走来。他迎上去叫着开远的表字问道：

"展堂，查明实情了么？"

"回闯王，这件事不查自明，所以大家到了一起，异口同声，都说坐山虎的人马确实不守军律,扰害百姓。他的二驾独行狼带着几个亲兵正在强奸民女,李友前去捉拿,互相格斗,当场给李友杀死。坐山虎不问是非,挟众鼓噪,围攻李友,使双方都死伤了一些弟兄。事情就是这样,众口一词,并无二话。"

"大家果真都是这么说?"

"果真都是这么说。连平日同坐山虎靠得近的几个人也不敢卷起舌头说出'不然'。不过,闯王,"开远低声说,"听说坐山虎已经放出口风:倘若闯王不杀李友,他决不罢休。从庙门外回来他就把铲平王丁国宝叫去,商量对付办法。刚才我看见丁国宝从坐山虎那里回自己驻扎的宅子去,脸色十分难看。他两个合起来有八百多人,想马上收拾他们很不容易。"

"唔……打探官军有什么动静?"

"已经派了几个探子出去,还没有一个回来。不过据山下百姓哄传,离此十里远的地方到了两千多官军,今夜不来攻寨,明日必然前来。"窦开远趋前一步,放低声音说:"如今不怕官军来攻,怕的是里应外合,官军来到时先从内里破寨。"

闯王说道:"你去对各位头目说,李友遇事处置不善,激成兵变,我决不轻饶。今晚准备迎敌要紧,万勿懈怠。"

"是,我去传谕。"开远说毕,转身就走。

李自成心中责备李过不该派张鼐前来,但又想张鼐既然来了,不妨今晚暂时留下,帮助平乱,事毕就赶快命他回去。这么一想,他立刻对双喜说:

"你赶快命红石崖来的人火速回去,传令张鼐等偃旗息鼓,藏在山圪坳,不许使寨中杆子望见;一更过后,悄悄将人马开到寨外候令,不得有误。"双喜正要走,闯王又说:"还有,倘若老营有人前来禀报军情,立刻引来见我。"

他担心丁国宝等人畏罪心虚,受坐山虎煽惑欺哄,还在同坐山虎拧成一股绳儿。他已经认定,要在今晚除掉坐山虎,丁国宝是关键人物。将双喜打发走,他就要去见铲平王丁国宝,叫吴汝义替他引路。汝义大惊,小声谏道:

"闯王,丁国宝不是个好东西。窦开远刚才说坐山虎离开庙门前时曾拉他去私下商议,不知商议些什么名堂。你现在身边没有多带亲兵,还是不去的好,免得万一他操个黑心。"

"我心里有谱儿,如今正需要我亲自找他谈谈。"

汝义苦劝道:"闯王!你是全军主帅,在这样时候,不怕一万,只怕万一。"

自成把眼睛一瞪:"小心过火!坐山虎本人我还想去瞧瞧,何况丁国宝仅仅是受了他的挟制才鼓噪胡闹。"

"可是……"

李自成挥一下手,阻止吴汝义再说下去,大踏步向着丁国宝驻扎的宅子走去。十分偶然,有一只乌鸦从头上飞过,哑哑地叫了两声,停一下又叫一声。李自成似乎没有听见,但吴汝义和众亲兵却都心中吃惊,认为这是个不祥之兆。有人不自禁地仰起头来,望着空中的乌鸦影子连呸三声。

在寨内的一角,离开坐山虎驻扎的地方不远,孤零零地有并排儿两座两进院落的砖瓦宅子,旁边还有两三家茅庵草舍。在一座黑漆大门前边竖立一面不大的红绸旗,上绣"铲平王"三个黑字。两天来丁国宝跟随着坐山虎鼓噪哗变,派出一部分弟兄围攻李友,而一部分弟兄趁机会在附近的村庄抢劫,奸淫,随便烧杀。今天上午他的手下人替他抢来一个姑娘,如今窝藏在他的屋里。为着怕李闯王派窦开远等来收拾他,他的两座宅子的房坡上都站有放哨的,大门外守卫着一大群人。尽管这群人队伍不齐整,有的站着,有的蹲着,却都是刀不离手,弓不离身,准备着随时厮杀。

铲平王的手下人突然看见李自成带着少数亲兵来到，又吃惊又十分狐疑，但是不敢阻挡他走进大门。自成挥手使亲兵们退到后边，态度安闲地穿过前院，一直向后院走。正在两边厢房中赌博和聊天的人们，看见闯王进来，一跳而起，拔出兵器从屋中跑出，站在两边厢房檐下，望着闯王。等他们看清楚闯王的态度安闲，身边没带多的人，登时松了一口气，大部分人暗暗地把刀剑插入鞘中。已经有人飞快地奔往上房，向铲平王禀报闯王驾到。

铲平王丁国宝刚从坐山虎那里回来，心事重重，情绪很坏。坐山虎知道窦阿婆和举出来的众头目查的结果一定会于己不利，要求他今夜三更同自己一起拉走，到终南山中自树大旗或投降蓝田官军，这只是拿话对他试探，还不肯直然告诉他已经同官军通了气，官军将在明日拂晓攻寨。他拒绝了今夜拉走的要求，但同意等过了这一夜，瞧瞧李闯王如何处置，再做决定。他既不愿投降官军，也不愿拉出去受坐山虎的挟制，还怕留下来难被闯王饶过。他在屋中坐不是，站不是，深悔不该跟随坐山虎鼓噪。手下人替他抢来的那个闺女坐在床沿上，眼泡哭得红肿，仍在低头流泪，不时地抽咽一声。当她上午才被送来的时候，丁国宝见她生得不错，原想不管她愿不愿意，强迫成亲。不料这个姑娘年纪虽小，性情却很刚强，宁死不肯受辱。丁国宝几次拔出腰刀说要杀她，她都不怕。午饭她什么也不吃，甚至连一口水也不肯喝，只是低头啜泣。午后不久，丁国宝忽然听说闯王快到石门谷，就顾不得逼她成亲了。现在他看看这个闺女，不知道应该如何处置。他既不愿意放她回家，又怕闯王知道了会罪上加罪。在焦急与无聊中，他走到床边说道：

"妈的！半天啦，你尽是哭哭啼啼，没跟老子说过一句话！……"

他的话没有说完，忽听手下人禀报说闯王已进了二门。丁国宝的脸色一变，慌忙向外迎接，但刚走两步，急忙退回，慌慌张张想把姑娘往床下藏。这姑娘平日常听说李闯王不贪色,不爱财,行事仁义,又见铲平王如此怕他,登时生了个求闯王搭救的心,任死不肯躲藏,双手抓紧床沿,坐在床上不动。丁国宝来不及逼迫她躲藏起来,李自成已经来到了上房门外。他一眼扫见了屋里有个女人影子,就退后一步,停在门槛外边,回头对丁国宝的手下人说:

"这搭儿很凉快,不用进去啦。快搬几把椅子来,就坐在这搭儿歇歇。"

丁国宝最后慌张地向姑娘做个威胁的眼色和手势,从屋中跑出,躬身叉手,喃喃地说:

"我不知闯王大驾来到……"

闯王抓住他的胳膊说:"不用讲礼,快同我坐下来随便说话。"

有人替闯王搬来一把圈椅,也替铲平王和吴汝义搬来两把椅子,替李强等亲兵们搬来了几条板凳。闯王先坐下,疲乏地向后一靠,神气坦然,仿佛压根儿不知道铲平王心怀鬼胎,也不知道这上房里窝藏着良家闺女。像这样的事,他遇见的太多了,所以他尽管当时心中一动,却能够做到丝毫不流露出来。摆在他面前的最紧迫的问题是要在这次见面中拆散坐山虎和铲平王一伙,并将铲平王拉回自己身边,稳住寨中局势,其他事只能以后再说。

丁国宝又惶惑又恭敬地坐在他的斜对面,拉吴汝义坐在另外一边。但吴汝义把椅子一搬,坐在闯王身后。李强不肯坐下,立在闯王背后,手按剑柄,提防不测。二十名亲兵都立在阶下,不肯往板凳上坐。丁国宝的手下人有的站在近处,有的站在天井中和两边厢房檐下。尽管李闯王面带笑容,但双方将士都没有丝毫的轻松心情,简直连每根汗毛都是紧张的。闯王见丁国宝十分疑惧,就对自己的亲兵们一挥手,说:

"你们都去二门外休息去吧,用不着站在这里。"

亲兵们遵令后退,但不敢远离,更不敢去二门外边。闯王又回

头向李强看一眼,挥一下手。李强退到台阶下,相距大约五步,不肯远离。闯王向全院扫了一眼,对丁国宝笑着说:

"国宝,叫你的弟兄们都去休息。我想同你谈几句私话,用不着许多人站在这儿。"

丁国宝见闯王确无恶意,而另外更无人来,开始松了口气,对他自己的手下人粗鲁地骂道:

"妈的,都快滚出去!滚出去!用不着站在这儿!"

人们一部分走出二门,一部分回到东西厢房,只留下十几个人站在院里。李自成打算从闲话扯起,慢慢地谈入正题,含笑问道:

"国宝,你的台甫怎称?"

丁国宝的脸色微红,回答说:"俺是讨饭的孩儿出身,混江湖也没多久,还没有遇到读书人替俺起个草字。"

"既然还没有台甫,我就叫你国宝啦。"闯王又笑着问:"国宝,你为什么起个诨号叫铲平王?"

丁国宝不好意思地说:"没意思,没意思,惹闯王见笑。"

"我看你这个诨号倒很好,怎么说没意思?"

丁国宝笑一笑,说:"不瞒闯王,我因为看见人间富的太富,贫的太贫,有的骑在人头上,有的辈辈给人骑,处处都是不平,所以起义时就替自己起了这个诨号。闯王,惹你见笑。"

"很好,要铲尽人世不平……"

闯王刚说出半句话,那个被抢来的姑娘突然从屋中跑出,扑到他的脚下,大声哀呼:

"闯王爷救命!闯王爷救命!"

自成吃了一惊,还没有弄清是怎么回事,丁国宝一跃而起,右手刷一声拔出腰刀,左手抓住姑娘的头发,把她向外拉,同时喝道:

"老子宰了你这个小婊子!"

姑娘死抱住闯王的一条腿,不再哭泣,叫着:"闯王救命!"丁国

宝见拉不开她,举刀要把她砍死在闯王脚下。闯王把他的手腕一挡,厉声说:

"住手!"

丁国宝没有砍下去,闯王已经跳起来,向他的胸前猛推一把,使他后退两三步。他重新扑上来,举起刀要杀姑娘。闯王已经拔出花马剑,只见寒光一闪,同时铿锵一声,几点火星飞迸,雪亮的钢刀被格到一旁(事后铲平王才看见他的宝刀被花马剑碰了一个很大的缺口)。在刹那间,吴汝义从闯王的背后跳到前边,李强一个箭步从院中蹿上台阶,要不是李闯王大声喝住,两口宝剑同时向丁国宝劈刺过去。他们虽然突地收住宝剑不曾劈刺,但吴汝义抓住了铲平王的右腕不放,宝剑仍举在他的头上。李强用左手当胸揪住他的衣服,右手中的宝剑直指心窝,相距不过四指,气得眼睛通红,射着凶光,咬着牙根骂道:

"你龟孙子只要敢动一动,老子就从你的前胸捅到后胸,给你个两头透亮!"

吴汝义迅速地夺下来丁国宝的腰刀,转身抵抗从天井中扑上来的几个刀客。刹那之间,全院大乱。闯王的二十名亲兵飞奔过来,站在台阶下排成一道人墙,将闯王护住,也把丁国宝包围在内。丁国宝的人从四处奔来,有的一边跑一边叫着:"动手啦!动手啦!"还有人吹着唿哨召集大门外和隔壁驻扎的人。他们把天井院站得满满的,但看见李强擒了铲平王,随时都会把他一剑刺死,而闯王又镇定地用怒目望着大家,谁都不敢向前逼近。李强向他们威胁说:

"看你们哪个敢动手!你们再走近一步我就先捅死丁国宝这个畜生!"

院中突然异乎寻常地沉寂,只有从密集的人群中发出低沉而急促的声音:"冲上去!冲上去!把掌盘子的夺过来!"但是站在前

排的人们却没有动,只是用兵器威胁着闯王的亲兵。李自成对李强厉声喝道:

"松手!不许你伤害国宝!"见李强松开了抓住丁国宝的手,李自成又望着天井中的人群说:"都后退!都给我滚出二门去!我李闯王在这里,谁都不许胡闹。天大事情听我处置,用不着自家人动起刀枪。"

李强见众人不肯后退,又抓住丁国宝的一只胳膊,把宝剑指向他的心窝,剑尖和衣服相距不到一指。李自成用力将李强一推,推得他踉跄后退,松手不及,只听嗤啦一声,把丁国宝的短褂前襟撕破一块,同时李自成厉声喝道:

"不许动手!丢开!"他又对吴汝义说:"快把腰刀还给他!"

丁国宝刚才在刹那之间心中一凉,想着"完了",只等着李强的宝剑从心窝刺入。如今突然李强松手后退,吴汝义又将宝刀还他,他感到一点糊涂,但看出来闯王确实无意害他。他向院中把脚一跺,挥着宝刀大声说:

"弟兄们,都后退几步!哪个敢动手,老子操你祖宗万代,非砍掉你们的脑袋不可!"

丁国宝的人们哄一声向后退去。李自成一脚把那个姑娘踢翻,骂道:

"为着你险些儿动了刀兵!"

姑娘立刻被吴汝义拖下台阶,往天井中间一搡。她不哀呼救命,也不哭泣,跪在地上,自己动手把松下的长发拉到前边,咬在嘴里,伸直脖颈等死。有几个丁国宝的手下人叫着:"杀死她!杀死她!不要留下祸根!"也有的说:"不关她的事,不要伤害无辜!"但因为闯王不下令,吴汝义持剑站在姑娘身边,叫着杀她的人并不敢真的动手。闯王原以为这姑娘会重新扑到他的跟前哭求饶命,没想到这姑娘以为他真的不救她,竟是个不怕死的硬骨头,跪地上引颈待斩,一声不做,身上连个寒战也不打。他感到惊异,提着花马剑,慢慢走下碾磙子,来到姑娘面前,把她通身打量一遍,口气温和地问道:

"你想死想活?"

"想死!"姑娘回答说,没有抬头。

"想死?为什么?"

"既然你不能救我回家,我情愿人头落地,死个痛快,死个清白!"

闯王越发惊奇了。宁死不辱的女子他见过不少,可是像这样临死镇静,出语爽利的少女,却不多见。于是他接着问道:

"你家里还有什么人?"

"有爹娘、奶奶,还有一个兄弟。"

"兄弟有多大了?"

"才只五岁。"

"你多大?"

"十五岁。"

"父母是种庄稼的?"

"种庄稼的受苦人。"

"许过人家没有?"

"自幼许了人家。"

"婆家是什么人家?"

"也是种庄稼的受苦人。"

李自成将花马剑插入鞘中,向铲平王问:"国宝,你说如何处置?"

国宝回答:"听闯王吩咐。"

李自成目光炯炯地环顾满院大众,问:"你们大家说,如何处置？"

全院鸦雀无声,只有人互递眼色。恰在这时,老神仙匆忙进来,神色紧张。他刚才听说闯王来到丁国宝这里,很为闯王的安全担心。随后听说坐山虎和他的亲信们正在秘密商议,可能作孤注一掷,先下手杀害闯王,所以他带着随身的五个亲兵奔到丁国宝驻扎的宅子中,要设法使闯王赶快离开。因为他同丁国宝的手下弟兄有不少认识的,一进大门就全部知道了刚刚发生的事,越发惊骇,担心闯王对丁国宝责之过严,马上会激成大变,不可收拾。他看见丁国宝手下的头目和弟兄全不做声,气氛紧张得像拉满的弓弦,医生的心提到半空,打算赶快走到闯王面前,使眼色请他"通权达变",在这时不要为一个姑娘误了大事。当他离闯王还有几步远时,闯王忽然说道:

"你们大家跟我一样,原来都是无路可走的小百姓。你们的父母也都是做庄稼的受苦人。我李自成起小替人家放过羊,挨过鞭子。长大以后,生计困难,去银川驿①当驿卒,常受长官辱骂,有时也不免挨打。朝廷裁减驿卒,夺了我的饭碗,只得去吃粮当兵。当兵欠饷,偶尔朝廷发来一点饷银又被喝惯兵血的长官吞去。有些当兵的活不下去,便去抢劫平民,习以为常。带兵官睁只眼合只眼,不敢多问,实际上是纵兵殃民。我李自成没忘记自己是穷百姓出身,同百姓苦连苦,心连心,决不做扰害百姓的坏事。后来我忍无可忍,就纠合几百人在行军中鼓噪索饷,杀了带兵长官赵义。我起义之后,严禁部下骚扰百姓,不许奸淫,不许杀害无辜。我常对将士们说:杀一无辜百姓如杀我父母,奸一妇女如奸我姐妹。倘若忘记了百姓的苦,反而苦害百姓,那不是跟官军一样了?跟许多草寇一样了?那,那,还算什么起义?起个屁!"

他将话停一下,又向全院的头目和弟兄扫了一眼。他的目光

---

① 银川驿——明代的银川驿,在米脂县城内。

也同尚炯的目光遇到一起。他说话的口气像谈家常一样平静,既不严厉,也不激动,却使人听了感动。老医生在人们中间有意地点头说:

"闯王你说得对,说得对。老八队就是纪律好,不许杀害平民,不许奸淫妇女,不许掳掠。"

许多人附和老医生,点头说:"说得对,说得对。"

闯王望着丁国宝问:"国宝!你的父母也是种庄稼的受苦人,你也是穷人家的子弟,如今你到底是要做一个顶天立地的起义英雄,还是要做一个苦害百姓的草寇,永远同坐山虎等杆子头儿一样?"

丁国宝被问得很窘,不敢正视闯王的眼睛,低下头叫道:"闯王!……"

闯王又向众人说:"你们大家都是受苦人家的子弟,都有姐妹。看见这个姑娘,你们难道不想到自己家中的姐妹?你们人人皆知:我李自成一不贪色,二不爱财;一心要剿官兵,安良民;除强暴,救百姓;推倒朱家江山,整顿出一个四民乐业的新乾坤。倘若你们愿意跟我李闯王打江山,你们就从此不奸淫,不烧杀,做到真正起义,不再有草寇行径。倘若你们想拉杆子祸害百姓,现在就从我的眼前拉出石门寨。两条路你们拣着走!"

全院寂静,没有人不感到李闯王果然是正气凛然,说的极是。

闯王又问丁国宝:"国宝,你说!两条路你走哪一条?"

国宝羞惭地说:"闯王,我不做坏人!"

"好,好。只要你真心跟我起义,就是我的爱将。你家里有女人没有?"

丁国宝赶快回答说:"回闯王,我是穷光蛋出身,从前连自己还养不活,哪里来的钱讨老婆!自从去年架杆子,才想娶个屋里人,可是一直没看上对眼的。"

闯王说:"你想娶个老婆也是正当的,可是不要抢人家的姑娘成亲。目前杀败官军要紧,婚姻事应该从缓。等过了这一阵,咱们的随营女眷中有的是好姑娘,难道找不到你合意的?难道不可以在农家姑娘中替你找一个,正正经经地结为夫妻?为什么偏在官军压境的时候不想着打仗的事,匆匆忙忙地抢一个姑娘做老婆?等过这一阵就老了么?"他微微一笑。许多人都不觉露出笑容。他接着说:"牛不饮水强按头,尚且不行,何况是婚姻大事?她是许了人家的闺女,又是个宁死不辱的烈性女子,纵然刀架在脖子上她不从,你除非杀了她,有何办法?纵然强迫成了亲,难道她不会寻无常?退一步说,纵然不寻无常,难道她就跟你一心了?强摘的瓜不甜啊,国宝!"

丁国宝说:"闯王,我不要了。我差人将她送走,送她回家!"

医生高兴地说:"好!这才是好办法!"

闯王满意地点点头,又说:"国宝,近几天,你这儿也有头目和弟兄受别人勾引煽动,出去抢劫,我已经说过既往不咎啦。抢劫确实不好,我李闯王手下的义军不兴这样,一向严厉禁止。可是我也明白,你们有些头目和弟兄家中或有父母,或有妻儿老小,生计无着,实在急需捎回去一点钱救命,出于不得已才去抢劫。目前老营也穷,一时关不出饷。今日我来,带有少数银子,我们分用。李强,取二百两银子出来!"

李强赶快从背上解下一个青布小包袱,取出三锭元宝和几个大小不同的银锞子。李自成接住银子,用眼色召唤丁国宝走近一步,说:

"把这二百两银子分给大家用。家中有父母妻小的,困难较大的,多用一点。这一锭元宝留给你。你是一营掌家的,手中不可无钱。我知道你当头领的困难,只是因为老营近来也困难,一时对你照顾不周。先给你留下这五十两银子,等打败官军以后就好办了。"因丁国宝没有马上接银子，闯王催促说："快接住银子，接住！"

丁国宝将银子接住，交给他的一个护驾的，转给二驾。他手头确实很困难，也知道闯王的老营困难，不知说什么好，只是感动地叫了一声："闯王！"闯王接着说：

"你同黑虎星是朋友，黑虎星同补之情同手足。从今往后，你要记着：按公，你是我的部将，有令则行，有禁则止，万不要受旁人挑唆勾引；按私，你和黑虎星一样，在我的面前如同子侄。过了这一阵，你的婚姻我会操心。目前，只望你一心打仗！"

丁国宝手下的弟兄们十分感动，有的发出啧啧声，有的欢呼，还有的打唿哨。国宝噙着热泪，想说话，但嘴角抽搐几下，说不出一个字。这个二十三岁的杆子头儿，起小死了父亲，母亲守了三年寡，被族人卖到远处，他一个不满七岁的孩子在孤苦伶仃中讨饭和替人家放羊长大，很少尝到过人间的温暖，如今出乎意料地受到闯王这般对待，在手下人们的欢呼声中他不由地扑通跪下，热泪奔流，半天说不出一个字来。欢呼声停止了，唿哨声停止了。众人心情激动地望着铲平王，非常肃静。他的嘴唇嚅动一阵，终于抽咽说：

"闯王！这，这两三天，鬼迷了我的心，叫我跟坐山虎鼓噪，抢劫，围攻李友，实在对不起你，对不起你。从今往后，我丁国宝别无话说，纵然上刀山，下火海，我也要站在你的大旗下，赤心耿耿保你打江山。倘若我丁国宝再做出对不起你的事，天诛地灭！"

闯王拉他起来，笑着说："能够这样，才不辜负你那个诨号铲平王。"他已经看清楚丁国宝是真心实意回头，心中异常高兴，随即吩咐国宝派妥当人将那个姑娘送到一单独小屋中，给她饮食，找一位邻居大娘做伴，严禁有人调戏，等明天打过仗以后派几个弟兄送回她的村庄。丁国宝诺诺连声。忽然有一个小头目从大门外慌慌张张跑进来，用两手分开众人，直往丁国宝的身边挤。国宝从神色上看出来他有要紧的事情禀报,不让他在众人面前开口,使个眼色,把他带进了西偏房。这事情引起大家狐疑。闯王和尚炯都暗中诧异,而吴汝义和李强更是暗中做了应变的准备。

当李闯王走进铲平王驻扎的地方时,坐山虎立刻得到了报告,十分不安,生怕丁国宝会变卦,同他分手。继而得到报告说丁国宝的手下人已经把闯王围起来,动了刀兵,他高兴得一跳八丈高,大声叫道:"弟兄们,马上出动,不要让闯王逃走!"他一声吆喝,全体弟兄一哄而起,各执兵器,乱哄哄地拥出大门。但是他的人马还没有走出巷口,第三次探事人回来禀报,说是情况变了卦:从铲平王院子里传来欢呼声和嗯哨声,而不是喊杀声,守卫在大门以外的弟兄们也没有慌乱情形。坐山虎登时感到进退都不好,事情变化得使他糊涂。手下一个亲信头目建议他不可造次,自愿去见见铲平王,问清实情。丁国宝的把守大门的小头目怕引起吴汝义疑心,没让这个人进来见丁国宝,用几句话把他打发走,就跑进来向国宝悄悄禀报说:

"操他娘,耳报神真灵,刚才的事情已经给坐山虎知道啦。他派了一个人来察看实情,说他正在率领人马前来,马上就到。我说:'回去告你们掌盘子的说,我们这里没有屁事,用不着你们的人马帮忙,请千万不要前来。倘若叫闯王知道你们仍不安分,惹出了祸事休指望我们帮一把。'"

"好,好,说得不错。快去把大门把好,不许坐山虎那里一个人进来。谁敢强往里边来,不管他是天王老子地王爷,刀枪不认人。如今闯王在这儿,你们放一个坐山虎的弟兄进来,我立刻叫你们吃饭的家伙搬家!"

"可是,掌盘子的,坐山虎这小子是一个刚出窑门的生红砖,心一横,什么事儿都做得出来。他的人多,万一抬起老窝子来寻事,咱们光靠十几个守大门的弟兄也顶不住。最好让大家做个准备，免得临时吃亏。"

"你去吧，我吩咐二驾准备。"

丁国宝随即把二驾叫到面前，把情况告诉他，叫他立刻率领五十个人去把住街口。二驾一走，他就到闯王面前，一五一十地据实禀报。闯王笑一笑，说：

"坐山虎迟了一步。你快把二驾叫回来，街口不要站一个人，免得叫坐山虎看出来你在防备他。据我看，他派来的头目回去一禀报，他准定泄了气，不会来惹祸。只要大门口留几个人稍加提防就够了。"

丁国宝立刻亲自追出大门，把他的二驾唤回。闯王望望老神仙，说：

"子明，听说坐山虎那里有十几个彩号，有的是箭伤，有的是刀伤，没有药，也没有医生给治。另外，还听说有一些染时疫的人。你的药带在身上？"

"带在身上。"

"请你辛苦一趟，去替他们治一治。见到坐山虎，就说我今晚事忙，不能同他长谈。明天我到他那里吃早饭，顺便谈点私话。"

尚神仙猜出了闯王派他去的用意，连连点头，转身就走。但刚走三四步，马上转回，望着闯王的脸色和眼神，恳求说：

"闯王，我求你赶快回庙里睡一觉，莫要劳复了。这般劳累，别说是病后虚弱的身体，就是铁汉子也撑持不住。回庙里去吧，哪怕只躺一个时辰也是好的！"

自成微微笑着，重新坐在上房前檐下的圈椅里，连说："我撑得住，撑得住。"挥手催医生快去给坐山虎的人们治病。医生一走，他又同丁国宝拉闲话，拉着拉着，眼珠直打旋，眼皮沉重，不久就头一仰，眼皮一合，轻轻地扯起鼾声。

丁国宝找一件夹衣搭在闯王身上，把闲杂人撵出二门，拉着吴汝义轻脚轻手地走到二门里边的石头上坐下，小声扯闲话，亲自看着，不许人进院里来惊醒闯王。闯王的亲兵们都在天井中坐下休息，随即都栽起盹来，只有李强还勉强挣扎着，不肯合眼皮。随后他走到丁国宝的面前，紧紧抓住国宝的一只手，笑嘻嘻地小声说：

"兄弟，我叫李强，是闯王的近门侄儿，现当他的亲兵头目。咱们如今成了好朋友、好兄弟啦。刚才我是不得不那样，请兄弟不要记在心上。"

丁国宝回答说："嘿！李哥，看你把话说到茄棵里啦！你兄弟是吃五谷杂粮长大的，不是吃屎喝尿长大的。从今以后，咱俩就是生死弟兄，一条心保闯王打江山，有鲜血只洒在敌人前，哪畜生才记着刚才的事儿！"

这时已经将近黄昏了。丁国宝吩咐手下人替闯王们预备酒饭，恰好窦开远和李双喜一同走来。窦开远捉到了官军的一个细作，审出了坐山虎确实已经同官军勾了手，也问出了官军将要进犯石门寨的确实时间，而双喜是见到了从老营派来的一个弟兄，要向闯王禀报紧急军情。吴汝义悄悄地问了几句话，知道军情严重，但是他不许他们叫醒闯王，斩钉截铁地说：

"纵然是天塌下来，也得让闯王略睡片刻！"

第十七章

晚饭以后,大约有一更时候,李自成回到大庙,在禅房中召见从老营来向他禀报紧急军情的人。当这个人开始禀报官军已经于今日黎明从商州西犯时,李自成是冷静的,因为这方面的官军进犯在他的意料之内。当听到报告说智亭山失守的事,他不禁大惊失色,忙问:

"郝摇旗在哪里?他不在智亭山么?"

"那儿的情况不明,有消息说他仍在智亭山同官军混战,也有消息说他退守莲花峰。"

"白羊店一带的情况如何?"

"白羊店的后路已被截断,只听说那里的战事紧急,详情不明。"

"有敌人向清风垭这边进犯么?"

"清风垭还算平静。总哨刘爷已经将各家亲兵编成一队,开往清风垭了。"

"宋家寨有什么动静?"

"只听说宋家寨与官军勾结,没听说详细情形。"

李自成问了问老营情形,总觉很不放心。但想着既然刘宗敏在老营坐镇,必能应付危局,老营不至于被宋家寨方面的敌人袭破。不管怎样,他必须在今夜把石门谷的事情办完,火速回去。他挥退从老营来的人,低头盘算。原来他打算今夜杀坐山虎一伙时要使用张鼐的兵力以防不测,如今只有让张鼐去解救白羊店之危了。想到郝摇旗,他又气又恨又后悔。后悔的是,平日高一功和李过都说郝摇旗不可重用,桂英和刘芳亮对于派郝摇旗守智亭山也不放心;他不听众人的话,致有今日之败,动摇全局。如今是否会全盘输掉,就看能不能夺回智亭山,救出桂英和芳亮所率领的主力部队。

禅堂内鸦雀无声。老神仙、吴汝义和双喜站在闯王身边,面面相觑,一言不发,都一时想不出好的主意。李强和几个亲兵按剑立在门外,屏息地注视着闯王脸色。过了片刻,自成忽然抬起头来,向双喜问道:

"张鼐同子杰来到了么?"

"已经来到了,埋伏在寨门外边。"

闯王转动着眼珠沉吟片刻,把右手猛挥一下,自言自语说:"好,就这么办吧!"随即他向双喜说:

"你赶快亲自去把他们叫来见我。务必机密,不许让坐山虎的人们看见。去!"等双喜跑出禅房,闯王又向医生问:"你到坐山虎那里替彩号们治了伤,他们怎么说?"

"我说是闯王命我去治伤的,大家都很高兴,称赞你闯王的心胸宽大,不念私仇。坐山虎问我你打算把李友如何处置……"

"对,你怎么回答?"

"我说李友激变军心,闯王决不会轻饶了他。后来,在你睡着时候,丁国宝去了一趟,说你闯王如何宽宏大量,如何有情有义,又如何惦念着坐山虎手下的伤病弟兄。虽然坐山虎本人还不放心,可是我看他左右的亲信头目倒有不少人心中感动。"

闯王点点头,望着门外的亲兵们说:"把那个细作带来!"

被捕获的官军细作马上给带了进来。这是一个二十多岁的车轴汉子,农民打扮,上身短布褂扯得稀烂,脸上和胸脯上都有青紫伤痕。李自成狠狠地看他一眼,问道:

"你想死想活?"

细作回答说:"我落到你们手里就不打算活着回去,再过二十几年又是一条好汉。"

"只要你说实话,我可以饶你狗命。"

"黄昏前我对窦阿婆说的全是实话。"

"我再问你,官军打算什么时候来攻石门镇?"

"今夜五更。"

"坐山虎已经鼓噪两天,官军为什么不早点来攻?"

"一则等候商州和武关两处先动,二则等候从蓝田调集多的人马。"

"如今峣关一带到底有多少官军?"

"大约三千人。"

"官军知不知道我李闯王现在此地?"

"一丝风声也没听到。都说你大病在身,已经有两个月卧床不起。"

李自成突然问:"这寨里的杆子头目都是谁向官军暗中投降?"

"只有坐山虎一个人向官军投降。"

"坐山虎是什么时候投降的?"

"昨天才接上头。"

"接头的人是谁?"

"不知是谁。"

"哼,你还是不说实话! ……拉到院里斩了!"

细作被两个亲兵正要推出月门,猛然回头叫道:"闯王饶命!小的愿吐实话!"

"把他带回来!"等亲兵把细作带回面前,闯王说道:"快说实话。只要你说实话,我就饶你。"

"小的是镇安县人……"

"你对窦阿婆怎么说是蓝田人?"

"那是瞎话。我现在说的是实话。"

"好,说下去!"

"我是镇安县黄龙铺人,坐山虎是苇园铺人,相离不到十里远。我同他在家认识,是赌博场上的朋友,只是最近几年没多见面。他手下的头目,我也有认识的。我这次来,不瞒闯王,实因坐山虎给我捎了口信,说他情愿投降,将石门寨献给官军。倘若别的杆子不从,就来个里应外合,打开寨门放官军进来,杀掉那些不肯投降的人。总兵王大人十分高兴,答应保他做游击将军,特意差小的来,设法混进寨中,将王总兵保他做游击将军的话告他知道,约定明早天快亮时破寨。"

"王总兵现在何处?"

"离此不过十余里,有一座小寨名叫陈家峪,他在那里指挥兵马,准备五更进攻石门谷。"

"你是王总兵手下什么人?"

"小的官职卑微,只是镇标营中的一个把总。总兵答应破了石门寨之后将我破格提升千总。"

"你说的这些话都是真的?"

"小的说的话句句都真,不敢有半句谎言。"

李自成冷笑一声,说:"你们想不费一刀一枪拿下石门谷,原是一着妙棋,可惜走迟一步!好吧,你既然肯说实话,我就饶你狗命。坐山虎马上就来。我这个人情要卖给坐山虎,让他出面救你,我才放你走。"说到这里,闯王望一眼亲兵:"把他带走!给他点东西吃!"

两个亲兵把细作带走以后,闯王将马上就处置坐山虎及其党羽的事,对李强小声吩咐几句。李强立刻准备去了。

李双喜引着谷英和张鼐进来了。

李自成很担心老营空虚,会有闪失,向张鼐怒目注视,脸色十分严厉,问道:

"谁叫你离开老营?是你补之大哥派你来的么?"

"不是。是总哨刘爷派我赶来。"

"是他?……"闯王转望着医生问:"子明,你昨天下午没有把宋家寨的事对捷轩说明?"

"怎么没说呢?都说啦。"

自成有点放心了,说:"只要总哨明白宋家寨的事就好,如今咱们先顾白羊店这一头吧。小鼐子,智亭山已经给官军袭破,咱们在白羊店一带的大军腹背受敌,同老营断了线儿。要火速把智亭山夺回来,莫让官军在智亭山站稳脚跟。如今我想派你前去,可是又怕你……"

"闯王,你放心,我不管怎样也要把智亭山夺回来,把官军撵走。"

"你打算怎样夺回智亭山?"

"据我想,只要我摇旗叔没阵亡,不挂重彩,一定会不离开智亭山,苦战待援。我率领三百名骑兵连夜前去,明天前半晌可以赶到,出敌不意,一阵猛杀,必可杀败官军。倘若敌人同我摇旗叔尚在混战,里应外合,更易成功。"

医生在一旁插言:"先救出摇旗倒是个正着。"

自成摇摇头,说:"不,这个办法不行。第一,摇旗的情况咱们一点也不知道。第二,纵然他还在同官军苦战,可是官军人多,必然一面围攻,一面准备好迎击老营救兵,占好地势,以逸待劳。第三,龙驹寨官军偷袭得手之后,必然倾巢而出,云集智亭山下。我们只有这三百骑兵前去,众寡悬殊,又先失地利,万难取胜。这一点看家本钱,万不可孤注一掷,输得精光。"

听了闯王这么一说,大家都一时没了主意,面面相觑,又都望着他,等待他说出办法。他略停片刻,说道:

"小鼐子,你立刻率领着这三百骑兵奔往商洛镇①,路过老营时不许耽误。此地离商洛镇大约有一百五十里,限你明天早饭时赶到,能够么?"

"我能,闯王!刚才已经把马匹都喂饱了。"

闯王点下头,说:"好,你可得一定赶到!商洛镇,一向官军没有驻重兵。咱们因为它离龙驹寨太近,也没有打算去攻它。现在龙驹寨官军必然是倾巢而出,后路十分空虚。加上官军各路进攻得手,又欺负我们人马很少,万不料我们会突然攻取商洛镇。我命你明天巳时以前赶到,出敌不意攻进商洛镇。倘若敌人有备,你就不要强攻,将商洛镇周围的村子烧毁,打开大户粮仓让百姓自己去抢。然后你赶快转到龙驹寨,照样办。遇到少的官军你就剿杀,遇到多的你就避开,遇到穷百姓入伙你就收下。你要一直在龙驹寨周围闹到夜间,不接到我的命令不许退回。记住了么?"

"记住啦。我现在走么?"

"等一等。"闯王转向谷英说:"子杰,你也走吧。你把大峪谷的一百多骑兵交给张鼐一百人,其余留在你身边,率领百姓守寨,等天明后你随我一道赶回老营。对百姓只说此间已经平静无事,老营那边正在痛剿官军,所以把人马抽调回去,天明后另有一起人马调来。你马上同张鼐走吧,不要引起大家惊慌。"

"遵令!"

谷英和张鼐正要转身退出,闯王拍拍张鼐的肩膀,在他的脸上和眼睛上端详,好像还有许多话要嘱咐却又不肯说出来,仅仅说道:

---

① 商洛镇——在商州与武关之间,离商州九十里,离武关一百二十里。原是古代的商州或商县所在地,金朝废为商洛镇。

"去吧,凡事随机应变,不可疏忽大意!"

张鼐猛地一转身,同谷英大踏步向外走去。医生忽然想起来一件大事,叫他们稍等一下,向闯王小声问:

"闯王,这寨里的事儿你打算如何处置?"

自成用果断的口气低声说:"今晚一定要割去烂疮。"

医生说:"既然这样,我劝你把张鼐稍留一时。坐山虎手下的弟兄多数都是亡命之徒。倘若万一杀虎不成,反被虎伤,如之奈何?不如留下张鼐和这一起人马在此,以保万全。等事情一过,他们就可启程。"

"不,子明!白羊店能不能转危为安,就看张鼐这一着棋。胜败决于呼吸之间,一刻也不能耽误。这寨中正气已经抬头,我自有除虎斩蛟之计,让张鼐他们走吧。"

他挥了一下手,使张鼐和谷英立刻动身,然后对肃立一旁的吴汝义说:

"你去叫窦开远来,同时替我传令:全体将士,除守寨的和伤病的以外,今夜二更,听到一通鼓赶快站队,二通鼓齐集山门前边,看我处分李友之后准备迎敌。倘有听到二通鼓不来到山门外的,以违抗军令、临敌畏缩论罪,不论大小头目,定斩不饶!"

吴汝义说声"遵令"!转身就走。李自成挥退门口侍立的一群亲兵,单把尚炯、双喜和李强留下,低声吩咐几句,大家匆匆离开禅房,分头执行他的密令去了。

快到二更了。大庙里响过了一通鼓声。山门大开,原来由李友率领的将士有一大批从里边走出来,全副披挂,十分整齐,拿的都是适宜于夜战和巷战的短武器,如刀、剑之类。李友也被带出来,绑在山门前的一棵树上。尽管月色皎洁,大树下也不算暗,却故意在李友旁边点着火把,照得树下通明,使人人都能够看见他身带棒伤,又被五花大绑。

不等二通鼓响,各家杆子都纷纷来到,按照窦开远指定的方位站定。自从闯王来到,强迫坐山虎收起了坐虎旗,声明窦开远是全寨的总头领之后,窦开远的威望大大提高,所以他现在能够依照闯王的意思布置将士,没有人敢不听从。跟着,丁国宝率领着自己的人马到了,也依照窦开远指定的方位站定。如今只有坐山虎的人马还没有到,但是已经站好队,就要由尚神仙陪同前来。李强从寺里走出,直来到国宝面前,拉着他的手,低声说:

"兄弟,闯王请你到里边去。"

国宝在乍然间有点心惊,但看见李强的神气十分亲切,就马上释去疑虑,同李强肩并肩向庙里走去,背后跟了五个精壮的小伙子。走到二门口时,李强回头对丁国宝的五个护驾的说:"有军事机密,请你们各位在此稍候。"丁国宝又暗吃一惊,但只好使随从留下,怀着七上八下的紧张和狐疑心情跟着李强进去。进了禅房,看见闯王面带笑容,离座相迎,他的心情才有一半落实。他局促不安地对闯王躬身叉手,说:

"听说狗日的官军要来攻寨,请闯王吩咐怎样迎敌。我要不卖力杀退官军,不是人生父母养的。快吩咐吧,闯王!"

闯王笑着问:"那一百五十两银子你分给有困难的弟兄们了么?"

"今日来不及分给他们,明日打完仗就分,决不耽误。"

闯王又说道:"等过了这几天,打退了官军,你要去老营住几天,咱们细谈。"

"一定去,一定去。"

闯王又说:"国宝,你既然情愿跟我起义,从今后你就是我的心腹爱将,可不要辜负了我的期望。"

"请闯王放心,我不是吃屎长大的。"

"我知道你不会辜负我的期望。这几天,你跟着坐山虎做了不少坏事,纵容部下殃民,还替你抢来良家幼女,还帮坐山虎围攻李友。按军律,有这一条罪就该斩首,何况是数罪齐犯。我今天……"

丁国宝战栗失色,说道:"我这几天鬼迷了心,请闯王从重处分。"

"你不要怕,我说不咎既往就不咎既往。我今天因想着你年轻无知,随我不久,少受教调①,杆子习气未改,又受了坐山虎的怂恿,才做出许多坏事,所以不追究你的罪。又看见你原是个没有父母的苦孩子出身,起义时也抱着个好宗旨,想铲尽世上不平,我越发不想斩你,把你另眼看待。你的诨号叫铲平王,可是随着别人做坏事,祸害黎民,掳掠民女,这算是铲尽世间不平?你自己可在心上想过么?"

丁国宝低头不语,又羞又愧,恨不得打自己几个耳光。

闯王接着说:"你这几天做的事是铲无辜百姓,不是铲人间不平!"

丁国宝仍然低头不语,心中难过。闯王微微一笑,用温和的口气说:

"从今后你要记清:你是跟着闯王起义,不是拉杆子。起义,就得把路子走正。不用难过,快去叫你的手下人站好队,待会儿同大家进来议事,我有事交代你。"

丁国宝心情沉重地离开闯王,回到山门外他自家的队伍那里,把那些蹲在地上的和乱哄哄说话的弟兄们骂了几句,使大家站成了整齐的队形,精神也登时抖擞起来。这时,坐山虎率领着全部手下人来到了,被窦开远引到空场的中间,一边是丁国宝的人,一边是窦开远和黄三耀等人的人。他很怕中了闯王的计,来之前曾暗

---

① 教调——调理,教育。

中嘱咐手下的大小头目们随时准备着,一旦有风吹草动就先下手,拼死厮杀,倘若不胜就夺路杀出寨去。因此,他的手下人站的队也较整齐,并且兵器都拿在手里,神情紧张。尚神仙对坐山虎打个招呼,进大庙去了。

第二通鼓响了。李自成从庙中出来,身边只带了吴汝义和两个亲兵。他从各股队伍的前边走了一趟,对头目们点头,对弟兄们道"辛苦",但不停留,只是到了坐山虎的面前时才站住问道:

"你那儿的彩号都治了么?"

坐山虎回答说:"多谢闯王,都治了。"

自成又对他手下的弟兄们连说了几句"辛苦",便继续往前走。巡视完毕,他走到石龟前边站住,面向全体将士。吴汝义跳到石龟上,高声说道:

"闯王有令,大众听真!今日黄昏,抓到官军细作一名,已经审出口供,知道官军要在五更时候前来攻寨。请各家头领,立即到寺中商议迎敌大计。凡是统带五十个弟兄以上的捻子①,不管是掌盘子的还是二驾,都请进庙中议事。凡能想出妙计的,重重有赏。一俟商议完毕,人马立时出动。另外如何处分李友,也要在会议中决定。闯王向来军令森严,大公无私;今年春天他的叔伯兄弟李鸿恩犯了法尚且不饶,李友又算得什么东西!请进去议事吧,各位掌盘子的!"

李自成向坐山虎和丁国宝招一下手,自己先进去了。窦开远率领着他自己的和黄三耀的手下头目,跟着进去。那些下午被举出来调查李友一案的所谓公正头目和那些心中没有鬼的头目,也纷纷进去,不敢耽搁。坐山虎和他手下的十几个大头目都在迟疑,恰好丁国宝走到面前,一把拉住他说:

---

① 捻子——与杆子、股头同义。土匪拉杆子又叫做拉捻子,同伙儿叫做一捻儿。清末的捻军,其名称的起源也是从拉捻子而来。

"伙计,大家都进去了,你还迟疑什么? 放心吧,人家闯王待人宽宏大量,心口窝里跑下马,哪跟咱弟兄们一般见识!"

坐山虎仍不放心,只好把所有二驾留下,带着六个大头目,硬着头皮跟丁国宝往庙里走去。走了几步,他回头一看,骂道:

"妈的,护驾的都死了么? 快来几个!"

坐山虎和他手下的大头目都有不少护驾的,听了这句话,登时跟上来二三十个人。丁国宝发了急,对坐山虎说:

"你不懂得规矩么? 我们到庙里商议机密大事,一个闲杂人都不许进去,你怎么能够带护驾的进去? 窦阿婆他们一大群头目都不带一个护驾的,你带鸡巴护驾的做什么? 岂不要自找没趣?"

坐山虎唠叨说:"我把他们带进院里,只要不带进议事的屋里就是。"

丁国宝凑近坐山虎的耳朵说:"别找没趣! 我刚才进去见闯王,带的几个亲兵都不许走进二门。其实,闯王决不是怕人行刺,他是怕泄漏军机。这是规矩,对谁都是一样。你的这些护驾准要挡在二门外,弄得自己脸上没光彩,还惹出别人对你不放心,何苦呢?"

坐山虎觉得丁国宝说的有道理,他想,等官兵一到,献出山寨,游击将军就到手了。如若能把闯王捉住,功劳更大,还可官升两级,岂能因小失大! 于是摆摆手,挥退了一群护驾的。他紧紧拉着国宝的手,悄声央求说:

"国宝,你如今在闯王面前吃香,被他看重。倘若我进去后出了他娘的什么事故,你可不能坐视不理啊。"

"你放心。"

坐山虎带着他的六个大头目随着丁国宝一群人走进大庙,看见山门和二门戒备森严,心中十分发毛,暗中后悔进来,但也不好退出。又进了一个月门,来到一个偏院,上首是三间禅房。因为禅房小,且中间有隔扇分开,不能容纳多人,所以在小院中摆了两行长板凳,前檐下的台阶上摆了一把太师椅。进来的杆子头领都依照吴汝义的指引,按照地位和威望大小,在长板凳上落座。有些本来是一个杆子的人,很自然地分散开来,丝毫没引起人们多心。吴汝义让坐山虎挨着窦阿婆的肩膀坐下,丁国宝坐在对面,却让他们的手下头目都坐在靠近月门的空板凳上。窦阿婆和黄三耀的二驾都属于大首领,并膀坐在坐山虎的紧下首。等大家全都坐定,闯王从禅房中缓步走出。众首领由窦开远带头起立,躬身叉手。坐山虎原是不懂得这种礼节,也跟着大家肃立叉手。闯王向大家含笑拱手,说声"请坐",自己先在太师椅上坐下,然后众首领纷纷就座。吴汝义退到台上,侍立闯王身边。双喜和李强侍立闯王背后,手按剑柄,虎视全场。

一进小院,坐山虎就机警地四下瞧看,没看见可疑地方,只疑心禅房中埋伏有人。等闯王带着双喜和李强从禅房出来,他看出禅房中只剩有老医生坐在灯下,不像有多人埋伏。至于月门外边,也只有闯王的一两个亲兵。但他是从刀枪林中滚出来的人,对于做黑活①经多见广,所以除一度随众人向闯王叉手行礼外,他的右手始终不肯离开剑柄。特别是闯王出来之后,满院中肃静威严的气氛压得他透不过气来,使他自称为坐山虎的人第一次看见了大将的"虎威"。他的心提到半空,等候闯王说话,暗想着如果闯王要杀他,他已经没法逃脱,对自己下狠心说:

"老子先下手为强,杀他们一个就够本儿,杀他们两个就有赚头。"

这样想着,他的手把剑柄握得更紧。

等大家重新坐定,李自成声音平静地说:"黄昏前捉到了一个

---

① 做黑活——暗杀、行刺。

细作,说官军要在五更来犯。如今在开始议事之前,我想把官军的细作带来让大家看看,也许你们中间有认识他的,更好审问出他的真情。"他向月门外望一眼:"把细作带来!"

月门外大声回答:"是!带细作!"

小院中一片寂静,所有的眼睛都转向月门。片刻之间,五六个亲兵把细作推了进来,跪在院子中间,而月门外也增加了几个亲兵,分明是防范细作逃走或发生其他意外。自成向全体杆子首领和头目问:

"你们谁认识这个人?"

坐山虎大吃一惊,但愿这人没有供出实话。他首先说他同这个细作是邻村人,自幼认识,但从他拉杆子以后就再无来往。跟着,他手下的头目里边有三个人都说认识。李自成转向细作问:

"你是不是来找他们几个人的?"

细作赶快回答说:"回闯王的话,小的是来找他们的。"

"找他们做什么?"

"他们已经投降了官军。"

坐山虎和他的六个大头目猛地跳起,拔出兵器。但在刹那之间,坐在他左边的窦开远跳起来将他抱住,坐在他右边的两个人同时跳起来,一个夺下他的兵器,一个照他的腰里刺了一攮子,共同把他按到地上,捆绑起来。那六个头目刚把兵器拔出,就被闯王的亲兵们从背后刺倒两个,全部被擒。有一个被擒后破口大骂,但他刚骂出一句就被一剑刺死,其余的都不敢做声了。坐山虎咬牙切齿,但没有骂,只说道:

"好,我死到阴曹也要报仇!"

当事情发生时,所有坐在板凳上的大小头领都一哄而起,各拔兵器,准备自卫。同时,藏在禅房中和月门外的弟兄们一拥而出,从两头把小院子包围起来。尚炯也从屋中提剑奔出,站在台阶上。

李自成稳坐不动,小声喝道:

"不许动!都坐下!这事与大家无干!"

众杆子头领凡是与窦开远和黄三耀平日接近的,一听闯王的话,都明白是怎么回事,虽甚惊骇,却遵令纷纷落座。但有的平日同坐山虎走得较近,仍紧握兵器不肯落座,也不敢有所动作。李强走到丁国宝的面前,在他的肩上拍一下,说道:

"兄弟,快坐下!"

铲平王一坐下,所有的杆子头领都坐下了。有的坐下后仍甚惊慌,两腿发抖,茫然四顾。李自成望着他们说:

"各位放心,都收起家伙。"

有些人仍不真正放心,但没有人敢不服从,纷纷地将刀剑插入鞘中。

闯王一摆手,细作被一个弟兄带了出去。他从太师椅上站起来,望着大家说:

"官军今夜五更将来攻寨,我必须先除掉寨内祸根。坐山虎和他的几个亲信头目狼心狗肺,犯下了六条该死的罪:他们对老百姓奸淫烧杀,一该死;挟众鼓噪哗变,围攻我的人马,二该死;想杀害我的中军吴汝义,撕毁我的亲笔书信,三该死;挟众威胁我,阻我进寨,四该死;黄昏前,我在丁国宝驻的宅子里,坐山虎派人前去,打算对我下毒手,五该死。他犯下这五条该死之罪,我念他归我不久,还想从宽治罪。无奈他暗投官军,打算里应外合献出石门寨。这是第六条罪。这第六款特别可恨,叫我万难轻饶。你们各位……"

坐山虎骂道:"你要杀就杀,何必多说?要不是你李闯王来得快,这石门寨就是老子的天下!"

李自成将下颏一摆:"暂且留下坐山虎,把别的都斩了!"

坐山虎对丁国宝恨恨地说:"老子本来不想进来,上了你小子的当!"

他和手下的头目们正要趁死之前对闯王高声叫骂,但是他们的喉咙突然被人们从背后用手卡住,随即往他们嘴里塞进棉花和破布疙瘩。弟兄们把他们推出月门,在月光下用宝剑刺死,割下首级,并把六颗血淋淋的人头提进来扔到众人面前,吓得那些平日与坐山虎等走得较近的、这两天随着鼓噪的众杆子首领毛骨悚然。李自成向地上的首级看一眼,吩咐将坐山虎拉出月门等候,然后接着刚才未说完的半句话说下去:

"你们各位,不管近来做过什么对不起我李闯王的事,从此刻起一笔勾销。我小时替人家放过羊。每逢羊群不听话,走错了路,我只打头羊。要不是坐山虎带头,你们就不会闹出事来。你们不管谁做了坏事,我说不记在心上就不记心上。你们倘若不信,不必远看,可看看我待丁国宝是什么样儿。近几天他受了坐山虎的怂恿,做的坏事比你们都多。可是只要他情愿学好,情愿死心塌地跟我打江山,我就不咎既往,从今后他就是我的爱将。现在我对你们各位不勉强。有人想离开我的,今晚就把人马拉走,我决不给你们为难。倘若你们愿意留在我的大旗下边,决不许再做出这样错事。倘若你们有人再苦害百姓,挟众鼓噪,有几个我杀几个,一个不饶。至于叛变投敌,我自来对这种人恨入骨髓,更要加重治罪。"停一停,他用冷峻的目光扫着大家问:"你们有没有不愿再跟我起义,要拉走重当杆子的? 光明正大地走,我不强留。有没有?"

所有到会的杆子首领和头目都不做声。过了一阵,闯王又问:

"是不是都愿意跟着我打江山?"

人们纷纷回答愿意,有的还发誓赌咒。李自成向侍立在小院中的亲兵吩咐:

"拿酒来!"

亲兵们把事前准备好的一坛子烧酒抱了出来,还拿出来一个大瓦盆,几只瓦碗,都放在院子中间,还有一个亲兵抱来了一只大白公鸡。双喜把坛子中的烧酒倒进瓦盆。吴汝义接过公鸡,拔剑斩了公鸡头,将鸡血洒在酒中。李自成走下台阶,舀起来大半碗鸡血酒,望着众杆子首领和头目说:

"我李自成率众起义,诛除无道,剿兵安民,不论千艰万难,誓不回头。各位愿意随我,共保义旗,我李自成十分感激。今后我李某倘有对不起各位之处,天地不容!"

说毕,他将酒浇一半在地上,余下的一半一口喝干。窦开远也弯身舀了一碗鸡血酒,说道:

"我窦开远对天发誓:保闯王,打江山,生是闯王旗下的人,死是闯王旗下的鬼,倘有三心二意,马踏为泥!"

说毕,他也照样将酒浇一半在地上,一半吃下。跟着,丁国宝等依次都对天明誓,喝了鸡血酒。有的说了几句话,有的只说一句话,还有的一只手端鸡血酒,一只手拍拍心窝,说:"俺同你们大家一样!"等大家都起过誓,李自成说道:

"诸位既如此齐心,纵令有十倍官军前来,石门谷也万无一失。现在各位随我到山门外边,向全体弟兄们宣告坐山虎等人罪状。我已经在事前做好布置,以防万一。倘若坐山虎手下弟兄不再生事,我决不妄杀一人;倘若他们胆敢鼓噪生事,你们听我的号令动手,不要迟疑,将带头生事的人乱刀砍死。倘若全体鼓噪反抗,就全体斩首,不许逃掉一个。走吧,随我出去!"

大家簇拥着闯王向外走,亲兵们提着六颗血淋淋的人头紧紧跟随。窦开远和丁国宝担心会发生变故,各带着自己的手下头目抢在闯王的前头出去。当李自成刚跨出二门的青石门槛,看见一个人牵着战马走进山门,闪在路旁,迎着他叉手叫道:

"闯王!"

在月色中李自成一眼就看清楚这个人不是别人,正是刘芳亮手下的一名小校,绰号王老道。去年十二月间从崤函山区扮成云游道人来商洛山中送消息的便是此人。王老道满身尘土,衣服扯破了几个口子,带着斑斑血污,但他自己显然并未挂彩。他的枣红战马浑身淌汗,站在他背后喘息,十分疲惫。自成问道:

"你是从哪里来的?"

"从白羊店来的。"

"嗯?……"

"夫人派我杀出……"

"不用急着禀报,我知道你们那儿杀的很得手。到后边歇息去吧。"

李自成大踏步向山门外走去,好像他并不重视王老道的来到,但是他的心中却十分惊骇。他一边向外走一边想着:王老道是她派出来求救的,那么芳亮是阵亡了还是身负重伤?将士们损伤得惨重么?……

第十八章

山门外边,各股杆子都在等候着庙里边的会议结束,这儿那儿不断有悄声谈话,情绪很不安定。有的人在猜想着会议结果,心中生出种种狐疑,就把他们的狐疑用眼色传给别人。坐山虎的部下狐疑更甚,不断地交头接耳,暗中商量。他们很担心坐山虎和六个头领进到大庙去落入圈套,凶多吉少。有几个是坐山虎的心腹小头目,蹲在黑影中嘀咕一阵,分头煽动,准备必要时杀进大庙,把坐山虎等人救出。

窦开远和丁国宝各带着自己的几个亲信大头目从庙中出来了。正在狐疑着的人们看见他们神情紧张,脚步很急,登时骚动起来,纷纷站起,把兵器拿在手中,准备应变。丁国宝挥着雪亮的大刀叫道:"都不许动!都不许动!谁敢动一动人头落地!"他一边叫一边走进自己的队伍中间,瞪着眼睛监视着坐山虎的队伍。窦开远也回到自己的队伍中。他自己不惯于起高腔,就叫他的二驾高举宝剑,大声叫道:"都坐下!快把刀剑插入鞘中,不许动!"话刚落音,闯王走出山门。

李自成巍然站在大石龟上,面对众人,神色十分威严。李双喜和李强站在石龟前边。吴汝义跳到石龟一旁的断碑上,高声叫道:"闯王有令!大众一齐坐下,静听训示。不许交头接耳,不许擅自走动,违者斩首!"

大众纷纷将刀剑插入鞘中,原地坐下。随即全场寂静,静得连个别人的心跳声也听得出来。

李自成咳了一声,开始讲话。他愤怒地列举了坐山虎的六大罪状,特别着重指明坐山虎投降官军一款,使他非常愤恨。他说:

"坐山虎这个败类,贼性不改,刚刚来到我李闯王的大旗下边,马上就叛变了。他伙同几个死党,瞒着你们大家,投降了蓝田官军,情愿献出石门寨做进身之礼。倘若不是我及时赶到,今夜五更,官军一来,他就挟制你们大家投降,谁不从他就杀谁。他围攻大庙,妄图要杀尽我派驻石门寨的一百五十名将士,又扣留我的中军,都是为他的投降开路,你们大家都蒙在鼓里,没有看出来他的狼心狗肺,连你们也出卖给官军!"他向一旁命令:"将那个细作和叛贼一齐带出来!"

细作和坐山虎从山门内带出来了,站在火把下边。坐山虎看见他手下的几百人坐在场子中间,并且同他的亲信党羽(包括护驾的)的目光遇到一起,希望他们立即动手砍杀,将他夺走,即令他活不成,也希望在一场混战中杀了闯王,使他没有白死。这幻想在刹那间就被闯王的威严的目光和声音打断了。闯王向细作厉声喝道:

"坐山虎投降官军的事,你当着大家照实供出,不许隐瞒!"

细作吓得两腿发抖,说:"坐山虎情愿投降官军,献出石门寨。只等官军前来,坐山虎将寨门打开,放进官军。王总兵已答应保他做游击将军,今儿差我来同他约好今夜五更攻寨。以上所供,句句是实。"

闯王问:"别的杆子不愿投降怎么办?"

细作说:"坐山虎说,到时候他用兵力挟制大家投降,谁不投降就杀谁。"

闯王望着坐山虎:"他供出你已经投降官军,准备献出石门寨,你还有什么话说?"

坐山虎故意不回答,急等着他的人动手。

李自成望着大家说:"坐山虎投降官军,答应献寨,罪恶滔天。他的六个大头目同他结成死党,一起密谋投降,已经在庙里斩首。现在将坐山虎……"

坐山虎的一个亲信小头目忽地跳起,拔刀向前扑来。双喜眼疾手快,一剑从他的前胸猛刺进去。他的刀尚未落下,忽然身子一斜,仰面倒下。又有三个人跳起来向他们的一伙大叫:"杀呀!杀呀!"但他们都没有扑近闯王,被吴汝义和李强一剑一个劈倒地上,丁国宝也同时砍倒一个。坐山虎拼死大叫:"弟兄们,都快……"突然有刀背打在他的头上,登时他的眼前一黑,栽倒下去,身上又挨了一脚。坐山虎手下的人们,一部分因为怵于威力镇压,一部分因为对坐山虎很不同情,没有一个乱动。李闯王冷冷一笑,用充满杀气的、威严难犯的目光望着坐山虎的人们说:

"还有人起来反抗么?……没有了?好,大家既不反抗,我决不多杀一人。按照你们近来的罪孽,我即令不将你们全体斩首,也应该至少杀你们五十个人,可是我想你们原来都是没有上过笼头的马,撒野惯了,一时难望个个收住野性,所以只杀几个为首的人。况且私勾官军这桩事,也只有他们几个人知道,与你们大众无干。我李自成做事,是非分明。你们只要自己心中没鬼,不要害怕。"他向旁望一眼:"将坐山虎这个叛贼斩首!"

一个弟兄将坐山虎从地上拖起来,喝令跪好,一剑下去,头颅落地。

闯王对吴汝义说:"将官军细作带回庙中,加意看守,听候发落!"等细作被带走后,他转回头望着大家说:"坐山虎虽然有罪被斩,他的孩子尚幼,老婆并不知情,不许任何人伤害他们一根汗毛。等一二日内打败了官军之后,派妥当人送他们回到家乡。现在你们谁不愿留在这里的尽可以走,我决不强留。愿意留下的,分在窦开远、丁国宝、黄三耀三人手下,从今后和他们三个人的老弟兄一样看待,有功同赏,有罪同罚,不分厚薄。倘若你们留下之后还贼心不死,不听他们的将令,或想替坐山虎报仇,我要加倍治罪,休想饶命!有谁愿意离开的?"

坐山虎的部下没有一个做声的。纵然有少数人想离开这里,回到镇安县境内拉杆子,也不敢说出口来。闯王又问了一遍,仍然没人回答。吴汝义知道冯三才是坐山虎手下的头目,平日比较正派,得到大家尊敬,在他被拘留的这两天对他也不错,就叫着冯三才的诨号问道:

"一杆旗,你是愿留下还是愿走?"

冯三才站起来回答说:"我留下。坐山虎行事霸道,随了闯王后杆子习性不改,我早就觉着不好,可是他活着我既不敢劝说,也不敢跳枝儿。如今他有罪被斩,闯王开恩,不杀我们。我又不是他的孝子,为甚要走?我以后留在闯王大旗下感恩图报,决不三心二意。"

自成说:"好,好,这才叫明白道理。还有谁愿意留下?"

众人一片声地说愿意留下,连那些心中希望离开的人也跟着别人随口附和。自成的怒气略消,用稍微温和的眼睛把大家来回扫了两遍,说:

"我知道,你们中间有些人跟坐山虎沾亲带故,有些人受过他的好处,是他的心腹弟兄,还有些跟着他做了许多坏事,心中有鬼。你们这些人口说愿意留下,心中实不愿留。我李闯王的心中能行船跑马,决不怪罪你们。眼下把话说清:倘若你们留下,过去的事既往不咎。我今后对你们一视同仁,这一层请你们放心。倘若你们把我李闯王的好心当成驴肝肺,面前一套,背后一套,放着阳关大道不走,自走绝路,打算暗投官军,背叛义军,到那时休怨我闯王无情,把你们斩尽杀绝,一个不留。以后你们想走也可以。只要你们不暗通官军,遵守军纪,手上干净,不管什么时候想走,我都答应。好合好散,也留下日后见面之情。日后你们有了困难,想再来跟我,我还收下,决不责备你们,更不会一脚把你们踢到崖里。"

这一派话有情有义,使坐山虎的旧部不能不暗暗点头,就是少数十分疑惧的死党也开始有些安心。李自成转向窦开远,亲切地呼着他的表字:

"展堂!"

"在!"

"你马上把坐山虎留下的弟兄一半安插到你的手下,一半分开安插到丁国宝和黄三耀手下。"他又转向全体,提高声音说:"众位大小头目和弟兄们听清!如今祸根已除,就不怕官军拂晓时前来攻寨。大家如今该守寨的守寨,该休息的休息,务须恪遵军纪,不许乱动,随时听窦开远的将令,抵挡官军。有不遵军纪,不听将令,临敌畏缩不前的,立即斩首!"

他说这后几句话的声调特别有力,大众为之震动,屏息地注视着他的脸孔。他跳下石龟,正要转回大庙,忽然望见李友仍在山门外的一棵树上绑着,于是他重新跳上石龟,接着说:

"黄昏前,十个公正的头目向我回禀了李友杀死坐山虎二驾的经过。坐山虎的二驾率人抢劫,强奸民女,李友去捉他时竟敢恃强对抗,实在死有余辜。李友当场把他杀死,做得很对。倘若他坐视不管,我派他来做什么的?可是事前李友没把我的军律向大众讲清楚,知道有人做坏事又不随时向我禀报,防患未然,临时激出变故,他身上也有不是。我已经打了他四十军棍,不用另行处罚。现在我当众把他释放,以后也不许他留在这儿。"他转过头去大声喝问:"李友!你知道自己也有不是么?"

"回闯王,我知道也有不是。"

"混账东西!……把他解了!"

李自成跳下石龟,匆匆地走回庙中。他急于想知道白羊店和

智亭山一带情况,一进二门就连声问道:

"白羊店来的人在哪里?王老道在哪里?"

李闯王在禅房一坐下,王老道就被一个亲兵带到他的面前了。他说:

"坐下,老道。夫人叫你来禀报什么?"

"回闯王,夫人因后路被官军截断,白羊店一带人马退不出来,情况十分危急,所以派我带一名本地向导绕过智亭山,从一条隐僻小路奔回老营,请你派老营人马火速救援郝摇旗,夺回智亭山,杀退从龙驹寨来的一支官军。"

"刘明远现在哪里?"

"武关的官军人马众多,从桃花铺漫山遍野向我军进攻。刘将爷在白羊店以南拼死抵挡,身负重伤,已经回到白羊店寨内。"

闯王的心中一惊,继续问道:"智亭山是怎么失守的?郝摇旗如今在什么地方?"

"听说他晚上吃了酒,正在睡觉,不提防官军突然来到,袭破山寨。我来到的时候,听见智亭山东边仍有喊杀声,大概他还在同官军厮杀。"

"马世耀现在何处?"

"他们刚过智亭山几里,智亭山就给官军袭破。马世耀回救郝摇旗,同官军厮杀一阵,无奈官军已得地利,老百姓又连夜走得困乏,没救出郝摇旗,反而死伤很重,败了下来。我离开白羊店时,听说他身边只剩下几百人,派人向夫人禀报。夫人已经命他择险死守,等候救兵。"

"你到老营可见到了总哨刘爷?"

"官军逼近马兰峪,总哨刘爷已经前往野人峪,所以我到老营时没有见到他。见到总管任爷,他叫我来此见你。"

"你为什么不把白羊店的情况禀报补之?"

"我在清风垭这边的路上遇见侄帅,禀报过了。"

"在清风垭这边的路上?"

"是。他躺在筤子上,只带了四个亲兵。"

"他是往清风垭去么?"

"是。"

"清风垭什么情形?"

"情况很紧,等着官军来攻。"

"补之说什么话?"

"侄帅听我禀报之后,只说:'我知道了。你到老营休息吧。'我见他精神很坏,没敢多向他请示。"

闯王沉吟一下,说:"你今天骑马跑了差不多两百里路,休息去吧。"王老道退出后,他望着医生和吴汝义说:"补之坐筤子往清风垭去,必是清风垭十分吃紧,捷轩才按照我在书信中留下的话派他去的。明远受了重伤,白羊店必甚危急,咱们不能在此耽误,天不明就动身,火速赶回老营。"

"今夜就动身么?"中军问道。"留下谁代替李友?官军来攻时这寨里会不会再出变故?"

"什么人也不留。只要把坐山虎的手下人安插好,此地在眼前可以万无一失。你现在到山门前去看看窦阿婆们安插坐山虎的手下人顺不顺利,帮他们赶快安插就绪,然后带着窦阿婆、丁国宝、冯三才,还有黄三耀的二驾快来见我。你出去时,传我的令:大小捻子,如今立刻造饭,四更以前吃毕,准备出战,不得有误。"

医生望着吴汝义出去后,在一旁提醒闯王说:"李友和几个受伤重的弟兄不能骑马,得用人抬。"

闯王转向李强说:"你快去叫弟兄们绑几副门板,立刻抬李友和重伤的弟兄动身,到大峪谷寨中等我们。除李友自己的几个亲兵以外,另派一个精明小校带领十名弟兄护送。"李强出去后,闯王又向院中问:"坐山虎扣留的那十匹骡子和几个押运粮草的弟兄都放回了么?"

院中回答:"已经放回了。"

禅房中剩下李自成、医生和双喜。他们谁都不说一句话,而每个人都在想着目前的全盘局势。过了很长一阵,尚神仙对闯王说道:

"虽说明远已经挂彩,你用不着替白羊店过分担心。夫人久经战阵,沉着果断,深得将士爱戴。既然有她在白羊店,必能凭险固守,等待救兵。万一两三日救兵不到,她也会率领将士们杀出重围,平安无恙。我看,你不如现在睡一阵,免得身体吃不消。"

"不。咱们在马上睡觉吧。"

吴汝义带着窦开远和丁国宝等几个重要头领进来了。窦开远向闯王禀报他们把坐山虎的手下人都安插好了。自成听了,随即向冯三才说:

"老弟,你原是坐山虎手下的头领,他手下人的情形只有你摸得最清。从今往后,请老弟多费心,引导大家走上正路,同心协力剿兵安民。秦桧还有三个相好的,坐山虎们七个坏东西自然也有亲朋近族在杆子上,平日狐假虎威,如今见他们几个被斩,一则会心中不甘,二则会兔死狐悲,心怀疑惧。我今夜没工夫找大家说话,请老弟替我加意抚慰,解开他们心中疙瘩。倘若他们还不放心,高低不情愿留在我'闯'字旗下,想远走高飞,各听其便,任何人都不许给他们为难。可是他们只能明走,不许暗走,暗走便是私逃,抓到了军法不容。凡是愿意留下的,再不许强拿人家一草一木。倘若贼心不改,把我的军令当成耳旁风,轻则打,重则斩,决不容情。这些话,老弟你好生对他们讲说清楚!"闯王想了一下,又嘱咐说:"虽然坐山虎尚有一些余党不会心服,但眼下以安定军心为主,不宜多杀。只要有心向善,就当宽容。"

"请闯王放心。话是开心斧,木不钻不透。我一定用话开导,解开他们心中疙瘩。真是不愿留下的,让他们滚蛋好啦。"

闯王又说:"官军拂晓打算来攻,你们说怎么办?"

丁国宝首先回答说:"龟孙们只要敢来,咱就美美地收拾他们一顿,不叫他们轻松回去。"

冯三才接着说:"对,龟孙们占不了咱们的便宜。他们还没有同咱们杆子交过战,这一回叫他们知道铧是铁打的。有你闯王坐镇石门谷,弟兄们勇气百倍,别说官军来,天塌下来也不怯气。"

自成笑着转向窦开远和黄三耀的二驾,等候他俩开腔。黄三耀的二驾在闯王面前有点拘束,本来觉得前边有两个人已经说出了他心里的话,不想再张嘴,可是闯王一直望他,窦开远又用胳膊肘儿碰碰他,他憨厚地笑一笑,说:

"杂种们的消息不算灵,来迟了一步。闯王,你下令嘛,说咋办就咋办,用不着问俺们。"

窦开远跟着说:"对,请闯王赶快下令,俺们大伙儿遵令行事。"

闯王又点点头,随即对窦开远吩咐说:"展堂,你去替我传令:凡是不上寨的将士务要真正休息,不许吃酒赌博,不许随便出入窝棚,不许脱衣,一听见战鼓声立即站队,不许迟误。凡是上寨的,务须各按旗号站定,不许擅自离开,不许大声说话,不许睡觉,违者斩首。"

"遵令!"窦开远大声回答。

"国宝,官军不来,你督率弟兄守寨;官军来近,你听展堂的将令行事。现在你先到寨上巡查一遍,不许有一点疏忽。庙门外一通角声吹动,全体用饭;二通角声吹动,我亲到寨上察看。那时你同展堂、三才都到山门前边等我,随我查寨。"

"是!"

闯王随即转向黄三耀的二驾,拍一下他的肩膀说:"你不必等候吃早饭,如今就率领一百名弟兄出寨,走到五里之外,埋伏在路两旁的树林深处,故作疑兵,不妨露出一两点火光让敌人远远望见。倘若官军来攻,你们先呐喊,然后放火焚烧树林,退回寨里。倘若官军不来,你们在天明时回寨吃饭,吃毕饭好生休息。还有,倘若有人出寨,你们务必严拿,不许漏掉,除非是展堂派亲兵拿令旗送出。"

"遵令!"

李自成把窦开远等四个人送到月门外边,回到禅房后向李强问道:

"把李友他们送走了么?"

"送走啦。"

"有没有人看见?"

"没人看见。守寨门的早就换成了窦阿婆的人,只有他们知道。"

闯王转向吴汝义:"弟兄们只留下十个人把守庙门,其余的全部休息,不许解甲,一听角声就吃饭。我一出去查寨,你就下令将骡子上驮、马上鞍,全体将士在院中站队,不许迟误。我从寨上回来,火速动身。还有,一切要严守机密,不许使那个细作猜到我今夜会离开这里。细作押在什么地方?"

"单独锁在一个小屋里。"

"看守好。外边的一切行动不许使他知道。"

吴汝义答应一声就出去了。尚炯走到闯王面前,小声说:

"闯王,我别的不担心,就担心咱们走后,坐山虎的那些人心中不服;倘若官军来攻,他们会树起白旗,替坐山虎报仇,事情还会从窝里烂起。"

自成说:"我也担心这一层,所以要想办法使官军在三天以内不敢来攻。"

"有办法么?"

"试试看。"

医生很相信闯王的智谋,放心地点点头。他又望望自成的脸色和眼睛,看见他的眼窝塌得很深,劝道:

"你赶快躺一躺吧,哪怕只歇息半个时辰也是好的。天明以后,你的事情还多着哩。"

自成走到小院里,抬头望望月亮,又望望横斜的淡淡天河,知道已经三更过后了。他吩咐一个亲兵去传令守大门的小头目,立刻点起一支更香①,当更香三停灼一停时吹第一次角声,灼到一半时再吹一通角声。吩咐毕,他打个哈欠,转回屋中,看看双喜,对医生笑着说:

"子明,咱们同双喜就在椅子上靠一靠,用不着躺下去了。"

但是他们刚刚坐下,又有一个人从老营来到。他也是一个久病初愈的人,身体虚弱,眼窝深陷,病色未退,经过鞍马劳累,两颊像火烧似的发红。没有等他开口,闯王问道:

"是谁派你来的?有什么紧急禀报?"

"禀闯王,是总管派我来的。他派我来看一看这里的乱子是不是平了,不管如何,请闯王速回老营,不可在此耽搁。"

"老营怎样?"

"总哨病重,各路军情又十分吃紧,请闯王火速回老营坐镇。"

"总哨刘爷怎么了?"

"总哨后半晌从野人峪到了王吉元驻扎的山口视察,又命王吉元带他到宋家寨附近观察地势。正看着,忽然从马上晕倒,口吐鲜血,不省人事。"

---

① 更香——从前为着夜间按时打更,特别造一种线香,每燃完一支恰是一更,故称更香。

"如今总哨在哪里？"

"已经在下半晌抬回老营。"

"吃药了？扎针了？还是昏迷不醒么？"

"总哨一抬回老营，总管就派我飞马上路，限我在半夜赶到，说是把马跑死也不要在路上停……"

"简短捷说！我问你总哨刘爷的病！"

"是，我说的就是总哨。因为我走得急，详情不知道。只听说他有时清醒，有时昏迷，还说邪话。大家都说他中了邪，把马三婆请到老营，替他下神除邪。"

"混账！是谁想的这个主意？"

"不知是谁想的这个主意，只知道是王吉元派人到宋家寨请来的，事前请示过总哨刘爷，他点了头。"

"糟了！"闯王顿一下脚，从椅子上站起来，又问："你在路上遇见张鼐了么？"

"在大峪谷那边遇见他，也许在天明以前能赶到老营。"

李自成使来人出去休息，向尚炯问："你看，捷轩的病要紧么？"

"这是病后虚弱，过分劳累，加上中午骑马奔波，不免中暑。倘在别人身上，病来得还不至于这样猛。捷轩是个脾气暴躁的人，看见各路战况不利，局势险恶，而将士多在病中，中怀愤懑，郁火攻心，以致马上晕厥。但如今尚不知道他吐的血是从内脏吐出，还是晕厥时自己咬破了舌头，也不知吐血多少。"

"好治么？"

"只要不劳复，吐血不多，单只这个病，来势虽猛，治愈不难。我近来因将士病后虚弱的人多，制了一种药酒，以生地黄为君，潞参、茯苓为臣，埋在地下有半月之久，已经可以启用。等我们回到老营，从地下起出，让捷轩服几次，自然痊愈。这个药酒，也请你同各位病后虚弱的将士都用，颇为有益。"

闯王焦急地说:"子明,我原来预料,官军进攻野人峪时,宋家寨必然要动。如今捷轩病倒,老营无人坐镇,而王吉元年幼无知,又让马三婆来老营下神,泄漏底细。宋家寨这一头,很叫我放心不下。"

"虽然变出非常,对我们十分不利,但老营失守还不至于。你目前只能先安定了石门谷,再顾老营。纵然宋家寨的乡勇同官军能够收拾了王吉元和小罗虎,奔到老营寨外,想袭破老营尚难。张萧一到,内外夹击,必会转危为安。"

闯王虽然明知尚神仙说的是宽慰的话,但也不无道理。他点头说道:

"好,先安定了这搭儿的事情再说。"

大家都不再合眼,在禅房中等候角声。

第二遍角声吹过之后,还不到四更天气。李自成叫亲兵们把细作带到他的面前,说道:

"我已经答应饶你狗命,现在就放你回去。可是你回去之后,寨中实情,不许说出。你可以对官军禀报说坐山虎仍然把李友围在寺中,双方死亡了许多人,相持不下。你肯照这样说话,我就放你回去。"

细作双膝跪下说:"谢闯王不杀之恩!小的回到营中,见了长官,倘若不照闯王的吩咐回禀,乱箭穿身,马踏为泥!"说毕,连磕响头,如同捣蒜一般。

"起来,随我出去。我命人送你下山。"

李自成在亲兵和亲将的簇拥中,带着细作走出大庙。窦开远、丁国宝和冯三才各带少数护驾的,在山门以外恭候。这三个首领,只窦开远小时候念过三年书,也略知军中规矩,那两个全是一身杆子习气。当黑虎星在这儿时,虽然他们都是他的手下头领,却见面时没大没小,没上没下,说话时满口屌、蛋、操娘,指手画脚,往往把脚蹬在黑虎星面前的桌掌上纵声大笑。大家过惯了草莽生活,只要意气相投,谁也不会说这样的上下关系有什么不好。但是很奇怪,不知是一种什么力量,竟然使他们在不到一夜之间发生了显著变化。特别是冯三才,昨天下午他在坐山虎的指挥下还是那样嚣张,带着他的护驾,几乎把刀、剑指在闯王的鼻尖上,如今他们却随着窦开远毕恭毕敬地肃立道旁。李自成望望他们,轻声说:

"随我到寨上看看,先看西寨。"

他的声音虽轻,但是他的话刚落音,立刻响起一阵急促的脚步声。窦开远等三个大首领奔到闯王面前,替他带路,从西寨向北寨慢慢走去。有时他对守寨的头目和弟兄们慰问一两句,大家都恭而敬之地叉手回答。有一个十六七岁的小伙子,生得浓眉大眼,一脸稚气,手中拿着一根红缨枪,腰中挂一口宝刀,十分英武,但当闯王来到面前时却禁不住浑身紧张,呼吸急促,心头扑通扑通直跳。自成把他通身打量一遍,觉得他很像双喜,便问道:

"你练过枪法么?"

"练过。"

"单刀呢?"

"也练过。"

"你把枪法练一手让我瞧瞧。"

小伙子略显忸怩,下到寨里练起枪法。刺,挑,抵,拦,动作干净利落;纵,跳,进,退,腿脚稳捷合度。闯王立在寨上看,频频点头微笑。等他练完一套,重回寨墙上,闯王拍着他的肩头说:

"你练的这枪法还有些根底。这是杨家枪法加上一些变化,只是这变化的地方全是花枪。花枪看着好看,实不顶用。过几天,不打仗了,你到老营去住几天,请刘芳亮将爷指点指点,去掉花枪,回到梨花[①]

---

① 梨花——即梨花枪,亦即杨家枪法。

正宗。有些架势你做得不错,可惜还不够圆。手中拿一根长枪,不圆就是一根棍子;只有练得透熟,才能心忘手,手忘枪,也就是人们常说的'得心应手'。"

左右的人们都知道官军很快就要前来攻寨,没料到闯王却有闲心看这个半桩孩子练完一套枪法,还不慌不忙地指点几句,然后才向前巡视。走到北寨,沿路寨垛里边都站的有人,个个精神抖擞,肃静无声。寨墙上不但摆满了滚木礌石,还有鸟枪火铳。闯王正在感到满意,忽然从三十丈外的寨墙转角处传来了两个人的争吵声。闯王站着没有动,向丁国宝看了一眼,问道:"已经传过军令,什么人还敢随便说话?"丁国宝带着几个亲兵向寨墙的转弯处跑去。闯王把一只脚踏在两个寨垛之间的缺口上,向着寨外瞭望,用手指着黑沉沉的几座山头,向窦开远询问名字。不过片刻,丁国宝提着两颗人头回来,对闯王说道:

"闯王,我把这两个小子斩了。"

李自成点点头,没有说话,却把眼睛转向被弟兄们押着跟在后边的官军细作,仿佛这一阵把他遗忘了似的。细作见李自成的军纪如此森严,正在心中惊惧,一见闯王冷眼向他一望,不觉魂飞天外。他抢先跪下恳求说:

"恳闯王爷爷开恩,放小的回去!"

自成向亲兵们吩咐:"把他的绳子解开,剁去右手,放他滚蛋。"

一听说要剁去右手,细作赶快磕头求饶。但闯王并不理他,而一个亲兵不管三七二十一把他从地上拖起,解开了背绑着双手的麻绳,砍去他的一只右手。李自成对窦开远说:

"你派一个亲兵拿着令箭,送他走出我们的地界。"

细作一送出寨,李自成带着窦开远、丁国宝和冯三才立刻回到大庙。开远等看见大庙中的人马整装待发,不禁暗暗诧异。自成带他们走进禅房,屏退从人,对他们说道:

"郑崇俭兵力不足,原不想从峣岭来攻,只是峣岭官军听说石门谷起了内讧,又因坐山虎愿意投降献寨,才打算来拾个蹦蹦枣儿①。如今我把细作放回,官军知道我亲自来到石门谷,内乱已除,军令整肃,防守严密,必不敢贸然来犯。我不能在此多停,要立刻动身,赶回老营。李友的弟兄我也要全部带走,只把庙中存的粮食留给你们。防守石门谷的千斤重担就交给你们各位了。俗话说:家有千百口,主事在一人。今后这石门谷的防守主将就是展堂,凡事以展堂为主。国宝,你同三才要好生做他的膀臂,听他的号令行事,一心一意守住这个关口,杀退官军。展堂,你遇事也多同他们商量;有做不了主的事儿,随时派人禀我,我替你做主。"

窦开远说:"请闯王放心。只要我们大家一条心,石门谷万无一失。"

丁国宝和冯三才同声说:"请闯王放心。"

李自成将李强带的最后二百两银子留给窦开远,又嘱咐说:"不怕官军来攻,只怕窝里自乱。如今虽说坐山虎等几个祸根已除,可是如何安抚军心,树立军纪,还得你们各位多多操心。刚才有两个弟兄在寨上争吵,我叫国宝将他们一齐斩首,也是为的替你们树威。你们这儿的一千多将士都是新近才不当蹚将,吊儿郎当惯了,又加上有这两天坐山虎几个人挟众鼓噪,不狠心杀几个人就没法树立军纪,压住邪气。古人说:'治乱世用重典。'咱们治乱军也是如此。不过,光有威也不行,还得恩威并施,缺一不可。树威也不是光靠杀人。你们自己行事正正派派,处处以身作则,平日赏罚分明,毫不徇私,就能树起威来。倘若不能使众人又敬又服,只知道一打二杀,也会坏事。中军,传令人马起身!"

人马立时起身了。李自成带着老神仙和双喜走在最后。窦开

---

① 拾个蹦蹦枣儿——意即捡别人的便宜。别人打枣,落在地上还在地上跳动,而另外的人却毫不费力,趁机会捡到手中。

远等把他送出寨外,还要远送,但被他阻止了。上马以后,他又嘱咐窦开远搬进大庙,以便指挥。嘱咐毕,拱拱手,勒转马头,踏着月色而去。

人马匆匆赶路,话声稀少,重山叠嶂中但有松涛和着马蹄声。李自成和尚神仙虽然挂心着全军吉凶,但他们毕竟太疲倦了,都禁不住在马上摇摇晃晃地矇眬睡去。过了一阵,闯王突然叫道:"捷轩!捷轩!"一惊醒来,知道自己是在做梦。他想着刘宗敏和老营,心中焦急,再也不能够合上眼皮。

第十九章

刘宗敏从射虎口抬回老营大约两个时辰,寨中已经打更了,依然时而清醒,时而沉睡。

全老营寨中的军民人等,不论男女老少,都感到万分焦急和发愁。在闯王去石门谷以后,人们把他当做一条擎天柱。如今他突然得病,这危局靠谁主持?老营的山寨兵无兵,将无将,如何坚守?老百姓都认为官军和乡勇必来攻寨,大祸即将临头。男人们都在黄昏时上了寨墙,协助义军守寨。妇女们留在家中,不敢睡觉,惶惶不安地等候消息,只要寨外什么地方有狗叫,大家都屏息静听,把心提到半空。有些半桩孩子和老头子,还有胆大身强的妇女,把石头和棍棒运到房坡上,准备在官军进来后拼命对打,决不坐着等死。几乎家家都在神前烧了香表,许了大愿,祈祷老天保佑官军不来攻寨,也祈祷刘宗敏赶快病好。一些有大闺女和小媳妇的人家,担心万一破寨后要受辱,有的母女相对哭泣,有的把剪子、刀子和绳子准备停当,打算一旦官军攻破寨就立刻自尽。

自从刘宗敏被抬回老营,任继荣猜想宋家寨十之九会在今夜动手,所以在黄昏前就下令将老营寨门关闭,只许人进来,没有他的令箭任何人不许出去,以免走漏消息。王吉元那里,他派了一个妥当人前去传话,只要宋家寨有一点风吹草动,火速禀报。他又叫慧英把娘子军扎在老营外边的小树林中,以备随时调遣,同时把守卫老营和暗中监视马三婆的事,统统交付给她。上午,刘宗敏把王四的几十名孩儿兵和一队病愈不久、身体尚弱的将士都派到麻涧休息,原说黄昏后他将亲自率领,开往清风垭,夺回智亭山。现在总管见宗敏既然中邪昏迷,没法向他请示,就自己下令,把麻涧的人马调回,分作两支埋伏在老营寨外,而将马匹全部送回寨中。他还怕王四年纪太小,不够沉着,特意亲自去孩儿兵埋伏的树林中对王四和李来亨嘱咐一番。他从寨外转回时,去射虎口的人已经奔回,并且有王吉元的一个心腹头目跟来。他们告他说宋文富已经通知王吉元,要在今夜三更袭劫老营。吉元派他的心腹头目是来看看总哨的病情是否回头;如总哨神志清楚,就问问是否仍按原计而行,另外还有什么吩咐。总管立刻带着王吉元派来的心腹头目进寨,匆匆地望老营而来。

为着使病人清静,慧英自己守候在病榻旁边,另外刘宗敏的亲兵头目倒坐在门槛上,其余的亲兵都守候在上房以外。慧英正在为总哨刘爷的病况发愁,忽见宗敏睁开双眼,眼光依然像平时一样有神,转着眼珠瞅她。她赶快向病榻前走近一步,小声问道:

"刘爷,要喝茶么……要吃东西么?"

宗敏没有立刻回答。因为他下午睡了个又香又甜的大觉,刚刚醒来,仍有余困,不觉打个哈欠,伸个懒腰,然后问道:

"总管在哪里?"

慧英俯下身子悄声说:"去寨外布置去了。"

"马三婆呢?"

"坐在院里。"

"叫她来替老子过阴①!"

不等慧英说话,几个亲兵已经催促马三婆快去上房替病人下神驱邪。马三婆吓了一跳,慌忙取水净手,扭着倒跟脚走进上房。

自从马三婆来到老营之后,她还没有得到机会下神,也不能随便走动,只允许她在上房和二门之间的天井中起坐。她同外边的

---

① 过阴——巫婆装做神鬼附体叫做过阴,意思是从阳间过到阴间,也叫"下神"。

联系完全掐断了。看见总管十分忙碌,黄昏后很少进老营,马三婆猜出来老营山寨正在做紧急防守的安排。但是她的心中干着急,没法将消息传送出去。她自己肚里有鬼,看见慧英等对她看守很严,深怕事情败露,反而赔了老本。越想心中越毛,只恨无计脱身。有一次她借故去茅厕,想看看有没有机会逃走,可是慧英竟手提宝剑跟随。她解过手,大着胆子笑嘻嘻地问:"姑娘,我是来替总哨刘爷治病的,并无外意,好像你们对我很不放心,是吧?"慧英回答说:"眼下军情紧急,一切外人都不能随便走动。这是总管的吩咐。"她只好又回到天井里,心中七上八下。晚饭她勉强吃了一点,不能多吃,倒要了半茶盅烧酒吃下,借酒壮胆,等候今晚的事情如何结局。在李自成手下的大将中,她平日最怕李过和刘宗敏。现在她进入上房,看见宗敏神志清醒,既不像中邪,也不像中暑,心中奇怪。她正要向宗敏问好,只见宗敏目光炯炯地看她一眼,吓得她倒抽一口气,心头狂跳,不敢做声,不自觉地用右手指尖按一下鬓角的头痛膏药。

刘宗敏忽然坐起,冷冷地说:"马三婆,快过阴吧,我要看看你捣的什么鬼。"

马三婆脸色灰白,两腿发软,勉强赔笑说:"总哨刘爷原是天上星宿,下界来替天行道,纵然遇见野神野鬼,也不敢碍你刘爷的事。既然刘爷的身子好起来,我就不必请九天娘娘下凡了。"

"别说废话,快把你的九天娘娘请下来让我看看。"

马三婆明知中了刘宗敏的计,凶多吉少,却不敢违拗,只好重新打开桌上的黄布包袱,挂好神像,点上蜡烛,焚化香表,跪下叩头,坐在方桌一旁,低头合眼,手指掐诀,嘴中念咒,随即寂然无声,身子前后摇晃,如入梦中;又过一阵,突然浑身哆嗦,大声吐气吸气,如同患了羊痫风一般;又过了一阵,渐渐安静,说了声:"吾神来也!"然后尖声唱道:

香烟缭绕上九天,
又请我九天玄女为何端?
拨开祥云往下看,
……

刘宗敏起初脸带嘲笑,冷眼看马三婆装模作样;到了这时,他再也忍耐不住,虎地跳起,一把抓住马三婆的脑后发髻,说声:"去你妈的!"把她揉出门外,跌了一丈多远。只听"哎哟"一声,跌得马三婆口鼻流血,半天缓不过一口气来,也不能说话。宗敏从后墙上扯掉神像,撕成碎片,扔在地上,然后向慧英看一眼,说:

"把这个半掩门儿拉出去收拾了!"

马三婆刚开始从地上挣扎着爬起来,一听说要杀她,就连忙磕头如捣蒜,哀求饶命。慧英去拉她,她只顾伏地磕头,不肯起来。慧英平日就非常讨厌她下神弄鬼,不三不四,近来知道她是宋家寨的坐探,更加恨得咬牙切齿,所以由不得她怕死求饶,装孬耍赖,左手抓着她的发髻用力一提,右手用雪亮的宝剑向她的脸前一晃,喝道:

"起来!好生跟我出去,不然我先挖你的眼睛,再割掉你的鼻子、耳朵,再挖出你的心肝,叫你死得很不痛快。是明白的跟我出去!"

这时,刘宗敏的几个亲兵都拥到周围,争着要杀马三婆,还说要把她乱刀剁死。马三婆见这一关逃不过去,浑身打颤,两腿瘫软,艰难地站起来,向周围哭着说:

"我出去,我出去。求各位积积德,不要乱刀剁,叫我一剑归阴,死个痛快!"

慧英推着她说:"好,快走!"

一个大个子亲兵把慧英推一下,说:"慧英,让我去收拾她,这不是你姑娘家干的活儿。"

慧英望他一眼,用鼻子哼了一声,说:"别小看姑娘家!姑娘家既然能够在千军万马中同你们男人家一样杀敌人,做这个活儿手脖子也不会软。"

刘宗敏用一只脚踏着上房门槛,望着院中说:"快派人找总管回来!"

"是,派人找总管回来!"几个声音同时回答。因为大家明白了总哨的急病是假装的,登时老营的人心振奋起来。

总管带着王吉元派来的心腹小校正在这时走进了老营大门,看见慧英一手仗剑一手推着马三婆向外走,并听见里边传呼找他,他没有工夫向慧英问什么话,赶快向院里走去。

据王吉元的心腹小校禀报,宋家寨集合的乡勇和官军将由宋文富亲自率领,三更出动,四更到达,妄想袭占老营。他们商定由王吉元在前带路,假称捉到一批乡勇送来老营,赚开寨门,大队跟在后面蜂拥而入。这个小校还说,宋家寨因得知刘宗敏突然得了紧病,不省人事,十分高兴,认为是天亡李闯王,今夜袭占老营不难。黄昏前杀猪宰羊,准备宴席,预祝马到成功,对每个乡勇和官兵都有酒肉犒劳,还怕吉元的心不稳,又送来四百两犒赏银子。坐在小床上听完小校禀报,刘宗敏把大腿用力一拍,高兴地大声说:"好哇,果不出老子所料!"只听小床腿喀嚓一声,他一顿脚,忽地站起,把一只脚蹬在方桌掌上,一边下意识地挽着袖子(每逢出战前,倘不穿甲,他总是挽起双袖或袒着右臂)。一边对小校问道:

"你从射虎口来老营,有人知道么?"

"有。马三婆的侄儿就在射虎口,我吉元哥故意当着他的面命我来老营探探情况。"

"好。你火速回去,对王吉元说,仍按原计行事,务将龟孙们引到老营寨外,不可有误。在众人面前,你只说我还是昏迷不醒,病势沉重,马三婆正在下神,不很见效。倘若有谁问你老营寨中情形,你就说孩儿兵、老营亲军和害病才好的将士们,都开往清风垭抵御官军,老营中只有妇女老弱守寨,十分空虚。还有,你悄悄对吉元说:凡是咱们的弟兄都要暗藏白布一方,夜战时立即取出,缠在臂上,以便识别。你走吧,把马打快,不要误了大事!"

小校答应一声"是"!转身就走。刘宗敏正要同总管说话,忽见慧英站在门外,便问道:

"收拾了?"

"收拾了。还有什么吩咐?"

"你等等,有重要活儿派你。总管,闯王有消息么?"

"还没有消息。"

"哼,还没有消息来!你……"

刘宗敏忽然瞥见马三婆的桃木剑仍在方桌上,一把香仍在瓦香炉中点着,轻烟袅袅。他厌恶地把粗大的浓眉一耸,先抓起桃木剑一撅两截,抛出上房门外,跟着抓起炉中香投到地上,用鞋底狠踏几下,完全踏灭。

"你是怎么布置的?"他望着总管问。

任继荣把自己的布置对总哨回明。他因为自作主张从麻涧把人马撤回老营寨外,深怕会受到宗敏责备,一边回禀一边心中七上八下。但是出他的意料之外,宗敏用一只手照他的肩上一拍,高兴地说:

"行,老弟,布置得不错。我就知道你不是草包,所以很放心,趁机好睡一觉。哎,老弟,我到底是大病之后,受不了劳累,到野人峪就感到浑身困乏,又转到射虎口,腰疼背酸,头昏脑胀,真他妈的!要不睡这一大觉,实在支持不住。好啦,让宋文富这个王八羔子今夜来袭取老营吧。"他感到还有余困,把两条粗胳膊伸了伸,从关节处发出喀喀吧吧的响声。随即拿起茶壶,咕咚喝了一口,漱了漱,吐在地上,轻轻骂道:"妈的,还有点腥气!要不是老子行苦肉计,咬破舌头,王八蛋们还不会上当哩。"

继荣激动地笑着说:"你这一计,可把我们吓坏了。"

宗敏好像没听见,一口气把大半壶凉茶喝干,随即把空瓦壶往桌上一放,没想到用力过重,只听铿然一声,竟把壶底碰破。他不去管它,用手背揩揩胡子,对总管说:

"你快派人到小罗虎那里传令:三更以前,孩儿兵悄悄到射虎口附近的树林中埋伏,只等宋家寨的人马过尽,就赶快占据射虎口,用树枝把道路塞断。要防备宋家寨方面增援,也防备宋文富这班杂种们逃出射虎口。再派一个人飞马到野人峪向二虎传令:立刻抽出两百骑兵,臂缠白布,务必在三更以前赶到,埋伏在校场附近。等敌人大股逃到校场,方许出来冲杀。从铁匠营调来的弟兄们现在哪里?"

"现在老营寨中候令。"

"好,你快去派人往刘二虎和小罗虎那里传令去吧,铁匠营的弟兄由我亲自安排。"刘宗敏猛一下在脖子上拍死了一个哑巴蚊子,然后大声呼喊:"快点拿饭!"

寨里的将士们都已经在黄昏时用过晚饭,准备随时出动迎敌,只有老营中的人们因总管忙得没工夫吃饭,大家也只好等着。这时只听一声传呼,老营中开饭了。刘宗敏一向不习惯单独吃饭,他这时就像乡下一般下力人一样,用左手三个指头端着一只大黑瓦碗,余下的无名指和小指扣着两个杂面蒸馍,右手拿着筷子,又端着一碟辣椒蒜汁,走到院中,同亲兵们和老营将士蹲在一起。厨房里替他多预备的两样菜,有一盘绿豆芽,一盘炒鸡蛋,他全不要,说:"端去叫大家吃,我不稀罕!"他把辣椒蒜汁碟儿放地上,呼噜呼噜喝了几口芝麻叶糊汤杂面条,掰块馍往辣椒蒜汁中一蘸,填进嘴里,几乎没有怎么嚼就咽下肚子。但是正吃着,他忽然口中吸溜一声,几乎要把碟子摔出几丈外,喃喃骂道:"妈的,忘记今天咬破了舌头,辣得好疼!"亲兵们赶快替他换了一碟绿豆芽。这时总管也端着碗走过来,蹲在他的面前,对他说去传令的两个弟兄已经骑马出发了。宗敏在总管的左脸上瞅了一眼,虽然在星光下看不出仍有浮肿,但想着自己在早晨可能打得不对,心头上泛起来一股歉意。

吃毕饭,宗敏带着慧英和亲兵们走出老营,上寨巡视。总管也追了来,随在宗敏身后。老营的山寨有东、西两道寨门。出东门,一条路通野人峪、马兰峪,前往商州;向东北一条羊肠小路通射虎口和宋家寨。凡是南去麻涧、清风垭和白羊店,北去大峪谷和石门谷,也都从东门外走,是一条曲折盘旋在万山之间的南北大道。往西去十里是铁匠营,往山阳县境也从西门走。北寨外一部分是悬崖峭壁,一部分虽非峭壁,却是怪石嶙峋,草木蒙茸,不易攀登。宗敏决定把人集中在东寨墙上,只留下很少数人守其他三面寨墙。他把守寨百姓的年轻汉子编成一队,集中在寨门上,也一律臂缠白布,同义军一样。他看着所有的守寨人都各就哨位,弓、弩、火药包、鸟铳、滚木、礌石,样样准备停当,却叫大家坐下去,不许露头,不许大声说话,无故不得站起。把守寨事情交给总管,刘宗敏又指指寨外的一个地方,叫慧英率领娘子军前去埋伏,并要她们多带挠钩、套索。现在娘子军已经有一百一十多人,其中有一部分是住在麻涧的义军眷属,今日下午闻风骑着战马赶来,参加作战。

从铁匠营来的工匠,自从上午来到老营寨内,一直在小树林中休息。大家每日工作惯了,今天长日无所事事,等得心焦闷倦。黄昏后知道总哨刘爷今天的紧病只是一计,大家的情绪才振奋起来,急切地想看见刘爷,接受命令。等到现在,才看见有人跑来传令,说刘爷叫他们到东门里边听令。他们立刻站队,火速前去,踊跃异常,顷刻之间,来到了东门里边。刘宗敏没有想到,弓箭老师傅曹老大和铁匠老师傅包仁也都来了。他向两位老师傅说：

"哎呀，你们俩怎么也来了？今天晚上是要打仗，可不是耍手艺。你们何必跟年轻人一道来？"

两个老师傅在从铁匠营动身前就同年轻人们打过一次嘴官司，早料到刘宗敏会说什么话，心里边已有准备。弓箭老师傅抢先回答说：

"嘿嘿，刘爷，你家刘玄德不嫌黄忠老，封他为五虎上将。我同包师傅都才是五十出头的人，你怎么可嫌我们老了？再说，我这弓箭可全是新造的，一点不老。我做弓箭做了大半辈子，每做了一张新弓总要自己先试试，也练就一点准头，虽不说百步穿杨，百步射人倒不会有错儿。可惜我还从来不曾射过人，你让我今晚开开荤吧。你放心，今晚我站在你刘爷大旗下，尽管多射死几个人，也没谁叫我偿命。"

铁匠包仁接着说："刘爷，你看我掂的什么家伙？是打铁的大锤！你知道它有多重，打在脑壳上准定不会只起个枣大的青疙瘩。虽说我武艺不佳，可是同敌人厮杀起来，一锤一个，用不到第二下。要是来唱小生，我不敢逞能，人们拉我来我也不来。今晚正需我包仁抡大锤，这活儿俺不服老。"

刘宗敏听得高兴，用两只手同时照两位老师傅的肩上一拍，说道：

"好啊，老伙计，这才叫虎老雄心在！你们留下吧，咱们今晚美美地收拾他们！"

他叫总管发给大家每人缠臂的白布一块，然后派一个亲兵把那些箭法比较好的工匠送到慧英那里埋伏，归慧英指挥，其余的都埋伏在东门以内。布置已毕，他暂回老营上房，等候消息。

宋家寨中，今天晚上认为胜利已经握在手心，人心振奋。下午宋文富去祠堂上香,求祖宗保佑他今夜出兵顺利。看祠堂的老头养了一群鸡,看见众人进来,有的带着刀枪棍棒,惊得满院乱叫乱跑,有三只鸡吐噜吐噜地飞上墙头。宋文富的脸色一寒。跟在他身边的秀才族叔连忙说道:"好,好,这预兆贤侄将连升三级。"宋文富听了为之一喜。二更时候,寨主叫大家饱餐一顿,然后在寨主大门外的空场上集合站队,看他祭旗。大门的东西两边本来有两根高大的旗杆,平日却只有一面鲜蓝大旗悬挂在东边的旗杆上。因为习惯上所说的乡勇在公事上叫做练勇,组织这种地主武装叫做办团练,所以旗上绣了个斗大的"练"字。现在又在西边的旗杆上升起了一面杏黄旗,上绣一个斗大的"宋"字。阵阵秋风吹来,两面大绸旗在空中舒卷飘扬,呼啦做声。尽管宋文富的商州守备之职尚未正式扎委,不知何日才走马上任,但今晚这大门口的摆布却大异平日。把藏在后楼上的祖父时代的两个虎头牌取了出来,摆在大门两边,一边虎头牌上写着"守备府第",另一边写着"回避肃静"。虎头牌前边摆着两只很大的白纱灯笼,上边都有今天才写的一行朱红扁体宋字:"崇祯癸酉科武举参将衔陕西省商州守备宋"。另外还有几个如狼似虎的家奴挂着腰刀,拿着水火棍,禁止小孩们在门口乱跑。

宋文富同他的兄弟文贵在一群爪牙的簇拥中出来了。后边推出来两个陌生男人,都被脱光上身,五花大绑,胸脯和脊背上带着一条条紫色伤痕。其中有一个就是附近人,姓刘,靠打猎为生,曾对着别人骂过宋文富兄弟是地方恶霸,还说别看宋家寨的大户们眼下兴旺,欺压小民,迟早会有人来攻破山寨,替黎民百姓出气。这些话早已传进宋文富和十几家大户耳朵里,都认为他暗通"流贼",迟早会跟着"流贼"造反,成为一方祸害。今天趁他因替母亲抓药来到寨内,将他逮捕,诬他个替"流贼"暗探军情的罪名,也不行文书上报州县,就决定用他的脑袋祭旗。另一个被绑的人姓李,是个从外县来的逃荒的，硬说他要去投奔闯王做贼，酷打成招，私定死罪。姓刘的毫不惧怯，挺着胸，一边走一边破口大骂。姓李的吓得直哭，到现在还不断哀求饶命。他们被推到场子中间，喝令跪下。片刻之间，两颗血淋淋的人头摆在两根旗杆下边。两根旗杆中间摆着一张方桌，上有用黄阡纸写的旗纛之神的牌位和四色供馔。宋文富兄弟在牌位前焚香叩头，颇为虔敬。只是为着不使寨外知道，不曾使用鼓乐。气氛虽不热闹，却很肃穆。祭毕旗，宋文富回到宅中，在供奉的关公像前焚香叩头，默祝神灵保佑他旗开得胜，马到成功。然后他匆匆披挂，率领人马出发。

王吉元早已准备停当，等候宋家寨的人马来到。他知道罗虎的孩儿兵就在附近埋伏，所以只派二十名弟兄守护射虎口的病员、粮草和辎重，其余的全部披挂站队，每人身藏白布一块。大家知道刘宗敏的紧病是假的，今夜将活捉宋文富兄弟，个个勇气百倍。过了不大一会儿，马二拴骑着一匹瘦马奔来了，告诉王吉元说宋寨主已经动身，叫他赶快准备迎接。王吉元随即上马，带着两名亲兵，走出射虎口外，立马恭候。

宋文富正要走出寨门，忽然一个手下人慌忙赶来，叫他停住，说抚台衙门的刘老爷来到寨中，请他稍候。说话之间，几盏纱灯引着一乘小轿来到。宋文富赶快上前迎接。刘老爷从轿中走出，拱拱手，随即拉宋文富走往路旁几步之外，小声说道：

"抚台大人得足下密禀，知刘宗敏突患紧病，口吐鲜血，不省人事，认为是天亡逆贼。除派人往武关飞禀制台大人外，已传令黄昏前占领马兰峪之官军三更出发，四更到野人峪寨外，奋勇进攻；另外传令占领智亭山之官军连夜往清风垭进军，以为牵制，使李过不敢分兵回救老营。抚台大人口谕，一旦足下袭破闯贼老营，即请在高山头上点起一堆大火，使进攻野人峪的官军能够望见。抚台大人今夜也要亲至马兰峪，以便就近指挥。"

宋文富回答说:"小弟袭破贼巢之后,不但要谨遵抚台钧谕,放火为号,还要回师向东,从背后进攻野人峪,迎接官军进来。"

客人笑着说:"只要足下放把火,余贼军心一乱,野人峪就会不攻自破。"随即向左右一望,收了笑容,凑近宋文富的耳边小声说:"宋先生,今夜虽然胜利在握,但流贼多诈,仍望多加小心。王吉元是否可靠?"

"十分可靠。"

"会不会中了刘宗敏的计?"

宋文富哈哈一笑,说:"倘若是李自成或李过在贼的老营,小弟自然要加倍小心。如今我们的对手是刘宗敏,此人作战时慓悍异常,但从来没听说过他会用什么诡计。请阁下务必放心,勿用多疑。"

"好,好,但愿刘宗敏只是个一勇之夫。弟今夜在宝寨秉烛坐候,翘盼捷音。"

宋文富把站在附近送人马"出征"的秀才族叔叫到面前,嘱托他陪刘老爷在他的客厅中吃酒闲谈,等候捷报。他的这位族叔也是一位乡绅,连忙答应,又悄悄地附耳叮嘱:

"贤侄,你七弟尚在西安,一时赶不回来。你破了贼巢之后,务请在呈报有功人员的文书中将你七弟的名字也填进去。倘得朝廷优叙,也不负愚叔半生心愿。"

宋文富匆匆回答说:"你老人家放心,七弟的名字自然要填写进去。"

大约过了一顿饭时候,宋文富兄弟来到了射虎口外。他们共搜罗了一百多匹战马和走骡,编成一支骑兵,走在前边。后边跟的乡勇全是步兵,最后的二百名官军也是步兵,只有带队的千总和他的四名亲兵骑在马上。宋文富让官军走在最后是有私心的。这样,在袭破李自成的老营之后,官军就没法同乡勇争功,而重要俘虏、妇女、战马、甲仗,各种财物也都首先落入乡勇之手。官军的千总明白宋文富的用意,毫不争执,因为他也有一个想法。他同李自成的义军作过战,懂得他们的厉害。他认为自己的人马走在最后,万一中计,逃走比较容易;倘能真的袭破闯王老营,这功劳也有他一份,再在抚台左右花点银子,把功劳多说几句,提升为将军不难。他明白宋家寨是主,他是客,所以他但求不冒风险,压根儿不想同乡勇争功。

看见王吉元在马上欠身拱手相迎,宋文富略一拱手还礼,随即说道:"抚台知道你诚心归顺,十分嘉许。现值国家用人之际,只要你好生效力,步步高升不难。"

吉元回答说:"多蒙寨主栽培,今夜努力报答。"

宋文富说:"请以后不要再叫我寨主,我已经是商州守备了。闯贼老巢中有何动静?"

吉元说:"回守备大人的话,黄昏时我派一亲信头目前去老营探看,刚才回来,说刘宗敏仍是昏迷不醒,马三婆替他下神驱鬼,尚未见效。"

"内应之事如何?"

"众弟兄见大势已去,老营难保,多愿做我们内应。我已同守东门的小校说好:我军到时,先向寨门上放一响箭。要是看见寨门楼上挂起两盏灯笼,便只管大胆前进,他会开门相迎。凡是愿降的将士一律臂缠白布,以便识别。"

"这样很好。事成之后,我要在抚台前竭力保荐,从优奖赏。"

"多谢守备大人栽培。"

宋文富见王吉元态度恭顺,心中颇为高兴。他叫王吉元的骑兵在前带路,立刻向李自成的老营前进,并且传知全体兵勇,看见臂缠白布的人不许伤害。三更时分,人马来到了离老营三里开外的一个小山窝里,前队暂时停住,等待后边的步兵跟上。王吉元下

了马,走到宋文富的马头前边,躬身说道:

"禀守备大人,转过这个小山包就望见老营山寨。寨中有的人已经说过愿做内应,有的人尚不知情。只怕夜深人静,马蹄声传到寨中,反而不妙。"

"你的意思是……"

"依小的看来,为求机密,不妨把所有的马匹骡子都留在此处,留下少数弟兄看守。再说,山寨中地方小,房屋、帐篷和树木很多,万一厮杀起来,只利短兵步战,不利骑战,有马匹反而成了累赘。"

宋文富想了想,一边下马一边说:"你说的有道理,就把牲口留在这里最好。我留下二十名弟兄看守牲口,你也可以留下几名弟兄。"

"是,大人,我也留下十名。"

留下牲口,全体步行,继续前进。不要多久,前队来到了校场附近,离寨门不过二里路程。这时下弦月已经从东南边山头上出现,淡淡的清辉照着苍茫的群山和东边寨墙。寨墙上不见灯火,寂静异常,只有打更的梆子声和守寨妇女的单调叫声:"小心劫寨,都莫瞌睡!"宋文富听一听,对他的兄弟说:"你听,果然闯贼的老营十分空虚,守寨的多是妇女。"兄弟二人更加胆大,催兵快步前进。又走片刻,宋文富叫马二拴去告诉王吉元,先派人到前边放一响箭。随即有一支响箭射出,直到寨门楼的前边落下。箭声刚落,便有两个白灯笼从寨门楼的前边并排儿高高悬挂起来,微微摆动,同时有几个人影从寨垛上露出,向下窥望。王吉元并不说话,抽出宝剑,直向寨门奔去。马二拴立功心切,跟着王吉元寸步不离,走到最前。等他们走近寨门,两扇包着铁叶子的榆木门正在打开,门洞中每边各站了十名弟兄,臂缠白布。马二拴向为首的小校问:

"刘宗敏现在何处?"

小校回答:"还在老营睡着。"

王吉元率领弟兄们一进寨门,直向老营奔去,后边紧跟着宋文富兄弟和他们率领的大队乡勇。王吉元的弟兄们一边跑一边把白布取出,缠在臂上。马二拴连忙问道:"你们为什么也臂缠白布?"一语方了,忽然寨门上一声锣响,从寨墙上到寨里边,一片战鼓齐鸣,喊杀动地。只在刹那之间,马二拴的脑袋已经落地,同时王吉元的部队反身掩杀,大叫着:"捉活的!捉活的!"宋文富兄弟率领的乡勇只进来二百多人,一见中计,吓得心胆俱裂,队伍大乱,无心迎战,只知簇拥着两位主人夺路逃命,纷纷被义军杀死和活捉,竟不敢举手抵抗。

宋文富兄弟在众人簇拥中仓皇奔到寨门里边,忽然面前出现了几支火把和一面"刘"字大旗;有一高颧、短须、浓眉、巨眼、长方脸孔的大汉手握双刀,立在大旗前边。他的背后有几十条好汉,一个个臂缠白布,手持明晃晃的兵器。倘若这一起人立即截杀,宋文富和他身边的乡勇一个也活不成。但是他们没有动手,只像墙壁似的堵住去路。宋文富一看,认出来那位在大旗前边的大汉正是刘宗敏,登时在心里说:"完了!"回头就跑。但是他一回头不但遇见王吉元的一起义军追来,同时从左右也出现了大群义军。这时从四面八方把宋文富兄弟包围得无路可走,一片声地叫着捉活的。乡勇们抛掉兵器,跪下哀求饶命。宋文贵吓得两腿瘫软,尿了一裤裆,随着乡勇跪下。宋文富仍想逃脱,向北冲去,几只手同时抓住他,夺掉他手中兵器,将他绑了起来。

当寨门上锣声响时,守在寨墙上的义军和百姓,男女老少一齐跃起,滚木礌石、鸟铳、火药包、弩箭、砖石,像一阵雨点似的向寨外落下。乡勇登时死伤很多,纷纷溃逃。有一小股靠近寨门,退不出去,便蹿进寨门洞中,被站在寨门洞里边的义军截住,一阵乱砍,全部死光。埋伏在小山窝密林中的义军,一闻锣声,呐喊杀出,同王吉元留下的十个弟兄将宋家寨的二十名乡勇杀光,夺了骡马,向老营东门杀来。那埋伏在路边的娘子军和射手,到处擂鼓呐喊,施放乱箭。有的地方,其实只有两三个人埋伏,吓破了胆的乡勇和官兵看见火把摇晃,听见鼓声和呐喊声,却疑心有千百义军杀出,往往把荒草和树木的黑影也当成了埋伏的义军。大家在很窄的山路上互相拥挤、践踏,因而有不少人坠崖摔死和摔伤。很多兵勇见通往校场那一面的山路修得较宽,没有火把,也没有鼓声和喊杀声,便争路向校场逃去。不防埋伏在校场两边的骑兵一声呐喊,突然冲出,又是砍杀,又是践踏。这一群兵勇一部分死伤,一部分逃散,余下的做了俘虏。

不过半个时辰,结束了这场战斗。检点俘虏,不见官军的那个千总。到底他是在混战中被杀死了还是逃走了,不得而知。刘宗敏巡视了一下战场,回到老营,把宋文富叫到面前,先打了他几下耳光,打得他鼻口流血,然后询问他丁启睿的作战计划,并且咬牙切齿地说:"你王八蛋只要敢说出一句瞎话,老子立刻叫人给你来个大开膛,取出你的心肝喂狗!"吓得宋文富叩头求饶,说出来丁启睿今夜亲到马兰峪,指挥官军在四更时候进攻野人峪,另一路官军由智亭山进攻清风垭,并与他约定,倘若他袭破闯王老营,就在高山头上放起一堆大火,然后从背后夹攻野人峪。刘宗敏又问道:

"还有别的么?"

"我只知道这么多,其他一概不知。"

宗敏对左右一摆头:"把他押下去!"

寨中公鸡啼叫,大概已到四更。听听东方,隔着重叠山头,传来炮声、喊杀声和紧急的战鼓声。他命令从野人峪来的二百骑兵飞速回去,并说他自己马上就到;命王吉元率领手下骑兵立刻携带干粮出发,驰援清风垭,不许耽搁;又命任继荣坐镇老营,将俘获的官兵全部杀掉,免得消耗粮食,并赶快派人搜山。总管问道:

"那些乡勇杀不杀?"

"暂时都不杀，留待闯王回来处置。"提到闯王，宗敏问道："石门谷和大峪谷都没有消息来么？"

"很奇怪，一个人也没来，什么消息也没有。"

宗敏沉吟一下，想着既然无人回老营报信，闯王可能没有危险，不过事情定很棘手，所以留在那里。他对总管说：

"你赶快派个人去向闯王报捷。带一面锣，进石门谷时，敲锣高声报捷，让人人都知道老营里打了个大大的胜仗。"他转向亲兵说："叫慧英！"

慧英正打着火把在寨外的山坡上搜索逃敌，听见有人站在寨墙上大声呼唤，说总哨刘爷找她，不敢耽搁，赶快来到老营。宗敏问道：

"你的娘子军有伤亡没有？"

"娘子军没有伤亡。"

"现在哪里？"

"正在搜山，又捉到二十几个兵勇。"

"你们不用搜山了。快点回营站队，赶到野人峪吃早饭。我在野人峪等着你们，不许迟误。"

"遵令！"

刘宗敏踏着大步走出老营，说一声"把我的大旗带上！"随即同亲兵们跳上战马，向着东方奔去。

四更时候，官军曾经向野人峪的山寨猛攻几阵。但每次都因刘体纯手下的义军人人奋勇，凭险死守，矢石如雨，使官军无法得逞，白白地在寨外抛下许多尸体。等到天色微明，官军仍然望不见李闯王老营一带有火光冲起，就猜到宋文富八成中计。这时官军不但对进攻野人峪山寨失去信心，反而担心闯王的老营人马在收拾了宋文富之后会立即增援野人峪，开关杀出。丁启睿也看出来宋文富大概是凶多吉少,一面派人飞马去宋家寨询问消息,一面亲自从马兰峪前进到离野人峪二里地方,以观究竟,并鼓励士气,趁义军的援军未到,再向野人峪进行一次猛攻。他坐在一个小山头上,背后是一把红罗伞和一面帅旗,对野人峪的山寨望了一阵,悬出重赏务必破寨。随即一声令下,号角齐鸣,鼓声和呐喊声震天动地,大群官兵抬着几个云梯向山寨下边拥去。

刘宗敏在这次官军发起进攻前来到野人峪。不久,慧英率领的娘子军也跟着赶到。刘宗敏和慧英站在寨墙上望了望,看见了丁启睿的红罗伞和帅字旗,知道官军必然即将有一次进攻。刘体纯站在他的身边,指着丁启睿所在的小山头说:

"总哨,让我带三百名骑兵去把他撵走好不好?"

宗敏回头来看了体纯一眼,说:"趁现在敌人没来,你的全部人马赶快下寨去休息,吃饭,不许耽搁!"

体纯问道:"那么守寨的事……?"

"交给娘子军。有我在这里,错不了。"

寨墙上只剩下慧英和她的一百多名娘子军、刘宗敏和他的十几名亲兵了。他叫大家都蹲在寨垛内吃早饭,不许露头,不许擂鼓,不许呐喊。寨墙上登时变得十分寂静,在官军看起来好像是一座空寨,守寨的人们已经撤走,只留下一些旗帜在晨风中招展。官军呐喊着进攻到几十步以内时,仍不见寨上有任何动静,相信义军大概已经放弃了野人峪,一面破坏鹿角障碍,一面向寨上施放鸟枪、火铳和箭。娘子军都放下饭碗,准备从寨上跃起。刘宗敏做个手势,使她们赶快伏下身子。慧英弯着身子跑到他的面前,急急地说:

"刘爷,敌人已经在拆除鹿角了!"

"让狗日的替咱们拆除鹿角好啦。没有我的令,不许射箭!"

刘体纯听见敌人的鼓声和呐喊声已近寨边,立刻率领二百人

要奔上寨来,忽见刘宗敏作个手势,他只好停留在礓磜子上,而大部分弟兄都拥挤在寨根。宗敏叫着他的小名说:

"二虎,停在那里等候!没有我的令,不许上寨!"

官军因寨上没有抵御,顺利地拆了路上的障碍物,抬着云梯向寨门拥来。在几尺宽的山路上互相拥挤,都想争取首功。宗敏隔着箭眼,看得清楚,大声说:"快射!"娘子军和他的亲兵们登时向三十步以内拥挤前进的官军乱射,敌人纷纷中箭。慧英看见一个军官身穿铁甲,头戴铜盔,青铜护心镜闪闪发明,一手执刀,一手拿令旗在后边督战,亲手将后退的士兵斩了两个,看神气官职不小。她忽然从寨垛上露出头来,略一瞄准,一箭射去,正中这个人的喉咙,仰面倒地。左右人抢了他的尸首,反身就跑。众人跟着溃退,互相践踏,只有十来个人冲到寨墙下边,都被滚木礌石打死。刘宗敏左手摸着短须,右手拍着大腿,连声说好,哈哈大笑。体纯知道官军败退,请求出寨追杀。宗敏说:

"不用,二虎,让狗日的再来一次。慧英,你们娘子军站起来擂鼓呐喊,叫狗日的见识见识。"

娘子军全从寨垛上露出身子,擂鼓呐喊,嘲笑官军。官军见寨墙上全是妇女,便都不再跑了。丁启睿知道这种情况,十分生气,对站立在左右的将领们责备说:

"定是刘体纯率领人马回救老营,只留下妇女守寨。你们从四更攻到现在,损兵折将,竟为妇女所笑,太不像话!你们赶快再去,务必一鼓破开贼寨。倘再畏死不前,本抚院决不宽容。参将以上拜本严参,参将以下就地正法!"

官军重新进攻了。这次因一则丁启睿下了严令,二则都认为只有百十个妇女守寨,所以将士们特别踊跃。路上的鹿角已经破坏,这也使进攻的官军比过去几次都容易接近寨墙。不管寨墙上箭如雨下,官军像潮水般地踏着死伤的士兵前进,同时抬着三个云梯奔近寨墙。刘体纯知道十分危急,不管三七二十一,把宝剑向后一挥,大声叫道:"弟兄们赶快上寨!"他首先一跃上寨,弟兄们纷纷跟着上来。刘宗敏把一个两百多斤重的树榾栋①双手举起,扔出寨垛,顺寨墙滚了下去,回头来对体纯喝道:

"快下去,全体将士上马站队,听我的命令杀出寨去!"

刘体纯立即跑下寨,下令全体上马,在寨门内站队候令。有四个弟兄紧靠寨门站着,只等一声令下,他们就抽掉腰杠,移开顶石,把寨门打开。

尽管官军死伤枕藉,有两个云梯都被滚木砸坏,但第三个云梯还是靠上寨墙。有一个军校非常矫捷,像猴子似的爬着云梯上来,左手已经攀着寨垛,右手用剑砍伤一个妇女,正要跃上寨墙,慧英眼疾手快,横砍一剑,将他砍落寨下,但是她自己也因用力过猛,又绊住受伤妇女,踉跄跌倒。随即有一个军校,头戴铜盔,口中衔着大刀,左手拿着盾牌,右手攀援,飞速上来。慧英从地上跃起,猛刺一剑。军校用盾牌一挡,一面骑上寨垛,一面取大刀在手。刘宗敏一个箭步跳到,举刀猛砍,同时说一声"去你妈的"!把这个军校头盔和盾牌全砍坏,从头顶劈到下巴,翻身落下,将云梯上另外两个跟着上来的士兵也砸了下去。跟着,宗敏的亲兵们连扔两个滚木,将云梯砸倒,并将云梯旁边的一群士兵砸得不死即伤。

丁启睿进到离山寨一里远的地方督战,看到三个云梯都毁,死伤众多,只好鸣锣收兵。攻寨的官军都退到百步之外,同娘子军互相对骂。

一个骑马的人到了丁启睿的面前,不知说些什么,只见丁启睿甩甩双手,在一个大石边来回走动。宗敏猜想,这个人准定是把宋文富中计的消息禀报他了。这时,三四里外的山坡小路上又出现了许多旗帜和人马影子,大约有两千官军向这里增援。刘体纯听

---

① 树榾栋——一段树干。

说官军增援,也来到寨上观看。刘宗敏说道:

"慧英,你留这里守寨,不可大意。二虎,咱们马上出寨,把官军撵回商州。"

体纯说:"总哨,刚才杀出去正是时候,现在官军增援的人马已到,怕不行吧?"

"胡说,现在杀出去正是时候,快跟我下寨上马!"

体纯拦住宗敏说:"总哨,你大病之后,万万不可出战,让我自己杀退官军好啦。"

宗敏并不说话,把体纯向旁一推,走下寨墙,跳上白马,大声说:

"快开寨门,大旗走在前边!"

刘体纯抓住他的马缰恳求说:"总哨,你出战也可以,只是请你不要骑这匹白马,不要打你的大旗,也换掉你的衣服!"

宗敏厉声问:"为什么?"

体纯慌忙说:"自古主将临阵,以不使敌人识出为宜。我们如今出战的不足五百人,而官军有几千人,另外尚有乡勇数千,万一敌人认出你来……"

"你说的算狗屁。正因为今日敌我人数悬殊,我才故意叫人们知道我刘宗敏亲自出战。休啰嗦,火速出寨!"见刘体纯还想劝他,他一脚蹬开体纯,大声命令:"开寨门!擂鼓!"

正在野人峪寨外休息的官军,完全没想到刘宗敏会在野人峪,突然看见他率领着人马杀出,拔脚就跑。丁启睿平日震于刘宗敏的声威,此时慌了手脚,赶快上马,由一群亲兵亲将保护着逃走,在山路上冲倒了不少士兵。新到的援兵因前边溃退,立脚不住,回头就走。从东乡和城郊来的几千乡勇,原是乌合之众,一见官军溃退,登时如鸟惊兽骇,只知夺路逃命,别的一切不顾,把一部分尚能勉强保持队形的官军也冲乱了。那些躲藏在密林、深草、山沟和石洞中的逃难百姓,有的妻女被奸,有的房屋被焚,有的被抢劫一空,有的家人或亲朋被杀,这时看见刘宗敏率义军追杀官军,到处呐喊而起,争杀官军和乡勇报仇雪恨。那些不能杀敌的妇女和儿童也到处挺身站起,替百姓和义军呐喊助威。往往几个妇女和儿童站在山坡上喊叫几声,会使落荒而逃的成群官军和乡勇扔下兵器,回头就跑。人们纵然平日没有见过刘宗敏,只要望见他的大旗,听说那一匹奔在前边的雪白战马上骑的大汉就是他,连平日胆小的人也都胆壮起来。山山谷谷,到处是胜利的欢呼和呐喊声、嗷吼声,震天动地。

刘宗敏一直把官军追过马兰峪,正在继续追杀,有一名小校奉任继荣之命从老营飞马赶来,向他禀报:

"禀总哨,官军的那个千总和十几名兵丁都在射虎口给罗虎的孩儿兵捉到,已由小来亨押送老营。张鼐小将爷率领几百骑兵于五更时从老营寨东门外经过,未曾进寨停留,向清风垭疾驰而去。"

"什么!小鼐子……"

"他率领几百骑兵向清风垭疾驰而去。"

刘宗敏原计划杀败了这路官军之后,自己立即奔往清风垭,夺回智亭山,解救白羊店之危。现在听说张鼐率领几百骑兵向清风垭疾驰而去,想着必是闯王已经顺利地平定了杆子叛乱,派张鼐去会同清风垭的人马进攻南路官军。他放了心,同时也松了劲。又向前追杀一里多远,他觉得浑身酸困,头晕目眩,心口狂跳,很难再支持下去。他告诉刘体纯,再追杀一段路赶快收兵,守住马兰峪,休兵待命,于是他自己率领亲兵回老营而去。路过野人峪,休息一阵,喝点面汤,心才不跳,头晕得也稍轻一点,重新上马。回到老营,他对总管说:

"派人去告诉补之和小鼐子,赶走智亭山的官军之后,立刻把郝摇旗这个该死的家伙抓来见我!"

说毕,他倒在床上,没过片刻,呼呼入睡。

第二十章

对商洛山中的农民军来说,野人峪和马兰峪是它的东战场,而宋家寨方面是东战场的一翼。如今既然刘宗敏已经彻底消除了宋家寨的威胁,又以几百人的男女义军击败了从商州向西进犯的数千官军和乡勇,从而打破了郑崇俭和丁启睿的几路围攻扫荡商洛山的苦心筹划,大家的关心就转向南战场了。

李过昨天坐笕子来到清风垭,已经是中午时分。他问了问智亭山一带消息,知道那里情况依然混乱,似乎郝摇旗既未阵亡,也未被俘,仍在智亭山的附近同敌人厮杀。从智亭山到龙驹寨附近原有几个险要去处,共有几百义军驻守。现在听说这几个地方还有一个不曾被人攻破,其余的都失陷了;失陷以后,守军是否全部被杀或被俘,尚不知道。另外值得重视的是,清风垭以外已经发现了官军的斥候小队,看情形分明是想探清虚实,大举向北来犯。李过在清风垭吃了午饭,并不坐镇清风垭,等待官军来攻,而是把黑虎星的人留下一半防守山寨,把其余的一半和老营亲兵全都带上离开清风垭,向智亭山方向进发。当时大家都认为官军人多势盛,义军在清风垭只可凭险死守,不可贸然前进,但这个意见都不敢对李过说出。路上遇到官军的两股斥候队,都是远远望见义军就自动退走,并不抵抗。李过很想捉到一个敌人,问清楚智亭山的实际情况和官军人数,却总是不能捉到。进到离智亭山十里地方,遇到一个荒凉的小寨,李过叫部队停下休息,一面布置防御,一面准备埋锅造饭,在此过夜。另外派出小股游骑向智亭山方面侦察。这个破烂的小寨中原住有十几户人家,近来因害怕打仗,都逃光了;农民军因此地并不险要,且兵力不够分配,所以不曾派人驻守。现在大家都担心此地离清风垭远,过于逼近敌人,孤军深入,不宜宿营。李过分明看出来几个头领的疑惧心情,也不解释他选择此地扎营的用意,躺在门板上呼呼入睡。

不过一顿饭时候,果然有一千多官军擂鼓呐喊而来。众头领见官军比义军多几倍,士气甚盛,不免心虚,赶快把李过叫醒,向他禀明,并问他是死守还是退避。李过略微睁开眼皮,含着睡意回答说:"让他们随便呐喊胡闹,不要管他们。敌人不到百步以内,不许叫醒我。"说毕,转个身,又呼呼入睡。官军相离一百步时,全体农民军已经准备同官军决死一战,小部分倚着颓圮的石头寨墙,拉满弓,准备射箭,大部分藏在寨门里边,准备突然打开寨门杀出。一个亲兵把李过叫醒,告他说敌人已经冲到寨边。李过从门板上坐起来,隔着箭眼一看,下令说:

"沉着气,不要慌张。快挑出五十名会使长枪的弟兄准备好,等候命令;其余的全拿弓箭,没有我的命令不许乱射。"

官军已经进入百步以内,箭如飞蝗般地越过寨墙,射得树叶和树枝纷纷落下。敌人见寨中毫无动静,生怕中了埋伏,有片刻迟疑不前,只是擂鼓、呐喊、射箭。左右头领们急不可耐,频顾李过,希望他赶快下令向敌人还射,打开门杀出。但李过出人意外的冷静,对大家轻轻摇手。敌人又继续前进,转眼间离寨墙只剩五十步了。李过又一次向将士们做个手势,同时说道:"沉着气,不许动!"将士们紧张地屏息无声,隔着箭眼和门缝注视着敌人蜂拥来近,进到三十步内,又进二十步内,正在拉开临时布置的障碍物。有一个头领焦急地问李过是否动手,却见他又轻轻地把手一摇。等敌人拉开了堆在路上的大树枝子还没有来得及向寨墙上猛扑,李过猛地站起,同时把右手一挥,大声命令:

"射！"

刹那之间，官军有很多人在箭雨中纷纷倒地，有的回身逃命，队伍混乱。李过又大声命令：

"停射！长枪杀出！擂鼓！"

五十名长枪手突然杀出，使正在混乱中的敌人措手不及，登时被戳死一堆，在后边的一哄溃逃。官军将领想用力制止士兵溃退，但不可能，连他自己也被崩溃的人流推拥着向后奔跑。官军愈不能组织抵抗，愈容易被义军的长枪戳死戳伤；愈死伤惨重，愈要夺路逃命；势如山崩，互相践踏，有不少人被挤落悬崖，一片呼叫，到处抛下兵器，谁也不敢回头看看到底有多少义军在背后追赶。李过又派出三十名骑兵随在长枪队背后，遇机会就将官军射死一批。大约追赶有三四里，李过叫鸣锣收兵。随即骑兵掩护步兵，缓缓退回。沿途有许多受伤未死的官兵，不是被补了一枪，便是被补了一刀，只留下三名俘虏带回。

李过审问了三个俘虏，知道高夫人已经率领一支人马到了智亭山东南十里左右，前队在莲花峰山下扎寨。官军向高夫人进攻两次，都未得手。郝摇旗虽已挂彩，却仍旧率领残部忽东忽西，咬住敌人不放，敌人也把他没有办法。李过本来非常气郝摇旗，听了俘虏的口供，气稍微消了一点。他自己率领一支孤军深入此地，主要用意是牵制敌人，使他们不敢从背后进攻白羊店，其次是想拒敌人于清风垭的大门之外。他明白高夫人的用兵不但是想牵制官军不能进犯清风垭，威胁老营，也是想使敌人不能从背后进攻白羊店。这种用意，同他是不谋而合。现在他很想和高夫人沟通声气，但是崇山峻岭，深谷险峰，附近又无人烟，找不到一个老百姓作向导，想派人绕过智亭山通消息非常困难。时已黄昏，今晚暂时不作此想了。

他派出几个人骑马往北去，沿路每隔一二里处点几堆火，使智亭山的敌人站在高山一望,好像有很多义军前来增援,沿路埋锅做饭。为着怕俘虏夜间逃跑,泄露虚实,他吩咐将他们杀死,抛尸谷中。吃过晚饭,他知道大家很担心官军今晚会来报复,把大小头领叫到面前,对他们说:

"用兵好比用钱,钱多有钱多的用法,钱少有钱少的用法。咱们如今必须以少胜众,一个人顶十个人用。黄昏前官军来了一千多人,你们知道我为什么只派五十名长枪手杀出寨去?"

人们起初互相观望,后来有人回答说:"你看准了官军虽多,不是咱们的敌手。"

李过笑一笑,说:"这里头有个道理。寨前边这条大路最宽处只能并骑行走,步兵并排儿只能走三四个人,一般窄处只能走两个人。不遇开阔地方或丘陵地带,兵多也无用处。敌人虽有一千多人,实际能够同咱们交上手的只有走在最前边的几个人,顶多几十个人。只要能把前边的少数敌人杀败,后边的大队人马就可以不战自溃。我不叫长枪手过早杀出,是不想让咱们的弟兄中箭伤亡,也不想使敌人看清楚咱们的人数。等他们来到二十步内,替咱们拉开树枝,突然乱箭射出,长枪手跟着杀出,敌人箭不能放,枪不及举,已经倒下一片,一定会乱了阵,仓皇溃奔。"

黑虎星手下的一个大头目不觉赞叹说:"你李将爷不愧是闯王的嫡亲侄儿!"

李过接着说:"我开始起义的头几年,只知道猛冲猛打,所以别人给我起一个绰号叫一只虎。后来吃了不少亏,打仗也学乖了,知道用计。这点本领,拿钱是买不来的,是拿无数鲜血买来的。"

人们笑着说:"所以跟着你准打胜仗,不怕人少。"

李过见大家明白用计就能够以少胜众,不再担心孤军深入,趁机把三百名将士分作三班,一班守寨,两班去轮流扰乱敌人并互相接应。他又对大家说:

"去吧,弟兄们。你们越是大胆去扰乱敌人,他们越是摸不透咱们虚实,不敢前来劫营,也不能安生睡觉。先使龟孙们惊惊慌慌,疲惫不堪,明天咱们同夫人通了声气,两面夹攻,就会把他们赶跑。去吧,胆子放大,随机应变,多用几个心眼儿!"

这一夜,高夫人也采取同样办法,派出小股人马轮流袭扰敌营。郝摇旗更是亲自带着手下人摸到一处敌人驻扎的树林中,杀死了十来个正在酣睡的敌人,等敌人包围上来时,他却从密林中退走了。直到天明,智亭山一带不断有喊杀声、战鼓声,也不断有火光出现,闹得官军和乡勇彻夜惊慌不安,不能休息。

太阳出来以后,李过命令全部人马休息,只派出少数人侦察敌人动静,又派一个弟兄回老营,询问老营和闯王情形并报告智亭山一带战况。他继续派人寻找一个能够作向导的老百姓,以便派人绕过智亭山去见高夫人。约摸巳时左右,这个人方才找到,带着他的一名老营亲兵出发。而这时,他得到消息,说在通往龙驹寨路上惟一坚守着的关口因义军死亡殆尽,在早晨被官军攻破。如今官军从智亭山到龙驹寨可以任意来往,不需要再走那一条十分艰险的荒僻小路。李过正在皱着眉头,忽然从清风垭飞马来报,说张鼐奉闯王之命率领四五百骑兵从石门谷回来,已从清风垭奔往商洛镇去。又说已探得老营在四更时候将宋文富率领的一千多乡勇和官军全部消灭,总哨刘爷在天明以前就赶往野人峪去了。昨天刘宗敏装病的事,因为老营总管严令不许将消息传出,所以李过竟毫无所知。但是他既担心闯王去石门谷的风险,也担心老营空虚,万一有失。从昨天迄今,他在表面上十分冷静,实际上却常常心神不宁。现在听了报告,他忽地坐起,好像胸有成竹,对左右说:

"咱们已经胜利啦。立刻拔营前进,到智亭山五里以内的地方扎营!"

刚刚拔营前进,忽然从智亭山方面隐约地传来一阵战鼓声和喊杀声,夹着断续的炮火声。凡是较有经验的人都能够听出来,这是在进行大战,与夜间的战鼓声和喊杀声大不相同。李过在担架上翘起头来听一听,重新发出命令:

"传!加速前进,同高夫人在智亭山下会师!"

却说郑崇俭在昨天黎明督率大军向北进犯的时候,刘芳亮在白羊店以南二十里的地方迎战,高夫人在白羊店寨中坐镇。到了早饭后,差不多同时,她得到了智亭山失守和刘芳亮受了重伤的坏消息;紧跟着,马世耀的一个亲兵飞马来报,说马世耀率领的一千多庄稼汉同官军在智亭山南边打了一仗,没有救出郝摇旗,反而损失了二三百人,请高夫人赶快派兵增援,以便将敌人赶走。马世耀还叫派来的亲兵悄悄告诉高夫人:石门谷的杆子已经哗变,李友正在被围攻,闯王派去的中军吴汝义左右被杀,他本人也被扣押,性命难保。不幸的消息一时间纷至沓来,高桂英纵然平日遇事镇静,也禁不住脸色一变,出了一身热汗,感到这局面难以应付。特别是在智亭山和石门谷的消息太可怕了。这两处情况突然变得如此之坏,差不多使义军固守商洛山的部署全盘打乱,首尾不能相救。她明白,从白羊店到智亭山一向不曾设防,也没有一支义军驻扎。如今侥幸有马世耀率领的一起义勇营在智亭山附近堵挡官军,如不赶快想办法,一旦官军在智亭山站稳脚步,集中力量将马世耀杀败,官军一定会从背后进攻白羊店。还有,石门谷的杆子已经哗变,说不定会勾通官军。自成仍然在老营坐镇么?万一自成离开老营,智亭山的官军分一支往北去攻陷清风垭,老营岂不万分危险?这一切想法全是刹那之间在她脑海中打个回旋。她一面想主意一面走近玉花骢,从一个亲兵手中接过来鞭子和缰绳,打算上马。但是,刘芳亮受了重伤,郑崇俭正在凶猛进犯,她应先去救哪一头呢?

经过片刻迟疑,她吩咐一位小将立刻率领二百骑兵驰援马世耀,并命令马世耀凭险死守,等待她下午亲自前去。她又派王老道找一向导,设法绕过智亭山去老营向闯王禀报军情,然后同男女亲兵上马,率领五百援军出白羊店往南奔去。

刘芳亮率领一千五百将士在白羊店以南二十里的地方设下埋伏,迎击官军。官军虽然前队中伏,损失很大,但后边的部队源源赶到,向农民军猛烈进攻。刘芳亮正在督战,打算狠狠给官军严重杀伤,再按照预定计策缓缓后退。不料几个官军躲在几棵松树后向他连放火铳,登时打死了他的战马,并使他身受重伤。他的左右亲兵拼命杀退敌人,把他抢回。官军见义军没有主将,趁机猛攻,杀败义军,一气追赶五里。沿途义军死伤枕藉,有许多被官军俘去。幸有一支义军及时赶到,出乎官军不意,从树林中冲杀出来,杀退了前边的官军,夺回来大部分被俘的义军,也活捉了不少官军。官军经此挫折,差不多将近一个时辰不敢再贸然前进。等他们探清楚义军的人数不多,并无别的埋伏,才敢继续追赶。这时义军已经退到离白羊店十多里的险要地方,严阵以待。

这地方是保卫白羊店的头道门户,义军在这里筑有寨栅,居高临下,可以用滚木礌石阻击敌人。这里惟一的弱点是有一边的山势不够险峻,敌人可以分出一部分兵力攀援草木,绕攻侧翼。来到这里以后,刘芳亮已经从昏迷中醒来,炮火打伤了他的肋部和腿部,特别是一条大腿血肉模糊。到了这里,亲兵们虽然替他敷了金创急救神效散,又侍候他用温开水服下去七颗止血解毒镇痛丸,血不再流了,但疼痛并未止住。他竭力不呼痛,甚至也不呻吟,可是人们见他呼吸短促,又见他蜡黄的脸上不断地冒出来豆大的汗珠,便知道他在忍受着多大的痛苦。白羊店有尚神仙的一个姓丁的徒弟,军中都称他丁先儿。大家要赶快把他抬回白羊店医治,免得耽误久了会无法救活。听见大家在小声商议,他深怕自己一离开,这

头道门户就会跟着失守,于是慢慢地睁开眼睛,断断续续地说:

"我就躺在这里,不要抬我走。快去禀报高夫人,把医生接到这里。"闭起眼睛停了片刻,他听见远远而来的战鼓声和号角声,知道官军又要进攻,重新睁开眼睛,看看环立身边的大小头目,说道:"赶快派五十名射手埋伏在右边山坡上。你们都离开我,准备迎敌!"说毕,一阵剧痛,使他又昏迷过去。

高夫人率领援兵来到时,官军的第一次进攻已被打退。医生先她一刻骑马赶到,看见刘芳亮失血过多,生命垂危,赶快煎了半碗独参汤加苏木、红花,给他灌了下去,以挽回他的生命,同时将他的创伤重新洗净,敷以止血的如意金刀散,然后将伤处用白布重新紧紧包扎。但是刘芳亮受伤太重,灌下独参汤以后虽有转机,仍然昏昏迷迷,情况十分不妙。高夫人站在他的身边看了看,叫了两声:"明远!明远!"刘芳亮没有做声,好像在梦中似的喃喃说:"守住这道门户,莫退,莫退。……"只见他的嘴唇还在动,似乎在继续叮咛什么话,却一个字也听不清楚。高夫人把医生叫到附近一棵枫树下边,小声问道:

"你看,明远还有救么?"

年轻的医生回答说:"不瞒夫人说,要是我师傅不及时赶来,凭我这个本领,看来是凶多吉少。"

高夫人心头一凉,鼻子一酸,半天说不出话来。年轻的医生又说:

"夫人,我说出一句实话,请你不要见怪。明远将军的肋巴被打伤一大片,露着肋骨,半条大腿的肉都给打烂了,打飞了。伤太重,流血太多,如今除非神仙才能救活他的命。纵然我师傅及时赶来,未必能起死回生。何况,何况智亭山给官军占去,我师傅如何能及时赶来?我看,不如把明远将军赶快抬回白羊店,一面设法医治,一面替他准备后事。"

"你看他能够支持到什么时候？"

"要是照料得好，不再流血，伤口不化脓，顶多可以支持三天。要是不然的话，连三天也支持不到。"

"好，我马上派人送他回白羊店。丁先儿，三天以内他死了我惟你是问，三天以后他死了与你无干。"

想着刘芳亮十几岁就跟随闯王起义，高夫人禁不住簌簌地滚落热泪。她正要命人将芳亮送走，忽然官军又开始呐喊进攻。她立刻擦去眼泪，走上寨墙，隔着墙垛向外张望，见敌人正在蜂拥呐喊而来，不过只有五六百人，分明仍然是想要试探虚实。她命令将士们不要擂鼓，不要呐喊，等待敌人来近。当敌人爬上半坡，离寨墙二十步左右时，高夫人一声令下，登时弓、弩乱射，滚木、礌石齐下，战鼓声和呐喊声震天动地。官军死伤甚众，仓皇后退。高夫人又一声令下，大约二百名精壮的汉子开门冲出，把官军追杀了一里多路，鸣锣收兵。刘芳亮被战鼓声和喊杀声惊醒，睁开眼睛问道：

"杀退了么？杀退了么？"

高夫人已经回到他的跟前，回答说："把官军杀得大败，暂时不敢再来进犯了。明远，咱们安心回白羊店吧，这里没有事了。"

刘芳亮到这时才真正清醒，定睛向高夫人看看，伤口又疼痛得使他忍受不住。他没有呻吟，只是皱着眉头，鬓角上滚下汗珠。沉默片刻，他轻轻地叹口气说：

"嫂子，我挂彩太早啦，便宜了郑崇俭。"

高夫人立刻命人们将芳亮送走，随即挑五百精兵留下，其余的大队人马全回白羊店。她对留下的小将李弥昌说：

"据我看，白天官军不一定进犯，说不定夜间会来。这右边的山坡要多加小心。倘若今晚官军不来，明早必然大股来犯，说不定郑崇俭会亲自督战。你能守就守，不能守就赶快退到第二个关口。那里地势险要，另有人马接应，千万不能再退。"

"请夫人放心,就是这头道关口我也不想扔给官军。"

"好,你斟酌办。倘能以少胜众,在这里能坚守两天,就算你立了大功。"

高夫人回到白羊店,没有多停,率领五百骑兵奔往智亭山南边的莲花峰下,到了马世耀扼守的险要地方。从智亭山通往白羊店的大小路都被马世耀用树木塞断,派人把守。官军正忙于打通往龙驹寨的路,又因郝摇旗出没无定,使他们暂时不能全力向世耀进攻。她向马世耀问明了郝摇旗和官军情况,就派出几股义军向官军和乡勇袭击,但并不与敌人硬拼。经过几次骑兵和步兵的袭击,她看出了敌人的破绽是官兵与乡勇各不相顾,不同团练的乡勇遇紧急时也互相观望,常不能同心协力,所以官兵和乡勇虽有数千之众,并不可怕。她决计先使官军不敢向北去进犯清风垭,逼近老营,然后想办法把敌人杀败,夺回智亭山。她明白,夺回智亭山,事不宜迟。但是官军人多,倘得闯王派人前来,南北夹攻,方有十分把握。她不知道石门谷的杆子哗变之后闯王如何应付,也不知道他现在在什么地方。从目前情况看,她断定闯王未必能分兵前来。想来想去,如今只有从她这边赶快向敌进攻,夺回智亭山,方可挽救当前的危急局面,也才能及时请尚炯来救活刘芳亮。然而环顾左右,她手下的人马不多,而大将没有一个,小将中也只有马世耀一个较为得力,这使她不禁暗暗心酸。

已经黄昏了。她知道从清风垭有一支义军出来,在北边什么地方同智亭山的官军交仗,得了小胜,这使她心中一喜。这是谁带兵前来?尽管她明白来的人马绝不会多,但这股人马却给她夺回智亭山很大帮助。在淡淡的暮霭中她立马营门外不远的小山头上,对敌阵瞭望很久,特别是想从那些散布在许多地方的野灶炊烟判断出敌人的宿营情况。正在观望,刘芳亮的亲兵头目来到面前,翻身下马,神色凄楚,向她说道:

"大夫派我来启禀夫人：刘将爷的情形不好，怕支持不了三天。有一种药老营还有一点，请夫人想办法派人取来。"

高夫人转望马世耀："如今有办法派人去老营取药么？"

"不行，夫人。上午敌人初到，情况混乱，所以王老道由一名向导带路，绕道过去，听说路上也遇到少数敌人，几乎冲不过去。如今敌人把大小路径都截断，冲不过去了。"

高夫人想了一下，用十分坚定的口气对来人说道："你回去告诉大夫：请他悉心救治，倘若不能保你们将爷支持三天，至少得保他支持到后天早晨！他是外科医生，倘若这一点办不到，小心我剁掉他的双手！"

刘芳亮的亲兵头目含着眼泪，上马走了。高夫人继续瞭望敌营，不时用鞭子指点着询问马世耀。等到暮霭沉沉，看不清路径时，她才策马回营，对马世耀说：

"赶快传令吃饭，吃罢饭，将校们和义勇首领齐来听令！"

高夫人并没有把目前商洛山中的危险局势向大家隐瞒。她知道大家对石门谷杆子的哗变和宋家寨的勾通官军都已经有所风闻，心中惊慌，窃窃私议，所以索性对大家谈个明白，然后说出来占领智亭山的官军和乡勇的一些弱点，杀败敌人不难。她说，只要杀败敌人，夺回智亭山，白羊店和清风垭的义军就可以抽出人马去保护老营，闯王也不难腾出手去平定杆子哗变。她又说，倘若智亭山在明天夺不回来，一旦敌人站稳脚步，又从龙驹寨调到援军，再想夺回来就较困难。智亭山夺不回来，白羊店同老营首尾不能相救，商洛山就会全部失陷，义军会被分割包围在几下里，被杀得七零八落，而老百姓也跟着遭受浩劫，处处家破人亡。她的一番话说得大家都觉得只有在智亭山下同敌人决一死战，杀败敌人，才能够使局势转危为安，才能避免商洛山遭到血洗。

这天晚上,高夫人叫人写了几封简单的书信,射入乡勇驻扎的几个营盘。信中说明义军的宗旨是剿兵安民,只剿官军,不愿与乡勇为敌,劝乡勇安心睡觉,明日回家,两不相犯;倘若乡勇敢助官军为虐,向义军寻衅,休怪义军不再留情。到了二更以后,她派出去几小股人马轮番向官军袭扰,同李过和郝摇旗的活动不谋而合,闹得官军彻夜戒备,不断迎战,不断搜山,不得休息。有两次,高夫人派出的小股部队从乡勇的营盘附近通过,乡勇一则害怕中伏,二则知道义军并非来进攻乡勇,佯装毫无觉察。一直到天色微明,高夫人才命令担任夜袭的义军回营休息。

夜间,官军打通了由智亭山通往龙驹寨的大道,所以从天亮起就有军粮源源不断地从龙驹寨向西运送,并有几百名从河南调来的客军①增援。高夫人明白,通往龙驹寨大道上最后一座关口的失陷,给官军增加了许多便利,使义军夺回智亭山增加了困难,但是她的决心不变。这时在她手下的有两次从白羊店抽调来的精锐义军共七百人,另外就是马世耀和牛万才率领的义勇百姓,经过昨天一场厮杀,如今剩下的不足八百人。孙老幺已经阵亡,牛万才负了轻伤。刚才得到禀报,郑崇俭已经在拂晓时亲自督率大队人马向白羊店的第一门户猛攻,战况十分激烈。是否可以为争夺智亭山过多地调动白羊店守军的兵力呢?一步棋走错就会造成难以挽回的失算。她在一棵大松树下踌躇难决,把细草和落地的干松针踏得沙沙响。在焦灼中她仰视蓝天,万里无云,惟见一只苍鹰在高空盘旋。

"张材,什么时候了?"她向亲兵头目问。

"如今天明得早,大约刚交辰时不久。"

"世耀,今天我身边只有你是得力战将,这里的全部人马和义勇百姓交你指挥。立刻让大家饱餐一顿,悄悄站队,准备厮杀。我

---

① 客军——从外省调来的军队称做客军。

现在亲去白羊店看一看,马上返回。等我回来,立即出战。倘若在我回来前官军进攻,你只可坚守营栅,派出小队人马与敌人周旋。"说毕,她走近玉花骢,腾身跃上。看见亲兵们纷纷上马,她又说:"张材,你只带四名亲兵随我一道。慧梅,你同男女亲兵留下,对将士们只说我出去察看战场,马上就回。"

马世耀说:"夫人,你一夜未眠,还没有吃一点东西。"

"别管我,等杀败了敌人吃饭不迟!"

从扎营地方到白羊店有十几里路,虽系山路,但几个月来经过义军整治,可以并骑奔驰。高夫人只恨不能一步赶到,连连加鞭。玉花骢仿佛深知主人的焦急心情,四蹄腾空飞驰。这时红日渐高,从山腰中蒸腾起团团白云,有的冉冉上升,有的被晨风吹送着缓缓流动。玉花骢和后边紧紧相随的五匹骏马有时冲入白云,完全消失踪影,但闻空山中蹄声很急,有时马还在云雾中,但马头和马上的人影已经不很分明地出现,突然鞭梢一挥,只见一点红缨在阳光下一闪而落。到了白羊店,高夫人问明了战况,知道官军第一次进攻已被杀退,在第一道关口前遗弃了许多尸首。此刻双方都在吃早饭,大概不久就重新厮杀。她根据今晨的战况,把最坏的变化都想了想,然后把辛思忠叫到面前,命令他代替刘芳亮指挥白羊店的全部人马,对他说道:

"贤弟,我把这副重担暂且交给你,不许有一点差池!看来李弥昌还能够坚守一阵。万一不行,就退守第二道关口,你自己前去增援,好让他的人马休息。现在快挑选五百精兵给我。传知全体将士,不用担心,我现在去夺回智亭山,下午就率领人马赶回。"辛思忠立刻点齐五百精锐骑兵,交给高夫人。当送高夫人上马时,他悄悄说道:

"夫人,如今白羊店也很空虚,你下午务必回来!"

高夫人挥鞭使五百骑兵出发,然后对他说:"我下午一定赶回!"

回到莲花峰下的扎营地方,已交巳时。高夫人让新来的人马稍作休息,将一部分骑兵改作步兵,立刻下令打开栅门,步骑同时杀出,而以长枪步兵为主,骑兵分在两翼,留下一部分骑兵暂时不动。这里有大片浅山丘陵,骑兵也能够发挥威力。他们撇开乡勇营盘,向官军的营盘呐喊前进。官军也早有准备,由主将亲自督战,列阵相迎,在一座小山脚下展开激战。官军依仗人多,又有火器,开始时向义军反扑,非常凶猛。后来因李过和郝摇旗也向官军进攻,使官军不得不分兵应付,对高夫人这方面改取守势,却督促乡勇抄袭义军营栅。不防义军预伏的一支骑兵冲出,乡勇乌合之众被杀得大败逃回。这支骑兵将乡勇赶杀一阵,就加入对官军的猛攻。

高夫人骑在马上督战,在杀声震天和矢石如雨中和将士们一同前进。由商洛山中穷苦百姓组成的义勇队,一为保家,二为平日恨透官府、官军、土豪大户和土豪大户手下的乡勇,一天来杀得十分卖力。现在见高夫人亲自督战,越发奋勇向前,勇猛异常。他们中间有不少是好的猎手,惯会使叉射箭,近则叉挑,远则箭穿,又惯于走山路,在战场上大逞威风。官军主将原来只把李自成的义军看作劲敌,这时才明白了这些老百姓难以对付。义军借着义勇百姓的坚强支援,骑兵首先从左右冲破敌阵,经过短促混战,把敌人赶过一个山坡,逃进营盘,凭着寨栅对抗。别处官军见主将的营盘被攻,从两翼前来增援。进攻的义军步兵和百姓使用枪、叉、锄、刀、白木大棍,骑兵使用刀、剑,没有火器,都不适宜攻寨。官军在寨栅内有不少火器,连放铳炮,火光闪闪,硝烟滚滚。攻寨的步兵和百姓前排纷纷倒下,被迫后退。官军趁机杀出,同时两路增援的官军赶到,双方重新展开混战。高夫人看见百姓们虽然十分勇敢,但是没有经验,生怕影响全局,所以她不顾危险,冲到前边督战。

一个敌将率领二十几个人突然冲到她的面前,举刀就砍。慧梅眼疾手快,未等刀落下来,一剑将敌将刺倒。几乎同时,三支长枪从不同方面向她刺来。她用剑格开了迎面刺来的长枪,同时,在马上将身子一闪,从右边来的一支枪刺了个空,从左边来的一支枪刺伤了她的左臂。她转身一剑将左边这个拿长枪的官兵杀死。慧珠差不多在同一瞬间,也杀死了一个扑近高夫人身边的敌兵。其余的官军被别的男女亲兵杀得不死即伤,只有少数逃散。马世耀知道敌人已经认出高夫人,策马奔来,对她说:

"这里太危险,你赶快后退!"

高夫人回答说:"今天只有前进,没有后退,后退一步就完。世耀,这儿地势较平,你赶快率领骑兵向敌人猛冲!"

"是,夫人。你小心。我去了。"

高夫人又对慧梅说:"慧梅,你挂彩了,下去!"

慧梅策马奔出战场。片刻之后,她已经撕破衣服将左臂缠好,重新挥剑跃马而来,保护高夫人前进。敌人看见高夫人亲自督战,派几名射手躲在附近的几棵大树后向高夫人射箭。因为高夫人的战马不住走动,那些射手总是得不到适当机会;倘若不能一箭射中,他们也不肯轻易暴露形迹。后来,高夫人随着人马前进,离那几棵大树只有六七十步。几个敌人同时举弓瞄准,突然向她射箭。慧梅听见弓弦响,一支箭已到高夫人面前,她用剑一格,那箭铿然落在马旁。就在这刹那间,她发现几个敌人的射手正向桂英发箭,大叫一声:"夫人躲箭!"同时她将自己的战马一横,用自己的身子遮蔽桂英。高夫人同左右亲兵听见她的叫声都将身子向马上一伏,躲过了一阵飞箭。慧梅的右边大腿中箭,翻身落马,身子冲着高夫人的玉花骢,使玉花骢猛然向后一跳。又一支箭恰在这时从高夫人的脸前飞过。马世耀率领一队骑兵站在附近,也发现了这些射手。他大喝一声,跃马冲到,连砍死三个人,还有两个人抛下弓箭向荒草中没命逃去。

高夫人吩咐左右赶快把慧梅抬回营盘,敷药包扎,原以为是一般箭伤,没有特别重视;况当时战事正在激烈进行,胜败决于顷刻,她也不可能对慧梅的箭伤格外注意。她一面吩咐人救走慧梅,一面策马奔到马世耀立马督战的地方,匆匆问道:

"骑兵准备好了么?"

"准备好了。"

"现在可以冲进敌阵么?"

"我本来想直向敌人的主将冲去,将他杀死,将他的大旗夺回来,敌人定会溃败。可是,你看,不知为什么敌人的主将已经退回寨内,这里只是一部分官军在拼死抵抗,大部分官军都在寨中站队,收拾东西,十分匆忙,似有撤退模样。他们还没有真正战败,为什么要急急撤退?"

马世耀所站的地方是在一个山坡上,地势较高,所以刚才高夫人望不到的情形站在这里都可以清楚望见。她向各处一望,见各营盘的敌人果然在准备撤退,而乡勇的队伍已经仓皇地撤出栅寨。高夫人正在疑惑不解,忽听一阵喇叭声从官军的大营传出,于是大营的人马整队而出,各营随着出动,另有一队官军用弓、弩、火器掩护着同义军对峙厮杀的队伍脱离战场,跟着撤退。马世耀向高夫人问道:

"狗日的确是逃了,赶快追吧?"

高夫人回答说:"别急。官军的队伍马上就乱,等他们的队伍一乱,咱们再追杀过去。"

果然,各股官军一离营盘,都怕义军追赶,互相争夺道路,乡勇也同官军争路,秩序大乱。高夫人回顾马世耀,轻声说道:"追吧。"马世耀把宝剑一举,大声说:

"传令!马步军一齐追杀,不要让一个敌人逃脱!"

突然鼓声大作,喊杀声起,义军步骑兵争先恐后地向敌人追杀过去。通往龙驹寨的正路只有一条,宽处只能并骑,窄处只可单行;官军来袭占智亭山时所走的路本来不是什么路,要攀越悬崖绝壁,所以连一匹骡子也不能过来(官军中现在有少数骡马,一部分是夺取义军的,一部分是今天清早从龙驹寨送来的)。现在他们还是从这两条路上逃走,见义军追杀,更加争夺道路,有的互相推坠路旁山谷,有的甚至互相砍杀,更不用说互相拥挤和践踏了。军需、骡马、兵仗、盔甲,遗弃满地,彩号全部抛掉,这样他们还怕逃不脱性命,有很多人离开了路,攀援藤葛往山上逃去,或是滚下山谷,企图从谷中逃命。成群的官军和乡勇一见义军追到,也不管来的义军是多么少,一齐跪下磕头求饶,任凭义军斩杀也不敢拿起武器抵抗。往往一两个义军押着一大群俘虏送回营盘,竟没有人敢中途逃跑。

高夫人正勒马高坡,看着义军追杀敌人,忽见远远的有一小队义军,只有几十个人,骑着马,突入敌人中间,一路砍杀,从混乱的敌人中间冲开一条血路,直向龙驹寨方面而去。高夫人认出来那为首的大汉是郝摇旗,赶快派人去追他回来,却没追上。"难道摇旗要逃往河南么?"她心中正在疑问,一个人骑着淌汗的战马奔到面前,说道:

"禀夫人,李弥昌将爷挂了重彩,我军撤退到第二道关口。辛思忠将爷在第二道关口督战,也受重伤。如今官军正对第二道关口猛攻,我军死亡惨重,坚守待援,请夫人快发救兵!"

高夫人的心中一惊,立即镇静地回答说:"知道了。你立刻回去,说我军在智亭山大获全胜,救兵马上赶到。"

来人答一声"是"!拨马加鞭而去。高夫人望着天空,才知道太阳已经偏西了。她望见马世耀正在追杀溃散的敌人,赶快派亲兵把他叫来,命他立刻集合八百骑兵同她回救白羊店,其余的义军和百姓义勇一部分继续追杀敌人,一部分清扫战场,收拾敌人遗弃的粮食、军器、骡马、帐篷、各种物资,并搜杀逃散在这附近山中的敌人,免留后患。她刚吩咐毕,又一个弟兄骑马奔来,向她禀报说慧梅伤势很重,恐怕性命难保。她的脸色一寒,问道:

"大腿上中了一箭,怎么会马上就死?"

"回夫人,她中的是一支毒箭,毒性极烈。我们这里无药可治,看情形活不到今天夜间。"

她不禁脱口而出:"嘿嘿,我的天呐!"她随即转向马世耀,说:"什么人追敌,什么人搜山,什么人收捡军需,你快去安排,然后率领八百名骑兵出发,越快越好。我要耽搁一下,随后赶去。"

她本来想嘱咐马世耀到了白羊店问问丁先儿,倘有解毒办法,请他自己飞马前来,或派人把药送来。但是她又怕战事紧急之际,马世耀会一时忽忘,就把这件事交代较大的女兵慧琼,命她立刻到白羊店去。

因慧梅性命垂危,高夫人心如刀搅,吩咐一毕,策马向义军营盘奔去。离开栅寨还有半里远,忽听北边一阵欢呼夹杂着唿哨之声。她勒马回头,却被浅山、林莽隔断,望不见发生了什么事情,使将士们如此快活。一个亲兵驰上高处一望,对她大声禀报说:

"禀夫人,有一支人马从北边山口杀出,同咱们会师了。"

高夫人这时还不晓得闯王已去石门谷,心中说道:"难道是他亲自来了么?"于是她对张材说:"你快去看看,告诉来的将领,我在这里等他。"

她到了栅寨外边下马,负责照料慧梅的女兵慧珠正在栅门外边迎她,哽咽说:

"夫人,请你快去,我慧梅姐刚才醒来,知道她自己活不成了,说是想见你一面,不住地问你来了没有。"

"她在哪里?"

"在那棵大松树下边躺着。"

高夫人一边向松树走去,一边忍着泪说:"慧梅,我来了。"

这儿,既没有帐篷,也没有床。人们在松树下铺了厚厚的荒草和落的松针,把慧梅放在上边。高夫人叫男人们站到别处,让女亲兵把慧梅围起来,然后亲手轻轻地解开慧梅的裤带,看见右边整条大腿,向上将至小腹,已经变得乌紫,并且发肿。凡是毒气尚未侵入的地方依然皮肤嫩白,而毒气与好的皮肉接近的地方则呈现淡紫或淡红色。高夫人知道这毒气还在迅速扩大,不禁心头发凉。她按着乌紫地方,问慧梅有什么感觉。慧梅说只是麻木,内里有点像火烧一般。她身上带有最好的金创药,尽管这种药不能治毒箭,但是希望它能够万一收到一点意外奇迹延长慧梅的生命。她亲自照料她用温开水服下一包,又亲自替她把全部乌紫的地方涂抹一遍。然后,她一面替她结好裤带,一面对她说:

"你不要害怕。如今往老营这条路已经畅通,我马上派人去请老神仙。等他一到,这毒就容易解了。"

慧梅是随着高夫人在战争生活中成长的姑娘,打起仗来十分勇敢,对死亡已经看惯,并不害怕。在这个世界上,她没有一个骨肉之亲,没有别的值得留恋,只有高夫人是她的恩人和亲人。她知道尚神仙未必能及时赶来,这种烈性毒药正在向她的内脏侵入,不久她就要死去。此刻她心中最觉得难过的是,从此以后,她再不能够跟在高夫人的身边,遇到紧急时自己跃马挥剑,舍身保护她了;另外,慧英姐不在此地,永远不能同这位情同骨肉的女伴再见一面了。望着高夫人,她一句话说不出来,泪珠在眼中滚动。高夫人替她把身上的衣服盖好,转过身来呼唤一个男亲兵,吩咐说:

"你立刻骑一匹快马去看看老神仙是否随着前来会师的将爷来到,倘若他没来,你就尽快奔往老营,把慧梅和刘明远的受伤情形对老神仙说明,务请他在今夜三更以前赶到,千万不可迟误!"

望着这个亲兵换乘一匹备用的骏马,扬鞭飞驰而去,高夫人离开慧梅,望着栅门走去,急于想知道前来会师的将领是闯王不是。按照平日经验想,老神仙也许今日又随着自成亲临战场。要是他这时赶到,该有多好!

忽然,张材骑马从半里外的小山包下转出,背后跟随着一副笼子,笼子后只跟着几名亲兵。高夫人看出来是侄儿李过,心中一则以喜,一则怅惘,不由地喃喃自语:"尚神仙并没有来!"李过来到近处,相离还有五六丈远,笑着说:

"二婶,你这两天辛苦啦。"

高夫人一面向前迎去,一面说:"补之,你大病未愈,你二爹怎么叫你带兵上阵?"

"不是谁叫我上阵,是我自己要来。"李过下了笼子,挂着宝剑站起来接着说:"老营中只剩下总哨刘爷一个人,我不来怎么行?"

"你二爹到哪里去了?"

"石门谷杆子哗变,正在围攻李友,扣留吴汝义,杀死吴汝义身边亲兵。我二爹看没有别的办法,前日夜间亲自往石门谷了。"

高夫人猛一惊,赶快问:"叛乱可平息了么?"

"还没有得到确实消息,只知小萧子昨夜奉我二爹之命从石门谷率领数百骑兵赶回,天明以后从清风垭往东去,奔袭商洛镇和龙驹寨,扰乱官军之后。想来石门谷的乱子大概不要紧了。"

高夫人恍然说:"啊,怪道这里的官军尚未战败就仓皇溃退!"她微微一笑,立刻又问:"老神仙现在何处?"

"他跟着闯王去石门谷了。"

"怎么,他也去石门谷了?"

李过见高夫人的脸色沉重,忙问:"二婶,听说明远受了重伤,很危险么?"

高夫人没有马上回答,转向她的亲兵头目说:"张材,我刚才已经派人去请老神仙,你现在跟着去,不必进老营山寨,抄近路奔往石门谷,见了老神仙,请他立刻赶来。唉,快去吧,不管来得及来不及,咱们只好尽人事以听天命!"她对张材一挥手,回头来对侄儿说:"据大夫说,明远只能支持到明天,再迟一步,纵然老神仙赶到,怕也救不活了。这里,慧梅为救护我先中一枪,后中毒箭。这是少见的烈性毒箭,看样儿这姑娘熬不过今天夜间。怎么好呢?唉,我的心难过死了。这里离石门谷有一百四五十里山路,已经来不及了,来不及了!"

"请二婶不要太难过了……"

"补之,你的身子能支撑得了?"

"我能支撑,只是两腿无力,不能骑马。有什么事,请二婶赶快吩咐。"

"这样吧,补之,你赶快坐笕子往白羊店去。那里没有大将,辛思忠和李弥昌都挂了彩,官军攻得很猛,第一道关已经失去,第二道关的情况也很紧急。本来我要亲自回白羊店坐镇,如今既然你来了,就请你辛苦一趟吧。我很疲倦,心中又乱,这里敌人才退,往龙驹寨的几道关口没有派人把守,样样事毫无头绪,我今天就留在这里主持。你带来多少人?"

"我带了三百人来,只伤亡了二十几人。"

"快点带着他们去白羊店。刚才我已命马世耀率领八百人去了。这里离龙驹寨不很远,我马上再派人去调张鼐回来,也交你指挥,大约他在黄昏后也可以赶到白羊店。"

"好,我此刻就去。"李过上了笕子,忽然问道:"怎么不见摇旗?"

"他……当敌人溃逃时候,我看见他率领几十个人在乱军中闯开一条血路往东奔去,不知何意。我派人追赶,没有追上。"

"这就越发该死！他准是害怕闯王治罪,趁着混乱之际,逃往河南去了。"

高夫人叹气说:"但愿他还不致混账到这种地步。"

打发李过走后,高桂英又派人往龙驹寨附近去寻找张鼐,然后走进栅寨。她从昨夜到现在尚未吃东西,这时感到很饿。但是当亲兵们拿来杂面窝窝和一碗开水,她刚吃了几口,听女兵们说慧梅身上的毒气往上去已到了肚脐下边,往下去已到小腿,她登时不再吃了。慧梅已经昏迷不醒。她走到慧梅身边,揭起慧梅的衣服向肚脐下边望望。她身边原来有十来个像慧梅这样的好姑娘,经过去年一年的苦战,只剩下慧梅和慧英二人,其余的姑娘全是几月前在崤函山中参加的,遇到紧急之际很难得济,而如今慧梅又要死了。她心中痛楚,含着眼泪,从慧梅的身边离开,茫无目的地在栅中走着。后来她猛然想起来还有许多要紧的事等她处理,便跳上玉花骢,奔出栅寨。

高夫人对防守智亭山和通往龙驹寨的道路做了必要的布置,又查看了夺得的粮食、牲口和各种军需。因为清扫战场和搜山的工作仍在进行,暂时还没有人力分别往清风垭和白羊店运送。她吩咐都送进智亭山的山寨中,派一支部队看守。俘虏很多,有一部分已经被农民军杀死。她吩咐将余下的一部分也拘在山寨里边,等明天再作处理,不许继续乱杀。义军和百姓义勇阵亡了一部分,挂彩的也不少。高夫人也亲自去看看他们,嘱弟兄们对彩号好生照料,还亲自替几个人洗了伤,敷了药。尽管她十分忙碌,但是她仍然时时地想着慧梅。看看太阳落山了,暮色在背阴处浓了起来,到处是苍茫烟流,只有东边的高山头上还留着一片夕阳,西边的山头上却望不见太阳落在何处,只是有几缕晚霞很明,抹着晴空。高夫人实在疲惫,又挂念慧梅,勒马向营盘缓缓走去。离营盘没多远,听见背后有马蹄声飞奔而来,回头一看,便立马道上等候。来的是一员小将,因今天义军打了个大胜仗,十分高兴,离几丈远就孩子气地叫道:"夫人,我回来了。人马扎在那边山脚下,共割了二百首级。"

高夫人淡淡一笑,说:"小骕子,你补之大哥已经去了白羊店,那里情况很紧急,我们的战将只世耀还管用,你不要停,快率领你的人马去吧。割的首级,扔到山沟里。快去吧。"

"是,遵命!"

张骕刚拨转马头,高夫人又叫道:"小骕子,慢走。"

张骕见她的脸色不好,欲言又止,感到奇怪,忙问道:"夫人,什么事?"

"慧梅中了毒箭,已经昏迷不醒,看样儿活不到今夜三更。你们都是在我的身边长大的,情如兄妹,在战场上生死不离。你去看她一眼,也算是替她送行。不要叫醒她,免得她看见你心中难过。还有……"高夫人再也说不下去,对张骕一挥手,跟着用袖子擦着眼泪。

张骕乍听说慧梅中毒箭快要死去,只觉脊背一凉,鼻子猛一酸,喉咙壅塞得不能透气。他随即跳下马,将丝缰绳扔给背后的一个亲兵,匆匆地跑进栅寨。慧梅的战马同许多马都拴在路旁。别的马都在吃草,只有慧梅的战马一动不动地立着。它望见张骕走近,向他迎来,萧萧地叫了几声。平日这匹马的叫声十分雄壮,此刻它的叫声却好像十分悲哀。张骕望望它,随便在它的脖子上摸了一下,擦着它的身子走了过去。

由于男女有别,张骕没有看慧梅大腿上的箭伤。慧珠告诉他,毒气已经离肚脐不远了。虽然他多希望同慧梅说句话,但是遵照高夫人的嘱咐,他不敢叫她,只是俯下身子端详慧梅的紧闭的眼睛。慧梅恰在这时醒来,慢慢睁开双眼,向他看了一阵,轻轻说:"宝剑!"慧珠赶快取下来挂在她头边松树上的青龙剑,跪下去,放在她的右手能摸到的地方。她动作迟钝地抓住宝剑,恨恨地叹息一声,递给张鼐,声音微弱地说:"你留下……杀敌!"张鼐明白了什么意思,接住宝剑放在她的头边,忍着眼泪说:

"慧梅,这口宝剑我不要。你的伤会治好的。这是夫人心爱的一口宝剑,她特意赏给你的。你还要用它打仗的。"

慧梅的脖颈僵硬,勉强摇摇头。她这时不仅浑身疼痛,四肢麻木瘫软,而且头晕眼花,视力模糊,连张鼐的脸孔也看不分明。她没有叫苦,从嘴角露出来一丝微笑,闭上眼睛,昏迷过去。张鼐以为她就要断气,哽咽叫道:

"慧梅!慧梅!"

慧梅又醒了。睁开眼睛,只看见身边有人,却比刚才更加模糊。张鼐又叫她。她想回答,但舌头僵硬。她的心中还有点儿明白,想道:"我中毒这样厉害?就这样死去么?"忽然她想起来战场,想着高夫人还在战场上,不知敌人已经战败逃走,也忘记高夫人曾经来看过她的伤,心中一急,说出了一句话:"你快去杀敌,保护……夫人!"

她说完这句话又昏迷过去。张鼐望了望她,转过身,哽咽着走了。当他走过慧梅的战马时,那马依恋地向他追了几步,几乎把靷子挣断。

高夫人下了马,仍站在栅门外边。她告诉张鼐说,下午已经派两个人飞马去请老神仙,说不定会来得及,嘱张鼐安心打仗。张鼐跳上战马,离开高夫人。他不再像孩子一般流泪了,咬牙切齿地对自己说:"我要到白羊店杀败官军,杀死几百王八蛋替慧梅报仇!"高夫人望着他去远了,抬头望望天空,远处有一颗星星在蔚蓝的天空眨眼。她觉得熊耳山和老营似乎都在这一颗星星下边。她担心尚炯纵然在老营,赶到此地救慧梅也未必来得及了,不由地叹了口气。

第二十一章

李自成把双喜和谷英留在大峪谷,把从石门谷大庙中撤出来的一百多人马留给他们,而把李友抬回老营养伤。闯王的一行人马沿路赶得很快,只在大峪谷略作停留,约摸中午刚过,便回到老营寨内。这时刘宗敏刚刚回来,躺在李自成的床上,鼾声如雷。听总管禀报了刘宗敏如何用计收拾了从宋家寨来的乡勇和官兵,活捉了宋文富兄弟等人,如何打败了丁启睿指挥的数千官军,收复马兰峪,直追到高车山下,李自成十分高兴,对医生说:

"子明,捷轩的这两着棋真是高着儿,今日商洛山又转危为安了。官军只传说捷轩很慓悍粗犷,没料到他会用计。咱们同他相处日久,深知道他有大将之才,并非一勇之夫。这一次,可让敌人领教领教,认识认识咱们的总哨刘爷并不简单。"说毕,与医生一同哈哈大笑。笑声与刘宗敏的鼾声相应和,但没把宗敏惊醒。

他不许唤醒宗敏,同医生吃过晚饭,坐下休息,吩咐人将马匹喂饱。这时老营中已经知道李过指挥三百人的小部队昨天黄昏逼近智亭山扎营,高夫人昨天下午也到了莲花峰下扎营,也知道今日上午智亭山一带有大战,但战况如何,还没有得到禀报。大家想着,一旦张鼐的骑兵冲到商洛镇和龙驹寨,智亭山的官军必然惊慌溃退,所以老营中充满了兴奋愉快气氛,只等从南路送来捷报。现在惟一使李自成挂心的是不知道刘芳亮的创伤什么情形,也不知道两天来南路将士的伤亡是否严重。他本来想早点动身往智亭山,但看见医生正谈着话矇眬入睡,想着尚子明的年纪较大,两天来特别辛苦,只今天在马上打了个盹儿,所以不忍叫醒医生,就暂缓动身了。其实他自己也够辛苦了,加上病后虚弱,早感浑身疲倦,头脑沉重。在医生睡熟后不到片刻,他也不由地闭上眼睛,沉沉入睡。总管派人守在院里,不许人随便走进二门,不许在大门口高声说话,对全老营的将士们下道严令,任何人不许惊醒闯王、总哨和老神仙,让他们三个人痛快地睡一大觉。下过命令,他自己也趁机会睡觉去了。

太阳快落山了。智亭山的战事已经结束,有三个骑兵在落日苍茫的群山中向北疾奔。第一个骑兵是李过派往老营报捷的,他在见到高夫人之前就把第一个报捷的人派出了。第二个骑兵是高夫人派往老营请老医生并报捷的。第三个骑兵是她的亲兵头目张材,奉命直奔石门谷去找医生。这三个骑者都不住地马上加鞭,恨不得马身上生出翅膀。后两个骑兵的心中更急,一边策马疾驰,一边在心中嘀咕:老神仙在哪儿,恐怕来不及了!

刘宗敏在梦中还是同敌人厮杀,突然他的雪狮子打个前栽,把他摔下马来,跌进路旁的一道沟中。一个敌将率领一大群官兵一拥而来,站在沟岸上用长枪向他猛刺。他挥动双刀左格右挡,只听一片铿锵声响,使敌人没法刺中,趁机会大吼一声,一跃上岸,同时用左手中的大刀格开乱枪,右手中的大刀猛向敌将砍去。他被自己的吼声惊醒,同时感到自己的身子从床上跃起来半尺多高,而右手也把床板捶得咚的一声。一睁开矇眬睡眼,知道自己是在做梦,便大声问道:

"智亭山有人来么?把官军杀败了么?"

坐在二门口的亲兵听见他的吼声和床上响声就向堂屋走来,到堂屋门口又听见他的大声问话,赶快轻声回答说:

"智亭山还没消息。闯王回来了。"

宗敏从床上忽地坐起:"什么?闯王回来了?"

闯王被他的声音惊醒,从椅子坐起来,笑着说:"捷轩,我同子明回来半天了。"

宗敏跳下床,赶快问石门谷的乱子是如何平定的。听李自成简单一谈,他连声说:

"杀得好!杀得好!要是我去,至少得杀他娘的二三十人!"

自成正在使眼色要宗敏小声,老神仙已经醒来,用手在脸上一抹,睁开眼睛,望望太阳,吃惊地说:

"啊呀,没想到闭起眼皮矇眬,一下就睡这么久!闯王,你留在老营休息,我赶往智亭山去。那里想着有不少将士挂彩,缺少医生。再说,明远的伤势如何,还不知道。一旦智亭山打通,我就往白羊店去。"

宗敏说:"别急,吃过晚饭再去!白羊店有你的一个得意门生,用不着你替明远的性命担忧。吃了饭去!"

"不,我从石门谷回来时,为着明远受了重伤,一路上心中不安。我的徒弟有多大本领我清楚,有些重伤必须我亲自去治。"他转过头去,向二门大声吩咐:"赶快替我备马!"

闯王说:"好,还是咱俩一道去。李强,叫大家赶快备马!"

李强答应一声:"是!"向外跑去。刘宗敏想替闯王去,但闯王不让他去,说:

"你近来的身体比我虚弱,又连打两仗,中午从野人峪回来到如今还没有吃东西。我决不让你去。捷轩,别逞你的牛性子,替我留在老营坐镇吧。瞧你的脸色多黄!"

刘宗敏确实感到两鬓胀疼,也不勉强。尚炯叫留在老营的一个徒弟快把他泡的药酒从地下取出来,让宗敏喝了一茶杯,自己同闯王也都饮了一杯,并嘱咐宗敏每日饮三次,然后带着他的外科百宝囊同闯王出了老营。宗敏把他们送出老营大门,小声对自成说:

"闯王,郝摇旗这个混小子失去智亭山,几乎弄得咱们没法收拾。你到智亭山找到他,务将他斩首示众,以肃军纪。"

自成回答说:"等我弄清楚情况再说。"

刘宗敏不以为然地说:"哼!派他守智亭山,他丢掉智亭山就该砍头,何况他还是因酒醉误事!"

自成点点头,没有再说话,跳上马去。他明白,倘若这一次不杀摇旗,众将就不会心服。

这一行人马走到麻涧时,太阳已经落山了。闯王决定赶到清风垭打尖,然后再走。过麻涧几里,遇见了李过派来的报捷小校,知道智亭山已经夺回,正在追杀官兵。闯王大喜,命这个小校去老营向总哨禀报,随即同医生催马前进。又走几里,遇到高夫人派来的第一个亲兵。又走几里,遇到了高夫人派来的第二个亲兵。这时,天色已经黑暗了,到处是暮霭沉沉,而谷中几乎暗得什么也看不见,自成因知慧梅中了烈性毒箭,心中更加焦急,向医生问道:

"子明,还来得及么?"

"从这里到莲花峰下边还有六十里,山路崎岖,不晓得能否来得及。要真是烈性毒箭,也许不到三更,毒气就会入心。毒气一旦入心,别说我是个假神仙,真神仙也难救活。"

"子明,来,你骑我的乌龙驹,尽力赶路,越快越好,无论如何你要在三更以前赶到莲花峰,救了慧梅就立刻去白羊店。快,换马!"

"换马?"

"是,别迟疑,立刻换马。"自成先下了乌龙驹,同尚炯换了马,又说:"尚大哥,明远同慧梅命在垂危,如今救人要紧,你不要心疼我这匹战马,一路加鞭,使它拼命飞奔。把马跑死,我决不会抱怨一个字。"随即他替医生在乌龙驹的屁股上猛抽一鞭,打得它腾空一跃,快如流星而去,把一行人马撇在背后。

一更过后,高夫人为着能够居中坐镇,移驻智亭山寨,同时把慧梅也抬了去,单独放在一座帐篷里,派慧珠等两三个姑娘小心照顾。慧梅的情况愈来愈不济事,整个右腿都变乌紫了,左大腿也开始肿,开始变色。小腹已肿到了肚脐以上,继续向胸部发展。她的脉搏已经微弱,呼吸短促,脸色苍白,四肢发凉。高夫人正忙着处理军务,听说这般情形,立刻跑来。她揭开慧梅的衣服看看,吓了一跳,轻轻地唤了两声,没有听到答应。"难道就没有救了么?"她心中自问,非常难过。

忽然帐外有马蹄声,随即有人叫道:"药送来了!药送来了!"

高夫人猛一喜,忙问:"什么药送来了?"

女兵慧琼走进帐来,把一个大瓷瓶子放在地上,从怀里掏出来一包药和一个鸭蛋大小的火罐,匆匆说道:

"禀夫人,我到了白羊店,见了丁先儿,把慧梅姐中毒箭的情形对他说了。他说刘明远将爷性命危险,他没法亲自前来。再者中毒箭的创伤他没治过,只是他身上有老神仙配的一种药,说是能够解毒的,不妨试试。这瓶子里装的是醋,这药分两次吃。先灌她一大碗醋,然后把这药用温酒冲服,没有酒就用开水。另外,他说用这火罐儿拔创口,把毒拔出来。只是,他又说,既然是烈性毒箭,怕毒气已入内脏,吃这药和用火罐拔都不一定来得及了。"

高夫人说:"什么来不及!慧珠、慧芬,快拿大碗来,帮我替慧梅灌药!"

她坐下去,把慧梅的头抬起来抱在怀里。在慧珠等几个女兵的帮助下,用筷子撬开慧梅的牙齿,先灌了醋,停一停又灌了药。然后她放下慧梅的头,将她的裤子褪掉一半,点着火纸扔进火罐,迅速盖在创口上。过了一阵,把火罐一取,果然拔出来一股黑血,似有腥臭气味。她连着用火罐拔了两次,看见用这办法吸出的毒血不多;再看慧梅的神情,仍是老样。她扔下火罐,走出帐篷,向男亲兵们问道:

"如今什么时候了?"

"已经过二更了。"一个亲兵回答。

她把慧琼叫出来,问道:"白羊店战事如何?"

"听说官军黄昏后自己退去,我军也不猛追。"

高夫人的心思又转到慧梅身上,想着她大概活不到五更了。但是她仍未断了救活慧梅的希望,又派出一个亲兵,命他到路上迎接老医生,免得老医生同张材误奔莲花峰去。打发这个亲兵上马去后,她的心情沉重,倚着一株树,仰望天空。下弦月徘徊于南山的松林之上,银河横斜,星空寂寂,北斗星灿烂下垂,斗柄紧接着北边高峰。她不由地想起来,不知有多少像这样的星月深夜,她率领着慧梅等一干男女亲兵,随着闯王的千军万马在群山中奔驰,在荒原上奔驰。有时突然遇到敌人,一声惊弦响过,随着是呼声动天,飞矢如雨……

她正在沉思,一个小校来到她的面前,慌张地禀报说有几十个俘虏暗暗解开绳子,从地上摸到石头木棍,打算冲出院子逃跑,幸而及时发觉,将他们砍翻几个,一齐逮住,重新绑牢。高夫人镇静地问道:

"要逃跑的一共有多少人?"

"回夫人,有六十多个人。"

"里边有军官么?"

"有一个货是千总,还有几个小军官。"

"啊,他们准是知道咱们这里人马不多,并无大将,我又是个女流之辈,所以才如此大胆。你立刻去传我的令:叫所有几百个俘虏一齐站队,将那些想逃跑的人,拉到他们面前,不论是官是兵,全部斩首,一个不留。"她又把一个小将唤来,对他说:"你点齐二百名弟兄去帮助他们,把杀人的场子围起来,赶快行刑,逃掉一个俘虏我惟你是问!"

两个人说声"遵令"!从她的身边离开。她在帐篷前走来走去,恨恨地说:"哼,不用霹雳手段,显不出菩萨心肠,莫让这些人误认我们软弱可欺!"她不放心,又派一个小将前去监斩。过了一阵,两个小将同时转回,向她禀报说,六十三个要逃跑的俘虏业已斩讫,其余的仍旧原处看管,未曾逃掉一个。她轻轻点点头,说道:"知道了。你们歇息去吧。"怀着忧愁的心情,她又走进慧梅的帐篷,看看慧梅的情形仍无变化。她不愿多看,回到自己帐中,坐在灯下,暗暗伤心。由于疲劳过甚,不觉合上眼皮。她刚刚矇眬入睡,便在梦中看见尚炯飞驰而来。她一乍醒来,果然有一阵马蹄声已经走近。"啊,慧梅有救了!谢天谢地!"她在心中说,赶快走出军帐,快步向寨门迎去。

十几个人在寨门口下了战马,为首的是一员小将,一进寨门就给高夫人看清了。她心中猛一失望,不等来将禀报,抢先问道:

"小萧子,你回来干什么?"

"回夫人,进攻白羊店的官军已经后退,我补之大哥怕你身边没有得力的人,命我回到这里。"

"啊……"停了一阵,她忽然又问:"你今天可看见郝摇旗么?"

张鼐一怔:"他现在还没回来?"

"一点影儿也没有。你可看见他了?"

"看见了。他想亲手捉住官军的主将好立功赎罪,一直追到龙驹寨西门外不曾追上。他看见我,对我说:'小张鼐,我把人马交给你,我独自回老营见闯王请罪去。'我见他身上挂了几处彩,双眼通红,勇敢追赶敌将,不觉心软了,怕他遇到总哨刘爷会丢掉脑袋,就盼咐他说:'郝叔,闯王不在老营,你到白羊店去见夫人请罪吧。'他明白了我的意思,把剩下的人马留给我,只带一个亲兵转回来了。奇怪,怎么到现在他还没有回来呢?"

"你确实看见他往西边来了?"

"我亲眼望着他往西边来了。"

"你下午为什么不把这件事向我禀报?"

"我急着往白羊店去,又因为……一时把这件事忘得无影无踪了。"

高夫人略微想了一下,对张鼐说:"小鼐子,看来摇旗说不定在路上遇到大队溃逃官兵,被乱兵杀害,或者跌入路旁山谷,不死即伤。你现在率领几十名弟兄,不要骑马,手执灯笼火把,沿路去找,不管死的活的,务须找到。我知道你也是两天两夜不曾合眼,可是有什么法子呢?再去辛苦一趟,等找到摇旗下落,回来大睡一觉。"

"是,我马上就去……"

"你还迟疑什么?"

"夫人,慧梅还有救么?"

高夫人叹口气说:"怕是没有救了。我身边的得力姑娘,前年死了三个,去年一年死了七个,如今又要去了一个!……"她的眼睛一酸,不能继续说下去,挥手使张鼐走开。

张鼐走后,高夫人又回到帐中休息,告诉女兵们说,一旦慧梅醒来,立刻叫她。她相信慧梅在死之前会醒来一次向她辞别的,正像有些病人在死之前"回光返照",忽然清醒,看看亲人。过了一阵,她的玉花骢在帐篷外边突然萧萧地叫了几声,同时山寨中正打三更。她心中焦急,走出帐篷,却听见从远处的山路上传来紧急的马蹄声。玉花骢又一次向着马蹄声处昂首振鬣,萧萧长鸣,兴奋地刨着蹄子。她疑心是闯王来到,但又转念,他既然在石门谷,如何能这时赶来?莫不是郝摇旗回来了?可是,玉花骢为什么连叫两次,这么高兴?她心中慌乱,匆忙地走向寨门,登上寨墙,扶着寨垛,向山路凝望。有的地方月色苍茫,有的地方山影昏黑,望不清奔来的人马影子,只听见马蹄声很快临近。她对一个亲兵说:

"出寨去看一看来的是谁。"

来的马奔得很快。高夫人的那个亲兵刚下寨墙,骑者离寨门只有二十丈远了。只听亲兵大声叫道：

"快开寨门，老神仙来到了！"

高夫人喜出望外，在寨墙上说："唉，尚大哥，可把你盼到了！"

尚炯在寨门口跳下马，说："要不是骑闯王的乌龙驹，这时还在清风垭哩！"

高夫人立刻把尚炯带进慧梅的帐篷中，拉起慧梅右腿裤脚，让他看看小腿的颜色，告他说往上去已经乌到腹部，离胸口也不远了。他一边询问慧梅的受伤时间和他来之前的医治情形，一边打开外科百宝囊，取出剪子，照着箭伤的地方剪开裤子，看看伤口，用银针深深地探了一阵。他又看看慧梅的眼皮，并且掰开眼皮看看她的瞳孔，然后切脉，一言不发，脸色沉重。高夫人心中七上八下，等他切过脉，小声问道：

"还有救么？"

尚炯沉吟回答："不瞒夫人说，我在军中几年，还是第一次看见这么毒的箭创。这是用南方毒蛇的浸液制药，含在箭头之上，非一般毒箭可比。有一半箭头折断，嵌入慧梅腿骨，故箭虽拔出，毒源仍存。看慧梅这样神志昏迷，眼睑下垂，瞳孔放大；脉象纷乱，细微之甚，名为'麻促'之脉，盖言其细如芝麻，急促纷乱。总之，毒气已入内脏，十分难治；有此脉象，百不活一。幸而从白羊店取来的药用量较多，使毒气稍受抑制，不然这姑娘已经死了。"

高夫人说："尚大哥，你无论如何得把她救活！"

医生默默地取出一个葫芦式样蓝花瓷瓶，倒出来一些药面，同从白羊店取来的药面一样颜色，又从一个白瓷瓶中倒出来一种黑色药面，又从一个冰裂纹古瓷小瓶中倒出一点药面，异香扑鼻。他把三种药面用半碗温开水调匀，取出一只银匙，叫慧琼等赶快灌入慧梅口中。高夫人怕姑娘们慌手慌脚，她自己重新坐在铺上，把慧梅的头放在怀里,用筷子撬开牙关,亲自灌药。灌毕,医生叫把慧梅仍旧放好,然后他从百宝囊中取出一小张白绵纸,卷成长条,将一端用清水蘸湿,再蘸一种黑色药面和异香扑鼻的药面,插入箭创深处,对高夫人说:

"夫人,咱们暂且出去,只留下一个姑娘守护。再过一刻,倘慧梅一阵发急,便是毒气攻心,药力无效。倘若一刻之后她慢慢醒来,就是毒气已被药力所制,不能进入心脏,她的性命就有救了。"

高夫人同众人踮着脚尖儿退出帐篷,心中难过,惴惴不安。她想到刘芳亮,小声向医生问道:

"明远的伤势很重,能不能保住性命?"

"他的伤势虽重,只要我明日清早赶到,尚不为迟。"随即,他从百宝囊中取出一瓶药酒,递给夫人,说:"请夫人命人赶快送到白羊店,交给我的徒弟,每半个时辰替明远灌一酒杯。只要这药酒先送到,按时照料服用,我就是去晚一点也不碍事。"

高夫人问:"这是什么仙酒妙药?"

"此系用家传秘方金创止血还阳丹外加人参、三七,泡制药酒,颇有奇效。"

高夫人派人把药酒送走,又到慧梅的帐篷门口,探头望望,知道药吃过后尚无动静,便退回原处,向医生问起来自成现在何处,如何平定了杆子叛乱。正说话间,慧珠从帐中出来,小声禀说慧梅并未发急,呼吸很匀,眼皮微动,有似乎要醒来的样子。高夫人和老神仙赶快蹑脚蹑手地走进帐篷,守候在慧梅铺边。尚炯蹲下去,在慧梅的脸上望一望,又切了一阵脉,脸上微露欣慰之色。高夫人悄声问:

"怎么样?"

"脉象已变,已有回生之望。"

高夫人猛然一喜,赶快问道:"可以救活?"

"如今脉细而微,若有若无;来往甚慢,一呼吸脉乃三至,且有时停止不来。此谓'结脉'。有此脉象,病势虽险,尚可活也。"

满帐中似乎充满春意。姑娘们激动地交换眼色,随即屏息注视着慧梅动静。高夫人轻轻握一握慧梅的手梢,感到已有一些温暖。老医生凝神注视着慧梅的鼻息,同时用左手拈着疏疏朗朗的花白长须,慢慢往下捋,最后停留在两根最长的胡子梢上。过了很长一阵,慧梅的眉毛动了几动,微微睁眼看看,随即闭住,发出呻吟。尚炯猛一高兴,站直身子,嘘口长气,说道:"好了!好了!真有救了!"当他高兴站起时,左手不自觉地向下一甩,把两根长须扯断,自己一点儿也不觉得。高夫人的眼圈儿忽然一红,喃喃地笑着说:

"幸而你骑着闯王的乌龙驹……"她激动得喉头壅塞,没有把话说完。

尚神仙又将刚才的三种药面配了一服,由高夫人亲自照料替慧梅灌了下去。他先替慧梅臂上的枪伤换了金创药,然后从慧梅的箭创中拔出解毒的药捻子,换一个新的药捻子。高夫人在一旁问道:

"这是麝香,那黑面儿是什么药?"

"这黑面儿是生犀角加五灵脂。我用的这犀角很不易得,不惟是雄犀角,而且系角尖,故药力特别强。要不是这姑娘几年来出生入死,屡立战功,今日又替你负伤,我真舍不得用这么多。"

为使慧梅安静,大家又走出帐篷。这时天已快明,残月西斜,启明星特别明亮。高夫人因等待闯王和等待慧梅醒来,不去休息。但两腿和身上十分困乏,又无凳子可坐,石上全是露水,便抽出宝剑,倚剑而立。凉风徐来,清露润衣。大战后山野寂静,偶尔听到马嘶。一切都化险为夷,好似一天乌云散去,她开始感到心中轻松。医生留下几片生大黄,嘱咐慧琼:等慧梅醒来后让她喝一碗大黄茶,使内毒随大小便排泄出来;让病人喝过大黄茶以后,再给她喝一碗稀稀的面疙瘩。对慧琼嘱咐毕,医生转向高夫人,说他要去白羊店给刘芳亮医治创伤。高夫人说:

"子明,慧梅的性命亏你救了。等她好了以后,我让她在你面前磕个头,认给你做个义女。"

医生笑着说:"我要是认这么好个义女,真是平生快事。不过,不瞒夫人说,这姑娘的性命如今只算救活一大半,还有一小半仍然可虑。"

高夫人猛然一愣:"怎么可虑?"

医生说:"此箭毒性猛烈,且毒气蔓延甚广,药力不能完全奏效。断镞入骨,祸根犹在。毒气受药力所迫,收敛到腿上,如不赶快破开创口,拔出箭头,刮骨疗毒,洗净周围肌肉,则数日后必致化脓溃烂,重则丧命,轻则残废。"

"你什么时候动手?"

"等我从白羊店回来动手。"

这时天色微明,星光稀疏。高夫人望着尚炯走出山寨,上马动身。她正要转回帐中望望慧梅,恰好闯王来到。他们才说几句话,忽有亲兵来禀,说望见张鼐同郝摇旗回来,快到寨门口了。高夫人见闯王的脸色铁青,浓眉紧皱,问道:

"你打算斩摇旗么?"

闯王没有回答,低着头在松树下走来走去。

郝摇旗身上带了三处伤,虽说都不是重伤,却也流血不少。他为要拖住敌人不能从背后夹攻白羊店,也不能往北去占领清风垭,裹创再战,不断地袭扰敌人。他的左右亲信都知道李自成的军纪极严,失去了智亭山决没有活的道理,有人劝他逃走,却被他大骂一顿。他说:"老子死也要死个光明磊落。打完仗以后,该死该活,任凭闯王发落;决不逃跑,让别人说咱孬种!"在龙驹寨附近把残余的人马交给张鼐以后,他就回头往智亭山寻找高夫人。中途遇到一起溃兵,把他同亲兵冲散。那个亲兵究竟是被乱兵所杀还是跌到谷中,他不知道,而后来也无踪影。他自己实在疲倦,十分瞌睡,饥饿难熬。遇到一道泉水,他下去喝点凉水,又从一个官兵的死尸上找到一袋干粮,趁着泉水吃下,肚子里才不再咕噜噜地叫。又走了一段路,他找到一个不容易遇到溃兵的隐僻地方,把马拴在树上,坐下休息。谁知他刚往草中一坐,便睡熟了,睡得那么死,纵然山塌下来也不会把他惊醒。

张鼐带着几十个人,分成许多小股,打着灯笼火把,到处寻找,总是寻找不到。后来偶然听到一匹马打喷嚏的声音,向着声音发出的地方找去,渐渐听见马吃草的声音和人的鼾声,终于把摇旗找到,大声唤他醒来。摇旗听见人声,一跃而起,拔刀就砍。多亏张鼐手快,用剑格开。摇旗接着连砍几刀,都被宝剑挡住,只听铿铿锵锵,火星乱迸。张鼐的两个亲兵从背后扑上来,将他抱住,大声告他说是小张爷前来寻他。他定睛看看,完全醒来,笑着骂道:

"小杂种,你可把老子吓了一跳!"

同张鼐回到智亭山,听说闯王已经来了,郝摇旗来到闯王面前,扑通跪下,说道:

"李哥,我生是你闯王旗下的人,死是你闯王旗下的鬼,任你处治,决不会有一句怨言!"

自成冷冷地看他一眼,继续在松树下边踱着,不说一句话,也不叫他起来。正在这时,有人前来禀报,说黑虎星来了。自成猛地转过身来,又惊又喜地大声问:

"黑虎星在什么地方?"

"在山下,快上来了。"

黑虎星在这时突然而来,完全出李自成的意料之外。他盼咐张鼐派人将郝摇旗送往老营看管,听候发落,便同高夫人赶快往寨门走去。郝摇旗想着见到刘宗敏准没活命,站起来拍着自己的脑壳说:

"这可真完了。怪好的吃饭家伙,要给刘铁匠砍掉了!"

闯王同高夫人走出寨门时,黑虎星的一杆人马离寨门还有二十丈远。大家一望见闯王夫妇,立刻下马。黑虎星快步前走,到了闯王夫妇面前,双膝跪下,巴巴打自己两个耳光,说:

"闯王叔,婶娘!都怪侄儿不好,思虑不周,临离开商洛山时没有安排好,让坐山虎挟众哗变,惹你们二位操心生气。我糊涂,我糊涂……"

他又要举手打自己耳光,被闯王双手拉住,连说:"不许这样!不许这样!"搀他起来。看见他身穿重孝,闯王问道:

"你这孝……?"

黑虎星说:"侄儿回到家乡以后,老娘的病就一天厉害一天。我日夜服侍老娘,也没有派人给叔、婶捎个书信。大前天,老娘落了气儿。我风闻坐山虎在石门谷很不安分,又听说官军分成几路进犯咱们,我当天就将老娘装殓下土,连忙彻夜赶回。到了石门谷,恰好叔父刚走,我又查出来坐山虎的两个头目仍不心服,打算闹事,就杀了两个狗日的。现在赶到这儿,请叔父治我的罪。"

自成说:"坐山虎等挟众哗变,你在家乡怎能管得着?快不要说这个话!没想到你老娘病故,我这里也没有派人吊孝。我们天天盼望你来,总是不得音信。前几天,谣传说你不来了。你留在清风垭的将士们也怕你不再回来,一时心思有些不稳。我当时扯个谎话,说你托人带来了口信儿,不日即回。你到底回来,没叫我在将士们面前丢面子。"

"怎么能不回来呢?把我的骨头磨成灰,也要跟着叔父打天下。"黑虎星转回头去叫道:"黑妞儿,你傻什么?快来给叔父、婶娘磕头,快!"

从一群战马和弟兄中间走出来一个身穿重孝、十分腼腆的姑娘,背着角弓,挂着宝剑,一脸稚气,身材却有慧梅那么高,一条又粗又黑的大辫子绾在头顶,趴地上就给闯王夫妇磕头。高夫人赶快搀她起来,拉着她的手,笑着问黑虎星:

"曾经听你说有个小妹妹,就是她么?"

"就是她。给我娘惯坏了,全不懂事!"

"几岁了?"

"别看她长个憨个子,才十五岁。"

"会武艺?"

"跟着我学了一点儿,也能够骣骑①烈马。婶娘,如今我老娘死了,家中别无亲人,我把她带来跟着你。以后请婶娘把她同慧英、慧梅一样看待,有了错,该打该骂,不要客气。打仗时候,让她跟在婶娘身边保驾,武艺说不上,倒是有些傻胆量。"黑虎星转向妹妹说:"你给婶娘带的礼物呢?怎么忘了?傻妞!"

小姑娘立刻从马上取出一张又大又漂亮的金钱豹子皮,双手捧给高夫人。

她微笑着,咬着嘴唇,却不肯开口说话,回头望望哥哥。黑虎星不满意地瞪她一眼,只好代她说:

"婶娘,这是去年冬天她亲自射死的一只大金钱豹。请婶娘把这件礼物收下,替玉花骢做一件皮褥子,倒是很好。"

高夫人十分喜爱这个小姑娘,把她搂到怀里,又叫亲兵取来十两银子作为见面礼,一定要小姑娘收下。小姑娘又跪下去磕了头,因见高夫人对她很亲,不由地想起死去的母亲,眼圈儿红了起来。高夫人拉着她的手,发觉她的右手中指和食指的第一节指肚皮肉粗糙,特别发达,心中奇怪,笑着问:

---

① 骣骑——不用鞍子骑马。骣,音 chǎn。

"这姑娘练武艺,怎么这两个指头肚生了老茧皮?"

小姑娘不好意思地咬着嘴唇,不肯回答。黑虎星笑着回答说:"婶娘,她这指头,只能习武,别想学绣花啦。十岁时候,有人告她说,用两个指头每天在砖墙上或石头上划三百下,在玉米口袋中插三百下,会练出惊人本领,打仗时用这两个指照敌人身上一戳,就能戳死敌人;倘若照敌人的头上划一下,敌人也吃不消。她一直背着我练到现在,倒有一股恒心。"

"她天天练?"

"可不是!天天除练正经武艺外,就练这个笨功夫。婶娘,你说这妞儿傻不傻?"

高夫人大笑起来,说:"难得这姑娘在武艺上肯下笨功夫,练别的武艺一定也十分专心。"她拿起黑妞的右手仔细端详了两个结着厚茧皮的指头肚,问道:"你听了谁的话,在两个指尖上下这么大的苦功夫?"

黑妞只是腼腆地低着头,继续咬着嘴唇,大眼睛里含着天真纯朴的笑,不肯说话。黑虎星知道她肚里藏着一个有趣的小故事,笑着怂恿她:

"你说呀!你快对婶娘说出来呀,害怕啥子?嗨,你在家乡,连老虎、豹子都不怕,出门来看见了生人就不敢说话!"

高夫人和身边女兵们越发觉得这小姑娘有趣,撺掇她快说出来她的故事。她终于抬起头来,不敢多望别人,玩着扎有白头绳的粗辫梢,对高夫人说:"婶娘,是一件真的事儿!俺小时听老年人说古今,说俺那里从前有一个苦媳妇……唉,以后我对你说吧,可有趣!"突然她把头一低,偎在高夫人身边,不肯说了,引起周围人一阵哄笑。高夫人抚摸着她的健壮的胳臂说:

"好,我记下你欠一个有趣的故事,等闲的时候再叫你说。"

黑虎星兄妹的来到,可算是对各路义军的胜利锦上添花,喜上加喜。智亭山现在不缺少粮食,又有许多受了重伤的马匹。闯王下令:今早宰杀马匹,向各队分散马肉和粮食,犒劳将士,同时在智亭山的老营中为黑虎星兄妹接风。黑虎星请求立刻派他去白羊店同官军作战。自成说:

"你奔波了三天三夜,在此地好生休息吧。只要你来到,就如同我增加几千人马。再说,你补之哥用兵很稳重,大概白羊店不会有大战了。"

黑虎星不相信,说:"我补之哥用兵稳重?我路过清风垭时,听弟兄们说前天下午他只率领三百弟兄一直逼近智亭山扎营,自己又病得不能打仗,也够担险了。今日郑崇俭的败局已定,他难道不率领人马猛追猛杀?"

闯王笑起来,说:"前日他一则为要牵住官军不敢全力向你姊娘进攻,二则也料就官军无力包抄他的后路,所以直逼智亭山附近扎营。昨夜郑崇俭得知智亭山与龙驹寨的消息,必然趁黑夜整军而退,于险要处设下伏兵。你补之哥怕损伤自己人马,决不会冒冒失失地向前猛追。"

正说话间,李过派人来到,禀报闯王说官军在五更前已经退完,他已命马世耀五更时率领一支义军小心搜索前进,沿路收集官军遗弃的兵器、粮食和掉在后边的零星部队。闯王问道:

"刘将爷的伤怎么样了?"

来人回答说:"听说老神仙正在替他治,详情我不知道。有人说他的伤势太重,怕治不好了。"

李自成的心头一沉,不再问别的,不由地啧了两声。吃过早饭,太阳移向东南。慧梅完全醒来,在慧琼等照料下喝了一碗大黄茶,停一停,又吃了稀稀一碗面疙瘩。高夫人到她的身边看了看,见她神志清楚,只是浑身疼痛,脖颈仍然僵硬。她亲自照料她解了大便,回到自己帐中。她自己很是困乏,看见自成的气色不好,操劳过度,劝他躺下去睡一觉,同时也劝黑虎星同众人去休息。但是闯王急于去白羊店看刘芳亮,黑虎星也急于去看李过,把一些紧要事略作安排,便一同出寨。他们正要上马,忽然一个亲兵向路上指道:

"那不是老神仙同他的徒弟来了?"

尚炯看见黑虎星,他觉得喜出望外。他跳下马先同黑虎星拱手招呼;见黑虎星勒着白头,穿着白鞋,全身衣服沿着白边,赶快收起笑容,问明是给母亲戴孝,便说了些慰解的话。然后,他告诉闯王和高夫人,如今不但已经把刘芳亮的性命保全,还担保他在百日之内能重新上马打仗,请闯王和夫人不必挂心,留在智亭山好生休息。闯王万分高兴,问道:

"子明,你又使了一手什么绝招?"

尚炯笑一笑,说:"也没有什么绝招。当外科医生的只要心细、眼准、手熟,加上药好,就能多治好几个病人。夫人,慧梅吃了东西么?"

高夫人回答说:"刚才又吃了一碗多稀饭,你留的药也给她吃了。"

尚炯带着徒弟走进慧梅的帐篷,闯王和高夫人跟在后面。黑虎星把妹妹和大部分随从留下,只带几个亲兵往白羊店去。

慧梅的精神比黎明前好得多了。老医生摸摸她的脉,看看她的瞳孔,满意地点点头,又问她箭伤疼不疼,转回头向高夫人问慧梅大小便是否畅通,以及小便颜色。高夫人怕尚神仙有话不便开口,便说道:

"尚大哥,虽说慧梅是个未出阁的大闺女,可是俗话说病不瞒医,再说她也和你自己的女儿差不多,要不要让我揭开她的上衣你瞧瞧?"

医生说："用不着，用不着。慧珠，她身上的毒气消了多少？"

慧珠说："原来乌到肚脐以上，刚才我看了看，已经退到肚脐旁边了。"

高夫人说："你说清楚，在肚脐上、肚脐下？"

"还在肚脐以上，可是比原先低下去二三指了。"

老神仙叫取来一杯温酒，然后从百宝囊中取出一个白瓷小瓶，红纸签上写着"华佗麻沸散"。倒出一银匙药面放进杯中调匀，对慧梅说这是另一种清血解毒散，照料她吃下肚去。慧梅有点怀疑，低声问道：

"尚伯伯，吃下去这杯药就能解毒么？"

"能，能。"

"我往后还能骑马打仗么？"

"当然能！不出半月，包你能骑马打仗！"

等慧梅吃下华佗麻沸散，医生使眼色叫闯王、高夫人、两个女兵和他的徒弟都退出去，让慧梅安静地睡一睡。独自留在帐中片刻，直到看见慧梅并无心中烦躁感觉，双眼半闭，露出矇眬欲睡的样子，他才从帐中走出，告诉慧珠说："叫弟兄们快去预备半桶开水。待会儿你进去看看，要是慧梅睡得很熟，你立刻告我。"他离开闯王和高夫人，走出十几丈外，来到一棵大树下，背抄着手，有时低着头走几步，有时抬起头望望蓝天，仿佛有什么不愉快的心思似的。高夫人望见他的神情同平时不很一样，心中发疑，想道："难道慧梅的右腿要残废么？"她叹口气，走回自己的帐中坐下。闯王也看见尚炯的心情不好，虽然一点没有联想到慧梅可能残废，但是也心中深觉奇怪。他走到尚炯跟前，低声问道：

"子明，你怎么很不愉快？是身上不舒服么？"

医生摇摇头，回答说："我不是身上不舒服。我今天给明远医治炮伤，虽然侥幸救了他一条命，可是我深感到自己医道尚浅，做一个好医生多不容易！"

"怎么？他会落个残废么？"

"一则没有损伤骨头，二则我治得还算及时，不至于落个残废。"

"那么你愁的什么？为什么怨恨自己的医道不深？"

尚炯苦笑说："闯王，我们全军上下都称道我的医术，叫我做老神仙，可是都不明白我每次遇到疑难症候和棘手创伤，心中在想些什么。倘若人救不活，我自然心中难过。即令救活了，我有时心中也并不轻松。就以今日为明远治创伤说，我的心中直到此刻还乱纷纷的！"

"这是为何？"

"明远的创伤，一在右边肋间，一在右边大腿，而以大腿的伤势最重。尽管官军施放的是鸟枪小铳，火力不大，弹丸小如黄豆，入肉不深，但是一大片皮肉都被打烂，血肉模糊。这样创伤，如何能够早日痊愈，使明远少受痛苦，我现下只能靠一二种秘方药物。我曾经查遍了古人医书、医案，对此类重伤，未见有速效治法。古人有'剜肉补疮'一语，只是一句比喻，并无其事。几年来我曾试过几次，都未生效。有些人重伤之后，常因失血过多而死。即令我能及时治疗，用药止血，也往往因已经流血过多，仍然难救，或者因身体衰弱，复原艰难，虽药物可以补血，但是缓不济急。倘若人能窥造化之奥秘，穷天人之妙理，做外科医生的能够以肉补肉，以血补血，则救死扶伤，造福人群，岂不大哉！可惜我已是望五之年，今生将不及见此神医妙术了。"

闯王笑着说："从我们众人看来，你在外科上已经是神乎其技，所以都叫你老神仙。不料你竟如此不自满足，想得这么高，这么远！"

闯王因事匆匆离开以后，老医生继续默默地思索着如何能"窥造化之奥秘"的问题,却看见慧珠跑到他的背后叫他,对他说慧梅已经睡熟了。老神仙猛转过身子,看一眼慧珠,匆匆地向慧梅的帐篷走去,同时向他的徒弟招一下手。进了帐篷,老医生看看慧梅的面部,轻轻呼唤两声,不听答应,一边挽自己的袖头一边回头说:

"拿温开水来!拿盆子来!"

他净了手,用剪子把箭伤地方的裤子破口剪大,一刀子将创口割开三寸多长,又重复一刀,深到腿骨,左手将创口掰开,右手探进钳子,用力一拔,将深入骨头的半截箭头拔出,扔到地上。他立刻换把刀子,将中毒的骨头刮去一层,然后用解毒的药倒进温水中,一次一次地冲洗创口,乌紫的血和水流了一盆。洗过之后,他用药线缝了创口,但不全缝,留下一个小口让毒血水继续流出。用白布包裹的时候,他也留下来那个小口。手术做完,他用袖子揩一下前额的汗,净了手,取出豌豆子大三粒红丸药交给慧珠,说:

"一个时辰后慧梅醒来,必然叫伤口疼痛,你就服侍她用开水将这药吃下一粒,以后再疼时再吃下一粒。"

当他给慧梅动手治箭创时,递刀子,递钳子,用盆子接血水,全是他的徒弟。两三个女兵吓得不敢走近。高夫人进来在医生的背后站了一下,感到心中疼痛,随即噙着眼泪退了出去。虽然她在战场上看惯流血死伤,但她不忍看医生在慧梅的腿上割开一个大口子,刮得骨头嚓嚓响,也不忍看慧梅露出的一片大腿乌紫得那么重,血和毒水不断流。等尚炯走出帐篷,她迎着他小声问道:

"尚大哥,你说实话,这孩子会残废么?"

"哪里话!我包她十天长好伤口,一月内骑马打仗,一如往日。你现在快放心休息吧。这几天把你累坏了,应该好好地睡上两天!"他转向徒弟,吩咐说:"你去看一看受伤的弟兄们,该换药的换药,该动刀子的动刀子,弄完了快回白羊店。我要找个地方睡一觉,没有要紧事不要叫我。"

没有过过戎马生活的人,很难体会到大战胜利之后的休息和睡眠有多么香甜。在智亭山寨和山脚下的几座营盘中,只有少数人在守卫营寨和按时巡逻,大部分将士都睡了,到处都可以听见粗细不同的鼾声。李闯王勉强挣扎着去几个营盘看看受伤的将士和百姓义勇,回来倒下去就睡了,睡得十分踏实。一只蜜蜂飞进帐篷,在他的脸上嗡嗡地盘旋一阵,又落在他的前额上走几步再嗡嗡飞走,他竟毫无所知。黄昏时候,因军中请示夜间口号,一个女兵进帐来把高夫人叫醒。她不惊动闯王,自己发下口号之后,到慧梅的帐中看看,见她睡得很熟,又去看看老医生,看看张鼐,看看黑虎星的妹妹和女兵们,个个都睡得很熟。她不想吃东西,走回自己同闯王的帐篷,倒下去又睡了。

一天以后,闯王把白羊店交给马世耀,智亭山交给黑虎星,派张鼐驻守清风垭,命百姓义勇营开回麻涧整顿,随即同高夫人率领着一起人马返回老营。

李过仍坐在篼子上,刘芳亮和慧梅都躺在用绳床绑的担架上,一同回老营将养。黑虎星的妹妹骑着一匹大青骡,紧跟在慧梅的后边。如今大家都很喜欢她,她也很喜欢这种热闹的、威武的集体生活。她刚刚抛开了万山丛中的只有几户人家的小村庄,乍一进入李闯王的起义军中,样样事都感到新鲜。她原以为自从母亲死去以后,她在这世界上成了个孤苦伶仃的小姑娘,没有人再疼爱她;哥哥是个男子汉,一向对她很严,纵然心中很疼爱她也不肯轻易露在外面。完全没想到,来到义军以后,高夫人把她当亲女儿一般看待,高夫人左右、男女亲兵和将领们没一个不关心她,平空增添了一大群叔叔、伯伯、哥哥、姐姐。她觉得自己并不是来到一群陌生人里边,而是来到一个亲热的大家庭中,她的思念母亲的悲伤心情顿然减轻了。

当慧梅被抬上担架时,听见有人在近处小声谈论她的箭伤,带着惋惜的口气说她以后大概不能再骑马打仗了。尽管语气极其轻悄,却像晴天霹雳,震撼她的全身。她最怕的是这个问题。倘若伤治好后不能够再骑马打仗,自己活着有什么意义呢?她强自忍耐,但是忍耐不住,用被子蒙着头,伤心痛哭。后来高夫人和尚神仙一再保证她一月后就能够骑马打仗,她起初半信半疑,后来终于破涕为笑。高夫人用鞭子捣捣她,对医生说:

"你瞧瞧,虽说她虚岁十八了,到底是个女孩子,动不动就哭!"

过清风垭不远,就遇见吴汝义前来迎接。李自成吩咐吴汝义,最近几天内派人去接丁国宝来老营住几天,对百姓义勇营伤亡的要多给抚恤。他想,如今把宋文富兄弟全捉到,还捉了一大批宋家寨和别的两个寨的人,今后不但宋家寨不敢为患,几个月内银钱和粮食也不愁了。两个月来他常常想到牛金星,但因为他自己处境险恶,无力营救。如今打了个大胜仗,他的病也好了,商洛山中至少在半年内没有危险,应该设法搭救牛金星才是。在马上,他时时为这事打着主意。

到了麻涧,人马稍作休息。吴汝义想知道如何处治郝摇旗的罪,悄悄问高夫人。高夫人问道:

"捷轩怎么说?"

吴汝义说:"总哨刘爷一看见他就狠狠地踢他一脚,把他臭骂一通,说要砍他的八斤半。可是没有闯王的命令,他倒不敢擅杀大将。如今郝摇旗在老营严加看管,等候闯王回去发落。"

高夫人走到闯王面前,问道:"回老营后,你打算把郝摇旗怎么发落?真要将他斩首么?"

自成在同医生商量打救牛金星的事,听桂英这么一问,他虽然早已成竹在胸,却望望李过和医生,沉吟不语。尚炯明白了他的意思,淡淡地说了一句:

"这个人留下来,日后还有用处。"

高夫人见自成默默不语,替摇旗讲情说:"失去险要,按理该斩。不过他失去智亭山之后,身带三处伤,始终咬住敌人不放,尽力牵制敌军。明知有罪,决不逃走。从这些地方看,可以从轻发落。再者,高闯王留下的许多战将,死的死,降的降,只剩下摇旗一个人。我看,你回老营后同大家商量商量,能够不杀就不杀。为人不经一事,不长一智。让他受受挫折,多磨练磨练,慢慢会走上正路,不再任性胡为。补之,你看怎样?"

李过本想杀郝摇旗以肃军纪,但看见高夫人想救摇旗,只好说:"一则看在高闯王的情分上,二则念他带伤后继续同官军鏖战,戴罪立功,不杀他也好。不过要重责一顿,永不重用。"

大家都把眼光注视在闯王的脸孔上,等他说话。闯王又沉默一阵,说道:

"等我回去审问之后,再决定如何发落吧。"

闯王又同老神仙小声商量打救牛金星父子之策。尚炯因金星是他从北京邀来的,落此下场,早有救金星父子之心,这时就提出来让他回河南一趟。自成怕他回河南会落入仇家之手,坚不同意。尚炯皱着眉头想一阵,又说:

"倘若牛启东已判为死刑,也许到冬至方能出斩。况且这种案子,启东一口咬定是路过商洛山中被你强迫留下,一时也难断为死罪。即让卢氏知县将他判为死罪,案卷层层上详,也须数月之久。如今咱们不必在卢氏县想办法,也不必在河南府想办法,赶快到开封托人在抚台、藩台、臬台三衙门想办法,将死罪减轻,能保释则保释,不能保释则拖延几个月,等到将士病愈,我们打出商洛山,打破卢氏城,把他从狱中救出。至于他的儿子尧仙,原不知情,想来不会判何等重罪。"

闯王问道:"我们在开封素无熟人,如何托人办事?"

尚炯说:"我们在开封虽无熟人,但牛启东在开封倒有一些朋友。只是如今他犯了重罪,有身家的朋友避之惟恐不及,未必肯出力帮忙。肯帮他忙的必须是宋献策这样的人,闯荡江湖,素以义气为重,又无身家之累。听启东说,宋献策在开封熟人甚多,只要咱们派人找到他,救启东不难。"

"这位宋先生会不会在开封呢?"

"今春听说宋献策送友人之丧去开封,然后赴江南访友,到江南以后稍作勾留,即回大梁卖卜。如今他是否已回开封,我们不得而知,且不妨派人前去找找。倘能遇到,岂不甚佳?至于银子,我们在西安尚存有数千两。必得我亲去一趟,暗中嘱咐清楚。将来一旦宋献策在开封需要用钱,可由陕西当铺兑去。"说到这里,尚神仙拈着胡子沉吟地说:"只是,只是,如今蓝田和商州都驻有官军重兵,路途不通,我怎么到西安府,倒得想想。还有,倘若我不能去,那派往开封去的人必须十分精明能干才行,派谁去呢?"

李自成想了半天,忽然转忧为喜,说声"有了!"凑近尚炯的耳朵说:"宋文富兄弟现在咱们手心里,还担心没有路?派谁出去,回去商量。"

尚炯笑着说:"我看,还是让我去吧。"

"你?不,我不能让你担这样风险。"

"不,你一定得让我去。别人去,我倒是很不放心。"

闯王没有回答他的请求,微微一笑,把手中的鞭子一扬,对大家说:

"上马!"

第二十二章

回到老营之后,李自成不管全老营将士如何为胜利欢喜若狂,他自己却因义军和百姓义勇伤亡了一千多人,官军的包围形势并未打破,所以仍有一大堆难题压在心上,一直在冷静考虑。晚饭后,他向总管询问了一些情况,然后同刘宗敏商量了今后的防御部署和如何处置宋家寨的俘虏。因为身体虚弱,又很疲劳,不到三更就就寝了。

次日,天色未明,李自成对高夫人交代几句话,便走出老营,等候亲兵们备好战马。晨星寥落,乌鸦在树上啼叫。平日,这时已经有大队人马出寨去校场操练,而老营门外的空场上也有不少人在练功。今天却冷清清的,只有几个人。他派人将老营总管和中军叫来,问道:

"为什么没有人出来练功?"

中军回答说:"大家因大战才过去,都想歇息几日,所以没有出来练功。"

"校场里也停止操练了?"

总管说:"也停止操练了。"

"这是谁当的家,叫大家歇息几天,蒙头睡懒觉?"

"……"任继荣不敢做声,低下头等候挨训。

"是谁下的命令?"闯王又问,脸色更为严峻。

吴汝义吞吞吐吐说:"谁也没下命令,只是大家疲劳了几天,因见官军已经给杀得大败,不觉松了劲,不约而同地都想歇息几天。"

"哼,好个'松了劲'!一切事都坏在'松了劲'这三个字上!战事已经过去两天啦,大家还没有休息够么?难道还不该开始操练?难道这次打个大胜仗就从此天下太平,可以高枕无忧么?不要忘记,如今天下还不是咱们的,官军还在四面围困着咱们!即使有朝一日得了天下,我们也不能睡懒觉。卧薪尝胆,兢兢业业,能创业,也能守成;一旦松了劲,什么事都要弄坏。本来是补之管练兵,他病了两个月,我把老营练兵的事交给你俩代管一时,没想到你们竟放任大家早晨睡懒觉,不操练,坏了我的规矩!"

在闯王训斥总管和中军的当儿,高夫人和刘宗敏的亲兵们已经走出老营来练功。看见闯王为操练事在训斥他们两人,大家吓得不敢吭气,各自找地方练去。刘宗敏同闯王一样是个爱起早的人,这时也从院中走出,立在闯王背后,听了听,明白是怎么回事儿,说道:

"闯王,你不是要往二虎那里去?你走吧,这件事交我来管。"

闯王回头瞅一眼刘宗敏,又望望备好马匹的一群亲兵,继续对任继荣和吴汝义说:

"我们看一个人,看一个人家,别的不用看,就看有没有兴家立业的气象。有,就是有出息;没,就是没出息。打江山,守江山,也是这一个道理。上下不振作,没有兢兢业业的劲儿,纵然看来是几百年的一统天下,也会亡国。上下一心,日夜兢兢业业,勤勤恳恳,发愤图强,又常想着如何为百姓兴利除弊,纵然力量小,颠沛流离,也不可轻视。自古豪杰起事,哪一个不是由小到大,由弱变强?汉高祖起事时才只有几百人,比咱们今天差得远哩!"

李自成也想到大家的疲劳和大战后诸事纷乱,责任不全在老营总管和中军身上,所以没有太动火,说完这些话就同亲兵们上马走了。

李自成走了以后,刘宗敏回头瞪着眼睛狠狠地把总管和中军看看,吓得他们的心头怦怦跳。他们深知总哨刘爷的脾气与闯王不同,至少会对他们痛骂一顿。但是出他们意外,宗敏好像体谅他们的辛苦和事情太多,只把脚一顿,吩咐说:

"传我的令:从明日起,该到校场操练的操练,该在寨中练功的练功,倘再同今天这样,不管是头目或是弟兄,一律重责。有人敢睡懒觉,连你俩也脱不了干系!"

李自成刚走出寨门不远,忽有骑着战马的一条大汉在身后出现,紧紧追来,大叫一声"闯王"!自成回头一看是郝摇旗,勒住乌龙驹,神色严峻地将摇旗打量一眼,说:

"我叫你暂时住在老营,听候处分,你急的什么?"

摇旗说:"闯王!我犯了军律,失了智亭山,是砍头,是留下我替你立功报效,求你赶快发落。我怕你事情太忙,把我撂在老营,不杀不放。你知道我郝摇旗喜欢痛快。你要决定杀我,今日就杀,要重重地打我一顿,也求你快打;要是你还想用我,那你早点对我说一声。不管怎么着,都请你快点发落!"

闯王想了一下,说:"好吧,你先回老营去,一二日我派人找你。"随即策马下山。

天色已明,开始有农民在山坡上锄芝麻、绿豆。虽然这里人烟稀疏,耕地也不多,李自成看见的也只是寥寥数人,却使他十分欣慰。如今商洛山中转危为安,不仅将士们可以从容养病,百姓们也可以暂时安居,等待秋收了。

马蹄在晨风中继续嘚嘚前进。李自成一路上回想着几天来的惊涛骇浪,不觉到了野人峪。慧英先前得到在西寨上放哨的妇女禀报,走出寨门,站在路旁恭迎。在高夫人身旁的一群女兵中,慧英在举止行事上本来就比别的姑娘沉着,有办法。现在李自成觉得她离开夫人这几天似乎更像成人了,不,俨然是一员英俊能干的青年女将。他下了马,随她走进寨中,略一询问娘子军的情况,当着众人着实称赞几句她和娘子军的功劳。慧英毕竟是未出阁的姑娘，在众人面前一听闯王称赞，不知说什么好，脸颊通红，低下头去，下意识地玩弄着宝剑柄上的红丝穗子。闯王又对大家说：

"如今抽不出人马来接替你们，请你们娘子军再辛苦几天。"

一百多个妇女都说"好"。有人说在这里驻扎一个月也情愿。还有人要求娘子军永远不要解散，让她们跟着慧英认真习武艺，以后同男人一样打仗。自成心中认为成立娘子军只是一时权宜之计，往后怎么个办法，他还没有想妥当，所以对这个请求笑而不答。慧英和妇女们都听说慧梅的箭创很重，纷纷询问。听闯王回答说她多亏老神仙救治，一月后就可以骑马打仗，大家十分高兴。慧英很想回老营看看慧梅和高夫人，但因军务在身，没有说出口来。

李自成看看寨墙上的防御布置，又看看寨外准备的鹿角和拒马。虽然一切布置大体依照从前的做法，但自成也看出来慧英是一个善用心思的人，把易受攻击的女墙加高，能够靠云梯的地方挖了陷阱，正在将离东寨墙一百五十步以内的大小树木全砍光。他口中不说，心中却很满意，并且想道："这姑娘真是了不起！"

在野人峪没多耽搁，李自成同亲兵们继续前进，奔往马兰峪去。

刘体纯正在同将士们吃早饭，听说闯王来到，立刻丢下碗筷，慌忙带着几个重要头目奔出寨门迎接。自成满面堆笑，拉着体纯的手，说："你们以少胜多，杀得很好，很好。"随着体纯走进寨内，向将士们道了辛苦，就同大家蹲在一起吃饭。自从他五月下旬害病以来，将士们已经有两个月没看见他了。如今在大捷之后又看见闯王，并且同他们蹲在一起吃饭，简直没法描绘出大家的高兴和振奋心情。倘若这时候再有十倍的敌人前来进犯，只要闯王轻轻说一句："弟兄们，把王八蛋们赶走！"这些将士们会立即跳起，拔出刀、剑,冲出寨门,不会有一点踌躇。

马兰峪是面对商州的头道门户,所以李自成在早饭后向刘体纯询问了许多问题,对防御布置也视察得特别仔细,看见有一点点不足的地方,他就立刻指示刘体纯加强布置。原来拆毁的寨墙、箭楼和房屋,正在重修。自成把寨上视察毕又出寨视察,一边走一边对刘体纯说:

"虽说官军受了挫折,暂时不一定再来进犯。可是一旦商州城调到援军,必会再犯,这儿离商州只有三十里,离我们的老营也只有二十来里,是一个双方必争的吃紧地方,千万叫将士们不要因这次打败了官军就稍存轻敌的心,在防守上疏忽大意。兵法上说:'无恃其不来,恃吾有以待也;无恃其不攻,恃吾有所不可攻也。'务要常记住这两句话,才不会吃疏忽大意的亏。智亭山的失守,就失在郝摇旗太大意了。"

刘体纯唯唯答应。带着闯王在寨外察看过几个设防的险要地方,体纯说道:

"闯王,有一件事,我本来打算今天上午亲自去老营向你禀报……"

"什么事儿?"

体纯用手指一指:"闯王,你看。"

顺着体纯指的方向,闯王看见一个山窝里密密的尽是树木,树梢上有几缕轻烟冒出,似乎有人影和火光藏在林中。闯王感到奇怪,问道:

"是什么人在那边山圪崂里?"

"他们都是商州城外的好百姓,一共有四五百人,有的在家中被逼无奈,有的家人受了官军和乡勇残害,气愤不过,昨天陆续跑来,恳求我收容他们入伙。我说商洛山中粮草欠缺,不能收容他们。他们苦苦哀求,赌死不肯回去。我没有办法,把他们安置在那个树林里,答应他们我今日上午亲去老营向闯王请示,再做决定。"

"走,带我去瞧瞧!"

藏在树林中的老百姓有的在用砂吊子煮草根和野菜,有的煮柿子皮加谷糠,有些人带有别的干粮,等着开水下咽。看见刘体纯来到林边,大家蜂拥而出,争着询问是否答应他们跟随闯王。体纯笑着说:

"闯王亲自来啦,你们向他恳求吧。"

大家惊疑地望着刘体纯身边的那个高鼻、大眼、颧骨隆起、面色和气的大汉,见他穿着粗布箭衣,甚至比刘体纯的衣服还旧,在刹那间不相信这个人就是闯王。但是从这个大汉的举止和神气上看,却不像一般头目,而且看见刘体纯在他的身边是那样恭敬,更可知他不是等闲之辈。一刹那间的疑问过去之后,立刻有几个人带头,跟着几百人纷纷拥到闯王身边,黑压压的一片。自成眼中含着笑说:

"大家有什么话快对我说。"

在片刻间鸦雀无声,有的望着闯王,有的互相观望,希望别人快点说话。站在人中间的两个都轻轻推他们面前的一个带着腰刀和弓箭的、瘦骨嶙峋的高个儿,小声催促:"你快说,快说。"于是高个儿青年代表大家说:

"闯王爷!我们都是来投你的,请你收下我们。从今以后,我们死心塌地跟随你。你指到哪里,我们杀到哪里,倘有三心二意,天诛地灭,鬼神不容。闯王爷,请你老收留我们在你的旗下当兵!"

自成问道:"造反是提着头过日子的事儿,你们为什么要来随我?"

高个儿青年回答:"回闯王爷,我们这些受苦人,各人都有一肚子黄檗汁儿,血一把泪一把磨蹭日子。如今再也磨蹭不下去,走投无路,才拼着命趁夜间逃出官军和乡勇的手,前来投你。要不是官军和乡勇把守得紧,差不多把所有的大小山路都卡断了,逃来的人还要多几倍哩。"

自成笑着问:"你们为什么不早点来投?是不是看我打了个大胜仗才来投我?"

高个儿青年说:"不瞒闯王爷,我们有的人原来是做庄稼老实人,走树下怕黄叶打头,踩脚下踩三踩不敢吭声;另外有的人虽说敢造反,可是谁没个家?不到万不得已,总不肯走造反的路。如今官军同乡勇来到商州西乡,奸掳烧杀,无恶不为。我们这些人差不多都是家败人亡,才把心一横,走上梁山。既然在家活不成,何如投到你闯王爷大旗下边,轰轰烈烈地干一场,就是死也死个痛快。倘若得到机会,还可以报血海深仇。我说的全是心中话,闯王爷倘若不信,请你问问大家。"

自成已经收了笑容,又向高个儿青年问:"你是哪里人?家中还有什么人?"

高个儿青年的眼圈儿一红,说:"我是高车山这边的人。我已经没有家,——家破人亡了。"

"家破人亡?"

"是的,闯王爷,我已经家破人亡!"青年叹口气,接着说:"我家人老五辈儿给城里财主种地,替人家做牛做马,一年到头挨饥受冻。前年春天,我奶奶活活饿死。去年年底,我大①因还不清阎王债,眼看日子没过头,上吊死了。他一死,财主就逼着俺娘,把俺妹子要去抵债。俺娘见俺大被逼死,俺妹子又被抢去做丫头,呼天天不应,求人人不管,哭了三天没吃东西,连气带饿,到第四天就死了。她临断气前把俺哥、俺嫂子跟俺叫到床前,说:'老天爷闭着眼,这世界没有咱们穷家小户的活路。妈先你们走一步,在阴曹里等着你们……'"

---

① 大——父亲。读阳平声。

高个儿青年哽咽得说不下去,抱着头放声痛哭,李自成的脸色沉重,一言不发,一边等候着他哭过一阵后继续往下说,一边拿眼睛向众百姓扫了个圈。但见百姓们个个"鹑衣百结",有的骨瘦如柴,有的浑身浮肿。因为高个儿青年这一哭,他们有的眼泪汪汪,有的低头叹气,有的忍不住小声抽咽,有的虽然默不做声,却频频以手揩泪。过了片刻,高个儿青年擤了一把酸鼻涕,用手背揩揩眼泪,抽咽着继续说道:

"俺妈才死三天,官军就带着乡勇来打商洛山。龟孙们路过俺的村庄,说高车山以西的百姓全通贼,先抢鸡、羊、牲口,又抢家具,然后一把火把村子烧光。俺大伯年纪大,没有逃,在家看门。他跪下哀求龟孙们莫烧房子,给一个当兵的一脚踢倒。俺大伯挣扎着爬起来,想夺住他点房子的火把。他照俺大伯的肚子上就是一刀。老头子的肠子流出来,倒在地上,知道自己不中啦,狠狠地骂了几句。这个兵又在俺大伯的胸脯上补了一刀。老人家就,就……"

高个儿青年又哭得说不下去。群众中抽咽的声音更多了。闯王转过头去问刘体纯:

"这小伙子叫什么名字?"

"他名叫白鸣鹤。"

"学过武艺?"

"我问过他,他说他学过,只是不精。别的老百姓都说他箭法不错,也有胆量,是个打猎能手,一个人射过老虎。"

自成点点头,将白鸣鹤通身上下打量一眼。白鸣鹤揩揩眼泪,又接着说:

"俺哥躲在树林里,看见村庄起火,走出树林看,给官军抓住,逼他挑东西,可怜俺哥饿得皮包骨头,身上没一把力气,挑了两里就走不动,又勉强走了两里,一头栽到路旁的山沟里摔死了。俺嫂子藏在树林深处,没看见我哥给官军抓走,还以为他是奔回村庄救火。等这起官军过去,她也哭着叫着奔回村子救火,不想给后边又来的一起乡勇抓到,几个人将她糟蹋。她想扑到火中自尽,被乡勇拉住,刀架在脖子上把她抢走,如今不知下落,也不知死活。我同邻村的一群小伙子逃到深山密林中,等到回来,屋没屋,人没人了。听邻居们一说,我去找到俺哥的尸首,挖坑埋了,就约了一起邻居来投你。闯王爷,你收下我吧!你收下我吧!"白鸣鹤哭着,趴下去连连磕头。

李自成劝白鸣鹤不要再哭,又叫大家都坐在地上说话。等大家都坐下以后,他也坐在草地上,问了几个人的情况。他们对他诉说了各自的悲惨遭遇,说着说着,引起全场一片哭泣之声。他不再向大家问下去,对他们说:

"好吧,你们都留在我这里吧,如今强凌弱,富欺贫,官绅兵勇拧成一股劲儿残害黎民,又加上天灾连年,看来非改朝换代不会有太平日子。你们都是被逼得走投无路的人,各人都有一肚子血泪冤仇,跟着我一起干吧。既然来随我,就是起义兵,诛灭残暴,可不要当成是拉杆子。家有家规,军有军规,不要嫌我的军规严。随我之后,可不要扰害百姓。你们现在举出两个人做总头领,今天就开到马兰峪,帮助重修房屋。以后驻扎何处,如何操练,如何编制,随后再说。现在就举出来正副头领吧。"

大家立刻举出来白鸣鹤做总头领,又举出来一个叫做蓝应诚的小伙子做副头领。这两个青年农民就是几年后被人们所知道的蓝、白二将军。当李自成从襄阳进攻西安时,他们随着袁宗第的一支大军由邓州过内乡,攻破商州。

李自成命刘体纯派专人照料这一支新弟兄如何解决住处和吃饭问题,开往寨内驻扎。他先回到马兰峪山寨内,从那里转往射虎口。当刘体纯送他出寨时,他拉着体纯离开亲兵们十几步远,小声说:

"二虎,你把这儿的防御加紧布置就绪,不可耽误。三天以后,我派人来接替你。"

体纯一惊:"接替我?"

自成点头说:"是的,有重要差事派你。你准备一下,得暂时离开军中。"

体纯更加诧异:"得离开军中?什么差事?"

自成笑一笑:"三天后再详细告诉你。你现在先别管,也别让左右知道,赶快把这里的防御布置好就成了。"

刘体纯不敢再问。把闯王送走后,一个天大的疑问揣在他的心里。自从起义以来,他还没有离开过部队哩。

在李自成出去巡视防务的时候,有不少老百姓来控告宋文富兄弟和其他被义军捉获的宋家寨的大小恶霸,以及他们手下的许多爪牙。因为刘宗敏回铁匠营,高夫人因事去麻涧,这些来告状的人大多由吴汝义接见,乡下缺少识字人,所以没有呈文,尽是口诉。多亏吴汝义在这一带已经很熟,人们说出的名字和村落他一般都知道。王长顺已经能到处走动,有时站在汝义的身边。他的人缘很熟,乡下事知道的最多,遇到吴汝义不认识的人他就介绍,听不明白的事他就帮忙说清楚。有的老百姓害怕将来义军拉走,宋家寨会进行报复,不敢公然告状,而是装作替义军送柴的、送野味的,来到老营,悄悄求吴中军转禀闯王和总哨刘爷,替他们伸冤报仇。也有的不进老营,而是在寨中找到一个相识的义军头目,把自己控告的事说清楚,请这个头目转禀闯王。

刘宗敏在铁匠营没吃午饭就转回老营。他刚在上房坐下,吴汝义就到他的面前禀报老百姓告状的事。还没听吴汝义禀报完,他忍不住把脚一跺,恨恨地骂道:

"这些恶霸,这些披着人皮的畜生,老子非活剥他们的皮不可!"

刘宗敏和闯王想活捉宋家寨的大小恶霸已经很久了。他们很清楚这些大小恶霸平日横行乡里,欺压良民,霸人产业,淫人妻女,放青苗账、印子钱,高利盘剥,逼死人命。宋文富兄弟更以寨主身份,私设法堂,杀生由己,俨然是商州城西的土皇帝。宋家寨的狗腿子依仗主人势力,在乡下百姓前如狼似虎,作恶多端。如今宋家寨的这一群恶霸地主和狗腿子落入义军之手已经三天,倘若不是李闯王别有谋划,刘宗敏早已将他们杀光了。继续听吴汝义把百姓们的控告叙述完,他大声说:

"你去对那些告状的老百姓们说,咱们闯王爷一定替穷百姓伸冤报仇。有冤有仇的,大胆来告,不要害怕!"

吴汝义出去不久,刘宗敏正要亲自去拘押俘虏的宅子看看,先杀一批人,打一批人,使宋家寨的恶霸们尝尝滋味,忽然有一个小校进来禀报,说宋家寨派来两个人求见闯王,并有一群伙计挑了许多礼物。小校还说明这两个人的前来送礼,一则是想探明白宋文富等人的死活,二则是想探询闯王口气,能不能拿钱赎命。宗敏用鼻子冷笑一声,随即问道:

"王八蛋们送来些什么礼物?"

"回总哨,我看见他们挑来的是四只肥猪,八只肥羊,四坛子酒,一挑子绸缎布匹,还有一挑子礼物是两只箱子,大概是装的金银和贵重东西。"

"你带他们到一个院子里歇歇。告他们说,闯王出去啦,叫他们老实等候,不许随便走动。你再找总管回来,同这两个来人谈谈,问清来意。"

刘宗敏本来可以自己传见宋家寨的来人,用不着等候闯王。他现在不见他们,只是想先杀了几个人,打了宋文富等,然后接见他们,他们就不敢讨价还价。小校一退出,他就站起来,带着几个亲兵出老营。在老营大门外,他向宋家寨的送礼人只用眼角扫了一下,好像压根儿没有把这些人啦礼物啦看在眼里。宋家寨的人们平日震于宗敏的威名,又知道他的脾气暴躁,看见他大踏步走出,躲避不及,只好屏息恭立道旁,不敢抬头。有人胆子较大,敢偷偷地看宗敏,但是当宗敏的目光扫到他的脸上时,不期然同他的眼光接触,吓得他脊背发凉,身子打个哆嗦,心中狂跳,赶快把眼睛垂下。宗敏在亲兵们的簇拥中,背着手昂然而过,只听一阵刷刷的脚步声,走往附近的一个大的院落。

捉获的官兵和宋家寨的人一共有几百,都用麻绳捆绑着,分开锁在各屋中,十分拥挤。老营中派吴汝孝率领了五十名弟兄看守。他的身体还很虚弱,但因他是个细心人,而老营中别无偏将可派,所以前天就由宗敏派他担起了这件差事。看见刘宗敏走进大门,吴汝孝赶快迎接,让他进大门旁的耳房中去坐。宗敏说:"我还有事,就坐在这院里吧。"吴汝孝的亲兵立刻替他搬来一个凳子,但他不坐,提起右脚踏在凳子上,吩咐把宋家寨的人全部带出来。不过片刻,锁在前后两院各屋中的地主和乡勇全部带出,以宋文富为首,齐排儿跪在他的面前。他看看宋文富和宋文贵,冷冷一笑,说:

"啊,咱们今天是第二次见面,已经是熟人啦。那天晚上你们光临敝寨,我没有好生接待,这两三天事太忙,也没有来看你们,务请包涵。"

宋文富兄弟面无人色,不敢抬头,浑身打颤。刘宗敏又冷笑一声,骂道:

"我操你娘,你们宋家原是官宦之家,有钱有势,人老几辈儿骑在百姓头上,做梦也不会想到竟有今天!"

他吩咐把捉来的官军不论是官是兵全带出来,也在他的面前跪了一大片,十几个当官的跪在最前。这个院落不算小,如今却被几百俘虏跪得满满的。刘宗敏向跪在前边的人们问:

"你们这些千总老爷,把总老爷,还有什么官官儿,平日在老百姓前耀武扬威,如今你们的威风到哪儿去了?"

千总知道他是刘宗敏,磕头说:"两国兴兵,各为其主,恳刘爷高抬贵手,放我们回家为民。从今往后,我们决不再与义军为敌,不为朝廷做事。"

宗敏说:"你说什么?想求我高抬贵手?你们这些做军官的,见老百姓奸淫掳掠,杀良冒功,捉到义军没有活的,何曾高抬过你们的贵手?有来有往,才算公平。"他向亲兵们一摆下颔:"送这些军官老爷回老家去,一个不留!"

亲兵们把十几个大小军官从地上拖起来,推出大门,一齐斩首。刘宗敏又望着那些当兵的,说:

"你们吃粮当兵,虽说也到处扰害百姓,多做坏事,个个该杀。可是我们李闯王念起你们都是贫苦人家出身,有钱有势的子弟不会吃粮当兵,再说,你们都是小兵,听人指挥,有时做坏事也不由自己做主,决定饶了你们的命。你们愿意随闯王起义的就留下,不愿意的就滚蛋。放你们走之后,你们只可还家为民,不许再吃粮当兵。倘若再去当兵,下次落到我们手里,乱刀砍死。都是谁愿意留下?"

这些当兵的原以为死在眼前,忽听刘宗敏这么一说,喜出望外,都说愿意留下。其中有少数想走的人,也因为害怕刘宗敏不会真放他们走,只好暂不提想走的话,等日后伺机逃跑。恰好中军吴汝义这时赶来,宗敏吩咐他把这些当兵的带出去,安插各队。办完了这些事,宗敏才在凳子上坐下去,命弟兄们将宋文富的衣服扒掉,用鞭子狠打。宋文富伏地求饶,刘宗敏哪里肯听?他历数宋文富残害百姓的大罪,每数一款打十鞭子。行刑弟兄一腔仇恨,用力狠打。只打到几鞭子,已经打得宋文富皮开肉绽,鲜血染红皮鞭。宋文富越是哀呼求饶,刘宗敏越叫狠打,并且骂道:

"你婊子养的,在家中私设法堂,不知有多少无辜良民受你酷刑拷打。老子今天也叫你尝一尝受刑的滋味。"

打到五十皮鞭以后时,宋文富的脊背上一片血肉模糊。刘宗敏看了哈哈大笑,骂道:

"我操你娘,我以为你是武举出身,皮肉比别人结实,原来也不顶打!今日打死你婊子养的,叫商洛山一带千家万户高兴。"他回头对亲兵说:"我从害病以后就没喝过酒,今天太痛快,快去老营替我拿酒来!"

刘宗敏又连着说完了宋文富的三大罪款,吩咐再打,恰好亲兵把一壶黄酒拿到。宋文富有气无力地哀呼着。刘宗敏大口大口地喝着酒。等这三十鞭子打毕,他狠狠地说:

"不算你祖上老账,单说你自己,坑害死的百姓不知有多少。老子今天打死你是替老百姓伸冤报仇,是叫你替老百姓偿命。你想做商州守备,祸害一州四县,老子送你到阴间去上任吧!"

他又说出来两条大罪款,命令再打二十,凑一百整数。打完这一百鞭子,宋文富昏迷过去,不省人事。他叫用凉水把宋文富喷醒,叫着他的名字说:

"宋文富,我操你八代祖宗,今日你也尝尝皮鞭的滋味!你以为只有穷百姓的皮肉主贱,生就的挨打材料?别说你这样的一寨之主,就是皇亲国戚,龙子龙孙,有朝一日,落到我刘铁匠的手里,我也不会轻饶一个。你是商州人,我是蓝田人,前世无仇,今世无冤,这一百鞭子全是为了商洛山中的穷百姓出一口气。至于你勾结官军与闯王为敌,暗袭老营,这笔账今日暂且不算。今日老子数你十大罪也只算点出题目,不是细账。细账慢慢算,你王八蛋赖不了,逃不了。哼!"刘宗敏把方下颌一摆,示意行刑的弟兄们把宋文富拖到旁边,然后喝道:"把宋文贵拉出来,重打八十!"

宋文贵早已吓得尿了一裤裆,这时被拖出来,完全瘫在地上。

行刑的弟兄们扒掉他的衣服,狠打起来。等打完宋文贵,刘宗敏对吴汝孝大声命令说:

"不论恶霸,乡勇头儿,也不管是宋家寨的或是外寨的,一律每人打三十鞭子。以后每隔一天打一次,外加拶指①、压杠、火烫,凡是恶霸土豪们给老百姓用过的酷刑,都叫这些杂种们尝尝滋味。"

叫吴汝孝监视弟兄们对其余的人们拷打,刘宗敏同吴汝义带着亲兵回老营了。走到老营门口,百姓义勇营头领牛万才向他迎来。刘宗敏一看见他,心中的余怒登时散开,挥着大手笑着说:

"快到里边坐,快到里边坐。你们的人马开回来了么?"

牛万才回答说:"回总哨刘爷,我的义勇营今日才能从智亭山动身。闯王命我们开到麻涧暂驻,所以我叫副头领带着队伍走,我自己昨夜动身,今日先到麻涧把驻扎的地方安排一下,顺便来老营向闯王和刘爷禀报。不知刘爷还有什么训示?"

"到里边坐下谈吧。闯王不在家,你就在这里吃午饭,等着他回来。"

宗敏拉着牛万才的手,走进老营。在院里遇见老营司务,他吩咐准备点酒肉款待客人。到屋中坐下以后,他对牛万才说道:

"你们义勇营这一次在智亭山立了大功,闯王要重重犒赏,那些阵亡的也要给他们家里送点钱。你们驻扎在麻涧好生操练几天。以后是让弟兄们各回各家,还是合在义军中不再散开,闯王说看你们大家的意思决定。"

牛万才赶快说:"刘爷,我们已经拿定主意啦。"

"你们拿定的是什么主意?"

"我们拿定主意不再散开,永远跟着闯王的大旗走。"

"可是我们不久就要杀出商洛山,你手下的弟兄们肯离乡背

---

① 拶指——明代官府常用的一种酷刑。用绳子穿着几根小木棒,行刑时将小棒夹住手指,用力收紧绳子,使受刑者痛不可忍,往往手指为之残废。拶,音 zǎn。

井,抛撇父母妻子么？"

"我把三心二意的人剔下来,有大半数人愿意随闯王杀出商洛山。我牛万才领着这些人跟随闯王的大旗走。大旗远走天边,我们跟到天边,决不回头。"

"确实有大半人拿稳主意了？"

"经过这次打仗,老百姓比上次帮义军打仗时大不同了。如今确实有大半人拿稳主意。刘爷,你用棍子打也不会把他们打散回家。"

刘宗敏把大腿一拍,哈哈大笑,说道:"妥啦！只要你们拿定主意长远跟闯王,闯王就不会劝你们各自回家！"

吴汝义走了进来,对宗敏说:"刘爷,你什么时候见一见宋家寨来的两个人？"

宗敏问:"你问过他们的来意么？"

"我问过了。他们来的意思是想探探咱们这边的口气,看能不能把咱们捉到的人一齐赎回。"

"谁派他们来的？"

"宋文富的老婆。"

"啊,商州守备夫人！送来的什么礼物？"

"这里有一份礼单。"

总管把一张红纸礼单呈给总哨。宗敏略一过目,只见上边开着猪、羊、烧酒、各种布匹、各种绫罗绸缎,另外有纹银千两、金银首饰和玉器等等。他无心细看,说:

"你收下吧,带他们来见我。"他又对老营中军说:"你去传令汝孝,从捉到的宋家寨狗腿中挑两个油水小的,就说有老百姓控告他们,立刻斩首。"

总管和中军都匆匆出去,亲兵们都拔出刀剑,在院中站成两行。刘宗敏搬一把椅子坐在门槛里边,等候宋家寨的说事人来见,

牛万才拔出宝剑,恭立在他的背后,小声说:

"刘爷,千万莫答应他们把宋文富兄弟赎回。"

刘宗敏冷笑一声,说:"你放心,他们把黄金堆成山也别想赎回活的!"

两个说事人被带进来了。离刘宗敏还有两丈远,只听亲兵们齐声大喝:"跪下!"两个说事人浑身打个哆嗦,扑通跪下。刘宗敏不等他们开口,声色俱厉地说:

"今日你们来得很好,再晚来一天,你们只能看见尸首。你们回去告宋文富的老婆说:'倘再放一个官军进宋家寨,我把捉到的人全部斩首。要是想赎回宋文富兄弟,需要拿五万两银子、两千石粮食。要是把全体人都赎回,再加五万两银子、两千石粮食。少一两银子,少一颗粮食子儿,休想开口!'"

一个人颤声恳求说:"恳刘将爷开恩!如今连年兵荒天灾,实在拿不出这么多……"

刘宗敏不等他说完,大喝道:"滚!李闯王是要为民除害,不是架票①。你再讲价钱,我当着你们的面先宰了宋文富。我的话说完了,你们走吧。"

这个人又说道:"恳刘将爷恩典。将爷的话,我们一定带回去。求将爷开恩,让我们见一见寨主兄弟。"

"好,我叫任总管带你们去。"

另一个人壮着胆子说:"还有一件事请将爷开恩!那些乡勇,多是穷家小户,长工佃客,如今被义军捉到,家中父母妻子日夜哭哭啼啼,实在可怜。他们平日衣食无着,自然也拿不出一钱银子。恳求将爷恩典,把他们放回去吧!"

刘宗敏回答说:"我知道他们大半都是穷人,受寨主逼迫,才做乡勇。我限你们寨主婆子三天之内,先拿出二百两黄金和三千两

---

① 架票——即绑票。

银子把这些乡勇赎回。三天不赎,我要全体杀光,叫那些父母妻子围着你们寨主婆子索命。别寨来的地主和乡勇,暂且不谈,我等着他们的寨中来人。你们看过宋文富兄弟之后,替我顺便带点小礼物回敬你们寨主婆,是两颗人头,我们老营中军吴将军会交给你们。"

两个人听见说要带回两颗人头,不知是谁被杀,又吓得浑身一颤。刘宗敏把一只大手一挥,立刻由任继荣催促他们起来,带他们出去了。

李自成去了几个地方,回到老营时已经太阳西下了。听了刘宗敏处理宋文富等人的事,他十分满意。虽说基本宗旨是由他决定的,但宗敏见机行事,把死宗旨变成活的。他叫李强去告诉吴汝孝,对宋文富等恶霸该给药的给药,莫使一个死去。从明天起,对伤重的暂时不再用刑,对其余的隔一天打一批。

商洛山中到处哄传李闯王要杀宋文富兄弟替百姓出气,已经把他们打得死去活来,人心为之大快。平日胆小怕事的人们看见报仇伸冤的日子来到,纷纷来老营告状。他们不但控告宋文富兄弟,也控告所有被捉到的宋家寨大小地主和狗腿子。闯王对告状的老百姓用好言抚慰,还叫总管给那些孤儿寡妇一些周济。义军在宋家寨中本来就有"底线",暗中替义军做事,通风报信。经过这一战,宋家寨的当权人物大部分落入义军手中,寨中的"底线"就暗中活动起来,串连一些对恶霸地主们苦大仇深的人,打算在义军攻寨时作为内应。甚至在宋文富的家生奴仆中也有人受到串连,愿意在破寨后引导义军掘出主人埋藏的金银珠宝。牛万才虽不知"底线"的暗中活动,但是他巴不得攻破宋家寨,打碎压在这一带百姓头上的一块大石。有一次来老营禀报军务,他悄悄地向闯王建议破宋家寨,并说他愿意派本地人混进寨中做内应。闯王微微一

笑,小声说:

"自从捉到宋文富以后,宋家寨就在咱们的手心中,什么时候想破不难。如今留着它有些用处,等到时候再说吧。"

牛万才不知闯王有什么神机妙算,不敢问明,但他相信闯王迟早会破宋家寨的。他心中快活,对自成说:

"闯王,啥时候破了宋家寨,抄了宋家一族的老窝子,也算是替这一带百姓做了件天大的好事。到时候,我打头阵!"

过了两天,宋家寨果然送来了二百两黄金和三千两纹银,把二三百名乡勇赎回。其他山寨也来人说情,要求将各寨被捉的人员赎回。李自成想着他的一些计谋应该赶快进行了,便吩咐刘宗敏如此如此。宗敏叫吴汝义去将宋文富的另外两个狗腿子当着宋文富兄弟的面斩首,然后将宋文富一个人带来老营。宋文富的伤尚未痊愈,一听说刘宗敏提他去老营,以为必死无疑,浑身瘫软像一团泥。吴汝义吩咐两个弟兄把他从地上架起来,拖往老营,命他跪在宗敏面前。宗敏脸上杀气腾腾地问:

"宋文富,你想死想活?"

宋文富脸色煞白,伏地磕头,恳求饶命。宗敏冷笑一声,说:

"你到底也只有一条狗命!既然你想留下狗命,须得听从我三件事,否则我立刻将你凌迟处死!"

"请刘爷吩咐。只要饶我狗命,我件件都依。"

"好,你听!第一,我们闯王的人马不进宋家寨,可是你决不能让一个官军再进宋家寨。第二,你要告诉你的总管,暗中替我们做事。我们今后派人出商洛山,来回都要从宋家寨经过,你家总管要给各种方便。倘若有一点差错,我惟你是问!第三,勒限一月之内,你家必须送来五万两银子,一千担粮食,三百匹棉布,五十匹骡马。以上三件,你答应么?"

宋文富不住磕头,说前两件他都答应,只有五万两银子他实在

拿不出来,恳求"恩减"。刘宗敏又冷笑一声,对站在旁边的中军吴汝义说:

"他家世世代代敲剥百姓,鱼肉乡里,这笔账非清算不可。你去取一样东西来,叫他看看!"

吴汝义去了片刻,提着一颗血淋淋的人头回来,扔到宋文富的面前。文富吓了一跳,瞥了一眼,正是他的兄弟文贵的头,登时瘫在地上。刘宗敏将桌子一拍,厉声问道:

"你鳖儿子还敢还价钱么?你究竟想死想活?你倘不老老实实,我刘宗敏你是知道的,老子会立刻将你吊在树上,唤来本地各村百姓,一人剐你一刀,将你千刀万剐,以泄民愤!"

宋文富磕头如捣蒜,一切答应,只求留下他一条狗命。他心中明知如今拿出五万两现银绝不容易,骡马也差不多都给王吉元夺去了,再交出五十匹骡马也实在不易,但是他此刻宁愿倾家荡产,同时哀告各家亲戚相助,也不愿丢了性命。刘宗敏站起来,照宋文富踢了一脚,说:

"下去!你立刻写封书子,叫你家总管今日黄昏前亲来老营,你当面将我的三件事向他嘱咐,一一照办,不得有误,顺便将你兄弟的尸首领回!"

宋文富一押出老营,李闯王立即派亲兵将尚炯和刘体纯找来。闯王向刘体纯问:

"去开封救牛先生的事你准备好了么?"

体纯笑着说:"一切都准备妥帖,只等着宋家寨肯不肯给我出进方便了。"

"宋家寨今日黄昏会有人来,你的一班子人今夜三更随着宋文富的亲信总管动身吧。务必早日平安到达开封,依计而行。办完事情,早日回来。"

"请闯王放心。只要那位宋先生现在开封,我一定能够找到。

开封情况和宋先生的行止,老神仙已经对我讲清楚啦。"

刘宗敏立刻吩咐拿酒,为体纯饯行。闯王对刘体纯带着一班人往开封去很不放心,一再嘱咐他处处小心谨慎,不要露出马脚,方好带着原班人平安归来。

商洛山战争形势示意图

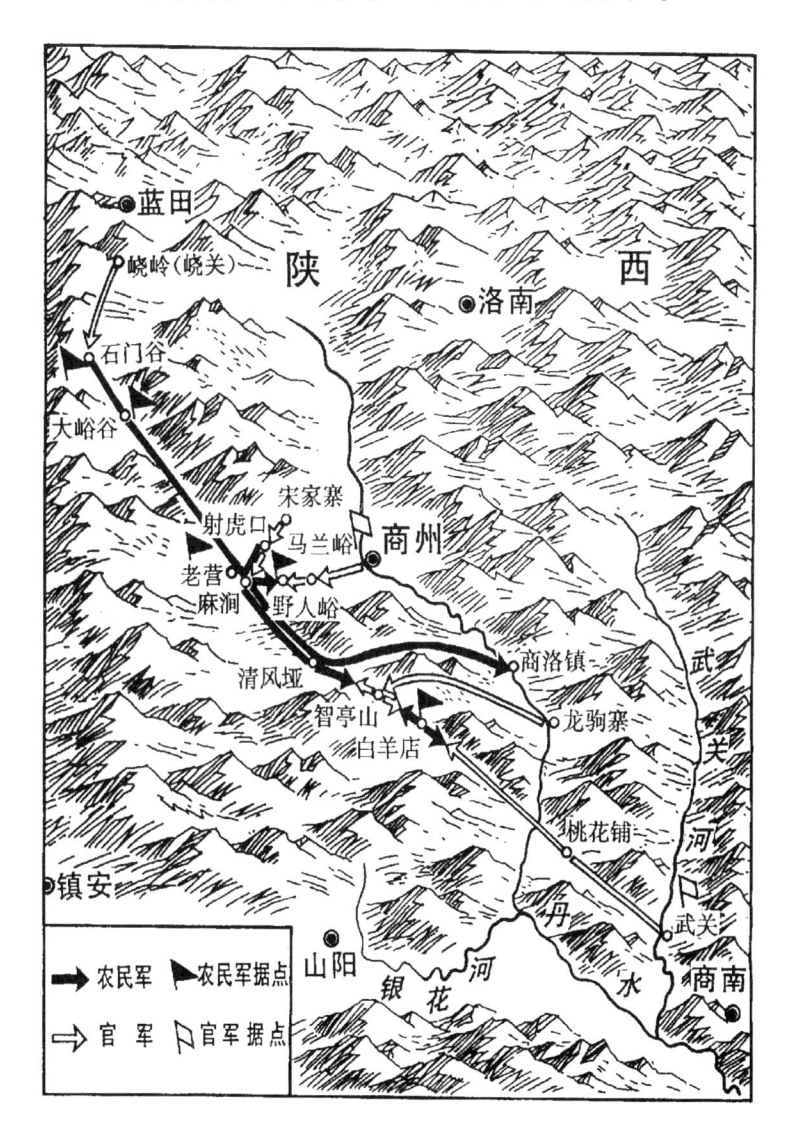